或此或彼

1985 - 2015

吴亮 著

作家出版社

吴亮

广东潮阳人，1955年生，现居上海。著有长篇小说《朝霞》，文集《文学的选择》《批评的发现》《秋天的独白》《被湮没的批评与记忆》《我的罗陀斯——上海七十年代》《夭折的记忆》等数十种。

目录

描述与观点

评论与作家

时代与观察

描述与观点

当代小说与圈子批评家

对变幻莫测的当代小说再要作一完整的巡视和综述，现在无论如何也不能由一两个人来承担了。一年来的小说创作现状像团不断扩张的迷雾，把原先公认的那些清晰框架弄得一片模糊。这些纷至沓来的小说如同一大群匆忙向前赶路的旅行者留下的杂乱足迹，简直难以辨认。批评家刚刚理出一点头绪和轮廓，打算予以及时的归纳，但是新涌现的小说马上使原先确立的某几个观点发生了倾斜。今年初，张辛欣和桑晔的《北京人》在五家文学杂志同时和国内读者见面，随后就引起了批评的骚动。当有人振振有辞地以虚构是小说的最基本构成这一规范向《北京人》提出疑问时，另一些人则以"口述实录"这一纪实的形式本身拥有的审美认识意义——如可靠的逼真性、实况效果和还原性等等范畴——来为《北京人》的非虚构性进行理论上的辩护。不过，与此同时，这样的批评家却极难对差不多时间出现的马原的《冈底斯的诱惑》做出敏感的反应。由于对西藏民族历史、宗教、神话和种种野蛮的风俗所知甚少，也由于对那种怪诞的叙述形式和隐语感到极为生疏，人们只好对之表示沉默。这种沉默开始在蔓延——曾写了轰动一时的《棋王》的阿城，写了若干篇实验性的印象笔记体小说《遍地风流》，至今还未能看到批评家的反应。由于这串小说不但舍弃了情节，而且也难以看出那些印象背后究竟有什么象征意味，结果批评家就感到缺乏一种让他们阐发见解的客观依据。然而，恰恰是印象本身，构成了我们日常感觉的重要方面。日常感觉、心境、情绪和对某种氛围的期待，组成了《遍地风流》的几个要素，这一点被批评家们不以为然地忽视了。

批评家开始感到迷惑和惶然，往日那种全知全能的地位在迅速瓦解。当校园小说《你别无选择》和人们见面后，除了一些华而不实的赞词，更普遍的反应仍然来自对一般社会变迁乃至心理波动的描述与概括，或者从一代人的观念落差中窥见了大洋彼岸塞林格的影子，甚至还看到了海勒笔下的尤索林的幽魂。当然，指出这篇小说的反叛精神，一种青春期的躁动与不安分，是不无理由的。可是对这篇小说所涉及的某些音乐领域的课题，却还没有人作出内行的应答，而这恰恰是理解这篇小说的枢纽所在。小说在今年的大分化趋势中，愈来愈走向小型化、圈子化和专门化。这显然是对全知型批评家的重大挑战。权威的意义被缩小了，权威的影响也跟着缩小。已经很难听到一锤定音的批评之声，这声音已经被抹去了。各种声音此起彼伏，它们彼此合奏，彼此干扰，不能传得更远。权威消失了，是人们各自的个性崛起让它消失的——你们、我们还有他们。

当代小说犹如一棵参天大树，数不清的枝桠在自由伸展，向空间展拓，谋求生存。仅仅关注这棵大树下的土壤，或者仅仅看到这棵大树的树身，已经远远不够了。仅仅说所有的树都仰赖土壤而生存，或者仅仅说一切枝桠都从树干上生长出来，也已经远远不够了。说一切树呀、花呀、草呀都是植物，于我们知识的增进又有何益？批评愈来愈要求细密化、精确化和特殊化，那种大而无当的批评应当寿终正寝了。

由于批评家知识结构和审美习惯的定向化和普泛化，使他们容易产生自以为可以对一切小说发表议论的幻觉——当然，也只是普泛的层次上发表议论。可是，令人失望的是，并不是任何小说都能一目了然地提供普泛意义，进而顺顺当当地装进那个事先准备好的理论匣子里的。当小说的实际阅读发生了障碍，和既成的判断尺度无法对应时，那个普泛的尺度就开始失效了。对无法把握和观察的事物是谈不上进一步测定的，而简单的异议又缺乏可靠的依据和充分的自信，于是缄默就成了批评家的最后一道防线。

但是小说家们受不了这种难堪的缄默，因为他们多少懂得，倘若没有有力的小说批评作为见证，他们的实验小说和其他种种和既定规范有悖的小说是很难长久确立的。当代小说的变幻莫测，在时间的飞轮下很快就会变成一道彩虹，随后就因为水汽的蒸发而消散得无影无踪。小说批评和理论概括，就如一架摄影机的快门，只要略一按动，就能把瞬息即逝的艺术幻影化为永恒。小说家们愈来愈希望有一种真正理解他们用意的批评，如果他们的希望落空，他们就忍不住自己出面撰文了。

小说家圈子事实上在若干年以前就悄悄地形成了，因此，小说家们自己的批评，显然就是圈子批评家出现的预告。他们的批评，避免了隔靴搔痒的毛病，又有切身的经验和体察，往往具有局外人难以做到的细微和会心之处。他们阐发和交换各自的经验和印象，并不期望人们在理论上的高度归纳。他们彼此通信，侃侃而谈，把正儿八经的批评家撇在一旁，津津乐道地议论着只有他们感兴趣的各种艺术问题，或者相互呼应，或者争得面红耳赤。总之，他们已经不仅仅通过小说，而且也通过议论，来向社会说话了。

由于隔膜，也由于那些小说的费解——本来小说的概念是明确的，批评家可以轻松地参照这些概念来看小说的创作意图和内部的隐语——使得原来无所不评的批评家陷于窘境。但是，凭着多年艺术感受能力的熏陶，他们又直觉地感到这些小说是有意味、有分量的，不过就是难以一语道出。他们痛感小说家们自己撰写的文章主观随意性大、立论不充分、武断、偏颇和自鸣得意，但由于那些小说家们谈到了一系列他们感到生疏的课题，而他们一下子又不可能熟悉和通晓那些领域的知识，于是就很没有发言的把握，并由此感到心理的不平衡。今年初以来，韩少功、阿城、郑万隆、郑义纷纷谈起了传统文化和文学的根应当扎在何处的问题，它的余波至今尚未平息。指出这一问题在提法上的偏颇和对它的补救措施，其实只是批评家为了恢复自信和心理平衡的表现，而很少有批评家真正多年如一日地深入研究文化的课题。这一疏缺，无疑影响了理论的深度和说服力；但这个缺陷，在小说家那里则被一种想象力，智慧风貌和俏皮幽默所掩盖了——批评家却无力做到这一点。

无论如何，当代小说的多向性发展已经召唤着圈子批评家的成批出现，这一趋势明摆着了。批评家不可能是一支机动的、配备齐全的空降部队，哪里有了需要，他们就在哪里迅速降落，等到平息战火后便安全撤离。不，这已经不可能了。批评家必须是有专题研究的，他不必要也不可能对任何小说现象都议论一通。即便是文化小说，里面也包括着若干地域性的专题，要跨越这些文化地理上的屏障绝不是件容易事。李杭育的《炸坟》刊出后，还未有人将它剔离出来，放到吴越文化的背景下予以考察，更不用说——指陈这篇小说所包蕴的诸种含义了。例如这篇小说的俚俗、幽默、荒诞和象征，构成了连成不等边四角形的四个点，这种构成关系和磁场引力，若要从美学意义上加以探讨，显然只能是属于专题批评家的分内之事，外人插手总觉得别扭。往上推移一下，像韩少功的《爸爸爸》，通体散发着既浓烈又峻冷的楚味，若单单从象征的角度来阐释丙崽病态精神包含着的国民心理状态的含义，仍然是远远不能穷尽这篇小说所隐含的复杂内容的。关于生存状态，关于民族和种族的原始记忆，关于风俗和迷信，关于语言的组合带来的暗示能力，都可以引发许多饶有深意的理论思考。遗憾的是，批评家们的专门知识过于贫乏了。再往上推移，郑义的《老井》既令人窒息又令人激动地出现在人们眼前，对这篇小说批评家们说了些什么呢？对郑义黄河之行归来后一系列严峻的思索，批评家们又知道些什么呢？批评家坐在书斋中，遥观着一篇又一篇新刊出的小说，对它们所赖以形成的历史文化条件和小说家的特殊经历却所知甚少。批评家对小说家的徒步远游表示了赞赏，但也不过是致以一个远距离的敬礼而已，他们自己仍然不能贴近小说家，和他们共同体验某种心境，诸如喜悦、忧虑和困惑。圈外的批评家，也许可以不被偏爱所拘囿，可以独立自主地发表个人的意见；然而，基于不理解之上的批评往往是难以妥帖中肯的。小说发展的多样化和小型化，暗示了一种批评分工的前景，这一前景已经向我们隐约地呈现出一个新的组合模型：不是小说家和批评家各自成为两个营垒，而是由几个小说家和几个批评家组成一个文学圈，这个圈子有着自身的运转机能和协调机能，以及对外说话的多种媒介工具。

圈子批评家的任务当然不止于被动地作阐释和作注解，他们还将独立地发展自己的批评尺度与模式，提出主张，推动文学和文化的继续繁荣。他们将言之有据，自成一格，他们把自己的批评看作圈内小说的组成部分，而绝不是无所作为的伴郎。

圈子批评家和圈子小说家的携手，并不是单指一般意义上的友人关系。他们往往因为气质、审美意向、兴趣、主张等方面有着相通之处。此外，还因为他们都触及同一个专题或同几个专题，当然，是以不同的方式：前者是知识和概念的，后者是经验和感觉的。另一方面，这些圈子批评家又特别重视圈子小说家的经验和感觉，而小说家也十分赞同批评家的知识和概念——他们本身也在探求着和他们的艺术倾向有关的各种知识。事实上，他们是水乳交融的统一者。

对小说家经验和感觉的熟识和领略，是圈子批评家必备的素质。批评家自身的确立和自信，反而使他们不耻下问，深入到小说家创造出来的幻象世界中去汲取感觉的营养。相反，只有不那么自信的全知型批评家，才害怕和小说家的平等交流与对话，生怕被他们的才华所吞没。这种害怕心理，促成了隔膜的形成，对双方都极为不利，既有损于小说在规范意义上的确立和研究，也有损于抽象思辨的饱满内容。批评家的这种自夸意识其实是自卑感的无意识流露，他们竭尽全力地将一些貌似艰深的语汇和范畴来笼罩小说的艺术整体，可是这种笼罩物本身却极为无力与稀薄。

感觉，这沟通小说和批评的第一个媒触和中介，好像总不那么受到特别的关注。过多的概念思维，把批评家的感觉机能磨钝了。莫言的《透明的红萝卜》实际上很大程度地唤醒和打动了人的感觉，批评家不是没有意识到。可是，他们仍然不由自主地凭着惯性思维，用一层知性的概念之壳来封裹那一连串新鲜的感觉印象，并有意无意地将它推进一个预制好的先验模式。从《透明的红萝卜》中发觉了"魔幻"和"童话"，这当然是有眼光的，可是若不能指出它是如何的"魔幻"和怎样一种"童话"，这种标签仍然显得苍白。至于用某些浮泛的措词来探讨这篇小说的艺术特征，如含蓄，虚实和模糊，同样令人感到无关痛痒，进而反显得模糊不清。批评家的尴尬，实在是因为不肯放下一副整天思索深奥理论的架势，在任何一个问题前都要高谈阔论一番。这也是因没有圈子意识和圈子交流而产生的隔离现象——批评家抓住某几个艺术症候，作随意联想，既远离了艺术本体，又没有批评主体的诗情洋溢其间。这样的批评漫游实际上便沦为一种无价值的空谈和知识的炫耀。关于莫言小说的感觉，就是一个非常值得深究的美学和心理学问题。它涉及到感觉记忆、感觉的内视性、幻听和错觉，涉及到行为动作中的信息交换和自娱功能，涉及到语言转换过程如何保留最初的直观性质，还涉及到童年的观察、想象力和梦境的再现。由此，它还将涉及到作家的个人资禀和气质类型。很难想象，那些圈外批评家能对上述一系列问题作出令人满意和使人信服的回答。

陕西的贾平凹也有相类似之处：由于他气质上的羸弱和极度敏感，这一内向性格使他迷醉在各种传统文化的典籍、野史和笔记之中。若对他的个性不屑于研究，又不能对那些典籍、野史和笔记有所了解，就使批评家们满足于在一般社会历史范围内对他的小说进行单方面的功利主义评价，而把他小说里的某些精髓遗漏了。在这个框架里，批评家完全依据单一的尺度，忽而说贾平凹陷于迷途，忽而说贾平凹有了巨大的突破。这种外在的评判，实在和他精神的探索相距甚远。圈外的、全知型的批评家，总是企图找一把万能的尺子，来衡量所有的小说现象，这样就容易变得狭隘和武断。能弥补这一缺陷的，只有靠那些圈子批评家，因为唯有他们才深知小说家独特的精神探索轨迹，并谙熟小说家所热衷的某些专题乃至各种古怪的个人癖好。

当代小说的圈子化趋势有增无减。无论是前述的莫言、贾平凹，还是尚未论及的张承志、张炜、陈村和王安忆，都开始走向了自己风格的基本定型。莫言继《透明的红萝卜》之后，又有了《秋千架》和《球状闪电》；贾平凹的商州系列仍然不衰地持续出现，他的中篇《商州世事》让人感到那真是一个偌大的世界。张承志写了《晚潮》《残月》以后，他的《胡涂乱抹》和《黄泥小屋》又将相继问世；张炜的《本林同志》和陈村的《从前》至今还未见到评论，而这两篇小说都比他们的前作有了新的含义。陈村的《美女岛》马上就要出笼了，批评家将如何评价这部既非常荒诞又非常现实的小说呢？还有王安忆，她从《大刘庄》开始就有了对小说叙事结构的有意探索，《小鲍庄》也许是她近年来的一个高峰，她今后又有怎样一个发展前景呢？

要谨慎而细密地回答上述问题，是非圈子批评家莫属的。圈子批评家是圈子小说的对外发言者，他们沟通圈子和圈子的联系，协调着相互的关系和彼此的理解程度，为当代文学史的宏观记录提供翔实有据的材料和论证。圈子批评家完成着第一轮的筛选工作，把易被遗漏和易遭误解的小说重新推到研究者的面前，并附上一份辩护词和委托证书。圈子批评家在大分化的历史趋势中并不惊惶失措，他们将卓有成效地分工，并通力合作，澄清理论的空幻迷雾，把新涌现的小说现象理顺，并把里面的新经验逐一予以归纳和合理化；他们修正着既定的文学理论和小说理论，为时代精神的更新和固有文化的整理提供活生生的依据。圈子批评家既是圈子小说的热情鼓吹者，又是严格的净友，他们将毫不讳言友人的过失与迷误，并理智地汲取来自圈外的合理意见，纠正自己的偏颇——当然，他们的谦虚绝不意味着丧失定见，他们将坚持某些主张和观点；虽然可能有错，但至少可以留待时间的公正裁决。

为应付小说发展如此变幻莫测的庞杂局面，促成圈子批评家的出现将是一个有效的对策。不然，在若干年后，人们将意识到：由于我们轻视了这一历史的请求，当代文学的整理失去了许多可靠和详尽的依据。事后总结既感到累人，又因为没有充分的目击者和知情人提供的原始证词，判断就很成问题了。

　　　　　　　　　　　　　写于一九八五年九月初的某一天

文化、哲学与人的"寻根欲"

　　文学开始追回它阔别已久的家园了——它一踏上这块养育过自己的土地，就热泪盈眶、激动万分。在以前，当它还年轻气盛的时候，它便在一种备受贫困和压抑的不满心境下，独自外出谋生，梦想发展自己的个性和自由地生活。它曾经踌躇满志地在异乡陌域开辟新的天地，只不过在夜深人静之时才偶尔回瞥自己的童年和家乡。的确，在接触了新的世界之后，它庆幸过：为学到了新的生活方式、得到了新的机会和掌握了新的技能、新的道德准则和其他有用的观念，同时也为突然发觉了自己个性何所在。可是慢慢地，这种庆幸渐渐暗淡下去。新的冲突、不安和迷乱，以及新的挫折、困惑和烦恼，逼使它进行了自我反省。文学的自夸和自炫现在露出了不可靠的性质，因为在某种程度上，它偏离了民族特有的生存状态和生存之道。文学个性的随意自塑，使它悬空无依了。在这个喧喧嚷嚷、个性林立的世界上，表面化的个性在文学竞技场的角逐中反而不被人们所注重；相反，它被时尚和流行色淹没了。至于这些时尚和流行色，又处于经常的变化状态里，结果一切重新变得可疑起来；不错，个性自身即是一种价值，可是一千种个性的价值全相等吗？文学将怎样选择呢？文学和人们的真实生存状态应是怎样的关系？新的东西是否一定就好？并且，我们通常自诩为"新"的事物难道真的就是新吗？

　　漂泊无定的、具有优越感的个性意识，现在遭到了质疑。文学曾经撩动人心地宣示它所理解的现代意识，但这种意识和我们固有的、既成的生存之道又是怎样一种关系呢？文学是那么热忱地、诚心诚意地希望改善现实，建造另一种生活和观念，但很快，这样的文学愈来愈引不起人们似乎是应有的感应。问题的症结何在？那些被轮番提倡的新东西，不管如何合理，但由文学来说出，多少带有一点悲天悯人、自以为是的贵族气。文学能不能从生活中分离出来，抓住一个外在的观念，就凭这个反转来对生活说东道西？是的，不应否认文学可以有振聋发聩的积极含义；不过更常见的，它往往成为提高自身身价的一种夸夸其谈。它似乎一直是只偏爱自己的主观意向和表面化的、以示与众不同的"个性"，而忽略了它本身理所当然地应与生活的固有状态保持同一性，更没想到应与广大的普通民众共同呼吸（真正地！）。因而，一方面是色彩斑驳，一方面是基质的单薄和贫乏。所谓的基质，就是文学和民族生活的共生性，就是灵的一致，就是精神的相通。在追求外表效果的进程中，基质仿佛被搁置起来。可是，由于脱离基质的任何艺术运动都不能走得太远，于是，一次激动人心的真正回归就开始出现了——大规模的迁徙已经中止，地理、历史和民族文化，像一块极大的磁场，紧紧拉住了一些文学上的思乡游子。

　　任何人的生活都存在于空间和时间之中。因此，地理和历史就把人的生活整个儿圈在里面了。另一方面，人又往地理和历史的躯体上抹上了自己的创造物，这就是——文化。宽泛地说，人创的和属人的东西都是一种文化，它不仅包括一般的书本观念和知识，也包括约定俗成的习惯、风尚和规范。文化还包括着农民的木耙、石匠的斧凿和樵夫的柴刀，包括着村野俚语、粗犷的民歌、少妇的裙兜、墙上的挂虎和窗上的剪纸，包括着老人默对的荒滩、妇孺嬉戏的土坑、少男少女幽会的芦丛，而且还包括着任何一个普通人微驼的背、忍耐的手和不动声色、似彻似悟的眼神。文化并不集中在都市之中，并不汇集在博物馆、资料库和图书室，它存在于任何有人生存的地方，也存在于任何曾经有人在那里生存的地方。文化并不仅仅是文字。

对所有文字和非文字的文化，具有卓识远见的人们表现出一种开放和涵容的胸襟。曾经被阻断、被隔绝的文化传统，现在被注入了新的活力。哪里有了发现，哪里的文化——哪怕是一鳞半爪的、残破不全的——就拥有了一种统一的背景。审美和人的生存感情结合起来，不是狭窄的保守心理，而是人向祖先——他的来源——的逆向追寻。人必须弄明白他从哪里来，才能考虑他的归处。文学连同它的创造者们，现在都不约而同地走进了群体，走进了文化。在以前，他们一直有点儿孤单，在接踵而至的新事物面前忙不迭地被迫作出选择。现在他们干脆不怎么理会外来物的炫耀，逃避了那种无暇停留的个人自由状态，而甘愿归化进他的群落中去。一旦人们不再片面地赶时髦，而是深入到他生存的实质中去，他们和他们的创造物——文学，才有可能获得真正有价值的个性。

这不单是一个悖论的问题，而且也是一个文学之本的问题。当文学试图脱离外在观念的支配，独立自主地探索人们生活的真实境况，它必定会碰到无数潜存于这生活的真实观念。这些观念原先是未曾整理的，不为人们注重的，好像传统文化只存在于先哲的典籍和各种卷数浩渺的诠释注解之中。的确，百多年来，传统文化，不管是正统的还是非正统的，凡是留存在书本里的，都一一遭到了清算和轻视。向外学习的心理和欲望，把这些东西深深地埋藏在不断动乱变化的社会意识的底层。此外，种种民间文化，也在外来冲击之下面临灭绝的边缘——只有在一些较为闭塞的地区才保存着地方文化的独立性。人们曾经认为，由于世界市场的开拓和交往的加强，民族固有的文化愈来愈难以保持，一种世界文化将取而代之。但是，这种雄辩的历史主义却不能解释世界文化本身也面临着种种冲突和挑战，它并不能统一于一尊。此外，作为一种生存方式、语言方式、思维方式和感受方式，民族的恒定性是不易彻底更改的。某种程度上，一旦生存方式归于大一统，语言合流，思维和感受不再具有差异，这个世界将是何等的苍白——即便所有的居民拥有更多的物质条件和掌握了更高的技术，也无法使这种统一的生活具备真正人性的质量。

为应付这种大一统的文化挑战，重新整顿和审视传统文化便有了一种迫切的当代意义。而文学，虽不把其主要精力放在故纸堆之中，但它却直接深入到非文字的文化状态——即民间生活里面，拯救和发掘那些险遭埋没的、原始的、粗朴的习俗、风尚和传说，并从不断复现和再生的处世观世态度中把握住民族的特殊心理和种种象征物。真的，这样的胸襟首先是确认了生活的原状，不冒冒失失地下判断。它采取挚爱的眼光，不挑剔的眼光，来全面和深入地理解生活的来龙去脉。它变得心平气和了，宽厚和博大了。它试图接续起文化的长链，使它在一个全新的意义上获得再生。从表面上看，它似乎不偏不倚，居然认可了贫困和愚昧，甚至对一些野蛮的习俗和无我的消极道德也表现出了由衷的赞佩；然而在骨子里，这种文学动向却在一个更深的含义上指出了另一层意蕴。它不是简单地希望生活发生逆转，而是对人们业已习惯的、确定无误的历史功利观念发出一种深沉的疑问。在向后的文化观照之中，文学体现了哲学意义上的迷惘，它揭示了价值的相对性，它以自己拥有的专长——直观，向人们呈现出令人凝神静思的困惑。也许，在对这种文学进行无偏见地考量后，人们会在民族文化的逼视下重新思索人生、自然和宇宙的真实含义和价值何在。

对民间文化不加掩饰地流露出亲近的立场，这无疑是体现了精神的真正交融。非常可能，偏爱和自重的倾向会使某种本不太美的生活现象变得有了诗意，这是否是艺术的滤镜下投射出来的幻影呢？审美眼光和态度，的确会改造生活的外形以及性质，使哪怕是单调贫瘠的生活也有了一种空漠、阔大、辽远的崇高感和无欲、忍耐的德性，这可靠吗？诚然，文学的效用是超越功利的，但它会不会干预到一件它不该干预的事情呢？（比如提倡某种生活条件和相应的人生态度）这一疑问是有理由存在的，可是文学对这类疑问只能保持缄默。因为它并不永远在提倡什么，而常常在提出什么，让人们换一副眼光重看一个什么；有可能的话，它还力图让人们换一种态度来感受一下他们原来已有定评的生活和人生态度。

文化，特别是传统文化，不再是一种遥远的形式，它时时刻刻存在于我们周围和心里，难以拒绝。这并不是说，现代观念应该排斥出文化之列。相反，现代观念是以整个传统文化为深刻思想背景的。即便是对传统的反叛，这一反叛精神也早已存在于传统之中。现代哲学和康德的关系、和老庄的关系，无不表明人的思考在其基质上的同一性。深刻的思想并无古今之分。

一种寻找也是一种制造行为。确认文化的伟大生存力量，固然引起人们忘我的感情。可是，散落在民间的文化尽管有顽强的繁衍力，也难以完全避免自生自灭和遭到文化劫夺的命运。对遥远文化的追索，其实正意味着某一些文化只剩下了依稀可辨的遗迹，很难辨认出来了。考据和查访，这本属于考古学的工作，现在也分一部分给了文学的好奇冲动。因此，文学的创造本能使这种考据和查访蒙上一层主观的色彩，它无论如何都不可能恢复文化遗迹的原貌。由此看来，对传统文化的真正继承和予以再创者，就非文学莫属了。历史考古只能查证一段史实，它对史实的解释要受到各种各样的限制。文学却能避开这种危险，因为文学所涉及的历史、文化，都被一种当代的审美意识所覆盖，而不复是一堆实在的材料本身了。

这是怎样一种当代审美意识呢？一开始，它仿佛对各种舶来品贪婪地汲取，随后又觉得个人独创性和民族性的遗失。为从这种追随状态中摆脱出来，它曾经陷于苦闷——回到传统吗？这个词似乎永久地被钉在保守的木柱上，成了墨守成规和僵化的象征。文学在观念领域的左右为难，迫使它必须真正独立地思考，而不盲目相信流行的意见。的确，民族自尊在这里起了有意无意的推动作用，血液和气质上的东方群体意识，终于使文学在作了一番漫游后重新把那些远旅者集拢起来。这已经不是封闭型的民族文化自诩，因为它多少有了一个比较，多少有了参照，多少在世界范围内回瞻民族文化精髓何所在了。当然，里面难免有感情至上的因素，难免因为自重自爱而形成的偏颇，可是文学难道不应回到自己的家园吗？对家园的眷恋和挚爱，难道不是一种极高的艺术品格吗？

其实，在回归的途中，个性并没有真正消逝。所不同的是，那些浮躁的个性隐淡了，它显得含蓄、成熟和内向。神经健全了，能汲取也能抵制了，能分析也能鉴别了。它把这一切都糅化在一种兼识之中。它的自我意识现在通过非我的形态出现，自我中心向非我转移，它真正地和生活、和现实、和民众、和自己的文化同在了。

文化就这样成了文学的主题。生存状态，其本身是非文字的，文字只是当中的一部分。所以，这一主题的困难和诱惑是同样的大。由于直接面对生活原貌，外在观念不能发挥作用，于是，平实的风格就出现在文化小说里了。它好像不涉及抽象的观点，很是隐伏在生存状态背后的生存之道，像一个包诸万有的神，在那里默默地凝视着人们，使他们心悸，不能自禁。

这个生存之道是什么呢？

它是——达观。对这个高度简括的词，几乎难以作进一步的解释。它有无限的容量。它是一个人在天地交接处伫立时的沉默，它是汗水的洒落，它是一个老人的死和一个婴儿的生。的确，感悟、哲思、劳作、生与死，这一切都极为平静地发生，极为平静地消失。并不为得到什么而大喜，也不为失去什么而大悲。

文学在描绘了人们的生存状态，并以文化的方式接触到背后的生存之道后，似乎已经暗示了这么一个想法：我们并不是自我决定的，我们只能在一个既予的文化环境中找到新的理想，而且还得借助传统的力量。

作为某种审美方向，文化问题的被提出具有巨大的意义。但是，由于这一审美方向已经触及到一系列哲学命题，因此，原先缄默的抽象思维现在不得不被惊扰了。从一个大的范围来看，文化的骨骼便是——哲学。就终极意义而言，生存、文化和哲学是三位一体的：哲学是骨骼，文化是筋肉和肌肤，生存是血液，是活质。哲学作为内在支撑者，虽然不能突破文化的包围，但它却能影响文化的外貌——强健或是羸弱，兴盛或是衰亡。

因此，文化的复兴便是哲学的复兴。单纯的风俗、语言、规范，若无哲学精神作为其核心，是极难抵制外来文化冲击的。近百年来的传统文化衰落，其实是"正统哲学"的衰落。而最近以来的文化复兴，乃是因为"非正统哲学"那种深厚的内质重新被激发，产生了活力和魅力，它甚至是超民族、超国界、超时间的。

先秦哲学跨越了两千年的漫长时日，在今天和我们相逢了。一方面，我们想恢复它们的原貌，撇开历代学问家对它们的注释，独立地作出判断；另一方面，我们也为它们作出自己的注释。本来的哲学究竟是怎么一副模样，这再也不必说清楚了——尤其对文学想象来说，对思维的刺激来说，对感知的启示来说，哲学的真相是无关紧要的，关键在于我们从那里能够看到什么。我们总是携带着一些困惑去向哲学讨教，希望能够释惑。并非是说，先哲们的言论是一种预言；而是说，他们当时的处境和今人的处境仍有着相似之处。哲学的回溯，其实是迫于现实疑题的压力，并不是单纯的对典籍知识的了解和把握。诵读和默记古典文献的兴趣，已悄悄地被一种类"意会"式的领略所取代。所有的哲学，只要走出学府和呆板灌输的课堂，一经和人们的生活境况与盘桓在人们脑际的疑惑结合，就会获得生命力。至于这种业已被重创的哲学感觉和思维是否还符合"本文"，那实在不足道哉。

对哲学的这种主体领受，现在已成为文化回归运动中的一个重要组成部分。不用说，只要确认人的生存状态是第一性的，那么人们就应当容忍这一并不谨严的学习态度。事实上，这一态度的形成，乃是由于当代的实践已经背离了以往那种无视现状而盲目复古的治学之路，哲学不再是饱学之士的囊中珍物了。

传统哲学的现代化改造现在已具备了真正的可能性。文学对文化问题的热切关注，正是这一精神运动的一个生动征兆。所不同的是，如果哲学思维始终不忘记它的职责，即批判性的时候，文学思维则正在考虑对现实的容纳。哲学的真正成熟，开始于对现实的确认，在这个基点上才进一步谈论应当怎样改善现实和可能怎样改善现实；那么文学的成熟，似乎也在走这么一条道路。以往的浪漫激情不再吸引人们，因为这是用文字的丝络编织成的符号之梦。而今天，只有充分认清人们实际上只能怎样生存和已经怎样生存，方有可能促成新浪漫激情的复兴。况且，这一未来精神的使命，也绝非文学单独所能胜任的。

实践的人是一切哲学的原因和中心，当然也是一切文化的原因和中心。这不仅是说，人是哲学和文化所探讨、所表达的对象，而且还包含着如下一层意思：当由人回过头去考察既成的哲学和文化时，这个人的精神结构、目的、素质和意志，便会形成一个强有力的主观楔子，打入业已客观化的哲学和文化，使之产生出新的含义。这样，我们就很难离开人——作为研究者的人——来论说哲学和文化本身了，我们只能面临一大堆各不相同的解释和评价。

客观论者当然不会赞同这一说法，因为它认为这一说法混淆真实，主观任意，取消客观尺度。但是，如果把这种客观态度贯彻到底，它同样会滑入自己刚刚攻击过的主观陷阱，因为在无数问题上，客观论阵营内部也充满了各式各样的主观性。最糟的是，它居然把一些明明是主观的观念武断地宣布为客观的存在。

既然如此，人们就不必对文学上的"误释"表示惊讶了。文学所体现的哲学观和文化感，严格地说都是可以挑剔的，有懈可击的。问题不在这里。文学毕竟不是哲学，也不是文化史。哲学在文学中直观化了，变为一组形象，一系列语言氛围，它渗透在文学的总体叙述中，有时也通过某些象征物，经过人的阅读联系而露骨地揭示了哲学命题。至于文化，则变成了一个宽广的空间，一段绵长或凝固的时间，它构成了背景，构成了心理，构成了人的表情。文化在文学中并不单是一幅风景画，一件民间的小摆件，而是一个笼罩全体的东西。

经验不再是孤立的了，瞬间的、突发的感受一旦和悠远的文化感挂起钩来，就化作了永恒。文学语言把这一经验状态凝固下来，不断供人重温。当人们对乐山大佛投以远眺、对敦煌石刻投以静观时，他们就会被一种力量所震慑、所打动。文学的世界更为宽阔，它不仅描绘那种肃穆庄严的景观，而且直接深入人的经验，并捕获人和文化之间的神秘空间，输入无声的旋律，把人的存在和宇宙的存在一同揭示出来，让人观照和体验。那些暂时的东西都于不知不觉中变得不重要了，背景成了主角，环境成了主角，人和背景、人和环境的关系成了主角。经验不再孤立，人也不再孤立。一切都融为一体了。

这一壮丽的景象是如此地激动人心，把人的精神提升到一个哲人的高度，而这个高度又是任何一个凡人都能企及的。文化在文学的整体描绘中，不再是高雅的学府式的高谈阔论，也不再是街头巷角的粗鄙琐谈。文化的优劣，差异，文野，在文学的忠实叙述中被整个儿打通了，难分彼此。把那些甄别工作留给旁人去做吧，因为文学的任务已告完成——它只供奉出一个生命的活体，人与文化的活体。这也就是它的一大功绩了。

真是一个巨大的历史精神的回旋。文学在文化的世界里惊呆了，沉醉了，呼吸急促了。它时而接触最单纯的日常生活，时而接触珍贵的文物遗迹，时而也翻阅一下典籍。它热衷于徒步考察，找人聊天，参加各种婚丧嫁娶的仪式；它也热衷于闭门独思、静坐和想象。群体生活和群体文化，以它的独特魅力把纯粹自我的狂想淹没了，文学终于在它周围的世界里找到了目前的（当然不能说"永久"）位置。

并非所有的文学都一起自觉地关心文化问题，文化当然也不是文学的唯一主题。因此，即便是把自己归化进文化群落，悄悄地撤回原先锋芒毕露的个性，也仍然在整个文学现状中呈现出真正属己的个性来。说到底，任何一种文学创造都是起因于人固有的"参与"本能，而以任何形式出现的参与行为，则必然都是自我的现实化，个性的现实化。

那么，这个自我及其个性，又是什么呢？

显然，从表面上看，属己的风貌和风格都是不难区分的。诸如地域、民俗、语言，都有自己的形象，别人不能模拟。并且，在具体地论及文化问题时，意见仍然有着分歧。最后，对个人熟悉的文化模态的悉心描摹和表现，也分别使自己的文化观和文化趣味有了一个证明的机会。但是，这毕竟还没有深入到问题的核心。

"寻根"就是核心所在。寻根的归宿是指向家园的，这里的家园不止是少年时生活过的地方，也不止是父辈或祖辈生活过的地方。家园还是精神的停泊地，精神的源头。归根到底，寻根是逃避孤独，希望归依的行为，它还具有安抚灵魂，谋求一个终点的情感功能和精神动机。从文学重心的移动来看，回到民族的生存状态和生存之道似乎是出于保守的心理，但这背后却暗伏着求变的动因。耐人寻味的是，求变的目的，还必须指向一个意欲变成的目标，这一目标的确立，反而使求变的心情开始安宁了。

不倦的探索精神在进行了如此长途的远游后，它终于回到了自己的起跑点。它是有收获的，并将继续有收获。文学潜移默化地受了这一探索精神的牵引，同时也推动了它的远游。文学本身不就是精神的特定形态吗？它曾经不在乎自己的"根"，因为这盘根错节的"根"把精神的自由发展限制在一块古老而封闭的土地上，一代代年轻的生命当然要呼吸更新鲜的空气，当然要向外扩展自己的生存空间。它们为什么不该了解一下：除自己周围的那片天地，是否还有别样的天地？如果有，又该是什么样？

我们置身于有限之中，又无时无刻地想向无限进发，时而犹疑不决，时而坚定不移。我们一会儿把视线投向深不可测的未来，一会儿回过头总结走过的路，陷于沉思。对投身于新生活的人，未来拥有无穷的召唤力量。但是，也由于未来的不确定性，往往使人们在疲惫和失望之后产生孤独感和恐惧心。当前景是一片迷惘的长夜，脚下的路不知通往何处的时候，人们就难免要向后顾盼那愈离愈远的家乡之灯了。人们将眷恋自己的故土，那里的人群，那里的乐趣、烦恼与平和的生活节奏。真的，这的确是一种诗化了的依依不舍，这的确是用语言构造出来的安慰之梦——但是，害怕孤独，渴想群体，不正是人的生存表现吗？无根的飘零，流浪者的孑然一身，精神上永久的寄人篱下，这些由血缘、生活方式和精神信念三方面组成的孤独，能否让人忍受呢？

人的寻根，就是希望同时解决这三个方面的孤独。人们要自由，但不要飘零；人们要独立，但不要孑然一身；人们要精神解放，但不要寄人篱下。他们看来有点儿自相矛盾，因为刚刚挣脱出来又想投身进去了。可是，这种表面上超越个性和自由的向群体归化行为，实质上正是个性和自由的真正选择。这一行为是经过充分估量和考虑的，特别是，它是——自觉的。

长期生活在一个固定不变的文化环境，人们曾经是习以为常、无可奈何的。只是在这个封闭的文化环境解体时，人们才通过对其他文化的了解进而产生了对自己这一环境的不满。对文化专制的不满，对旧道德的不满，对国民性的不满，对外表上看是因为武力的失败而形成的反省。但实际情况则是由于外来文化的侵入和渗透。不管怎么说，人们对传统文化的放弃主要源于一种外部压力，是被迫的放弃。这是很容易明白的一条道理：凡是被迫放弃的事物，总带有不情愿。东、西文明体系的冲突和摩擦，露出了各自的缺陷。东方文化的回流其实正悄悄地融汇进了西方文化的因素，一个纯粹的东方传统再也不会恢复本来面貌了。

再也没有真实的根可寻了——只有主观的根，想象的根。只要人的认同，根就出现了。寻根的意识不仅迫于文学追求的压力，也迫于精神迷惘的压力。寻根是为了对无根状态的摆脱。因此，与其说人们已经找到了什么，不如说他们希望找到什么。

现在全部问题又回到了开端：既然文化和哲学都是人们的生存状态和生存之道，那么一切事物的起源都是来自生存。人们在生存中老是要想到自己何以存在，存在的价值和可能；总是要想到存在的来源和归处，存在的位置和希望。所谓的"寻根欲"，就是对所有生存困惑的最终释除行动。寻根欲不单指向过去，也向未来延伸——因为寻根必然要导致归处。

文学已经呈现出这种形而上学的冲动，它跨入了文化哲学的精神领域。它不仅促成了人与人的对话，人与自己的对话，也促成了人与世界、与历史、与无限宇宙的对话。地球上的生命和自觉的自由精神，将通过这一永不疲倦的对话而取得极为恢宏和深邃的真正自然观。在这种自然观中，人类永恒了。

一九八五年七月六日

当代小说：一次探索的新浪潮

——对一种文学现象的描述、分析与评价

一

收在《探索小说集》中的三十几篇作品当然远远不能涵括近年来日益多样化的小说创作的全貌，即便是在那些富有探索性的小说中，仍有许多篇什或因篇幅所限、或因某种审美隔膜而没有予以收入。不过，即便经过谨慎的选择，这些小说依然可能使一些极有鉴赏力的人们感到程度不等的疑惑，甚至还会产生出一种不解或反感。当然，令人欣慰的是，一些持宽容态度的同行，还有不少不满于自己原有成绩、不断致力于调整自己既定审美方式和力求在表达上有所变化的小说家及批评家，则对诸如此类的小说怀着莫大的兴趣。作为一种个人化的特殊艺术劳动成果，这些作品彼此间似乎缺乏内容上的明显联系，无法进行简单的比较；若要作高低优劣成败的评鉴则更为困难——然而，它们以及它们背后，整个庞杂多变的小说创作现状，仍然有着一个大致统一的指趋和意向，即不满于固有的题材、范围、意图和态度，也不满于固有的小说规范和形式表现力，努力谋求一种新艺术空间的可能性拓展。换句话说，对小说观念的变革这一任务，那些小说和它们的创作者们都有意无意地怀着共有的迫切心情，因为若无这种既卓有成效又可能导致个别差错

的艺术探索，就难以进一步解放小说创作的生产力。

文学（小说）是沟通人们经验、情感和思维的一个有力工具。不过，最近以来这种沟通的广泛性好像遇到了某些障碍——小说家愈是专心致志于个人的独特发现，并把这种发现以独特的个人语言说出，它的响应者也便会日益减少。幸好，拥有较大社会影响的小说并未完全受到人们的忽视——但是反过来，小说有无可能或必要把追求广泛社会影响作为首要目标？或者是全部小说的目标？一部或一篇小说，有无可能沟通所有识字的读者？人们争相阅读的是否一定是篇好小说？事实上，对这样一种貌似倡导普遍意义的说法是可以存疑的，而这一说法的贯彻到底毋宁是对小说艺术的取消。因为对世界上几十亿识字的读者来说，任何小说总是被一小部分人所阅读。

不错，收在这本集子里的小说实在是沧海之一粟，它们既难以博得振聋发聩的轰动，又难以赢来雅俗共赏的赞誉。它们所希望做到的，仅仅是一个自我意识者的对艺术探索的不倦寻求。它们不是自行跳进读者预先准备好的审美口袋，而是试图提供一只新审美口袋。因此十分可能，突兀、陌生、乖离、费解、奇特与"隔"，将伴随阅读而来。不过，在仔细地深入到它们的叙述过程中之后，那种感觉也许会渐渐地消释。历来的小说观念都是灌输和审美心理定势的产物，它由规范、权威、秩序和习惯共同支撑。近年来，小说实践的长足进展已经悄悄地偏离了那种一成不变的小说观念，偏离了这一观念的副产品，如叙事模式、惯用体例、连续性情节结构，以及传统意义上的人物塑造、典型性格的描绘和语言守则等等。与此同时，小说实践又以它们本身的存在，孕育出新的小说观念和它的副产品来。生活，以及小说家对生活的感觉、态度、经验和再创性构制，已经展示出它们莫可名状的原生状态和整体感。它冲破了有限逻辑语言的固定理解域，把"现象"呈现了。这不仅是物界和物理性的现象，而且是心界和心理性的现象，它们交织在一起难解难分。于是，一个真正人化的社会生活和社会生活化的人，就被进一步地认识和表达。这些小说，犹如在一片未开垦的荒漠之地打下了一串界桩，在那里留下垦荒者最初的足迹，而把下一步的理论营建工程交给别人了。

生活永远地在胀破着既成的文学（小说）模式，文学（小说）也永远在胀破人为的故事构架。模式固然是需要的，因为它是一种秩序、一种期待的满足；故事也固然是需要的，因为它应验了一种因果、陈述了一种衔接。读者需要秩序，需要重复，需要惯性思维和惯性鉴赏，所以模式将始终保有吸引力。读者也需要因果，需要逼真的命运、情境和遭际，需要担忧和悬念，需要有头有尾，需要幕启幕落，所以完整性、明晰性、情节性同样将拥有持续不衰的生命力。然而，难道生活不大于文学吗？小说不大于故事吗？当人们在生活中发觉了大量的非戏剧性、非情节性的日常现象和偶然事实，是否一定要经过戏剧性或情节性改造之后，才算是文学呢？为什么非要从一堆材料中整理出若干部分组成一个故事才算是小说呢？这样不是离生活的本体太远了吗？尊重生活，尽量保持生活的本来状态，必然导致情节思维至高地位的动摇。而逼近生活原态的结构方式、个人经验的连缀方式、感觉联系和跳跃的串结方式以及对日常场景、自然心态和非表演化的个人行为的实录方式，就以较新的面目出现了。它们多半没有我们习见的那种完整故事——如一定说是一个故事，那它们也是断断续续的、残缺的、没有来龙去脉的，因而也是难以娓娓动听地予以复述的——而只是一种生活状态、一种情绪状态，一种感知状态或一种经验状态的个性化保持。

这是双重的尊重：既尊重生活无情的客观性，又尊重每个小说家个人经验的自然性和本源性。它不认为文学或小说只是既定教科书中钦定的东西，而是连绵不断地为小说家所感受到并随之表现出来的东西。对人自身的了解和认知现在亦大大地推进了一步——在"人"这部有待不断撰写的未完专著中,"性格"无非是其中的一章。即便是十分重要或是核心的一章,也无非是"一章"。性格是一种终将呈示于外观,可以辨读的人的重要特点。而人的集体意识和集体无意识,人的原欲,人的社会动机,人的象征行为,人与工具符号的依存关系,人与文化的协调本能,人对死亡的恐惧与反恐惧,人与生殖,人与权威和偶像,人在社会机器中的自豪或自卑,等等,都绝不是某种"性格"学说所能够阐述明白的。小说离开了"性格",在诸种关系中考察或揭示关于人的问题,绝对是对"人"的掘进。最后,所谓"理性解释"的范围,并非是说,人的理性应当放弃对诸如此类未解之谜的认真探讨;也并非是说,理性在某些疑问面前只好颓然止步;而是说,生活中或文学(小说)中某些行为、动机、性格的背后,并没有一个明确的当事人的理性意图。确认这一点非常重要,因为这一想法不但指出了以往因果解释的简单化性质,而且指出了因果分裂、因果倒错、因果移位、因果的多重中介、偶然对因果的干扰等等问题的存在,这种对简单化理性的否认恰恰表明了新的理性态度。很明显,近来小说对惯常意义上的情节、性格和理性诸范畴的突破,绝不是一种骇人听闻的偏斜,而是在健全理性支配下,艺术表现范围的空前解放。某种程度上,那种貌似理性的"理性主义",由于根本无视人的精神和世界的复杂联系,无视人的非理部分的意识活动存在;无视世界和生活状态中非理因素的存在,因而反显得不那么"理性"。往往这种形似而神非的"理性主义"容易跌进真正非理性主义的泥沼之中。

现实生活中的未明状态、自然中重新出现的神秘感、人的命运中的宿命意味、迷惘或荒谬感、不断的自我内省和怀疑,或此或彼地成了某些小说创作的观照对象,然而小说家们未见得像有人危言耸听地断定那样陷于迷惘与荒谬。只有危言耸听才是荒谬的,只有天真的人才会被某种危言弄得迷惘。对这一代真正渗透着理性意识的小说家们来说，自知迷惘者往往是清醒的，自知荒谬者往往是正常的，自知怀疑者往往是追求真理的，自知宿命者往往是深知选择的，而自知神秘和未明者往往是努力想释破神秘和弄明真相的。这难道不正是一种深在的理性吗？有些自诩理性者往往是徒有其表。从表面看，在那个真正荒谬的年代，一切都多么"明白"呵！那个年代的所谓文学艺术，是明白的宗教信仰主义、形式上的假古典主义加精神上的伪浪漫主义，它的核心不正是"非理性主义"吗？它彻头彻尾地倡导非理性：非理性地以"形似"反对现实主义的精髓，非理性地以信仰教条反对科学与民主，非理性地以某种虚夸激情和"假崇高"来反对人健康的多种感情。究竟什么是"非理性主义"呢？只有无视现实的人，无视现实的人所拥有的全部精神特征的主张才是非理性主义的。可以认定，文学（小说）在最近取得的宽阔视野和多种表现手段，恰恰是理性的一个初步胜利预告。以一种博大的胸怀和气度来容纳世上的万有，突破不合时宜的禁区，创造出前所未有的生活场面、景观、现状与心态、问题情境和历史文化，乃正是世界本体和人类精神本体的忠实表达。现象是恒大于法则、概念和规律的。法则、概念和规律只是历史的产物，只是人类认识在历史的某一阶段上的有限表述；而现象，则永远整个地在那儿存在着，它不能尽数被法则、概念和规律所陈述、所穷尽、所囊括。一旦文学（小说）超越了一个时代的法则、概念和规律，把视线投向现象本身，那么它所提供的东西就有可能继续保存下去。相反，只要拘谨地在钦定的原则之内进行感知和表现，它必然是消极被动地印证已被知晓的世界概念或艺术概念，而此种重复绝不可能带来富有启发性的思考和创造性想象。文学（小说）唯有在触及到未知事物或事物的半明状态时，才为人类提供有益的探求。

小说变得难读了。对既定的文学理论和小说理论秩序来说，这种逾矩的、几乎是难以识读——人们总是凭着既往的"识"来进入每一次"读"的，因此，当他们的识不管用或大半不管用的时候，他们就不愿意读了，好像这是对他们学问和修养的亵渎和不恭——的小说，究竟算个什么呢？是的，新的不一定是好的，但是，新的一定是坏的吗？难道"读不懂"就是"坏"的依据吗？某种程度上，理论就是一种"破译"，把某种符号转换成另一种易解的符号。对此，理论的消极无为只能是智力懒惰的必然后果，或者是维持那种靠不住的尊严的抵制行动。他们忘记了，艺术上任何卓有成就的创新，都是伴随着某种失败或过火的。而将成功的创新之作从大量的艺术实验成品中挑拣出来，正是理论评论的一项重要工作。现在的情况是：纷至沓来的小说将面临筛选，这一工作有人不无道理地推让给了时间，认为时间是最好也是最公平的仲裁人；殊不知时间并不能自行完成这项工作，它恰恰是要由人在一段时间里来逐渐完成的。

这样，理论在痛苦地意识到自己的失效或部分失效时，它还应该享受到某种安慰。不过，若它始终不愿意接受新事物、总结新经验的话，这一安慰是轮不到它来享用的。

二

我们所置身的这一现实，不断地为形形色色的问题困扰着。先是大量积重难返的历史遗留物——历史人物的评价，理论的重新澄清和阐释，政策的修改，错误的纠正，真相的被揭露和整个社会结构的大规模调整替嬗；在这一系列不停顿的拨乱反正中，社会始被整理出一个初步正常的面貌。另一方面，在这一空前的社会进程里，各种思想冲突也浮上了表面。两代人，多代人或同代人之间的断裂、互不谅解和龃龉；人与人关系因经济原因或位置调换带来的改变；理想面临的困局和再次振兴的用意；传统的惰性和变革中的无经验导致的双方拉锯；经济体制的再探讨和这一体制正在进行中的巨大改造实验；妇女地位的上升和与此相关的婚姻问题的凸现；对越自卫反击战和由此激发的新英雄主义以及某些不正之风的被披露；教育领域所经受的种种压力；以及政治民主生活的改善，等等，都轮番地或并列地成为人们瞩目的中心课题。而尤为敏感的小说家（当然还有诗人和戏剧家）那是不用别人指点便会自动介入到这些问题中去的。小说家的自由个性并不像人们通常认为的那样仅仅是一种个人素质、性格或特点，不，它本质上便是对世界的自觉介入。

现实的精神从来没有消退过。若干年前，这一现实精神是以一种直接批判的历史意识出现在文学（小说）中的。当然，文学（小说）中初始的历史意识仅仅是对逝去的那段噩梦般的生活的追忆与反思，它缘起于对十年动乱的正面指控和思考。它具有强烈的爱憎激情，往往流露出义愤、不平和对创痛的难以忘却之感。它是对理想和一般人道原则的简单确认，对践踏这一理想和原则的野蛮行为的抗议，以及对这种暴行和虐杀的灾难性后果的忧心忡忡。总之，是非善恶是它从事文学（小说）创作、审视历史（刚逝去的一段历史）的一个标尺和动力。这种痛定思痛的文学（小说）从"伤痕"和"反思"两个层次，紧紧地缠绕着一个核心：对昨天的念念不忘，刻骨铭心。

这个初始的历史意识很快就被一种"当前意识"所淹没。对当前现实的关注，对改革实践的关注，随着社会生活本身的局势发展而影响了文学的自我思索与探寻。于是，某种参与的、介入的、现实主义的和感时忧国的小说再次应运而生。欢呼、疑虑、困扰、忧患和公民责任感，成为这种小说的"精神核"。它取一种入世、干预、进取、提问的态度，把文学作为自觉（不是听命于人的）感召公民道义、良心、义务和行动能力的手段，试图投身到时局和现实生活之中，发挥自己的特殊效能。在给予这一"当前意识"的务实入世表现以肯定性理解和应有估价时，我们确实还应当看到它的有限之处——即它并不能囊括当代意识的全部。通常，上述务实入世、感时忧国的"当前意识"和由此派生的文学（小说）由于带有判然可明的外在目的，因而往往易于显得具有太强的时效性，政策的随机变化和现实生活的日新月异或轮转现象，总是使得它们当中的绝大部分很快成为昨天的注脚，今天的追随马上就被明天的情势所超越；而它们自身却难以独立地保持下去。宽泛而论，当代意识不止是当前现实生活的直接映照、直接追随，而是一个笼罩全体的东西。当代意识是三位一体的：过去、今天以及未来。所谓思想的"现今性"，只有在一个时间的序列中才有较长的生命力，不然就是急功近利稍纵即逝的精神错觉和沉湎于夸张的"现今错觉"。也就是说，直接由最切近的现实生活提示或者激发出来的感受、思想和目的，还不能是当代意识的全体。当代意识还具有如下方面：未来感、个人独立、自由、怀疑和开拓、选择自主、鼓励并参与创新、自我意识、历史态度等等。一方面，一个开放和改革的时代大局应当造成这种空前民主的社会文化气氛，因而也要求人们能关注时代和现实以求改革的顺利推进；另一方面，这样的局面既已形成或正趋于形成，那么上述笼罩全体的"当代意识"之初步确立必然在外表上让人觉得一些人的个性追求离开了时代潮流和现实大局——而这恰恰是一个进步的标识。如果我们愿意深一步来思考的话，就会发现：一个为了谋求"每个人全面发展自己"而统一行动的时代，较之多少具有了"每个人全面发展自己"的可能、因而彼此不怎么统一行动的时代，是落后了一个历史阶段的。

社会生活的戏剧性演变，时而使人欣喜若狂，跃跃欲试：时而使人消沉沮丧，悬崖勒马。小说家的绝大多数本来就为社会的巨大变化所推出，所造就，他们自然极想抛头露面，行使他们公民的本分，对现实中的疑问、社会风气、流行见解、错误、失策和体制中的弊端提出尖锐的看法，但常常因种种原故而受到误解。始料不及的是，由于小说家们把审美注意力转向他处（世界真大！），他们反而感到视野豁然开阔。于是，由历史的梦魇到新生活的总体憧憬，复又散射到社会生活、世界万有以及各人经验的不同领域与层次，文学便从直接外在目的的服务扩展到一个更为广阔的生存空间，与此同时它就回复到了自身。文学在世界上找到的愈多，它的自我寻找也愈是充实有力。文学（小说）实在是一种"多而一"的合成物，服务于功利是它可能承担有时又必然要承担的一项责任，只是它还有其他的责任与用途。

现实精神在文学（小说）中就具体地展开为这么几个阶段：直接批判的历史意识、"当前意识"和笼罩全体的当代意识——而这个当代意识是囊括了前两个层次的。

三

社会背景和这一社会的特殊物质条件，使一系列相关的意识形态产生深刻的变化拥有了必要性和现实可能性——这是当代文学（小说）发生变化的最基本的背景缘由。同时，另一个背景和来源也绝不能忽视：现代的各种国际性思潮通过多种文化交往的渠道，愈来愈多地被思想活跃的当代作家有意识地了解并吸取。这不是说，由于这种形式上来自外部世界的文化思潮对此地的现实生活和小说创作带来了纯粹外在的冲击；而是说，恰恰是现实生活和小说创作本身的疑虑和困惑，才使他们在与外部世界广泛的文化接触中，通过对那些知识、思想和价值观念的把握来返视此时此地的现实生活状况以及某种愈来愈偏狭无效的旧有概念（包括文学和小说领域的旧有概念）。

在哲学、历史、经济、科学技术、心理学、人类学和未来学方面，我们可以列示出一张简单扼要的名单，这名单上有：萨特、波普、维特根斯坦、罗素、汤因比、胡克、凯恩斯、利别尔曼·弗里德曼、爱因斯坦、普朗克、普里高津、维纳、弗洛伊德、荣格、斯特劳斯、托夫勒（当然还有法兰克福学派、罗马俱乐部等等的成员）。纷纷攘攘的彼此呼应或对峙的主张、见解和研究成果，都在有力地影响这一代人的思维。它不但提供了新的思维材料，也提供了新的思维方法。多种文化的剧烈撞击冒出了智慧的火花，把整整一代人归并到世界性的精神运动中去。封闭的疆界不存在了，一种文化上的相互依存相互参照的关系使人们不再有可能故步自封和闭关锁国。若不联系到现代的国际性思潮（这一思潮中也包含着中国哲学和东方思维精神的宝贵遗产），是难以解释当前文学（小说）的现状和未来走向的。任何一个外来的观念因子都会微妙地渗透到人的主体意识之中，影响他精神的结构，影响他对待世界的态度，进而影响到他的精神产品。不过，对小说家们来说，更直接的影响，还是来自现代外国文学的输入、启发、诱导和冲击。我们亦可以列示出几个最有影响的——对中国的当代小说家而言——外国作家名姓，他们分别是：卡夫卡、乔伊斯、海明威、艾特玛托夫、马尔克斯和川端康成。

几乎所有描写变形、乖谬、反常规、超日常经验的小说都直接或间接地与卡夫卡有关。由于中国的知识分子和青年一代遭受了十年动乱的精神折磨，更由于中国的现实曾一度受到错误意志的反常干预，变形和荒诞首先成为俯拾即是的事实。卡夫卡的启示是付出了惨重代价的，人们对卡夫卡的领会无非因为在经验中事先已积蓄了许许多多对应的材料。卡夫卡的中国化，乃是十年动乱一个漫长的尾声和久久不散的阴影。它不单纯是借鉴技巧、手法或是借用一副眼光的问题。至少一开始是如此。尔后，这种影响就渐渐地转向了形式，关于异化的重大主题逐步被其他一些主题所稀释，而形式上的融汇则运用到别的场合里。我们不难发现某些小说仍然有着卡夫卡的痕迹，那种沉闷、压抑、重复和莫可名状、不由自主。应当认为卡夫卡影响的慢慢消减乃是社会和精神文化趋于明朗的一个标志，不过不能由此断言受到他影响的都是悲观论者。卡夫卡的叙述仍然有着一种令人心悸和痉挛的力量，那种严肃和悲天悯人的消沉无望骨子里是一种逆向表现的人道主义，而这一主张的健康面貌，则正愈来愈深入一代人的灵魂，不可抹去。

对人的意识自由流动的认识和如实地记录这种流动状态，毋宁说是文学（小说）领域一个新大陆的被发现。乔伊斯（还有伍尔芙、普鲁斯特、福克纳等）的"意识流"为若干年前某些小说家所接受，并运用到各自的创作之中。这一小说中"自我记录"和"内视倾向"的抬头，无疑和现代心理学以及那一类小说令人惊异的描写有关。确实，"意识流"或"主观生活流"本来就存在于人的实际精神体验和状态里；不过，这一体验或状态若无乔伊斯等人的直接描绘和提供范本，它们是难以被某些当代小说家自觉接受并予以运用的。生疏与熟练，低劣或成功，的确因人而异，但是"意识流"本身的存在却不可否认。这一功绩应当有一部分归功于乔伊斯诸人，因为本体若无人给予揭橥，便无法被更多的人所认识与把握。更何况有人还偏执地把那种新发现斥之为某个狂想者的梦呓呢！对乔伊斯诸作家的兴趣，可以引向两个方面：一个是深入研究这一文学现象及其背景，这是学问的道路；另一个是受启于这一文学实例，这是文学（小说）创作的道路。两者并不抵触。也许，某些受启于乔伊斯的小说家并不熟知乔伊斯，可是这并不妨碍他们对人的精神活动作出不同于以往的新探索。

强悍、不屈、孤独、刚毅、迷惘，带有这些意识的小说多半和海明威有着默契。这里主要不是因为海明威参加过世界大战，他的心态和中国青年从历史废墟中走出后的心态有某些近似；而是由于海明威典型的美国气质对濒临软化的文学意识是一种补充和楷模。当然，同时海明威式的叙述口吻和句式也传播进来，以它特有的短促有力，使一些小说具有了金属般的音响与节奏。不过这类模仿和学习多半不怎么成功，因为它似乎忽略了美国气质和美国文化背景同本国气质及文化的相当距离，而一般人是不用这种口吻和句式说话与作文的。海明威的影响，其实是一种替代性的说法。和他站在一起的还有杰茨弗拉德、福克纳、索尔·贝娄、塞林格、梅勒、冯尼格、品钦等等（就像卡夫卡旁边还有一大批荒诞派剧作家一样）。整个美国当代文学对小说家的影响程度是难以估算的，它们已经被糅化在各人的创作里——当然还糅化进别的东西——尤其重要的，海明威和美国文学为当代中国小说提供了平民化的示范，包括它的幽默、自我排遣、粗俗的俚语，还有小说中那种既日常又猛烈的语气和色彩，摆脱传统羁绊的个人精神。

俄苏文学曾对中国现当代文学产生过深远的影响（尤其是五十年代的作家与读者）。在晚近的十多年里，由于中断了文化和文学交流，使一批在这年代中成长起来的年轻作家们较少受到俄苏文学的影响。不过，最近以来，由于六十年代后的苏联文学不断被译介，使人们对它们的变化及现状有了一个全新的认识。在苏联作家中，艾特玛托夫也许是较有代表性的一位。凡是挚爱大自然，对人民怀有深切的情爱，关心人的问题，渗透着道德意识和哲学意味的小说，多少让人想到艾特玛托夫。这位作家提出"地球思维"的概念，旨在沟通全人类，为全人类的命运和前途而操心。对这种"使一切将人变成人"的人道主义、扩大了的文化意识、道德责任感和超地域的整体艺术精神，不少作家已产生了相当的共鸣。苏联近期文学的开放意识和实践已使它再次走进世界文学的行列，这一点非常值得深思。不过，艾特玛托夫是属于知识分子的（这一点和卡夫卡相似，只是他们的基质和倾向有极大差异）。所以接下来就应当提一提马尔克斯。

拉美文学的"爆炸"可以追溯到卡彭铁尔，不过领衔拉美文坛的却是后起的马尔克斯、略萨、博尔赫斯诸人。八十年代后，虽然分别有一位希腊诗人和一位英国作家荣膺诺贝尔文学奖，但是对中国当代文学界的影响都不及第三世界的马尔克斯。这位哥伦比亚作家提供的启示，靠的是他母国深远的历史文化背景，而这正激发了许多中国作家的想象力和因背景相类似形成的可能性尝试。神话、巫术、魔幻、怪圈、夸张、预言，从多种角度提醒了小说家们对身边文化环境的发掘，以及对个人艺术潜力的实验性表达。除了文化意义上的启迪，拉美文学拥有的世界性含义也从一个方面揭示了：没有国际性的交往和互知，文学是不可能从一个封闭的国度独立地获得大发展并走进现代世界的。只有在这个基础上，文学才可能在自己的国土上寻到富有深度和广袤性的题材、意图和语言。受马尔克斯影响的作家，往往返身注视本民族文化的纵向延续性，拥有历史眼光；同时在表现上力求神大于形，力求内蕴的超越。重视传说、典故、神话、祭祀和原始宗教这些渐渐被冷落乃至废弃的文化素材，再以现代的观念去穿透它。受马尔克斯的直接影响，一些小说中粗犷、粗朴、古怪、神奇的质感占了上风，没有细腻优雅之感。当然更有许多小说只是受到了一种智慧的点化，在各自的创作中几乎难以寻找到马尔克斯的痕迹。

最后是以感觉细致入微著称、富有东方色调的日本作家川端康成。受他影响的作家不是太多，但不少人谈起他时总是怀着某种崇敬。和他享有相同声誉的是日本画家东山魁夷。大概是地理、历史文化和气质上相近相通之故，所以人们难以明显自知受他影响（因为往往差异大的对象才会让人感到新奇和诱惑）。事实上川端康成是近来小说创作的一个重要依据和榜样，是他唤醒了某些气质内向的作家的智慧和灵识，把他们的感觉能力磨得更细致更敏锐。

上述草草提及的外国作家们以及他们背后的整个世界现代文学，已经不可逆转地为中国文学（小说）的新一代提供了宽广的示范。某种程度上，世界文学不是一种外在的存在物，而早就潜伏在各民族独特的文学意识中。任何接受行为，都有一个准备响应的前提，这前提便是整个人类文化和人性构造的内在相通。因此，了解世界文学同时也便是加深对自己的了解，就像了解别人正意味着自我了解一样。并不是英国人或法国人才有"意识流"，也不是德国精神中才有理性和意志；并不是唯有美国才富有开拓性和幽默感，更不是奥地利人才有性压抑和无意识。精神的发现是共属人类的，任何一个民族都不是栖息在世界之外，独立完成的群体。一旦我们能透过外在形态的差异，看到骨髓里的人类一致性，便会发觉一切文化交流不但是为了增进对外部世界的了解，而且是一次更高意义上的自我发现。民族的文化和文学，可以因为某种历史原因而沉睡几十年甚至几百年，但它的内在活力和基本性质却不会消失和改变。在历史上形成的东西，大部分将在历史中消亡，唯有人类共有的内在天性和他们的自由发展永恒。维护民族文化和文学的纯粹性或特殊性，从人类文化学、民间文化保护和地域文学的角度来看无疑拥有必要性；不过这不能成为自我禁锢、国情至上论的借口。现实生活和文学实践表明，一个世界范围内的文学潮流已经形成。在这个全球一体化的背景下，人们才可能回头考虑关于文学的特殊性问题——他的民族、他的国度、他的母语、他的地域环境、他面临的现实、他的道德责任感、他周围的人和他自己。

四

就像早几年小说家们一度热衷于谈社会问题、谈经济、谈人才、谈外国哲学和外国文学一样，近来在他们的话题中又相继出现了老庄、佛学、魏晋、汉碑唐塑、明清笔记、地方戏曲和民间传说（同时还兼及到印度哲学和史诗、阿拉伯文化、日本的"浮世绘"等等）。对东方文化的再度好尚，其中自然无意地带有一种崇古的倾向；这些久久无人关心的历史文化遗产像出土文物一样暴露在现代的阳光底下，引起了小说家们的赞美与惊奇。对民族传统文化精髓的景仰其实正是现代意识的一个重要构成，它已经不同于人们惯常认为的那样，仅仅是一种鄙视创新、拒绝变革、厚古薄今的迂朽心理及态度，而恰恰是通过重新理解传统文化来促进文学思考，为现代的艺术思维和探索寻找一个起点和参照系——当然，传统文化本身的艺术魅力和精神力量也深深地打动了他们的心灵，并为之颤抖。

当小说家们几乎有些痴迷地阅读外国作品并以此作为个人艺术实践的诱发点时，就有一种忧虑的批评之声在提醒他们：重视本国传统！现在，当那些小说家一头沉湎于本国传统时，另一种忧虑又出现了：重视现实和国外先进经验！是这样，忧虑者是很容易找到可供忧虑之物的。问题不在这里。人们感兴趣的不是某种倾向将导致什么结果，而是这一倾向究竟是什么条件下产生的。换句话说，文化，以及对文化之根的逆向寻求，源于怎样一种社会背景和精神背景呢？

每个人都有他自己的动因与选择。在文化问题上，对传统、对典籍、对地方风俗、对道德人伦、对趣味，小说家们的理解并不一致。但是，尽管这一寻求具体导向的对象不同，然而这里面却有着彼此相连的精神契机。正是由于这种内在一致性，才产生了近一年来的文化热和寻根热。人们一般认为这股热潮直接受启于拉美文学的爆炸，是一种仿效，是一种追随。不错，文化与文学的国际交流是会导致相互仿效与追随的，这似乎不应当从贬义上予以理解。高更学习日本绘画、克里姆特学习中国戏曲人物画、毕加索学习非洲脸谱艺术、布莱希特学习梅兰芳、梅纽因学习老子《道德经》，他们是充满自信并为这种"仿效"而自豪的。不管是对外国的直接学习还是间接学习（如受启于拉美文学），都是民族自信心理的健康表现。更何况所谓的文化热与寻根热还是对本国优秀遗产的极大尊重呢？

对中国现实生活和历史沉积物的切身体察，从存在的角度，提醒了小说家们对本国文化传统的特殊注意。在批判了封建文化，以及继续批判封建文化的过程中，小说家们慢慢意识到传统文化并不被封建文化所包容。文化的人民性因素，或说民间文化开始受到了重视。小说家们对民间传闻、俚语、饮食起居、服饰、性爱方式、神话等等"亚文化"的兴趣，以及对老庄、禅宗等等"反道统"文化的兴趣，都表明他们是在一如既往地批判封建正统规范文化的基础上来从事自己的文化发掘的。

寻根乃是一个国际性的文学现象，对神话的注重不独马尔克斯。苏联作家艾特玛托夫和希腊诗人艾利提斯都从本国神话中吸取过素材，当然，他们的视野都是超国度的。艾利提斯申明他反对地域主义和狭隘的国家主义，然而这并不妨碍他把视线投向古希腊。担心寻根会回到旧时代去的说法仅仅是一种说法而已，而一个真正拥有未来眼光和现代意识的人总会胸襟宽阔地容纳下整个历史的。开放的精神必然也向过去的历史开放，人们将从那里获得同样多的教益。小说家们在寻根中得到的整体感、对历史过程的涵容、对普通人民的亲近，以及对许许多多现代问题的重新思索，都体现出了积极的成果。在形式方面，小说家们从民间雕塑、剪纸、工艺品，从地方语言、掌故、小调，从地方戏曲、舞蹈、说书艺术，都吸取了丰富的养料，激发了自己的灵感。从世界范围来看，"向后观照"一直是人类心理和艺术心理的一个方面，除了从中获得某种颖悟或缅怀，获得生命与创造的绵延感，人类还将在"向后观照"中不断发现新的因素。现代的知识、眼光与智慧像烛光一样照亮了历史的隧洞，使那隧洞中的神秘的景观在不同的烛照下显出不同的形状和色彩。因此，一个逝去了的历史与文化不能够真正地原样恢复，而在每一次古典艺术或民间艺术的复兴中，人们得到的永远是经过改造和赋予新的解释的东西。在"向后观照"和"向后模仿"的过程里，文学艺术也便进了一步。

不管小说家们对文化和寻根各人作何种的阐释，也不管他们所指的"文化"究竟是个拥有何种内涵的概念，这一迹象本身已经提醒人们应当认真地思索一系列与之有关的理论问题。小说家们对文化之根的寻求，不管可能导致积极后果还是消极后果，它自身已经显示出对已有思维状况和文学状况的不满，这恰恰是继续开拓小说表现领域的一个实际步骤；而若要对这一动向中出现的消极因素进行补偏救弊，也只有在这个文学过程中才能如愿地完成。任何所谓"防患于未然"的超前忧虑，无疑是阻挡了刚刚开始的小说探索。

这里，顺便提一下近几十年来台湾文学的变化和发展也许对我们加深上述问题的理解是有裨益的。台湾海峡两边的中国人民共拥有一个传统，这使许多与文化有关的问题常常产生某种相似。在五十年代，台湾曾兴起过侧重于"大陆文化回顾"的文学倾向；这一倾向多半渗透了一种怀乡之情、忧国之思，怀着对故国山河的眷恋，描写了战乱流离的漂泊。随后，到了六十年代，台湾文学中又出现了对"对海洋文化的向往"。由于形成了留洋热潮，西方现代主义开始影响文学，现代生活和知识的因素在文学中大量增多。除了形式技巧的借鉴，主题思维也有了横的移植的动向。这是第一个巨大变化。七十年代后，台湾文学中重新崛起了"本土文化"的文学，并为此不断地进行文学理论上的论争。这是第二个巨大变化。这三个阶段，从表征上看非常接近于我们这十年来的文学发展线索。它表明：无论是向外学习或是向传统学习，都绝不是一个孤立的现象。

就这样，虽然小说返回到自己久遭掩埋的传统文化基地，然而这一举动恰巧汇入了世界文化的潮流。一旦我们以这样的背景来看待小说中出现的文化热和寻根意识，我们就应当给它以足够的估价——它是属于世界的。当然另一方面，这些带有深厚文化素材和文化意识的小说直接提供给我们的并不是一幅宽泛的世界图景，而是地域的、局部的或者琐细的生活形态；在那种独特的中国的民俗、神话、语言和姿势表情中，我们看到了祖先和今天的自己，对此我们同样应当给予足够的评价——它是属于中华民族的。

五

人们一般认为，文学（小说）除了效力于现实政治的功能，还有其他认识意义上的诸种功能。多功能必然是多目的的。而不管文学（小说）在目的上有多少差异，它首先必须是一个合乎审美原则的符号组织和文字结构，它首先是一个能够被审美的存在物。不过，什么是"审美"呢？诚然，理想、信仰、伦理观念、情操、善行、抨击丑恶，都可以成为"审美"的对象和内容，这是一种对"真"与"善"的审美。此外，较少涉及或不涉及上述重大价值范畴的精神经验（如依恋、回忆、痛苦、烦躁、苦闷、印象、感受、惊奇、幽默感和荒谬感等等）以及文学（小说）中的形式，诸如叙述方式、叙事体态、结构、修辞、语式，还有贯穿在文学（小说）中难以分解出来的氛围、韵味、风格和气质等等，同样构成了"审美"的极为重要的对象与内容。因为它们分别体现了人对日常普通心理经验的亲切态度和对艺术形式本身的寻求。审美不但牵涉到"真"与"善",还更为宽广地牵涉到对人生各种状态的亲近感,一直扩展到人对自己的造物的形式偏爱——而文学(小说),恰恰是人类全部自我设计并创造出来的智慧产品中最为辉煌的成果之一。

对许多小说家来说,世界和现实就是业已被他们经验到和感知到的状态结集,而不是简单明了的因果连缀。这是一个主体态度的根本转变,因而也是主体在态度的支配下从事小说探索的一个根据。确证必然性的同时,小说往往会削弱生活中本来拥有的无数偶然性——于是小说被纯净化了。现在,高度重视偶然性已成为许多小说家的一个重要特征。这不但意味着接纳生活中已有的偶然事件,而且助长了可以凭想象设计各种未曾有的偶然事件。在以前,人们认定偶然背后一定隐蔽着一个必然性的神祇,而且可以一眼识出;不过,现在小说里大量出现的偶然性,其本身便拥有存在的理由,若要追溯它背后的必然性,也不是那么容易,而非得经过若干个中介环节不可。小说理应把一种经验到的状态和盘托出,不是为了释破必然的概念而故意设置一堆偶然细节。小说家的任务便是恢复个别,恢复偶然,恢复整体状态,种种小说变化的迹象已经表明了这一点。

小说家们对世界现实的常态感知只要予以保持,他们出色的表达也能引起共鸣。但是,小说家可不可能、可以不可以具有非常态感知呢?实际上,这样的小说已经出现了,或者说某些小说已经显示出这一与众不同的特点。超常人的感觉,变形的感觉,幻知的感觉,往往会带来令人惊奇的效果。这些感觉有时导向一个潜在的象征,有时导向一个特定的情境或语境,有时它本身的保持就是耐人寻味的。寻找感觉是小说家们(也是一切艺术家们)常用的一个词,难道这个词自身不拥有独立价值吗?难道感觉不是人最可宝贵的资禀之一吗？让人欣慰的是，小说家们不再将感觉贬低为理智的附庸，开始真正地在"寻找感觉"了。

不可否认，在全面表现人的各种偶然经验状态及感觉的时候，小说中超常成分和杜撰因素都得到了强调，并变得意义重大起来。小说的虚构性，已不仅仅再是一个故事和几个人物的假设与虚拟，而是整个叙述过程和结构作为一种再创性的虚构组织，根据不同的目的、意向和心理习惯被制作出来。不错，虚构的广泛性受到注意的同时，另一种虚构的失控现象也时有所见，那些胡编乱造的小说总是在乘隙而入。但是，胡编乱造者都是在故事模式上或情节设计上破绽百出；而上述强调"虚构"的小说则把感觉伸向故事和情节以外，因此两者并不能轻易混淆。

在近年的小说里，还可以看到另一种截然相反的现象，"报告小说"和"口述实录文学"一反惯常意义上的虚构，体现出对非虚构陈述的兴趣。它力图清除小说家主观想象的介入，用一种纪实的新闻语言乃至用整理现场录音的手段，求得小说的逼真性。当然，极而言之，"非虚构小说"依然是小说家搜集、选择、删改和调整布局等一系列工艺手段加工的产物，很难说它绝对没有半点的虚构。不过，相对于强调虚构和杜撰的小说而论，它们无疑提供了小说另一条途径的可能性。它的"现场性"，它的"近体效果"，它的日常性质，都缩短了小说和生活的距离。

叙述方式，现在让不同的理解和运用成果变得多种多样起来。叙述者和他本人在小说中拥有的权威地位，现在被赋予了不同的解释。叙述者，或者仍然以全知的面貌出现，或者以感知的面貌出现，或者干脆隐退，让那个"口述者"凸现到前面。小说家们在各自的作品中体现了不同的看法：要么把个人的主观感受推向极致，要么逃避个人因素，把客体，把物象，把外在的事实冷静地描画出来。面对这种状况，我们根据以往的文学教程所提供的关于"叙述"的定义来作判断还够不够？它是否已经构成了理论与实践的终极？现在的小说，是否只是在徒劳地重复古已有之的东西？太阳底下真的没有新事物？

单纯而整一的叙事风格和语言风格，现在似乎也失去了约束力。某些小说把各种不同的基调、措词、色彩混糅在一起，很难找到统一的风格。小说的驳杂表象和深邃的内涵如此地难解难分，优雅和俚俗交替出现，物理时间和心理时间的交织缠绕，古老题材和当代意识的相互渗透与化合，都令人眼花缭乱地激发了人们无依赖的想象力（因为人们通常依赖于一种既定而明确的理论规范或欣赏习惯来对他们新读到的小说进行判断），从而激发了进一步调整与改善小说理论与审美趣味的欲望。

由近年来小说实践的向前冲刺留下的理论空白实在太多了。除了上述约略提及的几个问题外，它还包括：情节超越的可能性问题、细节的自在性问题、具象本身的象征问题、语言表象的自存性和隐喻性问题、文字符号和视觉转换问题、外视觉和内视觉的交叉问题、叙述时间和事态时间（即小说事态实际进程所花的时间）双重性问题、实在空间（即小说事件所发生的历史背景、环境）和意象空间的双重性问题、梦幻、精神裂变、畸态、下意识和无意识在小说中的地位问题、叙述的顺序问题、无确定情节贯穿的结构问题，等等，都引起了理论阐释的冲动，并预示了一种新的研究前景。

本世纪二十年代，在西方兴起过一场重新估价小说的大规模运动。这场运动的实际效果，使小说的诗意和象征主义的潜力得到发挥。二次大战后，对形式的关注一度陷于低潮，整个文学倾向（如存在主义戏剧和文学、"垮掉的一代"、"愤怒的青年"，等等）都促使了社会历史分析的再度高涨。当五十年代自由主义和历史的复兴思潮在六十年代开始渐渐消退时，小说的形式和认识论诸问题又开始重新抬头。这一小说理论的回旋非常具有启发性，某种程度上，近年来小说对形式的注重以及小说理论对形式的注重，也和当前社会生活及文化意识趋向平稳有关——指出这一点，其实应当是令人安慰和鼓舞的。

这里所涉及的"形式"一词，显然和西方的"形式主义"有别。西方形式主义肇始于本世纪初的俄国，这一理论的倡导者们为艺术的自足性辩护，强调实体源于内部，提倡文学批评从历史的、哲学的和社会学的关注中独立出来，试图以文学结构的分析取代传统的对历史背景、社会效用和理性内容感兴趣的批评。他们认为文学的重要性不在于它可以带有任何非文学的"意义"。这样，他们就在强调文学自足性的同时把文学导向一条窄径。然而，这里所强调的"形式研究"，乃是将它作为小说家和人类把握世界方式的外化形态来考虑的，它本身含有人类精神实践的全部复杂内容。形式绝不单纯是一种纯客体，而是艺术创造精神的物化，它渗透了社会和人的心灵。因此，研究形式其实也就是研究社会、历史、文化和人类精神复杂构成的一条重要途径。

六

经过这么一番粗疏庞杂的回顾和描述后，也许人们会对近年来的小说有了一个大体的印象与轮廓，并隐隐约约地预感到其中包含着的种种变革因素。社会背景、国际文化交流和传统，构成了这些小说的产生条件、起因与缘由，而它们在形式上所作的探索，则正在引起人们的注意。所有这些形式上的尝试都将逐渐从理论上给予固定下来，然后趋于完善。对小说既成法则面临的危机，唯一的解救办法便是源源不断地引进新的小说经验，吐故纳新，然后用新的研究方法和范畴对之作出归纳和解释。说一九八五年的小说是一个转折点，这起码在形式探索走向明朗化这点上是不为过的。可能性空间的开拓，必然需要相应的艺术成品来充实。当这些小说业已出现的时候，能否采取容纳的态度还不过是第一步。接下来的任务便是及时作出归纳、品鉴、分析、描述和阐释。仅有一个空洞的表示宽容的许诺，不作深究，那些来之不易的小说探索仍可能遭到自生自灭的命运，已有迹象表明，在评论家面临困惑，感到几乎无法撰写文章评论那些小说的时候，小说家们也同样觉得惶恐，好像不知小说该怎么写了。对此，评论家的责任格外重大。当人们的信任感尚未消失的时候，评论家是应该知难而进的。

我们觉得，从现在起，小说的探索大致上已经完成了它的草创期工作，开始走上一条有意识的风格化道路。这当然不是绝对的，对某些较不安分的小说家或新涌现的小说家（实在不能预料！）来说，我们的确难以猜测他们将有什么惊人的举动。但不管前景如何诱人，近年来小说探索的实绩却已不能磨灭。很可能，它们当中的一部分不但将载进文学史，而且能够占有一个显要位置。小说的真正繁荣，确是近几年中形成的，一九八五年小说多样化方面的成就尤其明显。由小说激起的许多理论课题，也以这一年最为突出和频繁。一九八五年，既是前几年小说观念变化酝酿的结果和总结，又是进一步向未来发展的开端。可以预计，本世纪的最后十五年，将是中国当代小说空前繁盛的历史时期。这十五年中，必然还交织和延续着各种新的矛盾，但这正是文学艺术获得发展的温床。小说家们将不断地从变幻莫测的现实生活里汲取灵感和素材，同时也将不断地在那种创造中发现自己的个性与风格。在本世纪终了的时候，人们也许会被文学的日新月异和过剩状态所炫惑，以致忘了这几年的惨淡经营和艰苦劳动。可是，人们迟早将知道整个历史的过程，而这一过程的每一环节都是不可或缺的。在这条文学史的长链上，近几年，特别是一九八五年，总有一天会被人重新提起，致以敬意。

写于一九八五年十二月中旬

中国乡村小说里的若干现代主义倾向

众所周知，"现代主义"在当代的文论中一直是个含义不定、众说不一的概念；尤其是在中国，这个概念在不同的时期、不同的理论家那里被赋予过不同的解释和价值。但是，尽管如此，这一状况的存在并没有妨碍人们在他们认为是必要的某些场合继续使用"现代主义"这个概念。在人们的一般理解中，"现代主义"乃是某些只需凭直觉和经验就能体会并予以把握的艺术倾向或特征，并不需要严格的学术论证和史的复述——如果不是这样，"现代主义"就只能成为少数专家所感兴趣乃至垄断发言权的一个深奥概念，而与普通的读者隔离了。事实上，对当代的中国读者来说，"现代主义"于他们已经是很不陌生了，只是在他们的理解里，西方现代主义和中国式的现代主义作为两个概念还是浑然不清的。但不管怎样，只要他们读过若干西方现代主义作品和若干中国的带有现代主义倾向的作品，便很容易将它们和以往的西方其他文学潮流以及中国其他文学样式区别开来。这区别的理由，一部分得之于他们读到过的不系统的学术研究撰述，然而远为紧要的还是那些作品本身显现出来的艺术特征。

因此，在考虑中国的当代文学和现代主义的关系这一问题时，我注意的重心，就不是去追索"现代主义"的本义；而往往是另一些方面：中国的作家和他们的作品，究竟是如何理解"现代主义"的，又是如何程度不等、特征不一地表现出"现代主义倾向"的。它既无疑是非中国莫属——带有中国特殊情境和文化背景的；又无疑是纯属个人的，即渗透着中国当代作家个人的创造、人格特征和想象力的。

围绕着本文的论题，现在需要补充的是对题目中另一个概念的解释：即什么是"中国乡村小说"？

应当坦率地承认，从字面上看，"乡村小说"和以往教科书中所谓"农村题材小说"并没有什么两样。但是我个人以为，在以往所谓"农村题材小说"的总题目下，总或此或彼或兼而有之地包含着诸如阶级斗争、土改、农村改革、包产到户、个体经营和联营等等三十余年中不断的政治或经济的活动与事件，这些政治变动和经济迂回发展的进程又反过来影响到农村人民的日常生活、人际纠葛及其精神面貌。这些所谓"农村题材小说"通常都有意无意地顺应着一时一地的流行观念，用情节和形象的虚构来阐释作家对农村生活现实及农村历史的见解与价值立场。与此不同的是，这里所说的"乡村小说"中所描绘的，并不受上述所指范围的限定。在这些小说中，乡村不单单是个政治舞台或经济舞台，更不单单是政策和法令的舞台。在他们的"乡村小说"中，乡村是一片民族不断重复自己命运的轮回之地，也是一块有可能使民族得以更新的再生之地，乡村成了种族和文化的象征。在那里，乡村充满了神秘的意象，充满了历史的游魂，充满了童年的梦，也充满了荒谬、凝滞、愚昧、恐惧、嗜血、浪漫、性爱、预感、危机和另一些不可名状的、难以衡度的精神禀性。

在中国乡村这块广阔的土地上，南与北、东与西、沿海与内地，平原与山区，生活状况和文化都有着极大的差异，泛泛地论及中国乡村和乡村文化显然是这篇短论所不能囊括的。但是，这里我想先指出一个有趣的现象：从我目前接触到的部分文学事实来看，那些沿海的、较早和工业城市有商品联系、交通相对便利、较多接受工业文明影响并倾听外部世界声音的乡村，迄今为止还没有产生过具备"现代主义倾向"的文学作品；倒是另一些地处内陆的、闭塞的、千百年来一直停滞不前、保有自己固定生活方式、习俗、民间故事、传统和宗教意识的乡村，在近几年里却陆续地涌现出带有较明显的"现代主义倾向"的文学作品来，如山东的莫言、湖南的残雪和韩少功、西藏的马原与吉林的洪峰等。相对而言，沿海的或是开放较快的乡村，由于受外部世界的全面冲击，还由于现实生活的逐渐演化，使那些描写它们的文学作品多少处于一种工业革命和商品化过程来临之际的启蒙主义精神状态中。这些文学作品所面临的主题，不管是如何顺应历史潮流和人心向背，都还是指向经济生活及一切由此派生的精神问题的。对这两种不同情况，我并无抑此扬彼的意思；而只是想进一步探讨为什么在闭塞的乡村反而会产生带有"现代主义倾向"的乡村小说来，特别是，这些倾向是以怎样的特征体现出来的。

在中国乡村小说中，莫言、残雪和韩少功的作品就它们的现代主义倾向而言是有着代表性的。这三位小说家，都曾不同程度地有过在乡村的梦旅。童年期或是青春期的艰难历程、乡村或乡镇生活的贫困、重压、封闭所导致的纤敏而刻骨铭心的情感记忆，均非常个人化地镌刻在他们的内心深处。从个人的心理冲动来说，回溯往事的巨大诱惑和写下那些久久纠缠在脑际的童年观察、幻想与青春时期的经验，把那些激动人心的、迷人神奇的、反常的、窒息人的和极富象征性的乡村生活记录或再造出来，据此体验到个人的生命冲动，将之尽情宣泄而出：回述一遍人在其中的处境和命运，对之持一种超离的立场远远地以陌生的眼光重作审度等等，这些便成了他们无意识地趋同的一个相似理由。在莫言那里，意识流和浪漫主义是混淆不清的，他的大部分乡村小说里通常流动着中国农民的精血，他在处理和构造他的小说时，可能考虑过要用文字虚拟出一个类似福克纳笔下的乡村来（莫言称它为高密乡），但是这种纯粹对外表相似感兴趣的猜测与我所说的现代主义倾向并无逻辑联系。莫言的小说，在极端地崇尚感觉和意象的同时，主要体现出某种扩张型或外溢性的神经冲动，他总是在失控的时候闪现出灵感，写出令人惊讶、出人意外的段落，并且也在这个时候由于非理性状态的来到而写出另一些难以卒读的文字来。我个人尽管不能忍受莫言的一篇题目为《欢乐》的小说所给予我的冗赘之感，但它的确是一篇称得上是十足意识流的典型之作。在这之前，意识流作为一项手段或一种方法曾被许多中国作家所采用，然而那些初期的尝试之作，多半把意识流简单地理解为时序的颠倒或交叉性的重组，以为在原先的因果性明显的叙事结构上作若干旨在使读者感到扑朔迷离的调整，并在某些场合掺入一些思想的闪回、语无伦次的梦话和印象的捕捉，就是在运用意识流了。在此我想略作一点发挥，在广泛接触西方现代主义文学后的中国文坛，存在着一个普遍的误解，即以为任何一种主义和方法都可以轻易地借鉴过来，为我所用；而另一个远为重要的因素却被忽视了——作家作为独特的个体有无他的固有限定？他的潜能是无限的吗？人可能向所有的其他人学习吗？在我看来，莫言小说中的现代主义倾向（即我提到的意识流），与其说得益于西方现代主义文学，不如说它直接得益于莫言的天性。那些有可能触动过莫言想象力的西方现代主义作品，不过是一个契机，点化了莫言的创造力并让他自识到并予以娴熟地运用罢了。

莫言的乡村小说除了上述那种潜意识的变本加厉的发作，还表现为浪漫主义的梦想。莫言的浪漫主义是进攻型的：嗜血的场面体现出莫言对生命的崇敬与战栗，他还以一种自由无拘的方式来描写中国乡村中的性爱，这种性爱完全不同于我们通常认为的那样是含蓄、端庄或温柔敦厚的，相反，莫言乡村小说里的性爱场面有着自然的倾向，它很少受到文化的禁忌。从这方面看，莫言的想象力无疑是十足浪漫的。正是这种意识流中的非理性倾向和浪漫主义中的人本倾向，构成了莫言乡村小说的一个矛盾方面，所谓的现代主义倾向就是这样在他的小说中面目不清地显露出来了。

与莫言相比，残雪更是一个沉溺于梦中的小说家，而且她还是个多半在做噩梦的小说家。如果说莫言的梦一般呈现出进攻性的画面的话，那残雪的梦境则是防卫型的，而且是无效的防卫。严格地说，残雪的乡村小说应该归之于乡镇小说才对，因为她的小说里通常不出现土地和耕耘于土地之上的典型农民。但从中国的实际生活状态来考虑，乡镇是更接近于乡村而不能和城市同日而语的。因此，残雪无论如何都是一位值得研究的中国作家，而且她的小说也的确是很具有现代主义倾向的。她的作品一开始就以她小说中独特的恐惧感让人难忘；这种恐惧是很有卡夫卡意味的，这是一种弱型的，对外来伤害措手不及，时时感到被入侵，得不到保护，时时觉得有"他人在场"的恐惧。在她的小说里，不断地出现孔洞、孔穴、缝隙的视觉图像，这无疑指喻着被窥探、被窥测的担忧，害怕裸露和泄露，以及由于这种害怕和担忧而加剧的窥探狂，相互搏斗以至于达到登峰造极的地步。《苍老的浮云》和《黄泥街》就集中地体出了这些特点。残雪的作品提供了某种过敏的心理经验和描绘这经验的乖戾方式，她用一种近乎胡言乱语的梦话向人们显示出一个失态得畸形的真实心灵，这心灵恰恰是因为极度纤敏对丑陋现实及现实的丑陋部分极具反感的精神后果。残雪以她晦涩的语言向我们陈述的一切，以清醒的意识来处置最不可思议的梦觉。陷于反反复复的自我分析里，无异于为我们敞开了一条"通往内心之路"，那里面的世界彻头彻尾是属于残雪个人的。

这种完全执着于个人的噩梦运作，我以为是接近于现代主义的某些主张的。但是，残雪是个在文学潮流之外的人，不清楚她读过谁的书，接受过谁的启发，但她的小说绝不是借鉴的结果。尽管中国和西方现代文学已有了日益深入的接触，可是它并不必然导致中国式现代主义作品的产生；我们固然可以从中找到部分的相似，然而难道我们不应当将这种相似的主要原因归结为人性的相通吗？只要人处于被袭扰的危险地带边缘，只要人和人之间永久地存在着那种彼此的防范，残雪式的梦语和残雪式的可怖幻觉就有了被理解的可能。我并不认为残雪的小说不过是现代心理学即精神分析主义的一个精彩注解，也不认为残雪的小说仅是接受了卡夫卡的梦魇方式；我宁愿以中国乡镇生活、乡镇人际关系中的那些僵滞、窒闷、冷漠、敌意为背景，来解释残雪小说的成因。

与残雪不同，韩少功的小说虽然也充满着预感，但这种预感更多地指向普遍性，表现为一种超个人的忧虑。

《爸爸爸》是韩少功乡村小说中的代表作。通过这部小说，韩少功透彻地看到了历史的噩梦里潜藏着于人类种族无力性的某些令人不安的事实——如迷信、昏睡、愚昧无知、自相残杀和无效的乞灵术。在中国年轻的乡村小说家当中，韩少功是一个较多接受外来思想的人，也是一个从来不脱离中国历史及现实问题的人，而后者，往往是那些一味模仿所谓西方现代主义的人所经常忽略了的。在《爸爸爸》中，韩少功以民间故事、寓言、族谱、传说和荒诞剧的方式，和被他建立起的那个世界之间造成了冷漠与无动于衷的审美差距；丙崽用自己无所不包的傀儡形象把韩少功以往小说中经常出现的性格化角色断然替换下来，根据那现代神话剧剧情发展的需要轮番起着各种作用，时而成为道具、成为台词、成为布景中的一个图案；时而又成为主角、成为情节推进的动力。在丙崽身上隐含着祸殃、神启、占卜、滑稽、领袖、灾变、病根、预言等等几乎全部人类群落社会乃至现代社会的文化信息。经由这么一个十足面具化符号化的人物，韩少功塞进了他大量的想法和混沌的预感，游刃有余地把中国乡村社会的畸态文化模式迁移到他的笔下，纳进了一个小小的由语词构成的虚构空间里，这不能不说是个奇迹。

韩少功乡村小说中的现代主义倾向（我指的是象征主义类型的现代主义倾向），和中国知识分子惯有的那种早熟的忧虑及近代民主思想有着奇妙的混合。在一些场面，韩少功曾多次婉言批评过中国文坛上方兴未艾的对西方现代派艺术的浮躁模仿运动，这显然表明韩少功小说的现代主义倾向仅仅是倾向而已。和前面提到的莫言和残雪相比，韩少功在现代主义的接受和推动方面并不是做得很彻底的。

在非常扼要地描述了对这三位小说家及作品的印象之后，我想再重申一下我的观点，关于西方现代主义对八十年代后中国文学的影响，我个人愿意保持谨慎的态度，而不想将在中国当代文学中出现的所有新迹象都归因于现代主义的影响。不过，我像所有关心中国当代文学和西方现代文学的人们一样，是不可能完全孤立地来考察中国当代文学的。因而从总体上说，我是在如下含义中考虑西方现代主义对中国当代文学影响的：由于接触了那些作品和有关的理论，中国作家个人生活历程所原有的含意被改变了；在此同时，对当代生活的再思考，对小说的再思考也相继发生；最后，由于生活及写作赖以存在的现实根据仍然无可辩驳地是属于此时此地的，因此无论如何，所有能够打动人的中国当代文学——包括我简要论及的中国乡村小说——不管是否拥有或拥有多少现代主义倾向，它首先是面对中国的。

我想这一点不会有例外。

一九八七年

回顾先锋文学

——兼论八十年代的写作环境和文革记忆

大约在八十年代中期（一九八四年至八五年是一个重要时刻），大陆文学开始出现了更多的离心倾向。在不彻底的文革历史反省（它常常被描述为一种错误与邪恶）、改革乐观主义（克服障碍和光明前途是它的两大主题）、与政治宣传相配合（时而是开明的时而是维护旧教条的）、有保留的人道主义鼓吹（对人性、善和爱的马克思主义解释）、作家干预社会事务并巩固刚争取到的那一点发言特权（不少作家不仅在扮演民众代言人的角色，而且已经进入了话语权力体系或者处在一个象征性的位置上）的现实情境中，一些年轻的、富有活力的作家（他们来自知青一代或更晚些时候出生、缺乏阅历、直到八十年代才找到表达方式的"无根的一代"）却针对上述形形色色的新工具论，通过自己的写作，将文学变成另外的一种诉求与回答。

不能参与话语权力的再分配，被隔离在主流意识形态之争以外，写作环境的缓冲地带的形成，快乐的、个人化追求的滋长，宽广的大量的阅读媒介的刺激，游戏的可能，避开当下尖锐问题转向乡愁和诗性的想象，从一种风格迅速而灵活地转移到另一种风格的尝试，知识和摹仿，破损的、分裂的、去除精神深度的晦涩表达，挪用外来主题、意识和句型，塑造旧的或新的人物形象——这一切，既是先锋文学及推动它的作家的共同背景，也是由此而带来的写作后果。

在当时，上述种种存在于现实情境的边缘或缝隙中的问题，是处于社会派文学主流的视野之外的。那几年中，社会派文学主流依然不可避免地成为参与战斗的工具和附属品。写作和参与是同义语，而参与本身，则始终是不充分的、有限度的，因而也总是不可避免地形成假象。"多嘴的"社会派文学主流（而不是"多声部"的。只是先锋文学的产生才促成一个多声部的写作景观）或者因宽容与鼓励而喜形于色，或者因紧缩与贬斥而忧心忡忡。这种文学境遇非但没有导致文学主流对意识形态中心的疏离，反而出于生存利益的考虑和对新文以载道主义的持续信奉。加剧了进一步卷入的欲望和过程。

相较而言，由于身份和来历的不同（他们是文学主流形成后的迟到者，也是历史经验的匮乏者），先锋文学的推动者们本来就处在一个远离中心的位置，他们似乎更清楚自己的处境，常常生活在政治论争和社会焦点之外（尽管政治和社会总是猝不及防地把自己的庞大影子投射到他们的个人环境和经历之上）。他们的站位使他们无法看清现实的全貌，无法把那些零碎的见闻归纳成一幅完整的社会图景（他们不相信人可以知道所有真相和事实的神话）。同时，他们又不能接受外部力量的支配。更不用说去为之效劳了。写作是脆弱的，它经不住外部世界的轻轻一击；写作又是强有力的，只要它超越干预外部世界的实用法则，就能在写作／阅读的精神传播中生效，并影响一个时期的文学、思维方式以及话语方式。

在回述一九八四至一九八五年，一批年轻的作家（马原、韩少功、莫言、残雪、刘索拉、张承志是这一时期的重要人物）开始走向形式主义、诡异和象征、酒神精神、心理分析、自由派和新民粹主义的道路，走向实验性的、不留声迹的、小圈子型的和极富挑战意味的道路时，我们不能忽略那是在一个文化环境相对宽松的历史情境中。当时，受到礼遇并被委以重任的作家们（特别是社会派作家）相信，文学的黄金时代正在到来。作家是教育者、民情上达者和政策执行者，也是这个时代责无旁贷的观察者以及记录者。在这种无可争辩的共识面前，促进并造就文学的繁荣是理所当然的，而要达到繁荣，则必须意味着这个写作环境应该是自由的，作家也应该是各抒己见的，允许不同的风格和写作方式，允许不同的流派和美学倾向。所有这一切，都复杂性地构成了先锋文学的"发表环境"。

差不多时间一同兴起的寻根文学和先锋文学很快就成为八十年代中期大陆文学的两个重要侧翼，从表面看，它们都放弃了对社会所作的承诺，越来越成为作家个人的精神产物和表达方式。在这种个人性的写作中我们可以亲睹一个相对主义的文化景观，它预言性地展示在我们面前。先锋文学似乎背离了社会的紧迫需求，收缩了自己的视线并关闭了通向时代的大门（这一度是先锋文学受到指责的理由）；但是，这些回避时代和当前社会、似乎纯粹是个人化的陈述其实正反映了八十年代文化的重要精神征状：即个人情感和内心体验的高度重视。当背离社会成为一种倾向时，这一倾向也便有了社会性，这一社会性首先表现为自身的分裂和缺乏凝聚力，次要的文化正在改变它的失名状态。在这些先锋作家看来，八十年代的现实状况和精神仍然是不容乐观的，它们缺乏魅力，根本激不起热情和想象，实用主义全面抬头，而旧教条随时可能复活。陷身于务实的、浅表的生活，扮演新的社会角色，精神价值被削弱，意义成为一种漂流和滑动的临时标签。在文化阐释和文学主流内部的主题互换中，写作已经变得毫无意义了。

因此有必要重提先锋作家和时代关系的问题。时代是一种宿命的安排，是任何生活于其中的个人都不能自由选择的。但是，人

（现在是先锋作家）可以通过艺术的途径（现在是写作）来突破那种宿命。这就是艺术和宿命、先锋作家和时代的辩证关系。先锋文学同样是时代的产物，尽管它无意于成为时代的镜子，不过从中我们仍然能看到"时代的影像"，被无声地收藏在先锋作家的作品之中。

先锋文学的早期代表人物多半从"知青族"中产生。在七十年代末至八十年代前期，他们其中的一些人（张承志和韩少功）已经在书写各自的青春岁月。他们（包括一九八五年前后才引人注目的马原、莫言、刘索拉和残雪）和前述的社会派主流文学的一个很大不同之处，是对文化环境大为宽松、强调经济和物质利益、有了更多的机会的八十年代历史情境（那时人们通常将它称作"新时期"）并没有热情讴歌的愿望，相反，他们总是表现出一些不协调的情绪——回避城市生活、对经济改革没有兴趣、沉溺于往事或者噩梦、关注人的生命本能、调侃现实、揭示人性中的恶、陶醉于古典抒情、游戏态度以及泛宗教情怀。

韩少功是个怀疑论者。他写作很早，七十年代末，他曾经参与了伤痕文学运动。他一度是写实的，用并不奇诡的、明白易懂的规范化语言写小说。故事虽然很动人（如《月兰》《风吹唢呐声》），可是除了那种真诚、粗浅的人道主义和细腻的描写，那些小说并没有太多的个人创意和深度。那时候，他的想象潜能尚未得到激发，小说在他还仅仅是一种抒发或代言。过不多久（看来韩少功是足够明智和富有远见的），在伤痕文学行将退潮之前，他便中途撤出，闭门读书辍笔达两年之久。八五年始以《爸爸爸》复出的韩少功变得深不可测，这部启示录式的现代寓言作品为韩少功赢得了新的名声（他的归属是双重的，既是寻根派，又是先锋派）。此后，他的小说有了与众不同的想象及风格，一种幽灵在他的小说中游荡，它时而是历史亡魂，时而是依稀往事。时而是政治噩梦，时而是若即若离的时空。他的怀疑论倾向是随着以后几年《归去来》《女女女》《谋杀》的相继发表而愈演愈烈的。这时的韩少功不再是一个对未来充满乐观的希望的人，他对行将到来的一切都有着戒备和不信任。他是很富于理性的，懂得节制和自控。民主立场和务实精神构成他入世的一面，但是他的艺术洞察力则总是看到这一切背后的虚无性质。韩少功是过分认真的，他怀疑而不消极逃避。文革记忆肯定是他小说的重要来源，他对愚昧、专制下的黑暗、杀戮、个人的横遭厄运充满了悲悯。他用象征和怀旧的方式去展现它们。与此同时，韩少功并没有沾沾自喜地庆幸今天生活在"新时期"。在《女女女》中，现代性同样被摆到一个被质疑的位置。

从历史记忆中产生又超越历史判断，用写作来向人的生存进行提问，却丝毫不卷入当时的生活旋涡，这是先锋文学的一个特征。张承志是必须提及的，他显然是属于青年作家中最后的乌托邦主义者。六十年代中期的那场红卫兵激进运动在他无疑是个极为重要的事件和经历，半是虔诚半是反叛的精神种子当时便已播下，时至八十年代仍然得到了延续。作为下乡知青，张承志在草原的生活经历使他有可能接触到纯朴本真的牧民，同时也保护了他心中的那一方净土。这段生活后来成为张承志许多小说的基本场景，一些基本概念也因此不断被重复（反现代性、神话、母语、不死的传统、殉道和献身精神）。张承志的先锋性表现为一种个性力量，它是反平庸的、崇尚自然的、抒情性的和含有民粹意味的。在小说叙事上，张承志也是最早使用意识流手段的作家之一（从《绿夜》《北方的河》一直到《金牧场》），他在他的小说中轻诉着、号叫着，他在其中感受到并强化了那种智慧的苦闷和情感主义的孤独。张承志就气质而言他永远是城市生活的局外人，他宁肯生活在自然中、历史中和伟大的先知的亡灵中（经由史籍阅读、想象、旅行和写作）。他丝毫不敢玷污传说里的圣者、无名艺人、殉道的教徒和质朴的平民，他对他们缄默无语，在缄默中他触及了永恒之门，以此来抵抗现实中的庸俗和大范围的精神堕落。张承志的先锋性和挑战性就是这样体现出来的，反对物质主义的浅表文化，深入到过去的时代和地域。回述历史，让它们继续对今天构成影响，渗透进一个繁荣而内质空虚的时代。张承志的《北方的河》和《金牧场》曾经是战斗的，它的对象是精神变质的八十年代。到了九十年代，《西省暗杀考》和《心灵史》索性取消了它的当世敌人，完全沉湎到史的想象中去。现实不再存在，它失去分量。只有历史沉积物才焕发出真正的诗性——这就是一意孤行的张承志的回答。

张承志小说中内在的敌意和反现代性，由于被一种抽象的人民性和抒情化行文所掩盖，它在当时常常被理解成理想主义的典范。在八十年代中期，引起人们惊异的（张承志要么让一些人仰慕，要么让另一些人觉得背时）先锋作家，还有两个极为重要的名字：残雪和莫言。

在八十年代的所有女作家中，残雪是最富幻想力的。她赋予她的幻想以卡夫卡式的寓意和超现实的景观，在一种似乎是与世隔绝的黏潮氛围中（她一九八五年初发表的第一个短篇小说《污水上的肥皂泡》预告了这一点），残雪向人们陈述了一个永不完结的噩梦，这噩梦里总有地窖般的阴暗，总处在隐形看守的监视之下（它那种无所不在的窥视者让人想到"文革"迫害的强迫记忆）。残雪的绝望部分来自她的家庭遭遇，部分来自她对人类病态的敏感，同时还来自对人性丑恶真相的无情揭发。八五年晚些时候残雪发表了《山上的小屋》（此后她的小说不断出现在各种有影响的文学期刊上），它使人颤抖、恐惧、惊异，人们不清楚它的含意，感到费解，他们似乎是误入陷阱。这种曲折变形的叙事固定在一个封闭空间中。类似虚假的堆满秽物的舞台、废墟、地下室、梦魇、恐怖电影，它们释放难解的信息又在吸入来自各个角度的目光，使之在其内部迷失。事实上残雪的小说里多少能让我们读到传统禁锢、档案政治、告密、伪道德、谣言、异化者的镜中形象和市民群体的庄严表演，而这庄严表演又不断露出无聊的、看客式的和慢性折磨的虐待狂意味。残雪是个十分罕见的小说家，她的知性能力和她的幻想能力同样发达，这两者的混淆，使她的真诚、装疯卖傻、恶作剧、幽默或反幽默、闪烁其词和故意以反讽姿态出现的自我解释通通纠缠不清。噩梦感是残雪小说的辐射中心，各种微不足道的猥琐事件和形象都从这个辐射中心、从小说内部，突显着永无了结的恐惧。通过转喻，使事件和形象一起变质。那是一种弱型的，对外来伤害措手不及；时时感到被入侵，得不到保护；时时觉得有"他人在场"的恐惧。在她的小说里，不断地出现孔洞、孔穴、缝隙的视觉图像，这无疑指喻着被窥探的担忧，害怕裸露和泄露，以及由于这种害怕和担忧而加剧的猜疑症、被窥视狂，乃至相互折磨、搏斗直到登峰造极的程度。《苍老的浮云》《黄泥街》和《突围表演》就集中地体现了这些特点。残雪的作品提供了某种过敏的心理经验和描绘这经验的乖戾方式，她用一种近乎胡言乱语的梦话向人们显示出一个臆想的也是无比真实的世界，也向人们敞开了一条"通往心狱之路"，那个世界当然不单纯是文革历史的变形图。但它至少是文革记忆（这种记忆可以追溯到五十年代的知识分子迫害）的一幅变形图。

相对于八十年代那数量甚多的文革写实作品。残雪的彻底性是独步的。（也许，写实作品有它的不可逾越的困难，特别是它只要不加掩饰地进行回顾性揭露，就将陷于个人悲剧的展布与倾诉中。而大规模的如实描述，则不仅会带来麻烦，并且还面临材料掌握不足的限制）她的小说场景是抽象的、表现的、寓言性的从而也是充分自由的。残雪淋漓尽致地用她的自由幻想缔造了一个特异的生存处境，以及在这处境中人性自由的彻底丧失。

与残雪的压抑型噩梦相比，莫言的梦处在另一个极端：浪漫主义、嗜血、自由无拘的性爱、生命力的狂放、不受文化禁忌的制约（他的《红高粱》集中了这些特征）。莫言在一九八五年突然地夺人眼目，他创造了外在于时代的乡村神话。莫言世界中的乡村祖辈，不再是习以为常的含蓄、端庄、忍耐或温柔敦厚，他们冲动，不拘形迹、视死如归并充满进攻性。当时，寻根文学正处于上升期，有关传统文化的论争也在平行地展开。但莫言并不属于寻根派作家（虽然他的写作素材基本来源于他的乡村和与之相连的儿童记忆），因为他小说中的英雄和孬种，极少有中国道德文化的烙印。他们是随心所欲的，行为的依据不是文化规范，而是直接的本能召唤。莫言喷泄而出的灵感和对文字的恣意纵横的使用，在一九八五年产生了一连串的震动——它影响了写作环境，语言开始在叙事领域不受逻辑支配，也不受事实的回收，它漂浮在传奇故事的表层，并且深入传奇故事的内核。没有人能像莫言那样写作，特别是社会派作家，他们寻找的是物质素材和观念主题，而莫言，却凭着天赋制造了语言场域。

一九八五年大陆文学的"混乱"已经是不可逆转了（有人把它称之为繁荣、多样化，也有人充满了疑惑，表示"看不懂"）。不断有年轻的或更年轻的人物登场，文学成了各种情绪的汇流地点。统一主题崩解了，到处是迷思的先兆，游戏的碎片，阅读的笔记和情感的残骸。现实本身也在变动不居的流程中，先锋文学当然不可能完全回避这一点（每一个先锋作家都有自己的特殊境遇和处理个人写作的自主方式）。它同样可以成为现实的折射镜。

当现实进入变动、充满机会和可能性状态时，大学的自由主义潜力便要抬头，为这一代自由派青年的象征，刘索拉和她的成名小说《你别无选择》是当之无愧的。这部以大学校园为背景的小说标志着一种新文化的诞生。八十年代扩展开来的自由派思想，很奇怪，它不是由思想界发动的，而是无引导地自发形成于青年人的生活形态之中。这种思想的来源十分复杂（"文革"废墟、幻灭、外来读物、适应性、价值废黜、享乐主义、个人、自我选择的滑稽变质，反权威），没有公推的精神领袖，它完全是以个人的抉择和非责任化来表现的。刘索拉对这一无导向的自由派思想有着内在的响应，她仿佛成了一个"写实型的记录者"。在刘索拉以后的小说里，我们再三发现，它们总是和音乐及音乐家有关。这固然和刘索拉本人的职业与趣味有密切的联系，但是，在那个时候（更不用说九十年代以后了），如果说有什么艺术形态最重要、最具吸引力，那就"别无选择"地要首推音乐了。《蓝天绿海》和《寻找歌王》预告了一种漂泊的、在异乡的自由生活，而《你别无选择》则提供了一个有待突破的"教育囚笼"，有许许多多困兽在里面左右奔突。刘索拉表达了传统教育和僵化的等级体系对这代人的压力和不适感。一切正统角色在青春活力面前只剩下近乎滑稽的严肃表情。问题是，这所有青春活力的承担者都有太过的剩余精力和太过的闲置的聪明，他们反叛或野心勃勃，他们实用或无所事事；他们垮掉或变得嬉皮，他们自私或貌似虚无。这一代人，是行动先于目标的，也是存在先于本质的。他们看起来达到了轻松自如，但是在这背后却有一种无信仰的悲哀。八十年代的游戏精神在孕育之中，而刘索拉既是它的序曲也是它的记谱员，在她的曲谱上我们听到的就是自由主义的旋律。无确定目标的自由生活是那一时期青年人的重要目标，它是一种盲目的力量，既可以使人们狭隘自私，也可以把人们推进集体的狂欢和庆典。

几年以后，八十年代末到九十年代初，我们时代的青年终于成为职业候选人和文化消费人的双重角色，他们的浪漫情感不再有大规模进行狂欢和革命庆典的表达机会。这其实都可以在刘索拉小说中找到最初的踪迹。

只有马原才是一个真正的形式主义者。他那篇发表于一九八四年的《冈底斯诱惑》已经显示了他作为大陆先锋文学的技巧大师所具备的各项才能。他游离在八十年代的文化核心之外（马原不仅长期生活在西藏，而且把西藏作为他写作的不尽素材和想象背景），也游离在文学主流之外，甚至还游离在各种改扮过的"文革"记忆之外（只是他稍后的《错误》和《上下都很平坦》才写到文革后半期的知青命运）。作为叙述至上论者，马原为八六和八七年以后的先锋文学开辟了道路。寓意、深度、隐喻、象征、反抗，这些八五年先锋文学的精神向度和美学风格，慢慢被随后的先锋作家以及他们的写作所消解。洪峰、苏童、格非、孙甘露、北村、潘军等更年轻的先锋作家相继登场。迎来了一个时间长达数年之久的写作狂欢节，只有余华一人还保持着前期先锋文学的精神深度。

马原第一个（就八十年代的大陆先锋文学而言）把虚构性、时间、叙事人放在显眼的地位，他的作品富有想象力，自我缠绕、炫耀智力和写作中的享乐感。他善于编造扑朔迷离的故事，玩弄叙述圈套，又常常从完整的故事中游离出来，把叙述者引到前台。马原热衷于神秘主义，死亡、性、谋杀、奇遇、珍宝、无因的变故、被掩盖的真相，这些都成了马原小说中的故事要素和重要阅读单位。

自传式的写作症候，不仅在马原那儿（同时还有莫言），而且波及到更多后起的先锋作家的叙事作品中（比如洪峰的《奔丧》和《瀚海》都假借自传式口吻，去描述那些冷漠的、局外人的感受）。马原的"自我登场"，本来是写作的个例。但是，当更多的先锋作家都在因袭这种自述视野的时候，就不只是一个简单仿效的问题了。自传式，或者以第一人称回述家族往事，乃是八十年代发展起来的自恋主义的一个投射结果。自我镜像是许多先锋文学作品的基本立足点，它是主体的一次再发现，也是对客观世界表达不信任的代替物。个人和自我不再是文学所要阐扬的一个价值符号，而是直接经由自我镜像的完成，使之成为一种书写中的存在者。

在自恋，叙述魔方、快乐写作的另一端，余华的小说为我们展示了一种惊人的看待生存的方式，即绝对的冷观。《河边的错误》《一九八六年》都把对人的杀戮或自残放到了外科手术台上，使它们脱离情感的时空背景，孤立地显示了一种生命解体的纯物化过程。不作评价的超善恶描写，引出的结果当然是"无动于衷"的（有可能，它暗示了文化价值的假定性以及由此而来的情感无效）。在余华小说的场面描绘和过程记录中，我们似乎目睹了一场冷漠无情的解剖试验。我们心中不断被激起的厌恶感、惊悸和神经抽搐，都在那个几乎是抽空了人性反应的陈述者面前变得十分的脆嫩。贯穿在余华小说中的视角，仿佛不是来自某一个人，而是来自一架摄像机，因而总有一种超人的或者说非人的意味。我们可能还会联想到个人的或历史的（专制时代、近代史或者文革记忆）噩梦。以及躲藏在四周的随时可能降临的危险。余华的语言一般是不深奥的，他的叙述平平常常从容不迫，他的小说画面清晰，这种日常性加深了刺激与恐怖（残雪的恐怖是幻觉中的、高度变形的）。在余华的叙述中显示了锯齿的力量，它慢慢地锯着我们的日常神经，撕破我们的日常视界，使之开裂，从那个可怖的裂缝中窥见另外一个非人的世界。

余华，还有前述的残雪、刘索拉、莫言、张承志、马原及韩少功（当然还有别人），从各个方面攻击了八十年代中期盛行的那种肤浅的乐观主义和历史进化论。他们介入写作，通过改变写作进而影响了那个年代的自我认识。因为他们的存在，八十年代初建立起来的文学统一形象四分五裂了。先锋文学象征性地转变了这个时代的言说方式，这种质变使得社会派文学主流成为一种消极延长的、仍在持续的写作方式。时至今日，我们已经记不起在八十年代中期以后，社会派文学还有些什么作品继续保留在我们的印象之中。真实的、有力量的写实作品在大陆文学始终很难涌现。当写实仅仅是一种描写手段时，精神上的不彻底就会给这种徒具写实外形的作品蒙上一层虚假的阴影。

时间不长，先锋文学的危机也来临了（比它更早，寻根文学在它后期因历史主义的复活和狭隘乡土理论的卷土重来而丧失它的革命性后，就作为一种短暂的运动载入史册了）。一九八七年以后，先锋文学不再使人"震惊"；它的后继者们发展出另一种写作：综合化、平面性、文字游戏、援引、拼凑风格、奢谈、逃离现实、重述史典或近代通俗故事。

产生格非、苏童、北村、孙甘露、潘军等先锋文学后继者的原因并不单纯是走在稍前的马原、莫言与洪峰——还是因为八十年代中期的写作环境，以及这个时期的历史情境，使先锋文学渐渐从社会性失效的危机中走出，封闭在一个小得多的文学圈子内部。

八十年代中后期，物质至上主义、经济改革、商业化进程使大陆整个文学界迅速边缘化。文学内部的论争已丧失它原来在社会中的广泛效应，大众传媒、娱乐业和各种文类（新闻纪实、通俗小说、传记和消遣性杂志）分享着这个时期的表层话语。先锋文学的后继者不再指望他们的作品会有强烈的回应，写作只能是写作本身，它是让人愉悦的、摆脱指物的、非典范的、回到文学史的。

当代生活的贫乏和枯竭，"文革"记忆的淡薄，使先锋文学的后继者走向拼贴和装配的技术道路。他们完全被隔离了，没有什么可供他们去表态，或者去回顾。他们的精神状态已经逃亡在外，阅读和写作，这就是他们的现状。

在格非（迷魂阵式的）、苏童（颓废和忧郁的）、北村（逃亡或归乡的）、孙甘露（制造箴言的）、潘军（从抒情出发的）这些先锋文学后继者当中，孙甘露也许是一个最为极端的例子。

孙甘露很像一个语言的炼金术士，他写的作品很难说是小说。他的文字是拼贴的、自我衍生的、反叙事的。孙甘露用他的想象作为一扇门，对日常现实进行了退出。"进入文字"，是孙甘露写作时的重要快乐之源，几乎是一个诱惑性的动力之源。《访问梦境》几乎是看不出国籍的，它为我们奉献了一个面容不清的行吟诗人，他游荡于历史与神话之间，未来与想象之间，书本与文字之间。在他那里，日常生活、历史和文献是三位一体的。日常生活进入历史，历史进入文献，文献是一切事物及事件的归宿和葬身之地。孙甘露的小说，总是试图从文献入手，回溯它的历史，直到它再次成为瞬间性的日常情态。不过，他意识到这一切最终是徒劳的，《米酒之乡》，作为孙甘露另一篇小说《仿佛》的书中之书，就向我们和他自己发出了意味深长的告诫。孙甘露的小说纯粹是一个静止的语言乌托邦，一片文字构成的经典的废墟。在凝固的昔日时空中，总有夕阳的残照把一抹最后的光投射在这废墟之上，那正是后人的回忆目光的象征。已逝的日常生活，历史与文献只有经由这些仍然活着的后人才能获得保存，而所有仍然活着的人，也终将进入历史和文字，供后人再次缅怀。孙甘露逃避现实和未来，遁进历史和文字，虚拟出箴言式的文字迷宫在其中徜徉。这是对有限生存的突破和绵延的绝望努力，完全把现实摒弃在身后，然后将写作视为和现实相对峙的另一个现实存在。

先锋文学和环境及文革记忆的衔接，到八十年代的后期逐渐脱开了。它开始在平面滑动并向过去的各种文本觅取素材，挪用，回收那些曾被抛弃的传统，沿袭旧小说的模式，佯作高深，意义的抽离，字词的刻意讲究，写作所能借取的材料在数量上不断增长。由于针对性的减弱和对读者涵盖面的缩小，先锋文学愈来愈显得是一种书写的事件，我们不再能从中找到和现实的对应关系，甚至是曲折的隐喻关系。

当后期先锋文学在它内部受到不耐烦的批评家质疑的时候，由于环境的转变和随后的文化要求，先锋文学的延续暂时中断了。

回顾八十年代的大陆先锋文学，它是当时的文化走向离心的一个结果。先锋文学的形态是迅速变化的，这是它在长期失语症之后自我治疗的必然表现。由于它的边缘地位，它始终未能在大范围中对八十年代的文化产生影响。先锋文学过早的小圈子化，加上环境的转变，这就是它为何在八十年代末几乎销声匿迹的原因，也是它的主要成员或者不再写作，或者在九十年代来临之际，立即和现代媒体（电影或电视）形成"同谋关系"的原因。但是尽管如此，八十年代的先锋文学作为当时最有活力的写作，已经载入文学史，这是无可争辩的。

一九九三年十月三十一日

吴亮：先锋就是历史上的一座座墓碑

木叶：吴亮先生还记得，最早认识的先锋作家是谁吗？

吴亮：你讲的是中国作家吧……一九八八年到一九八九年初，我有一系列文章谈先锋文学，反复强调这个概念，但在这个名号下面，没有指名道姓，谁是谁不是，采取布告式的，或者说宣言式的方式，把这个先锋文学人格化地来鼓吹来倡导。被认为是先锋作家是后来的事，但当时好像不这么提，说是文学探索啦，或者说是一种实验……究竟怎么命名我记不太清楚，比如说我最早评马原的时候……

木叶：在《马原的叙述圈套》之前评过吗？

吴亮：我想想……这时间我不是记得特别清楚，我当时比较频繁地为一些作家鼓吹，通过专栏，一些作家作品评论，或通过一种言论的方式，那在一九八七年、一九八八年写得比较多。再往前，一九八五年到一九八六年的时候我曾经和程德培在《文汇读书周报》有一个专栏，从一九八五年的夏天，从那年七月一直做到了一九八七年年底，前后两年半。两年半两个人总共写了超过一百篇文章，每周一篇。那时候，这个专栏兼顾了不同风格，要呈现出当代文学的多样性，要适当考虑平衡。虽没有明显的分工，相对来讲，在语言叙述方面或者在比较传统的作家里面，被德培评论的比较多一点。我评论的作家则比较新潮，当时一般叫新潮小说，但也不是所有人一致认可的。后来有个纯文学讨论，我记不太清楚它发生在哪个时间，什么叫纯文学我也不太清楚。我最早在一九八六年在《中国青年报》发表过一篇题为《谁是"先锋作家"》的短文，现在有人在做这个研究，我不知道当年还有谁这么提，我没有工夫做研究去确定这个概念发生的时间。

木叶：现在很难说写的第一篇先锋小说评论是哪一篇了？

吴亮：很难说，对我来说，这个一点都不重要……我觉得我主要还是在写那种布告式的文章，就是宣言。

木叶：就是古代那种点评式的？

吴亮：不是。我什么都写，短评、报纸专栏、作家点评，然后是作家论，或者是一种现象描述或展望，什么都来一点。

木叶：大家一提到当时的先锋文学，往往就想到《马原的叙述圈套》，但它可能遮蔽了很多先锋评论，甚至遮蔽了吴亮先生自己其他的先锋评论。能否举几篇评论，可能在八十年代很重要，但今天被淡化甚至被遗忘的。

吴亮：从自己的写作记忆来讲，我觉得这个问题很难再让我兴奋，因为我关心的事情太多太杂，那么多年过去了，而且中间隔了一个脑子松懈充满惰性的九十年代，对我来说很致命，这十年非常致命。假如你还记得我在网上发的"80年代琐记"，尽写一些鸡毛蒜皮的小事，似乎我在故意忘掉一些重大事件，故意说这个才觉得比较有意思。

木叶：所以我一开始就问，最早见到马原、余华是什么场景什么场合，比如一起吃饭、书店邂逅，还是会议上？

吴亮：当时我和程德培在作协理论研究室时，几乎每天都有人来访，经过上海，或者在上海写作，他们去《收获》多半会顺便到我们办公室来坐一下，同行到作协来办事，肯定都要见见我和德培，聊一聊。这种事情太多了，我当时没有记日记的习惯。

木叶： 别人可能会说起传奇性的一些细节。

吴亮： 没有，我不会编故事。

木叶： 那你最早关注到马原这个人，还是马原的小说？

吴亮： 马原是我的好朋友，问题是后来有不少选本都选了我这篇文章，再谈就没有什么意思了，好像我在八十年代就写了这个文章，那完全是一个错觉。但是我想我这个文章的确比较特别，这可能是很多人选我这篇文章的原因。我把马原作为一个叙事学的典范来谈论，那个时候也没有太多的叙事学方面的理论让我参考，可以说我是没有什么理论凭据地在解释马原。

木叶： 可不可以这样讲，先锋最大的优势就是叙述，或者说是形式。

吴亮： 好像是一九九三年，大陆作家代表团去台湾，参加《联合报》搞的一个叫"海峡两岸文学"的会议。假如我没记错的话，可能是第一次国内比较庞大的作家团队到台湾去。带队的是王蒙，王蒙当时已经不做文化部长了，还有刘恒，海外过去的有李陀、黄子平、阿城、刘再复、高行健，上海有李子云、程德培和我。当时我为这个会议准备了一篇论文，《回顾先锋文学》。回顾式的，副标题还点明"兼论八十年代的写作环境和文革记忆"。这个文章后来《作家》发表了，是一九九四年、一九九五年吧，做了一些删节，删得不多，但是比较关键——一九八九年的一个变化造成的文学后果。

木叶： 这是一九九四年的事，那么往前推呢？

吴亮： 在这以前，没有大的文章来谈先锋文学。我只是用理论语言来鼓吹这个先锋文学，就像一个人在什么地方叫阵，隐隐中感到先锋文学面临着好多误解与歪曲，面对好多批评，说这类文学脱离人民脱离时代，读者抱怨看不懂，诸如此类。这个你可以翻翻《文学角》的合订本。至于具体作家评论，除了我和程德培那个《文汇读书周报》的专栏"文坛掠影"，我还有一个专栏是在一九八八年给天津《文学自由谈》写的"微型作家论"，其中有一组写的都是先锋作家，孙甘露、余华、莫言、残雪……当然也写过一些我熟悉的作家，王蒙、张贤亮、刘心武、王安忆等等。

木叶：区别于李陀、程永新这些人，我觉得没有一个先锋作家是吴亮先生把他推出来的。

吴亮：是期刊在推作家，不可能批评家推作家，批评家肯定得等作品出来再评吧。李陀是文学活动家，兄弟我不是，我不是文学活动家。

木叶：那时李陀在文学青年当中，就是在先锋探索的作家心目中，要比吴亮还厉害一点儿？

吴亮：他出道比我早。八十年代初的时候，他们几个人搞了一个现代派讨论，"三只风筝"，他那个时候已经在风口浪尖了。李陀那时在《北京文学》，好像是副主编，我记不太清楚。据说他在《北京文学》的时候经常有一些稿子最后落在他手里。上海嘛，一般来说比较规矩，作者都是把稿子邮寄给杂志社，主要是《收获》和《上海文学》。

木叶：这些都是从批评家的角度切入，我想知道外来因子对于先锋文学的影响。高行健一九八一年就出版了《现代小说技巧初探》，很早。

吴亮：这本书我到现在也没有看过，我只是知道这件事情引起他们讨论，他们几个人是冯骥才和李陀，还有刘心武，被北京《文艺报》称之为"三只小风筝"，好像是。那个时候我才刚刚开始给《上海文学》写评论。

木叶：对，写的还是评《乔厂长上任记》的《变革者面临的新任务》什么的。

吴亮：那是我第一篇评论，一九八〇年写的。

木叶：如果吴亮先生受外国理论的影响，我不想讲那些传统的，比如说受马克思或苏俄的影响很明显，真正比较新锐的，或者用先锋这个词来说，是哪些理论呢？

吴亮：我说不上来，我总是在看别人受谁的影响，很少有时间看自己受谁的影响。假如以后我要给自己写一个自传，我会想这个事情。

木叶：博尔赫斯看过没有？

吴亮：翻过，当时翻译进来的书很杂，都翻。

木叶：作家突然看到某一部小说，哎，原来小说可以这么写，那么批评家是否会说，理论文章原来能这么写，有没有这种震动？

吴亮：没有，对我来说一切都很轻松。我觉得用比较西方的表达方式来写很好，也不难，我在七十年代读了一些西方著作。

木叶：七十年代？

吴亮：对。

木叶：比如说哪些？

吴亮：反正是能看到的我都会看，我是一个胃口很好食欲旺盛的人。

木叶：具体篇目呢？

吴亮：嗯，马克思，毫无疑问。嗯，黑格尔，《精神现象学》《美学》《哲学史讲演录》《小逻辑》，都看好几遍，特别喜欢他的《精神现象学》。康德看的则是片断，我记得当时在上海图书馆借一本选译本，是"德国古典哲学"，商务印书馆的，里面有费希特啊谢林啊费尔巴哈啊。当时主要看马克思，后来也看列宁的书，"马克思主义的三个来源和三个组成部分"，根据这个线索就去读德国古典哲学，英国古典经济学和社会主义理论看得不多，亚当·斯密还算通俗，经济学实在太晦涩，沉闷，好看的还是一些涉及历史和政论方面的，马克思的《法兰西内战》《路易·波拿巴的雾月十八日》《评普鲁士的书报检查制度》，逻辑和文采都是一流。就文体与逻辑而言，马克思对我影响很大，后来看多了，我发现这不是马克思的问题，实际是德国哲学思维的问题，思辨哲学的问题。那个时候我还断断续续看过一些别的书，俄罗斯文学，看俄国文学肯定会涉及别林斯基、杜波罗留波夫、车尔尼雪夫斯基或者赫尔岑这些人的评论。假如你喜欢看《约翰·克里斯朵夫》、巴尔扎克什么的，那你也许还会看狄德罗与伏尔泰。

木叶：是七十年代？

吴亮：对，七十年代。对文章的表述风格来说，这些西方先人对我的影响一定是潜移默化的。后来再看西方哲学，我特别容易进入，在整个思维方式，十五六岁时过脑子的就是这种语言，除了这些理论作品，还有诗，消遣的小说，爱情小说，科幻小说，普希金，《基督山恩仇记》，屠格涅夫，凡尔纳，我们也都看，传来传去的，谁有好书，大家都会相互借阅。

木叶：我比较早读吴亮先生写的书是《城市漫游者》，一九九一年出版的，好像是讲酒吧，讲街道。

吴亮：这不是我最早的，我最早的是一九八五年写的《城市笔记》。

木叶：我感觉有点儿像本雅明的某种状态，我不知道猜测得怎么样？

吴亮：本雅明，对。

木叶：他对于城市的批评是非常有名的，讲波德莱尔，讲现代。其实，还有一个人，罗兰·巴特。

吴亮：你所说的这些人实际上我都浏览过，我只能说浏览，当时的翻译很有限。对我来讲，我自己的东西就是自己的问题，假如硬让我分析自己的话，在精神发育的时候，比如说语言习惯和整个思维方向什么的，我和社会之间是有隔阂的。我在工厂里面就是一个工人，当时这个社会是险恶的，政治险恶文化封闭。我一九七一年进了一家工厂，那时父亲因为历史政治的问题还没有解决，这种情况使你和这个时期的现实产生距离。我逃避任何组织性的生活，比如入党、入团之类。在那个时候与其说我介入生活，不如说我逃避生活。因为家里面的原因，因为政治险恶，也因为有一些朋友，大家都会讨论周围发生了什么事情，有一些共同话题。作为私人的精神生活，或者说为了逃避生活，也尝试写作。

木叶：有一点儿接近孙甘露，他当初是邮递员。

吴亮：他有他的情况，可能一些地方有一点类似，但我和他在气质方面还是有很大的区别，他那种游离的、幻想的东西比我更多，我思考的问题还是很现实的，只是我的姿态和我的行为从不介入现实。

木叶：就是说有及物和不及物两种身份？

吴亮：我是一种与社会保持距离的及物思考，他是不及物的……这样说也不太准确。不必要去把我和孙甘露进行比较，但是我想，我们这代人当时有这个状态的可能很多。

木叶：我检索上海图书馆，最早以"先锋小说"命名的书是朱伟的《中国先锋小说》，一九九〇年，花城出版社。再往下就是一九九三年，陈晓明的《无边的挑战——中国先锋文学的后现代性》。我的意思是说这些离一九八六年、一九八七年已经好几年了。马原有一个说法，他认为中国先锋小说有两个人吹响了号角，一个是阿城的《棋王》，一个是他自己，《冈底斯的诱惑》，这些更早。如果让吴亮先生追溯先锋小说源头的话，应该是哪一个矗立在那里？

吴亮：这个问题我没有办法回答你，谁是第一篇，我觉得这个问题不是很重要，不符合我判断问题的方式。

木叶：这完全可以。那最触动自己的先锋小说呢？

吴亮：我只是觉得一种亢奋，我只是觉得这种情况出现了，很多人的写作和官方倡导的主旋律以及现实主义背道而驰——反映时代的精神，反映时代的本质，但是，什么是时代精神什么是时代本质，最终解释权都在官方手里——所以当时这些小说的多样性和形式探索，现在看起来，实际上就是单一的主流写作的异质化。

木叶：异质化？

吴亮：异质化写作，那时可能就只能从形式上来突破：话是可以这么说的，小说是可以这么写的，无主题、无人物、无情节，三无主义，当时都是贬义词，因此你很茫然……但是一种不一样的言说方式出现了，或者说一种新的中文写作出现了。虽然现在很多人喜欢批评说当时那些写作是模仿西方翻译作品，我觉得都无所谓，我认为翻译成中文的西方文学就是中国文学的一部分，它不再是拼音文学，它已经是方块字汉语文学了。嗯，我一直坚持这样的观点。至于"先锋"这个词嘛，我比较频繁地使用这个词是一九八八年，比如说《向先锋派致敬》《真正的先锋一如既往》《为先锋文学辩护》，这些文章都发表在《文学角》上。

木叶：对。苏童特别喜欢"真正的先锋一如既往"这个说法。如果要让吴亮先生描述一下先锋，会是什么呢？有一种说法是"先锋到死"。

吴亮：马原肯定是先锋派吧，阿城有人说不是，有人说是，他算寻根派领袖，完全用中国味的语言写作。先锋派小说刚出来的时候，有很多不同的议论，还有来自年轻人内部的批评，意见更尖锐。

木叶：伪现代派？

吴亮：对，伪先锋，说他们是方法主题横移，比方讲现代派好多小说当中描写人的处境，在中国当时根本没有出现，孤独感，苦闷，绝望，都是我们这里所没有的。确实有模仿，但我认为这是表象，全是表象。就是说有这么一群年轻人不愿意像以前那样写了，他就这样写。他想摆脱那样的阴影，他就进入这样的阴影。用雷蒙·阿隆的话来说，从一个神圣家族走向另一个神圣家族，当然可能两个家族都是谬误。我觉得这些统统不重要，先锋文学起的作用就是写作方式、叙述方式、思维方式的解放：中文写作、说话、思考是可以这样进行的。

木叶：换个角度来问，如果八十年代把先锋派抽掉，会不会出现巨大的空虚？

吴亮：这个假设我不能想象，毫无必要。

木叶：先锋文学在八十年代是非常重要的一种创作方式。一九八六年到一九八八年的时候，现代派、伪现代派的争论出现了。吴亮先生也有好几个以先锋命名的标题文章为他们辩护。至今二十年了，觉得自己的观点没有任何变化吗？

吴亮：所有的问题都要放在历史当中来考虑。当时就是这么发生的，当时我确实为它辩护，不管你辩护有效没效，已经载入史册了。当然后来人们可以站在各自的制高点上回看它，以至得出不同的结论，这个都无所谓了。

木叶：查建英访阿城时，阿城提到先锋派小说是另开了一桌，没有真正影响中国当下日常生活的语言，而相反是王朔真正影响到了，对这个问题有什么想法？

吴亮：具体的对日常生活的影响我想肯定是很深远的，它不那么直接，我们一个一个讲。被称为先锋派文学的代表人物之一，像余华，他后来采取了另外的写作方式，格非也变了。当然有一些人风格基本还延续原有方式，莫言，他有点变化，但没有根本性的转型。残雪也没有变，还是那个套路。也有一些人被称为先锋派的，主要特征倒不是叙述角度，可能有一些现代观念，或一种精神状态，比如张承志、韩少功，他们写作没有停顿……张辛欣不写了，刘索拉不写了，徐星不写了，都隐退了，干别的去了，还有洪峰，后来也不怎么写了。每一个人单独去看，都不一样，所以你要把他们捏在一起这是很难说的，他们首先不是群体，一开始就是各写各的，他们是被一个共同氛围凑在一起的，大家基于不同的原因在写自己的东西，就是用这种方式写，当然毫无疑问，西方翻译作品对他们影响非常之大。在我看，中国传统影响下的作家和西方翻译影响下的作家没有本质区别。没有说什么受中国传统的影响就一定高级，或者说受西方翻译的影响更高级，人就是一个处在一切影响之下的"精神生成物"。

木叶：李锐说，九十年代中期，法国人找了中国先锋作家的书去看，他们想编一个中国先锋小说集，但他们看完之后的结果是——他们是两方面的人，一方面是编辑，一方面是小说家——说这个都是咱们玩儿过的。李锐说这个对他触动很大。

吴亮：假如你把阿城的东西拿给一百年以前的人看，一百年前的人说，这个都是我们玩儿过的，你会觉得触动很大吗？西方人看中国的先锋小说，要把它再翻成法语或者英语，可能会感觉语言上没什么新意，但是在中文里它就是一个新东西，他们应该把这种中国先锋派小说和以前的传统中国话本小说进行比较，而且必须在汉语语境里比较。

木叶：但问题是，我们不能期待欧洲人或美国人这么细地读咱们的文本，他整体一看觉得跟自己相似，这已是很可怕的一件事。

吴亮：什么意思？

木叶：就是你不能期待他拿先锋小说和七十年代、四十年代、二十年代的小说或是和明清话本去纵向进行比较。他直接一看，哦，这个是我们玩儿过的，不新鲜。你又不可能给他上一堂中国文学史的课！

吴亮：把中国小说翻译成法文给他们看，这本来就是错。

木叶：但其实，包括一些汉学家看完之后也并不认为怎样……

吴亮：汉学家他们是喜欢汉字，所以凡是翻成外文的东西，他们完全是另外一个眼光来看。明白我的意思吗？

木叶：是这种眼光！

吴亮：他们首先就是崇敬中国汉字的这样一批人，喜欢中国汉字。假如对中国文字都没有崇敬和喜欢，没有这样的欣赏能力，他们就不会搞汉学，要不然就是搞政治了。汉学家，你看他们出身，研究唐诗的或者翻译过什么易经，大多这些人，他们喜欢中国的文化，是喜欢这个，而不是喜欢中国的白话文。

木叶：研究唐诗的宇文所安，就是斯蒂芬·欧文，说北岛那些诗不是很新鲜了，跟西方的现代诗相比。如果对称地来看小说的话，也有一定意味。李锐也说马原的小说和博尔赫斯有相似性，是博尔赫斯的一种摹本。

吴亮：嗯，你究竟想和我讨论在全球范围的先锋还是中国范围的先锋？

木叶：我想知道咱们的先锋在中国是怎么命名的，拿到真正的世界文学版图中又是怎样的？

吴亮：首先它是以中文的形式出现在中国的，一开始根本就不是写给外国人看的，外国人要了解这个必须要回到中国历程当中，他才能够理解这件事情，当然翻译过去了，他们看到很多西方影响的痕迹，一些修辞、风格、语态和时态表达，这些东西他们都有，都玩过，没错。但他们应该明白，由于中国传统与政治制度的原因，长期以来这些东西是被忽视的，不一样的，空白的，受压抑的，后来中国受到外来文化影响，这一切发生了改变，西方翻译作品在中国汉语当中产生了改良作用，甚至革命性的作用，这一切都成为中国近代以来文化历史的重要部分。现在他们没有把中国八十年代的语境搬过去一起讨论，单独把这个文体叙述部分拿出来作一对一的比对，肯定会做出类似模仿的负面评价。

木叶： 再往前追溯一下"先锋"，鲁迅的《故事新编》，我觉得那种解构在全世界范围也是领先的。而咱们八十年代的这些小说跟世界相比的话，它是滞后的，这个怎么看？

吴亮： 我不同意这样的比较，鲁迅只能把他放在他那个时代去比较。我也不同意把鲁迅作为一个标准，作为一个典范，不同意。

木叶： 这个我们先不管。我采访韩东的时候，他说仅仅先锋还是远不够的，他有一个重要的说法是什么呢？就是说好比你练拳是要打人的，他说那时候先锋小说是打不到人。其实也就是前面提到的一个词，"不及物"，先锋怎么和这个时代、这个国度、这个民族、"这个人"发生关系？

吴亮： 这个问题我要花一点时间跟你说。我认为实际上是打到人了。

木叶： 打到谁了？

吴亮： 打到了声称必须把文字和现实结合起来的及物派。就是中国的意识形态，就是文以载道。

木叶： 哦。这个是打到了。

吴亮： 就是打到了，所以他们才那么愤怒。就是说，我就是自外于这个时代，也许我在模仿，可能我真是在模仿，但是当这个时代非常模糊、腐朽、僵化、顽固的时候……你想那个时候开始拨乱反正，口口声声要反映现实生活，但是现实主义根本不彻底，文革写一点点，反右不能正面写，只能说母亲错打了孩子，还有好多禁区不能涉及，一开始受批判的是谁？白桦、戴厚英，人道主义，资产阶级人性论，就是说，整个小说写法没有变化，典型人物、命运、生活、遭遇，全都是及物的。虽然及物，但没有现实主义，不可能现实主义。及物，照样打不到人……但是在另外一些年轻人当中，因为他们生活角度不同，他们生活经历很坎坷，比如说韩少功，他写了文革，也有尖锐的批判，都有，不是说没有。也许好多作品不能出来，或者被封杀，都不是没有可能……不管怎么说，当时文学是很多年轻人，也就是我们这些人的一个目标和方向，怎么能够发表我们的作品？怎么能显示我们的存在？我们怎么能够被认可？我可以这么说，哪怕它很实用主义，学现代派，看不懂，是一种时髦，这个时髦不是官方所喜欢的，大众读者也不喜欢。但是历史机会是，当时中国有很多期刊，期刊就是我们的阵地，是我们成名的途径，是我们的谋生渠道，我们就是为了改变我们的生活方式，所以要写作。这就是一种时髦，没错，就是时髦，就是模仿。而且那个时候外国现代派小说翻译进来，啊，小说还能这么写，为什么我不能这么写，甚至不排除局部的抄袭，我觉得这无所谓。以前抄马克思，抄苏联小说，抄民间故事，民歌民谣，抄抄抄，抄越多越渊博。认为抄《红楼梦》抄明清笔记抄鲁迅抄高尔基就是好的，抄博尔赫斯就丢脸，不可思议。所以在这样的情况下，他们这些小说出来，当现实主义最后的一扇门被关闭的时候，还能写什么？我干脆就不及物了！再说西方现代派文学进来以后，确实也改变了他们的一些对小说叙事的再认识，豁然开朗，这绝非模仿，而是启发，启发就是启蒙啊。原来人都不是全知的，马原好多视角是他个人的，这不是在模仿，是唤醒他一种看事物的角度，这种角度他本来就有。你说孙甘露是学西方的，很明显受西方翻译文学影响很大，但是为什么只有一个孙甘露，为什么你们不学啊？最终他成了他自己。好多人因为这个原因那个原因不写，各有各的原因，我们不要用一个原因来解释，每个人的情况都不同。

木叶：还说"打人"的问题，你刚才回答主要说在八十年代打到人了，在九十年代，在二十一世纪初的这个几年又够不着人了。可能余华很早就感觉到这一点了，所以他慢慢地变法，比如说什么《许三观卖血记》《在细雨中呼喊》。

吴亮：九十年代以后有很多情况。九十年代以后你有没有发现，大家都回到历史当中去。比如说莫言很明显，他一开始就写历史作品，是吧？他的《欢乐》是写现实生活的，但他大部分都在写历史作品，从《红高粱家族》开始，一直到以后的《檀香刑》等等。

木叶：其实就是说，其实可以说转型有一个重要的点，就是一九八九年之后。另一方面，马原不是一九八九年之后不写小说的，一九八八年之后就基本断了，我觉得这个现象其实没有很好探讨过。我发现陈晓明也指出一九八九年初先锋文学便"多少有些令人失望"，他以《人民文学》同年三月号为例认为：格非《风琴》、余华《鲜血梅花》、苏童《仪式的完成》误入历史歧途，"仪式的完成"更是具有象征意味。我的意思是说，从先锋文学自身发展来看，先锋作家也会寻求突破，这几个作家可能都意识到这一点了。九十年代，余华刚开始写"新"长篇的时候，有人认为他背叛了先锋文学，苏童也有过类似情境，你怎么看这个问题？背叛，来自内部的背叛。

吴亮：这个你去问余华就行了。

木叶：我想听你的看法？

吴亮：我不知道，九十年代以后我小说真的看得很少。

木叶：九十年代？

吴亮：对，我只是知道他们在变化，《活着》《许三观卖血记》都是发在《收获》，我还要翻一下，我发现他变化很大。包括格非变化也很大。但几个人的变化不足以得出一个必然性的结论，比如说你怎么解释残雪这个例外。

木叶：残雪可能是唯一的一个。

吴亮：是啊，为什么时代对她没有影响呢？只要有一只乌鸦是白的，你就不能说所有乌鸦都是黑的。

木叶：但是也有人认为她这种没有变化是有问题的，就是没有突破自己。

吴亮：为什么一定要突破呢？有几个老是突破自己？这都是人

编造出来的要求。

木叶：但我们看外国的一些作家，这一辈子的确是不断往前这么转着走，不断超越自己。这些词可能比较难听，突破、超越、转型，但是他们的一生真是不一样。

吴亮：也有不超越的，倒退的，这个很复杂，我没有时间回答你。我觉得任何一种匆忙做结论的方法，都是不可取的。

木叶：但其实已经过去二十年了？

吴亮：嗯，我没有深入研究这个问题以前，我没有办法回答你这个问题。

木叶：那么就是说小说家在暂时停和转的过程当中，先锋文学的批评家有变化吗？比如说，李陀基本上自己不写小说也不批评了；朱伟改当了一个时尚、文化杂志的主编；吴亮……

吴亮：我倒没有变，我认为我进入当代艺术圈后或许更先锋了。九十年代以来中国当代文化最重要的就是当代艺术，而不是文学。这个观点我在北京已经跟李陀讲了。

木叶：我觉得这个很有道理，而且现已看出来了。

吴亮：纪录片，九十年代还有一些小剧场戏剧，但不是很有影响，包括一些小制作电影，作家电影，我们不讲什么国际影响力，它们对生活的切入面，已经是很多样很复杂的了，有非常尖锐的成分在里面。这个尖锐性在八十年代是没有的。八十年代，桎梏比九十年代大得多。九十年代是什么？知识分子体制化了，就是关系的改变。当时，文学期刊还是有好多桎梏的，你只能玩些文字游戏，玩形式主义。中国矛盾在九十年代以后变得多样性起来，社会的民间缝隙开始出现。现在一方面还是个铁桶，但中间漏洞特别多，中国当代艺术能够存活下来，独立电影人能够存活下来，就因为有这个条件，慢慢从在国内受批受压，到在国外出名，再迁回过来被官方接纳。很多人都走过这个道路，张艺谋现在最牛，当时他什么处境呀,《菊豆》不能放,我们都是内部看的。还有陈凯歌、张元、贾樟柯,太多了。

木叶:还有田壮壮的《蓝风筝》。

吴亮:不讲他们自己怎么转型,怎么被官方招安或者怎么样,这个我们不谈,谈这个要谈很多很多。

木叶:刚才说没有关注先锋文学,有没有遗憾?当然可以说,这个先锋艺术现在是显学。

吴亮:我每天关心每天的问题。

木叶:再往回说,李陀当初对先锋文学,别看他是鼓吹者,其实他是有保留的,比如对于马原这样的作家。而吴亮好像是无保留的。

吴亮:是啊,直到现在都是这样,好像比那个时候更顽固一些。我不以成败论英雄,我也不以他们没有传人就觉得很悲观,我不做这个结论。当时让我最亢奋的就是这些人,别的包括所谓现实主义我都不放眼里……你们是不彻底的现实主义,是犬儒主义写作,我不要看。

木叶:刚才说当初先锋最让自己亢奋兴奋,今天这批先锋作家还让吴亮先生最兴奋么?

吴亮:一谈起他们来我兴致很高,但是这批人今天写什么我就不知道了。

木叶:是说无所谓了?

吴亮:无所谓了,我也不大看了。我现在做杂志是希望别人来谈论,我只是提供一个场地,希望大家来探讨,我不会发表很多言论。

木叶:八十年代主要是这些人,其实后面还有一些也被归为先锋,像毕飞宇,这个有关注吗?

吴亮:可能吧,我不清楚,可能在九十年代以后,先锋文学一般的叙述技巧已经普及化了，大家不觉得那么扎眼，叙事人称转换啊，或是人物性格的平面性，象征性，或者寓言的写法，荒诞，已经熔化在很多叙述方式里面，风格都混合型的了。我敢说，现在你打开一本编得比较好的时尚杂志，稍微有一点叙述的话，它们会在里面塞许多现代派的修辞手法和内容，真的。这个很多，现在连广告词都比较现代派。

木叶：对，甚至后现代。

吴亮：所以它已经被日常吸收了，被消化了，或者说已经流行了。

木叶：这能不能换一个说法来讲，是否证明先锋起到了它真正的效果，或者说先锋被通俗化了？

吴亮：我不能说它直接起什么作用，但它肯定是起作用的，它最早。

木叶：好像是谁说过，所谓那些经典的人物或作品无非成为后人的养料。

吴亮：中国很多酒广告，地产广告，都是诗人写的。不论这个诗人多有名，诗人肯定是学西方语言学得最快的。

木叶：我觉得还有一点就是先锋和影视的联系非常紧密，很奇怪，比如这几部真正好的电影，原著都是先锋小说家，余华、苏童、莫言，这是最重要的，加上后面的……

吴亮：还有刘恒，也算是先锋性的。

木叶：还有北村、毕飞宇等。有没有想过可能是什么原因？那么早，像莫言《红高粱》和张艺谋合作，当时导演和先锋作家都不太为人所知，此后都开始引领风骚。

吴亮：所以这个我觉得可以反过来回答你前面的一个问题，当你说及物不及物的时候，我们假如仅仅以马原为例子那是远远不够的，马原在叙述方面是极端的一个例子……像残雪，残雪表面上学卡夫卡，很明显，但是她对于中国社会人和人之间的一种内耗、压抑和被监视的描写入木三分，我认为她是一个非常好的寓言作家，虽然她是卡夫卡的方式，但是经验是现代中国的，也是源自她个人记忆与想象的。她有一本长篇叫《突围表演》，我不喜欢这个小说，但里面的语言全是文革语言，就是思想汇报的语言，群众之间相互揭发的语言，密集得要把人看疯掉。它完全是中国文革政治语言，因为它太晦涩，不可能有很多读者，它的影响面不大，就让它漏网出来了，假如它采取张贤亮刘心武的现实主义写法，我猜想马上就会被查封。写"文革"的小说如果太回忆录化，之所以容易被查封，就因为叙事没有什么讲究，就大白话，那就不行，那些审查官全看得懂，老百姓也能看懂，这就要惹麻烦。残雪仿荒诞派，叙事一复杂，看两页就晕了……但是你如果耐心看进去，就是讲中国文革。另外，像莫言、格非或者余华，余华也玩叙事，但里面有他的敏锐度，有他的尖锐性。余华一开始像《1986》《现实一种》，好几个作品，还有写很多死亡方式什么的，对血腥惨烈他采取一种比较晦涩比较复杂的方式来描述，一般人不大会看。这种力量或者说这种尖锐性，莫言也都有，莫言小说里有很多嗜血的场面，《红高粱》里面充满了暴力。这种暴力因素，或者说这种尖锐的部分，实际上就是后来被改成电影最有冲击力的部分。还有刘恒，写饥饿，写性。关于性、关于暴力、关于虐待，越轨的、超出常规的行为的表现，先锋派是最领先的。这些因素后来在影视当中得到了放大，使这些作品充满了张力。刘恒的作品也一样，虽然你很难说他是现代派，但他作品里面有一种现代的力量，他写《菊豆》《狗日的粮食》，写人的饥饿、欲望，非常挣扎的感觉。但是似乎除了这些作家以外，写实的作家真是没什么建树，就是这样，你说有谁——写人性的深度，尖锐性，自我分裂，让我们至今难以忘怀？

木叶：王朔呢？

吴亮：王朔完全是游戏化，充满挖苦嘲讽。王朔的东西里面最好的是他充满了嘲讽，他把神圣解构了，将它游戏化。这个游戏化是符合九十年代的文化趋势的，是不犯忌的。

木叶：对，我印象深的关于王朔有两句话，一句是程永新说的，他说王朔的小说可能还谈不上经典，但是优秀。另外一个就是你说的，你说想在王朔作品里找到独特性，别做这种打算。今天还这么看？

吴亮：我仍然是这样看。他是群体文化的代表，就是北京的一种……嗯，类似于郭德纲，北京的相声，胡同串子啦，北京的一些笑话……王朔的很多名言都是民间大家都在平常说着玩儿的。

木叶：当初张艺谋一句话，好几部《武则天》便出来了，作者包括先锋小说家，如苏童、北村，最后拍摄计划却流了产，我就是在此之后日益听到对作家投靠影视的严厉批评。其实，先锋作家去搞连续剧不成功的例子也不少。好在近来，似乎作家把小说创作和影视改编分得清朗多了。除去个人兴趣，这里面还包含着名利的诱惑、对话语权的向往，等等，吴亮先生怎么看待这种纠缠呢？

吴亮：我不知道这个事，不好评论。

木叶：沿着这个影像说，马原就一直想拍电影，但是好像不成功。别人也没有改编他的小说，我觉得这是很奇怪的一件事，你想过吗？

吴亮：我看过他一部电影，嗯，不是太成功。

木叶：《死亡的诗意》吧？

吴亮：可能是，在陈村家里看的。可能他的小说给我的印象太好了。还有，为什么马原最好的小说都是写西藏？比如说他也写过几个不是在西藏的故事，唯一的长篇《上下都很平坦》，写的不是西藏，写的是知青生活。对于汉语阅读来讲，他的叙述方式受西方翻译文本的影响，他从来不掩饰，他看过那么多的翻译小说。他那时就在我面前吹，没有一个人像他看这么多小说的，翻译小说……马原非常有他的风格，不是用博尔赫斯就可以把他覆盖掉的，两码事。另外，他写的西藏是汉人在西藏，一种距离感。他在里面玩什么呢？玩一个不全知的角度，玩得非常好。他本来就在西藏生活，这是从大的方面来讲，西藏文化与他的距离。另外，他总是意外闯入一个生活情境，或是他附近突然发生一个什么事，他作为目击者，就进入故事了。他绝大部分的小说，几乎可以说全部，都是用第一人称。今天重新来看马原的时候，可能人家觉得影响不是很大，或者说没有留下很大的遗产，可能就因为他写的是西藏，他基本没有涉及汉语区的生活。

木叶：但是马原很重要的一个贡献，就是说他把"神"引入到汉语的文本之中。对于神，中国的作家写的比较少，集中地写更加少，而马原不大一样，比如说刚才提到西藏。我发现程永新就是这么认为的。

吴亮：我觉得他是有神论加泛神论者，他信仰不确定，他信神秘主义，我在《马原的叙述圈套》专门有一章讲这个。

木叶：如果没有这个的话，这个小说味道就差很多了。

吴亮：不可知嘛，他的作品中不可知的因素太多了。

木叶：孙甘露的小说跟前面几个不太一样的地方是什么呢？他可能是自己有意想用另一个方式来讲故事，但也有批评家，像谢有顺就说他不会讲故事。

吴亮：不是他不会讲故事，也许他讲得不错，但他无意讲故事。

木叶：无意讲，这个说法有意思。

吴亮：当然也可以说他不会。一个抽象画家不会画具象，你就可以去贬低他吗？那是两码事。这么说好像故事更高一层。他的贡献，并不是告诉你新的写故事的方式。

木叶：对先锋派的作家还有一个批评，是什么呢？认为短篇、小制作还是可以的。小制作问题不容易表现出来，但是一放大，漏洞就出来了。比如说马原的《上下都很平坦》，很少有人提了；格非的长篇写得好的也少，近年《人面桃花》是得好评的，但到《山河入梦》议论声又多了；苏童得好评的长篇也不多，这个问题有没有想过？

吴亮：中国的好的长篇是不大有的，最好的长篇都没有写完，《红楼梦》都没有写完，中国其他的长篇都写得很差。

木叶：《金瓶梅》也写得很好的。

吴亮：《金瓶梅》是我最不要看的中国小说（笑）。

木叶：长篇没写好，是否也暴露了先锋小说创作的某种问题？

吴亮：中国以前是话本，不是小说。就是一章一章往下讲，《西游记》呀《三国》呀《水浒》呀，我都不爱看。现在所有的中国古典文学我都不爱看。奇怪的是，我现在还要做杂志呢，所以我一定要打破这个狭隘格局：即认为文学主要是小说。小说现在可能变得越来越不重要了。我还是喜欢一个词，叙事。

木叶：那咱们就说先锋小说的叙事。

吴亮：孙甘露是能叙事的，也许他不会说故事，那是两个概念。他的叙事很有他的特殊性。

木叶：《呼吸》其实是长中篇，也不是真正的长篇。可能写长篇就跟写长诗一样，跟写短篇的东西是完全不一样的操作方式，就像建一个小房子和一座大建筑，工作模式都变了。

吴亮：这么讲吧，假如说故事是素描、结构性很强的素描的话，叙事则是色彩构成的，一片色彩可以构成叙事，孙甘露属于这个类型。马原的叙事是若有若无的，但有时会很结实，会几个对话写出来一个人的形象，虽然你现在很难说马原创造了什么典型人物，不用这个词——典型人物。但是有时候他经常会，啪，一个场景出来，一个场景、一个反应或者说一个气氛出来了，哦，一个紧张，一个悬念，你会觉得要看下去。他的《冈底斯的诱惑》是一个特别难解的小说，走得比较远。后来，他有的小说很具可读性，《大师》《错误》《虚构》呀，非常可读。

木叶：《冈底斯的诱惑》是几段式的嘛。

吴亮：中间删掉一段，你都不知道的。这么说吧，掉了一页都没有什么问题。

木叶：马原，我觉得和博尔赫斯有很大的一个不同，当然形式上有一些接近，这毫无疑问。不同是什么呢？博尔赫斯其实是很文人很学者化的作家，他的文笔也是书面语性质，而马原完全是一种生活语言，口语化的，这是他跟博尔赫斯非常不同的。

吴亮：对。

木叶：我想讲一讲另一种先锋，或者说未被划到先锋小说这一阵营的先锋，我讲一个离我们很近的，陈村。我大学前后读《一天》，觉得非常好，但是很少有人讲陈村的先锋性。

吴亮：他也是一个面目很难认清楚的作家，他什么都写，特别是这些年来弄网络，什么都写。

木叶：在他半退隐江湖之前，一九九七年《鲜花和》之前，也很少有人把他往先锋阵营那个方向描述。《一天》一九八五年的时候就已写出来了。

吴亮：《一天》，写一个人从早上到晚上，一生就结束了。

木叶：他这样的小说不止一篇，你们批评家怎么想的？

吴亮：陈村我跟他太熟，他是写作不大安分的一个人，很难把他归类在什么作家里面。

木叶：他写过一个《死》，很有先锋意味。

吴亮：这个作品有点像随笔。

木叶：孙甘露小说也这么写的，有时跟随笔一样。

吴亮：我觉得还是不要在先锋这个名义下分别命名，把这些人归为先锋，那些人不是先锋。当时有很多人在做尝试，王蒙早些时候还写过《春之声》《蝴蝶》，"意识流"小说他写过好几篇，很聪明，也很啰唆嘛，他的啰唆在意识流里面到处流，他不是意识流，他是啰唆，直到现在，你看他的回忆录三大本，有多啰唆。

木叶：这是他的特色。

吴亮：他是泥沙俱下，一连串的句子，刹不住车，拖拖拉拉一大串就出来了，当然毫无疑问他是很聪明的人，但语言当中的杂质特别多。他自己有一篇小说叫《杂色》，那就没办法再说他，他已经说自己是杂色了，你还说什么？

木叶：再往下奇怪的就是王小波，其实他很早就具有很强的先锋性。

吴亮：其实先锋文学这个题目我最不愿意谈。头绪太多太乱，你提问的角度和在我的脑子里面引出的观点，常常相互矛盾，我都难以给出一个准确的回答。

木叶：没有关系，将来再把自己的思绪校正过来。

吴亮：我给出一个模糊和不真实的想法也是一个真实状态。

木叶：我就是说，最早关注到王小波是什么时候？

吴亮：没怎么注意，我看得很少，他死了以后我都看得不多。

木叶：我觉得这一点很奇怪的，他的叙事，那种解构，反讽……

吴亮：他当时还没有死吧，有一本小册子，我觉得不错，他杂文写得好。

木叶：他可能先在港台那边火了，影响再返回到大陆。这也是没有被好好研究过的一个人。没有写过专门文章吧？

吴亮：谁？

木叶：你。

吴亮：没有。

木叶：成名是九十年代初，一九九一年在台湾《联合报》获奖。你对这个人不是很关注？

吴亮：对。

木叶：我很想说贾平凹的小说也有一点儿先锋性。我们今天回首来看《废都》，依然有很强的冲击力，一九九三年就出版了。我想问，在先锋阵营之外的先锋性，你比较关注的是哪些？

吴亮：贾平凹你要问程德培去，他专门研究贾平凹，对贾平凹的作品我基本没感觉。

木叶：那如果吴亮列一个名单，说先锋作家的，有可能列哪些人呢？

吴亮：八十年代的？

木叶：就是今天来看的。

吴亮：那肯定是八十年代的，九十年代就停下来了。马原、孙甘露、余华、残雪，我不能举太多。有些人有些作品我曾经归在先锋派里面，但是我觉得他们写作路数比较复杂，有多面性。

木叶：莫言，苏童呢？

吴亮：都不能算，他们东西太多，冲淡了我这个印象，他们具有多样性。

木叶：还有名声不是很大，但是也一直被提到的北村呢？

吴亮：北村算。

木叶：比他稍微晚一点儿的毕飞宇？

吴亮：看得不多。

木叶：能列入吴亮的名单吗？

吴亮：他是九十年代写的吧。我跟他很熟，不过他的几本书我都没来得及看。如果仅限于八十年代，就是说这几个人是毫无疑问的。

木叶：就列了四个人，加上北村的话也不过是五个人，还把很著名的苏童和莫言拎出去了。

吴亮：那么你再开一个名单，就是有些作品是有代表性的。我觉得北岛都算，他的《波动》，早期的。还有那个《无主题变奏》。还有刘索拉的几部作品。还有带有一种先锋派味道但不完全是寻根的，混杂的，韩少功《爸爸爸》《女女女》都算。它们有非常明显的象征，有些则是很宽泛的感觉，不仅仅是叙事。一个寓言，一种情绪。张承志有几篇小说也算，有一篇叫《胡涂乱抹》，浪漫，激愤，哐哐哐，语言喷射而出，宣泄号叫的感觉，至今印象很深。

木叶：这是有先锋性的小说。

吴亮：有先锋意味，或者说有一种力量。当然不是说别的作品没力量，而是先锋的力量，写实也可以有力量。

木叶：会把王朔列到先锋的行列？

吴亮：不会。他九十年代写的小说特别重要，他在八十年代写的小说都是很抒情的。《一半是海水，一半是火焰》基本上是浪漫主义加情景小说这种。

木叶：刚才提到刘恒……

吴亮：刘恒也算，他特别好的是《逍遥颂》，非常震撼，一九八九年出来的。一九八九年四月底，我在上海梅龙镇饭店遇到刘恒，他说他刚写完《逍遥颂》。

木叶：阿城呢？

吴亮：不能。他的作品仍然有革命意义，但这个意义不是先锋的意义。

木叶：何立伟呢？

吴亮：何立伟的什么？是他的语言还是叙事？他是写诗的，好多意象在当中。他早期的《一夕三逝》，文字特别讲究，不好说，不能说先锋，他做一些文体实验。

木叶：朱伟所编《中国先锋小说》选了叶兆言的《枣树的故事》，陈晓明《无边的挑战》一书也谈及叶兆言，有趣的是，近年渐少有人把叶兆言归入先锋之列，对此怎么看？

吴亮：我把叶兆言归入我的好朋友之列，不归入别的。

木叶：在《中国先锋小说》后记里，朱伟还指出史铁生《一个谜语的几种简单的猜法》的先锋性。我也觉得，可能正是因了身体之局限，史铁生的写作反而呈现一种冥想意味，长篇《我的丁一之旅》的形式探索很不俗，也很有力度，想听听对这一特殊作家的看法。

吴亮：其实史铁生后来的作品倒是越来越无意讲故事，我很喜欢他的《我的丁一之旅》，可能因为他为人非常温和与谦和，大家不太会把他列为先锋作家，这根本不重要，重要的是，无论你如何归类，史铁生都是一个最好的作家。

木叶：女作家就只列了刘索拉和残雪，是不是女作家在先锋创作上比较欠缺？

吴亮：我不考虑性别因素。

木叶：我知道，我的意思是说从现实来看，可能这样特别勇敢地往前走不易。其实我个人觉得棉棉的小说……

吴亮：那是很多年之后的事。

木叶：是，不能往里面放。但是往前说，比如说有林白，有陈染，有迟子建，也有一大批。

吴亮：我看得不多，可能有遗漏，我只能说我比较熟悉的。

木叶：还有一个人，很有意思的，就是高行健。他一九八一年就引进现代派、先锋。

吴亮：高行健我对他的评价不高。《灵山》我觉得太一般了。

木叶：我说一下我个人的观点，高行健有一点可能是当下很多作家很匮乏的，什么呢？当代作家少有关注神和禅的，这一点可能是蛮有意思的。

吴亮：这个不重要，这不是一个文学性的评论。

木叶：但我觉得他其实有一种中国元素性的东西，而他的手法有一定的现代性。

吴亮：现在你问我的是不是先锋派，你用神和宗教来讲，这肯定不是一个必要条件。

木叶：不觉得他的小说有多么先锋性？

吴亮：我看不出。他的戏剧有一点，他的小说没有。

木叶：一种说法认为，他的获奖使很多人觉得新奇，或有异议，或认为有政治的因素。另外一些人吃醋了，或者是嫉妒。

吴亮：我肯定不会吃他醋，我和他的关系蛮好。他很早就出国了，他主要写戏剧。还有两个作家没有算，后来跑到国外去了，一个马建，还有一个徐晓鹤。

木叶：有的作家不是站在队列最前面的先锋，但是她有一种集大成的意味，就是上海的王安忆。

吴亮：她是一个创作持久力、耐力特别好的作家。

木叶：能跑马拉松的那种作家。

吴亮：对，她是一个真正的职业作家。不像好多人可以写可以不写，马原就不写了，太多人后来不写了。

木叶：迟子建讲，现在先锋好像是销声匿迹了，或者说暂时不重要了，但说不定什么时候马原或者是谁又写出一部非常棒的先锋性作品。

吴亮：是，完全有可能。

木叶：你有所期待吗？还是说压根就不关注先锋了？

吴亮：我虽然不期待，但我常常会在期待之外有一些意外，我不惊讶。突然之间有一个很好的小说出来，不出来我也没有办法。

木叶：九十年代以来，作为一个派别的先锋写作告一段落，但还是有很多先锋作者或先锋因素存在。新的先锋也在不断出现，譬如蓝棣之曾主编《中国先锋小说20家》，具体不去说了，先锋一直在场，我特别想提的是朱文和棉棉，对于这些新的先锋真的看得很少吗？新的先锋要想获得八十年代的实绩与影响，是否有了更大更多的困难？

吴亮：当然。

木叶：外国的先锋小说家，去年新小说的作者罗伯·格里耶去世了，好像很多人都以为余华曾经模仿过他，但是余华说没受过他影响。如果今天让你回首，能够现在让你感动的先锋小说家有哪些？

吴亮：我每次回忆都会有不同的名单。

木叶：我喜欢这种说法，其实事情就是这样的，就好比谈爱过的人一样。

吴亮：八十年代，比如说像罗伯·格里耶，《嫉妒》。加缪，《局外人》。我对马尔克斯的评价一般，或者说喜欢度不强。福克纳我也不太喜欢。虽然我从来没有完整看过，《尤利西斯》，我他妈的极喜欢，哪怕说是翻译里面很多问题，有批评，和我无关，我管他翻的对不对，它打开任何一页都可以看，天书这种，他的语言就给我无限的想象力，我完全可以采取一种德里达式的方式去读，因为他一个词会把你带得很远，这是一个。嗯，纳博科夫。无所谓，你怎么评论好不好，无所谓。加缪，我始终喜欢，他的随笔、哲学我都喜欢看。他和萨特的通信，我家里有四本他的全集，哪一天我偶然打开它，我只要一读到其中某一页就会站着看，就会放不下，是属于这种。我认为不管是小说还是哲学，打开任何一页都能看的东西都是好东西。或者说看过了以后，再回头去看。前面再说什么，我越看越沉入其中。这种书不是太多。

木叶：这是小说家，如果是批评家或者理论家呢？

吴亮： 理论家太多了。所有有奇思怪想的、有风格化、讲一些惊世骇俗观点的理论家的书，我都爱看。

木叶： 罗兰·巴特是不是很喜欢？

吴亮： 不是全部，但确实喜欢。有一阵我看得多了，就不想再看，可能自以为对他太熟了，就不看了。

木叶： 如果让吴亮先生给先锋勉为其难下一个定义的话，想怎么说呢，可以想一下再说。

吴亮： 今天在我看来，先锋就是一座座历史上的墓碑。

木叶： 此话怎讲？

吴亮： 不是说他们终结了吗，这个墓碑上偶尔会有一朵后来者放上的鲜花。

木叶： 不相信先锋到死的说法吗？

吴亮： 因人而异，那是每个人自己的事情。

木叶： 延伸问一下，如果说中国当代的先锋小说家，吴亮先生最欣赏的，或者说觉得哪些被高估，哪些被低估了，便于说就说。

吴亮： 我前面提到的这些人，没有一个是被高估的，他们只能被低估了。

木叶： 这些先锋作家没有一个被高估的？

吴亮： 对。因为那些低估他们的人，写的东西并没有他们好。管他哪里过来的，英雄不问出处，无所谓。

木叶： 你别说那个什么先锋作家是翻译体，是学某人，模仿某人。其实在书法绘画领域，如果吴亮是一个宋代书画家的话，后人必须要临摹他，不临摹不行啊。写小说你也不可能像石头里面蹦出来一样，肯定要学一些人。但可能会遇到很多问题，中国元素、中国性还有中国经验，这些东西也挺吓人的，就是说先锋小说可能被指摘得比较多。

吴亮： 我要用纸笔来给你示范一下……假如中国的语言就是这

么一样东西（画了个圈）的话，我觉得先锋这些东西都是一个个箭头，射向中国现有的这样一个语言规范、描述方式、想象方式，但这个东西原来在哪里根本不重要，箭打进来以后它就变了，首先使这个东西产生变化，你不要说这个东西本身有多大，是谁射出来的，根本不重要，承认也好不承认也好，根本无所谓！

木叶：问题是，这是一种实用主义的想法。

吴亮：不是，我现在给你做的一个图解描述是一个历史描述，不管什么原因，在历史上发生这种情况以后，翻译进来了，中国语言是怎么样的语言，中国的小说是怎么样的观念，不管是官方还是学院，或者是批评家脑子里面是什么，一切都混杂了，一切吸收也因人而异，只是你学的多一点，他学的少一点，你故意要排斥它，也很好，这无所谓。

木叶：今天我们太敏感了，或者说我们的国家太弱了，比如说我们讲唐代，王维，好多诗人，他们诗歌里面佛教的因素极强，我们不会去说印度如何如何。就认为这是唐代诗歌的境界，就是说那个时候很自信，我谁都可以拿过来用。

吴亮：我们现在随便看一些时尚杂志，什么杂志，我们可以圈出很多的描述方式，抒情方式，表情达意的方式，都是现代派的，这一点一定要写的，很重要。啊，这个我前面好像已经讲过了。

木叶：其实刚才也提到影像的时代是一个"显学"，马原讲过，小说已死，小说死了。我听来听去，吴亮先生八十年代末、九十年代初就不读当代小说了。那么对"小说已死"怎么看？

吴亮：某种意义上我同意马原的说法……首先故事没死，故事在什么地方，在电影当中。最好的故事在电影里面。小说没有办法和电影比故事，那么，好，故事没死。小说作为讲故事的一种非常高级的专利权，现在已经旁落，花落旁家，被电影拿去了。还有一个就是叙事，我们在这里宽泛一点，就讲叙事，小说里面叙事很重要，一个是虚构，一个是历史，非虚构，就是这两类，但是现在叙事已经被泛化，到处都充满了叙事，政治、新闻、广告、日常，叙事也被多种泛化的写作所分化，现在小说还剩什么？你看我们最近几年的小说，得诺贝尔奖的，我们不举别的例子，因为我们读的也不太多，第一个，小说哲学化了，都是学问了，或者说小说越来越知识化和异国情调化，哗哗哗各种元素，小说特别渊博，或者装得非常渊博。

木叶：帕慕克？

吴亮：太多了。不管是奈保尔还是埃科，全是一肚子他妈的学问，像纳博科夫这些人已经比不了他们。博尔赫斯学问再怎么博，都不如他们会编故事。就是满肚子的学问，家里的藏书都是他妈几万本，饱学之士。另外一种是问题小说，写女性，写黑人，写一个族群，哲学化或者是知识化了，但是作为故事和叙事，都没有长项了，这种叙事和故事，故事已经完全被好莱坞拿去了，叙事呢？被叙事学的过度发达所肢解，所有尝试都尝试了，所以你不要说中国小说，法国也没有新东西。到新小说之后还有什么新东西？

木叶：但是很多时候，往往一直说这个东西已经死了的时候，到达一定程度的时候，还会出现一个大师级的人物，另铸新词。

吴亮：对，综合性的会有一些人，你说在某一点上有所突破，人称，叙事，什么的，没什么好玩的。哲学已没什么好玩的，当代艺术也没什么好玩的。这不是小说本身单独的一个事情，全球范围你看看，哪一个小说家因为小说写得全世界看得不得了，没有，没有这种事情，好莱坞电影是可能的，而且好莱坞电影很平庸！《侏罗纪公园》什么的，还有一个《灭顶之灾》，印度的导演，他拍一个惊悚片，讲什么呢？一般电影描述对人类造成威胁的无非就是恐怖分子、外星球、生物变异，他讲植物变异，怎么变异不知道，就是一种花有一种毒素，然后怎么样？就是死亡，中了这个毒素以后会自杀，没地方逃。大家只有一个办法，只有逆风而行，就不会中毒了，这个一点都没有意思，我看故事梗概，这是个很平庸的故事，但是它通过画面依然震撼人……小说能写吗？写不出来。现在中国市场上什么玄幻，通通是很可笑的，我们现在看看这些东西很可笑，但还是要看，消遣嘛。在你这种意义上的经典小说家，有独创、原创，不大可能。

木叶：但是我是觉得，其实余华是蛮敏锐的一个人。刚才说最早的先锋转身的是他。然后写长篇写的比较好的也是他，然后就是前年那个《兄弟》。

吴亮：写得太烂，简直不能看。

木叶：但是也有人认为他写的非常好。

吴亮：是。

木叶：程永新就很推崇他，马原也这么说。

吴亮：马原也这么说，我很意外。

木叶：但是余华意识到一点是什么呢？以前的小说，可能很重要的一点，先锋和读者的关系问题，余华准备来解决。

吴亮：什么东西给我看，我喜欢的肯定不会畅销，我是畅销毒药。马原也没畅销过，孙甘露也没有畅销过。

木叶：苏童还是畅销的。

吴亮：是吗？

木叶：但是现在《兄弟》就是这样畅销起来了。

吴亮：畅销不如看电影。全球轰动的电影都是好电影，但全球轰动的小说肯定不是好小说。

二〇〇八年七月

以文学的名义

未执行的遗嘱

吩咐烧毁文稿或书信的临终遗言，多半被执行了，不为人知，无人张扬，每时每刻，在世界无计数个房间，都有类似的遗嘱被默默地践行。我认为，卡夫卡完全有时间亲自毁掉他的手稿，他要他的朋友布洛德烧掉他全部作品的遗嘱，乃是他最后一个口述作品，他干得非常漂亮。

一定还有许多个卡夫卡，仅仅在布拉格，就不会只有他一个。被埋没的天才，尤其是声称"每个障碍都毁灭我"的"弱天才"（像巴尔扎克这样的强悍天才注定要出人头地），说不定时不时出没在我们每个人的身边，他们羞怯、敏感、自卑、忧郁，碰到一点点挫折就胆战心惊，我们怎么知道呢？他们幽居一隅，冷眼旁观，失眠，神经质，脸色苍白。他们找心理医生，同周围的人格格不入，他们服药，写日记，胡思乱想。这样的人，不就是卡夫卡吗？一个留下作品的卡夫卡，和无数没有留下作品的卡夫卡（或写过好几册最终被他们的家属烧掉的癫狂日记），他们之间的区别到底有多大？

趣味与品味

休谟名言"趣味无是非"是个残句，至少它很容易被曲解为"趣味即任意"或"趣味不可共享"。还是康德讲得清楚：鉴赏力是有客观依据的，美并非是一个由个人主观任意决定的范畴……两百年过去了，现在人们把这些概念混淆使用：趣味、鉴赏力、美，统统弄成一个暧昧的词——品味。

就文学而言，近日之品味既不是新文体更谈不上是新风格，品味生机勃勃却洋溢着喧闹的陈腐之气，它的杂乱文体和庸俗风格最大限度地迎合了品味群体的需要，品味没有任何创新的愿望也没有任何创新的能力，品味是廉价的、可随时选用的、任意拼凑的以及恣意剽窃的，它属于所有人，又不属于任何人，品味的主人是缺席的。品味永远在场，它寄生于一切媒介之躯，人人触手可及。

据说，这也算众声喧哗的时代，聊胜于无，同无声时代相比，姑且算吧！

道德底线

在我所浏览的众多小说批评中，有一个常用词令我为之惊讶：道德底线——不可越过（或践踏）道德底线，仿佛已成为不容讨论的最高戒律和最高思想。

既有道德正在分崩离析，既有道德正在竭力重建，变动不居就是我们的处境，日常行为需要约束，小说则应享有豁免权。小说的目的复杂错综，小说不提供楷模与方案；小说不是真理，小说是勘探；小说不是回答，小说是质疑。也许有以小说之名行伤风败俗之实的，那又何妨？除非触犯法律，法律条文赫赫在目，白纸黑字，有绳可依，却不知道德底线又为何物？你有你的道德底线，他有他的道德底线，彼此没有共识，他若不慎踩到你内在的道德律令，又何罪之有？

建立审查条例

鉴于唯有法律才能享有对人类一切活动（包括文学写作）的监管权、审查权乃至审判权，而一切道德监管、道德检查与道德审判对文学写作及文学出版物均不适用，制定并颁布一部文学写作及文学出版物之审查条例，已刻不容缓。

说真话

"要说真话"，这句话已经说了多少年，但我仍疑惑：它是指说出真相，还是指说出自己的真实感受、立场与态度，乃至毫不隐瞒地拒绝与反对？如果这样理解，那就请允许我在这里说一句真话：至今能坚持说真话，或基本说真话的人，几乎没有！

愿望虽良善，真理却残酷无情——一百多年前布龙就有言在先："在宣布'我支持言论自由'的时候，几乎没人可以做到所言即所思……"为什么？

还是丘吉尔给出了答案，他说："人人赞同言论自由，不过有些人的想法是，他们可以畅所欲言，但是如果遭到他人反对，那就是侮辱。"岂止是侮辱，麻烦远远不止这些。是啊，宪法第三十五条，保障公民言论自由……可是日常现实的复杂性在于，我们权衡了自己的利害得失以后，不得已说几句假话，也应该属于言论自由吧……这人性的弱点啊！

文化制约人类

当阿城很正确地指出"文化制约人类"时，他说出了一个伟大的思想；但如果他能够再补充一句"文化中的反文化力量诱惑着人类"，那么，他就说出了一个更伟大的思想。可惜，阿城与他身后的崇拜者们，在前半句真理面前止步了。

无魅可祛

本质不存在，一切均历史！所有被建构的知识将被一一祛魅，除了解构大师所揭发的知识阴谋以及他们杜撰的方法论不容怀疑，那些鹦鹉学舌的私淑弟子们亢奋不已……不过且慢，请你们先"从我做起"，先为你们的导师祛魅吧，或许，你们的导师根本无魅可祛？

六本书

《一个冬天的童话》《我的路》《曼哈顿的中国女人》《上海宝贝》《遗情书》和《好儿女花》，六本风格迥异的书，我把它们作了合并同类项处理，无关各自的遭遇、见解、道德、个性、幻想与趣味，也无关中国女性解放之历史渐进。我看到的是它们背后六个女人来自体内的惊人一致性，即充沛的能量。

爱默生悖论

爱默生说，他要的不是伟大、遥远、浪漫，既非意大利或阿拉伯半岛的新潮流，亦非希腊与普罗旺斯的景致。他喜爱平凡，他宁愿探索和亲近常见之物与卑微生活。哦，这就是美国诸伟大传统之一支。

不要伟大，反得伟大，这究竟怎么回事？如果描写普通人、卑贱者，站在他们这一边往往造就伟大，那我们又何以要屡屡鄙视常见的"普通作品"和"卑贱作品"，不屑去亲近？众生平等既是伟大美德，"作品平等"又何以被鄙夷？

要么维护等级制，要么废除等级制……媾和吧，局部保留等级制，虽然显得虚伪，但也只得如此。

对不平等的追求

追求不平等是人的重要动力，只不过人们羞于公开承认罢了，特别是在一个人人皆把平等挂在嘴上的时代。倒不是我们乐于口是心非，实在因为我们已经习惯了语词同日常真理的分裂。平等，无非是对弱者的照顾与抚慰。

文学大概就是一项抚慰弱者的仁慈事业，但恰恰在文学中，不平等随处可见——巨匠、桂冠诗人、里程碑和传世之作令后来者望其项背，文学史中的显赫鬼魂们，正是人类生活等级制的倒影，无论他们生前是否站在弱者这一边。不平等是绝对的，无论诗人如何鼓吹平等……而他们鼓吹的结果，则又增添了新的不平等：不由分说地被送上祭坛，成为高不可攀的先贤、人类良心、民族魂、灯塔、旗手与偶像。

生　产

即便是一篇平庸的评论，也至少会使一个人受益。人们习惯接受平庸，这循环不已的生产热忱……

进入文学史

据说，这是一部注定要进入文学史的小说，可致命的是，未来的一般读者，谁又会读文学史呢？何况，文学史更短命！

徒　劳

文学并不能改变什么甚至不能揭示什么，因现在的人早已疏于揭开文学……饱学之士说，这就是西西弗斯精神。不过问题来了：对无意义无目标之研究，其意义与目标又何在？

一个比喻

有人问我如何评价《幻城》和它的作者，我说我只对活人或死人怀有兴趣，至于一个塑料人，就算了吧。

文学是面镜子

列宁曾称托尔斯泰是"俄国革命的一面镜子"，这个略显陈旧的比喻近来似乎不怎么有人再提了。不过镜子的功用仍在拓展其领域，研究动物行为的专家们发现：猪很快就会通过镜子的反射，找到它原先并没有直接看见的食物，而海豚、猩猩和大象，则能根据镜子里的自我形象，清洗身体上的污秽。值得我们人类思考的是，智商极高的猪显然也看见了它自己的肮脏身体，但它毫不在意。

作为镜子的文学，其功能有点类似镜子之与海豚、猩猩和大象，即借此净化自身，或为了其形象的体面之需。反之，猪的选择完全为了它自己，它的欲望，它的饮食，它的生存。猪绝不为他者的观瞻而活，猪即自由，它自立法度。

茶馆史学

佯装说历史，以学术的名义，文学的名义，考据的名义，被限定与阉割的娱乐场，聚光灯下僵尸归来，趣味与策略相互抵消，旧说书人已死，新儒戏论当立，议会政治挪移为茶馆政治，以玩笑的方式，或布道的方式，甚至小丑的滑稽方式。

往事如烟

历史真相的复活，开始了。已被记载、书写、评价的历史，并非是唯一的历史，更不是唯一的信史。历史虽是一堆熄灭之火，令人担忧的是，时机一到它就可能死灰复燃。长期沉默者、幸存者，封存的密档；帝国之内和帝国之外，无尽角落，无穷疆域；他者的声音，相反的声音，异端的声音……历史真相的复活就是历史虚无主义的复活。书写者与改写者都希望洗净自身，就像海豚与猩猩，最后把镜子弄脏了。唐太宗和罗素皆说历史如镜子，但他们忘了说，历史还是一面被弄脏的镜子。

马原厌倦了

马原厌倦了福克纳、乔伊斯和他本人写于二十世纪八十年代的《冈底斯的诱惑》，正如尤涅斯库晚年否定了他早年的《犀牛》与《秃头歌女》。

自由主义的激进观念，保守主义一百年后都全盘接纳了；现代主义的革命性终结后，传统主义宽容地继承了他们的遗产；现在，马原已感厌倦的《冈底斯的诱惑》，毫无争议地进入了所有大学的中国汉语文科教程……有分教：收拾金瓯一片，分田分地真忙。

思想的尖叫

被马克思颠倒的肯尼迪追问

别问作家有没有为时代提供思想，应该问的是，时代有没有为作家提供得以自由提供思想的必要条件。批评家的当前任务不是向作家索要所谓的思想，而是先为没有思想、不愿意思想或不愿意表达思想以及思想陷于茫然乃至于等待你们这些自诩的先知赐予他们以思想启蒙的作家们解释一个迫在眉睫的疑问：究竟是一种什么样的社会历史条件，影响了、限制了、生产了、纵容了和决定了如你们所见的犬儒主义意识状态？

不够格

在什么样的历史条件下文学的声音会被淹没？反之，又是在什么样的历史条件下，那些次要文学甚至次品文学居然成为显赫一时的文学主流？那些次要、低能、自以为是的写作者，他们糟糕的成功之作，他们那种软骨的时髦，本应是仁慈而无情的批评家最好的猎物，但是批评家却与他们同样的糟糕，真是不幸啊，本来你们有机会通过一种令人信服的解释把那些作品放在时代之中，即便是一堆碎玻璃碴，也同样可以在你们批评理性的照耀下熠熠生辉，但可惜了，你们只会辱骂，而你们的缺乏修养正是那枚劣币的反面，你们错过了将辱骂变成愤怒修辞的大好时机，你们的批评应该成为作品，你们的辱骂至少应该表现为一种秋风扫落叶般的激情风貌，如果你们的批评配不上是一件让人怦然心跳的作品，不具备任何难以混淆于他人的辛辣风格，谁又会记住你们究竟说了些什么？

畏惧者众

一旦思想被监视，思想就成了危险之物，而监视者并不需要思想，他只需要甄别思想的警犬式嗅觉。畏惧啊，畏惧是人的天性！畏惧者众，畏惧就不再是一种耻辱……思想者只要因失去自由保障而给自己带来麻烦，思想者的遭遇就会沦为鼓励装聋作哑、平庸以及假装服从的反面教材，人并非生来平庸，并非命该无条件服从，趋利避害乃是人后天习得的求生之道……危险的思想躲进沉默，则胆小鬼的人生哲学大行其道，不应该把矛头指向胆小鬼，他们已经有失尊严，现在却还要为自己的懦弱受到嘲笑。作家为什么无权做一个胆小鬼，他们和普通人有何两样？谨言慎行，软弱，稍有风吹草动，即如惊弓之鸟。他们以为思想意味着危险，那是被吓着了，他们不清楚思想甄别者的执法尺度，干脆做小市民，干脆疏于思想吧……何止是思想的惰性？思想本来是愉悦的，因自由是愉悦的，而思想即自由——遗憾啊，现状正好相反，而你们却装作没看见。

椅子错觉

也许因为长期从事一种职业的原因，他们总是自以为坐在某张思想的椅子上，其实，他们只不过坐在他们自己的屁股上。站起来吧先生们，回头看看，你们难道真的以为那把椅子已经变成你们身体的一部分了吗?

失败的喜悦

当有人比较低调地宣布文学是一项"失败主义事业"时,他至少因赢得了一个回合的胜利而感到了喜悦。

对组织会议的一个偏见

帕斯捷尔纳克一九三五年在巴黎呼吁:"别组织起来。组织是艺术的死亡。唯一重要的是个人的独立。一七八九年,一八四八年,一九一七年,作家没被组织起来反对任何东西。我请求你们别组织起来。"

元　素

大概受了滥用词语的时尚界影响,有人主张文学应该呈现思想,方法十分简单:将思想理解为可以信手拈来的"元素"撒在作品中。真是荒唐,"元素"原指构成某一特定物质的最小基本单位,现在不但沦为时尚界任意乱贴的轻薄标签,居然也让文学界邯郸学步了。元素就是元素,元素是事物的根本,元素不是便宜的胡椒面……今天仅有极少数写作者还一如既往地葆有思想的精髓,即一种决定性的内在结构与理性的运行能力;大多数人没有,那就没有吧,撒在作品表皮的"思想元素",不叫思想,更不叫元素。

三明治

批评可以批评某一种批评缺乏思想,换言之,思想竞争本属批评内部之战，批评家当属概念人，唯有概念人同概念人才热衷于思想交锋。迷惑的是，一个自诩有思想的批评家与另一个据称缺乏思想的小说家又如何交锋得起来呢……谁缺乏思想？难道不就指那些只擅长说故事的人吗？你明明知道他们不可能回复你，这倒不一定是他们缺乏反驳你的能力，也许他们没听见，没在意，因他们专注于杜撰一个故事，并不在表达一种思想。我猜想他们背后会辩解说："我提供的是面包，你却埋怨还缺一片火腿，如果你坚持认为面包必须与火腿一起吃，我建议你买三明治。"

批评的周期

周期性地指点一下文学现象中的思想状况，看来仍然能够让一些人上瘾，再没有比这种高屋建瓴的思想挂帅更不易过时的话题了，也再没有比那些放之四海而皆准的思想更对文学无效的了……透露一个小谜底：指出别人没有思想，总要比说出自己的思想容易得多！

日常生活与现象学

试图教导小说家如何去思想，这从来就不是批评家力所能及的工作，何况在一个连批评家都吞吞吐吐所言非所思的社会条件下，你们真不觉得你们的高谈阔论有点匪夷所思？当然啦，这不是一起孤立的思想事件，它源于黑白混淆的日常生活，而在这里，恰恰小说家最可能说出其中的现象学秘密——无须谋求掌握思想，小说家关注的不是概念与本质，只有漂浮在日常生活表面的现象牢牢地吸引着他们，现象！唯有现象才是小说的永恒题材……小说家也许愿意思考这些现象，但这绝非是必要的前提，"因人而异"乃形形色色小说家们的生存铁律，小说是现象学的事，它与世界上的其他现象一样，通通是你们的思考对象，而不是你们苛求它的作者和你们同样进行抽象思考的对象。

不作为

小说家的思想不作为，能够算是一种渎职吗？也许正相反，小说家的思想不作为恰恰是他再三思考的结果：隐藏起他的意图、故意装作无所适从、不置评、态度暧昧、自相矛盾及至谬误百出——小说所呈现的思想线索，小说人物的思想，那些混杂在情节中忽隐忽现的思想幽灵，文本和世界思想的重叠或背离，阅读者的联想和批评家的引申，这一切的活动所产生的"思想意义"难以预料，与小说家是否有思想作为已经毫不相干，一部小说如因外在的思想理由挑起争议，常常事出偶然，并非小说家之本意，但他的思想渎职却反为他的作品附加了思想性，这样的例子在文学史上真是不胜枚举。

一厢情愿的培根

培根的名言"知识就是力量"反过来照样成立：力量就是知识！这个世界至今还是由强力支配，知识顶多不过充当谋士与幕僚们的说辞，面对重大决策，甚至讨论何谓真理时，最后拍板的永远是政治家们的强力。培根的书生意气还不仅于此，他在《增进知识论》一书中进一步为人类的知识安排了一份美妙的分工计划，"把历史安排给记忆，把艺术安排给想象，把哲学安排给理性"，而我们看到的现实又正好相反：把历史安排给谎言，把艺术安排给宣传，把哲学安排给政治……有道是：把汝裁为三截，送你们一截，他们拿走一截，留给我们一截，环球同此凉热。

未必强大的思想

按照帕斯卡的经典定义，思想不过是一种芦苇的属性，这种芦苇就是人。思想未必强大！思想很可能十分脆弱，易折的思想，渺小的思想，不可能的思想，幽暗的思想，不被表达的思想，异端的思想，犯禁的思想，有罪的思想，享乐的思想，不道德的思想，孤立的思想，狂妄的思想，任意的思想，尚未成型的思想，偏执的思想，苟且的思想，充满怨恨与敌意的思想……这样的思想不是思想吗，这样的思想需要"重振"吗，这样的思想应当打入地狱吗，这样思想的人恳求你们去拯救了吗，这样的思想不正以它们各自的野生方式或变种的方式已经出现在文学中了吗？

穷亲戚

在一片呼吁思想的尖叫声中，我听到的不是思想，而是一种心情，一种急于摆脱被鄙视为思想苍白的心情——在那个外来思想资源与库存比较阔绰的思想界看来，文学界只是它们的一个穷亲戚，正如传统哲学一直以为哲学是一门比科学更高级的学问，思想界也自以为理所当然地优于文学界，如果两者之间展开一场思想竞争的话。但是，把哲学与文学混为一谈是一个明显的错误，文学根本就不应该把自己建立在哲学理论的基础上，哲学追求的是普遍性，而文学所坚持，也就是它所致力于反对的，恰恰是普遍适用的哲学理论，回到复杂的人类生活及个人历史经验的差异之中。

立锥之地

——读书札记之一

很有可能，月球表面的沙砾有种铁锈般的酸味，而太阳表面可以捕获到类似的羊膻味……

通过复杂论证、并有大量数据作为支撑的经济现实判断以及由此导出的政治结论，反倒是非常非常危险的——因为它披着科学与客观的外衣，继而让一般人产生迷信。人类经济行为绝不能被所谓科学所解释，一个大脑根本没有可能替代亿万大脑，人类的经济行为本质上是无序的，这个状态无须改变，而且无法改变。

还记得吗，八十年代初中国小说家以为巴尔扎克仅仅是一个现实主义作家，雨果仅仅是一个人道主义者，他们认为文学不过是可以轻易模仿的某种风格或某种流派。但是他们错了，由于他们忽略了巴尔扎克是一个人类欲望的研究者，更忽略了雨果是一个虔诚的基督徒，所以他们模仿到的一切表面形式统统没有根基，所以他们的作品会迅速过时。

二十多年很快过去了，中国艺术家重蹈覆辙，他们又一次以为安迪·沃霍仅仅是波普艺术的开创者，波依斯仅仅是激浪派主将，巴尔蒂斯或里斯特等仅仅提供了某种样式主义，他们又一次错了。

　　能不能正确解读杜拉斯是一个学术问题，能不能正确解读杜拉斯为什么被大众或小众误读则是一个文化问题；究竟是杜拉斯一个人重要还是无数个杜拉斯误读者重要，可能是一个假问题。但是在中国，一切似乎没有分量与价值的假问题都可能是真问题——被长期误读的马克思难道不是比争辩有没有一个真的马克思更重要的真问题吗？

　　波依斯虽然是二十世纪最重要的观念艺术家之一，但是在欧洲的观念史上我们不会找到波依斯的名字，即便在附录里都可能付之阙如……因为归根结底，波依斯算不上是清晰观念的原创者，而是某种含混观念的表演者。

　　二十世纪下半叶，哲学基本走到了尽头，作为当代艺术之一的"观念艺术"就乘虚而入了，美术馆变成课堂，博物馆变成文献馆，图像变成文字符号，艺术家冒充知识分子。

　　我们并非只是生活在一个空前混乱的时代，准确地说，今天我们再一次跌落在某种似曾相识的喜剧情境之中，这个喜剧时代的风格依然是轻浮，尽管它常常以悲剧乃至闹剧的形式不断上演。

　　著有哗众取宠的《21世纪资本论》一书之法国著名经济学家皮迪克刚刚拒绝接受法国总统奥朗德授予的"法国最高荣誉勋章"，拒绝理由是："政府没有资格决定谁最有荣誉"。其实皮迪克此书除了迎合了一种永远不会消失的不满情绪，并没有对所谓的二十一世纪资本主义作出革命性的解释与判断，他完全不能同马克思相比，皮克迪的某些建议不过是十九世纪英国费边社的翻版或升级版，他不可能像马克思那样彻底地宣布消灭私有制，因此他的画蛇添足之作只是一场秀，而他的拒绝领奖则是第二场秀而已。

有一次，戈达尔在圣地亚哥和东德剧作家以及美国电视导演法波坐在一起，接受记者采访问，戈达尔几乎一言不发，问他问题，他只用"是""不"或者"我不知道"几个简单的词，于是到了后来，整个下午他们都沉默了。

艺术是这样一个东西：本来我们都知道什么是艺术什么不是艺术，但是当我们试图搞清楚什么是艺术什么不是艺术之后，我们反而不知道什么是艺术什么不是艺术了……

对萨特，我已经非常厌恶，不完全是因为他的道德，更不涉及他的私德……他的哲学著作是一堆饶舌的冗长废话，活像是一头体积巨大却丧失了生育能力的骡子。只有波伏娃的《第二性》尚可一阅，虽不完全因为她是女性之故。

从一九七〇年起，巴斯奎特和他的几个朋友包括阿尔·迪亚兹在内，开始在曼哈顿的墙上创作涂鸦作品。巴斯奎特的涂鸦作品中包含有诗意的象征，哲学化的内涵和讽刺性的寓意，还有各类符号，比如王冠或老掉牙的废话，这些以后都成为了他的标志性象征。很快，巴斯奎特加入了一个叫作"家庭生活剧院"的戏剧小组。在他毕业前一年，由于不遵守规章制度，他被学校扫地出门。

巴斯奎特于一九八八年去世，三幅他创作的油画去年在拍卖中破了纪录。据了解，一件意大利文艺复兴时期的大师作品在拍卖中的售价约为 1600 万美元，一件巴斯奎特的作品成交价竟高达 3000 万美元左右。这在一些人看来或许有些荒唐，认为巴斯奎特的作品被严重高估了。

九年前帕慕克获得了诺贝尔文学奖，获奖作品叫《我的名字叫红》。我草草翻了几十页，它吸引不了我，拉倒吧！没有什么书是必读的，即便是《金瓶梅》或《卡拉马佐夫兄弟》。

庸俗是当代艺术，即后现代艺术的一部分，如果还不算是重要主题之一的话……当代艺术是一种混杂的文化状况，绝非由所谓的精英艺术所垄断，因此试图以精英自居并竭力声称将庸俗艺术赶出当代艺术这个时代大舞台，注定会侵犯到那个奇妙地表达自由的绝对律令，何况我们也一再发现庸俗的敌人其实也只不过是另外一种经过伪装的庸俗罢了。

当代艺术的无边界特征，必然导致自身逻辑的反面，如同无约束的言论自由，这一苦果是必须承受的吗？

为了避免一说起八十年代就是激情四溅的理想主义想象，我宁愿选择寂寥与感伤，素朴的、匮乏和停滞等词语形容这张照片，当年上海灰蒙蒙的外滩，已经被放弃的大都市，没有诗人会凝视它，朦胧诗从来不屑用黑色的眼睛去看这个世界，据说诗魂在北方。

红房子安静地坐落在长乐路转角，它是沉思性的，等待回忆的而不是等待情侣的……它终于从这个位置消失，迁入了我们这一代的内心，我愿意用柏拉图的教导说服自己：物质的红房子只不过是个幻象，它的本质是概念，是一系列的定义与叙事逻各斯，是永远不会被毁弃的"物自体"……

虽然手里也拿只烟斗，装什么呀萨特先生！你的《存在与虚无》差不多就是废话加冗赘的结晶渣体，我居然迷恋过你的"存在主义是一种人道主义"和"他人是地狱"，那时候我们多么幼稚啊！

说狗是人类最好的朋友，这远远不够，更准确的表述应该是"狗是人类的唯一朋友"，有什么根据？告诉你，在已知的所有动物中，只有狗会与人类一样患前列腺癌，仅仅因为这个特别原因，芝加哥大学哈金斯教授通过对狗睾丸的研究发现了一个秘密：切除睾丸或注射雌激素可以治疗前列腺癌；反过来说，肿瘤的存在是需要荷尔蒙支撑的，魔鬼需要荷尔蒙。

加缪，二十世纪法国出了多少牛皮哄哄的作家与哲学家，形象至今在我心中不倒的却非常少，加缪是其中之一，在正午的阳光下，他叼着纸烟卷，瞧他妩媚仁慈的目光呀！

我认为，用尼采的一段话去阐释安塞·基佛的这件作品是最尖锐的，只需把尼采所说的"地下人"读为"攀爬梯"——不要问他在那遥远的地下寻找什么，等他"变成一个人"，这位地下人就会开口讲述自己，做了这么长时间的鼹鼠，不会不知道什么叫作保持沉默。

一个不满者，没有什么比他所不满的事物更让他无法忍受，若现在不说，就永远不会再去说，即便那些嫉妒者把你形容为一个过去时代的落伍画家。以前他们嫉妒你的少年得志，如今他们总算看到你的退步，但是仍然对你的意气风发一剑封喉满腔怨恨，为什么老看到你在指手画脚……是啊，既然你骂了许多人与事，无论如何你就必须被别人骂，其实大家都很安全，我们需要这种貌似尖锐的冷嘲热讽，彼此攻击虽然改变不了什么，却能产生习惯。

用陌生的眼睛去观看，如同外国人那样，惊奇于一切寻常事物，出于无知而按下快门，不是为抓住什么，只是为了处处惊奇……

这样的城市内面景观总让我无来由地激动，混沌、叠加、无序、脏兮兮，我从来不喜欢把一个地方拍得很美的照片，从不！

和爱因斯坦一样，普朗克也是一个"客观性的赞美者"，这个客观性如果再不屈不挠地追问下去，就会碰到造物主了……物质内部的复杂结构与精妙安排怎么可能没有某种神奇智性的介入呢，"一个物体所带的电荷是 e 的极大倍数，所以一个一个电子的跳跃式增减可视为是连续变化，但在微观领域中的离子所带电荷只有一个或几个 e，那么一个一个电子的变化就不能看作是连续的了……"如此壮丽的微观世界，导演如此不可思议之精灵舞蹈的，不是造物主又是谁呢？

像吞咽食物一样吞咽知识，打牌是写作的秘密武器，流动的盛宴又见棕榈，没有人看到草是如何生长，更多的患者并非死于心醉山河破碎人面桃花绽放，据说他们面对面坐了十年，文学是一切魔法中最难骗人的魔法，而我却已经意兴阑珊……

看啊，凡·高的另一幅油画，三双农夫的皮靴，一共六只，排列在木地板上；而不是海德格尔看到的那幅，画中只有一双靴子，孤独地"栖息"在大地上……马丁以土地贬低城市，据说上帝创造乡村魔鬼创造城市，我很好奇：假如海德格尔当初看到的凡·高作品是这件，他又将如何发挥他的哲学之思呢？这里既没有土地也没有孤独，六只靴子摆成一堆静物，请告诉我，它们的寓意在哪，矫揉造作的马丁·海德格尔……

工厂全是砖砌的，庞大，直接来自工业革命，布罗茨基的描述可以完全搬到这里，南市电厂是它的前身，仰天长啸恐龙般的砖砌大烟囱沉默了，它被涂上灰色，与背后的灰色天空融为一体。花园港路（多诗意的街名啊）静悄悄，二十世纪过去了，军械库成为令人遐想的历史，当代艺术则是两个时代之间的焊口。

平庸是人性的常识性回归，超凡暴君的理想可能伟大吗，我彻底不相信。因为人性本来就是弱小，暴君是弑父者，并以父的名义进行统治却绝不可能有仁慈，他们是一种精神分裂的例外之人，也是人类组织中的畸形产物。

这个问题我来回想了几十年，崇高与卑微，牺牲与贪生……只因为平庸与卑劣只有一步之遥，所以你不接受平庸，你只是害怕这个词！格瓦拉去玻利维亚时声称：这是我的道路，你们的道路在哪儿？不过，只有查拉图斯特拉才能询问道路的问题，因为，道路本身并不存在！

贫困戏剧的最极限空间，看不到舞台，背景悬挂，唯一的一盏灯，更大的空间在窗子之外，似乎伸手可及，只需推开窗户。但是最让人绝望的是，你的手伸不到那里，这个凝固的、无底的也是没有人物的舞台，如同深渊……

按照进化论的观察与猜测，黑猩猩是现存的、与人类血缘最近的物种，它们的大脑与人类大脑关系密切……黑猩猩擅长从整体上快速抓取画面，它们只关心显著的物体而忽略背景，更不可思议的是，黑猩猩不仅长期记忆力惊人，而且比人类更能在瞬间记住一长串的阿拉伯数字。

某位艺术家被语词纠缠上了，我猜想他是受到福柯与马格利特通信的蛊惑，"这不是一只烟斗"本来是画家的命题，关于观看中"肖似"与"再现"以及"真实"的语言游戏……他说他对"不在这里"很是着迷，谁不在这里？多少确凿的怀疑论啊！其实你无须担心，仅仅是语法错误，或者滥用了语法漏洞钻了词语相似性的空子，哲学家最热衷此道，他们喜欢讨论一些子虚乌有的无聊命题，而画家更诚实更直接，他画出一个场景：× 不在这里。

尼采仇视大吃大喝，他反对"坏吃法"，原来并不是只有中国人有这个陋习，欧洲人也一样……这真是让我欣慰，尤其让我欣慰的是，一旦攻击美食，尼采的高贵典雅立即不见踪迹，只有嫉妒与愤怒：刺激性饮料！普遍放荡！多愁善感！厌世！让人作呕！

我在哪里，我全然不知，无须为此煞费苦心，考察是一种怪癖，何处？何时？何因？何果？根本不存在这样的联系，一切只不过是突然降临的静止镜像，甚至难以正确地称呼它。

因为远离太阳而产生的光与热的强度衰减，人类会找到各种方法予以弥补……他们必须寻找更多的资源与能源，避免匮乏和黑暗。五百年前哥伦布的逻辑就是这样的：地球是为人类创造的，因此所有的国度都必须予以殖民，太阳无端挥洒它的光明，彻夜闪烁的星斗照耀无人居住的陆地，这可能吗？

裸露在视野之中不等于看见，一件事已经发生不意味必须有结果，陵墓坐落于甬道尽头，铭文被重新涂了金漆可能只是为了遮掩历史，而拍照的理由仅仅暗示一种迅速遗忘的本性……

"不在这里"，一个否定式的哲学肯定，一个犹豫不决的哈姆雷特询问的二分之一，一个马格利特故弄玄虚以图像提出的问题，也是一个自称创造进入瓶颈的艺术家最近非常迷恋的主题之一。

影像中的影像，寂静房间里面的寂静，行旅被定格，记忆浮现于白纸之上，存在以虚幻形式再度展呈为存在，找不到地点了，只有时间刹那间凝固，在快速移动之中，古典世界的幽灵令这个喧嚣的工业时代以一种沉睡的形象回到遥远的过去。

影像将要消逝，正在消逝，直到完全消逝……柏拉图所谓的影像其实就是世界本身，这个定义被颠倒了：将世界以易朽的影像转述为存在物，在它之外的某处可能真的曾经有过一个原型，但又无法再还原，所以也更谈不上予以确认，这一切此刻都只有以主观的方式存在于我们的意识中，存在于作品与我们之间的那个神秘互相凝视之间，观看，才是唯一可以确定的事实。

冷僻知识的偏食者，五味杂陈的挑剔者，没有远大目标的画家，至今尚未有人像我这样对他下定义，他的好奇心和无所谓，漫不经心的优雅，对重复劳动的欣然与不确定事物的若即若离……一座数百年之前的寺院等待着他，他为那些并不属于他的事物心动，对已知的时髦他已厌烦，不过他有时候会显得十分仁慈，他仍然常常愿意述及时髦的历险，不过他最后总会打起哈欠。

费里尼的回忆是从他的六岁开始的，马车途经他的家一晃而过，这个印象成为他未来灵感的土壤与种子。我们亦有经验，某段时光突然和当前街景重合了，于是如获至宝，那些死者与生者都从这里走过，所有熟悉的亲人与故友……

一座无名的城堡，或佚名照片中的无名城堡，令人遐想的夕阳余晖照耀着城堡阴影四周缺乏注脚的弃物残片，假设我们像安东尼奥尼那样在暗房中将照片逐渐放大，我们说不定能看清城堡细部过分雕琢的结构，以及浓郁如旧书页的苔藓覆盖了正在暗淡的光线与尘埃，并非常失望地没有发现任何类似杀人现场的惊悚物体。

城市的肚肠是十九世纪左拉的比喻，由一个露天菜市场改建成火车站或博物馆几乎是不可行的疯狂幻想。

黄昏在即，我漫不经心途经一条拥塞车辆的狭窄弄堂，地图上找不到我此刻位置，一个没有必要记住的路线，除了突然穿梭的野猫，它熟悉这里的地形甚于警察与小偷，它们是被迫的。

木心说："人是可以貌相的"，果然如此！所以他的文字那么考究！所以他那么推敲！所以他总是要憋住气说一句两句与众不同的话！所以他刻意雕琢矫揉造作！只因为他迷信人可以貌相！

连续数日气温骤降，在江南，要忍受彻骨而潮湿的低温似乎比在北方忍受暴风雪还要困难。这种肉体感觉与温度计上显示的数字无关，完全取决于你的血管搏跳变缓或者你膝关节疼痛程度、你僵硬脚趾和你簌簌发抖的嘴唇。奇怪的是，习惯生活在露天状态中的人们依然不愿意待在有暖气的房间里，说来真是不可思议：在长江中下游一带的城市，每当北方冷空气袭来时彻骨寒流简直可以肆意闯入卧室，冰冻三尺户外户内同此凉热，这使那些北方住客不仅不堪忍受而且大惑不解。

一九五九年，费里尼在罗马的威尼托大街拍摄《甜蜜的生活》，这条大街夜总会酒吧林立，八卦作家、破落贵族、商界女强人和上了年纪的花花公子……人们梦想做一些有意思的事，却始终在每一个空虚的夜晚与孤独的黎明之间徘徊，难以自拔……五十六年过去了，人生有什么根本改观了吗，你们谁又在站在摄影机旁边指手画脚呢，为了继续讲述人生的空虚与空虚的人生？

施特劳斯曾经如此表述："根据圣经，智慧开端是对上帝恐惧；根据希腊哲学，智慧开端则是惊奇。"他忘记了印度智慧，或许是故意不提，因为印度智慧的开端就是弃绝，那么佛教智慧呢？

如果认为柏拉图、马基亚维利、洛克、康德乃至施特劳斯已经解决了的问题就不会再缠绕我们的政治生活与政治逻辑，那真是太书呆子了……因为政治实践往往是由一帮胆大妄为从来没有读过上述政治哲学家著述的人在黑暗中进行的，而黑暗本身，尽管也被哲学家反复讨论，但毕竟是在书斋中或课堂上！

什么叫东方，什么叫西方？在凯撒看来，埃及是东方，直布罗陀是西方；在汉武帝看来，蓬莱是东方，大月氏是西方……当罗马帝国接纳基督教并将之奉为国教时，基督教是东方的还是西方的？

只有狭猛的心灵才会满足于这种井底之蛙的空间划分，如果还不至于贫乏无知或粗俗狂妄。

所谓梦想，就是毋庸兑现的誓词，正派人一定要相信它，狡猾的人一定要假装相信它。

很有可能你们看不到我所在的地方，如果你们在天空俯瞰……但我未必肯定比你们看得更清楚，由于阳光过于刺眼，阴影浓重，我无法分辨身边的一切。

在圣徒的私人启示中，他们一己的人生际遇和上帝夹缠不清……何以欧洲历代的诗人总能为中世纪的图片写出惊奇的文字，在这儿却是付之阙如，除了博物馆目录和拍卖行的榜单！

只有音乐的迷狂能让我感到不朽，在没有录音的时代才有真正的音乐天才与音乐圣徒，直接的聆听，教堂里的聆听，沉默间聆听，记忆的聆听，阅读乐谱的聆听，梦境中聆听，墓碑前聆听，暴风雨包围的聆听，山巅上的聆听，欢乐或悲恸的聆听……没有唱片的时代！没有乐评的时代！当低沉嘹亮的乐音唤醒了天边外的记忆与鸟鸣，谈论音乐将是一件多余的事情。

霍布斯通过《利维坦》指出一种今天都存在的权力意志困境：上帝的传喻有许多东西超乎理性，因为它们无法用自然理性加以证明或否定，但是天赋理性却没有与之相违背……如果两者似乎出现了矛盾，毛病的根源要么是我们还不善于解释，要么就是我们的推理错误……人类理性的力量太微弱，所以上帝是存在的。

卡西尔不认为神话仅仅是人类考古学的研究对象，毋宁说是现代政治学必须关注的心理现象。他以歌德《浮士德》中这样一幕为例：浮士德在厨房等待女巫的魔酒，一面魔镜里出现一位美艳绝伦的妇人像，这时梅菲斯特出现了，嘲笑浮士德的激情，因为梅菲斯特知道浮士德看到的并不真是一位女郎，而不过是浮士德自己思想的造物罢了……神话也一样，它并非是远古真正发生过的精神事实，只不过是现代知识对历史的想象力投射而已。真正值得我们关注的不是古代社会究竟发生了什么，反而是当代的国家神话与政治神话，正在把我们拖向一种貌似天堂的人间地狱。

卡尔维诺不仅喜欢援引，而且喜欢援引中的援引。有一次他援引了纪奥伦的一段关于苏格拉底的轶事：当处死苏格拉底的毒药正在准备中的时候，苏格拉底本人还若无其事地用长笛练习一支曲调。"这有什么用呢？"旁边有人问他。"至少我死前可以学习这支曲调。"苏格拉底回答。

把荒木经惟的照片从众多被打乱的普通照片中识别出来，好像应该是一件非常容易的事……但是错了，我们能够轻易指认的荒木作品只是他一生中留下的数十万张照片的极小部分，对他招牌般的花朵、女人与情色题材及其语法人们早已烂熟于心，但是由于他的展览、回顾、传记、画册实在太多太多，那种荒芜的局外人视角与日本式偷窥之虐恋趣味已逐渐丧失其最初的魅力，了无兴味的时刻终于到来了……不过，这张很不荒木的荒木作品仍然让我感触良深，它不在被定型化了的荒木风格之内。

打引号的"西方马克思主义"不过是自由言论世界中的一块飞地，一个能指特区，一个无害亦无用的学院语言乌托邦。

有两个词，很久了，它们让我无法忍受，无法忍受其庸俗，一个叫"诗意"，另一个叫"栖居"……而最最让我不能忍受的是这两个词的叠加使用，比如"诗意的栖居"！算了吧，德国浪漫主义！算了吧，荷尔德林和海德格尔！你们的忠实粉丝居然在中国，难道你们就没有一点责任吗？

《教父》拍摄于一九七二年，这一年我十六岁，但记得尼克松访问中国周恩来陪同来上海，关于美国电影两眼一抹黑……将近二十年之后才通过录影带看到了马龙·白兰度和帕西诺，很难想象这二十年的迟到对我意味着什么。不过《教父》所表达的那个封闭的黑帮世界，与我所成长的红色封闭社会仿佛是一个对称的隐喻，虽然两者完全不能相提并论。

我的个人观影史在时间上是倒错的，加之各种偶然机缘，饥不择食在先，后又暴殄天才之作，统统凭借巧合，九十年代一度迷恋劣质默片、侦探、三流艳星与滑稽小丑，毫不在乎名声卓著的伟大电影，从陈侗书店买了本戈达尔自述，觉得他写得不怎么样，竟然就忽略了他的电影，以为戈达尔无非是一堆观念。看到他的《随心所欲》已是新千禧之后，娜娜扮演者卡丽娜，戈达尔的妻子，按照伊伯特的说法，一个不愿表露思想和感情的女人，我终于被那个著名的镜头吸引：娜娜被一个陌生男人拥抱的时候抽着烟，空洞的眼神越过他的肩……这一刻，戈达尔的伟大让我信服了。

有许多所谓世界名画，我们已经了然于心，如同一段随时可以轻轻吟唱的旋律，它招之即来栩栩如生，谁都不能从我们记忆中夺走……又一个疯狂的消息，这幅高更在塔希提岛画的画以三亿美元之巨卖给了某个卡塔尔人，这究竟是法国人的骄傲还是卡塔尔人的荣耀，到底是艺术更吸引人还是金钱更吸引人……这两个令人扫兴的平庸问题，现在连稍微有点品味的报纸都不会感兴趣了。

在这个沮丧的失眠之夜，让我们花十分钟想念想念随便一个什么人吧……此刻我提名高更，这个与我相距一百年的法国人更像一个野蛮人，他唾弃金钱世界，结果还是金钱胜利了，这是高更决定抛弃巴黎的资产阶级生活前夕的一帧照片：临走之前他在弹钢琴，多少浪荡无羁，多少风流倜傥！

丘吉尔脾气暴躁，酗酒，熬夜，每天吸二十支雪茄并且贪吃……这所有恶习与不良嗜好，在医生看来都是健康之大敌，更遑论长寿。但是偏偏这个丘吉尔活到了九十几岁，无奈之下，医学界只好敷衍捏造了一个词，叫作"丘吉尔现象"，用来解释他们的健康建议为什么会失灵，几成笑话。

海德格尔以高瞻远瞩的气势进入"艺术为何""艺术本源"及"艺术本质为何"的莫须有议题的讨论，无非是要突出"思"的绝对地位，问题是，并不是所有人都像他那样"思"，或甘愿受其蛊惑而跟随他"思"的。艺术的起源肯定先于"思"，艺术的绝对本质也从来没有被最终揭示，古代人的"思"肯定不同于海德格尔的"思"，换句话说，在海德格尔尚不存在时，艺术还没有被存在主义定义之前它就一直存在，不管艺术有没有本质，更不管究竟是艺术的存在决定了艺术的本质、还是艺术的本质决定了艺术的存在这类貌似高深的语言游戏。

最初影响我们的书未必是世界名著，因为种种偶然的限制，还有不期而遇的机缘，或者只能这样说：我只是碰到了这本书，在一个紧要关头，也许是一个无足轻重的巧遇……整整四十年过去了，一九七五年年底我获得一本简装书《理性、社会神话与民主》，作者是美国人，悉尼·胡克——这本封面泛黄的小册子几乎要动摇我对马克思的绝对崇拜，特别是马克思的历史决定论，从那天起开始受到置疑，尽管我当时对马克思剩余价值理论还深信不疑……

我知道康德这个人是从他的"原始星云假说"作为开端的，一九七四年上海图书馆阅览室可以借到德国古典哲学选编，于是我认识了除了马克思、黑格尔之外的一大帮：康德、费希特、谢林、费尔巴哈……康德生活的时代摄影术尚未发明，我找到他的一幅油画肖像，作为我对那个特殊时期阅读的纪念。

我厌恶海德格尔与他的纳粹污点无关，与他的私德亦无关……我厌恶他那种装腔作势的表述风格，譬如"世界是自行公开的敞开状态"，譬如"大地是那永远自行锁闭者和如此这般的庇护者的无所迫促的涌现"，既无法论证其实在性，也无法确认这一状态的呈现轮廓，这类浮华而空洞的词藻构成了海氏哲学的基本格调以及凌空虚蹈的神秘性，将诗与哲学混为一谈或许正是一部分在诗与哲学之间徘徊的人欣赏海德格尔哲学的原因，但我不！

当然并不是说，我读海德格尔从未在他著作中获益，譬如"它们（艺术品）被移置到一个博物馆里，它们也就远离了其自身的世界"，譬如"世界之逃离和世界之颓落再也不可逆转"，每当我读到此类文句都会心有戚戚，然而恰恰是这种朴素描述需要的只是诚实与观察，诸如此类的观察和概括许多人都能作出，它们并不是存在主义者的特殊发现，在海氏哲学中我们常常会遇到这些睿智的见解，但是它们并不是带有海德格尔标签的华丽独断。

悠久无尽的时间
使所有不明显的事物出现
它们一旦出现
时间复又使之消失
于是，没有什么是意料之外的
最可怕的誓言和最坚硬的心灵都被它征服……

这是古希腊索福克勒斯《埃阿斯》中同名主人翁著名演说的一小节，它以戏剧形式指出了与哲学家赫拉克利特箴言意思相同的感受，即"生出的东西都趋向于消失"，或另一个洞察"自然爱隐藏"……看看你们所盲目尊崇的海德格尔怎么说？"美乃是作为无蔽的真理的一种现身方式"！"存在之澄明，真理乃通过诗意创造而发生"！他如何证明他知道真理会现身？他又如何证明他知道存在会澄明？

在普鲁塔克看来，的确存在一种埃及人的哲学，它隐藏在神话和故事中，真理只能被人匆匆一瞥，正如仁立在神殿入口处象征智慧的狮身人面像所暗示的……在塞斯，雅典娜的坐像上刻了这样的铭文："我是那一切的曾在、现在和将来；未有凡人揭开过我的面纱。"

二〇一五年

无处藏身

——读书札记之二

黑格尔的历史观影响了很多人，马克思自不必说，近年红得发紫的政治历史学大腕福山所谓"历史的终结"就来自黑格尔，影响范围稍小的艺术史大鳄丹托也沿袭黑氏艺术将被哲学取代的进化论，故亦有"艺术的终结"之末日宣言……后来这两位都不同程度修改了原先主张，绝不是因为他们觉得自己错了，而是因为他们一直还活着，他们有时间终于看到"终结论"不足以长期存在，当新的政治现象和新的艺术现象逼迫他们作出新的回答时，他们不能保持沉默，他们不能像晚年马克思与晚年格林伯格那样保持沉默，他们的灵活性使他们继续勉强地出现在讲坛上，但是他们的魅力消逝了，他们远远不如黑格尔与马克思，前者是他们无法模仿的历史幽灵，他们仅仅是过客。

当你希望获得大多数人的承认和欢迎时，你就必须容忍、掺杂甚至有意识地招徕某些必要的废物和垃圾……看似简单的事情却是最难以做到的，即便你真的是正确的，一百年后还是你正确，你也不可能让所有人都同意你，何况那些一直同意你的人，往往比反对你的人离你更远。你要与另一个人合作并一块儿进行思考，你将消耗更多时间，你们的各自表达会卷入不必要的复杂，最后不仅损害你们的效率，还会从根本上毁掉整个计划。

阿尔都塞六十年代写的《保卫马克思》书名相当煽情，其实马克思哪里需要他去保卫？马克思是世界的颠覆者，需要保卫的是世界而不是颠覆者。可惜，《保卫马克思》写得非常糟糕，我相信这绝不是翻译之过，一本逻辑混乱的书，一本旨在将人道主义置于被马克思扬弃并被超越的不成熟阶段的书。总而言之，一个被阿尔都塞重新解释与定义的马克思可能比本来的马克思更危险、更不能接受。

菲德尔·卡斯特罗快九十岁了吧，英雄迟暮也是美人迟暮，听说劳尔释放了政治犯，真不敢相信古巴还有政治犯……不时有朋友去加勒比海去哈瓦那，沙滩、棕榈、雪茄、黑朗姆与桑巴舞，就像毛泽东时代最后几年，外国人对中国只知道长城、故宫、熊猫、茅台与乒乓球。

唯一影响正确思维的，是虚妄的体系；但是，不等于你的思维缺乏体系，你的思维便不会犯错，甚至更多犯错。

雅典城邦的学术可以流传万世，雅典城邦的政治制度必须消亡，其中的一个偶然因素就是同时涉及两者的大哲学家亚理士多德……亚理士多德的老师柏拉图不仅不屑于做帝王师，他的志向是做理想国里的哲学王；亚理士多德后来成了马其顿国王亚历山大的老师，通过亚历山大的征伐建立了欧非亚大帝国，虽然因亚历山大本人酷爱希腊文化而将希腊化覆盖整个帝国，但是帝国版图的迅速扩张，终于使城邦政治不但不可持续，而且在之后的将近两千年中，围绕着地中海，欧亚非的争战或欧洲统一之争战连绵不绝，雅典城邦几成学院里的想象乌托邦。

在牛顿的体系中，上帝类似于一个"隐退的工程师"，创造了世界后他不再有任何理由进行干预。因此，上帝逐渐成为一个无用的假说。据说拿破仑曾经问拉普拉斯上帝在其世界体系中扮演何种角色，拉普拉斯答道："陛下，我不需要这个假说。"

海德格尔《林中路》第一篇"艺术作品的起源"是他在一九三五年至一九三六年几次演讲的集合，据说当时激起了听众的狂热，狂热！一九三五年到一九三六年，谁能在德国掀起狂热？海德格尔在这个系列演讲中反复出现"大地"与"民族"这两个关键词，与希特勒的"土地""种族"及"生存空间"仅仅是巧合吗？哲学家的思想不能只放在哲学史脉络中去寻找继承关系，还要从其他领域里去寻找各种公开的或隐秘的来源，毫无疑问，德国浪漫主义对海德格尔影响深远，从席勒、诺瓦利斯一直到荷尔德林，土地与民族的诗歌意象一脉相承，绝不是纳粹主义与存在主义的原创。

不和谐的建筑物让我狂喜！我喜欢它们的浮华与浓妆艳抹！我喜欢它们的无耻侵入！我喜欢它们的势利！我喜欢金钱的高奏凯歌！我喜欢一条旧街的衰落！我喜欢怀旧变成赤裸裸的时髦！

所有的存在主义哲学家，萨特首先被我排除了，因为他在斯大林问题上撒谎以及他与加缪蛮不讲理的争辩，还有他那本无法阅读的垃圾之作《存在与虚无》；其次排除的是梅洛·庞蒂，因为雷蒙·阿隆无情地击碎了他（包括击碎了虚伪的萨特）……接下来是那个只会空洞承诺"敞开""澄明""真理"的海德格尔，谢天谢地我从来没有被他迷惑过，我对他一直心存怀疑，太奇怪了，他究竟为我们澄明了什么，敞开了什么，真理又到底是什么？那一切属于神启的命题应当归于耶路撒冷，而不在雅典！而海氏的哲学之基不就是柏拉图吗？现在对于我，存在主义者只留下一个谦卑的克尔凯郭尔了。

二十世纪哲学虽然把雅斯贝斯归为存在主义创始人之一，但是后人更愿意谈海德格尔而忽略雅斯贝斯，肯定与他们的哲学起点不同有关。雅斯贝斯的学术生涯是从精神分析开始的，其后才追随胡塞尔学习现象学；精神分析实践使他重视个人经验与临床经验，尽管雅斯贝斯也深受克尔凯郭尔及尼采非理性主义影响，但是康德与韦伯的理性主义对他影响更大，这恐怕是他后来与海德格尔在政治哲学上决裂的基础。不过，由于雅斯贝斯毕竟是位存在主义者，他仍然被海德格尔的学术吸引。

现今人类的最大知识错误之一是：他们先把教堂里的一切看成艺术，然后再把美术馆里的一切看成宗教。

寄生在学院中的诸多城市研究者只记住几个本雅明的招牌词如"拱廊街""游手好闲的人"或"拾荒者"之类，在本雅明那里是一个观察与理论分析的结果，而在他们那里居然变成一个毫无生产性的应用，假如还不是标签的话——不明白这帮弱智的所谓研究者怎么会如此乐此不疲，这帮忙忙碌碌的"拾荒者"。

考察海德格尔的出身，他在弗莱堡大学读的是神学，原来的志向是做一个传福音的牧师，后来转向胡塞尔接触现象学，这个经历和雅斯贝斯很相似。不过重要区别在于：牧师身份的自我暗示，使海德格尔毕生将哲学视为一种神学般的启示，以真理的发现者自居，就是海德格尔不同于雅斯贝斯的关键。换句话说，如果雅斯贝斯的基点是谦卑，那么海德格尔的基点就是傲慢。

福柯有一次这样回答埃勒德，问题是为何那么热衷政治——福柯说："为什么我不能热衷于它？什么样的聋哑与失明、什么样林林总总的思想体系有权阻止我对我们最重要的生存问题的关注呢？对政治无动于衷才是个真正的问题，去对一个不关心政治的人提这个问题吧，而不要对我。你有权高声问他，怎么，您对政治不感兴趣？"

公元四世纪的异教徒特米斯修斯巧妙地称赞皇帝尊重上帝的律法，使每个人都可以选择自己的道路，虽然目标只有一个，路径各不相同。他是历史上第一个提出宗教宽容的哲学家吗（特米斯修斯确实是柏拉图主义者）？但是疑问在于，不同的路径通常会导致不同的目标，这样的经验与教训简直不可胜数！

八十年代从毛姆《月亮与六便士》知道了高更的传奇，一位为了业余学习绘画而对太太谎称每周三去俱乐部打牌的经纪人。差不多同一时期，欧文·斯通写凡·高的《渴望生活》广为流传激励了许多年轻人，可我是个例外，我私底下心仪这位业余画画的法国老兄如此疯狂，又那么优雅平静。

海明威说得对：不能笃信自己大写的思想，要尽可能写得真实，坦率和朴素。不过，又来了，你老是"不过"！也许海明威意识到他的思想不够"大写"吧，另外，海明威坦率吗？好像不见得，朴素倒是朴素而且很有力量。海明威性感中有夸张一面，真实嘛，谁知道呢，并且真实这个标准，能说不是大写的思想吗？

尼采对"末人",即那些没有激情或允诺的可悲受造物预感到一种忧虑:末人不能去梦想,他厌倦生命、不能冒险,只一味寻求舒适和安全,他们彼此容忍,用一点毒药可以制造一个愉快的梦,而这种毒药最终可以导向愉快的死亡,他们拥有白天的这点快乐,和夜晚的这点快乐……尼采多牛!尼采一无所有!尼采拥有的仅仅是言辞!你们难道不认为这是一种对你们幸福生活的嫉妒吗?

苏格拉底嘱咐阿克拜第,要趁年轻时关注自己,因为到了50岁时再来关注就为时已晚了……"关注自身"难道不正是我们当今的重要主题吗,这需要苏格拉底饶舌教导我们吗,不,苏格拉底的讨厌之处在于,他和我们来了一个回马枪,在《申辩篇》中苏格拉底这样解释"关注自我":你们关心自己的财富、名声和荣誉,但是对于自己的品德和灵魂,你们并不关心!"

我们可以既喜欢莫奈又酷爱高更吗?高更反对表面,反对莫奈的自然主义幻觉,他辞去银行职务去了巴拿巴是为了寻找天堂而不是为了寻找优雅,但是最后,高更还是被安置在优雅的美术馆,挂在莫奈旁边。

轻狂和盲目自信的人自古就有,他们拒绝看、拒绝听那些正在被清晰表达的东西,他们宁肯坚持错漏百出的传言与迷信,这可能是一个有趣的人性弱点,即经常表现出某种拒绝求知的态度,回避争辩,使自己继续保有一个似乎有个性有归属的位置,而形象鲜明。

耶稣生活的时代,世界远远比今日更加严重失衡,有权势者无恶不作，做牛做马者一无所有。此后两千年的岁月中，有如此多的人试图摧毁一种理想，而这一理想却保持至今并最终获胜。由于人类并不幸福，因而一旦爱和希望这两个在耶稣时代出现的新名词进入人类历史，任何权势都阻止不了耶稣的信徒把老师的信息向所有愿意聆听的人们传播。

古印度人对时间的理解就是循环式的，从吠陀教开始一直到今天……中国人的所谓"过年"则是比印度人的广义时间观更狭窄的狭义时间观，前者来自宇宙思考，后者来自一年四季暑往寒来甲子轮回，一点点眼界都不曾有，直到今天还乐此不疲，真难以置信。

唯有犹太人，他们在三千四百年之前率先提出"前行时间"，即时间有一个开端，或者说起源，先由摩西五经的创世记开始，世界呈现了——相信循环时间的后果是不思变革，消极无为，相信前行时间的结果是希望未来，主动进取，现在全世界统一使用的公元即耶稣历，但是这个前行时间并没有被所有人从内心里全盘接受。卢克莱修说：航海、农业、筑堡、法律、武器、道路、服装以及诸如此类的一切好处，都是一步步前行的不和疲倦的精神出于需求和经验而逐渐教给人们的。时间把每一种东西逐一显露出来，理性则把它提升至光辉的境界。

用更古老的希腊人索福克勒斯的话来说，遍观一切揭示一切的时间最终会揭露隐藏最深的秘密和不端行为，"悠悠无尽的时间无法度量，它使不明显的事物出现，因为它隐藏了在光芒中闪耀的东西。"并不是所有犹太人都相信造物者，作为柏拉图主义者的菲洛尖刻地指出，不要相信那些所谓的圣人，吹嘘自己知道每一个事物，就好像世界创生时他们在场，当过造物主的顾问似的。

在柏拉图与亚里士多德之间，在康德与培根、牛顿之间，此亦一是非，彼亦一是非，秘密被揭示我会感激后者，所谓的魔法、力学与技术；秘密无法穷尽深感自然之奥妙我会倒向永远正确的前者，卑微谦虚、神秘无知，难道就是我们的庇护所？罗素说我们都有自己的偏见，但是如果一听到一种与你相左的意见就发怒，这就表明你已经下意识地感到你自己的那种看法缺乏充分理由了。他举例某个人硬说2加2等于5，或硬说冰岛位于赤道，你只会怜悯而不会是愤怒，除非你自己对数学和地理也同样无知——日常闲聊中，我们最激烈的争论，往往不是我们各自专业的话题，而是触及一些类似时政、宗教、文化趣味，争论双方都提不出充分证据的那些问题。对这些问题我们并没有特别研究却一直以为自己很正确，尤其是涉及信仰、个人偏见与个人好恶，不论什么时候只要发现自己对不同的意见突然发起火来，你就要小心了，因为稍稍一经检查，你大概就会发现你的信念与成见其实并没有充分的证据，仅仅你不愿意改变它们而已。

　　十八世纪工业革命绝非是它自己孤立发生的，此前十七世纪机械论革命的基督教特征显而易见。"征服地球"不过是重复了上帝对亚当和夏娃的劝勉，以科学力量赋予人类以统治自然的权力是得到上帝允许的。由于原罪，人失去了天真状态和对自然的支配力量，宗教弥补了前一种损失，科学技术则弥补了后一种损失。工业革命从欧洲发生，与基督教理念紧密相联，根本不是什么世俗冲破宗教信仰的一次物质叛乱。世界机器形象完美地对应于基督教关于造物主的观念，按照度量、数和重量安排事物，柏拉图早说过"神利用数来创造地球"，普鲁塔克也曾断言"神从未停止做几何学"，所有这些都深藏在欧洲传统之中，深藏在所谓黑暗的中世纪内部。

老子的"道"概念，类似古印度吠陀教的"梵"，是一种对宇宙终极原因的伟大猜想，比希腊早期哲学家的猜想更抽象，但是后来的柏拉图与亚里士多德超越了上述想象，人类哲学有了全新方向，而之前的各种智慧就变成了"文化"。

西非国家布基纳法索至今还被膜拜的图腾，像一头山羊，有犄角，又似乎有马的鬃毛……弗洛伊德一百多年之前写《图腾与禁忌》田野考查资料都来自法国和英国的人类考古学家以及神话学家，对象多半在澳洲尤其是新西兰与南太平洋诸岛，其实弗洛伊德的理论主要依靠逻辑推理和大胆的想象，譬如那个"弑父恋母"情结完全是一种臆造，不过人类喜欢想象甚至喜欢事实，这也许是弗洛伊德至今还时不时被艺术史与艺术批评所使用，在精神病临床诊断上已被弃用的原因……不要相信艺术啊！

这是两部被废弃或被丢弃的大卡车吗，福柯说绘画不是确认，那么照片是一种确认吗？两百年前法国人发明了照相技术之后，照片很快用于刑事警察侦查的重要手段，有前科的罪犯被留下肖像，此后海关也跟进，当然在作为喜欢艺术的法国人看来，摄影应该属于艺术的，发明照相机的就是一个画家嘛，他们拍女人，拍模特儿，拍妓女，拍所有偶然事件与隐秘生活，同时把镜头对准了大千世界与我们的身边。

在德国达豪集中营入口处，刻着十七世纪一位诗人的警世名言："当一个政权开始烧书的时候，若不加以阻止，它的下一步就要烧人！当一个政权开始禁言的时候，若不加以阻止，它的下一步就要灭口！"埃德蒙·柏克说过："邪恶盛行的唯一条件，是善良者的沉默。"

现在人们一般理解的自由主义，其实就是"天赋人权"，属于一种自然法则，即个人权利最初独立于国家之外，卢梭也这样认为。国家非但不能创造这个自由，而且只有对它予以承认与保护，而不是相反。但是到了十九世纪，历史科学开始成熟，人们开始对上述想象出来的自由发起攻击，证明国家并非出现在个人之后，而是出现在个人之内，因为两者的精神结构是相同的。十九世纪崛起的民族国家与民族主义以及社会主义思潮渐渐改变了二十世纪初的历史。

从起源上说，古典的自由产生于特权者们的一种权利，没有这个身份地位就没有资格享受相应的自由，这种平等一旦被打破，冲突与暴力就成为紧急状态，新一轮的对自由权利的角逐就开始了，通常我们称之为僭越或革命。在这个意义上斯塔尔夫人说"在法国，自由是古典的，专制是现代的"指的是一个历史事实，而不是定义。在贵族内部，有时也扩大至自由平民，他们的自由是彼此承认的，这种信念非常古老了。

施特劳斯有一个观点值得思考：他认为现代性危机第一次出现在卢梭那里，即自然权利，卢梭把哲学成为一种武器，包括霍布斯的政治哲学，施特劳斯将之称为"政治享乐主义"，即自由主义的消极后果，会导致危机与虚无主义。某种程度上，我们可以看到在香港人排斥大陆人的意义：所谓的自由与所谓的乌合之众，不仅是制度的也是内生的。两者分别代表了自由的享乐主义与不自由的享乐主义双方发生了冲突，其实本质是一样的。

这种自然形成的习惯法则，慢慢成为维护彼此自由利益的法律观点被文字确定下来了。自由的核心是私人财产的保护，然后有了契约与基于家庭的继承，那些无产者当然被排除在自由之外了。

法国大革命的巨大震荡是：第三等级要争取自由与平等，由贵族确立的诸自由权利必须由全体国民分享，故称"共和"。但是所谓的"人生而平等"的人权口号并非卢梭首创，它的重要来源是基督教的"上帝面前人人平等"的提出。

没有任何语言记载的历史材料证明人类早期社会有东方西方之分，有男性压制女性之贵贱之别，因而"西方对人性的广义研究早于对女权的发现"无从谈起。在我们现在能看到文献或遗迹的印度文明、埃及文明与两河文明中，没有发现刻意的男尊女卑现象，古代神话里有男神亦有女神，男神司驱魔、拯救与庇护，女神司丰收、繁衍与智慧，苏美尔神话印度神话希腊神话莫不如此。所谓的母系社会早于男权社会纯属猜测，人类考古学的研究与人类行为学对哺乳类动物的观察，从来没有进化到接近智人水平的大型哺乳动物都由强壮的雄性主导，这是残酷的生存条件决定的自然分工，应该适用于对古代早期人类社会的想象，即一开始就是由男性掌控权力，母系社会的出现不是一个必须出现的阶段，而这个阶段曾经在某些文明中出现过的原因，可能弗洛伊德在《摩西与一神教》中的推测是值得参考的，即把权力让渡给母亲，是为了防止兄弟之间为权力而自相残杀。

斯泰尔夫人所说的专制是现代的产物，自由倒是古典的，可能她指的是雅典城邦的自由吧。十七世纪末出生的孟德斯鸠发表《波斯人信札》时路易十四驾崩了，很难想象当年的书报检查制度是否将"自由"和"宪政"列为敏感词而加以封杀，不然孟德斯鸠又如何在黑暗的专制环境中鼓吹宪政制度、保护公民的自由、废除奴隶制，提倡渐进主义、和平和国际主义？

我仍然暗中喜欢的存在主义哲学家，现在只剩一个克尔凯郭尔了，《恐惧与颤栗》《勾引者日记》和《非此即彼》一直离我的床六公尺之内。斯坦纳说克尔凯郭尔坚定不移，这没错；可是为什么没有发现他迟疑不决？吸引我的只有坚定不移是不够的，只有坚定不移令我害怕！当然文体是最重要的，片断、剥离的短句、一个人的对白、秘密和连贯的写作计划，还有，还有逻辑与结构，带着一种怀疑去写一本书，一种犹豫的野心。

追溯古代西方哲人如何开始研究人性，至少对人的本质、品德、职能的讨论是从什么时候起步，通常会提到两千五百年之前的雅典。如果说苏格拉底与柏拉图奠定了对人性研究的灵魂部分之诸基本概念，那么另外一个同样有关人性的研究领域千万不能忽略：人的肉身。希波克拉底与苏格拉底差不多同时代，不过希腊人对医学的实践及研究起源于更早一些年的毕达哥拉斯学派，总而言之，从有文字记载并对后世产生久远意义的人性研究来看，古希腊人功不可没。

成形于两千七百年之前的希腊神话的确神奇，它对奥林匹斯山上的诸神描绘不仅充满了人性色彩与凡人的欲望，而且充满了让人惊诧的想象力，附图来自陶器彩绘：赫菲斯托斯手里拿着双刃斧，正在帮助雅典娜出世，雅典娜不是赫拉所生，她根本就没有母亲，雅典娜是从宙斯的头顶生出来的，所以她那么聪明，智慧女神啊……同样从身体直接出生的还有潘多拉，她来自肩膀上鼓起的一只肉瘤，所以她带来了那么多的邪恶与罪行！

亚里士多德所代表的希腊思想与圣经在许多方面存在根本的差异。最大的差异可能是，希腊人认为宇宙是永恒存在的，无始无终，而基督教信奉创世思想，这是最难调和的一个矛盾。亚里士多德从理性出发认为，让宇宙有一个开端，我们必然会追问这个开端的原因，这必然会导致无穷后退，不如假定无始无终更加合理。

　　由于圣经与亚里士多德对时间起源的理解不可调和，最后导致了康德著名"二律背反"中有关时间有没有开始与结束的悖论出现；康德的解决方案是，逻辑上证明了时间必须有一个开端，这样就倾向于基督教的神创论；同时逻辑上又证明了时间不可能有开端，这样又倾向于亚里士多德。这么一来，康德的最后结论是：人类的先验范畴与经验范畴都无法认识"物自体"，即俗称的"不可知论"，为人类理性设置了边界，从而为神学打开了大门。

二〇一五年

《资本论》的芬尼根化与守灵人杰姆逊

我对徒有其名的以马克思之名兜售无政府主义和虚无主义的杰姆逊本不感兴趣但我对马克思备感兴趣，许多年以前我对马克思的《资本论》曾经狂热地着迷但是现在我已经不再对这部最终没有完成事实上马克思也无法完成的"工人阶级圣经"佩服得五体投地；在世界依然危机四伏困难重重据说右翼政客焦头烂额据说学院新左派幸灾乐祸的昏暗历史时刻，让我们一起来诵读马克思在这部未完成巨著第一卷倒数第二章激动人心的十九世纪最强音也许真的能够把我们再一次带回到那个据说即将降临的梦幻、天启和黎明的前夜：

"随着这种集中或少数资本家对多数资本家的剥夺，规模不断扩大的劳动过程的协作形式日益发展，科学被日益自觉地应用于技术上……各国的人民被卷入世界市场的网络，由此导致资本主义制度日益具有国际化的特性。随着那些掠夺和垄断这一转化过程的全部利益的资本巨头的不断减少，贫困、压迫、奴役、退化、剥削的程度在不断加深，而数量日益增加并且由资本主义生产过程本身的机制所训练、联合并组织起来的阶级——工人阶级的反抗也在不断增长。资本的垄断成了与这种垄断一起并在这种垄断之下繁盛起来的生产方式的桎梏。生产资料的集中和劳动的社会化，最终达到了与它们的资本主义外壳不能相容的地步。这个外壳就要炸毁了。资本主义私有制的丧钟敲响了。剥夺者就要被剥夺了。"

一个半世纪过去了，丧钟也整整敲了一百五十年，不管这个世界是不是糟糕得不能再糟糕，现在请大家安静，上课的钟声敲响了……作为无害的课堂无政府主义者杰姆逊，作为一个非无产阶级成员的资本主义大学文学教授给我们带来的新著《表征资本：有关〈资本论〉第一卷的评述》难道还会有一些真知灼见，这个还有可能吗？或者情况正好相反，这个以"资本论新解"为幌子的讲演也许只是一瓶连标签都已不再时髦、广告词却依然写得晦涩而味道早就变酸了的陈酒？听听吧，让我们见识见识——杰姆逊教授来了，满脸轻松的他一跳上讲台就此地无银三百两地扬言他绝非是在假借《资本论》谈文学："我不希望大家将我的作品读成关于《资本论》的'文学'解读！"凭什么？你的本行不就是文学么？因为"文学这一术语将使我重读《资本论》的努力显得琐碎！"好啊，亲爱的资产阶级教授（这既是马克思的经济地位选项，又是列宁的政治地位选项）杰姆逊先生！不幸的是，我们会马上看到你随后端出来的大杂烩不仅自食其言地"很文学"而且"很琐碎"甚至还非常令人讨厌地"很卖弄"，如果你有幸生活在十九世纪中叶或二十世纪初，无论是马克思还是列宁，他们都会毫不犹豫地将您自作聪明的有关他们的言论从窗口扔出去（至于我，我从未在杰姆逊的任何文字与言论中获益，但我必须感谢杰姆逊先生，因为你们会看到我将在接下来对他言论的分析与近乎藐视的评价中获益）……更有甚者，讲演伊始他又大言不惭地声称，"我"（大写的我），大名鼎鼎的杰姆逊，"我对马克思如何来呈现事实不感兴趣，对那些据说他从这些事实中推演出来的相关规律也不感兴趣"，好极了，是啊，解构主义者当然对事实不感兴趣，对事实所赖以运行的相关规律更不感兴趣，他们只对不及物的空谈感兴趣，因为他们坚持认为只有被言辞描述的物却没有所谓客观的物（马克思会同意这种彻头彻尾唯心主义吗），正如我虽对杰姆逊本人同样不感兴趣，却对他的空言大话分外感兴趣——因为杰姆逊的混乱言说和荒谬逻辑只有放在现实关系与他为什么需要歪曲事实的当今学院政治处境中才能得到解释，而杰姆逊的新著和他的讲演绝非是《资本论》及其不肖子孙的后现代分泌物，尽管他本人对诸如此类的言辞分泌物那么地陶醉与沉溺。

"我愿意强调的是，资本主义被表征（吴亮注：涂尔干还是米德或者舍勒？）为一种总体性（吴亮注：卢卡奇还是黑格尔？），一种地狱机器（吴亮注：是德勒兹还是一款新电玩游戏？），只有（吴亮注：唯一的？）以辩证方式（吴亮注：哪种辩证法？关于创世或末世的还是将神学世俗化的，或者是被马克思唯物主义所颠倒了的绝对精神与恩格斯擅用的否定之否定？）才能描绘出这一点：而将马克思的模式（吴亮注：马克思以来的各种经济社会模式还是阅读马克思的各种模式？）推导到如今的全球化（吴亮注：经济全球化还是文化全球化？）、后现代的资本主义阶段（吴亮注：仅为了兜售杰姆逊自以为独创其实不过仿拟千禧年传统悲观论的末世情怀和幸灾乐祸的晚期资本主义？）……"不行，这种跳跃破碎毫无逻辑的语言与不得不及时插入的猜测性注解只适合喝醉了的芬尼根和细心的解释者（不然我们不仅看不懂杰姆逊甚至还会误以为他过于渊博，就像那位赫赫有名的德里达，据他自称二十多年来一直将《芬尼根的守灵夜》放在案头，靠模仿这部难以解读的小说风格才撰写出数十本可以天马行空无限延异的解构主义文本），请慢一点，守灵人杰姆逊先生，这些来源不同的概念背后究竟分别指代了什么？分别在什么意义上使用？你并没有给我们做出解释；紧接着，紧接着你突然给出一个斩钉截铁的判断（我喜欢这样干脆利落），尽管这个先声夺人的判断是对你刚才做出那个"对事实及通过事实呈现的相关规律不感兴趣"之承诺的背叛，现在请继续，"我将劳动价值论的真理视为一种形而上学议题……"再等一下杰姆逊先生，将"劳动价值论"视为形而上学议题，就像将托勒密宇宙地心体系或哥白尼天体运行论视为无关事实的形而上学议题一样的荒谬和哗众取宠，难道你不认为"劳动价值论"是基于有关事实呈现的陈述，不认为"劳动价值论"恰恰是通过若干事实推演出来进而被整个十九世纪乃至二十世纪大多数人所相信和过度相信的"相关规律"之一吗？亲爱的渊博的想象力丰富的杰姆逊教授，你居然认为作为历史唯物主义者的马克思将同意你把亚当·斯密的劳动价值论视为无关事实，只不过呈现为一个空谈家的形而上学议题吗？对事实不感兴趣的人显然是不适合谈马克思的，特别是对某位扬言对事实的呈现不感兴趣的人（顺便说一句：杰姆逊也不适合谈形而上学，这个我们后面会提到）。马克思非但十分强调事实的呈现，马克思还尤为强调"从这些事实中推演出来的相关规律"，至少，尊敬的杰姆逊先生，你再怎么对事实不感兴趣也不能把苏格兰人亚当·斯密和普鲁士人卡尔·马克思（尽管马克思于一八四五年放弃了普鲁士国籍）是两个人这个事实搞错——当你信马由缰提到"劳动价值论"的时候，从你的上下文看，你是把这个在亚当·斯密手里完成的古典经济学定义归在马克思名下了，而众所周知的事实则是：马克思对这条定义的伟大推进（或伟大发明）是据说发现了一个天大的秘密，即被恩格斯后来赞誉为足以和哥白尼革命相提并论的"剩余价值"！

现在，我们不妨停留片刻，就在插着"劳动价值论"这块著名历史路标的地方稍作停留，如果我们跟着杰姆逊的后现代交叉跑动尾随他留下的杂乱脚印亦步亦趋，我们将迅速陷进泥潭——"劳动价值论"，一个非常重要的十九世纪命题，一个由亚当·斯密命名进而被卡尔·马克思推演为"剩余价值论"其后又通过列宁等欧亚先锋队之手影响并改变了将近一个世纪的人类命运之观念枢纽，一个声称发现了世界不公平之秘密、并意欲拯救全人类于地狱装置的思想起爆器——如前所述，"劳动价值论"这个命题绝非马克思原创，而无论是斯密还是马克思他们都不会从天而降，让我们从亚当·斯密和影响了亚当·斯密得出这一结论的十八世纪苏格兰学院经济学传统和加尔文主义宗教背景说起。

众多经济思想史著作在提到亚当·斯密的时候，总是不会忘记先适度批评重商主义与同样适度赞扬重农主义，然后再从作为被公认的经济科学创始人亚当·斯密开始。按照罗斯巴德的描述，"亚当·斯密的声望几乎遮蔽了阳光"，但他享有的声望与他对经济思想所作出的"值得怀疑的贡献"以及与现实之间却存在着巨大的差距。事实上经济科学是一门自中世纪的经院学者以来就存在的科学，当然斯密是否是经济科学的创始人不是一个特别需要争辩的问题。问题在于斯密的许多以他的名义发表的著名观点都各有出处，他从他的导师哈奇森那儿得到了大多数想法乃至包括经济学和道德讲义的组织结构，却"忘了"对导师表示致谢；或在不注明出处的情况下大段"抄袭"另一位同代经济学家坎替隆，但是这依然不是严重的问题，最为严重的问题是：亚当·斯密所提出来的原则性观点和定义大部分是错误的。在这些错误中，为十九世纪经济学带来决定性影响并先是给欧洲注入革命酵母然后以各种形式的小册子的方式扩散到了世界各地的，就是这个标志性的"劳动价值论"。杰姆逊先生将这个以偏概全的错误判断和定义毋庸置疑地视为真理（"我将劳动价值论的真理视为一种形而上学议题。"杰姆逊语），进而将这一历史性错误（以永恒真理的名义）的源头通通归咎于（归功于）和强加于（奉献于）《资本论》，我并不认为这是一出有关"形而上学议题"的活报剧，而是又一个轻率地因"对事实呈现不感兴趣"而导致的学术误植在西方学院"桃花源中人不知有汉无论魏晋"蔚然成风之下发生的"所指事件",尽管那些闻讯赶来的莘莘学子只不过是为了亲睹这位后现代晚期资本主义脱口秀明星,他们也未必听清楚杰姆逊究竟在说什么,他们更无法表示究竟是同意还是反对。事实上这场带有学术丑闻意味的现场演讲也许很快就会被杰姆逊的崇拜者遗忘,但是我依然必须郑重地指出:杰姆逊的这次演讲就是一个丑闻——下面我们继续。

无论正确错误,斯密的经济学思想都不是从天上掉下来的。斯密受到了他此前的重农学派影响,重农学派对经济思想的某些贡献令人将信将疑,其中之一就是"只有农业才能为经济提供一种剩余,一种纯产品"。斯密不仅保留了这一让人遗憾的有关"生产的"劳动概念,而且进一步将这个劳动概念扩展到一般的物质产品生产领域。在斯密看来只有在物质客体上的劳动才是"生产的";但是在非物质客体上的劳动则被排除在外,譬如对消费者的服务就是"非生产"的。在专门讨论劳动价值论的《国富论》第二篇,斯密认为投在物质客体上的劳动是生产的,而其他劳动则不是生产性的劳动,因为它没有"使自己固定在或体现在任何具体的实体上。这个实体在劳动投入之后将持久地存在,并且用它可以在以后购买相对数量的劳动"(这一表述立即让我们联想起《资本论》第一卷)。按这样的定义我们就能够毫无疑问地推论,既然体现在非物质实体上,因而属于非生产性劳动的劳动,那么"仆人、教会牧师、律师、医生、各色文人、演员、小丑、音乐家、歌唱家、舞蹈家等等"在斯密看来都是"非生产"的,他们的所有工作都"立刻消失在他们的生产过程中"。正如斯密所举例的那样,"演员的朗诵,演说家的演说,或音乐家的曲调,他们的工作在其生产过程中迅速消失掉了!"(等等,是不是我们的杰姆逊教授的精彩讲演也不能算生产性的劳动,因此也就没有丝毫价值可言?)斯密继续指出:"生产的劳动对于其所投入其中的实体增加了价值",而"非生产的劳动则没有"。这是以另一种方法来表示这样的事实：投入于服务中的劳动是没有物化在"任何具体的实体"中的。不仅如此，斯密的"生产的"劳动还被断言为创造了制造业中作为利润的一种"剩余"，斯密的重农主义偏见还体现在他关于农业同制造业相比是具有更为明显得多的生产性的行业这一荒谬的结论中。除此之外，令人遐想的是斯密比马克思更通俗地提出一个有关"谁养活谁"的结论：在同一篇章里他这么写道：产品是完全由"生产劳动者"创造的，他们不仅"维持了"自己，而且还养活了所有的非生产劳动的阶级。

斯密的这些带有部分事实依据却又隐藏着重大缺陷的经济学研究结果和言简意赅的结论，以经济科学的实证力量与面目肯定了或潜在地肯定了人类经济活动及其赖以运行的经济结构中普遍存在的"剥削"，而不再是以往那种对人类社会各种压迫与不平等的文学传统类型或具有宗教色彩的道德指控，经济学的介入尤其是"劳动价值论"的提出（亚当·斯密作为马克思主义三个来源之一的经济学先驱，他的"劳动价值论"是即将登上世界历史舞台的马克思"剩余价值论"之奠基石）使这一切逐渐走向了另一个即将打开的有关阶级对立、阶级分裂、阶级斗争和你死我活的现代潘多拉盒子。

斯密的上述理论缺陷并非没有被他的同时代经济学同行敏锐地发现，十九世纪稍晚的伦敦学派重要代表人物，为斯密校编《国富论》的埃德温·坎南曾经对此有过一段非常睿智的评论，他说，"人们总是强烈地倾向于把他们不经意中认为是最重要的阶级想象为'维持'所有其他阶级的人"，"重农学派断言农夫维持了他自己以及其他所有的阶级，亚当·斯密则断言农夫、制造业者和商人维持了他们自己和其他阶级……亚当·斯密没有看到制造业者和商人是由烹饪和洗衣的卑贱劳动服务所维持，就像厨师和洗衣匠是由无檐帽的制造者和茶叶的进口所维持的。"

但是作为斯密老师的哈奇森，他的另一些建立在人类经济行为观察之上的有关"价值由什么决定"的真知灼见，却被斯密不在意地抛弃了（哈奇森则受到了更早的普芬多夫男爵的启发）。在哈奇森《道德哲学体系》中对"价值"的讨论部分他已经有这样的论述，"如果没有需求，也就没有价格"，他还敏锐地将"有用性"定义为某种高度主观性的东西，即物品之有用是由于它具有"可以满足由流行的习惯与偏好所决定的任何欲望的任何倾向"。但遗憾的是，哈奇森在"成本"这一问题上发生了转向，他不仅把"劳动的困难"作为价格决定的一个因素，甚至认为"在对两种物品的需求相等的场合"，"困难的劳动"将是更主要的价格决定因素。显然，这个被夸大了的因素被亚当·斯密的"劳动价值论"一并汲取了。

哈奇森与格劳秀斯的著名追随者普芬多夫男爵都生活在加尔文新教气氛浓郁的十八世纪的苏格兰，当亚当·斯密汲取了他的前人和同代人的经济学思想贡献开始建构他宏大的古典经济学体系时，整个苏格兰的"意识形态"背景仍然如此。斯密反对酗酒、奢侈品和过度消费以及坚决支持"反高利贷"，这除了为他个人的道德价值判断所决定之外，与加尔文派提倡节俭反对奢靡的苏格兰日常生活中弥漫的政治正确风气也不无关系……因此我们就很容易想象亚当·斯密的"劳动价值论"之提出为什么没有遇到强有力的挑战，似乎无论在一般人们的常识中还是在那些经济科学家的分析中，劳动受到尊敬，劳动创造价值，乃至劳动是唯一的价值创造之来源，那已经是毋庸置疑的了。

为了概括地描述被杰姆逊作为一个毋庸证明的公理而提出，又将其魔术般地变为形而上学议题来加以讨论的"劳动价值论"之归属、来源与流变，我们已经把杰姆逊丢在一旁太久了，现在我们回来看看他别冷落了他，不过我们必须做好准备再次踏进杰姆逊的沼泽地，看看在那里能否找到"尼伯龙根的指环"，《资本论》三卷中唯一完整的作品，即第一卷……它已经为我们描绘了一幅资本主义的完整画面（吴亮注：这就是杰姆逊的"形而上学"！所以《资本论》马克思写一卷就够了，资本主义已经完整地被描绘了，管用一百五十年，直到永远，还谈什么第二阶段帝国主义第三阶段全球化？）……形式意义……再现……表征……如何公正地对待总体性……关系系统……非经验的，又是完全处在运动中的……不断扩张……（吴亮注：文学的，太文学了！）处于运动之中……永恒的崩溃过程对于资本主义结构也是本质性的（吴亮注：又闪烁其词地回到了"资本主义"，一个小高潮？）……于是我们就有了这样一种机器，它不可避免地会崩溃，因此为了维持自己的实存它必须不断地用扩张自身、扩张自己控制领域的方式来修复自身……辩证思维可谓是一种全新的思维类型（吴亮注：辩证思维是一种古老的思维类型，从公元三世纪柏罗丁创世神学就开始了的历史辩证过程一直到在黑格尔手中完成的神学世俗化改造，以及马克思的唯物主义辩证法最后降临）……它特别被发明出来（吴亮注：这倒是真的，莫非就是被你们发明出来的解构主义，一种在学术伦理上倒退了的思维与故弄玄虚的语文表达？）用以克服所谓资本的独特总体性创造出来的表征的两难局面（吴亮注：这种发生在杰姆逊语文表达中的混乱并非是世界表征混乱所致，上帝原谅他！）……不过在这里，我不会花更多的篇幅来阐述辩证法或为之辩护（吴亮注：这个段落就这样不了了之了！）。"我的上帝啊，你会原谅我们这位可怜的不知所云的杰姆逊教授吗？杰姆逊一思考，你会发笑还是发怒？或许杰姆逊先生是一个无神论者兼唯物主义者，难道唯物主义者就可以傲慢地声称对"事实呈现不感兴趣"吗？而一个自我标榜"特别发明"了某种"辩证思维"的人就可以在虚晃了一下手里的那面旗帜之后突然可疑地逃之夭夭，只因为他"不会花费更多的篇幅为之辩解"，而他已经不仅仅以他跳蚤般的舞步浪费了他大量的篇幅，并且还要假装渊博云山雾罩地继续浪费我们的大量时间吗？

十八、十九世纪乌托邦作家的诚恳来源于一种深厚的欧洲自由意志传统（信奉就是信奉，而且是狂热地信，身体力行地信；不再信奉了就承认自己已经不再信奉，无论是圣西门还是魏特林。尤其是马克思，当他已经不再是黑格尔主义者后，他就不愿公开发表对他个人来说深受黑格尔异化概念影响、观点业已过时的《1844年经济学哲学手稿》；如所周知的《资本论》第一卷在一八六七年出版后，马克思的生命还有整整十六年漫长时光尚且难以继续写完它，不论马克思面临怎样无法解决的困难，不勉强写或有尊严地保持沉默，都是出于他对理论思考及其写作的诚恳），这一传统的诸种不同表现不仅是令人着迷的也是令人尊敬的。遗憾的是，出于我们可以理解和不太能理解的复杂的原因，十九世纪的知识分子美德在今天的所谓西方学院新左派教授们那里已经全面丧失，请看看这位杰姆逊吧——他的讲演甫一开始，就言辞灼灼地承诺将在讲演的最后"就马克思主义及其政治、思想任务提出一项实践性的结论"，结果在临近尾声时我们等到了这样一大段芬尼根式的概念意识流："接下来我想就当前的思想和政治状况再来说上几句以此来总结本次演讲，"好的，让我们洗耳恭听杰姆逊的"后现代晚期高潮"将怎样到来（以下的总结既是片段又是浓缩，既是延异又是表征，由具有典型杰姆逊晚期资本主义风格的术语和关键词组成，一堆花里胡哨的后现代厨房垃圾），他是这么说的，"我们必须……转向后现代日常领域……即主体构造领域……及尚属推测中的……信息技术改变了劳动……主体醒着的时间，消耗在电视屏幕之前……时间经验被替换为空间经验……需要追问时间感何以要屈从空间的统摄……我们的问题比柏格森更激烈……不仅柏格森还有托马斯·曼和普鲁斯特……他们都迷恋深度时间……起源于现代化进程不平衡……眼花缭乱的都市……乡村的消失……每个人都是消费者……也是雇佣者……空间表面无限延展……过去的区域不平等是民族国家造成……现在是全球化……殖民体系解体了……今天应该谈商业而不是民族解放……"停一停杰姆逊先生，但是他停不下来了！"……时间性的终结，一切终止于身体与此刻……要么成功要么失败的现代化道路……主体的死亡……资本主义竞争如今已衰落……资产阶级文化在消耗殆尽之前……数十亿芸芸众生……群体……他者……憎恨……美国中心主义……整个世界被一种新的无名所统治……今日之世界政治皆与房地产相关！"杰姆逊显然被"超我"催眠了，他仿佛站在九霄之上背负青天朝下看尽是人间城郭，房地产！（吴亮注：杰姆逊把巴勒斯坦聚集地、难民营、生态问题、联邦制、公民权、移民问题、法国简易大棚、巴西贫民窟都归结为土地掠夺因而也无非是房地产问题，你太有文学想象力了，你以为只要把一堆性质各不相同、各有不同历史根源、关系到不同的现实矛盾与冲突的词语堆砌在一起，那些问题就会变成一个由完整句子构成的统一问题！）这就是你对政治与思想状况既狂妄又幼稚的总结？而《资本论》也只不过是一部有关"失业的书"（吴亮注：这是杰姆逊在演讲中的又一个有关马克思"惊人预言"的意外发现）？你究竟想说什么，信口开河的杰姆逊先生？你知不知道政治讨论与思想表达绝不可以是文学意识流？你懂不懂所谓学术总结应该具有怎样一个明晰简捷的格式？令人厌恶的无轨电车司机喝醉了的芬尼根概念贩子杰姆逊先生，当你无可救药地丧失了诚恳之后，你究竟还有没有剩下最后的诚意？

莫非以《资本论》的守灵人自居的杰姆逊就是二十一世纪硕果仅存的乌托邦理论作家兼习惯天马行空的悲观浪漫主义诗人，只是他喜欢在理论中夹杂乔伊斯普鲁斯特意识流同时又在诗句里掺入黑格尔本雅明卢卡奇概念？按照莫尔纳的观察与描述，几乎所有信奉乌托邦或诺斯替教的作家其实对到目前为止的历史阶段都并不真正感兴趣，他们都是念念不忘自我和热衷自我表现的人。他们把历史想象为一种走向自己的过程，他则作为最终的享有者。他总是妄想自己像先知那样宣布自己所处的那个时代已到晚期（如果还不是末日的话），世界进程在他的一生期间在加速，他赫然屹立在他生前和死后的两者之间。当然，以这样的图像描绘来衡量比对，杰姆逊还远远够不上是一个乌托邦作家，因为在骨子里他对乌托邦早已不再抱有信奉、热忱与诚恳。现在的杰姆逊不过是一个"晚期资本主义"日益没落的西方学院讲坛上的演员（"晚期资本主义"，借用了杰姆逊爱用的一个词），他热衷扮演并且也擅长担任的角色介于莎士比亚戏剧中预言家和小丑之间（显然，他想扮演马克思的守灵人角色还力有不逮）：前者总是预言病兆、晚期、死亡、崩溃直至末日，后者则在世界末日迟迟不来的幕间卖弄他拿手的插科打诨和玩点小把戏——的确，这两种角色的长期轮番扮演不会不影响杰姆逊对自我身份的错认，曾让我迷惑不解的是他常常在某种离题的口误中泄露一些小秘密。杰姆逊最终在停止他发言之前情绪灰暗地突然提到了乌合之众的出现，似乎他本人因为只是一个报幕员而免于身陷其中，我恍然大悟地发现杰姆逊先生冷不防以失败者的口气吐出这一令人沮丧的词语时，他戏剧性地以弗洛伊德的方式泄露了自己的真正身份以及对泄露这一身份的恐慌。其实这又有什么关系呢？亲爱的杰姆逊先生，你既不是一个什么先知，也够不上是一个什么忧心忡忡的乌托邦作家，你充其量就是这个不再有乌托邦的永远不会完美的世界之平庸一员。历史没有消亡，过去还在，未来依然值得憧憬，即便你杰姆逊信誓旦旦地争辩说从你站立的那一边看到的每天都是落日，但从我这一边看过去却永远是朝霞。

二〇一三年

作为自我反讽的批判与朗西埃的不满

　　批判向来就存在，只不过它一直以伪装的形式出现，而不总是以批判的形式出现——秘密的，公开的；含蓄的，愤怒的；言辞的，武器的——因此，当事先张扬的朗西埃如同一个走穴的法国明星出现在同济大学讲坛上时我不仅没有感到一丝惊讶，而且不出我之所料，他表现出来的那种"怎么都不好"的刻意批判只不过为了满足一种人类由来已久的抨击欲望，被这种永远对世界现状表示不满的传统欲望所推动的言辞表演如今已沦为国际新左派的一块老字号招牌。不过十分遗憾，当前这些炙手可热的学院批判者们似乎从来就不曾意识到，自一百多年前马克思将解释世界转换为改变世界、将哲学批判转换为政治批判、将言辞批判转换为武器批判之后，二十世纪的经验与教训迫使他们从今往后的所谓批判从历史巅峰不得已地退回到了柏拉图洞穴之中。他们既丧失了改变世界的雄心，也无意找回解释世界的耐心，批判在他们只是一种体制内的职业分工和个人偏好，只是他们所能提供的剩余知识产品；而这一产品之所以还能继续生产继续被消费甚至受到一部分言辞消费者的欢迎，完全是由于这一产品虽然可能无益（因为它什么都改变不了）却也绝无可能有害（同样因为它什么都改变不了），批判不过是听众们的一剂安慰药，批判不过是讲演者的一次过把瘾，用雷蒙·阿隆的话来形容，他们的终极目的只不过是"为了抨击"，因为这个世界总是不让人满意或总有人不满意。

反正这个世界怎么都是错的——朗西埃在这个被命题为"民主就在今天搞"的演讲伊始，即宣布了他要对民主作一种"双重考察"，先考察那些自称民主的国家的权力关系与状态，然后考察如何重新限定民主这一观念，后者则要看前者的考察结果而定（我当然不会相信他的承诺，我从来不相信）。果不其然，朗西埃的所谓考察不过是一段简短粗糙的回顾性勾勒，了无新意地将"五十年前开始"的世界政治模式简化为"民主与集权的对立"两大阵营（略去了拉美、中东、南亚与非洲），一方面是"西方国家基于议会系统、自由选举、结社与言论自由和个人自由基础上的一种治理形式"，另一方面则是"这样一些政权，国家装置用一党专政机构同时威慑公共和私人领域"（主要指苏联与东欧），而对"这样一种对立，使得民主看上去成了诸多治理形式中的佼佼者"这一西方主流描述之臧否，朗西埃并没有作正面表态，因为他马上要攻击的恰恰就是这个"佼佼者"。随即，朗西埃用援引无往而不胜的马克思为他鸣锣开道，"马克思主义向我们指出，所谓的民主的核心，实际上是自由市场，而自由市场是必然会被资本家阶级主导的"，马克思主义"谴责形式民主掩盖了主导之现实，将形式民主与真正的民主的观念对立起来"（马克思从来没有讲过这样的话，所以朗西埃声称这是"马克思主义"的看法，所以马克思很有先见之明，声明"他不是马克思主义者"）。很好，西方民主不过如此，民主无非是自由市场，自由市场无非是资本家阶级主导，因此必须要"指出"必须要"谴责"，至于"怎么办"则另说；那么作为西方民主的"那个对立面"呢？朗西埃并没有按其承诺"考察"前述特别提到的"这样一些政权"的民主状况，只是轻描淡写地给了一句"苏联集团倒台了"，而这一倒台之后果"似乎是要剔除形式民主与真正民主之间的对立，证明只有一种民主……"我们终于明白了，朗西埃是认为倒台之前苏联集团是有过与西方的形式民主相对立的真正民主的，只是它后来被"剔除"了，难道隐藏在里面的不就是这样的意思吗？

如果我们还不至于健忘，当年苏联老大哥可是一贯声称自己拥有"真正民主"的，年幼如我们者也真诚相信过那里的赫鲁晓夫勃列日涅夫柯西金之流是实现了真正民主的，可是朗西埃先生却没有一个字"考察"自称真正民主的苏联之"国家权力关系与状态"，而这个任务是你自己给自己提出来的……我真的非常厌恶你们老是玩这一套，来势汹汹虎头蛇尾，放了个烟幕弹别转屁股半途就逃跑。对苏联七十余年的真正民主状况（这里不使用西方国家爱用的人权一词）你们法国知识分子应该比死记硬背历史教科书的中国大学生更清楚，尽管有三十年代的纪德和罗曼·罗兰，五十年代的加缪和萨特，六十年代的雷蒙·阿隆、梅洛·庞蒂和阿尔都塞，为了彼岸苏联铁幕苏联之残酷真相自家兄弟反目决裂吵得一塌糊涂，为什么还总有许多自命为人类良知的知识分子至今痴心不改地维护作为政治情人的苏联形象，连作为主权者的苏联人民自己都扬弃了他们参与缔造的苏联，你朗西埃还对它的梦幻般的严酷历史讳莫如深？

就算我们这里先放过朗西埃一马，很显然，朗西埃的重点是要抨击西方的所谓民主，而且是这个已经剔除了两种民主对立之后的世界上仅剩的"只有那么一种"，即"那些由代议系统和资本主义市场来统治的国家的民主"，这与我们的真实经验和观察实在差别太大，朗西埃在中国同济大学还好意思扬言"现在世界上只有那么一种民主！"并且这一与自由市场和个人自由相连接的民主还遭到了质疑，我们居然不知道我们已经在奢侈地质疑一种我们并未拥有的东西，但是朗西埃却肯定地说：不，你们已经拥有了这一来自西方国家的形式民主，这种民主背后的"自由市场统治越来越钳制了人民的集体力量"！我的上帝啊，我不会听错吧，他还在说"我们的集体力量"（如果我们就是人民的话）！

一九六八年的法国和一九六六年的中国曾经有过一点点"形式相似"，却丝毫没有"真正相似"过——一九六八年的法国学生运动不是为法国总统或天主教大主教所悍然发动，一九六六年的中国红卫兵则听从"中央文革小组"秘密指挥而不是被一批学院教授公开鼓动，这就是两者体制最根本的不同。四十五年过去了，朗西埃要么还是将昨天红色中国误认为昔日红色法国，要么居心叵测地故意混淆今天这两个国家曾经在"争取人的解放"意义上的"形式相似"，我认为无论是误认或是混淆都不可接受——朗西埃为什么不与时俱进地谈谈发生在今天的"形式民主的自由市场"和"真正民主的自由市场"的根本差别？如果"形式民主的自由市场"主导者是资本家阶级，那么"真正民主的自由市场"主导者就不仅没有人民的影子也没有实质上的资本家阶级恐怕只有国家官僚阶级了——形式上的极左派往往同时是骨子里的极右派，这样的韬晦人物在法国历史上并不少见。朗西埃当然成不了迈斯特，朗西埃不过是将信将疑地、暧昧地、歪曲性地空谈卢梭的人民主权论，这一主权论不过是煽情的政治浪漫主义，它的政治最高理想是占领剧场进行言辞表演（卢梭不过反对剧院的道德堕落罢了，是罗伯斯庇尔为卢梭佩带了沾血的利剑）而不是议会中的辩论、谈判、协商和妥协；可能是为了暗中模仿卢梭，不然朗西埃对占领公共空间的特殊喜好是难以理解的，这一占领既不是通过武力，比如一八七一年巴黎公社的街垒，也不是通过学生的身体，比如梦幻般的一九六八年的巴黎院校——朗西埃口口声声马克思主义，却闭口不谈马克思的剥夺剥夺者，不谈马克思的批判的武器不能代替武器的批判。朗西埃既然没有勇气重复马克思"失去的只是锁链，得到的将是整个世界"的革

158

命号召，你朗西埃就没有资格嘲讽只有马克思敢于嘲讽的一切合法地在自由主义市场经济制度下谋求的改良与变革，包括提出改良性方案或替代性方案——所有这些都需要通过一系列繁杂的、技术性的、专业化的甚至十分平庸的近乎讨价还价的琐碎程序来完成——你对自由市场的批判不仅无效，在实践中也根本不可能被采纳，因为你们的所谓全民性的真正民主只存在于你们的无知与想象当中。

与你们的断言相反，政治民主和政治自由必须与经济自由相连接，没有经济自由的保证，一切政治民主与政治自由都将无从谈起。你们竭力反对的那个资本主义制度，恰恰是你们得以自由地批评它的制度保证，一旦你们所梦想的消灭了自由市场同时当然也消灭了私有制的集体乌托邦真的实现，你们最引以为自豪的批判天才不仅将归于无用，而且你们的一切异端思想也将永不见天日——奇怪的是，这样的悲喜剧曾经在世界上发生过，而且是大面积长时段地不断发生；你们，或者你们的老师，其中有些人还闭着眼睛为之讴歌，请记住，你们或者你们的老师，居然在你们赖以为生的、很不名誉的自由主义市场中，用屁股对着发生在异国的人道灾难与耸人听闻的日常事实，却仰着脑袋在虚构另一个子虚乌有的可能性，可能性就是你们用来反对真实性的一面幌子。你们用一个不曾存在的理想集体世界衡量现实世界，你们非但不必为实现那个理想集体世界所付出的流血代价买单，反而忘恩负义地将你们所寄生的、平庸的与斤斤计较的将个人利益和个人权利放在首位的世界说得一无是处，但是如果你们不生活在那里或根本无法在那里体面地生活，我们又怎么能够认识你们这些来自卑鄙虚伪的资本主义国家的先天下人之忧而忧的知识分子大人物，你们的莫须有名声，不就是你们所厌恶的自由市场送给你们的远低于你自以为的实际价值的一份微薄回报。假如你们中的任何一位有幸成为集体乌托邦的一员，因为消灭了私有制取缔了所谓的私人知识产权，你的写作即便出版了将不被署名，甚至你连写作的可能性都要被彻底剥夺，除非你愿意为真理服务而你的名姓将成为真理部的一个编码，就像乔治·奥威尔在《1984》所描绘的那样。为什么不呢，按照辩证法，有乌托邦就必有反乌托邦，朗西埃完全可能会有另一种可能性，在真正民主的集体社会中他是否会荣幸地被编为某个宣传系统中的神秘号码，这就要看他的运气了。

反正世界都是错的，只有朗西埃才是对的……很奇怪，为什么他总是对的呢，他什么时候为我们证明过他的正确？朗西埃，还有朗西埃的那些西方学院新左派同事，他们那种平等乌托邦主义的夸夸其谈、那种"理论中的阶级斗争"以及义愤填膺的文字游戏，其正确性从未被实践证明过。他们似乎并不懂得或拒绝懂得这个世界是由各种不同的人通过众多巨大、复杂而偶然的社会过程才共同地将这个世界变成今天那个样子的，世界从来不是由一个完善的计划所造就。因此，这样的一个世界注定了永远是有缺陷的，因为人总是有缺陷的和会犯错误的，而在人所有缺陷和所有犯下的错误中，最大的缺陷和最大的错误莫过于人相信自己能够达到完善和完美，并且将这一旨在建立完善与完美之乌托邦平等社会的计划纳入他们所主导的、不可抗拒的和无人得以幸免的社会行动。人类共同生活的前提是建立彼此能够共同生活的基本原则，而绝不是由一小撮自以为通晓了所有必然知识和获悉了未来发展秘密规律的哲学家为这一个由各种各样有不同意志、偏好与缺陷的人组成的共同体制订一份无所不包的宏大计划。

朗西埃讲演中多处提及的"资本主义"一词显然被他烙上了不可洗刷的原罪印痕，似乎无人能为其进行辩护，但朗西埃自以为他已经理解的资本主义与我所理解的资本主义毫无关联。历史表明资本主义是政治自由的必要条件，虽然这不是一个充分的条件。经济安排对权力集中或分散权力具有重要影响，作为获得政治自由的手段之一，就必须提供经济自由的组织即竞争性的资本主义，历史上它的出现明显促进了政治自由，其秘密即在于：竞争性的自由市场资本主义能把经济权力和政治权力分开，从而使一种权力抵消掉另一种——这是一个可以反复观察到的历史现象和现实状况，除非朗西埃先生能够提出完全相反的例证。

然而这并不能阻挡朗西埃继续不屈不挠地批判资本主义的坚定步伐，因为确实，资本主义既不是自由与民主的充分条件，更不是人类能够想象的最完美图景。资本主义的缺陷就是人的缺陷，所以很容易解释朗西埃为什么总是能够抓住资本主义的问题，因为资本主义自由市场的制度安排就是按照人的人性弱点以及人类行为逻辑设计的——等价交换，追求卓越——前者使一切公平交换和贸易得以正常确立与运行，后者使一切勤奋与创新得以源源不断。不过，人性无所谓善与恶，人性兼有善恶，等价交换的反面是斤斤计较，追求卓越的反面是欲壑难填。十八世纪以来的浪漫主义诗人最不喜欢的不就是平庸市民的斤斤计较与资本家的贪得无厌，对近代市民社会和资产阶级的辛辣批判不正是从浪漫主义诗人开始的吗？

莫非朗西埃教授的前世是一个十八世纪末的德国浪漫主义者，随心所欲信手拈来是这一特殊浪漫主义者的惯习，任意抹煞政治与诗歌的界限，主张哲学可以对经济学越俎代庖，主张文学想象可以恣肆描述世界并且还有可能改变世界。难怪朗西埃在这个所谓的"民主就在今天搞"讲演后回答提问者关于"如何看待马克思'以往哲学家的任务是解释世界，现在的问题则在于改变世界'这一重要思想"时，会不假思索地辩解说"解释世界就是改变世界"（不免有点轻薄）。朗西埃喜欢把马克思主义作为一面幌子（不再是一面旗帜），他无意将马克思主义看作是政治实践的武器，而只不过是他个人在学院舞台上进行"言辞表演"时必备的"堂吉诃德斗篷"。朗西埃的言辞表演不具有现实颠覆性，考虑到这一点朗西埃在中国学院特别是艺术院校的巡回讲演备受欢迎就不难理解了——他的对民主的解释与"民主今天如何搞"的解释通通不是直接政治的而是艺术的，朗西埃的"解释"可能"改变"了一些天真的中国学生们甚至包括某些对他盲目崇拜的中国教授们有关政治与艺术的混乱观念，并且使他们那些本来就很混乱的观念变得更加混乱。如果说呈现在头脑里的观念世界可以等同于现实世界（按照马克思的定义这只不过是一个被倒置了的世界），那么朗西埃的"解释世界"或许就真的可以解读为"改变世界"了。

即便朗西埃完全有权利有理据修正马克思的重要思想，针锋相对地认为"解释世界就是改变世界"，那么我们这些或许同样很认真很好奇的"唯物主义者"就会忍不住请教：你朗西埃对这个世界又发表过哪些惊世骇俗的解释，它们在何时、何地、以何种形式与何种程度改变了世界，哪怕只是改变了这个悲惨世界的一个小小角落？纵观你的讲演，我看不出你可能有过任何惊世骇俗的言论，也看不出你具备这种惊世骇俗的潜能，你的才能与胆魄同你貌似十分崇拜的马克思相差十万八千里，只有马克思才惊世骇俗。如果仅仅满足于做一个浪漫派诗人，马克思就不会走上他那条艰险的批判与武器批判之路，那我们还不如去读天才的诺瓦利斯，"世界成为了梦想，梦想变成了世界，而且人们相信这一切已经发生……"多么迷人的诗句啊，然而诺瓦利斯从来不谈政治，也从来不认为他的诗句能够解释世界，更遑论改变世界！

当代批判理论所标榜的重大主题仍然是"人类解放"，无论着力于今天的解释或是未来的改变，据说都是为了这一伟大的未竟事业。不过，人类解放能否指望通过反讽式的言辞表演而获成功，显然是一个具有自我反讽意味的谵妄计划。作为政治批判的浪漫反讽不再有效，尤其当这一反讽常常不甘于仅限于诗学领域之内的大展宏图，尝试着离开主观性，却依然主观性当头地纵论客观世界时所表现出来的那种缺乏勇气与正视世界复杂经验的能力，事实上这一早过时的十九世纪浪漫主义的世界政治想象已经倒塌了。对这一切，也许朗西埃心里是明白的，所谓"人类解放"，所谓"真正的民主,"用一句古代中国智者的话来自我勉励，叫作"知其不可为而为之"；所谓巡回演讲形同表演，所谓言辞改变不了世界，则可用另一句中国成语来自我安慰，叫作"不了了之"。

朗西埃一边把哲学的任务从马克思的"改变世界"回撤到传统哲学的"解释世界"（其实只是倒退到了德国浪漫派的"抨击世界"），一边把他对"真正的民主"与"人民"这两个概念的理解回撤到了浪漫主义的卢梭（其实更接近于普鲁东的憎恨与巴枯宁的无政府主义）。前者，我们不妨借用诺瓦利斯的同代人施勒格尔的一段话形容，朗西埃和他的以"人类解放"为最终服务目标的学院同事，对他们而言"作为目的的存在仅仅是一种表象，它是生成，或抗争的边缘，只要抗争达到目的，这一目的就无影无踪，一个新的目的又再出现……"这是想象性的诗学或美学的永恒动力，而不是实践性的政治的永恒动力；政治的动力与目的并非是在"恶与善"之间进行绝然对立的唯一生死抉择，而是在"争取更好，或避免更坏"之间进行具有非必然性的选项抉择。

至于后者，有关所谓"真正的民主"，让我们立刻想起杜勃罗留波夫的"真正的黎明何时到来"，正如杜勃罗留波夫没有定义什么是真正的黎明却描绘了黎明前的黑暗，朗西埃也没有定义什么是真正的民主却描绘了形式民主的黑暗。不过与一百多年前充满憎恨激情的法国人普鲁东相比，朗西埃对形式民主的黑暗描绘实在太苍白太缺乏力量了，让我们听听普鲁东怎么说，"整个传统都没用了，所有的信仰都被消灭了，新的程序还没有被创造出来，还没有出现在大众的意识中，对此我称之为解体。这是一个社会最为残酷恶劣的时刻，所有的东西都结合起来一起折磨人类，良心被践踏、平庸之物甚嚣尘上、真假混淆、出卖原则、激情被贬低、道德风俗衰败、真理被压制、谎言受到鼓励……我很少抱有幻想，我也不期待明天看到在我们国家一下子产生出自由、对权利的尊重、公众的忠诚、坦率的意见、报纸的良好信誉、政府的道德性、资产阶级的理性以及大众的良好常识。我们还看不到新时代的产物，我们在黑夜里作战，我们应该承担起建立这种不再悲惨的生活的责任。让我们相互帮助，让我们利用每一个出现的机会在阴暗中呼唤正义……"

斗转星移，差不多都两百年过去了，今天的世界黑暗也已经完全不同于当年的黑暗世界，所以朗西埃的批判不仅远不如普鲁东那样悲愤，反而有那么一点点儿犹豫、不确定和俏皮劲头儿。我们注意到，朗西埃在否定资本主义自由市场的时候绝不会忘记顺手加上一个不敢肯定的词"似乎"，在贬低西方式民主时又常常拗口地加上一个不太引人注意的借用他人的注解或频繁使用模糊政治语汇，譬如"自由市场的统治'似乎'越来越钳制了'人民'的集体力量"，这个"似乎"究竟意味着什么？什么又是"人民"？再譬如，"民主的自由选择遭到谴责，'被认为'是对好的治理构成了威胁，甚至还会破坏人与人之间的'一般关系'。"遭到"谁谴责"？"被谁认为"？为什么不干脆说你朗西埃认为？因为你这样认为你就要提出理由，声称"被认为"就不需要你来证明；什么叫作"破坏人与人的一般关系"？谩骂一个具体的资本家可能会涉嫌侵犯个人名誉，攻击抽象的资本家阶级最多就是攻击"资产阶级一般"，所以"破坏人与人的一般关系"并不是实际上的民事侵权破坏而是文学性的抽象破坏，你朗西埃的这些所谓的批判也因为它的无指向性而佯装成了一种徒有其表的批判的游戏。

但是既然是在谈民主，还扬言是在谈今天的民主，而且主张民主就在今天搞，朗西埃在粗糙、简化和谬误丛生地评价了所谓

"五十年以来的世界民主从两种变为一种"的进程之后，就不得不从历史转向了现实。他提出了两个概念，一个是作为"民主就在今天搞"的历史新主体，即被"自由市场背后的资本家阶级钳制"了的人民集体，朗西埃称他们为"无名的人民"，"没有份也要有份的人"，同时还借用了托尼·内格里的"认知工人"，这三种称呼可以分别对应勒庞的"乌合之众"、政府救济的"贫困者或失业者"以及文化研究者所谓的"白领阶级"；另一个概念则是所谓的民主政治新空间，人民是历史主人也是历史舞台上的演员，民主是人民的盛大节日；为了真正的民主他们必须拥有历史空间与舞台空间，朗西埃给人民指出了他们的这一"政治／艺术"的双重空间就在全世界的城市中，就是那些通过集体占领将平时的空间转化为"与国家所结构的空间相对立"的公共空间——朗西埃把抗议者冲到大街上，日日夜夜待在那里的行为高度浪漫化了，他表彰一群人待在一起就是一个"共同体"，还将这一注定不会持久的"共同体占领"描述为"颠覆某个地点的日常使用"。朗西埃不加区别地将阿拉伯之春、西班牙愤怒者运动、突尼斯驱赶总统与美国的占领华尔街运动混为一谈，不屑于分析这些国家的不同历史、不同的社会矛盾与冲突、不同的偶然事件和不同民众的具体诉求，他看到的只是一群人，而且是持续地有一群人持续地占领了一个公共空间，这个空间和所谓的"国家所结构的空间"相对立，兴高采烈的朗西埃想起了法国学生在一九六八年的占领往事，他似乎完全忘记了还有一九六六年的中国红卫兵与天安门广场的真正民主集会乃至现代中国一九一九年的"五四运动"也发生在这个可歌可泣的广场；被朗西埃高度褒扬的华尔街抗议者口号"我们是99％"的原创根本就不属于美国，而在华尔街的抗议者中一度非常流行地写着"米尔顿·弗里德曼：全球痛苦的傲慢之父"的T恤，也把攻击的目标弄错了——美国左翼阵营一直试图将弗里德曼及其自由贸易、低税收和放松监管与二〇〇八年的全球金融危机联系在一起，经济学家斯蒂格利茨指责以弗里德曼为首的芝加哥学派，为资本主义自由市场提供了一个看似合理的理论基础，认为市场能够自我调节，政府最好无为而治。但是引起次贷危机的原因事实上正好相反，弗里德曼反对二十一世纪头十年美国政府大肆扩张的凯恩斯主义财政政策，他厌恶住房抵押贷款公司房利美和房地美恰恰因为它们都是政府的影子企业。

次贷危机不是资本主义在根本上不可克服的问题，更不是通过人民的集体占领行动就能获得解决的问题。当然人民拥有自由表达异议甚至抗议的天赋权利，无论这个人民是无名者还是什么都没有份的人，是认知工人还是学院教授——不过人民在行使这一天赋权利之前必须先获得这一法律确定之权利，你朗西埃不看时间、地点和对象，心血来潮想搞民主就搞民主，照样会吃不了兜着走。西方学院左派一向不愿意与经济学家为伍，他们耻于听取经济学家的观点，更不屑于了解经济学家们的实践经验，这种莫名其妙的傲慢毁灭了他们对真实世界的认知，他们似乎一点都不知道或者假装不知道这一百多年来的经济学家们对世界的重大贡献，而在这份名单上就有多位重要人物会令志大才疏的左翼学院达人十足难堪，如果还不至于是憎恨的话。

基于朗西埃对政治的浪漫化理解和对经济学的偏见与无知，我愿意指出，既然朗西埃的志向其实并不在真正的政治行动，那么他的活动范围应该被限制在当代艺术领域，因为在当今世界，只有当代艺术和当代批判理论才堪称一对当代文化中的孪生兄弟，或者当代艺术与当代批判理论可以互为"对趾人"。既然朗西埃可以将解释世界与改变世界混为一谈，他当然就顺理成章地把口头民主与民主行动混为一谈。我至今认为马克思的逻辑力量无人可以企及，批判的武器不能代替武器的批判是一条颠扑不灭的真理，不过在今天这个至少可以"艺术就在今天搞"的中国，朗西埃讲演给我的启发则是——批判的游戏可以代替游戏的批判，"批判的游戏"即当代批判理论，"游戏的批判"当然就是指当代艺术了。一个是另一个的影子，一个是另一个的对趾人。

二〇一三年

隐藏的肖像

—— 当代文学三十年批判论纲

一

　　仅仅三十几年，刚刚逝去不久的历史似乎就像陈旧的剧院幕布已经模糊不清。人们失去了一些东西（创伤、记忆、激情和理想主义），人们也获得了另一些补偿（物质、债务、欲望和虚无主义）；新的期待与无所期待，新的梦想与旧的梦魇，传统复活或幻想传统可以复活，死人纠缠活人乃至活人冒充死人——辩证法的幽灵归来了，既高唱"同一个世界同一个梦想"却又拒绝承认同一个世界可以存在同一个普世人类价值观，因为现实毕竟冷酷梦想毕竟是梦想；马克思的幽灵归来了，意识是现实的反映，观念不过是移植到人的脑子里被改造过了的物质东西而已，一切占统治地位的思想都是统治阶级的思想；弗洛伊德的幽灵归来了，精神焦虑、压抑与恐惧不过是现实剧变和备受打击的内在化表征；诺查丹玛斯的幽灵归来了，悲观的末世情怀并未随着二十一世纪的如期降临而黯然消退，相反，末日魔咒以一种逆行方式向未来延长它的有效期；形形色色的浪漫诗人与批判理论的幽灵归来了，普遍的人心惶惶与普遍的幸福感究竟哪一个才是这个时代的普遍心理征候，也许假象就是真相极乐就是绝望伟大的工程师恰恰就是最后的掘墓人；荒诞戏剧的幽灵归来了，迫在眉睫的危机感、各式谣言与宫闱秘闻从来没有这样被人们大规模地遍地传诵，而且是带着幸灾乐祸的微笑在彼此传诵……历史的幽灵归来了，它不是以被忠实于真实的记忆形式归来，而是以被遗忘的形式，以记忆残痕的形式，甚至是以刻意忘记和精心伪造的形式——其实这样的历史幽灵，在人们的周围早已徘徊了许多年。

二

由于上述诸项被文学隐喻化了的原因，还有某些其他无法命名难以命名的原因，我们必须承认我们目前无法看清中国历史，所以也不应对此抱有过高希望，但我们还是明知不可为而为之，而不愿意不了了之；记忆必须战胜遗忘，理想必须战胜虚无，不过我们只能根据各自秉持的不同视角、理解形式、所受到的知识影响和个人经验以及价值选择来观察中国历史，尤其是中国当代文学史——这一记录了人的历程、记忆、想象与歧义的主体历史领域，它绝不能简单地通过一系列大小事件、作家命运与他们的代表作品之简单排列来加以理解。这一次，出于我们的特殊需要，三十多年来的中国当代文学史不得不被删削了大量枝蔓，放置在具有涵盖性的有关"人的象征处境"之下，我们企图完成的任务是：对那个上个世纪八十年代以降的三十年，即当代文学中"人的处境之变迁"从深渊里缓慢上升，然后又如何重新跌落的过程进行再描述；而八十年代，则是我们给自己设置的一个梦幻般的零点，现在让我们折返回去。

三

我将以一种政治叙述作为开端来描述并且定义八十年代文学，

尽管就编年史的精确性而言，七十年代末是八十年代的前奏和序幕（那曾是一段令人不敢相信其真实性的梦幻般的历史，它充满戏剧性和偶然性，那种天崩地裂式的剧烈变动几乎不可能发生）。此前的中国文革文学是赤裸裸政治的，是鼓吹暴力美学和贫困乌托邦的；虽然从这样被继承下来的既有文学内部发展、分裂与蜕变出来的所谓"新时期文学"也依然毫无疑义地是依附于政治的（表现为变幻莫测的文艺政策），至少在文学表达的自身解放方面（当然很有限）具有扩大了的参与政治的意义，而不再是一种被彻底垄断的作为权力意识形态的政治工具，随着时间的推移，这一参与被越来越多的其他人所分享。

四

文学解放的背后是人的解放。"思想解放"的背景是对文革的彻底否定，是大规模改正"冤、假、错"案，是落实政策平反昭雪补发工资恢复名誉。思想解放不止是承诺把头脑从教条中解放出来得以自由表达，也是承诺将人的身体从囹圄中解放出来重获自由，即"人的归来"。人的此岸性取代了彼岸性，当时中国作家普遍误读了马克思的《1844年巴黎手稿》与《费尔巴哈论纲》，他们的彼岸不是天国而是"五七干校"、北大荒和劳改营，他们的此岸也不是倒置的天国只不过是他们本来就居住的城市乡镇以及他们本来就拥有的职业、权利、名誉和起码的生活条件。活人抓住了幽灵，一个要回家的幽灵，一个人道主义的幽灵在中国上空游荡，活人的此岸性之最大愿望仅仅表现为要求恢复原初的生存状况，如果还远远不能算是改善与赔偿的话。梦幻般的回归旅程开始了，流放者归来了，知青归来了，无数的"我"归来了，艾青写了《归来》王蒙写了《夜的眼》北岛带着《我不相信》顾城带着《一代人》归来了——但是他们作品中的"我"之指代，却已经隐藏着一种行将到来的分离，或作为民族代言人与诗言志的所谓"大我"，或作为叙事主体的"自我"或"个人"——纵然蒙受来自阵营内部的打击清洗历尽苦难，艾青那代诗人包括臧克家们甚至公刘们归来后依然强调集体与民族的价值远高于个人之上，而"我"依然不过是号角式的复数主体；他们不赞成在此后不久的朦胧诗所流露出来的新的美学倾向，这一倾向不仅在阅读接受上是脱离大众的，也是个人主义的。当然朦胧诗事件不可能涵盖当年所有的文学事例，显而易见的是，在"人的归来"的初期文学浪潮中，"一个人的遭遇"式的既往悲情故事被充分倾诉，主人公伤痕累累九死一生，然后，光明降临冤屈获得申诉幸存者得以回家。然而很不幸，当时的主流共识仍然试图证明：任何一个人首先作为国家和集体的一分子，因为实现未来无阶级社会理想和必要的斗争而被错误对待、整肃、清洗与驱逐，都是为了整体利益；最后错误既已纠正，"这个人"重新回到人民的队伍里来，"他"首先要做的第一件事应该是感谢而不是无穷无尽的发泄怨恨乃至对某种非人处境从根本制度上产生怀疑。

五

在八十年代初期文学作品中流露、强调个人主义（个人主义至今在中国仍然是一个政治不正确的贬义词，权力崇拜和个人迷信主义却照样大行其道）的并不是那些"痛定思痛"的归来者，倒是一些来自社会边缘身份卑微的写作游离分子，他们没有显赫的前朝名声和光荣的泣血历史，他们是无权者而不是重握权柄的"复出者"。与重握权柄的归来者不同，无权者不仅无法代表任何集体，而且根本保护不了自己；无权者是一个个分散的单体，无权者的个人主义无非就是"争取和拿回"个人权利。在文革时期并再往前追溯，无权者大范围的被剥夺被伤害被蔑视，都是以一个个不可替代的渺小个人主体来承担的，至于那个与具体个人相对立的先验集体，却总是扮演了一个不可逾越、无所不在和带有恫吓性的幽灵。

六

所有的整体或全体，都必须合法地还原为个体；所有对社会整体的解释，只有追溯到个体意愿和个体行动才是终极解释；所有所谓的社会整体规律，都可以从个体行动法则或个体意愿的命题中推导出来。八十年代中前期，"文学中的个人主义"以乔装改扮的面目出现我们的视野中，当然还是以一种（或多种）浪潮和群体（或被描述为群体）形态出现的：先锋派（残雪、刘索拉、余华、孙甘露）与寻根派（韩少功、贾平凹、李杭育），英雄（张承志）与反英雄（徐星、洪峰），叙述者（马原）与口述者（张辛欣）以及难以归类的汪曾祺、莫言、阿城、史铁生……他们大异其趣的个人形象隐藏在作品背后，隐藏在故事人物、象征和叙事者背后，他们的个人主义不是作为一种政治哲学主张，而是作为一种文学实践的直接达成；他们的写作指向更为广阔和深邃，在他们作品内部我们发现了一个并没有被极权时代完全耗尽的记忆、想象力和经验的世界，这个至今还未被完全解密的世界依然带着人性的肮脏、幽暗、麻木、变态、血腥、神秘、混乱、荒谬、奴性、疾病、仇恨、迷信，以及——永不停息的思考、永不磨灭的灵性与永不放弃的生命之爱。其中，曾被当时的批评舆论严重误读的中国式现代派，除去表面的时髦形式与怪诞之癖，现代叙述改变了思维扩充了阅读容量及激发了新的感受力，而将欧美个人主义主观主义颠倒为针对中国状况的揭露现实主义之工具，则大大释放了旧有批判现实主义的内在化潜能。

七

那是一个曾经有所期待的文学时代，对文学有期待就是对人有期待。噩梦已去，幸存者归位者弹冠相庆，新格局旧秩序尚未建立，的确存在过一个短暂的政治与文学的蜜月期，几乎所有的写作者都有一种梦幻般的归来感。差异暂时还隐藏着，作家只要以个人名义归来，他的差异性必然要顽强地呈现于外。政治逻辑与政治决断与文学家的善良愿望和天真想象完全不同，除非政治本身具有远为惊人的文学想象。作家的个人秉性千奇百怪，他们是最难以团结的一帮，他们不可能理解政治，他们不是政治的人。于是，"人的归来"，慢慢就分化为政治人的归来，还有文学人的归来。文学是人学，政治也是人学，而且是更人性的人学。当代文学卷帙浩繁，一大堆被记录在案并已公开发表的文学现象不足以自动叙述它自己的真实处境。一定还有大量未发表的被删除的被封存的被遗忘的文字，众所周知的禁区、证据不足的影射、字里行间的暗示，一定还有无数笔记、手稿、私人通信、被录音的谈话尚未公开。文学不保密，文学终归要告白，它们什么时候重见天日，没有人可以阻止它。

八

期待，承诺，撤销，反复，朝令夕改；再承诺，拉锯，悼念，诉求，狂欢，寂静，政治比文学更文学。共识终于破裂，达摩克利斯剑掉下，不再需要争论了，太不可能太不可思议，太陌生也太熟悉。必须接受这个现实，这就是唯一现实，现实就是合理的，合理变为现实则需要等待。黑格尔还说历史总是要出现两次，打懵了，迷惑了，震惊了，休克，静默，鸦雀无声。充满文学梦幻意味的八十年代急遽谢幕，对当时的作家们而言，他们面临的问题不仅仅是如何应付突然后撤的语言表达，而是另一个尖锐的选择，即对"从此以后的人"，对他们的真实处境必须做出新描述，尽管有许多作家将一头扎入历史故纸堆，在那里寻找他们未来虚构中的现实对应物。

九

很快，异常活跃的新人群打破寂静，在九十年代初的文学中出现了，作为对不许思考不再思考的反讽与报复，他们鄙视知识分子和正人君子，物质人代替了缺位的理念人，欲望填补了希望的空白。这个吵吵闹闹的人群迅速蔓延，他们乌压压走进了现实走进了电影院走进了电视连续剧走进了春节联欢晚会。九十年代的中国式乌合之众的主要特征之一是绝不参与公共事务，日常生活就是他们藏身的特洛伊木马。他们不再是单个人，他们属于一种可以轻易拷贝的"新大众"，不思考却有彼此雷同的价值观，他们自以为是傲慢低卑油嘴滑舌滔滔不绝，他们一开始是知足的，但只要稍有可能，他们就会立刻变得贪得无厌了。这一"新大众"人群出现的背景可以帮助我们理解九十年代初所弥漫的普遍情绪，思想引退欲望凸显，放弃集体诉求回到私人生活，这真是一个绝妙的讽刺——集体永远不可能被某些个人所代表所利用，谁是神圣的集体代表者早已钦定，思想交予国家，身体属于自己。

十

欲望当然不是一个贬义词。欲望是真理，欲望加上没有限制的权力滥用更是真理，此类可怕的真理往往由一些异类予以无情揭破而且在黑暗之中。当初刘宾雁走出苦难不知感激非要披露不可披露之物，企图证明自己的"第二种忠诚"，盖因他的出发点与他所欲反对的对象之政治伦理如出一辙，以其人之道还治其人之身，所以他必然落荒而败；唯有王朔玩世不恭的惊人之语"我是流氓我怕谁"才揭开了二十世纪末中国文化的华丽帷幕，预言了无道德无忌惮的欲望行动将在未来大行其道。王朔一语成谶"玩世不恭"终于成为主流，而前述王朔名句则为"彻底的唯物主义者是无所畏惧的"给出了新的解读和定义。欲望主题还以现代史暴力革命视角、动物性解剖或浮世绘维度被深入探讨（其中稍早的有刘恒《伏羲伏羲》，九十年代后余华《活着》、格非《欲望的旗帜》、贾平凹《废都》），其实有关"人的沉沦"的主题表达一直有先行者与勘探者，不过想在如此有限的篇幅中勾画出这样一个庞大的时代肖像走廊，作出关于人的处境之当代文学三十年历史演化的描述，肯定是一件充满风险且几乎不可能完成的任务，再说又有谁会仔细阅读那些语境已今非昔比的时代肖像之罗列之分析——八十年代的人道主义启蒙是半途夭折的，九十年代打开了欲望潘多拉盒子却把理性与真实挡在门外。不是没有人对这一时代的普遍堕落产生深切的忧虑，但这种忧虑不仅无法阻挡大面积的"人的沉沦"，还会将造成这一趋势的原因作出错误的解释。非常不幸的是这样的事情果然发生了，甚至还以历史文献的形式被后来者经常提起。一场反庸俗的文字战斗，一场无效的战斗，讨论一个漏洞百出的中国市场资本主义，讨论一个不配套的中国特色资本主义，将一切问题和罪恶统统归咎于资本主义——这唯一的现代性撒旦。但是，资本主义不是一个人格主体，它对一切愤懑的批判从来不做回答，因此，辩论凯旋了，资本主义失败了。二十年过去，辩论依然在情绪激昂地进行，资本主义依然树立在文化批判的靶场，批判者需要资本主义，仅仅因为他们需要批判的靶场。

十一

还是让我们暂时撇开资本主义吧！如果真的像马克思所说，越来越集中于少数人的资本造成了大多数的无产者，那么，这里许许多多无权者的产生，是否也源于权力越来越集中于少数人？不，这样的幼稚猜想并不适合我，我的主题是"人的沉沦"，它不追寻原因，它只观察。它观察到，用一种糟糕的语言去批评一种糟糕的现实是不应该的，因为我们能够分辨什么是糟糕；仅仅表达对缺失信仰的不满，自己却没有呈现有关信仰的启示与宗教热忱也是不应该的，因为无神论者不适合鼓励别人做弥撒。它还观察到，千禧年以来，通过文学描写和各种跨文学描写，"人的沉沦"不仅已是关系到一切阶层和所有众人的隐藏状态，而且已成为赤裸裸的状态；这一状态关系到每一个人，无论有产者还是无产者，有权者或者无权者，他们都在沉沦之中；不再有胜利与失败，不再有抵抗或妥协；沉沦作为消极抵抗，作为同流合污，作为失败者的自暴自弃，作为胜利者的最后晚宴，沉沦与奢华同在与衰败同在与腐烂同在——沉沦者们好像全是局外人，他们围成一圈观望这一现实的最后瓦解，然后等待它的再一次重建。

二〇一二年

评论与作家

《小鲍庄》的形式与涵义
——答友人问

关于形式

问：你认为王安忆的小说《小鲍庄》体现了一种客观主义，能不能阐释一下你所谓的客观主义意味着什么？是不是对个性的放弃，或者力图以不介入的态度来从事写作，把个人的印记减弱到最低限度？

答：《小鲍庄》对我难以抵挡的影响恐怕正来自这么一种超然风格——那不偏不倚的、冷峻而不动情的客观主义描述，在记叙农村平淡无奇的生活面貌和偶尔因劫难而引起的心理微澜方面，在刻画农民的忍耐力、亲善感、寡欲、个性压抑、麻木和健忘方面，以及在忠实地记载那些通过日常生活的缓慢流速而体现出来的文化潜意识方面，都取得了还其本来面目的效果。我认为这一效果首先源于它的客观主义立场，当然同时还源于它时松时紧的并置型结构，源于它知人识世的达观态度，源于它藏而不露的深厚的人道精神。

客观主义作为一种从个人的情绪偏爱和想当然习惯中逃脱出来、"中性"地投身到现实状况中的艺术态度，它往往能提供一幅较为全面的图画，把我们从简单择取生活某一片断、满足于加固原有见解的偏向里拯救出来，并且换一副眼光重新认识生活的原貌和涵义。当然，客观主义在克服了一己的狭隘，体现了某种博识、睿智和超脱的同时，也因为对生活持不介入立场，就在无意之间心安理得、无所作为地静观着这一存在，并不想施加什么影响。也许，这是出于对个人力量和文学效用功能的怀疑。不过，只要它能成功地揭示出生活的全貌，那么个人的力量和文学可能拥有的功能也正实实在在地包含在里面了。

不错，《小鲍庄》流露出一种城市人的眼光——尽管它隐匿得很深。惊讶被默默无语盖没，同情心被静观盖没。《小鲍庄》属于局外人。这个局外人虽然不介入"小鲍庄"的生存状态和生存方式，却把那种生存状态和生存方式原样呈现出来。显然，为追求客观就不应当卷入。这个局外人不淡漠、不骄矜。

问： 你刚才提到了"并置型结构"，能否具体地说明一下它的特点？它和《小鲍庄》又是一种什么关系？

答： 并置型结构可以用图表来说明，不过那太乏味。不妨想象一下雨水在窗玻璃上往下流淌的数十条蜿蜒的小溪流，并置型结构就是这么一幅图像。

对结构的悉心考虑，在《大刘庄》里就开始明显地呈示出来了。不同的是，那里的结构如同两块交替出现的图板，力图造成一种对比和间离。两块流动的图板顺势而下，一把人为的刀把它们分剖为两半。我觉得就结构来说，《大刘庄》人工痕迹过重，尽管它有它的用意所在。《小鲍庄》的并置型结构却迥然不同，它是由多种状态的共存形式出现的——它更贴近生活的原貌。有人认为《小鲍庄》的叙述把完整的事态打得更碎；而我却以为，事态本身从来是不完整的，恰恰是以往那种力求清晰的小说表述顺序把无秩序的生活现象根据一个意图而胶合起来。事实是，《小鲍庄》在这里的结构方式正符合生活本来的构成方式。

耐人寻味的是，《小鲍庄》并不因此而变作一堆散沙。使那些"片断"凝结起来的是贯穿于小说中的纪实风格和时间观念。在《小鲍庄》中，时间如同机梭，往返于几个彼此独立的单元，进而把它们串成一体。那种纪实风格，实际上正是客观主义的一个鲜明特征。它不但频频更换视角，把分散状的生活仍然按照分散状的原样依次描绘出来，而且也常常不动声色地深入了生活和人性的实质，让我们极为冷静地审视那里发生的一切。这种纪实，免除了大悲大恸大喜大忧，它穿过了我们易于动情的感受表层，撼动了平日一贯沉睡着的灵魂。

关于观念

问：那么，"知人识世的达观态度"和"深厚的人道精神"又如何协调起来的呢？依我所见，客观主义是会自然走向"达观"的，因为它不介入；可是"人道精神"却必然是介入的，这里你是否感到矛盾？

答：知人识世的达观态度除了因生活经验的增长外，还产生于人的不断自省。客观并不意味着绝对摒弃人的判断，而是说，它开始把出发点从原先的纯粹自我尽量移向他人。一般地说，知人识世的达观态度是和东方哲学相通的，对克服个人的焦躁和自负而言，这种态度犹如一服镇静剂。当然，我并不是说《小鲍庄》体现了一种消极的处世原则；正好相反，在《小鲍庄》表面的平静背后，不难发现渗透着人道精神。但由于它的整个陈述过于冷峻与宁和，以至我说这种人道精神是藏而不露的。我觉得这两者的确有点儿矛盾，不过这个深刻的矛盾是可以共存于一部小说之中的。

从非小说的意义来看，《小鲍庄》可以归入平民精神的行列。它虽然以城市人的局外立场来讲说农民的命运，却一点没有悲天悯人的自高姿态。它平实、质朴，无意间体现了很高的悟性。它有感于农民的悲欢以及对悲欢的健忘，有感于农民的宿命感以及对宿命的认可，有感于农民的愚昧以及对愚昧的不自知，有感于农民的亲善和睦以及对亲善和睦的不自觉。这一系列感悟，若无人道精神的灌注，便难以在小说中从容自如地表达出来。

问：今年以来的小说创作发生了极大的变化，在这股新的潮流中，你认为《小鲍庄》处于一个什么位置上？另外，就小说观念的更新来说，《小鲍庄》提供了什么新经验？

答：我觉得今年以来的小说更加分化，在客观主义这一流向上，《小鲍庄》的位置是显要的。另外，对小说结构的关注，《小鲍庄》也提供了一种可能性；而且阅读经验进一步把这种可能转化成现实——换句话说，打断叙述连贯性的结构体例一开始是反规范的，但随着《小鲍庄》的被承认，这一体例就会上升为规范，这一点现在就可以确认了。

有人不无道理地从《小鲍庄》推想到某些外国小说，如加西亚·马尔克斯的《百年孤独》等等。但我个人并不十分看重这种纯粹知识性的横向比较。我不否认《小鲍庄》可能间接地受了一些外国小说的影响，但哪一个现代作家不经常读非本国的文学作品，又固执地拒绝它们的影响呢？因此，就国内小说创作而言，《小鲍庄》仍然是独步的。

关于小说观念的更新，确实应当由实践来提出。《小鲍庄》从一个方面的实践拓展了这一更新——首先是结构。《小鲍庄》突出了结构在小说中的地位，情节屈居其次。这种小说构思其实出于对生活的重新解释：生活通常不是情节式地通过我们的眼睛，而是以散乱无序的形态、以结构的形态展示于我们面前的。

关于人物涵义

问：对《小鲍庄》的具体描述，你的印象如何？我感到这部小说隐隐约约地仍然有着情节，尽管交错的结构把情节线索部分地掩盖起来了。还有，这部小说写了十几个有名有姓的人物，对他们，你的印象又如何呢？

答：你说得不错，《小鲍庄》的情节线索若略为辨认，还是判然可知的；但我想指出的是，那些情节的"真相"并不重要。就像我们任何一个人，在判断世界上的某个事件时，仅仅握有极少量的情报和可靠信息，大半靠自己的经验、推测和其他辅助知识，进而把那些零乱的有关信息在大脑中修复成我们"确信为真"的事件全貌。《小鲍庄》有些类似上述的情况：它只提供一堆现象，至于现象和现象背后是否有关联、如何关联，那得诉诸我们每个人的经验、推测和想象。我认为，把这块洼地上几十户农民关联起来的，除了同为鲍姓的血缘因素，更为内在的乃是他们共有的生态以及共有的文化背景。当然，这个题目很大，一下子不易说明白，而且这也是当前许多乡村小说的母题。

我已经谈了一些理论性的问题，可能使你厌烦。是的，我再谈一些个人的感受。目前文学批评的感觉能力好像在削弱，这恰恰是我们领会和颖悟艺术精妙之处的障碍所在。恢复感觉能力，不让这种能力遭到知性术语的蚕食，这十分重要。

问：那么，你就说一下感受。比如，从那个"捞渣"——即鲍仁平——和鲍五爷说起。

答：这一老一小的特殊关系使我想了很久。可以有许多种解释，每一种解释都不无道理。那些采访者根据流行的行为模型来套取材料，但实际真相似乎远为复杂，遗憾的是人们太健忘。里面有神秘的东西。我说的神秘不是农村中的迷信（如认为"捞渣"是鲍五爷孙子的"替身"），而是人与人的心灵感应。这种感应有时不一定出于有意识的高尚动机。当然，"捞渣"体现了人之初的善良本性。他不是教育的结果，相反，他是教育的根据。这个小孩似乎生来就是行善的。我这样说好像有点玄乎，但我的感受正是如此。

"捞渣"的父亲鲍彦山是一个被贫瘠的土地束缚住视野、被艰辛的耕作压弯了腰和被一大堆孩子吮吸得麻木的农民。这个只会重复"就那样"的人，在坚韧的后面是愚昧，在默默劳动的背后是无所欲、无所求。我觉得任何人都无权对这样的农民说东道西。此外，要么设法去改善他们的处境，要么反省一下自己：我们抛弃了愚昧，但是否还坚韧？我们有所欲、有所求，但是否还在默默劳动？

问：对拾来这个人，你又怎样看？

答：拾来和他大姑，以及和后来遇上的二婶成婚，都有一种隐秘的性心理在起作用。拾来对性的初识和大姑的防范都是表面的，骨子里是亲母亲子的性意识。拾来的亲母意向后来在比他大十多岁的二婶身上获得舒解，他无意识里正是以大姑为原型来选择自己配偶的。二婶既是拾来的妻子，又是拾来的母亲和姐姐的替代者。拾来的安定感正来自于二婶的一身而兼三任。很显然，这种性的选择也有自己的麻烦：拾来在二婶母亲式的爱和管束中丧失了个人的独立性——这使我十分感慨。

问：我也有这种感觉，《小鲍庄》里有几个章节不过一段话，就是大姑耳边老是有一个货郎鼓在响……

答：的确是一种暗示，余音袅袅——当然这几段的重复呈现可能也出于结构匀称的考虑——我想说的是，《小鲍庄》有好几个地方自觉不自觉地触及了性意识，这实在是非常严肃的课题。比如那个鲍秉德和他的疯妻以及和续娶的麻脸媳妇，一前一后的对照，就会痛感农民的自我压抑有多深；而一旦解脱出来又怎样获得新生！鲍秉德在丧妻得妻之后偶尔也会念及那死了的疯女人，但一到天黑，他的沉睡多年的话匣又打开了，他意识到了自己的生命。我这么想，也许只是表明了一层涵义。我常常觉得，地域的狭仄、文化的封闭和经济的落后，以及人们心理上的自罪自责倾向，一同压制了正常的人性，并使人的性意识变得扭曲。鲍彦山带人用武力干涉二婶和拾来的私情，也从另一个方面体现了这一扭曲。

问：你觉得小翠和文化子、建设子之间的微妙关系写得如何？

答：这一组人物关系在我看来不是《小鲍庄》的出色之处，因为这种三角模式在不少小说里都能找到。此外，它仅仅是写出了一种"常态"，却没写出"异态"甚或"反态"。我觉得鲍秉德、疯妻和麻脸媳妇是异态关系，而拾来、大姑和二婶则是反态关系。对人性的深知而言，异态和反态能提供更多东西。当然，在这里常态是一个尺度，也就是说，我们希望恢复人性的常态，所以那些异态或反态的人性表现才格外撼动人心。

小说中还有一个叫鲍仁文的，这位想当作家的农村小伙子也许是唯一的渴望城市、名声和出人头地的人。遗憾的是那块洼地圈住了他，以致他的一些行动和心理就显得卑微和可笑。这块土地太不适合他生存了。

问：你能不能用几句概括的话来总结一下呢？

答：这个要求非常让我为难。我感到《小鲍庄》装不进任何一个抽象的盒子。艺术的形态是个过程，同样，对艺术涵义的阐释也是个过程。我一直试图把艺术本体分析和个人感受融汇起来，我知道这样做有不少难点。

《小鲍庄》引起我绵绵无尽的思索，大概一些同行亦有相似的感受。我除了思索它在形式上给予我新的视读经验，以重涩、沉实的叙述把一种相隔遥远的生活整个儿放在我的视野内之外，还一同为那些艰难地生活在"洼地"中的小鲍庄的人们而动情、而感叹。

一九八五年

爱的结局与出路

　　一个女人携带着她的男人在和环境作了无望的抵抗之后遁入了死亡之门；

　　一个女人和她的男人在一番沉溺于肉欲泥淖的苦苦挣扎后终于超然而出成为人母；

　　一个女人在期望、邂逅、保持一个男人幻影的过程中经受了心灵的分裂、再生与回归最后重为人妻。

　　这便是我依次读到的《荒山之恋》《小城之恋》和《锦绣谷之恋》各自的基本线索了。这三个女人在处理她们的性爱问题时产生了三种迥然不同的后果，而这三种后果其实告诉了同一个意思：自由性爱是注定没有完美结局的，对此人们只有发出深深的叹息，带着一种理解和敬畏以及忍耐精神去迎受它；任何自由选择和任意行为最终都不过标示出人在必然之前的渺小，仅仅在外表上获得一种独特性；就人在两性问题中所遇到的种种困扰和痛苦以及相应的抗拒行为而言，都不配有完美的结果。

　　这性爱三部曲是由《荒山之恋》拉开序幕的，擅爱调情游戏撩拨人心的金谷巷女子在经历了一场真正的男女情爱并把那个性格柔弱的小男人紧紧攥在手里领略了一种性爱主宰者的幸福感之后，以生命的断然终结使她的情爱得到永存——她和他双双殉情于荒山之冢，这催人泪下的尾声稍有点老式，尽管也注入了显而易见的同情与感慨。不过，在她和他敢于去死的瞬间，我发觉了他们的内心景观——勇气和怯懦并存，在承担起因自己选择的性爱对象而导致的人生责任时，她和他采取了逃避的方式，即弃绝生命，使他们的爱情不遭现实的毁坏。

可以把它看作是一个古老的故事，只是在现代又再演了一遍而已。我的兴趣并不仅仅在于这一故事包含有多少社会内容，因为在男女性爱的领域，所谓社会根源的查究都是局外人毫不动情的一种理智考察，对当事人来说，没有什么比他内心的感觉和被迫的抉择更真实更具体的了。

我想说，我发觉"她"在《荒山之恋》中首次以一个主动者的身份登场了。在加入这场爱情争夺战的过程里，她始终保持着主动性：她诱惑了他，真正地爱了他，后来又亲手带走了他。她是那么强烈地要把他攫为己有，什么都不顾惜。她把他作为证明自己的一个对象，生存的证明。她降生于世时，先天地带着羞辱；在她自愿去死时，也冒着被仍然活着的人羞辱的危险。所不同者，她来到世界时一无所有，彻彻底底是被动的；而在她无畏地弃世而去时却带走了一个男人，她真正是主动的了。她是怀着极度的坦然、愉快和满足的——他只属于她，是她而不是别人把他带走，他永属她了。

不管这种弃绝生命的抉择是否只给她以虚妄的自由解脱，但她毕竟是自己承担起自己，决定了自己了。《荒山之恋》使我感叹万分的悲剧性结局，主要指出了一个爱情至上的女子在处理自己生命时体现的非凡主动权，虽然无力改变命运，也甘于去接受命运的挑战，走向死亡。然而就性爱本身的现实存在而言，它无疑随着生命的终止而告否决了。我以为《荒山之恋》隐藏着如下的涵义：一旦人把主动的抉择方式从外在的抵抗中撤回转向对自己生命的任性处置，虽然使人们无限同情乃至感佩，可是相伴而来的却是一种深度的失望和悲悯。

我们在《荒山之恋》中观察到的男女性爱里的女性主动权，在此后的《小城之恋》和《锦绣谷之恋》中得到了惊人的重演。《小城之恋》一开始，"她"强健丰硕的体态似乎已经从生理上命定了和预示了她随后将有一连串的压倒男性的行为。不论在她和他肉体厮磨、接触还是暴力冲突里，她都显示出一种生命力极强能量充沛时时寻找宣泄口的特征；而他则身形矮小，好像象征了一种被动，而这一角色通常是由女人扮演的。直到最后，当她生了两个可爱的孩子终于从性欲的骚扰和环境舆论的重压之下解脱出来，升华为"圣母"形象进入一个洁净的无欲境界时，他却像一只丧家之犬被抛弃在阴暗的水沟里，沉溺于酗酒和赌博无以自拔。男人的羸弱和乏力，对付生活的无能和彻底失败在此有了富有涵述性的暗示及写照。紧接着，《锦绣谷之恋》为我们推出的又一个男人，同样是轮廓不清、线条不分明的人物，虽然还看不出这个悄悄登场的男人一定是性格脆弱优柔寡断，但他确实是一位缺乏气概的隐形男人；或者说，他只是她编织起来的男人幻影而已，他不过是她期冀了二十年的一个梦，一个给予了理想化的男人形象。这个男人的价值仅仅在于让她重温了久逝的少女的爱，重温了淡忘的初恋的新鲜感，把因家庭生活的单调重复及相互熟知导致的性差别丧失一扫而空。当她主动地投入这短暂的婚外恋情时，她感觉的温柔使他也显得温柔，她情爱的炽烈使得他的情爱也炽烈，她的冲动也使得他冲动。或者反过来说，他的每一举一动都印证了她，证明了她的感觉和期冀。正因如此，由于这一场婚外恋情的冒险阵雨已完成了浇灌她饥渴心田使之重新滋润容光焕发的任务，结果她就怀着一个随时可以重温的梦返回她原来那个呆板而无新鲜感的家庭了。她随时随地可以召回"他"，使"他"来到她和丈夫之间，成为隐身的"第三个人"。她就是这样主动而自私地从一个被动的男人身上劫夺了新的爱情之梦，却根本不想据此破坏原先的家庭生活模式——尽管她已经和丈夫生活得十分乏味，她也是不愿将它破坏掉的。

于是，一个最好的试图从两性烦恼和欲求的矛盾中挣脱出来的方案就此确立了——保持一种偷偷而圣洁的精神恋，根本不要为此改变既有生活格局。为使生命和生存得以继续保持并享有起码的安全与安宁，是无需为了纯粹的性爱自由而付出沉重代价的。

现在，就可以看清一开始我所下的那个判断了：这三个女人的三种结局其实隐含了一个共同的基本认识，即根本不承认也不相信性爱在彻底贯彻的时候能够给人的生存带来好处，终极意义上性爱的实现总是被限定的。在那三个关于男女性爱的故事里，要么采取毁灭生存的最后解决手段来保持爱的完整，要么采取转移性爱方向的手段（或是升华或是堕落）来缓解、麻醉生存中的本能冲动，要么采取精神自慰的手段来确保现有生活格局并拖延此后的生存。在这三条道路中，最后一条是唯一稳妥而安全无碍的，是一种文明社会里迫不得已的自卫方式。但是，这一捍卫现有生存的无奈方式由于认可了现有环境的必然性，因而就显示出某种妥协的立场，只要仔细辨察，便不难发现它已经把必然性换成了必要性。

现在我想公允地说一句：在真实地指出人在性爱问题前的实际处境方面，这三篇小说显示出一种十分冷静和透彻的眼光与态度。它表明，人确实是极难战胜自己的。

我不得不认为《荒山之恋》《小城之恋》和《锦绣谷之恋》均是着力于心理分析的，这种心理分析建立在细致入微的体察、自省和想象的经验基础之上。当然，在一些较为敏感和隐秘的方面，它们似乎还缺乏更为详尽的经验事实，也可能中间阻隔着一种不自觉的心理障碍，结果就在闪避和警觉之下频频转向了抽象的心理陈述。所幸的是这些繁复的心理陈述都是极为细腻精确的。但我此刻想说的是，上述细致入微的体察、自省和想象都贯穿有某种极度自我化的人道精神，这自我化的人道精神是表现在为女人申辩这一隐秘动机之上的。从女人的立场，在经过对两性生活中的隐私进行一番窥探、巡视和逗留之后，便渐渐地从理解、赞美、同情、原宥、厚待、宽容的立场返回起点了——仍然是那样的安于现状，作出"只得如此这般"的深深感叹，至多抱着一丝半点自欺欺人的"精神恋"的幻觉，然后就躺在狭小的屋顶下安然入睡了。事情确是如此令人沮丧，在面对这种性爱自由和外部世界制约的冲突时，一切都内心化了。个人的纯粹性爱自由若一意孤行，唯加剧进一步的不安与痛苦罢了，因为它认定这种冲突是由人心挑起的，所以只能在人心中就地解决。把人心的战火引向外部世界注定了会烧毁自己，而人心战火在人心的长长蔓延又是一场无休止的搏斗，除非自己去扑灭它。

严格地说，在这三篇互有关联的小说里，社会性的内容依然是显而易见的。其中以《荒山之恋》最为明朗与显豁，她和他的历史渊源和家庭背景都构成了一幅完整的社会图景。当他们昂然赴死之际，我们没有理由袪除某些社会环境方面的原因。此后的《小城之恋》悄悄地把社会背景隐淡了，努力把视野集中在这两个年轻男女的灵与肉上。可是我还是把他们不正常的、焦虑的、变形的性爱看成是当时社会环境巨大影响之下的行为后果。直到《锦绣谷之恋》，不仅社会背景不重要，连那个男人都不重要了。完全凝聚起力量剖析着这位少妇的隐衷和私情。但我忍不住还是要说，那个笼罩在人头上的精神环境时时刻刻影响着这位少妇的思维和行动，只不过一切都充分地内心化了而已。

在《锦绣谷之恋》中，社会规约尚未以强制力量的面目出现，它早渗入了那个女人的灵魂，使她不战自降。我无法看出这种无可奈何的处理带有内心深处的抵触，但仍然是具有勉强性的。我还看不出这篇作为最后总结的小说含有丝毫的反传统之心，相反它是在一种充分谅解与辩护之后的劝诫文件。《荒山之恋》和《小城之恋》已经成了性爱自由的殷鉴和注脚，那是不能无视的。于是，最佳的方案（或曰归宿）便只能是在做了一趟性爱幻想的远游后，怀着偷偷的激动和窃得的幸福感，心平气和地回到了旧有的生活模式里，好像生活已有了些许的改变，好像起码领略了片刻的真正情爱，好像凭着这么一点儿浪漫记忆就足够对付单调重复的漫长余生了。

我想我看到了一个隐蔽的价值标准此刻显露了。那就是在一阵骚动之后的平静，平静是人可以享有或只配享有的最好处境与心境，除此之外是不应当再奢求别的什么了。这里，平静是以继续生存着作为它的存在理由的，还有什么比继续平静地生活更好的事呢？于是，既然以继续平静地生活作为一项最终的价值标准，那么一种自卫意识非常强烈的爱情观就由此诞生了。

若将这三部小说里出现的三个男人放在一处，大概还能觉察到某种内在的相似性。这首先体现在他们的被动性上。诚然，还没有足够的理由说那是有意无意地贬抑男人或轻贱男人，可是，我的确注意到这三位不幸地卷入各自性爱纠葛的男人，不是倒霉、畏缩、不走运，就是软弱无用、孤立无援的；不是阴柔的、女性化的，就是自暴自弃、不可依靠和不可信任。难以猜度这里是否隐藏着关于男人形象的最早记忆和一种不能遗忘的"原型"，更难以进一步想象这个男人原型究竟是不是从多年的经验里无意识地得以形成，或者相反，它纯粹是某种人为制作的、观念的产物——看来，前者的可能性更大。这儿，我仅仅想指出这么一个重复出现的现象，而不想过分追究该现象产生的心理根源。

指出这么一个现象绝不是多余的，因为它从反面提醒我应该联想到这种男人的弱化处理和我称之为"女人中心立场"有着不可祛除的关系。女人中心立场在这三部小说里愈演愈盛，它表现为大量的冗长的繁复的心理分析和同情，详尽无遗的解释达到了不厌其烦的程度（顺便一提，这大量冗长而繁复的心理分析和解释居然能够读来不嫌枯燥。当然，这目前不是我的议题）。显然，为当事人的行为进行系统的辩护是这三部小说的共同特色，它的视角始终是女人的，得失衡量也是女人的；它的语气是女人的，态度立场同样是女人的。由此，如下的断言就能够获得成立：男人是不可依靠的，女人只有自己负担起自己的命运。女人的一切动机、冲动、需求乃至斤斤计较的小心眼，都是拥有十足理由的。因为女人承受了过重的压力，所以男人们便显得分量轻了，他们根本没有主意，甚至没有头脑，一有什么事变就束手无策，笨手笨脚。我不知道这到底是关于男人的真实肖像，还是因为骨子里恰恰是对女人缺乏信心，而在想象中将她们塑造成能够勇于承担一切的圣女。

我现在终于相信，没有一个人能够如实客观地观察、描写人的自然，没有人能够在此保持绝对的中立与公正。这几乎是一条铁律，只在执行时贯彻的程度有所不同而已。

至此，我自以为已经理清了《荒山之恋》《小城之恋》和《锦绣谷之恋》的基本线索了，这条线索不像一开始我所描绘的那样单单是一个故事的勾勒及主题概括，而要稍稍显得隐秘些。它是三个女人的一个性爱故事，或是一个女人的三个性爱故事。男人在里面是无足轻重的，并不要紧；自由在里面是受到限制的，它不能舒展；性爱在里面低于生存的至尊地位，它可以放弃。总之，它宣示了这么一种观念：女人是重要的，限制是重要的，生存是重要中最重要的。用一句话来说，一切存在着的生活形态都是"只能如此"的，根本想不出还会有更美满的生活形态。所有的不满和痛苦，都源发于我们的内心，因而一切都在内心展开搏斗，决一胜负。人是只能在内心深处有输赢有得失的，内心的战争是唯一不会停火的战争。

这场猛烈的内心战争在《荒山之恋》《小城之恋》和《锦绣谷之恋》里突出地表现为性爱之战，不管是向外部环境宣战，向男女自身的欲望宣战，还是向个人深部灵魂的宣战，其实都象征着人注定了要在这世界上陷于无穷无尽的内心搏斗，那是由于人所向往的东西特别的多，而这些向往的东西又恰恰是先前内心搏斗的现实后果。某种意义上说，这三部小说是力图为人的目前处境进行合理化辩护并使更多的人对之认同的经验告诫，也是个人对待人类两性问题的一种微妙表态。它也许只是纯粹个人的总结，未曾料到会涉及到一系列重大的问题。但是不管怎么样，我仍然要充分评价这三部小说，是它而不是别的什么走红作品，真正研究了人的性爱，将它凸现出来予以仔细考察。对这三部小说里流露出的某些见解，我个人虽不同意，可是我依然承认，它们是具有独立的思想品格的，它们显然是长期认真思索的结果。

写于一九八七年一月上旬

马原的叙述圈套

在我的印象里，写小说的马原似乎一直在乐此不疲地寻找他的叙述方式，或者说一直在乐此不疲地寻找他的讲故事方式。他实在是一个玩弄叙述圈套的老手，一个小说中偏执的方法论者。

马原声称他信奉有神论，这当然为我们泄漏了某些机密。不过我这里更感兴趣的是马原喜用的方式，就是说，解释他是以何种方式来接近他那个神的，比考辨这个神究竟是什么更有意思。也许，马原的方式就是他心中那个神祇的具体形象，方法崇拜和神崇拜在此是同一的。如果说马原最终确实为自己创造了一些独特的小说叙述方法，那么也可以有把握地说他同时是一个造神者。

我再重复一遍，马原的有神论即是他的方法论。

为了证明我上述的论断，以下我就需要详细地予以阐释。阐释马原是我由来已久的一个愿望，在读了他的绝大部分小说之后，我想我有理由对自己的智商和想象力（我从来不相信学问对我会有真正的帮助）表示自信和满意；特别是面对马原这个玩熟了智力魔方的小说家，我总算找到了对手。阐释马原肯定是一场极为有趣的博弈，它对我充满了诱惑。我不打算循规蹈矩按部就班依照小说主题类别等等顺序来呆板地进行我的分析和阐释，我得找一个说得过去的方式，和马原不相上下的方式来显示我的能力与灵感。我一点不想假谦虚，当然也不想小心翼翼地瞧着马原的脸色为赢得他的满意而结果却于暗中遭到马原的嘲笑，更坏的是，他还故作诚恳地向我脱帽致敬。我应当让他嫉妒我，为我的阐释而惊讶。自然，顺便我无妨在此恭维一句：马原是属于最好的小说家之列的，他是一流的小说家。这种恭维也许过于露骨，有当面阿谀之嫌，所以我又要公允地补充一句：最好的小说家（或一流小说家）当然不止马原一个。

说远了没意思。好吧，现在我言归正题：马原的叙述圈套。

马原在他小说叙述中的地位

首先，马原的叙述惯技之一是弄假成真，存心抹煞真假之间的界限。在蓄意制造出这么一种效果的时候，马原本人在小说中的露面起了很大的作用。马原在他的许多小说里皆引进了他自己，不像通常虚构小说中的"我"那样只是一个假托或虚拟的人，而直接以"马原"的形象出现了。在《叠纸鹞的三种方法》《拉萨生活的三种时间》《虚构》等一些小说里，马原均成了马原的叙述对象或叙述对象之一。马原在此不仅担负着第一叙事人的角色与职能，而且成了旁观者、目击者、亲历者或较次要的参与者。马原在煞有介事地以自叙或回忆的方式描述自己亲身经验的事件时，不但自己陶醉于其中，并且把过于认真的读者带入一个难辨真伪的圈套，让他们产生天真又多余的疑问：这真的是马原经历过的吗？（这个问题若要我来回答，我就说："是的，这一切都真实地发生在小说里。至于现实里是否也如此，那只有天知道了！"）

在这种混淆真假界限的想象活动里，马原是不是为了炫示他的独特经历，并且不惜想入非非虚张声势地往上增加一些令人惊异或使人羡慕的传奇色彩呢？当然，这种用意也许不能完全排除。不过我更关心的是，马原通过真事真说和假事真说的方法——我曾猜测过他的《虚构》和《游神》均有大量想象的情节——让自己进入一种再创经历、再创体验和再创感受的如临其境的幻觉，而这幻觉正好是被马原十分真实地经验到的——即在写作时被经验，或者说，是在叙述过程里被经验。在此，追问事情是否如此这般地发生，完全是不必要的。但我相信马原被自己的虚构能力和幻觉骗得不轻，除了年龄、身高、籍贯和履历，他关于自己的真实记忆不会太多太详细。他很大程度上是生活在他编织出来的叙述圈套中了。

作为某种更为有趣的自我欺骗的补充游戏，马原还别出心裁地由经他之手虚构出来的小说角色之口来返身叙述马原本人。《西海的无帆船》中插入了一整段姚亮的自我辩解和对马原惯然的指控，这节外生枝的题外话产生了某种颇有恶作剧意味的滑稽效果，好像一个机器人被接上电源有了自己的行动意志以后开始蠢蠢欲动试图脱离和反抗制造它的工程师——姚亮显然是马原想象中的人物，可是他已经具备能力抗议他的主人马原对他的任意描写了。特别是当姚亮看到了马原写小说的某些惯用手法并不无刻薄地将它揭露出来时，马原是在借姚亮之口泄露自己、交代自己，还是一种迷魂阵、障眼法，或者是为了满足难以抵制的淆乱真假的幻想欲？我不认为这仅仅是即兴的游戏之笔，它肯定源于一种很难摆脱的反复出现的心理冲动，因此在马原小说的其他场合可以不断看到马原被他的小说人物返身叙述的段落，例如《涂满古怪图案的墙壁》和《战争故事》里均有类似的文字。这当然不是偶然的。我觉得，马原一定在内心深处怀着某种希望被人叙述被人评价被人揭露的愿望，而这种愿望的最好满足方式显然是他自己的小说——既然他已经把他的小说看成了唯一的真实，既然他已经部分地生活在他的小说里，他就更无意识地充分运用这种便利了。

在小说的虚构活动里拓展自己的有限经验进而将它示于他人，

这一活动实际上源于对文字叙述的迷信。我认为迷信文字叙述的小说家是真正富有想象力的，他们直接活在想象的文字叙述里。最好的小说家，是视文字叙述与世界为一体的。马原本人在他小说中以不同方式出现，其实正是这一心理状态的显露。他不像大多数小说家只是想象自己生活在虚构的文字里，他是真的生活在自己虚构的文字里。或者干脆说，没有什么虚构，马原的小说就是衡量它是否真实的标准，不存在小说之外的真实对应物，所以也就没有什么虚构。同样，马原和马原小说中的马原，根本没有必要进行真与非真的核实和查证。可以断言的是，马原在他小说里显示给我们的马原，其本来的真实和经篡改过的真实是同样的多，但我不追究这个极次要的问题。我只想说我看到马原和马原小说中的马原构成了一条自己咬着自己尾巴的蛟龙，或者说已形成了一个莫比乌斯圈，是无所谓正反，无所谓谁产生谁的。

马原的朋友们和角色们

马原由直接叙述自己和间接地通过角色之口叙述自己，也可能是为了把自己逼入一个圈套，迫使自己去感受此时此刻他面临的一切。马原一般很少扮演一个临居小说之外或之上的局外人和全知的上帝（《拉萨河女神》里马原是退隐不见的，可看作局外人；《大师》中最末一段抖搂使人战栗的关于命案的真相与始末，马原则是全知的）。在更多情况下，他不是在小说以外打量他的故事和人物，而是混居在小说内部参与着这些故事并接触着这些人物的。

马原的这一特殊地位，便决定了他的小说里总有他的朋友，他的熟人、至交、萍水相逢的邂逅者和其他各类与自己发生联系的人们。这一现象，也就很自然地解释了在马原的不同小说里为什么总会重复出现的名字（陆高、姚亮、大牛等等），而其他一些角色看来也是彼此相识的——刘雨、新建、子文、午黄木、小罗等等，还有白珍、尼姆、央宗等等——这些人全以马原为核心，是马原的人际圈。他们有声有色地环聚于穿梭于马原的周围，为马原提供故事的同时也就随之活在马原为他们而写的故事里。究竟是他们不断塞给马原故事，还是马原塞给他们故事，或把他们塞在马原的故事里，则又是一个复杂的环套了。

从马原的小说中可以发觉种种迹象，这些迹象使我相信马原施展了他的分身术——陆高和姚亮这两个尾随着他的男人原是他本人的两个投影，他们彼此攀谈、打闹和调侃，他们相互窥探、陈述和反驳，其中多少含有马原的自恋特征。当然我无须去考辨这两个影子人物的真正心理成因，不妨就将他们看作是马原小说中的马原最密切的两位朋友，这样更妥当些。若仅此而言，这两位朋友和马原小说中的马原之间那种奇妙的心灵感应，他们彼此吸引又彼此排斥的言行，仍使我执意以为那完全是马原个人想象和心理历程外投的结果。倘若不据此揣测马原个人的某些秘密，那么我要说，凡是写到陆高和姚亮的小说相对之下都是可读性较弱的，因为它们几乎无例外地专注于心理分析，一头沉浸到男人的内在精神和性格的自我摸索之中。在这方面，"情种、小男人和诗人"是一把非常有用的钥匙，它宿命般地预言了马原在《零公里处》之后的许多小说将照此原型诞生。"情种、小男人和诗人"十分简扼地排列了三个词，它们组成推动上述心理分析和自我探索的隐蔽动力，又显得是大肆张扬的广告或公开的图解。我得说这里也设置着马原蓄谋已久的圈套。他要人们相信他的故事，又不全信他的故事；他要显得坦率自如，却又故意做出羞羞答答的样子。怎么都要落到他预备好的叙述圈套里，迟早。幸好我是将它识别出来了。

在马原近期的小说里面（除了《战争故事》和《涂满古怪图案的墙壁》等少数几篇），自我探索和心理分析的因素在减弱，可读性则大大增强了。我指的是他的《虚构》《错误》《游神》《大师》和《黑道》。这些小说里不再有姚亮和陆高,一些陌生人、邂逅者开始轮番地介入了。他们成了马原近期小说中的主要角色和情节推动者,马原本人不是成了参与者至少也是一个目击人,一个记事人。马原在这里发挥了他的擅于制造悬念和激发起人们好奇心的特长,把他的角色们纷纷讲述得绘声绘影。这些角色们,部分源于马原的结交和往事回忆,部分源于马原的外部观察和奇思怪想。故事为角色而设,角色又为故事所召唤,这是一种双向的共生的虚拟,它们和马原小说中的马原及他的朋友们,一起组成了一个被马原津津乐道地娓娓叙述的经验世界,在小小的印刷物领地里领取了身份证,便在那里安居了。他们没有一个是安分的,多少要经常惹出一点事端,给马原的灵感以刺激。他们向喜欢冒险和幻想的马原频频透露没头没尾和根本无法确知全过程的神秘经历,他们提供戏剧性场面和细节。事实上也许正是如此:马原的灵感和他所有朋友们角色们的神秘经历是同时存在着的。

马原的经验方式和故事形态

马原的经验方式是片断性的、拼合的与互不相关的。他的许多小说都缺乏经验在时间上的连贯性和在空间上的完整性。马原的经验非常忠实于它的日常原状,马原看起来并不刻意追究经验背后的因果,而只是执意显示并组装这些经验。《叠纸鹞的三种方法》《战争故事》分别组装了几段彼此无因果关系的偶然经历(或道听途说);《风流倜傥》组装了几段关于大牛的奇闻轶事;《拉萨生活的三种时间》组装了一些神秘未明的日常小事;《错误》组装了故人往事彼此关联又错开难接的记忆;《大师》组装了一连串引人入胜的关于艺术、走私、遗产、命案和性的悬疑现象;《游神》则组装了围绕古钱币和铸币钢模的徒劳冒险。所有这些组装，都是逻辑不清的，只有表面前后相续的现象在透露若干蛛丝马迹，人们可以照自己的方式去理线索，也可能百思不得其解。这都没什么，因为生活对我们来说多半是如此呈现的。马原在进行他的故事组装时，没有一次不漏失大量的中间环节，他的想象力恰恰运用在这种漏失的场合。他仿佛是故意保持经验的片断性、此刻性、互不相关性和非逻辑性。这种经验的原样保持在马原的小说里几乎成为刻意追求的效果，比如存心不写原因，存心不写令人满意的结局，存心弄得没头没尾，存心在情节当中抽取掉关键的部分。马原的小说在这一点上酷似生活本身——它仅仅激起人的好奇，却吝啬地很少给好奇以满足。马原不像是卖关子，人为地留下所谓的"空白"，或者布下迷魂阵，心里对真相一清二楚。不，我想说马原是从来不甚明白他小说背后隐伏的真相的，一如他对待神秘的八角街本身。他知道了肯定会无保留地说出来（他对《大师》的真相就知道得太多太详细，所以忍不住地全揭露了），他不说是因为确实不知。马原小说所显现的经验方式，表明了马原承认了如下的事实：世界、生活和他人，我们均是无法全部进入的。是我们在那些现象之上或各种现象之间安置上逻辑之链的（别无选择），而这样做又恰恰违背了经验的本体价值，辜负了经验对人构成的永恒诱惑。

马原对经验的这种非逻辑理解，就必然相应造成了他故事形态的基本特点。既然在经验背后寻找因果是马原所不愿意的，那么在故事背后寻找意义和象征也是马原所怀疑的。马原确实更关心他故事的形式，更关心他如何处理这个故事，而不是想通过这个故事让人们得到故事以外的某种抽象观念。马原的故事形态是含有自我炫耀特征的，他常常情不自禁地在开场里非常洒脱无拘地大谈自己的动机和在开始叙述时碰到的困难以及对付的办法。有时他还会中途停下小说中的时间，临时插入一些题外话，以提醒人们不要在他的故事里隐得太深，别忘了是马原在讲故事。

马原所讲的故事，虽然在该孤立的故事范围内缺乏连贯性和完整性，却耐人寻味地和其他故事发生一种相关的互渗的联络，这可以由他的小说经常彼此援引来得到证明——《大师》的开首提到了《风流偶傥》，《拉萨生活的三种时间》里，提到了《康巴大营地》，《涂满古怪图案的墙壁》则提到了《西海的无帆船》和《中间地带》（这篇小说的作者之一居然就是姚亮本人！可见马原是个故弄玄虚的老手）等等——这样，马原的这一招术本身也构成了他故事的一个重要内容。

这么一种非常罕见的故事形态自然是层次缠绕的。它不仅要叙述故事的情节，而且还要叙述此刻正在进行的叙述，让人意识到你现在读的不单是一个故事，而是一个正在被叙述的故事，而且叙述过程本身也不断地被另一种叙述议论着、反省着、评价着，这两种叙述又融合为一体。不用说，由双重叙述或多重叙述叠加而成的故事通常是很难处理的，稍不留意就会成为刺眼的蛇足和补丁。唯其如此，我就尤其感到马原的不同寻常之处：他把这样的小说处理得十分具有可读性，其关键在于，马原小说中的题外话和种种关于叙述的叙述都水乳交融地渗化在他的整个故事进程里，渗化在统一的叙述语调和十分随意的氛围里。对此我的直觉概括是，马原的小说主要意义不是叙述了**一个（或几个片断的）故事**，而是**叙述**了一个（或几个片断的）故事。

马原的重点始终是放在他的叙述上的，叙述是马原故事中的主要行动者、推动者和策演者。

马原的观念对他故事的影响

论及马原的观念，很容易给人以一种偏离我的主旨的错觉，因为从一开始起我就在题目上规定了自己的论述范围，即马原的叙述圈套。可是，完整地看，这个叙述圈套是涵带有观念性的。或者说，这种观念已经深伏在马原的经验方式和化解在他的小说叙述习惯里。结果，关于马原的观念，就显得无比重要，以至使我无法回避。

我所关心的马原的观念，并非是马原本人企图塞在他的小说里的外在意图和见解，或者是他偷偷地想假借他的故事来隐喻、象征、提示的抽象概念。对这一点我并无兴趣，当然，我也不反对别人这么去破译。我这里想要论及的马原的观念，已经是贯穿在他的叙述本能之中，贯穿在他每一次具体的叙述故事的过程中。它们不是超出具象指向抽象彼岸的，恰恰相反，它们滞留在具象此岸，在此岸即涵带有抽象性质的。

我想用叙述崇拜、神秘关注、无目的、现象无意识、非因果观、不可知性、泛神论与泛通神论这八个词来概括马原的观念。

马原的小说大多数都流露出对文字叙述的极端热衷，这种叙述行为已经成为唯一的一次真正经历或亲身体验。叙述在此除了担负着追忆往事和记录在过去时态中发生的事件的工具功能外（如《零公里处》和《错误》），更多情况下它本身就是往事和事件。当叙述在形成着自身的时候，往事和事件便以"正在进行"的样式展示出来。以《涂满古怪图案的墙壁》和《拉萨生活的三种时间》为例，它们均是以边叙述边发生的样式展示给我们的。马原似乎相信，只要他开始进入（或沉浸入）叙述状态，故事就会自动涌来，叙述具有一种自动召唤故事的符咒般的神奇功能。至于这故事有什么内在意义，他通常是无暇予以细究的。

马原对这种因叙述而涌来的故事既然失去了有效的理智控制，那么自然，一种由叙述的符咒呼唤来的东西就会对马原构成反控制。果真，一个一个人物、意象、场景接踵而至，它们由于不带有明确的意义，就显然是十分神秘的。所谓神秘，即是孤立的、原因不明的和超出常识理解范围的现象，马原一般不去推测这类现象的背后制导因素，他被这些自行地接踵而至的现象所吸引是因为他在骨子里是喜欢神秘的，他对探讨神秘的起因，不释除心中的神秘感，相反，他更愿意怀着某种虔诚去关注神秘。在马原的小说里，神秘没有装神闹鬼的意思，而只是一系列来历不明的东西和突然消失不见的东西。我想这一点是无须详细举出例证的，因为它确实到处可见，只要回想一下马原的《拉萨生活的三种时间》《游神》《大师》以及《黑道》的某些段落即可。

由于有了上述对现象自动涌来的神秘关注，那么，一种无目的的意图就悄然地暴露出来了。马原在一头陷于他的想象和叙述中时，除了某种莫可名状的冲动和快感，我敢说他不清楚别的外部目的。特别是功利性目的，是根本和马原无缘的。功利性的目的，只会驱使人的感觉和经验，进入一个被事先限定了的轨道，而马原恰恰是不可能被事先限定的。他的写作是非常自动化的。敞开而无边，完全为一种强烈的兴趣所吸引，是他所有小说叙述的最根本动力。我以为，无目的是合乎马原小说的形成之因的。

有了这么一种观念，就必然对现象产生浓烈而持久的好奇，因为这种好奇不关涉到现象和人的利益与效用，所以就显得无限生动。马原经常在他的小说里罗列种种没有什么明确旨意的现象，他情愿将现象仅仅作为现象来予以仔细观赏、想象和描述。换言之，现象本身是意识不到自己的，那么，人对现象的无意识对照也就不会歪曲现象的原态。严格地说，人总是通过他特有先入为主的方式去观察外在的世界，因而外在世界不可能纯粹以它原来的模样进入人的视界；不过，马原的方法，恰好是夸大了外在世界的自动性和无意识涌现。我以为《冈底斯的诱惑》是这种现象无意识的典型见证。我断言马原是在无意识中从事《冈底斯的诱惑》的写作的，尽管人们可以从中引申出种种饶有深意的涵蕴，但绝对没有一条是被马原意识到的。马原的功绩，正在于这种脱离意识的现象描绘——不管是亲历的还是心理的——保证了充分的伸缩空间与富有弹性的想象性时间维度。

一旦把现象从所谓的规律中孤立地凸现出来，它们彼此的因果联系，也就显得无关紧要了。说到马原在他的小说中经常表现出他的非因果观，我想提一提《拉萨生活的三种时间》。首先，康巴人赠送给马原的银头饰就是无缘无故的、没有原因的。随后，家中天花板里的响动也是带有原因不明的恐惧感的。当然，末了马原开枪射杀了正在天花板夹层里捕鼠的黑猫贝贝，真相大白以后，仍留下不解之谜：马原朋友午黄木家里类似的声响又是什么造成的呢？那十几根会走的（？）羊肋骨是怎么回事？我还想提一提《错误》。这篇小说情节的逐渐"错位"使因果联系发生了移动：军帽失窃——江梅生孩子——孩子的来龙去脉——和黑枣的斗殴——二狗捡来的孩子——赵老屁的失踪——二狗的死和江梅的死，这些前后接续的事件同因果都是不甚明了的。马原十分善于讲这么一些由无因之果或有因无果组成的故事，《游神》就是没有结果的，或者说是结果落空的；《风流倜傥》东拉西扯地写了马原的朋友大牛和女人的风流事，收集古钱的癖好和他如何去天葬台捡骷髅，末了又横生枝节地"胯骨断了"，不了了之。我以为这种料不到的、意外的、偶然的故事结局，乃是马原非因果观的一个证据。

与以上非因果观相联系的，便是马原在心底里，已识出了现实世界的"不可知性"。上面提及的《游神》还有《黑道》，都是不可知性的经验记录与想象记录。马原笔下的生活是难以完全进入和彻底明了的，它们像一个偶尔泄漏出若干光亮的秘密后台，大部分真相都被深深藏匿起来，只给你看前台的表演，那肯定是不能全部相信的。可惜的是，谁都进不了真正的后台。每个人的生活、行踪、意欲，都有一个不向外人敞开的后台。

　　与此相关的是，当马原在叙述了生活真相的不可知性时，他仍然不忘记卖弄他的那段第一手的阅历，好像他是一个非常深入生活的人。《大师》详细描写了唐嘎布画画师、独眼女人、女模特儿、走私、神秘小楼、古董分类、壁画、性爱和性变态、命案、失踪、火灾（顺便说说，《大师》是马原迄今为止可读性最强的一篇小说，是一个真正的好故事），虽然写得充满悬念，大肆渲染紧张气氛，可是依然给我一种忐忑的、不祥的、惊疑的、难辨的宿命之感。归根到底，宿命感就是不可知性的最后根源。在《大师》的种种情节构成要件之间，布满了不可知的网络，它是一种整体的恍惚的和骇人听闻的不可知。

　　现实是如此地遍布着不可知性，于是，一种神秘的倾向就开始露面了。如果我愿意相信马原声称自己为有神论者的说法是可靠的，那么，这个神就不会是一个人格神，也不会是一个具形神。应该说，这个神既是遥不可及的，存在于冥冥之中操纵着世界的万物生死荣衰兴灭，在马原灵感到来之际向他显露真容；又是遍及于日常的平凡经验里，以至唾手可得。马原的神是包诸所有，体现于所有普遍现象之中。我们把这种有神的观念称之为"泛神论"，总之它是普遍的存在于现象背后决定了现象而人的有限经验又永远无法靠近的东西，只有少数人在少数的瞬间能够突然地窥见它、感应它、体现它。宗教、科学、艺术、技巧都是一些通神的杰出者以不同方式窥见神、感应神、体现神的人间结果。

　　这样，泛神论就必然导致泛通神论。我觉得这是马原的最后一个，也是最核心的一个观念，它由叙述崇拜为发端，又回复到叙述崇拜中去。这里也存在着一个魔术般的圈套。叙述故事实在是马原试图接近神最后体现神的唯一有效方法。对于马原来说，叙述行为和叙述方式是他的信仰和技巧的统一体现。他所有的观念、灵感、观察、想象、杜撰，都是始于斯又终于斯的。

关于马原的另一些想法

马原也有纯粹为了一个观念的启示而写作的时刻。在《涂满古怪图案的墙壁》的题目下，有一段摘自《佛陀法乘外经》（这是马原一直在写的一部经）的话，这段话正好又提到了《涂满古怪图案的墙壁》。显然那又是马原一个自我相关的叙述圈套。在一篇小说里彼此叙述，自我解释，将关于该小说的想法纳入该小说之内，它就给人某种自身循环之感，马原是常常在做这种努力推动自己的小说使之循环不息的，他想造成预言和占卜的效果，而且他果真把这种效果造成了。预言和占卜是马原深层的渴望。

马原自我相关的观念和自身循环的努力源出于他另一个牢固的对人类经验的基本理解，即经验时而是唯一性的，我们只可一次性地穿越和经临；时而是重复性的，我们可以不断地重现、重见和重度它们。自我相关和自身循环，都是既唯一又重复的，它们给了马原以深刻不移的影响，以至他在自己的小说叙述里，往往出现有趣的悖论，或说又是一种"自我相关"和"自身循环"——他在说经验是重复性的时候，又恰恰是一次性的。这可以由他的《虚构》为有力佐证。

但是马原又不是一个小说领域里的玄学家，他甚至也不是魔术师。当然也偶尔也说几句咒语、箴言，或者玩几个小小的戏法。从一九八六年起，马原的小说明显地增强了可读性——这话我已经说过多次了——作为马原叙述圈套的阐释，我自然不能跳开这个问题。可是，由于我觉得这不算是困难的问题，所以我愿意出让这个问题，由别的人来阐释（轻松的工作）。此刻我还愿意出让我的又一些想法，给别人参考：马原小说的可读性因素很大程度上是狡猾地利用（或娴熟地运用）了如下的故事情节核——命案、性爱、珍宝。他还在里面制造出各种悬念，渲染气氛，吊人胃口也是他的惯用伎俩——我这里之所以放弃这些想法，主要是考虑到这些问题的"发现"与我的智力不相称。

不再提马原

写下这个小标题即已犯了错误，我说不提却又在不再提三个字后又提了。

马原是使我无法摆脱的一个玩圈套的家伙。我想我对马原最好的评价是：请仔细读一读我这篇文章的每一行，在里面你会找到最好的一句。那就是了。

一九八七年一月中旬

人的尴尬境况

——评李庆西的《人间笔记》

生活正是它目前存在的样子，而不是别的什么样子，以及因此种无奈的确认与默许而引出的一种悲悯式自嘲，乃是李庆西撰著《人间笔记》的一个运思背景。我无需去测度李庆西本人的生活经历和精神状态对他小说的影响（这是不言自明的），但我也不想顺着李庆西的自我解释仅仅将这些乏味而杰出的小说看作是某种戏谑化了的日常写照或世态素描。不管它们是有意抑或无意，我都竭力从中窥见一种失败了的人生模式，它们委实是琐细的，又注定是尴尬的。概括而言，一事无成和一无所获的空渺性以及它们不可回避的现实性是《人间笔记》的共同母题。

《人间笔记》同时套用了巴尔扎克式的世俗写生意图和中国明清笔记闲聊趣味的双重含义。它们是严肃而又不严肃的。在似乎是无动于衷到了漫不经心程度的琐细陈述中，《人间笔记》隐含着对生活尖锐无情的现代讽刺，尽管这种讽刺常常被随意性极强的调侃和近乎无聊的闲笔所掩盖。这些在出世与入世边缘游移的小说以无中心的嘲谑语调对人生的各种窘相作了跳跃而不执着的否定，与此同时又企图表明它的主人公实在不配有稍好的生活可能，实在是只能照目前存在的样子继续生活下去，几乎看不到有更好一点的前景。这一刻薄无情的见解被蔽掩在一种趣味化了的日常琐闻和猥琐的小人物图谱之下，使我们极易在发出同情和怜悯的时刻忘记了自己的境况其实与他们是同一的。确实，《人间笔记》是带有笑意的，说它是调侃也行。不管是笑意还是调侃，都是《人间笔记》试图保持精神优势和可读性的一个障眼法。但是，如果调侃不指向自身，它就只能观察与捕捉到外在的笑料，却无法达观地赏识到自身的喜剧意味；而调侃一旦返照到自己，它就会笑意全无。因此，真正确保精神的优势不让自己陷于内在的自卑，最好的途径就非幽默莫属了。幽默在应付个人尴尬局面的时候乃是泪痕已干的淡然一笑和耸耸肩膀了事，的确，我在《人间笔记》的字里行间仿佛看到了这种淡然微笑和耸肩膀的方式。

凡庸是普通的，是我们机会匮乏和能力贫弱的一个自然后果。关于这一点，可以在《喝一杯》中找到生动的注脚。九等科员祁仁一无所成的大半辈子活得那样不如意，几乎从来没有找到自己的生活目标，而目标本身也许正好在一种无谓的忙碌和琐碎的追随中得以显示：活着仅仅是活着而已，没有什么比去喝一杯更实在的了。在这位其貌不扬默默无闻的小科员最后和同事们凄凉地道别之际，已经是欲说无言，欲哭无泪。他几乎没有浪漫和温情的回忆可言，他多少年来一直骑着一辆旧自行车，总想以各种方式挤入青年人的行列，他似乎不知老之将至，直到退休的时刻才恍然大悟。一个始终没有找到合意生活方式却又实实在在打发了时光的人就如此这般缺乏诗意地被安置在乏味至极的机关化的模套里，他虚掷光阴，时而自得其乐，时而忧郁感伤。他从来没有全心全意地沉浸在自己的平庸生活里，也从来没有萌发过改变此种生活的妄念，就像一个经常走神的人总在群体中显得古怪。这个在生活里恍恍惚惚的人虽然也有临时的时髦冲动，但他永远是被挡在生活之外的。

乖戾、反常而又使人觉得熟悉，是《人间笔记》中众多人物脸谱的一个共同特征。这些人物从来不带丝毫的诗意，相反，他们时常被冷漠地予以夸张，我指的是他们的市民性。显然，他们几乎没有例外地陷于日常生活的平庸骚扰中，以至于和较高的文化断绝了关系。在如实地呈现这种生活样态的时候，《人间笔记》没有像通常人们所做的那样去进行一番去芜存精的提纯和刻意组织，而是事无巨细地作了琐细的一视同仁的记录，这样做的目的，可能就是为了向人们恢复市民生活的原态，让人们再一次看见这种生活的乏味。当然这是令人难堪和不安的，纵然李庆西在处理他的小说时多少带有和这种生活和解的意向，以此自嘲并从中获得心平气和的承受能力，我还是看到了一种对无价值生活的否定性反应。对智性较高的人来说要坦然无怨地接受这种生活是不可思议的，可是令人心烦的是人们的美好愿望总是遭到这一生活现实的嘲弄。《人间笔记》没有涉及理想的挫折或毁灭，而是涉及人们根本没有理想可言，他们的挫折感通常是由一些微不足道的日常烦扰所引起的。这一点，已经在《喝一杯》中得到了富有暗示性的显示。

《人间笔记》对世态的看取遵循着一种等贵贱的态度。一般说来，往往是我们单方面的理想主义所要摒弃的那部分平庸或不予承认的日常事实，由于它们的单调性质总被排除在审美视野之外。对此李庆西好像流露出截然相反的立场，即注意它们的每一细节又不十分刻意在它的背后埋没隐语和象征。因而，要在《人间笔记》中搜捕微言大义是会显得牵强附会的，从整体上看，它们共同贯穿的人生立场才是一个值得我们注意的关键。

《阿鑫》是《人间笔记》里较有代表性地体现出某种平民化理解的一篇小说。这位自解自嘲善于和生活的匮乏状态达成和解的烧锅炉老头几乎是与世无争的，他从不和人争辩，怡然自得地守着他那份极微薄的生活资料，这种退忍的抑制型的心态充分证明了生存意识消极化了的坚定不移。在对付生活的匮乏和文化的匮乏的时候，阿鑫显然甘愿保持他知足常乐的生活原则。直到最后，当这位含而不露的讲求实惠的精明老头似乎也发了一点小财的时候，人们突然觉察到阿鑫奉行的生活准则原来是以柔克刚的。他悄悄地以搜集人们废弃的垃圾来聚敛财富，实在是那些平时习惯于取笑他的同事们未曾预料到的。相形之下，阿鑫的同事们才是真正消极无为和一无所获。然而，在一片调笑和背后议论中，我们除了看到了那种早不鲜见的国民文化心态又一次得以再现，还是不难察识到阿鑫身上令人不安的犬儒精神。宽容在此没有得到全盘的汲取，虽然我们可以在《阿鑫》中体会到某种淡淡的同情。李庆西的小说不只是单单同情一个可怜的人，而是戏嘲一个值得同情的人，这戏嘲是自我包括、自我相关的，并没有把自己外化出来成为一个充满悲悯心的局外人。

　　让人怵目的是《人间笔记》中题名为《星期四》的那篇小说。它以极端乏味的陈述向我们透露出一对中年市民夫妇的性爱畸变。这里没有丝毫性变态的迹象，也没有丝毫猥亵和粗野的描述——但是它使人压抑得喘不过气来。我们从中得知，这对夫妇的自然性爱已被大量日常琐事和杂务所淹没，只剩下机械的具有稳定周期的例行操作。夫妻即便在做爱的时候也不能割断千丝万缕的日间烦恼与牵挂，在面临苦囚般的生活重压之下，做爱已经没有激情可言，没有温柔，没有性感，没有亢奋和喃喃情话，却仍然在讨论油盐柴米和其他一切临时想起的小事。灵与肉就是如此残酷地分离了。我们第一次有可能如此切近地窃听了这对夫妇拉拉杂杂的对话，那么失望地找不到和他们此刻的行为有关的语言。一种琐碎无比的生活一直侵入到他们的肉体深处，把他们弄成一架整日为各类杂事奔波运转的机器。在《人间笔记》的十来篇作品中，《星期四》是处理得最为沉重和压抑的，如果我们不被它表面的凌乱至极迷惑的话，就能不费力地洞悉它所包括的真实含义——琐碎而操累把人死死地缠住，他们的自然原态已经无从辨识了。

这是人在他的性生活中面临的尴尬境况，它通常是由人所处的生活条件与文化环境来促成的。在关系到这一主题时，其实《星期四》不是《人间笔记》中绝无仅有的一篇。在我看来，《钥匙》和《锁》同样是涉及关于性尴尬这一主题的，只是它们显得非常地含蓄，以致连李庆西本人都未必自知。

　　从表层上看，《钥匙》和《锁》好像仅仅对街谈巷议、对三姑六婆的闲言碎语以及由此体现的市民心态有一种特别的描写兴趣。确实，这两篇小说都写了人的好奇心、猜疑心和非凡的业余想象力，都写了人对外表怪癖落落寡合者的某种窥探欲望。当然，就这一层面我们的确能引发出各种半是感慨半是批判的联想，对此我也会表示赞同。但是，这两篇相互印证又是题目互换的小说（《钥匙》写一位光棍汉骆老师的红木箱橱上有一把老式元宝插锁，但他并不掌有钥匙；而《锁》恰好又写了一位老姑娘收藏了大量形形色色的钥匙却从来不用它们来开锁），其基本的道具无疑潜藏着性的意味。光棍汉和老姑娘的对应性出场并非是偶然的，他（她）都一起陷于性尴尬的困局之中。驼老师供奉着由元宝插锁把守着的红木箱橱却没有一把开启它的钥匙，实质上正是一种性无能的象征；同样，当老姑娘偏执地收集着多种钥匙时，也是某种与男性阳具崇拜与敬畏有关的心理在暗中做着操纵。这两位都是原因不明的禁欲者，很自然地，我们从这两篇小说中呼吸到的文化氛围，正是他（她）们走上禁欲之路的一个基本环境构架——一种压抑的、拥挤的、互为窥探和过分关心私人生活的环境造成了他们的孤癖、古怪、内向和隐秘的性欲转移。这种转移的真正动因是如此地难以让外人了解，以至居然把它们的作者也一同瞒了过去。

　　以上所作的破译无论是否带有独断的性质，但它们肯定是无意于此的，因为我们看到对日常闲聊的强烈偏爱已经弥漫于几乎《人间笔记》的全部作品之中，仅凭这一点它就把自己可能拥有的严肃意味大大地冲淡了。我一开始便提到了，《人间笔记》的初衷绝非是为了象征。然而，只要把某种生活样态如实向我们呈现了，那么隐藏在这段生活中的意味也就会自然地一同显露出来，这几乎是人们欲穷究竟的理性所要竭力去完成的一件事，它是不能抵挡直接来自生活的抽象诱惑的。

　　人的尴尬是多方面的。《星期四》沉重地向人们开了一个玩笑。用苦笑的方式为人的灵肉分离作了现场录音。随后，我们又在《开饭馆》里目睹了人的言行分离。两位退了休的聊天伙伴不甘寂寞，在公园的清谈里不断地做着各种发财的白日梦，他们一个以拍大腿来提精神，另一个则以干咳来助兴，完全像一则寓言故事中的那个梦想家在一枚鸡蛋的基础上虚构出一片农场一样，在乐此不疲的空洞讨论里做起了老板。这篇小说的嘲讽是辛辣的，它刻薄地奚落了各色各样患有此种清谈癌症的人，同时又让我们记起机会匮乏的事实，它迫使我们常常沦于无效的精神幻想和精神会餐中聊以自欺。由于我们记起了这一点，才会部分地去原宥那些无能为力的人们——他们除了高高兴兴的清谈，又有什么稍好的事可做呢？他们都处于随波逐流的状况下，面对种种外部世界的引诱唯有一番议论和传播而已。他们的能力早就丧失，我指的是他们行动的能力，这是因为没有必要没有机会让他们去行动。而他们的幻想和清谈，则异乎寻常地发达起来。

　　人的嗜好、怪癖与无价值的闲聊，饮食、流行语言和最新时髦，与本地的城镇文化一起构成了不伦不类的氛围，这氛围是独属《人间笔记》的。《城墙脚边》以主要篇幅写了饮食和由此而起的事端与和解；《街道与钟楼》和《第9999号路灯》分别描绘了城市的即景、邂逅、隐名现象和神秘感——严格地说，这几篇小说的价值并不高，因为它们不同程度地游离出了关于人的尴尬境况这一基本题旨，从而显得表面与芜杂。也许李庆西在撰著他的小说时并非是每篇都作仔细谋划的，他肯定采取一种漫不经心的方式进入他的写作过程，由于他事先并不是着意要说些什么，所以《人间笔记》的内在含义多半是在事后呈现的。这样，就很容易解释为什么其中的若干篇含义并不特别深刻——因为它们原就是自然地涌现出来的，不可能意识到自己必定会带出重大价值来。

人的尴尬境况就由《人间笔记》中不多的若干篇小说陈述了出来。它们经由凡俗的市民形象、他们日复一日的单调生活和乏味至极的闲聊被陈述出来，一点不优雅，一点不哲学，一点不沉思。这是集悟性与平俗、讽刺与冷漠、取乐与同情、感叹与赞许、否认与肯定、多欲与清心、悲悯与幽默于一身的现代笔记，它是执意要驻守人间，返回人间，享受人间和观照人间的。《人间笔记》的要义是绝难一言以蔽之的，或者说它根本就没有什么要务，它只是陈述了自己对人生的印象，陈述了自己面对人生时的基本态度。很自然的，《人间笔记》从不指认人生应当如何，它不过十分坦然宁静地承认了人生正是目前所显现的那个模样。它没有明确说这种所谓的人的尴尬境况是不对的，是必须予以改变的，它只是说我们中的许多人正处在各种各样的尴尬之中难以自拔。与此同时它又绝非是悲观的，却是面带淡淡的微笑不停地从这种生活里寻找喜剧因素，然后使原先的微笑得到保持。

看得出来，《人间笔记》和它的作者李庆西在处理这一关于人的尴尬局面的棘手问题时采用了和解的方式。

一九八七年五月二十三日凌晨

韩少功的感性视域

本文仅涉及韩少功一九八五年前后的小说。

——作者

我想收缩我的评论范围，这已经可以从我设下的标题中看出。确实，韩少功的小说是极易被哲学式地感受并予以理论阐发的，不过，这次我暂时抵制了来自这方面的诱惑，宁肯先在其他较为冷僻的领域作一点冒险。这一冒险的企图由来已久，只是近来在仔细地读了他一九八五年前后写作的一系列小说后才开始明朗起来，并促使我终于踏上了这块陌生的土地。

检视一遍韩少功小说中相继出现的女人形象是耐人寻思的。他似乎总是忘不了那些萦绕在他脑际久久不去的老年女人，即便是十多年前相识的年轻女子（如《归去来》中的四妹子和《老梦》中的满妹子）或中年女子（如《空城》里的四姐），他也要在时隔十年之后再来重提他们，并感慨时间的流逝使她们苍老，使她们神秘地不知所踪。韩少功对女人显然是怀有眷依之情的，那是一种母性温柔与抚爱的象征。在他早几年的小说里对善弱女子（比如《月兰》中的月兰，《风吹唢呐声》中的二香）的外在同情现在已十分显豁

215

地成为主体眷恋了。

在关于女人的最初记忆里，韩少功一定存蓄着一种柔情而又沉默寡言的妇女原型。也许，这是经验加上幻想的产物，特别是幻想，它伴随着许许多多敏感、多思和内向的男子度过了他们朦胧的童年期和危机四伏的青春期。在韩少功的这些小说里，我们可能会辨察到他几乎无意识地同时流露出两种并行的心理动因，一是"恋妹"情结，一是"恋母"情结。在他的《归去来》《诱惑》和《老梦》中，不难或显或隐地觉识到此种"恋妹"情结，尽管它们都被韩少功杰出的理智所竭力掩盖和予以了抒情化的改装，也仍然在那种动人而恬淡的文字中将它委婉地泄露出来了。此种"恋妹"情结，通常都和一段遥远的乡村生活有关，我们可以从中测度到韩少功内心深处时时有一种在艰难之际欲为人兄的冲动，如果这一猜想能够得到成立，就能够理解这一心态的反复流露体现出一个男人的心理成熟或渴望着心理成熟。当韩少功在他小说的另一些场合不断显示出某种局外人的带有若干调侃意味的旁观倾向时，也许正是他希望摆脱这一缠绵的情感纠结，力图获得男人独立品格和坚韧意志的证明企图，不过这一企图恰恰又从反面证实了他曾多少次地受到恋妹情结的暗中引导与扰惑，使他在温情的幻想中暂时地安憩然后便努力卓然而出。

与此相并行的是"恋母"情结。这一点在《空城》里表现得较为明了，四姐其实只是韩少功母性崇敬心理外投的一个外在对象而已。当然，文字的哀婉和细腻使我们对四姐的来历怀有某种不尽的想象，可是在我看来，这篇小说的一个潜在冲动便是唤起和保持对一位善良女性的记忆，并予以理想化的重温。可以推断韩少功本人在当时曾一度渴求母性的保护，在他过早地投身于乡村社会之时，这种保护被无情地中止了。不论事实上有无这一段有关四姐的邂逅相遇，但是作为一种刻骨铭心的梦念，母性般的抚慰、默然和无言的心心相通，却始终盘桓在韩少功的胸际而不能逝忘。

接下来我们就要接触到一个困难的曾使我踌躇的事例，即韩少功在他晚近的《女女女》里异乎寻常地对老年女人表现出空前的超然和冷漠，理智的距离使他和女人之间不复有稠密的情感联系。那种委婉的情致似乎不再存在，早先对女性的眷依倾向，一下子断裂开来，被另一种近乎残酷的纯观察态度所代替。

我把这一情况的出现解释为理智的统领，这统领建立在早年记忆和幻想业已获得某种泄放的基础之上，它是知性对恋妹和恋母情结的执意反叛与逆行。无疑地，从表面看，《女女女》含有厌女倾向，而且是明显地带有切身的利害关系的。一种嫌忍的、若即若离的、看透的、冷眼的、不满的和烦倦的情绪充塞在自我叙述中，由空间的逼仄、世事的喧嚣和神经受到慢性磨损所引起的坏心绪，严重地影响到韩少功此刻对待女人的态度。《女女女》中出现的几位女人——幺姑、珍姑和老黑，都处于一种理智的审察之下，显露了女人的原态；或者说，被赋予了冷漠无情的解释和判断。在每时每刻，强烈的分析欲和不受情感偏见干扰的洞察意识都那样不可收遏，那简直是接近医学解剖的眼光，森冷地透穿她们的身形面容，直达躯体内部。我们不妨将这一对待女人态度的突转看作是韩少功的一次自我剖示，也许仰仗于此，他的热情才会再度点燃，重返情感世界。当他试图把周围的一切均无可闪避地看透的时候，他是不会跳开那些他内心始终眷依着的女人形象的。可是这一无情的跨越，必使他在看见人性真相的同时也借以审视了自己的内在灵魂——因为他亦是需要将自己也一视同仁地看透的。于是，当他把女人们推向了客观呈现的极致，推向了人性的彻底裸露，他就在悬崖边上站定了，只把思想中的虚无阴影掷进了前面的深渊。韩少功一定在此得到一种悟性：人生即是存在着，幺姑的求生本能和老黑的现代理想是等值的，在反对愚昧和庸俗的时刻，人也需反对这种冷漠的反对本身。最后，在对女人们作了尖锐的审视和辨察后，一种真正的博爱就可能诞生在日常生活中了。

　　精神变异者或精神失常者是韩少功小说的另一种人物肖像。如果说韩少功早几年的小说里还对残废人（如《风吹唢呐声》中的哑巴）注入了深厚的人道感与同情心的话，那么近来的情况则有所不同了。生理的障碍和残疾已被心理的和精神的畸变所代替，《蓝盖子》里的陈梦桃与《老梦》里的勤保，都是性格有缺陷的正常人走向精神失常的令人心怵的实例。有意思的不只是韩少功如实地描写了这一精神崩溃的过程，而是隐藏其后的态度。一般地说，我们极易从陈梦桃和勤保的精神失常史中窥见一个时代的病态，比如一个非人的环境如何摧垮一位软弱者的精神防线，使之变得惶惶然可笑而可悲；一个极端政治化的环境又如何把另一位自我压抑甚深的小人物弄成行为乖谬的夜游症患者。不过，这些都不能说是最重要的。这两篇描写了荒谬生活的小说，都是平静地被陈述出来，对人易于畸变的素质所抱有的内在痛惜，让一种对乖谬和反常的冷漠口吻不动声色地掩盖了，甚至不忘记掺有一些幽默。我以为，它们的重点乃在于把外部世界的错妄与压力看作一个因素，是它迫诱和遣送了脆弱不堪的陈梦桃和勤保一步一步走向令人悲悯的毁灭之路。换句话说，揭露所谓那段历史中的冤案错断并非是《蓝盖子》的主旨，揭露极端政治化的环境也并非是《老梦》的主旨。这两篇小说的内在意图是超越了一般社会意识的，它隐含着对人性的一种无泪的痛切静思。

　　然而，另一个问题却不应该因此而受到忽视，韩少功对性情乖张、行为上有怪癖、不为凡人所解的人有着特别的兴趣。这里一定和韩少功的个人经验有某种不可解脱的勾连。《史遗三录》以方志笔记的短小体例分别记录了三位屑琐而又有警世性的异人，让人欲

笑又止；到了《雷祸》和《爸爸爸》，此种情况就尤为甚烈。这一
现象的屡次出现，告诉了我们关于韩少功生活阅历中的一项重要内
容——在平时，他既比一般人更留意生活中的反常现象，也更留意
异常的人。他好像对这一类事和人总怀有追踪与了解底细的意愿，
他不会轻易地忘记它们和他们。也许，生活的实质和人性的实质在
这类现象和人身上可以得到最充分最完备的显露。在若干年以前，
韩少功对性情乖张者和精神失常者的注意仅仅是出自本能和古怪的
兴趣，不过这里已经包含着一种试图突破常规的敏慧眼力，关于这
一点我想已经是毋庸置疑了。

　　在韩少功小说的众多人物形象中，最让我吃惊和费琢磨的便
是《爸爸爸》里的丙崽了。我曾经将这位毒不死的小老头归入白痴
或低智者的行列，在小说中仅仅作一个承担着象征符号职能的傀
儡。确实，丙崽彻头彻尾地是一具木偶，根据那现代神话剧的推演
轮番扮演不同的角色，时而成为道具，成为台词，成为布景中的一
个图案，时而又成为主角，成为悬念，成为全部情节的枢纽及尾
声。丙崽就其自身而言，那最为简单的两句发声无非是婴儿智力受
阻停滞不前的征兆，这一形象孤立地看丝毫不带有意义。可是，正
是这么一个无意义的病理形象，在《爸爸爸》中却承受了大量的文
化信码和形形色色的神奇解释。于是在一个特定的语言环境里，丙
崽的意义就变得举足轻重、不容忽视了。我们如果暂时离开上述文
化哲学方面的思索意向，并且也不据此追究民族根性或心态的演示
与警训，那么，我们就必然会注意到如下的事实：为什么恰恰是丙
崽而不是别的什么人在此承担了一个极为重要的角色呢？为什么围
聚着丙崽的村民们会不约而同地将他视为一个隐藏着祸殃、神启、
占卜、滑稽、领袖、灾变、病根、预言等等几乎全部人类群落社会
的文化信息呢？我们若细为审辨，就不能不将这一切归结为韩少功

本人在其中所作的操纵——正是韩少功而不是别的什么人在丙崽身上发觉了关于人类形上问题的秘密钥孔，正是韩少功而不是别的什么人赋予了白痴丙崽以超量的信息与深奥的含意；而这种选择，归结到最后，又不能不和韩少功经验视域中的白痴形象的突出地位有着关联。韩少功的理性已经发达到这样的程度：他完全可以通过一些没有理性者的描绘来达成他的理性意图，他事实上确实也如期完成了他的任务——《爸爸爸》和丙崽已经被人们理性地读解了。我们看到，韩少功在《爸爸爸》中将他的理性作了诡秘而玄奥的感觉化处理，以混沌错杂的方式，向人们浓缩了一幅关于人类和民族生存的斑斓而阴沉的图像，所有明确的意见和结论都悄然隐匿，被溶解在他这幅难以测度和描述的宏大场面中。那种物我不分，主客不分，混沌一体的原始思维图式在以丙崽为中心的人群里得到了生动的再现。诚然，打冤、分食人肉圣餐、祭谷神以及大迁徙，都是某种原始文化的再演，它们的一个重要来源是历史文献和穷乡僻壤的遗存，这里当然也暴露了韩少功的阅读兴趣和部分阅历；然而，无可回避的却是这么一个情况：唯有丙崽身上存留的那些原始思维和行为残痕，明显地接续了原始文化与现代生活的关系，而这种经数千年的文明改造长期潜抑下来的人类习性和民族素质非但得不到彻底的变更，反而以现代的方式强化了原始的痼疾。因而，丙崽这个不死的不祥之物，作为一个无灵的同时又在文化背景下有灵的白痴，就使韩少功过目不忘，处心积虑地要以他为核心为我们绘出如此冷峻无情而又扣人心魂的画面。至此，我就当然得出如下判断：丙崽的原型肯定是有过的，这个白痴并非是纯粹的杜撰与虚构。这个翻着一对白眼的白痴留给了韩少功抹不去的印象，只是当他写作《爸爸爸》之际，他才以丙崽的姓名出现，开始得到一种全新的存在价值。换言之，若没有韩少功先前对这类人物的特殊关注，丙崽的完成是不可设想的。现在，我们可以明了，韩少功对精神变异者、精神失常者和白痴的铭记，很可能出于经验视域的巧合，但更大程度则是出于他理性过甚的癖好与好奇。普通理性支配下的注意力往往自然地投向那些同样是拥有普通理性的人们，这样他们之间才会获得认同与沟通，可是，唯有那些理性过甚者，才想到（也许是无意地）反身去审视非理性的异常人，而这样做的后果，就是不断从中捕取超越普通理性的深在意义，这些意义只能显现和领悟，却不能用普通语汇说出，因此这些意义的神秘性又总是一般知识所不能抵达的。

韩少功一九八五年前后的小说里十分显眼触目地频繁列示了许多日常生活中的杂物、琐物乃至秽物，对此我也一度陷于不解与迷惑。我们可以很方便地从这一重复呈现的现象联想到某种和"审丑"有关的范畴，但是在此我宁愿暂时不采用这个联想，寻找另外的解答途径。当然，我承认留存着乃至强调着杂物、琐物与秽物的生活图像是具有一种反优雅性质的，不过这是否出于韩少功的某种故意呢？在我考虑到韩少功小说中的这一粗鄙兴趣和俚俗特征时，往往更倾向于将它划入无意识的领域，它是属于韩少功经验视域的——我以为这和他的日常视界以及因此而难以祛除的图像记忆有关，由此还可以进一步追究到韩少功的生活阅历、注意力范围、某种善于从杂物琐物与秽物里领略到印象背后的象征概念、获得神启的能力。这种能力只有在摆脱了功利效用原则后方能得到强化，成为一种冷静的、不介入的喻启性观照，也成为一种公允的对日常世界所有物象和物态的等价观照。

就此而论，我难免要认定它是对优雅的亵渎与冒犯，它公然地涌现在韩少功小说的某些精彩段落里，令人咋舌不止。《归去来》中曾写到一条粗重的门槛，黄黄的木纹似乎已凝成一截化石，不知有多少人踩踏而过。这种把时间意识固化在一条门槛里的陈述方式，此后又在《诱惑》里出现。不过这一次是一只半埋在土里的破瓦罐，这瓦罐居然像一只鬼鬼祟祟的硕大眼球仿佛目睹了太多的历史，并且还把那些历史吞噬在它黑暗的破口之中。我们还在某些被遗弃的杂物里，看到了只有具备丰富想象力和理性概念的人才会发觉的预告，《空城》一开始，便描绘了露置市场的两排整齐蹲伏的肉案，案板上钉着的屠刀好像暗示着什么大事要发生；至于城楼下绿锈斑驳的风铃则更是明明白白地咕哝着某种预言。韩少功的这种和物象的神秘交流已经达到入魔的境地，他坚信街上紧闭的门声一定是怯怯地紧咬着外人不能知晓的秘密，他坚信被宰下的猪首已经安然入睡不再对世事感兴趣，他坚信四姐擦地板时一定同时把许多秘密永久地擦进了木纹，他坚信几块披着枯苔的砖石不怀好意，他坚信溪边的青石似乎有什么来历，他甚至还坚信被风雨磨得浑圆的土墩简直就是老牙脱落的牙龈。很显然，韩少功不但非常留意身边的物象和物态，而且往往就从这些粗鄙杂乱的物象及物态里看出某种意思，看出某种警示，直到它们纷纷成为一个个有灵的物体，印证了韩少功的奇想后便在那里再次哑默了。

此种将物象和物态有神化的倾向，无疑暴露出韩少功平时即有凝神俯首观物的习惯，这一习惯的养成又与他喜爱一人独处或一人独行有关。在他的小说里，我经常感受到这么一种独处或独行的氛围，在此氛围中，一个思维停止想入非非的人就有可能和身边的某种物体产生感应。人与物的沟通从知性上来说只不过是人的精神外移，可是就人的一种特殊心灵状态而言，它却拥有着一般人难以体验到的心物契合的霎刻。一般人，仅仅是在和某物发生功能关系时才对某物作出反应，从实用世界的立场来看这当然是极为正常的。但是，过于偏重功利的心物关系必然会把人排除在大千世界之外，因为任何人只能和极其微不足道的一小部分物有那种关联。当然，在文明的长期熏陶下，一般人也开始学会了所谓的"审美"，但是文明的矫饰性却只把那些精致的人工制成品向人们展示，让他们娱悦或是为他们廉价地奉上一枚盖有教养印戳的证章。我之所以说韩少功的物象描绘是对优雅的亵渎就是出于这个理由。在他的《女女女》中，几坛酸菜、床褥下的旧纸和门后用线拴着的晃荡不已的筷子，都分别成为财产、文字收集和历史遗物的朴实象征，人类的某些形上问题均在平凡的日常琐物里得到了暗示。与此相应的是《爸爸爸》中的仁宝从山下带来的玻璃瓶子、松紧带、照片和旧报纸，同样在把视线推向日常琐物的时候顺带地隐喻人类的文明，这里很可能流露出韩少功关于等贵贱的观念，他总是从最不入眼的物象中窥破人类的最高范畴。至此，我还想提一提《空城》前半部分中有一大段对琐城集市污秽景象的描写，在此我们亦不难立即感受到一种"溃疡"的预兆。若不是韩少功本人总是怀着不祥的预感，怀着忧虑，怀着某种神秘而无力的忐忑，他自然是不会从那些污秽之物中感应到这种溃疡的。正是过分的敏感和怀有危机感的想象，才在这幅不堪久留的景象前将它们和一些深刻的概念连缀起来。

对物象和物态的独特感觉和奇异联想构成了韩少功小说中一个不容忽视的部分。在他的视域里，物并不仅仅作为一个道具或背景形象出现的，它们常常拥有独立的含意。物的有神化、物是人世的沉默观察者、物是历史过程的见证、物收藏着世界的各种秘密和物与人的奇妙沟通，这五个方面合成了韩少功小说物体描写的全部价值。

很少有别的小说家像韩少功那样对各种爬行动物、昆虫、飞禽和家畜表示出如此极端的热衷。仅以《爸爸爸》为例，就先后出现了蜘蛛、蚯蚓、挑生虫、鸡、鸭、铁甲子鸟、猫、老鼠、山猪、青蛇、白牛、黑牯牛、狗、蝙蝠、麻雀、蜈蚣、苍蝇、蚊虫、石蛙、蚂蚁、蜻蜓、蜜蜂和蝴蝶等等数十种动物。这些乡村动物们和山寨的村民同属一个文化环境，它们和他们息息相关。我们看到这些动物或是成了祭品，或是成了巫咒，或是成了战争预言；蜘蛛是不可冒犯的神明，蛇是好淫的象征，老鼠则成了媚妖；最后，在老弱者升天族人大迁徙之际，从云端飞下的金黄色大蝴蝶仿佛带来了一种莫可名状的神授之意，目送他们远行。这种对乡村动物的泛神化想象和描绘，并不仅仅为了简单地表达乡村的落后与愚昧。当然，《爸爸爸》的一个理性立足点，确实是建立在对人类弱点和民族禀性的批判之上的。不过，动物的有灵现象，绝非是韩少功假借村民之眼才看到的，而更多的正出于他本人的一种感觉积习。因为这里的情况和上述我们已论及的物象与物态的有神化非常近似，我完全可以断言，在韩少功过甚理性的最下层，一定保持着他童年期对动物的幻想，这种幻想又一定在他后来的乡村生活中受到了知性的贬抑，成为他日后获得的科学头脑所要反对的东西。可是，这一感觉积习是不可能得到根本改变的，当他把此种所谓动物有灵的原始联想方式移植到他小说里的村民身上时，我已经很难辨明这究竟包含有多少童年幻想的恢复，又包含有多少意识的象征。至少，其中的泛神意识是于客观地描写原始文化和宗教巫术的过程里无意地泄露了。我们除了以上的例证，还可以从《归去来》和《诱惑》里找到同类的事实。《归去来》中有一小段十分随意地写到几头小牛的文字，说这些小牛有皱纹，有胡须，生下来就苍老了。这幅使人怵目的图像很明显地是用观人的眼光去观牛的，结果就产生出奇异的人畜对峙的效果。和这里的拟人倾向不同的是，在《诱惑》里，那些昆虫和爬行动物在体积上都不可思议地放大了：一只高傲地迈步而来的蜘蛛有拳头般大小的身躯，一条蚯蚓有数尺长，一尾蝌蚪足有核桃一般大，凡此种种，均向我们表现出韩少功对这些小动物的近距立场，这些迹象都意味着韩少功与乡村自然在血缘上和经验视域上的亲近。但是，假如据此以为韩少功是个泛爱一切动物的人，那就大谬不然了。在他的许多小说里都曾写到用火箱或是木棍捅捣鼠穴，即已流露出他的厌鼠心理。在《女女女》的末尾，他把鼠的描写扩展成一幅颇为壮观的鼠流景象，这种恣意的想象究竟埋伏着什么用意呢？也许我们可以推测韩少功的厌鼠心理和老鼠的过量繁殖有关，用它来暗指人类历史和前途的某些形上忧虑，这是说得通的。不过，在此我还是更愿意将这一现象和韩少功的个人经验联系起来：在他以往的日常生活中，他肯定是受到过鼠的侵犯和骚扰的。

韩少功对动物的不可忘怀是一目了然的，这里隐含着他对动物和人具有自然哲学性质的思考。当《女女女》中的幺姑在生命的最后时光脱形为猴，又萎缩成鱼的时候，韩少功显然试图暗示出他的这么一个设想：人在走向他的未来归宿——即死亡时，同时也正在向他的来源地和发祥处返身而去。尽管由鱼演化为猴，复又由猴演化为人只是一种生物进化史的理论描述，在此沿用带有一点概念的意味；但是，在此我更愿意将这一理性化的想象看作是韩少功对人类处境的严峻思索，他在这里想到了人与自然的同一，这真是所谓人猴鱼之形同存局面的一个残酷象征。也许在终极意义上，自然乃是不可越渡的。

分析至此，我已甚感和人们习惯了的主题思想辨析相距太远了。事实正是如此。我一开始就申明了，本文仅想在一块一般人很少踩踏的陌生大地上冒险，上述对韩少功本人过分的测想也许是不适当的——纵然这样，我还是抵挡不住这种测想对我的巨大诱惑。当我无所顾忌地将我的某些想法公之于世之后，所有的谬偬之处就只好留给人们去裁定了。不过，我还想在此作一个预告，本文只是我对韩少功的评论序曲，我还准备写另一篇同样是关于韩少功的奇文，它的题目是《韩少功的理性范畴》，我相信那篇文章一旦问世，将更使人们惊异。

一九八七年二月二日

韩少功的理性范畴

本文亦仅涉及韩少功一九八五年前后的小说

——作者

说韩少功是一位很理性的小说家，似乎在文学圈内已经成为一个毋需置辩的定论，但人们在作了这一归类之后却又很少再对此予以深究。偶尔会有人问起，韩少功到底是怎样一位很理性的小说家呢？这时候问题就不是三言两语所能说清楚的了。前不久有几个朋友都问起过我，理性给韩少功的小说写作带来的是帮助还是障碍？他的小说要是能够抵制理性的干预或是减弱其中过甚的理性因素，又会是怎样一个面貌？韩少功是否在自己的小说里有意无意地载负了过重的理性意念，因而总让人觉得艰涩、刻意和诡奥？他的写作过程是否贯穿着某种清醒而自觉的意图，以至使那些善于捕捉微言大义的人们怀疑他在每一行字背后几乎都有相应的隐语、象征或哲学寓言在作秘密操纵？诸如此类的提问一度使我难以作答，我觉得在这些问题前作是或非的选择性回答不仅是危险的，而且也是十足愚蠢的。不过，相类似的疑问其实在我的脑际也徘徊良久。尤其在写完了《韩少功的感性视域》一文之后，依然感到言犹未尽（当时我已经预告了我将再续写一篇），看来遗漏的正是这么一些问题没有作出令我自己满意的解释而被暂时悬挂起来了。为此，在回答我朋友的问题的同时，我也算对未完成的工作有一个说得过去的交代，不然我肯定会寝食不安。我把以下将要撰写的散漫无际的文字作为答卷交给曾向我提问的朋友们，并借以向他们表明，我并非是一个说说而已的评论家。此外，敏感的朋友还会从我下面的文字中发现缺乏十分具体的例证，因而会有独断和臆测之嫌，不过凡熟读韩少功的朋友一定会在我的文字背后看到相应的所指，它们不是游离在外的。

对于时间观念的理解和表达，是韩少功小说中引人注目的一项理性内容。在他的某些关涉到故地重游这一母题的作品里，常常会闯入对时间的议论和感叹。时间显然是韩少功所特别意识到的一个存在形态，他几乎是毫不掩饰地在小说里穿插进与之有关的想法，即便偏离出了原先的故事叙述他也全不在乎。《诱惑》中的相关段落原本可说是一个非常寻常的插语，仅仅是某次野游时离了神的感触，不过这一难得的瞬间无疑是对自己"正在消逝"又"正在和已逝物相遇"的时间错叠的敏悟。这种面对无限时间逝去又涌现的恐惧和坦然很快就被其他意识所冲淡，可这仍然是韩少功在一个片刻的间隙里忍不住要予以表达与强调的，而在它们背后显然和韩少功的哲学思考癖和经常的走神有关。《归去来》好像在试图拉回逝去的时间，它通过重合的方式来完成时间凝固与空间经验重复的梦想。一种本质上并无先后的时间顺序，通过扑朔迷离的叙述被召唤与复制了出来，达到了无起讫的循环。在此我不追究韩少功安置在小说中的社会性主题，因为我现在更关心时间观念在韩少功的心目中是怎样的，这一点他事实上已经无意识地流露了——他是一个善忆旧事的人，他总是目送着现实慢慢地退入到过去的阴影深处，并盼望着过去了的一切能以未来式的寓言方式出现，或涌现在此刻的幻觉中。他一定会为了时间的逝去而恐惧，像所有思考过时间问题的哲学家一样。对时间无形的催老力量和催生力量所具有的特殊敏感和幻觉都加深了他对时间不可逆性的疑惑和欣慰。在对时间的无情退去作了沉重的诅咒这后，韩少功就开始看重时间的此刻性了。毕竟，逝去的时间再多，我们仍在时间之中，它是不会增损的。时间依然一如既往地拥簇着我们，环绕着我们，追随着我们，这一点足以使韩少功的感慨得到补偿。于是，在他的小说里就透露出如下的观念暗示——时间，特别是在时间中曾经存在过的一切，都是不会完全丧失的，它保留在记忆中，保留在语言陈述中，连同着一堆遗物、一堆符号、一堆生活方式、一堆习惯风俗，顽强地延续至今。但恰恰因为如此，传统和历史拉长的阴影也就一起随之而来了。在悟察到时间的完整连续而获得暂时的精神松弛之后，一种关于传统不死的意识便悄然地溜出，历史同样没有随时间的飘散而瓦解，它坚固地活在现时的许多领域，直接构成实体存在，使我们欲摆脱而不能。

历史永远以这样或那样的形态伴随着韩少功笔下的人物，这已经是昭然若揭了。历史的种种片断活在这些人物乖戾、混沌、质朴、淡然的日常行为中，深烙在他们杂乱无章的记忆里。《归去来》中的村民们尽管智能低下与世隔绝，仍然不断地为"我"恢复记忆，他们似乎就是为此目的而存在着的。不管"我"的经历如何的混淆不清，也不管"我"如何想从既成的历史中逃逸出来进入到另一个时间序列中，这些善良村民作为恢复记忆的催眠术士，频频向"我"出示历史的见证并反复讲说着令人半信半疑的证言，表明历史的不可抹去。《归去来》完全可以看作是关于遗忘和恢复记忆这一心理冲突的情绪化变体，它的理性意图在一般人眼中已被某些不重要的社会细节和具象所掩盖了起来。韩少功仿佛跌落在一个怀疑论的陷阱里而不能自拔，表面上他在陈述一段既朦胧不清又历历在目的往事，骨子里他却接触到了一个经常困扰着他的抽象命题，只不过他已经将它充分地感觉化了和经验化了而已。

对时间不可逆性的抵抗，看来只好经由文字来给予精神上的保持——唯有文字记叙可以凝化一段过去了的时间，以及在这段时间中发生过的事件。当韩少功不能自禁地在他的小说中直接喊出对时间的想法时，问题就愈加明显了。这一难以祛除的想法在更多的时候就转化为对历史和传统的描述，因为无疑地，历史和传统这两个范畴都是紧紧地依附在时间这个基本概念之上的。但是耐人寻味的是，韩少功一般很少在处理历史和传统这两个范畴时仅仅将它们作为完全过去了的东西来对待，在更多情况下，他是将这两个范畴压缩在今天的空间之中予以理解和陈述，他是将它们转化为现在时态之后才对它们发生浓烈兴趣的。

显然，韩少功对历史的重提包含着两个方面的内容——一个是他个人直接或间接的早年经历和耳闻目睹；另一个是越出个人经验范围的对宏观历史和种族文化的知性把握。在这两方面，韩少功都是暴露出一种自相矛盾的立场，他的背反式思维使他的小说图式在此变得不那么一目了然，甚至显得有些晦涩混乱。韩少功总是在那里竖起敏感的耳朵倾听历史亡灵的呼唤，他的理性辨别力显然是和他容纳各种彼此矛盾的事物的感性态度互为抵触的。在关系到个人的历史记忆中，韩少功通常陷于双重的情感态度：诅咒那曾经令人怵目的梦魇般的往事，或是眷恋那段虽然贫苦却又有人间真情极少都市烦嚣的乡村之旅，这分别可以由《蓝盖子》《老梦》《诱惑》和《归去来》作为证明，《空城》则是两者兼而有之的。在问题关系到越出个人经验范围跨入民族或种族的历史形态中的时候，韩少功一边无比透彻地看到了历史的噩梦里潜藏着关于人类种族无力性的某些令人不安的事实——如迷信、昏睡、愚昧无知、自相残杀和无效的乞灵术——一边又因怀着一种中国当代知识分子特具的早熟的忧虑，世纪性地对这段滞留不前的历史作了若干情绪上的纯化和抒情化改造，以此来抵挡现代社会危机四伏可能走向寂灭的悲观预感，这又可以分别由《爸爸爸》和《女女女》来提供旁证。这些欲哭无泪欲笑无声的陈述，充分地传达出韩少功对历史的一种痛切否定和超然静观的混合。若干年之前，韩少功在反省了直接为民请命的写作原则后并没有立即拜伏在完全和民众生活相脱离的纯艺术旗帜之下。当他疏远其他作家仍然一如既往地持续地发生兴趣的某些题材时，他遭遇上了一个带有形上性质的主题，即揭示人的根本处境，而不仅仅是揭示人当前面临的具体处境。《爸爸爸》无可辩驳地是这一主题的典范之作。丙崽用自己无所不包的傀儡形象把性格化角色断然替换了下来，通过这么个十足符号化的面具化人物，韩少功塞入了他大量的想法，游刃有余地把极大的种族世界和畸态的文化模式迁移到他的笔下，纳进了一个小小的由语词构成的叙述空间里，这不能不说是个奇迹。在《爸爸爸》中韩少功以民间故事、寓言、族谱、传说和荒诞剧的方式，和被他建立起的那个世界之间造成了冷漠与无动于衷的间距，好像是一个真正的旁观者仅仅在旁观从来未曾想到会介入。确实，一个虚构的世界我们是无从介入的。韩少功对这一虚构村落和氏族悲天悯人的记载，寓示了他明确的否定性立场，理性批判在此表面上似乎是隐匿起来了。但是，通过这一系列近乎荒诞不经的描述，还是可以察识到其中的历史批判意识是经过了一番粗鄙民俗和陋习的伪装。这一隐匿起来的历史批判意识之所以沉得住气，恰恰在于它本质上是自信的，它根本无需大张旗鼓地炫耀，因为它要予以否定的东西在它是如此地确认，没有半点的犹疑不定。但是，逆转悄然而至——此后不久面世的《女女女》发生了某种较为暧昧的观念转变。他先是以辛辣而又粗鲁的方式贯彻了他对现代社会的信仰与思想的迷乱和苍白所进行的拐弯抹角的批评，在给了老黑这位十足脸谱化的时代新女性以刻薄的嘲讽以表明他对她所体现的时尚的高度不满之后，又在一种宽容精神的诱引之下期期艾艾地对她的价值观表现出温和而大度的理解。应当说，老黑真是一幅让人沮丧的现代女性图像，她完全成了一张图表上的上升而又下降的曲线：单纯、虔诚、看透与玩世，就足以勾勒出她的前半生了。韩少功对现代观念及价值的首肯看来不是轻率而鲁莽的，他愿意持一种谨慎态度，宁可触犯他的同辈人，也不能原谅各种时髦的寄生者。不过，由于他的挑剔，当他回头再次对历史、传统、种族和固有文化作出价值取舍之际，就开始对先前的全面否决有所让步了。不难观察到在韩少功的小说里有着某种近似乡村乌托邦的构型冲动，在《归去来》《诱惑》和《空城》里已有微弱萌芽的乡村抒情化倾向，在《女女女》中有所抬头。《女女女》的尾声无疑是在一连串的紧张思索之后的幡然省悟，它中止了非实践的玄思，平静地皈依日常生活并将它和哲学命题不声不响地并列起来的等价图式，是这篇充满了自我怀疑精神的小说一个最后场面。它是理性思考的结果也是理性思考的消遁——它最终被一种悟性调和到普通的生活行为和对之的自慰式辩解里。这也许是韩少功为自己悄悄开启的一扇边门，随时准备在理性的压力之下脱身而出，再返感性的和自然的生活之中，免受思虑过甚带来的精神疲乏。

韩少功的《女女女》标出了他理性思考的一个最近点。他在此呈奉出了他的疑惑、不自信和对自我无力性的认可。当小说中的"我"勉励自己扎实而具体地投身琐碎的生活时，其实业已窥破了自己的渺不足道。在对待诸如时间、历史、传统和现代价值论等等问题时，韩少功把握住的事物和从他指缝间溜走的事物几乎同样的多。确实，韩少功通过《女女女》抵抗着文明矫饰倾向的侵蚀和形形色色轻薄主义的恣意挑战——正如他两年前通过《爸爸爸》的虚构全面地反省了一个民族的心理顽症一样——他自然而然地回归到某些乌托邦式的乡村和理想家园，那里其实还在产生出新的愚昧。

但他已经能对付它了，它没有构成异己力量，它至少是熟悉的，容易贴近和亲近的。他是那样轻视所有和他格格不入的时髦，那样不能容忍一切的不负责任者，不管他们是老于世故还是涉世不深。反对伪饰和飘浮无根的个性，这些倾向都明显地贯穿在他的《女女女》中。它无可掩饰地表明韩少功的某种严肃，甚至是过分严肃了——因为他实在无法把人生观和他心目中的艺术作截然的隔离，他还是坚持视它们为同一者，这未免有点儿老式了。

韩少功是入世的，同时他又是脱俗的；他是充分现实的，同时他又是真正地虚无的。他的悲观主义和博爱精神有着一种奇特的混合，他会残酷地透视人性中的病态刻毒地攻讦人的时髦仿效，也会热忱而通达地原谅人的各种现代过失。但他究竟是如何看自己的呢？迄今为止我尚未看到他的自我解剖，他是在观照他人时显露自己的内在意向的。从个人经历和气质上来说，韩少功原本是一个情感型的偏爱幻想的人，正是后来习惯的理性（或经他自己发掘然后予以强化的理性）使他的情感变得深沉有力，幻想变得广阔诡奥。理性不可能也没有彻底改变他的基本人格类型，只是使它们在表现出来的时候形成了一种独特的陈述。在他的冷漠底下仍流着炽热的人情，在他的超人道之下仍有着宽厚的人道，在他的虚无里仍包含着对世俗事务的执着看法，在他的静观中依旧透出他难以更改的是非好恶标准。

理性并非是一匹外来的烈马那样冲进韩少功的内心世界的。他喜好理性有着他个人特殊的理由，小说家无需理性不能成为铁律，只有教条才是于小说家有害的，即便是无理性的教条和浅薄的情感化教条，同样是糟糕透顶的东西。韩少功的理性意识已经内化为一种感觉和语言组织结构中的驱力和模型，绝非是人们想当然地认为那样是一堆附着在作品中的抽象术语。韩少功近期的小说当然都承受着过多的有意识的含义，也许可以据此断定他的小说太带有目的性。的确，即使是他的《史遗三录》，看起来似乎仅仅是三个令人不安的笑话，可是令人不安本身就把人们引向了笑话之外。《火宅》也是一出严肃的夸张得厉害的当代滑稽剧，同样含有警训的意谋。不过，又有什么理由把目的视为不可容纳的东西呢？再说，我个人从来不去消极地解释小说家在他小说中事先埋设的目的，那应该由小说家自己去说，况且我从来不以他们的自我申明作为我评论的根据。我在韩少功的小说里看到的也是这么一幅景象：过多的理性用意，过多的隐语，过多的象征，过多的议论，不过它们已凝聚成一团密不透风的复杂难解的谜团，我的目的是想解开它，并加入我的想象和解释。我根本不认为理性给韩少功的小说带来丝毫的损害，相反，它为韩少功赢得了别人所不能享有的声誉。在当代的小说家里，没有一个人能在哲学意识上如他那样走在前列，也没有一个人能在自己的小说中渗露出复杂矛盾的时间观念和历史态度。韩少功的理性范畴是深刻而紊乱的，这两个特性终于使他和职业哲学家区分了开来。他的理性紊乱表现在他熔相对主义和现实主义于一炉，熔民粹思想和世界主义于一炉，熔人道精神和虚无精神于一炉。他批判农业文明又返归乡村，他批判工业文明又尊崇民主，他一直处于那种背反的价值游移之中，在精神信仰的边缘进退维谷。

现在，我想可以向我的朋友们陈述我的最后意见了。至少，这些朋友的提问都是不恰当的，因为理性并非是纯粹外在的东西，可以随意加入或减去。我们只是为了图省事才把这个词从人的精神中抽取出来予以单独讨论。韩少功近期的小说在当代是独步的，它的价值不用等到将来的追认。在两个世纪行将交替之际，韩少功的小说恰如其分地表达了当代的思想困境，它是前后无援的。如果我们一意诘问某些并不重要的教科书一般乏味的疑题，那不是没有读懂韩少功，就是我们为某些要命的"理性"纠缠住了，至今尚未解脱。

我再说一遍，韩少功的理性范畴是充满了矛盾的，不可能没有无法解除的矛盾，因为这是我们目前的时代精神的一个必然缩影。

一九八七年四月二日 深夜

《金牧场》的精神哲学

　　我把张承志的《金牧场》看作是一份超重的、夸张的也是偏激自傲的总结，这浩繁的总结来源于内心的扩展欲以及对往事的偏执迷恋。它是一趟漫长艰难和激动人心的精神跋涉，也许这个对自己许下的诺言——即用长篇小说的方式来重度一次青春并阐释一遍自己的精神哲学——已经折磨得他够久了。一种紧张稠密的复线叙事结构被另一种挥霍无度的抒情语调大大地瓦解，以致呈现在我面前的完全不是一幅关于世界的图景，而是一个浪迹天涯的孤独者、一个浪漫诗人和一个圣徒般虔诚的学者的内心历程。在这一奇特的内心历程中，我看到了对世界的解释而不是世界本身的涌现，一切都笼罩在强烈的带有傲气的主观精神里，使得那些执守于现实深感日常生活的琐碎本质的人们将信将疑，难以亲近了。的确，透过这份洋洋洒洒一泻千里的总结，我听到了一种极端自我陶醉的喃喃自语，它声调越来越亢奋，似乎是在向一群假想的听众发布动情而激昂的演讲：这一慷慨陈词的演讲以亲历的语音穿越了一些听众的心扉，涉及了许许多多当代迫切的问题和许许多多过了时的问题，携领他们跨入了一个广阔的精神世界。某种程度上，《金牧场》无可辩驳地以它绚丽的语言才华和当代业已罕见的激情扫荡了俗世的尘埃和萎靡之风，同时也由于它的过分冗赘浮华而丧失了一部分思想的深沉和感性上的朴素——它仿佛太计较个人的经验以及建立在这种个人经验基础上的推论了，以致在它的顽固映照下世界变得狭小，容不下卓然而立的博大精神，于是高悬在人类之上的精神史也只能由少数怀有信念的人去谱写了。

《金牧场》无疑是对某种解体了的文明和另一些失败了的主义的浪漫回忆和证明，在当前这个表面繁荣的世界中，张承志愈来愈固执地怀着不安看到了衰落的征兆。在整个世界价值观念分崩离析之际，要紧紧地抓住一个事物——哪怕是十足虚妄的事物——是如何的必要。外部世界的变移和不确定足以造成人们在精神信仰方向的晕眩，又有什么可靠的实体可以与之抗衡呢？于是，频频回首永逝的青春，沉迷于经典破译，留恋和缅怀纯粹献身的历史光荣，把过去遍历的苦难与真诚或愚妄的信念圣洁化，亲吻大地仰望太阳和星空，拥抱母亲、老人和姐妹兄弟，投身万世不绝的民族怀抱等等一切的一切，就显得非常可以理解了。但是，所有这些和世俗行为相反的浪漫证明，只能从诗学的立场去予以领略，由于支持着这种新浪漫精神的，并非是必然的历史趋向，而是若干经过了想象力处理过的历史记忆和遗存：因而当人们从一般历史教科书的通用原则出发试图去衡量它的时候，就难免会获得它具有非历史主义倾向的印象。我想说，《金牧场》的确是非历史的，不过，它绝不是非诗的，重要的恰恰是后者。我并不要求诗的主张和意向在任何时候任何情况下都必须无条件地服膺于历史原则，况且所谓的历史原则也不是不可怀疑的。在此我当然可以认为，《金牧场》的主现精神是彻头彻尾的漂亮虚拟，它指出的并非是我们全体的归路或最终的长眠之处，而只是一位和世俗准则格格不入的诗人对他所处的世界及历史和未来的一个绝望而动人的评价而已，历史和诗在这里是断然分离的，我绝不想把它们混同起来，用一方来反驳另一方。《金牧场》通过一系列古今杂陈的意象反复陈述和隐喻的那个终极目标，乃是自我解脱自我升华和自我夸示的一组象征性的文字符号，诚然，它们是具有诱惑性的。问题在于这一并不曾存在过也未曾追寻到的终极目标确实激动过一代又一代的人，而且其中尽管有大量的盲目信者也仍然不乏许多大智慧者和大行动者。这样，描绘激动而不在意引发激动的目标是否正确，就构成了《金牧场》所关注的部分，因为目标的可行性分析显然是属于历史科学的工作范围，对此诗人是可以不置可否甚至可以与之背逆的。

然而在我看来，并无一个终极目标或终极境界，也无所谓永恒的或至圣的意义，因为我们不能证明它确实存在，也不能证明它必然会存在，我们不能确信任何未被实践证明过的东西，信奉只是情感上的意愿予以偏执的强化罢了。我们只不过希望有一个终极，希望有一个永恒，而在希望的背后恰好是纯粹的空无，正是纯粹的空无使我们创立了各种精神信仰，赋予了我们想象来世向往终极渴望永恒的冲动并永不衰竭地代代相传。这种在空无状态中不知疲倦的追求，便构成了我们回顾光荣历史时所不断重温到的一个真实内容——但是，我们难道就因此看到了来世看到了终极看到了永恒了吗？我们只能知道在这一连串的向往和不惜牺牲的寻求中出现过的以不同方式展示过的行动——于是事情就悄悄地起了变化，是行动而不是目标，构成了人类以往理想的唯一真实内容，人类的全部经验均体现在这一漫无止境的行动里而不是融化在那个最终的目标之中。因此，虚拟的理想促成和造就了真实的现实行动，使虚拟的理想有形化，结果人们渐渐地就把那个后随的有形化的现实行动和原先的理想等同起来，直至把那些献身的、失败的、死而无悔的行动者奉为偶像。最后我们不无感慨地看到，当人们再度执着地向往着未来的终极目标或理想时，继续支持着这一冲动的竟全是历史遗物或历史伟人了！这真是一个使人难堪的圈套，它告诫我们提醒我们，若是未来既已全在于过去之中，理想既已全在于历史之中，那我们当然只有永恒的轮回式的悲现了——因为我们走出了的那段历史将永去不归，不可逆地消遁在黑暗的宇宙深部……

人们似乎已经习惯于将张承志归入理想主义者的行列，并进而把他的小说也顺理成章地划作理想主义作品（我也一度这么认为）。但是，严格地说，这种简单的判断和由此而来的褒扬或贬抑都是空洞无物的，因为它并没有指示出那是怎样一种理想主义，这所谓的理想究竟包括哪些内容，它和世界的关系到底怎样？而且这种理想主义对张承志本人可能意味着什么，它有没有充分的存在根据，在当代社会里扮演了什么角色，它的前景又如何？这些问题人们都在经过一番华丽的复述后悄悄地予以回避了——人们是无力回答这些问题还是根本没有觉察到这些问题？

《金牧场》的主观精神是带有浓厚的古典意味的，这种古典意味又和十足的新浪漫倾向纠缠在一起（这正是人们认为它属于理想主义的一个特征）。对历史的无比钟情和抚思，是《金牧场》贯穿始终的一条情绪线索，它勾连起了各个时代各个民族的精神联系；当然，这种联系完全是由张承志的恣情想象所造成的。他通过他的想象，用一种浓烈色彩在一个广阔的空间里为自己涂绘出新的偶像。民间传说、文献、宗教典籍、艺术家、行吟者、迁徙的部落、远征、画家和歌手，都为《金牧场》提供了新偶像崇拜的杰出范例。张承志死死地攫住他们不放，他和他们在幻想中重逢，他和他们共享着某种接近神灵的体验，他和他们一起在经受苦难与欢悦，他和他们的同在终于使他超临污浊和俗世之上，再也没有时代和国度的阻隔。虽然功名昭著或默默无闻的历史真实早已殒没，遁入黑暗；虽然知名或不知名的显赫或卑微的历史人物早已作古，化为尘埃；但是，只要某一天，有一个深深地怀古思古的人面对一堆刚出土的古文物，他便会在突然升起的灵感和想象中唤起它们的形貌和他们的面容；他将这一切依稀可辨的幻影以文字叙述或抒情的方式予以重建，于是它们和他们就会从坟墓中站立起来，加入今天的世界，并使许多依然活着的人黯淡无光。也许人类的精神愈来愈变得功利而非艺术化了，或者说他们在审美方面日渐退化，他们已毫无魅力可言。锈迹斑斑的青铜器和批量生产的合成树脂制品哪个更好？在人的精神状态因过分精致而显得普通软化，需要更多的依赖，需要更多的文化和技术来点缀来支撑的时候，它难道不已经不堪一击了吗？

《金牧场》再次表明了张承志始终抹不掉北方游牧民族给予他的深刻烙印。张承志如此喜欢游牧民族的生存方式及他们的文化导致了他个人喜欢不停地迁移和游历，或者是相反：他个人的好动使他爱上了游牧民族的生存方式与文化。他向来轻视安逸的、慵懒的、坐享其成的生活方式，无所事事一无所成是他最不能容忍的。结果，一种行动至上的、孜孜不倦地寻找的、自找苦吃紧张无度的生活模式就频频地对他产生了诱惑。他个人已不怎么在乎这种行动会导致什么现实后果，只是一意孤行地陷身在这种貌似徒劳的行动里，因为它已构成了他的唯一现实，他是停不下来了。生命的确证恰恰不在最终的目的地是否抵达，而仅仅在于永远没有止境的远游之中。总无停顿地奔波，又总是回头顾盼自己的家园。虽然张承志也依然眷恋家园，但家园不过是他临时的停泊地或小憩处，他是会再度启程的。或者，家园只是他心灵中的一小块宁静绿地，一小盏温馨明亮的灯，他不断接受着自己的心理暗示，认定他的一生将在无尽的漂泊中度过，不会有最后的终止之时。他那样怀着期冀抬起迷惘深远的目光向前方凝视，那里一无所有。当他不知疲惫地朝那个想象中的彼岸赶去时，他丧失的将和他得到的同样多，而他一直惦念着的家园也便被他弃置于身后，偶尔再来凭吊一番。

但是前景既是空无所有，那么建立确定信念的材料当然只能来自已有的历史或现实了。未来既是一种永恒的陌生，那么对未来的设想也只能依据建立在回忆基础上的遐想了。归宿是一种变了形的刚刚离去的家园,未来是一种纯化了的历史——这个极端好动而不安分的人把眼光推向了对历史的回瞻,寻找天国、迁徙、远征,在《金牧场》里成了整体的象征。张承志猛烈的乌托邦冲动使他和俗世格格不入,他对所谓终极意义的无望寻求自然而然地引发出一种殉道者式的痴狂,对任何一种价值体系即使它们彼此之间有冲突的价值体系已不再追问它们的本意以及现实必然性,仅仅是带着崇敬的如醉表情为那些献身者感动万分。那些人在献身的意义上获得了不分彼此的崇高性,失败主义和理想主义成了同义语,虚妄之举的倡导者成了永远不倒的偶像。在这反对安于消极期待毫无作为的光荣时刻,一种不可遏制的进取精神怀着渺茫的自信勃然而起。然而,这究竟是不是一种漂亮的误解呢?究竟是不是向往昔招魂来抵挡现代的信仰疲软呢?究竟是不是孤立无靠的新英雄主义的自作多情呢?究竟是不是把许许多多本来与己无关或无力做到有关的事物背负到肩上,然后向被蔑视的人们讲说因沉重而带来的痛苦及神圣使命感,以此嘲笑快活而缺少灵魂的人们太轻松太不知人生的艰难太不知圣明人物所做出的卓越贡献了呢?

但是这个世界上不再有圣明人物了——这一无情事实使《金牧场》表现出惋惜和凭吊的情绪。它是否在用一种错误来纠正另一种错误呢?作为人类消灾避祸或改造世界的方式,《金牧场》仓促地当然也是有所取舍地进行了历史性的浏览,它步履踉跄地回述了亲历的红卫兵远征、下乡、进伊犁、过天山和大坂、被捕坐狱和历数了各种道听途说及从书籍中得到的关于同期历史事件的故事记载;它还以半个目击者的身份谈到了异国他乡的精神危机、无政府运动、非暴力主义与民间歌手的后现代倾向;但是这些起落无常的浪潮几乎不对历史的总进程构成重大的具有推动性的影响,这无疑是令人沮丧的。在没有可能指出明确无误的出路的时候,在一切主观否决遭到了现实力量否决的时候，浪漫主义的批判就只得采取逃避的方式来对付丑陋和冰冷的现实，满足于和少数的智者、知音和朋友进行有限的交流与互相理解了。《金牧场》显然是为少数人写作的，大部分人之所以远离它，不是仅仅因为它的繁复冗长，而且因为它在精神上过分飘离；他们有时也会随着舆论说一些赞同的话，那是由于他们没有时间去细辨其中的否定含义，把它单单看作是一种对于理想主义的礼赞；而理想主义则是一个无需思考只需凭习惯就能接受的既成概念——事实是，在当代，形形色色的理想主义都已经大大地式微了。

也许是痛感个人生存的有限性，《金牧场》努力使自己生存在一个相当漫长的历史跨度之中。这样也就形成了相对应的局面：这部构想宏大的作品明显地缺乏当下的感性生活，沉溺于回忆、想象以及对历史的反复感受里，沉溺于对未来的期待里，沉溺于观念的困扰里。当然，由于对已逝物的沉溺，必然导致对身边事物反应的不敏锐，这就是我在《金牧场》中极少感受到此时此刻性的根本原因。《金牧场》对已逝物的沉溺，一方面通过高贵的极富诗意的语言化得以实现，另一方面又通过对色彩的精湛描绘得以表达。这两个方面，前者受惠于典籍书本，后者受惠于个人的亲历——这恰好是《金牧场》情节相对虚化，语言化和色彩化升级增强的根源。在《金牧场》的十段黑体章节中，张承志以极其华丽和绚烂的文字描绘并探讨了众多盘桓在他脑际的抽象问题，当然，他已经把它们处理得十分富有诗的意味和十分具象化了。这些章节分别谈到了生命、生命的诞生、对生命的崇拜、大陆、历史、责任、北方地理、道路的含义、朝圣、信仰、圣徒、民族和大陆之子、凡·高、火焰的象征、想象中的嬉皮族、群山的概念、人之属性、孤独者、告别青春、再次启程、女儿、太阳及不灭之生存……显然，这些放在显赫位置上的段落无可置疑地勾画出《金牧场》的精神动向和轨迹，是它们牵引着作品一步一步向前迈进。可以认定，它们才构成了《金牧场》所想说的最为主要的话，构成了一种精神的引力场，在它的磁性作用下，围绕着它们运转的表面描绘都纷纷向中心坍陷了。就这点而言，《金牧场》乃是一部庞杂的精神史，对这一精神史缺乏兴趣的人当然是不必去读它的——因为它是那样排斥与它精神上的相异者。

不过，对另一些人来说事情就完全地翻转过来。这些人并不是游手好闲者，他们忙于各自的事，但他们愿意在夜深人静的肃穆时刻思索一下他们所干之事含有的意义，他们一直在竭力寻找获得智慧生活的途径。他们痛心疾首地遥望着过去有过的理想终究成了泡影，他们愿意想一想人是否应该在信仰破灭后再重新为一个信仰而生存。在过去，那种种高悬于生存之上的信仰危害了生存本身，但现在是否说生存本身即是一切？他们或许已经明白，信仰在本质上并不是去相信一个什么，而是要求有一个相信。当人们什么都不相信的时候，生存难道是有价值有必要的吗？

在这样的时候，《金牧场》问世了。它以半是执着半是怀疑的姿态告诉了一种独有的思考方向，它对信仰的解答是古典的也是浪漫的。这两种相互缠绕的声调在当代充满现实感的乐坛上明显地暴露出不谐和的音响，但是这虽不谐和却又很沉重的音响以它的过去式和未来式无情地闯入了花哨的乐坛，粗鲁地攻击了流行的浅薄现实观，那种浅薄的现实观既没有时间上的绵延力，又不配享有空间上的召唤力——不过，《金牧场》在这样的世界时尚中。也只能激起一点微弱的回声，它的被淹没乃是不可避免的。因为确实，《金牧场》中过了时的观念毕竟是过时了。在当代生活的全部浅薄中，我们不正可以发现当代精神的实质恰恰是这么一种不可逆转的强调即时性和此地性的行为及主张吗？当《金牧场》如此偏执地在情感上和意识上试图恢复宗教式的献身热忱时，它是离当代的文明日益遥远了。它所倾心的广阔空间和孤独的长旅，在当前这个人口密集的地球上到底是代表了一种过去抑或是代表了一种未来呢？当然，《金牧场》是无力为关心这一问题的人们提供一幅现成蓝图的，它不外是指出了提供这一蓝图的最终不可能性。它所能够做到的，仅是不断地促成自己燃烧自己，仅是以个人的文字宣泄方式来解决个人的精神问题，这些问题是和哲学有密切关联的。所有有兴趣阅读《金牧场》的人，大概都会得出一个基本相似的印象：张承志是这样来处理自己的精神哲学和解释自己的行动逻辑的。至于你们同意不同意，那完全不重要了。

这一精神哲学源于一颗骄傲的心，它是超人思想和平民意识的相悖组合；它的英雄主义是被词藻夸大了的，它的理想主义乃是古典式虔诚和现代反叛的混合变体。这一精神哲学站在高原之巅，对现代城市作远远的眺望——它是远离城市，永远进不了城市，总在城市外部逗留的。它浮光掠影地感受着现代生活方式，对古朴艰难的生活却有着深切的体认。这一精神哲学带有隐秘的征服玄想，同时又不愿卷入社会事物，当然它不会忘记替自己从事的任何具体工作予以思想上的解释与证明。它以一种真诚的夸夸其谈嘲笑虚假的夸夸其谈，它对卑俗之物怀有既宽容又蔑视的双重态度。这一精神哲学总想占有宽阔的空间，但在时间的向性上尽管努力向前，可是在本质上它是向后的。它崇尚静态的自然景现，然而它又极端热衷于位置的不断移动，它是不甘心固守一地的。最后，这一精神哲学是极端珍视自己的每时每刻涌现的感觉和思想的，它在一个巨大的文学梦幻中以回忆瞻仰历代英雄和重述个人经验的方式来使自己的灵魂得到浮升和保持，这个巨大的文字梦幻就是——《金牧场》。

一九八七年九月四日深夜

关于洪峰的提纲

1. 爱欲

爱欲（性是它的直接而原始的方式）在洪峰小说中始终扮演了一个重要的角色。虽然《生命之流》一开始就无动于衷地指出了性行为的片刻性以及伴之而来的空虚感和无意义，但是仍然回避不了人依然需要性行为的事实。也许隐藏在这一行为背后的种族延续的冲动才是自发的根本的动力。性行为不过是生命本能的确证而已。个体之爱欲只是短暂之存在，由它而衍生出来的种族繁衍和血缘关系则是绵绵不尽和牢固不移的。

洪峰小说中的爱欲，手续是简化的，它较少社会性的爱之程序，《生命之觅》对此作了不加掩饰的露骨的描述。直接跨入性本能的领域，不在情爱的层面作过多的抒情式逗留，这种直率而粗鲁的领会生命的方式，带着盲目的倾向，构成了洪峰小说中最动人也最使人困惑的部分。

2. 赴死

洪峰似乎对那种突然遭遇上的死不是太感兴趣，相反，他一直是在等待着死的降临。面对死亡来到的平静是只能由这种等待来解释的。

《生命之流》的结局，无疑暗示了某种潜存已久的赴死冲动，在母狼那儿被移入了拟人化的复仇欲望，相形之下则人显得超乎于生死之上，这一十足浪漫的描写隐含着作者自己对生命本身的确保产生了怀疑——当然，这种怀疑仅仅是一闪而过，在最后的尾声中，猎人的儿子凭着天生的复仇心杀死了那头母狼，于是一个现实的捍卫生命保证种族延续的世界再度回来了，生命之流并未被斩断，它顽强地继续承继下去。

3. 态度转变

洪峰的小说态度在短短的一两年间起了一种悄悄的变化，即从对生命本能的炽热崇仰突然降落到冷淡的怀疑主义困境里。这其实可以从他小说叙事方式的改换中明显看出：在洪峰稍为前期的小说里面能够读到大量短促有力绝不拖沓的肯定式语句，而这一特征愈往后便愈是被另一种啰里啰唆的、自疑的、紊乱的、矛盾和反复纠缠的长句所代替。

他曾经迷醉于以高昂浪漫以至悲壮的口吻来陈述关于生死爱欲的故事，猎人原型的重复出现，人与自然、人与兽、人与人他自己，所有这些较为单纯的画面和关系，很可能出于一种对现代文明的逃避心理。洪峰讲说的这些故事，一个无意的目的，便是以此抵抗在内心萌生不已的厌烦和自卑，尝试着用幻想的方法来弥合自己和自然本性之间出现的缝隙，改变那种疏离的处境。这些想象很强的浪漫操作，看来最终并没有成功地解决洪峰的内心问题，于是，诗意让渡给了反诗意，一种精神状态上显得紊乱无序的小说，一种冷漠得近乎残酷的小说，一种琐碎的沉闷的忧郁的小说出现了。

洪峰返视了自身。他坦然无忌地看到自己的实际处境，而不再迷醉于他渴望的处境。

浪漫主义被无情的现实感瓦解了。

4. 一张图表

可以将洪峰的小说大体分成两个类型，其一是《生命之流》《勃尔支金荒原牧歌》《生命之觅》；其二是《湮没》《奔丧》《瀚海》。下面是一张图表，试图找出这两种类型的某些特征与差别。

两种类型小说的特征与差别如次：

肯定式	怀疑论
寻找意义	不寻找意义
理想化	还原为非理想
诗意	反诗意
返回自然	对自然的疑惑
强调生命本能	漠视生命本能
性之价值	性之无价值
叙事人隐退	引进叙事人
行为描述	心理独白
传奇故事	家庭史、个人经历
想象的故事	观察和记忆的故事
推断他人经验	陈述自己经验
句式单纯	句式复杂
语言清晰	语言繁冗
热爱	厌倦

5. 自我的分裂

《奔丧》是惊世骇俗的，它无情地裸示出一个人的内心真相——分裂，和世界脱离，又无奈地陷身在其中。

这个去奔丧的"我"为世界惯例所左右，毫无主动性地去应付一切，可是在他的心中却有着一种被遗弃的局外感。他总是那么冷冷地意识到自己的实际处境，怀疑舆论的价值，恍恍惚惚地生活在自己的幻想和对周围环境的非真感觉中。这使他有可能不断地把注意力游离出来，对正在进行着的日常生活投去冷冷的不信任的一瞥。这个"我"为取得灵魂的平衡，采取的乃是退缩的、自嘲的、无所谓的被动方式，用以消解因无聊、因烦闷、因无意义而带来的痛苦体验，达到一种清醒的麻木状态。

6. 丧失

这个梦游般的奔丧者，是一个丧失了主动的介入欲听从外界安排与驱遣的人，他机械地按照惯例、习俗、舆论做事，他似乎看破了这所有事的本质，又根本不相信有抵制它的或纠正它们的可能，于是他在内心对它们表示了一番讥诮的评论后便又心安理得地继续去做这些事了。不过，当他偶尔失口说出真实的话时，他周围的人就以为他是否有点反常。他当然不愿意在实际生活中和那些被他看透的人们分离开来，离开他们，他的生存是无法延续的，结果，他还是在行动上迅速恢复到惯常状态，因为除了妥协他没有其他任何可行的选择。

他的丧失感纯粹是一种内心的体验，这种真实的体验同样是真实的苟且体验，乃是出于一辙，即自我的分裂。

7. 存在观

《湮没》：以乖戾荒谬的行动，使存在成为将要存在的那个；

《奔丧》：以怀疑和认同的方式，使存在成为只能是现在的这个；

《瀚海》：以非诗的无序的回忆，使存在成为已成为历史的那个。

8. 他人的事

用第三人称是比较适合于行为描述的，它可以较少涉及甚至不涉及直接的心理描写。进入某一个"他人"的心理世界从空间上来说只能是猜想性和推断性的，因为一个灵魂不可能完会进入另一个灵魂来进行窥探与巡视。而"他人"的行动则常常处在"他人"以外的别人的观察视域之中。这一根本性质，也就决定了洪峰那些动作性较强的小说都不是心理分析型的，而他个人的态度则隐藏在他虚拟的情节里。洪峰小说凡是写到他人的事的，是想象的、浪漫的和诗的（《生命之流》《勃尔支金荒原牧歌》《生命之觅》《白雾》）；至于写到"自己的事"的，则是经验的、现实的和非诗的（《奔丧》《湮没》《瀚海》）。

9. 第一人称

第一人称便于作自我分析，作无情的自我披露，它可以造成坦率无忌的感觉，或者说它本身便是坦率无忌的。洪峰的第一人称小说通常有种自传式的、自言自语的、赤裸裸的感觉和气氛，它揭示出一个人内心和行为外观的不协调不一致。这个自我是敏感的、软弱无用的和超出常人之上的。这个记忆力很好又总是神情恍惚的自我不断反省早年经历、饥馑、贫困、朦胧的性觉醒和性接触以及耳闻目睹的人与事，纷纷涌来，在洞烛灵魂幽深之处后又不作自我责备，也不企图通过内心忏悔的方式来达到自我抚慰与升华。这个自我观察的人观世观人都抱着认可的态度，但是被认可的一切又都是遭到怀疑和否定的。

10. 外化式

那些通常要写到猎人的小说无疑显现出洪峰怀着一定程度的理想化态度：崇尚自然、生命意志、无畏精神、蛮力、性爱和种族繁衍。

11. 内向式

另一些自叙体的内向式小说则体现了洪峰另一类态度的特点：怀疑、责问意义、生命的悲剧感乃至非悲剧性（即荒诞性）、怯懦、自我迷失、烦闷得发腻、性冷淡、自卑等等理想化的负面。它残酷地观察透视他人，在看穿他人时又不忘记作无情的自我亵渎。就这样，在对生存状态进行了一番考问后，重新回到原来他所属的世界中去。

"——第二天，我就和妻回城里去了。那里有我的家。"

这不只是《奔丧》的结尾，也是许许多多对生存空怀不满的人的结尾。

12. 缓和自卑的方式

这副冷冰冰的面具后面一度隐藏着对生命本能的强烈渴望，但渐渐地，一种孤寂出现了。浪漫主义想象是不可能解决人类的根本自卑的，厌倦袭来，受到生和死的缠绕，受到文化环境的侵犯，想象力进行微弱的抵抗。通过浪漫想象，把人身上的社会文化背景和因子减弱到最低限度，张扬感性力量、本能、生命的原始性，恢复人和自然，人和人最为基本最为简单的关系——但是自卑仍然没有得到解决。

掩盖或装饰自卑并不是超越自卑的唯一可行方式、超越自卑还需要正视自卑并不宣泄自卑。

为了缓和自卑带来的内心焦虑和紧张，《瀚海》中的"我"不停地揭发自己的隐私和暴露他人的丑陋生活，指陈一切人的口是心非、知行不一，以此解决个人和世界的分裂问题，解决自己的无归宿感。但是这种解决由于必须事前将自己外移出去，作为生活和自我的旁观者，因而反而形成了新的分裂——即把行动着的自己视同陌路人，怀着冷酷赏玩的好奇心，分析、戏谑和嘲弄它们。

——你们，能否也做到这样的无情和坦率？

13. 语言特征

自卑本能的泄露给洪峰小说带来如下的特征：反复、夹缠、繁琐、冗赘、沉闷、阴郁、两可、冷峻、平淡、口语化。

14. 关于《湮没》

一个总也进不了生活的局外人活得腻味后去寻找死亡边缘的刺

激，不可理喻的是，这个仿佛也爱惜自己生命的人没有采取通常的赴死或自虐的方式，而是采取无辜谋杀的方式来使自己创造一种现实。当"我"偏执狂般地把未婚妻推入湖中之后，又跳进水中无动于衷地将她救起。这当然是很残忍的审美，一种还债式的愿望几乎不可能被遏制，这种强迫性神经症使"我"变得荒谬无比。

荒谬的主动性尽管完全缺乏合理的目标，但我至少"主动"过一回了。我至少证明了自己的意志还能得到贯彻，我还没有丧失全部行动能力——这确是值得高兴的事。但是，你们没有觉得这样的证明方式反而表明了人的瘫痪状态吗？人用以证明自己存在的手段真是太悲哀了，尤其是当人经过周密考虑并且不动感情地欣赏自己亲手策演的活剧的时候。人在追寻刺激活得发腻之刻，耍的花样真无所不用其极。

15. 关于《奔丧》

也许清醒地看到了孤独的不可克服性，也许不再相信人和人之间（即便是血缘亲属之间）可以达到完全的互知与沟通，因而就一反常态地恣意冒渎这种人和人的关系，嘲讽它的形式与礼仪，把它放在一个无意义的范畴中予以践踏。这篇小说是反规范和遵从规范的奇特混合物，在作了一番刻毒的冷言冷语的述评之后终又回到那个生活里去，妥协是它的必然结局。一边是极端清醒，一边是极端平庸，它是反抗和怯懦的统一体。《奔丧》的叙事者无疑是患了冷感症，所以才能超离在外。这位叙事者似乎已淡漠到没有痛苦的程度（他甚至讥笑痛苦），所以最终他肯定是毫无所为，毫无思变之心的。

16. 关于《瀚海》

显而易见，《瀚海》给人的第一印象是它的说话方式，它努力给人以没有加过工的感觉，保持本色和粗糙感，它呈奉出一堆未经雕琢的素材。《瀚海》把一连串与个人及家庭有关的故事重新安排了一个顺序，做出漫不经心的样子，好像把人们带进一间杂乱的没有收拾过的房间，所有的家具陈设都原样放着，显得凌乱不堪——整整齐齐的房间是属于别的主人的。

洪峰在此竭力剔尽浪漫的因素，或者说把若干想象出来的情节作了虚饰，使人觉得它是生活的原态，具有一种逼真性和可亲性。

这是一篇仰赖记忆的小说，洪峰坐在书桌前，等待着故事的涌现。往事在记忆的召唤之下，从黑暗的永逝的过去苏醒，穿越了时间，恍恍然出现在洪峰脑际。一切都恍若隔世，讲这些故事时，确实应该心平气和了。

《瀚海》是不激动的，不是想激动能激动而克制激动，它本质上是不想激动丧失了激动的能力。没有激动人心的人生，一切都如此这般地发生，如此这般地存在过，又如此这般地消逝。能够保持它的，只有微不足道的文字。文字是那么无力，文字的激动会使文字有力吗？

《瀚海》从头至尾都悟到了生存与回忆的无力性、短暂性与平淡性。在此是没有诗意可言的。

17. 关于其他

羞耻感、对人性的苛求、在死亡面前的幸存感、健忘症、单调，都强烈地刺激着洪峰的敏锐神经。他把这些体验都稀释在他的小说溶液里。用一个极简单也是极复杂的词可以囊括洪峰小说的基本主题，这个词是——异化。

18. 关于洪峰

关于洪峰再说不出别的什么了，若要明确表示我的态度，我想说洪峰的叙事方式是出色的。感觉锐利的洪峰肯定是一个不讨人喜欢的家伙，因为他破坏了许多人的脉脉温情。

关于洪峰，我想——我想还是听听旁人怎么说吧。

19. 多余的说明

这回我采取了偷懒的办法，送上一份提纲。我觉得这办法并不坏。

一九八七年九月二十三日深夜

一个臆想世界的诞生

——评残雪的小说

序　言

　　残雪一度在文学界引起的不大不小的骚动现在是平息了，人们似乎已经习惯于她的那种错乱、痉挛猥琐和超现实的表现主义陈述。目前，无论这位意在表达光明同时又连篇累牍地描绘病态的小说家如何一如既往地将她一手编造的噩梦型故事导向荒诞的道路，人们也觉得无所谓了——确实，三年来文学界所经历的种种震荡，足使本来容易大惊小怪的文学读者有了应对任何新鲜事物的心理准备；他们如此地缺乏耐心，懒得追究文学背后隐藏的批判性立场，只是纷纷地将永不餍足的眼光向别处扫射，随时想捕捉更为陌生或更为引人入胜的情节、场面及幻想。残雪已使他们倦怠了——真的，残雪近来的小说不仍然是对萦绕着她脑际的往昔噩梦的老调重弹吗？

　　残雪刮起的旋风始于一九八五年（今天回想起来真有点恍若隔世之感）。这是一个多事的年头，它不仅对残雪，而且对众多的年轻小说家都是至关重要的。我想说，一九八五年对残雪而言肯定是个十分要紧的历史机会——她实际上从一九八三年就开始着手写小说——这一年中国文学的五花八门和先锋精神的抬头使一些人狂喜不已，又使另一些人大为不解和困惑。追求新奇与鼓吹实验是这一年度的文学倾向之一，在它的推动下，创新、迷乱、模仿、误解、天才和赝品同时涌现了，人们几乎无法认真细辨和梳理纷至沓来的各种文学现象。在新潮的冲激下，即便是一时费解的小说，只要奇诡得让人恍然觉得其中可能蕴含深意，就不敢贸然予以否决，于是也就有了与公众见面的理由。一九八五年第七期《人民文学》发表了残雪的《山上的小屋》，当时这位鲜为人知的小说家和她的作品并没有招来太多的注意。那是一篇很短的小说，它呓语般的陈述给人以森然的梦魇感，这一切连同残雪这个特别的名字，仿佛仅仅给读者一种神秘的预告。过了几个月之后，《山上的小屋》开始在为数不多的评论家那儿成了一个暧昧的，有深度的话题，他们留意到残雪这个人了，只是当时他们无暇来研究她罢了（那时残雪的小说人们见到的也非常少，仅有《山上的小屋》和《公牛》两篇）。一九八五年不仅是中国当代文学走向分化和多元的一年，也是评论界试图掀起方法革命的一年。在此背景上，人们谈论残雪和她的小说时，就理所当然地联系起了卡夫卡、超现实主义、精神分析和异化理论，这显然加强了残雪小说的深奥性和象征意味。在经过一番短暂的但又不是太轰动的争辩（这一年中国文学界的话题实在太多）后，自一九八六年起，残雪的小说似乎被更多的人公认了，尽管有不少人仍然对此保留看法，认为她的小说晦涩、古怪、丑陋、反常和不堪卒读；可是，"宽容"已成为他们的一项原则，即对不喜欢不赞同的事物，也不去粗暴地剥夺它的存在权利。这种宽容的结果，使得人们渐渐从各种文学期刊上不断读到残雪同类小说的新作（仅仅在一九八六年一年，残雪就发表了《雾》《旷野里》《苍老的浮云》《我在那个世界里的事情》《布谷鸟叫的那一瞬间》《天窗》《阿梅在一个太阳天里的愁思》《黄泥街》和《绣花鞋及袁四老娘的烦恼》等近十篇中短篇小说），她终于被更多的文学读者熟知了。

一九八六年和一九八七年是残雪日益扩大影响的两年。尤其是一九八七年，不但国内译论界对之频频作出有力反应，而且，残雪的作品开始影响到海外。美国《知识分子》杂志登载了她的小说《瓦缝里的雨滴》《阿梅在一个太阳天里的愁思》和《黄泥街》。同年年底，台湾的一家出版社出版了她的小说选《黄泥街》。

残雪小说影响力的扩大，首先是由于文化背景的改变和历史机遇。一般地说，接受残雪的小说出于两个原因。其一是她的小说常常泄露出对文革时期社会黑暗的深刻记忆，这种记忆的高度变形和梦呓式的偏执处理，使小说经常处于一种精神变态的氛围之中。这个特点，使一向注意文学中的社会因素的人们以及后来了解若干弗洛伊德主义的人们得以从中窥察到他们所理解的主题；其二是她小说所频繁使用的超现实意象、悖理和反常的感觉与犯禁的人伦关系描写，又使得曾经接触过西方现代派文学的评论者为此激动不已，进而将残雪归入擅长描写内心分裂与精神变态的心理小说家之列，甚至是出类拔萃的。

但是，残雪那些令人战栗的故事，不仅附会在她对社会秩序解体和个人生存空间屡犯侵犯的指控，也不仅附会在她对人类一般生存条件和实际境况的哲学态度，而且主要附会在她作为小说家所特有的偏执的变形倾向、竭力用臆想来混淆现实和装疯卖傻地陈述现代寓言的内心驱力。这种全心制造白日梦的欲望于她简直是不可克制的。它们通过残雪罕有的视听妄想和一意孤行的虚构性猜疑充分地表现出来，最后以清晰的文字记载在貌似紊乱和缺乏条理的小说之中。无疑地，残雪的想象力是与众不同的，它过去、现在和将来都永远以臆想的形态出现，臆想是残雪的起点和终点。这种不受拘禁却又固置于内心难以更改的恣意臆想，不但把我们的视听想象力带领到一个完全陌生的世界，而且它本身已经圈设了一个世界。不管这个臆想世界和我们的日常世界之间有何秘密的沟通，它依然是残雪独自拥有的。残雪用无休无止的也是重复得让人难以忍受的呓语笼罩着她笔下的一切人，直至笼罩到每一个试图朝里窥探的读者头上。她确实具有非凡的能力，将人们曾经部分体验过的反常情绪物化成一个个离奇可怖的故事，凝结成一种居然赫然可视的场景和图像。不用说，这情绪于残雪显然是一种女人化了的纤细、不安、猜忌和变态妄想的综合体。但是，它的内部却包含着一系列严肃的方法和逻辑暗示，诸如世纪性的灾变预言、人和人无休止的攻击、戒备与争战、个人的无因焦虑和根本孤独感。

残雪创造了一连串不可思议的噩梦，这噩梦绝对不是真实的梦中所见，它只产生于残雪执笔写作时的迷狂状态里。我只能断定它是文字梦，却无法（亦无必要）去臆测它曾经在残雪的睡眠中真实出现过。任何人都不可能如实地描写曾被经验过的一次幻觉，也不可能如实地描写一个曾被反复梦见的场面。人们所能够做到的，不过是在口头复述或用文字记录幻觉与梦时，将它们再度构造出来而已。换言之，他们不是将已发生过的幻觉与梦如实地详录下来，而是以口述或书写的方式来重构幻觉与梦，据此满足他们的臆想欲望和指代欲望。这样，在我看来，在残雪的全部小说中，幻觉和梦主要是作为一种构造和制成品，而不是作为心理历史和创造的前提存在着的。

我将证明我对残雪小说和她本人的一个基本判断：残雪的小说尽管迷恋于臆想，可是这不能掩盖残雪的小说运作其实受控于理智力的事实；我将证明残雪小说常见的紊乱叙述和错乱的感知形态并非全部来自无意识的推动，而往往是出于理智的故意。她写梦，但把梦的含义看得十分明了，她一直很清楚自己的臆想世界究竟在指代什么。残雪似乎在致力于把读者经由一个虚构的日常世界引渡到另一个真实的超现实世界中去的工作，这工作使她入迷了。固然，残雪对社会黑暗和个人经验中的直接或间接的不幸与恐惧感有着刻骨铭心的记忆，所以她念念不忘地指出了人和人一旦无休止地相互警惕相互窥伺相互仇视将是一个多么可怕的局面；但另一方面，她对人的心理问题和文学虚构的象征价值怀有极端的偏爱，以致经常不慎把她的小说弄成一种精神病理学的临床病案或象征意味特别露骨的荒诞戏剧，这些都不能不令人感到背后隐藏着的思辨目的。当然，一切问题中最为吸引我的，乃是残雪本人的臆想方式，正是这个罕见的方式帮助残雪创造出了一个超现实的景观，离开这个景观，我们的讨论就会抹煞残雪小说和其他涉及相似主题的小说之间的重要区别，促使我们的思路陷于一种哲学或心理学的范畴里。

残雪的臆想是非她莫属的，它曾经为残雪诞生了一个超事实的形而上世界，这个世界又是以能够亲睹亲闻亲临的日常形态涌现的，当然这日常形态乃是幻想型的和解体了的。在短短的两年多里，残雪的臆想不停地重演着它怪诞的运作过程，几乎要把这个梦般的世界填满了。尽管人们对残雪的小说已表示认可，不再轻易地冒渎指责，不过事情确实从现在起显露出相反的也是不为人注意的一面：当中国的文学界和海外出版商及研究者开始热情地接纳残雪的小说时，残雪的小说却悄悄地透露出衰竭的信号。意识到这种信号的出现并予以指出，返视残雪小说的历史演变，揭橥它们的内涵，对我而言都是不可回避的。虽然我隐约地预感到，正像一切生命过程均要由弱到盛由盛到衰一样，残雪的臆想世界正面临终结的暗淡前景；可是我仍然对残雪怀有一种惊讶和被震撼的敬意，因为她独一无二地将智慧和悟性通过臆想的途径转化成了一个文字世界，那个世界将永远地悬挂在我和我们的心中，暴露并照亮了人的猥琐、阴暗与丑陋；我和我们由此领受到阳光、生存和爱的可贵。在残雪之前，确实还没有谁（特别是一位女性）竟然敢于将想象中的世界涂绘得如此可怖，以致令人惊悸。

《山上的小屋》

无论从哪方面去看，《山上的小屋》都堪称残雪小说的浓缩物，它是残雪臆想的集中体现者。不清楚她这篇小说具体写于何时，但肯定是她的早期作品之一。

（据说残雪的第一部小说应该是她的中篇小说《黄泥街》，不过，当我们在《中国》上读到它时已经是一九八六年的年终了。那时残雪的许多小说业已面世，对文学圈内的人来说，他们都没有把《黄泥街》当作残雪的第一部小说来对待。因此，我这里先着重分析《山上的小屋》可能是合适的。依照阅读的顺序，它是我们第一次遇到的残雪小说。）

《山上的小屋》的情节是骇人听闻的，人与人之间的敌意侵入到通常总是最亲近最可信赖的领地，即家庭之中。母亲"虚伪的笑容"、父亲"熟悉的狼眼"和小妹能够在"我"身上刺出红疹的"直勾勾"的目光，均是这种敌意的极端写照。表面上，我们看到的是一个精神变态者即受虐妄想症患者的离奇叙述，它是如此地不可信和故作错乱。但是，这种反常的叙述并不是偶发性的，在稍后的残雪小说里，这种紧张、可怕的家庭血亲成员间的精神折磨不停地重演，几乎成了一个固定的模式。在残雪向我们揭露的关于家庭内幕的全部丑恶和反常时，并非是曾经其乐融融的家庭横遭外力的毁坏然后一步一步地沦丧，而是家庭自身无因地出现了不可挽回的分裂、猜忌、提防和相互折磨的争战，使用的手段虽非暴力，但造成的恐惧却远胜暴力。残雪似乎借助这种拐弯抹角的暧昧方式揭示了人与人关系的恶化乃出于人自身的病态妄想，人们就普遍地不自知地生活在此种病态妄想里。

以象征的立场来看，残雪这种夸张地丑化家庭人际关系的描述，导因于对一种更大范围中人际关系充满了敌意的强烈反应。若其中含有文化批判的成分，那显然是对人们（地域性的或超地域性的都可以）自找麻烦自设障碍自树敌人等等慢性自杀行为的绝望揭露；而从个人心理的潜在欲望来看，它又是用故意犯禁的方式（即丑化家庭关系）来缓解处于敌意包围的幻觉中所不断忍受着的焦虑。在家庭自身即已分崩离析时，在人忙于对付最亲近的家人的折磨时，所有的外界袭扰就显得无足轻重了。这种虚拟的自我丑化实在是潜意识支配下的自卫表现，即以自损的方式来阻止外界可能予以的侵害，或者说，把现存的外界侵害转嫁到家庭自身，然后独自承担起来。

孤独地忐忑不安地混居在敌意包围中，是残雪小说常见的个人处境和根本不可能摆脱的悲剧命运，这一命运是令人作呕的。所有在身边来来去去鬼鬼祟祟的人，几乎没有一个不是变态的、神经质的和陌生的，他们永远是一些外人，他们不仅和"我"不沟通，他们彼此间也不沟通。残雪小说里频频露面的形象多半没有性格可言，没有正常的容颜，他们只是一种病态人格的类象而已。母亲、父亲（《山上的小屋》）、姐妹（《种在走廊上的苹果树》）、丈夫、儿子（《旷野里》和《阿梅在一个太阳天里的愁思》）、邻居（《绣花鞋及袁四老娘的烦恼》）、同事（《黄泥街》）不是猥琐的乖戾的或可厌的，就是丑陋的呆傻的或梦游着的。他们永远在正常生活之外，苟活在他们自己的世界秩序中。他们滔滔不绝地讲述着妄念奇想和晦涩的梦，做出古怪的不可解释的亵渎行为。残雪小说人物类象所操用的基本台词仿佛是一种深奥的密码，它和其他一系列辅助性的动作符号（如捣洞、蹬地板、讪笑、磨牙、翻找和挖鼻子等等）一起构成了残雪式荒诞戏剧的基础内容。所有这些充分发展起来的臆想类型，其实在《山上的小屋》里即已有了最扼要的缩写和预告，后来的事情也果然证实了这类带有强烈表现主义倾向的反戏剧的胡言乱语以及傀儡化的行动调度，在残雪的后期作品里不厌其烦地绵延不止，直至让人不堪忍受。

除了上面简单引述的人物类象，《山上的小屋》还集中了残雪独创的场景类型和知觉类型——孤零零的小屋、呼啸的北风、被捅出的孔洞、屋外的窥探者、潮湿的物体和环境、易肿的头颅或肢体、流泪的眼珠、人形和人体内的异变、隔壁的声响、虫类对人的干预等等——它们像一个个危险的标志，遍插于残雪布满陷阱的小说中。危机感从头到尾弥漫着，让人担心有什么事马上要发生。恐惧还不在将要发生的事，恰恰是担心将要发生什么事的心理状态本身。这种难以抹灭愈演愈烈的担心，源于个人的孤境（"山上的小屋"和"风"就是这孤境的象征性写照）以及窥探者的在场。窥探者因捅开的洞眼、房外徘徊的小偷和隔壁的鼾声、脚步及冷笑而无处不在。"恐被窥"的心理氛围笼罩着残雪的许多小说和许多小说里的重要段落，它犹如驱之不散的阴魂，使小说的自叙者无可逃遁地为之疑惧和永久地颤抖。

《山上的小屋》通篇是痛苦的。那个病态的自叙者永远在诅咒着周围的世界，同时自己也永远处在被诅咒的可怕沼泽里。"潮湿"的气候、环境和物体——在残雪以后的小说里，潮湿的气氛和感觉是屡见不鲜的——暗示出这是一个泥泞的无望的地狱，在这种使人浑身难受的阴冷中，人将注定那种不死不活的命运。若我们稍加留意，那么可以发现"肿"的意象在这篇短短的小说中前后出现过三次："侧转肿大的头""我头皮上被她叮的那块地方就发麻，而且肿起来""整条腿肿得像根铅柱"（有趣的是，这类景象在以后也一直被重复："我的两只耳朵肿得硬邦邦的"——《布谷鸟叫的那一瞬间》；"拖着浮肿的腿缩回小屋里去"——《天堂里的对话》；"直插得手背肿起来"——《绣花鞋及袁四老娘的烦恼》；"眼睛总是肿得像个蒜包"——《阿梅在一个太阳天里的愁思》等等），"肿"无疑直接指向了人体外观变形和生理痛苦，它所导致的视觉和病痛想象加剧了残雪小说给予人的神经刺激，它和不止地流泪与怕光的眼珠，面孔的突然老皱，头发的突然苍白，体内的异变，引人触目的虫类对人体的缠绕与咬噬一起，为她的小说已有的痛苦形象再强烈地抹上一层令人刻骨铭心的恐怖色彩。

由此可见，所谓的敌意、窥伺、孤境、陌生感、痛苦及对痛苦的诅咒、异变、反常，乃是我从象征的立场对《山上的小屋》作出的印象描述，我把这一些抽象的印象看作是我进一步分析残雪小说的起点。

现实与超现实

不错，残雪的小说是超现实的，它为我们展现的景观和场面，就其形态而言，乃是我们不可能真正经验到的。残雪的世界没有时间，只有空间；没有发展，只有凝滞；没有未来，只有历史；没有现实，只有噩梦。它内在地警告我们，用完全变形的虚构来警告我们，提醒我们不要被早已烂熟的日常生活的表象所惑，并帮助我们在自己的生活境况里无情地发现真实的丑陋和真实的堕落。

在我们接受了这一想法后，就十分容易把残雪小说的"现实性"认作一种深层的背景和根据，认作一种痛心疾首的对生存现状满怀批判热忱的心理现实。当然，这是可以成立的。不过我在此想先指出的是另一些极易被忽视的方面，即残雪的小说里不乏直接指向现实的内容，它甚至构成了残雪某些小说的基本倾向。

我指的是《黄泥街》和《瓦缝里的雨滴》。

《黄泥街》是残雪写的第一部小说，它表明了残雪一开始的写作意向就十分显眼地带有政治色彩，这可以从《黄泥街》通篇贯穿的人人自危的剧情以及充塞于其中的大量"文革语言"来获得确凿的证据。把荒谬的"文革"和"文革"中人们的荒谬心态推向了荒谬的极致，却并没有妨碍《黄泥街》仍然成为文革历史缩影的忠实写照。"文革语言"的娴熟运用，不但使小说具备了现实品格和讽刺品格，也告诉我们残雪对那段历史是记忆犹新的。对政治的介入可能是残雪并不自觉地意识到的，不过这至少说明残雪的真正起点不是超现实，而是对现实的否定态度。超现实在残雪的小说里很快地发展成了主导倾向，淹没了其他的特征，这也许是残雪希望远离政治，或者她希望用一种更隐晦方式——即象征的方式来处理政治主题的后果。与《黄泥街》稍有点接近的是《瓦缝里的雨滴》，从情节来推断，它涉及的是冤案、申诉带来的精神变态（《黄泥街》则是涉及了一群人在做着庄严而滑稽的运动游戏），这大概和残雪的个人经验记忆有关。

我指出这点只是想对残雪小说的来龙去脉有个大致的轮廓把握，并不想在此作过长时间的逗留，因为残雪马上跨过了这一步，遁入了一个超现实的、梦的和象征的臆想世界。作为一位想象力远远超过记忆力的小说家，她本来就不打算成为一个书记员，仅仅把记录已发生过的事（说它是噩梦也行）当作自己的写作目的。她也许在某一天突然省悟到她的可能性所在，那一定是她的臆想能力和用文字来构造臆想的能力被发觉了。她的童年回忆，她在坎坷遭遇中偏执地发展起来的幻想力，她的天性和她接触到的各类读物，统统联合起来把她的臆想唤醒了。她肯定是在这么一种状态下才感到了写作的必要。自由写作，讲述内心的秘密，和他人用晦涩费解的语言对话，减轻心理压力和转移情感冲突的方向，给世界一个象征性的解释然后再用离奇错乱的图像将它掩盖起来只给那些有相同智慧和悟性的人去破译，这种种诱想促使残雪走上了作家的道路。

超现实在残雪的小说里不是作为一种主张出现的，它直接作为一种存在出现。我们要是不忙于揣摩它背后的精神动因或思想的隐喻，仅仅停留于表象的描绘，那么就必定会惊异它呈现的种种触目惊心的奇观。孤单的小房子、阴雨、黏糊糊的雾、潮湿的墙、渗水的衣袖、泥尘、室外来源不明的响声、梦游、捣洞或捅窗、空中的飘荡物和浮游物、鬼祟的窥视者、面孔、皮肤、肢体和内脏不可思议的病变、耗子和虫类的达利式作怪、行为乖戾者的无意义行为、白痴、呆傻人、疯子、强迫症患者、变态了的母亲形象、中性的男人们和女人们……这一切完全是反常的和病态的；当然，也可以说它是超现实主义的。它们像一个被废弃多年的肮脏舞台，舞台上永远亮着那几束凌空而下的惨淡灯光，放着那几块梦幻般的布景和那几个符咒式的道具，活动着那几个人形木偶；它们是永不替换的，甚至连台词和细小的手势表情都不替换，它们顶多临时变了一下位置、变了一下出场次序、变了一下结构的繁简或变了一下视听的强度罢了。

看来残雪存心要把我们诱骗到她虚构出来的超现实世界中去，那里其实是一个精神裂变感觉逾越了三维限制的内在世界，它是孤立无援的，又是彼此混淆毫无法度的。残雪的想象总是令我情不自禁地记起达利的画和卡夫卡的小说，她在《雾》中有如下的句子：

"母亲出走后，父亲的腿变成了两根木棍"；
"我的话一吐出来就凝成一些稀糊糊，粘巴在衣襟上面"；
"她的蓝脸上爬满了黑虫子"。

同类型的描述在残雪的其他小说里是毫不鲜见的：

"壁上的挂钟在打完最后一下时破碎了，齿轮像一群小鸟一样朝空中飞去，扭曲的橡皮管紧紧地巴在肮脏的墙

上，地上溅着一滩沉痛的黑血。"(《旷野里》)

"我在墓碑间踱来踱去，一抬头，看见天上悬着一只通红的玻璃酒杯，浑浊的黄酒翻滚着泡沫，从杯边溢出来。"(《天窗》)

"那是我的小弟，他在一夜之间长出了鼹鼠的尾巴和皮毛。"(《天窗》)

"那老头的声音从牙缝里吱吱叫。我回过头，确实看见了他，原来他是一只老鼠。我记得这老头原来不是一只老鼠，但墙边这只老鼠的确是他。"(《布谷鸟叫的那一瞬间》)

"所有的事情仿佛是真的：栽种在走廊水泥地上的苹果树结出了硕果；窗前出现骆驼的神秘剪影；蓝皮肤的婆子像马蜂一样展翅飞翔；三妹的未婚夫变成了挂在墙上的假面。"(《种在走廊上的苹果树》)

"有一个梦，那梦是一条青蛇，温柔而冰凉地从我肩头挂下来。"(《黄泥街》)

我举述这些例子，并非为了证明残雪和达利或卡夫卡的相似；我只是通过这种联想来推断残雪想象力的特点和性质。很明显，残雪的想象常常是超验的，魔幻的和非此岸性的；它对人体和自然物的正常状态怀有隐隐的不信任，总是要想方设法将它们肢解掉，随后再从一旁不动声色地观察它们。残雪的想象又是超自然的，用原始的、儿童式和精神病患者的眼光重新去看待世界，在她是一件轻而易举的事。不管残雪是否或在多大程度上带着象征的用意，也不管残雪是否或在多大程度上受了精神分析学说而积极地挖掘人类的潜意识，从她已经为我们提供的小说画面来看，残雪不折不扣地带有强烈的超现实主义态度；她想入非非，作惊人之语，热衷于从事梦幻般的非理性的表现，将自然、场景、物体和人统统加以歪曲，然后并存于一处，等着人们去发觉它们可能含有的象征意味。她给她独有的梦呓般的陈述笼罩上了神秘可怖的气氛，还给她独有的故事不断添加奇异的音响效果，以期震撼人心。她将她笔下的人抽去灵魂，只剩下惊惶、戒备、焦虑、自卑、猜疑和无效的攻击欲，完全沦为无可疗救的非性格化的病人；同时她又为她笔下的自然物体注入了人的灵魂，使这个世界完全被一种无所不在的飘荡着的变态精神所统治。残雪的臆想世界是没有人和物之间的边界的，一切都被那个造物主——即残雪本人——所打乱并重新改造。就通常的理性眼光来阅读残雪的小说，这个世界实在是太陌生太隔膜太幽暗了，它难道不是一种连续性的痴语和梦话吗？幸好，残雪能用她富有质感和非凡表现力的语言来升华她的痴语与梦话，迫使我们在她的小说前陷于沉思；不然的话，残雪的臆想将永远在她的脑子里复现而不为世人知晓，我也将永远不知道该如何评价这种臆想的价值所在。

臆想的价值

就这样，残雪的臆想世界经由她的文字诞生了。如果我们对残雪难以捉摸的内心状态和精神道路怀有窥探的欲望，那么她的小说也许为我们提供了一份详细的也是没有头绪的材料。我们可以推断残雪是自我分裂的、内向的、坎坷的、不近情理的、受到压抑的和经常做梦的；也可以推测残雪是健全的、极富理性的、内心平衡的、批判性的和非个人化的。从她自叙式的作品里（截至一九八七年底，残雪的小说除了《旷野里》《苍老的浮云》和《瓦缝里的雨滴》三篇，其余，都以第一人称来叙述，而这三篇中的"她"，其实也是"我"的外化，"我"的代言者），我们可以以上面任何一个判断找到确凿的证据。不过，在我看来，残雪小说引人注目的因素，一开始并不在小说背后时而自我暴露时而隐匿得很深时而又故作神秘的作者，而是小说不断为我们重复展示的那个臆想世界。正是这个臆想世界特有的形象、色彩、声响、动作和反精神的精神状况，正是它们所构成的反常、紊乱、非现实化，正是这一切的综合，一个瓦解而又不死的丑恶世界的景观，使我们对之凝目注视并惊异不已。

残雪在一份题目为《美丽南方之夏日》的简短自传中向我们透露了关于她自己的某些内幕，确实，这为我们分析残雪的个人心理提供了较为可靠的证词，在此基础上我们也就可以进一步来分析她小说中的某些个人的心理成分——诸如她的自我分裂、自我保护、焦虑、恐被窥、孤独、无力、幻觉的强化、寻找对话者以及失望、自恋、梦的纠缠和对外界侵害的过度敏感等等。当然，这对我们读懂残雪那些惊世骇俗的小说是不无裨益的。但是这种分析是否会把人们引向一种思路，即我们读小说仅仅是为了理解它的创造者，作品仅仅是一个中介物呢？如果艺术品不能具备普遍的品格，那么那个制作它的个人对我们而言价值又有多大呢？

因而，在我们识破残雪小说里的个人秘密时，能否注意到那些越出个人心理经验的内涵，就成了一个主要的问题。我之所以倾向于通过象征的途径来阐释残雪的小说，便是为了上述的考虑。残雪的臆想，当然纯粹是件个人的事，可是当这种臆想艺术地转化成了一个由文字符号构成的世界时，她对这个世界的产生就渐渐地失控了。我这里说的失控，不单是指她失去了对这个世界的唯一解释权，而且还指她已经部分地生活在这个世界里，这个世界反过来深刻地影响了她的想象。换句话说，一开始是残雪的臆想诞生了一个世界，现在，已经是这个世界促使残雪循环往复地进行她的臆想了——她似乎认定了自己的方向，建立起自己的风格，其实她已被自己缔造的世界所控制。

这个由残雪一手建立的臆想世界之所以取得了普遍的品格，是因为它们的一切荒诞细节和错乱的叙述都是我们这个世界的一个真实却又歪曲了的投影，这个世界中的所有人形木偶正由于他们的非个性化，反而取得了一种"类化"的性质。无疑的，这种"类化"乃是对中国传统文化的尖锐批判和对现存生活状态的尖锐挑战，进而也是对人类境况的一个几乎带有绝望性质的揭发。当我们习惯于生活在理性秩序里而不再注意生活中隐蔽却又普遍的非理性成分时，一切对非理性的描绘往往会被认作是夸张的妄言；但事实上，一个没有黑暗的世界是不可思议的，因为那样光明既丧失了价值，也丧失了它的存在。只注意光明的人，不是对黑暗的畏惧和躲避，就是试图掩盖黑暗。然而，一个天性上对黑暗具有特殊敏感的人，他肯定知道什么是光明以及光明的价值。

残雪的臆想世界是极端个人化，又是极端类化的。若她的小说只拥有一种性质，那么它不是一份个人的心史记录就是一份哲学报告；所幸的是，它同时具备这两者，这使得残雪的小说成了一种非凡的艺术品。残雪滔滔不绝地讲述着纯粹个人的梦觉和幻想，把感觉膨胀到现实里，挤压身边的物质使其改变外形和颜色；她内心的骚乱声响投射到身外，使世界充满了预告危机的信号；她想象出种种不可被旁人经历的"超事实"，把惊惶变成日常感受，又把掩盖隐私和窥探隐私变成人们生存战役的基本攻防手段；她强化了社交恐惧，用近亲恐惧来替代它，从而连父母都面目可憎；她冒犯常伦精心描绘丑陋，很少在她的小说里升起袅袅的抒情（这种情况只在《约会》和《天堂里的对话》，显露过片刻）……这一切确实是非残雪莫属的。但是，她笔下频繁出现的人形木偶，又几乎清一色地是精神变态者，他们狂躁、妄想、被虐、迫害、忧郁、冷感、痴呆、幻听、猜疑，这无疑都是人类内心黑暗的集中表现。残雪小说从政治走向超政治，可以用她的《黄泥街》与她稍后期的作品略作比较来看出。残雪小说中人的变态是无因的，或者说是无外因的，它仿佛源于人性内部。这一基本态度既使残雪小说具有了人类批判的特点，又使她的作品悄悄地抽象化了。很奇怪，纤毫毕露的具象描绘和十足抽象的哲学意图在她的小说里会如此难解难分地胶合在一起，这不能不使我仰佩。

把精神活动，那些无法直接看到的精神活动表现出来，残雪通过的是"物化"的途径。在她的小说里，唠唠叨叨的自叙或故事中人物的语言，大半是对一种心理的陈述，而很少说到世界中的事情。他们用难以听懂的语言反复讲说着感受、印象和古怪的梦，讲说着个人历史和对他人的盲目猜测。所有这些精神活动的直接表达，都给人以一种过分露骨过分清晰的感觉。因此，在残雪的小说中，表现精神活动最为精彩的部分，就不是这些坦率无忌的自陈与告白，而是在叙述者的视听范畴里。我前面已经历数过残雪小说中经常出现的基本意象，它的其实都是精神变异状态下的主观世界外投的变形物，换言之，"物化"和"类化"在残雪的小说中分别扮演了两个十分重要的角色，它们成功地传达了残雪的臆想，使她的那个幻觉世界变得既深奥又单纯。

"物化"是一个重要的手段，残雪肯定意识到了这一点。人们可以指着坟墓说这是一座坟墓，却无法指着自己的胸脯说"我很痛苦"，因为这在别人的视域中是无法给予确认的，它不能成为能够被别人分享的经验。这就是为什么我对残雪小说中人物的精神自述评价不高，而对她夸张地描写极端变形的四周环境的段落大表赞赏的缘故。显然，妄言自己的胸膛里长着水或直接看到他人脑中的血瘤或是身躯上的窟窿，会加剧我们对"痛苦"的确认和认同感。残雪的臆想，其价值在很大程度和范围中是通过它的"物化"来展现的，残雪的小说在这方面的处理显得非常的娴熟和左右逢源，它几乎俯拾皆是。

一方面是将精神活动"物化"，将抽象的意识附会在猥琐的污秽的丑陋的物体上，附会在病灶、病变、病态上，让我们抬头可见；另一方面是将具体的人抽象化，使他们丧失个性，沦为一种"类"，一种面容不清的人形傀儡。这种朝两个方向运动的表现努力，在残雪的小说里形成了一种张力。这种既充满具象又充满抽象类型的想象，和我们的日常感知正好背道而驰。在我们看到什么的地方，它一无所见（既看不到事物的常态和运行规则，也看不到丰富的人的个性）；在我们熟视无睹的地方，它却一眼洞穿（既看到事物的异态，又看到人在一切差异背后的相通）。残雪的臆想，在这里又通过它的"类化"建树起了独特的方式。

近期作品：总结和预言

当我们发现了残雪的小说从个人化走向类化，从心理分析走向象征，从无意识的梦呓走向哲学隐喻，从环境论走向恶的人本主义时，残雪的精神轨迹就此显露并完成了它的上升过程。事实上，残雪的想象危机已经来临了。这个结论的得出是我并不情愿的，但是令人不安的是她的近期作品不断向人们暗示了这一点。残雪发表于一九八七年初的《约会》和《天堂里的对话》仿佛吹进了某种抒情的气流，但抒情并没有表明残雪的超群之处。我们在年终的《钟山》上读到了她的《种在走廊上的苹果树》，那依然是她以前小说的重新组装和翻版。依然是雨和霜，依然是长霉的脸，依然是假腿、癫痫和家里不可告人的隐私，依然是潮乎乎的空气、母亲和妹妹的痴笑或讪笑……其实这类意象的重复很早就开始了，在人们尚在追溯残雪小说深奥的秘义时，残雪的臆想方式便在自我复制，便在原地跳舞了。此外，与作品人物身份及智能并不相称的对话和独白时有所见，那些逻辑过强的自述常常会突兀地出现在她非逻辑性的故事陈述中——如袁四老娘的自述就充满了警句和箴言——这显然离开了规定情境（哪怕是再荒诞的小说也有它的规定情境）。问题在于这些曾经被掩盖的倾向，现在得到了放纵。一九八八年初，我读到了残雪的第一部长篇小说《突围表演》，我不讳言我的失望。那是怎样一部冗长、抽象、枯燥至极的小说啊！滔滔无尽的议论，连篇累牍的废话，直接的精神分析弥漫在长达二十余万字的文字徒刑中，人形木偶被说话代替，细节和氛围都荡然无存，抽象语词终于喷泻而出，一泻千里。残雪终于向人们证实了她的思考能力，而那种思考即便再有价值，都没有艺术地体现在《突围表演》之中。

过分深奥的小说是不能过分冗长的，这就是为什么残雪最好的小说是《山上的小屋》《天窗》和《公牛》，而不是《黄泥街》和《种在走廊上的苹果树》，更不是《突围表演》的缘故之一。

残雪的臆想在短短的四年里迅速地划了一道上升的弧线，它的最高点看来已经过去，残雪是那样不加节制地放纵自己的想象很快就达到了"饱和"，随后，当她面对自己缔造的超验世界时，再也想不出可以为它增设什么新东西了。与此同时，残雪的理性变得愈来愈自觉愈来愈明朗，这一度帮助过她的表现力使她意识到自己的作品具有象征性的理性，现在却使她的想象趋于凝结、重蹈覆辙和终结。残雪的臆想在最近的将来会陷于休眠，因为它所借助的材料已被用尽，它所诞生了的那个世界已限制了它的自由，空间塞满了但目前还无力再开辟新的空间。确实，精力耗费太多的那个现代缪斯，现在感到了疲惫，她应该休眠了。

上述种种令人沮丧的预言看起来不仅武断而且显得暗淡。但是，我们不是已经看到了一个由臆想创造的世界了吗？它不能被取消和抹灭，作为一面镜子，它已经在那里放出一阵阵的寒光，直刺我们锁藏着黑暗的内心，直刺我们仍然生活在其中的那个真实世界。这面镜子是由残雪非凡的想象和文字为我们铸造的。在以前，也有过许多人为我们铸造过这一类镜子，可是，在所有的镜子中，我们会很快认出其中的一面，它是——残雪的。

写于一九八八年二月

訾议的陷阱

——评残雪《突围表演》

在今天这个既鄙夷历史和文化传统又对未来及精神信条茫然无措的日子里，所有深刻的思想都不足以吸引忙忙碌碌的大众，也许这正是我们亟需深刻思想的原因所在？在这一让人沮丧的时候，会有几个人认真仔细从头至尾兴趣不衰地阅读完残雪女士的最新长篇小说《突围表演》？日益理论化的世界已通过它的印刷术和电子传播技术把各种艰涩新颖的理论播散开来，完成了理论普及、均分和非神秘化的过程，就在这么一个时刻，《突围表演》中的那种过度的冗长议论和理论倾向难道不是生不逢时吗？当残雪的个人经验和幻觉长期处于一种訾议的包围，她终于耐着性子平静地将它津津乐道地说出时，我们可能重获她的那种感觉，那种对垂死的文化、人性和社会环境的独特感觉吗？充斥于小说中的关于性的警句、高见、狂想和种种奇谈怪论，究竟有无象征意味在背后隐匿着呢？可是，我们还可能从这部小说中读到崭新的有关性和精神分析的理论吗？还可能读到披露丑陋以至震撼人心的深刻吗？一切批判都有过了，一切指控也都有过了，重复这种批判和指控，难道不是一种历史的回声，难道不仍然把文学的幻想视为一种工具吗？愤怒一定是伟大文学的动力吗？把愤怒转移到虚构之中而不贯彻到行动之中，不正是一种无力的表现吗？而无力又怎么能做到真正有效的批判呢？真正的批判难道需要不断地无效重复，需要不断假借文学幻想的名义吗？

我们将如何用简单明了的语言来概述《突围表演》的情节和留给我们的印象呢？我们除了跌进一个布满訾议的陷阱，还有其他什么感受吗？《突围表演》以截然相反的方式再写了一遍卡夫卡的《城堡》——土地测量员 K 永远进不了那个山上的城堡，而 X 女士和 Q 男士则永远出不了訾议的重重包围。但是，《突围表演》怎么可能达到《城堡》的形而上境界呢？它难道不是过于拘泥日常真实了吗？它除了强化日常生活中的无事生非式的戏剧性，把它夸张到喋喋不休的程度，又有什么澄明的提示呢？《突围表演》中几乎所有登场人物都是擅长长篇大论的，他们似乎都很有理论素养和高明的逻辑分析能力，他们的想象力和洞察力是我们望尘莫及的，他们操用流行了几十年的报刊用语和政治概念，达到了炉火纯青的地步。这些十足类型化的人物完全是中国畸形文化和畸形政治的产物，我们怎么能据此来判定它具有人性的深度呢？

关于政治的、人际的和性的三种关系的无情声讨，使小说从头至尾都在平面滑动，缺乏有深度的空间和场景，语言毫无张力；既没有残雪以往小说惯有的那种超现实的感性画面，又没有对实际生活的摆脱，创意消逝了，完全陷于一种无休无止的关于各色人等围绕着莫须有事件的訾议里，用乏味无比的句子烦琐地记叙它们。对政治、人际和性庄严而又荒诞的描绘是通过滑稽和故意板脸的口吻来予以渲染的，同时，社会关系中的极端非自由现象和群体的精神自残，在根本上乃是一种抽象概念的演绎，那是一帮不行动的家伙，或者说是一帮光在那儿观看、窥伺、无事生非、善于联想、以诽谤和合乎逻辑的推论清谈来作为生活基本内容及消遣方式的人，他们是一帮瘫痪的杂种。这样一种反行动的行动（即訾议）构成了《突围表演》的主要程序，构成了这部荒诞戏剧的全部台词。以极其严肃的表情来议论最为无聊的秘闻，又以极其轻率的语气来陈述重要的大是大非，无疑是《突围表演》所拥有的反讽意味，它的指向当然就是我们的生存环境，我们那个垂死的文化心理，还有我们屡遭摧残的精神状态。

但是有几个人愿意接受这种漫长而沉闷的阅读苦刑呢？上述认识我们为什么不能通过其他方式来获取？是不是除了这些判断，小说还提供了更高的意味？或者，它还有许许多多只可意会不可言传的感受？我们说不出它们，就只能高深莫测地点头微笑。认真细心地读《突围表演》的人一定不会多，那么，这种读者锐减的局面究竟证明了小说的失败还是成功？如果深刻难解的小说注定是只有几个人才能心领神会，也只有几个人的认同便表明它的成功的话，那是否意味着若干年后它被更多的人接受反而是它失败的开始？再说，谁又能在今日便断定一部极端铺张乏味的小说会保留到未来的某个时期并肯定载入史册？假如一开始就坚信伟大的小说永久是少数人的事，那么谁都可以声明自己作品的伟大——究竟谁说了算？是作家自己吗？是众多读者吗？难道文学史是作家的自白史或自我鉴定史吗？是读者投票的揭晓结果及一览表吗？难道不正是批评家，这些智力超常极富洞察力的人在从事那些永远不是得罪人便是讨好人的工作，使形形色色的文学作品得到它应得的位置吗？而批评家的错误，不也只能由批评家指出并给予修正吗？若无这种狂热的职业自信，批评家又值个什么，他干吗还要写作？

对《突围表演》这样一部语言解体过于艰涩又琐碎平庸的小说，任何一种思想方面的阐发只会反衬出它在艺术上的苍白无力。会不会有人为之激动呢？也许会吧。不过我对这种激动又能作何表态呢？当一个人酒醉的时候，我怎么能单凭他通红的脸和语无伦次就断定他一定是喝了好酒呢？同样，一个人的激动怎么能令人信服地表明那使他激动的事物一定值得其他人激动，在没有说出充足理由来论证那事物的性质和价值时，怎么能说那些不激动的人就一定丧失了激动的能力，而他的激动一定是深得其中精髓呢？关于个人的趣味和情感结构那是没有什么可争辩的，问题是我们是否真的忠实于自己的感觉。要是这部小说不是出于享有盛名的残雪之手，而是另一位无名氏所作，那些高声喝彩的人又会露出怎样一种表情呢？是否仍然会激动万分，或者干脆翻了没几页就皱起了眉头？是不是一个著名人士的言论就肯定含有深意呢？是不是一部花费了作家大量精力并由他宣称最满意的作品，肯定就是一部好作品呢？

所有这些，我们都仿佛是从来不加以分析的，我们的判断常常在这里畏畏缩缩进而出了毛病。因为习惯和懒惰，因为先验的信任，也因为害怕后人的嘲笑，我们已经不敢轻易从事物的反面来重新思考问题了。

一九八八年六月二十七日深夜

让世界充满时装

当时我坐在青年话剧团的排演厅里，灯光暗淡，舞台离我只有几步之遥。拼贴的彩纸和废旧报纸一直延伸到我的脚下，在头顶，悬挂着和飘扬着同样的花花绿绿的破烂——我恍若来到了一个废弃多年的市场，全是当年盛行一时的尸骸。舞台上是几架油漆工用的高凳，几具人形傀儡露出了骨骼在那里披上了时装向我们不怀好意地警告了全部的虚假性。戏就这么开场了。时装艺人和时装商人的对白在寂静闷热的夏夜展开，我想起了贝克特和阿尔比……

不过我始终很清楚，这不是荒诞戏剧的中国版，这是张献的《时装街》，一出关于天才和庸众终于同化的悲喜剧，一出艺术向商业挑战，商业向艺术剽窃终于同时消亡的悲喜剧，也是一出独创终于被模仿所吞没所碾碎的悲喜剧。这里的愤世嫉俗是表面的，因为它越过了天才和庸众之间的鸿沟，以上帝的怜悯目光注视着这最平凡的终局，这终局就是消除对立，将一切努力化解为徒劳的热情和无用的抗议。

《时装街》中的大买主，是对我们人类群体的最精彩的抽象写照。从围剿天才到围观天才，大买主始终扮演了主人的角色。艺人和商人都操纵大众，大众也操纵艺人和商人，这种相互操纵以及由此而来的冲突、蒙骗与妥协正是我们的全部生存真相。艺人企图在

277

大众社会中卓然而立，可是他只是不想追随大众而已（希望有知音是一种脆弱的表现，"亲人"后来果然证实了这一点），那么他是否打算被示众呢？他最后成为身体艺人是想保持一种主动姿态和震惊效果，他仍然梦想在大众社会中成为一个与众不同的富有独创性的"艺术家"，这表明他根本不可能真正忍受孤独。当他意识到自己已成为看客的材料，成为一个被庸众模仿的对象从而一钱不值时，他的精神崩溃才真正来临——他被大众接受，他就变得无聊和无意义。本来，他虽然有一种不为人理解的悲哀，但这种悲哀是可以忍受的，因为它伴随着优越感，他通过蔑视大众，和大众保持距离的方式来捍卫个人仅存的想象力。艺术家通常都是这么一种十足可笑的自相矛盾的怪东西。

不错，我同样认为时尚不过是一堆垃圾，一堆明天的垃圾。离开今天，时尚什么都不是。然而不幸更在于，离开时尚，大众什么都不是；没有时尚的背景，先锋艺术也什么都不是。时尚就是为了被天才们攻击和改造才存在着的，而天才们的改造终有一天会成为新的时尚，或者说，成为新的候补垃圾。从某种意义上说，我们就生活在一个将事物、观念和时尚不断变作垃圾的世界里，我们是些消耗事物、观念和时尚，专门制造垃圾的人，连天才都不能幸免。

于是，只是分工不同和处在不同的时间位置上而已，天才和大众归根到底干的是同一件事。《时装街》要是仅仅嘲笑大众，那就太肤浅了；《时装街》要是仅仅埋怨大众的无力，商业文化压抑了天才艺术的生长，把天才逼入贫困的境地，那就更肤浅了。《时装街》的意义，恰恰在于表明一切挣扎的无力。

因此，当剧终前，时装艺人在那里恸哭嚎叫，我没有想到类似哈姆雷特独白时的深刻概念，我只感到一种上帝的怜悯，他把天才和大众一起赶到了审判席。我在大买主纷纷呈现老态头顶长出羊角痛悼往昔时，感受的不是沉重而是轻松和诙谐，这梦幻的离奇一幕让我清楚地看到人可能有也只配有的命运。也许，在徒劳和绝望中我们会以一种喜剧态度来接纳这一切，不管是被逐出时装街还是被纳入时装街，事情不会有根本的改变。我不想说，我们应脱去时装，因为时装使人类同化或者异化——我想说，应当让世界充满时装，因为只有时装才使人性得到表演和展示，而人性就是类同和异化。人，离开时装将什么都不是。

正基于这一点，我才相信上帝让人走出伊甸园时穿上衣服，不是没有理由的。

一九八九年三月三十日

猫头鹰的预言

　　许多年之后，当我步入老境临近死亡的边缘，躺在床上竭力搜索往事并茫然于对它们作合适评估的时候，屋子里肯定会重新响起猫头鹰的叫声。我将想起几十年前那个黑漆漆的有雨的夜晚，和许多素不相识的陌生人一道，穿上黑披风戴起了猫头鹰面具，神情诡秘地走进一个黑咕隆咚的老公寓的情景。生命在我身上流逝，而那出戏却还要继续存在下去，它无疑比我活得更长久。究竟哪一个更真实呢？

　　在回想中，我恍恍惚惚又走进了那个用巨大的黑布蒙得严严实实的剧场，直射的灯光把我的鞋照得惨白，左右的猫头鹰面具发出幽幽荧光，我环顾四周，黑包的背景和氛围笼罩下来，一个意味着无始无终的压抑和死亡的空间涌现在我们面前，舞台上，狭长的门、秋千架、筒状物和波浪般起伏的红布都是性（即生命）的符号，它们都像精灵，不怀好意地注视着我们这些躲藏在面具后面的人，面具并不使我们感到安全。

　　就在这群佯扮猫头鹰的观众的守候和窥伺下，一出关于性争夺、性无能、性幻想的戏，一出关于控制、禁锢、压制的戏，一出关于语言欺骗、虚幻自由、渴望归于徒劳的戏，一出关于生命流失、能量衰减、目标沦丧的戏，一出关于乌托邦幻灭的"绝望戏剧"开始了。我曾经把"猫头鹰"看作一种多指的隐喻——不吉祥的、智慧的、引诱的、恶意的、性的、自由的、预兆的以及死亡的。我戴过猫头鹰面具,也穿过黑披风,现在总算在劫难逃了。不过,谁又能例外?许许多多生前不喜欢这出戏的人都纷纷弃世而去,而老公寓则依然如故。

于是我慢慢回忆起当年围绕着《屋里的猫头鹰》所引出的话题——它涉及的仅仅是性吗?性只是一种象征?它是一个虚构还是一个人生问题?它和日常经验相比哪个更真实呢?空空仅仅为了争夺沙沙吗?他是出于爱还是出于自我证明?性无能是人的根本困境还是个别人的麻烦?沙沙的日记和我们读到的任何一本书有何区别?猫头鹰的传说究竟是沙沙的梦想还是表妹的故事?康康是一个闯入者,还是一个沙沙梦境中的闯入者?或者,他干脆就是空空的另外一面?沙沙的苦闷是性苦闷吗?如果性即生命,这是不是一种生命的苦闷?沙沙何以害怕老公寓被拆呢?她何以要打听猫头鹰的故事又恐惧猫头鹰的故事?这是一种伦理禁忌吗?这是一个关于占有灵魂的古老神话吗?猫头鹰是一种自由召唤,可是森林中的猫头鹰却死了,这不是扑灭一切可能吗?如果寂灭是一切生命的结局那我们又能做些什么?我们是否因此而珍惜生命呢?绝望可不可能成为一种力量?回避绝望也许正是脆弱的表现,而这恰恰显得无可救药?当空空无情地暴露灵魂时,是我们发现了他的秘密,还是他发现了我们的秘密?黑星子外的世界是否亦是一种虚妄?当沙沙终于也套上猫头鹰面具,她是奔赴了自由,还是走进了同样危险的乌托邦?最后,剧终时响起的瑜伽乐曲和沙沙为红布所悄然覆盖,究竟意味着再生还是归于寂灭?生存是一种循环,还是一种不可逆的偶然现象?

所有这些问题,当时都没有答案。

我欣慰地注意到,现在的人已经很有悟性了,他们只是观剧,而不再评说；他们只是体验，而不再徒劳地思考。评论已经消亡了，所有深刻的话都已经过时，它们已经包含在人的每一份体验中。现在人们只是记载一些事，他们把《屋里的猫头鹰》归于"古典戏剧"之列，这正是它的好归宿。

猫头鹰的预言将被证实，当预言被证实的一刻，世界平静如斯，多年之后，可能会有一个中学生在图书馆翻到了登载这篇文章的报纸，于是，一段逝去的时间复活了。过不久，它重新进入了沉睡，它不知道再要过多少年才会又有一个人来将它惊醒。

一九八九年五月四日

无指涉的虚构

——关于孙甘露的《访问梦境》

也许，围绕着这篇罕见的小说，我们可以建立起许多种解释方式。问题不在于我们能从中读出多少象征意义，而在于我们阅读这篇小说时和它所形成的新颖关系，这才是至关重要的。出于这么一个简单的考虑，本文并无意去推断《访问梦境》的意图，更无意去发挥它带给我们的广泛联想，我们只是想描述这篇小说如何在一个最基本的阅读层面上显示的某些特征。事情其实并不复杂，一旦我们不去深究《访问梦境》本不存在的内在意义，仅止于它的无指涉的虚构性来予以描述，那么，有关它的秘密也就随之昭然若揭了。

《访问梦境》没有中心事件，当然也没有可供概括的故事情节，甚至连复述都成为不可能。所有出场人物名称都可以调换，任何一个细节都无关紧要，可以去除或者在另一处插入。小说（如果我们姑且还称它为小说的话）的推进不是依靠它自身的逻辑或者某种来自外部的命运的力量，而是依靠一种纯修辞的转换与过渡。《访问梦境》彻底放弃了小说惯有的主题要求和基本的凝聚方式，沦为一堆词的集合，一堆无对应的毫无还原可能的词语梦想。阅读这篇小说的时候，我们的视觉仅仅在字面上在行页间依次滑行，在那些跳动的、不断位移和闪烁其词的叙述中，我们受纯修辞的导引，进入了一个被文字伪饰起来的文字现实。小说的进程是不可控的和随意的，充满不知不觉的转折，它总在引诱我们深入，并且还不时布设一些似乎有陷阱的假象，到处插上只有迷宫里才有的标志。可是它既没有陷阱，也不是什么迷宫。《访问梦境》尽管常常呈现出缺口，让我们忍不住停下来打量一番，期待或者猜测，可是在那些纯修辞的缺口中并无意义溢出。它纯粹是显示自己虚构本性的虚构，这可能是它仅存的真实。

当然，《访问梦境》里也有若干场景，不过这些场景的图像是十足虚幻的。这虚幻不是说它源于想象，而是说它总是被随即而来的抽象陈述蒙太奇式地冲淡和瓦解掉，重新成为一堆词语的瓦砾。我们经常在一个长句中，看到场景和物件的含义马上被抽取出来，挤入描述的表层。抽象词语和物化词语彼此互换与渗透，造成了《访问梦境》在所指意义上的飘忽不定以及不可信任性，进而促使它始终停留在语象的层面。我们无法剥离这些语词，试图看清它背后的那个所谓被指涉的场景或事实。

在《访问梦境》中，我们不断地读到伪历史——它以郑重其事的回忆方式向我们展示这些杜撰的历史碎片。通过捏造的书籍、经典和传说，还有充满诗性、灵感和想当然的即兴陈述，这些碎片混为一体，被压缩在它的文字流程中，遮遮掩掩地显露出另一部仿佛存在于某处并且被人们遗忘掉的历史。于是，一种本不存在的虚构历史的语言集群（即无对应物的漂离出来的历史学术语和伪素材的优雅碎片）摇身变为本身为是的存在。有趣的是，《访问梦境》不去消化这些碎片性素材，把它装扮成可能为真的历史想象，而是采取一种漫不经意的捡拾与扔弃的姿态，将它们充满漏洞和疑问地嵌入到小说的伪饰性叙述之中。

《访问梦境》带有炫耀意味的叙述还表现为它对人们阅读联想的先行阻止。在一些段落里，它把由名词导出的抽象概念并列在名词与名词之间，使这些可能被联想到的抽象概念改变了原先在背后常常是隐藏不见的站位，浮上直接可视的文字系列，将本来往往是通向背后现实意义的指涉切断，变得空无一物。这样做的结果和方法，就是把小说的整个形态通通予以了语言的"此在化"处理。

"此在"在《访问梦境》里纯粹是一种文字的彼此关联，它毫无内涵可言。《访问梦境》既非描述人，也非描述物，它描述的仅仅是业已能指化了的文字。能指的文字以及文字的虚构性与不可信任性，构成了这篇小说的唯一所指内容。将能指所指化，又将所指在能指的游戏中消解掉，乃是《访问梦境》使人困惑不解的关键所在。

因而，我们有必要放弃由来已久的阅读习惯，即不再以曲解的方式将《访问梦境》归入或排出早先形成的文学观念，也不在努力从中破译所谓隐蔽起来的象征意义，牵强附会地寻找个别段落、细节乃至句子和现实或历史的影射关系。《访问梦境》的贡献不在于它内部蕴含了什么而恰恰在于它裸露了什么。所以我们的看法是，《访问梦境》的意义，在它独有的彻底裸露出文字此在性的和无指涉的叙述形态，它表明将虚构文字作为虚构的唯一对象是可能的，同时也表明这可能究竟有多大。概括地说，《访同梦境》郑重其事地显示出一种很有启发性的语言观——把它所指作为所指主体，这种悖论式的互换会引出什么结果呢？结果只能是，对谎言的公然承认恰好去除了谎言本身。

一九九〇年

在孙甘露作品研讨会上的发言

　　你们，或者说八十年代，还有今天，能出现一个孙甘露纯属意外，意外的闯入者，一个信使，即送信的邮差（这个职业对孙甘露或许就是隐喻），眠和梦，旅行者和放牧者，通往冥界的向导，赫尔墨斯的幽灵，它可能出现在任何时代，只是这一次，它恰巧附体在孙甘露身上。但是，这绝不是你们时代的荣耀！

　　一个擅长引文的仿体作家，诞生于阅读与白日梦，那里没有时间，他要是模仿现实他就即刻枯竭，无从查证的引文，不合时宜的虚无主义情怀，模棱两可的姿态，不确定的主张，和粗鄙时代大异其趣的矫饰风格，舒展、摇摆以及若隐若现，这一切，与那个文学的新启蒙时代毫无相干！

　　孙甘露没有为你们提供支点，他只给你们一点儿词语的慰藉和灌溉，而灌溉你们的水，却来自远方来自千年之前。

　　你们不能把你们恰巧生活在其中的时代当作你们的财产，任你们掠劫，哪怕只是写作！时代，那并非你们的招牌，更非你们的荣耀。

　　孙甘露的信件不是送给你们的，一切还命运未卜，那里没有消息和预告，它是乌有之乡，它停滞在文字中，而你们热衷的现实，却必消亡。

孙甘露那些充满磁力的文字，情感总处在核心，它既不过火，也不会被闲置，有时甚至冷得透明，如同刚从冰窖里拿出，它暧昧而缥缈，好像来自另一个房间，一些并不存在的男女，来自另一本书或某部被你们错过的电影，它唤醒了你们，让你们完全忘记你们津津乐道的时代，它是一种美妙的催眠。

我不喜欢孙甘露的《上海流水》，只要企图同具体的时代生活发生联系他就要完蛋，孙甘露那种矫饰风格不适合描写我们太熟悉的人和事，一个非诗意的现实绝不是他的写作对象。也许，孙甘露写得如此之少，正是因为他对现实的妥协和迷恋，使他难以在双重性中持续保有那种玄学般的词语幻想？

退至内心，沉溺于被片断化的先哲言论、无须注明的传统、远古传闻和异国轶事，其实就是对现实的姿态：藐视。尽管它可能起源于儿童期的自恋幻想、少年期自闭和青春期的恍惚……一个不为人知的邮差，谁都没注意，在那个八十年代，正在为自己建造一个小世界，用纸笔，和字词。

孙甘露的召唤式写作不能归入八十年代的任何一种流派或风格，华丽、平静、炫耀，它冷漠而抒情，仿拟及挪用均炉火纯青，爱慕形式、逃避意义，相对主义者的符号迷恋，浅尝辄止的理论兴趣加上无所适从的政治态度，迂回、孤独、虚荣、妥协、时髦和对不朽的渴望以及对享乐的沉醉。

那个一度幽灵附体的赫尔墨斯睡着了吧？不必对这里的意见洗耳恭听，也许你愿意入乡随俗，做了谦谦君子，但骨子里，你不属于这个时代，因你只是一个过路人，流浪者，行吟诗人，商人，占卦者，盲目少年酒坛子，你误入了一座城市。

写于二○○七年十二月九日

在陈村文学创作研讨会上的发言

诸位女士和先生：

出于纯粹个人的理由，我没有接受陈村先生的邀请，我要感谢他对我的宽宏大量。作为他的朋友和读者，我常常被他打动；不过，作为一个过去的批评家，对今天发生的一切也许只有继续保持沉默才是合适的。

在相当多的同行改变了写作、疏于写作甚至不再写作的今天，有人依然认为文学是繁荣的、前进的，这简直有点奇怪。在我看来，八十年代中期达到鼎盛的当代文学已经解体了，现在出现在众多印刷物上的乃是另一些文类。不少幸存者，由于个人的职业习惯和关注，仍在保持写作姿态，这应当放在他们个人的精神道路上去解释，或者放在一个无序的、前景不明朗以及显得矛盾百出的时代背景前予以理解。但是，所谓的批评界，却在编造种种神话来进行自我欺骗，用某些零碎的理论，通过实用主义的篡改，拼凑和附会到今天的"文类"之上，对它们继续作文学的阐释，乃至于虚构出诸如后写实主义、后现代主义的歪曲镜像。

今天我们读到的"文类"是些什么呢？粗糙的报道、快餐式信息、无根的时尚、复活的工具、伪造的历史素材、厨房诗歌（加各种调料的短诗、格言、絮语以及被抽空灵魂的贺卡）、谎言、伪君子的自我，当然还有一些有趣的随笔、闲聊、读书札记、史论、哲学空谈，以及十分罕见的也是十分偶然的"纯小说"。

也许，有个别的作家还在作灵魂的挣扎，作西绪福斯式的努力，这是唯一存在的也是非常微弱的希望。大多数人，无可逃避地被抛入今天的文化现实，不可能有更大的作为。这是谁的问题呢？这是时代的问题。精神的崩溃和放弃是不能有渺小的人类来负责的。是的，我们都很渺小，这才是我们思考问题的起点。这才是我们需要合理化、契约、公平、自主和互助的根本原因。这才是我们要反对形形色色文化霸权的生存理由。

那些书呆子和伪君子，却单纯地奢谈人格的修炼、胸襟的博大或所谓真诚的勇气，他们说一切源于人的疲惫、消极、无知或怨气的过甚，然后冠冕堂皇地开出了假药方。但是诸位，我们都知道导致精神病症和文学解体的原因是什么，它不仅仅是人的问题。而且我要再次重申：人是渺小的。作为个人，他常常陷于困境和绝境。人不是神话，关于人的拯救确是神话。在这种状况下，我们开始讨论陈村先生的作品，我们打算说些什么呢？过去的十年中陈村确实写出了他最好的小说，一种感伤的情志，忧郁、依恋，他的自恋倾向和对往事的深切回想，他对死的关注使他获得了悲悯和圣洁的崇高感。同时他又以凡人的智慧描述了他的童年、青春期和他四周的人们，寄予同情的同时又把自己放在一个同级位置。陈村先生在抒情、幽默和文体方面都有突出的表现，他的精神状态是被动的，常在各个极端之间摇摆。他有他的习性和癖好，他把它们带进了作品，使之显得机智、刻薄和富有联想。但是陈村先生又能够排除杂念，进入一种纯写作，即写出一个"作品"，这时候，他的一些经典作品诞生了。

陈村先生常常招人物议，聪明的人和愚蠢的人、有趣的人和乏味的人都试图解释他。这和他没关系——可是，围绕着陈村先生的话题就这么产生了。我想诸位今天一定还能听到更多的关于陈村先生的说法，对此我不想作什么评价。

我要强调的是，陈村先生近年来很少再写小说，这也许和他心境和写作状态有关。我不想对他的心境作什么揣测和评估，关键在于，在这种心境之下，他写出的数量繁多的随笔，却改变了我对他原先那种狭隘的期待。

他的随笔，最大限度地退出了纯小说，进入了一个日常话题世界的边缘。他不是在现实的对面设置一个小说同构物，而是在现实本身，在它内部，进行有趣的闲谈。闲谈已经是我们今天这个时代的文化特征，它琐碎、平庸、灰色、无奈、低信息和易于溶解。但是在陈村先生那儿，闲谈却显示出一种与众不同的精神力量。这不是一种高昂的、终极性的力量，而是以无力、灰色幽默、杂耍、反讽的姿态出现，又常常流露出极为日常的感想。这些含混的物质特性，使他的随笔形成一种容量。在漫不经意之中，陈村先生为我们指画出一种时代的精神紊乱，以及自我意识、自我解答的图景。

重大问题，当然，是严肃和尖锐的。但是，生活本身在我们身边浮现出来，我们的精神状态每天浮现出来（它常常并不重大），这样的存在，对一个艺术家而言，恰恰是最重大的问题。因此诸位，我最后提醒你们的是，陈村先生近来没有提出你们人文的重大问题，可这并不表明你们比他更重大和更有价值。

一九九一年

城镇、文人和旧小说

——关于贾平凹的《废都》

由一部旧文人小说的最新翻版对今日历史境遇进行的迟到访问——这就是《废都》和围绕着它的一连串话题对我们文化状况的矛盾揭示。在社会尚未开始注视这部小说的时候，有关它的言论已经先期展开，这足以表明我们文化现状充满好奇、急不可耐、粗率从事、夸大其辞、疏于深究的诸特征。当人们普遍认为文化正在下滑，对史诗不再抱有希望，写作陷于困境，精神价值完全不被提起的历史隙缝中，突然出现这样一部渗透着旧式颓废感，将窥视镜伸进文人圈层，指涉他们的轶事、丑闻、隐私乃至床帏秘戏；闪烁其词地也是蜻蜓点水式地提及政经背景，用搜集来的人们早已耳熟能详的街头谣辞来替代社会景观的如实描述；过分自恋，沉溺于一己的虚无主义；以狎妓心态对待女人，以神秘的定数论迷雾来消解世间的知识理性从而使旧文化糟粕大行其道；用传统乡村和民间语汇来记述一个20世纪末的"小城故事"，让人们从一面乡土折射镜中去了解一群新时代的旧文人——这种种自命不凡同时又自我封闭的倾向所构成的长篇小说，的确是耐人寻味的。

《废都》当然不是一部城市小说。在那儿我们看不到城市景观。我们只是被通知，故事的发生地点是一个被称为"西京"的古都，而今是一个衰败的、缺乏现代性的"大城镇"，一个几乎被遗忘，对我们时代不构成文化影响力，它的意义正在全面失效的"大城镇"。在小说的第一页，我们依次读到的是这样一些词：贵妃墓、黑陶盆、花籽和花工、孕璜寺和智祥大师、卜卦以及测字。这些语码，已经预示了小说的整个构架和剧情的演进，同时也表明了它的想象力资源——它们分别来自历史传说、民间故事、国学经典、章回小说以及内倾型的私人经验；它们没有一项是关系到现代城市的。不错，它们是"废都"的词，乡镇的词，也是区域性的词，过去的词，旧小说的词。

与此相对应的是《废都》中的人物，没有知识分子，只有坐井观天的旧文人：画家、作家、演员、书法家和文史专家。这些古老的职业，以及由这些古老构成的"西京文化中心"，不仅说明"西京"的文化停滞性，也证实了《废都》的视野完全囿于文人圈层中。而这种视野，导致了《废都》的"非城市化"和"非知识分子化"。只有把城市描述为城镇，只有把知识分子的身份改造成文人身份，《废都》的叙述才能驾轻就熟地展开。

词的落后性质（《废都》中的人名、形容词、物的名词及心态语词都弥散着一种陈旧的趣味）在这儿并非是作为对抗现代文明的乌托邦语汇出现的。相反，它们是封闭文化环境中的自我哲学所决定的。问题不在于这种自我哲学有没有自主权（这是毋庸置疑的），而在于这种自我哲学的落后性质与我们的文化情境有着相当的距离。在这里，距离不是有美学的意义，只具有心理的意义——抵触、偏狭性、故步自封、内陆文化妄想以及"不知有汉无论魏晋"。

由于这种不可克服的距离，视野的偏狭就成了《废都》的显眼病症。它"挪用"了公开的传闻、街谈巷议、剪报消息、流行案例、尽人皆知的谣辞，拼贴成这个城镇的"时代背景"（它无关痛痒地迎合了人们潜在的政经阅读的需求，同时又在对政经一窍不通的批评家那儿赢得赞誉）。但是，这种拼贴式的"挪用"，并没有掩盖《废都》的狭隘视野。"谣辞"的煽情性很快被耗尽（这是一些信息量很低的句子），"忧患"的假象很快被大量浮现的旧文人趣味所冲淡。而这种旧文人的趣味，就集中表现为文人隐私和程式化的床帏秘戏。由窥视和裸露为动力的性描写，在《废都》中构成了重要的阅读单元。

在那些直接展布男女性事的阅读单元中，不管是完整的段落还是故意被搞得残缺不全的行文里，我们既没有看到性关系中的时代的痕迹也没有看到单纯的自然本能，我们看到的只是过去时代的、旧文人的狎妓，它作为一部参与到我们这个时代文化中来的小说的核心叙事，却是一个苍白的历史回声。而且是病态的、游离的、微不足道的历史回声。男性中心、女人作为性附庸、乡村文人眼中的性赞美，所有这些具有性别歧视的倾向，使《废都》的性关系展布显得如此陈腐，成为这部"奇书"中最为畸形的核心部分。

在一切价值关系都在剧烈升降尚未最终定位的时期，出现这样一部陈旧之作是不足为奇的。围绕着《废都》的各种声音，肯定比《废都》本身更有价值：正是这些迥异的声音，揭示了我们的文化矛盾和裂缝。批评当然并不握有真理的钥匙，但是，批评是一条道路，我们必须行走其上，才能免陷文化的泥沼之中。没有一部作品能享有批评的豁免权，尽管它有理由为它的历史权利进行辩护。

一九九三年八月二十三日

还有无数人的记忆像鸿毛那样飞向天空

——论《很久以来》的"轻与重"

　　叶兆言在长篇小说《很久以来》的"后记"中流露的明显不适、抵触与怀疑绝不会是无缘无故的，即对他所不满的知识分子精英们之中国历史解释和人性解释——这里我们难免会想起艾略特讲过的一段话，他说"一个可能成为伟大艺术家的人，仍然可能具有坏影响"，紧接着艾略特以弥尔顿为例，声称后者对十八世纪坏诗则的影响超过了任何人——现在，这个弥尔顿的幽灵则是以一个影子群体的复数形式出现在中国的；而在文学里，自诩掌握了历史真相和政治正确的知识分子精英们，即便他们手里可能的确持有真理钥匙或者他们可能同弥尔顿一样伟大，就像一百年前艾略特形容的那样，今天照样正在影响一大帮"蹩脚诗人"。

　　《很久以来》第二章"北京，二〇〇八年的大雪"，作者作为"叙述人"第一次在文本内部"分身"，从刚刚开始的情节中间切入，说明性地折回到产生写作这部作品的念头之前，耿耿于怀地插叙了"故事中的作家"身不由己在北京经历两次质量低劣的国际性文学交流——二〇〇六年主办方是德国一家著名读书俱乐部，"一向不喜欢在大庭广众朗读，不喜欢不断被重复提问，不喜欢抛头露面"的"南京作家"遭遇了两个虽愚蠢却认真的问题让他"不知道如何回答才好"；前一个问题"你在中国写作自由不自由？"来自对中国未必不了解的德国童话作家，后一个问题"你动不动就描写秦淮河边的妓女有意思吗，难道不庸俗吗？"来自对南京未必了解的中国美丽姑娘。二〇〇八年则又是被动性与东欧诗人们的交流，其中某位捷克诗人尖锐地指责"哈维尔既不是一个好作家，同时又是个政治动物"，而另一位"铿锵有力的糟糕普通话很像党和国家领导人"的湖南诗人继续鼓吹诗歌应该占据金字塔顶尖的陈词滥调，尽管这位诗人早已成为发了财的有名书商，鱼与熊掌兼得之后，不无得意地用"诗人可以人格分裂"与文学史上诗人经商屡屡得手的个案为这种人格分裂进行标榜性自我解嘲。

这四个问题各自将引向的所谓正确结论，或可能被意识到隐匿在问题背后的结论陷阱，统统是一目了然的，同时也是"坏"的，即只有"蹩脚诗人"才会醉心于这样黑白分明的真理与假装隐藏着的秘密；换句话说，自阿多诺声称"奥斯维辛之后，写诗是野蛮的"之后，谁再鹦鹉学舌重复阿多诺这句话，"即便不是坏的"，起码也是十足愚蠢的——文学的逻辑就是如此。

故事是在南京，从"一九四一年三月三十日"拉开帷幕的。一个历史上真实存在过的时间，现在则是一个被虚构的时间，欣慰和春兰在这一重叠时间里相遇了。小说家必须受制于真实历史，不得不表现出小心翼翼的态度；同时小说家必须动用他的自由想象权，两个女孩儿的初次见面安排在这一天看似情节巧合，宿命隐喻却也昭然若揭。依据资料档案，故事叙事人笨拙地提示这个历史真实日子的不同寻常之处——汪伪政府设定的"还都纪念日"恰逢一周年，但更重要的是，我们故事的主人公欣慰，这天是她的十二岁生日，而她之所以牢牢记住了这一天，只是由于欣慰遇到了一生中最要好的朋友春兰。这种看似无意的碰巧和对比，暗示了整部小说的"轻与重"将被刻意颠倒，现在让我们暂且先放下这一有待深入的话题。

《很久以来》前四章，有三章背景放在二十世纪四十年代沦陷的南京以及上海，凡涉及乱世当年之地名景观、显赫人物、政府设置、宗教机构、楼价暴跌暴涨乃至日本无条件投降后在南京街头出现的着三种颜色警服的警察之奇观描述，小说家考据可谓细心谨慎，然而这并非小说家热衷于此。尽管《很久以来》多处提及汪精卫、陈公博与周佛海，甚至还煞有介事地将周佛海扯进故事，不但成为欣慰父亲竺德霖留日其间的老相识、此后的顶头上司两者还过从甚密。小说家惯用的伎俩通常是，在细枝末节处处留意，在紧要关头逸笔草草——故事叙述人回避对中日战争发表个人观点不是无缘无故的，有时候，故事叙事人也会虚与委蛇，在他认为有必要的地方不痛不痒地套用国家教科书观点，不仅因为小说家本人不愿意在此冒险，更关键的是：为他所关注的被大历史遗忘的诸小人物，既非抵抗者或出卖者，亦非横尸沙场的无名英雄或大屠杀蒙难者；而是那些继续生活在沦陷之都，渺小卑微、平庸琐屑、无力自保的被本国武装力量因抵抗失败而放弃的"城市非战斗人员以及他们的家眷们"。

可是溯流而下，小说进程直至终局，我们恍然发现，欣慰这个形象并不是从上述"历史小人物们"或"一场战争浩劫中幸存下来的家眷们"中遴选出来，类似别林斯基式的"这一个"。尾随着《很久以来》缓缓推进，时间将不可抗拒地慢慢走进另一场浩劫，欣慰的故事则令人惊奇地朝相反的方向走。叶兆言在"后记"里泄露，"欣慰"这个文学形象起源于"一九七一年盛夏某一天"，年方十四的少年作者在饭桌旁听到了父母的谈话，他们"万分震动极度恐慌"，他们"没有想到"他们熟悉的女人"真的会被枪毙"，她叫李香芝，一个真实地存在于历史档案中的女人。我们不能断定李香芝就是"竺欣慰"的原型——至于《很久以来》第九章"二〇一一，南京，上海"，"故事中的作家"已将"李香兰"与"欣慰"并置于同一个"虚构／真实空间",则不过是小说家擅用的双重障眼法,即不仅存心混淆真实与虚构的界限,同时这一露骨的用意又反过来加强了故事的虚构性,而只有被确认的虚构性具有的说服力,才能达至小说家需要的真实性。无论"虚构的欣慰"是否是"真实的李香芝"借尸还魂,这种引人入胜的对小说人物的"原型"与"本事"之追究偏好,现在尚不是我们将要重点讨论"真实"这个概念的动力。

《很久以来》的真实由两部分组成,一半是"出处的真实",一半是"重新想象的真实"。那么,什么叫"出处的真实"?什么又叫"重新想象的真实"?司汤达曾经十分粗鄙地声称,"要以'事实'取代'好看'的情节",甚至建议"文学应该停止模仿,直接去叙述和转述",因为"已经过去、已经消失了的丰富性,不可能被重建了"。作为小说家的司汤达在说这个话时肯定是一个实证主义者:一,它是这样发生的;二,它在事实上是如何发生的;三,历史不可能让我们直接接近那个客观事实;四,意识形态和写作策略会决定小说家的选择,他的关注对象以及如何描述。按照这个顺序,《很久以来》的起源与形成就可以这样平行地建立起来:一,一九七一年盛夏,少年作者从父母那儿听到了李香芝被枪毙的消息,"听到这件事"构成了第一个确凿事实(它是这样发生的);二,多年以后,作者通过传闻与档案资料了解了李香兰事件的部分内情,开始追溯"那件事"(它在事实上是如何发生的);三,因"历史不可能让我们直接接近那个客观事实",作者诉诸想象,萌生了虚构一部小说的念头;四,二〇〇八年之后,作者不满于"蹩脚诗人"和"知识分子精英"对类似历史题材的流行诠释,最后决定以他的"意识形态和写作策略"对这一必须"重新想象"的题材进行"选择"。

被不同的人陈述的事实不仅各不相同,且残缺不全,即便陈述人信誓旦旦保证其陈述完全真实确凿,亦未必一定可信。但与法庭证人证言的司法解释不同，小说是一个公然鼓励放肆虚构的语言领域。为了营造返回二十世纪四十年代历史场景的拟真氛围，也为了满足作者从档案中寻找隐秘乐趣的偏好，《很久以来》前几章诸多篇幅描写来自"有出处的真实"，亦即"旧闻史料""大事记""卷宗"或"机要密录"，或许这些颇费作者一番心思的历史考古学知识恰恰构成另一些不愿合作的读者最感乏味的段落——虚构文学的传统魅力在于，它与我们对历史和科学的理解不同，它不要求它扬言的真实性需要我们过于认真地对待，虚构本身就具有不被认真对待的性质，我们甚至能够预见它得到的反应还包括否定性：不合作、质疑与误读。

不过谁又会质疑作为虚构作品的《很久以来》之史料引用不当、铺张、错讹乃至滥用呢？第三章"上海，南京，一九四一年十二月八日"，以太平洋战争爆发日为题，几乎用了全部篇幅，不厌其详地叙述了欣慰之父"竺德霖"的身世，只在这一章最后轻描淡写地叙述少年欣慰和春兰在上海一家旅馆白色搪瓷浴缸中一起洗澡，那个夜晚飞机在空中盘旋，防空警报呼啸，日军已进入公共租界，欣慰趴在窗台与正在楼下站岗的日本兵目光相对，春兰吓了一跳，欣慰却毫无惧色……作为愿意与《很久以来》的想象力合作的读者或许以为这部小说不过是"乱世佳人"的中国版，只是真正的乱世和劫难还在后头。由于我们已经事先获悉无辜的竺欣慰将蒙难于三十年之后一场国内浩劫的暴力机器绞杀，那么请在此轻描淡写的几行字面前稍作停留，"欣慰仍然没有丝毫惧色"，如霍兰德所言："她永远不会再回到这个场景了。"

这个挥之不去的情境，就是前面所指的"重新想象的真实"。与其说故事讲述者倾心投入给《很久以来》的"新的想象力"非常有限，不如说故事讲述者对想象力的发挥非常节制，相对于民国历史资料引用所派生出来的"衍生想象"之风生水起、活色生香，

《很久以来》那些男男女女的行动想象、欲望想象和情节想象，绝大部分都是俗套的、灰色的、匮乏的——尤其当他们集体进入到第五章之后。英国诗人布莱克偶尔也说粗话，当然不是在平常骂人的时候，"这破烂的记忆啊！"有一次布莱克这样形容不堪回首的某些往事，不知道他是悲愤还是反讽。"肉联厂的冬天"，第五章用这样一个粗俗的小标题究竟别有深意，还是信手拈来？灰色想象必有灰色的外在现实土壤，灰色生活和灰色人群必留"破烂的记忆"，及至灰色人群渐渐被推向红色生活，覆水难收，所有人不能幸免，所有人的记忆变成猩红的海洋，春兰梦见欣慰身穿红色羊毛外套"血淋淋艳丽"不再"黑白"。灰色时期主题是饮食男女，情节粗鄙语言露骨，细节是饥饿、虱子、猪油、狐臭、真刀真枪；红色时期的沉重幕布拉开，地点依然"肉联厂"，景观壮观、粗野而原始，"一个被圈起来的大棚，几个大缸，满地鸭子，活的和死的，十几个女人一手拿刀，一手一只接一只捞身边的活鸭子，拎起来就是一刀，那些鸭子无处可躲，挨了一刀有的立刻毙命，有的躺在地上挣扎，最触目惊心的，是一只挨过刀的鸭子，颈子断了，居然耷拉着脑袋向欣慰走来，这情景让春兰不寒而栗。接下来是去看杀猪，杀猪已经完全机械化了……"此流水线屠杀场景不仅属于叶兆言的"肉联厂"，也属于平克·弗洛伊德的《迷墙》。爱德蒙格·弗洛伊德说："无论整个人类还是个人，过去的一切都不会遗忘，它将以变形的方式反复出现在我们的心中。"华兹华斯有一句诗，"这一事件给我无尽的悲伤"，然后他自己意味深长地反讽道："我带着陈腐的道德进行反思！"

　　《很久以来》没有通常人们理解的那种"对'文革'的反思"，很遗憾，这个似乎刻意安排在《第七章》"欣慰之死"中的"奥威尔一页"立即被翻了过去，故事讲述者显然不愿意在此停留。《很久以来》不以思考尖锐见长，反以重申妇孺皆知的街谈巷议和长辈的陈腐教诲引人瞩目。无论隐身故事之内的讲述者，还是跑到故事之外现身说法的作者本人，都反复为一种"活着就好"的求生哲学辩护，同时为"文革"浩劫中罄竹难书的鸿毛之死感到"无尽的悲哀"，不值得啊！"很多事千万不能太当真""天大的事过去了也就过去了""死了也就死了，基本上是白死"这一类句型的"毋庸置疑之常识"在《很久以来》中不绝于耳，可能就是有感于唯大枭雄死了才会被后世热衷"会当凌绝顶"的墨客骚人树碑立传并赞颂为"重于泰山"，鸿毛固然永远是鸿毛，但鸿毛再轻也固然是生命。

时过境迁，回溯腥风血雨的"文革"历史现场，回忆起一个一个渺小生命被剪除被扼杀，发出这样的事后感慨难道仅仅是出于无奈与自我抚慰吗？渺小者的想象替代不了伟大者的想象，渺小者善良的个人愿望也改变不了伟大者无情的历史判断。作者说"'文革'的最大特点是大事化小，小事化了"，这样的例子当然有；不过这个概括性描述反过来可能更成立，即"文革"的另一个致命特点恰恰是"无事生非小题大做"，直到酿成"人命关天"乃至"惊天动地"的大祸，政治肉联厂的屠宰流水线一旦开动，无论天下大事还是区区小事，绝不是当年任何人想过去就能过去的——但是这个几乎没有争议的描述，并不能改变也没有改变今天渺小者与伟大者各自的历史地位和现实地位，渺小者们的命运依然被相信历史决定论的伟大者们继续决定着。只要渺小与伟大在正义的天平上分量仍不相等，只要权力者与无权者的现实状况没有丝毫改变，我们就拒绝简单地将《很久以来》的此类议论看作一种妇孺之见，而宁愿看作一种"含混表达"，如果还不是"反讽"的话。赫勒指出，"含混从未被认为是一种力量，而在卡夫卡那儿偏偏如此"。含混的力量！如果"含混"在卡夫卡那儿表现为自甘失败，意味着"一切障碍粉碎了我"，那么在叶兆言这里"含混"则表现为承认陈腐，意味着"想不开也就想开了"。

"想不开也就想开了"就这样不可抗拒地成了欣慰与春兰下半生唯一可以选择的人生哲学，肉联厂的暴力美学替代了六朝古都的颓废美学，后来者居上，杀气腾腾的间迭替代了眉清目秀的花花公子卞明德，替代了英俊黝黑的抗大干部罗福庠，粗鄙战胜了文雅，本能压倒了爱情——爱情即盲目，人类社会男男女女反复无常，品味犹存的欣慰偶然选择了卞明德，仰慕成熟的春兰偶然选择了罗福庠；好景不长，婚姻即计算，肉联厂生存铁律不可抗拒，最终粗鄙野蛮的间迭先后成为这两个女人的丈夫——这难道又是《很久以来》为我们勾画的关于在极端年代发生于芸芸众生间的男欢女爱曲线图？沿着一条挫败、隐忍、坠落、凋零的下滑路线，"想不开也就想开了"是否就是"不接受也要接受"的宿命训示？由此看来《很久以来》几乎是绝望的，尽管它不断絮絮叨叨地用诸如此类的警世通言安抚我们，《警世通言》的道德训示或许早已陈腐不堪，《警世通言》中的人物却一直在故事里呼吸，只要我们再次将之打开。《很久以来》的不同之处在于，它不仅仅含混而且陈腐地说破了一个秘密——世界依然是陈腐的，新鲜的理论说辞改变不了陈腐的世界，而描写人类渺小悲剧的虚构小说，用庞德的话比喻，不过是"从一个陈腐形式到下一个陈腐形式之间呼出的一口气"。

　　这样就解释了为什么《很久以来》叙事风格接近咏叹，像是"一声长长的叹息"。第一章，通过故事叙事人，隐藏于背后的作者撇开南京沦陷汪伪附逆之重，"轻描"欣慰跟着朱琇心师傅学昆曲，顺手录下《桃花扇》里的一段《折桂令》："问秦淮旧日窗寮，破纸迎风，坏槛当潮，目断魂销。当年粉黛，何处笙箫？罢灯船端阳不闹，收酒旗重九无聊。白鸟飘飘，绿水滔滔，嫩黄花有些蝶飞，新红叶无个人瞧。"显然插入了一种不合时宜的感伤主义小说的哀婉气息，"商女不知亡国恨"不再被认为是讽喻弱小无力之平民百姓的失节……直至整部小说尘埃落定，后记中，作者似乎还有话要说，内容既非控诉极权政治亦非建议全民忏悔——这些论调不再会被认为是什么大不了的重要秘密——就仅仅重复了几句"做官永远是好买卖""平民百姓才真正永无出头之日"，莫非是一种本土化的在蒙田意义上的消极经验主义？作者干脆含沙射影地抄下了元朝张养浩《潼关怀古》后半段："望西都，意踌躇，伤心秦汉经行处，宫阙万间都做了土。兴，百姓苦，亡，百姓苦。"两个"陈腐形式之间"的两次呼吸，陈年老话总有道理。太阳底下无新事，蒙田在五百年前就敏锐地指出"人类认识的不一致性"，受不可靠的不同文化模式影响，普通人容易相信他们最早接触的论点、偏见和迷信，他们愿意相信循环论，因为他们总以为自己看到的类似现象今古无异；至于博学之士，他们的知识带来的自信与高傲，往往妨碍了他们进一步深刻地理解事物的复杂性，导致这些出类拔萃之辈不愿听取别人的意见。毫无疑问，此后的积极经验主义者培根希望将正确知识影响知识分子精英，然现今所谓的政治哲学反思，俨然是某种曲高和寡的知识分子自诩之特权；而蒙田所谓的消极经验主义或狭隘经验主义，却永远在那儿提醒一种"平民百姓"的顽强存在，小说家不只是有责任"观念性地"指出"怎样的思考是对的"或"怎样的结论才是合乎理性的"，还要退回到"文学地呈现"出"其他人不是这样思考的"和"凡存在的都是合乎理性的"！《很久以来》回到了蒙田的传统，它诚实地呈现了人的命运、情感和经验的局部性，呈现某一种复数的思考之停滞，回顾往事，对生命流逝的无尽感伤、对无谓牺牲的悲凉痛心、对历史循环论的消极认可，"无话可说"是它最终的沉重叹息。

显而易见，《很久以来》对议论并不感兴趣，因此凡在情节进程中遇到不得不议论两句的地方，叙事人敷衍式的见解从来不会比故事的当事人更深刻——叙事人既不愿拔高故事人物的思想状况，也无意拔高自己的思想水平，将"欣慰之死"或曰"一个渺小人物死于非命"的悲剧琐屑化，就像诺克林所辩护的，将浩劫祭坛上的无辜牺牲"贬抑到平常与家常的领域"，摈弃浮夸的惨烈、悲愤与恸哭之场面描写，反而着墨一些琐屑、无聊、心寒乃至不堪的细节——小芋表现的大义灭亲极端冷漠并不意外，间迭在欣慰的最后时刻还在猥琐地幻想、窥探他妻子是否曾经对他不忠，却像是来自另一个方向的赤裸裸冰水，粗暴地撕开了本来就没有过温情的性爱面纱，"一切固有的和有差别的东西都消散了，一切神圣的东西都被亵渎了"，冲垮这个秩序的不是无情的资产阶级工业大革命，而是激情的无产阶级文化大革命，马克思、恩格斯《共产党宣言》先知般的预言居然在字面上被一连串低卑的琐屑情欲颠倒性地涂改了。

"卑贱者最聪明，高贵者最愚蠢"，彻底的、无所畏惧的唯物主义者说得何等好啊！有时候我们真要怀疑，似乎我们永远无法理解人类的某些凶悍的历史行为，无法理解人在某种特殊处境中选择的反常行为。渺小者，无权者，或此刻所谓的卑贱者，他们有时候三位一体，有时候则不是。他们什么时候"轻"，什么时候"重"？作者"后记"提醒我们，"文革"中"逞一时之快的造反派根本没有快活几天"，是啊，法国大革命吉特伦派、罗伯斯庇尔派也没一直快活下去。但是不管时间长短，革命作为"人民的盛大节日"，历史的小人物们毕竟"快活过几天了"，渺小者成了历史车轮，无权者成了领导阶级，卑贱者成了最聪明者——等到"天下大乱"重新回到"天下大治"，有的人"扛过一时，熬过最艰难的几天"就豁然开朗，"苦难变成永远的资本"；有的人"苦难一世，苦难永远是苦难"，换句话说，一旦秩序恢复，无数篡位与错位的渺小者立即被打回原形，一切渺小者、无权者与卑贱者将重新归位，迅速脱魅！

《很久以来》讲述的，就是一个很久以来一直顽固地没有改变过的人类历史真相与真理，迄今还没有过时，至少在作者看来是如此，或许作者佯装相信如此——所有的高谈阔论和貌似严肃的提问都是没有意义的，因此我们的作家根本不愿意谈论或回答此类问题——真实的状况是：平民百姓，祖祖辈辈，或芸芸众生，亦即所谓的渺小者群体，他们是人类中最大多数，他们遍布世界每个角落，他们就在我们身边，他们中就有我们自己；他们和我们都是身居其中的作家的写作背景和写作对象，作家对他们满怀同情，又胆战心惊地怀疑这种同情；作家愿意为他们争取某种据说他们应有的天赋人权，又非常悲观地怀疑这种人权是不是存在；作家既哀其不幸，又拒绝自以为有资格"怒其不争"，甚至不愿意为他们难以置信的乖戾行为辩护，不愿意为他们不知好歹的受苦受难哭泣。

稍微讨论一下极权主义这个概念吧，乌托邦，反乌托邦，还有乌合之众，反叛的大众，大革命，群众与法西斯，一神教，意识形态的崇高客体，无权者的权力、通往奴役之路等等这些概念——也许《很久以来》的作者并非平时没有涉猎这些其实一点都不深奥的词，只是他不愿意在一部虚构作品中深究这些政治哲学、历史哲学和精神分析议题。但是我们终究要涉及，哪怕是浮光掠影地涉及，因为我们已经为《很久以来》做了文学辩护，我们重申了一部小说是一个自足的世界，它有自己的疆土和边界，小说主要功能是呈现真实，而不是表达正确；我们指出了《很久以来》的风格是咏叹调式的，它隐藏着的美学主题是"轻与重"，而不是"是与非"，更不是"善与恶"。现在我们似乎没有理由完全按照小说的疆土与边界划定的路线，亦步亦趋地进行我们的思想旅行。抬起头，在这个"自足的世界"之上，是我们唯一可以共同仰望的自由天空，我们不能想象只有呈现的小说才能告诉我们全部真实，尤其是——当这部小说讲述的是一个幅员辽阔的东方国度发生的故事，这故事不过是千千万万类似故事的其中之一，而这个故事又与具有类似经验和遭遇的牺牲者、幸存者、遗忘者、曾经的施害者或受害者、仍然懵懵懂懂地活着的无数渺小者继续发生血肉联系的时候，这样的讨论也许并不应当刻意回避。

在《很久以来》这出咏叹式悲剧的核心部分，作为全景社会的极权主义运动始终是一种笼罩其全体成员的迷狂氛围，它本身就具有时代全景式剧场的性质。时光倒流，它的剧目浮出我们记忆，它的主题是阶级斗争，它的远景是乌托邦，它的灯光是红色，它的角色人物包罗万象，它发生在正当性不容怀疑的国家内部，这一国家似乎已失控秩序似乎已不存在但是它的暴力专政还存在，甚至更凸显其无所不在——最高领袖与平民百姓全体卷入连续不断的最高指示和不分昼夜的群众聚会，学习、教育、改造、洗脑、监督、举报、斗争、揭发、隔离、监禁、告密、公审、表决、判决直至在光天化日之下处决他们的异类和同类。渺小的平民百姓被一种难以想象的激情蛊惑，他们义愤填膺山呼海啸，他们的内心隐藏着恐惧；他们被迫选择敌人继而配合发现敌人甚至为了自保不惜出卖亲友，他们害怕被揭发所以选择了主动坦白与揭发，他们害怕被人民阵营驱逐所以忍辱负重接受了莫须有的罪名；天地旋转日月无光，他们全体无法逃脱，谁不屈服谁就不能生还，在永无休止无所不在的阶级矛盾和敌我矛盾的鼓动下，几乎所有的权力者和无权者、高贵者和卑贱者都有可能成为下一个受害者或施害者——这样的描述难道就一定准确吗？也许我们的小说家未必会认同，如果真是这样，那么就让我们做出一次妥协，就像蒙田的消极经验主义告诉我们的解决方式，各自相信自己的经验和坚持自己的偏见，至于那个"整体"或"总体笼罩"先请它见鬼去，我们依然返回到《很久以来》的规定情境与规定人物中，让我们把最后的焦点汇集到故事里的三个女人身上，一个"欣慰"，一个"春兰"，另一个是欣慰的女儿"小芋"，看看我们还能说些什么？

《很久以来》的作者事后形容"欣慰和春兰有点像《红楼梦》中的林黛玉和薛宝钗"，但是忘记补充一句，《红楼梦》夹在两个女人之间的贾宝玉位置不幸被薛蟠式的闯途所占据，这又何其悲凉——如同作者后记中特别提到他读到林昭《祭灵耦文》，后者竟然为"柯庆施那个老男人"写下"让他们灵魂而今如何两情缱绻以胶投漆"的肉麻字句，令我们的小说家立即"天昏地暗，有一种说不出来的悲凉"。欣慰被男友李军揭发是"悲凉"的，欣慰要求春兰揭发自己是"悲凉"的，小芋被女公安通知竺欣慰已遭处决表情平静是"悲凉"的，故事结尾春兰告诉小芋她的母亲获得平反昭雪，小芋依然表情平静是不是还可以用"悲凉"来描述，来定义？如果现实的林昭内心情感秘密之不可理喻，对我们的小说家简直是一个无底深渊，是因为此前即已预设了前者的殉道者形象；那么虚构的小芋令人齿冷淡漠无情的背后又是怎样黑暗沉默的深渊，小说家又作如何想？

欣慰不是殉道者。故事讲述者没有具体告诉我们她有什么政治信念，或怀疑某种政治信念，她的入党不妨理解为当年的风潮——在故事讲述者看来，重要的不是政治的欣慰，她根本就不政治，不过是一个随波逐流得过且过的渺小人物，缠绕于鸡零狗碎的日常生活、工作变动与男女纠葛，她就像我们最常见的那种容易发生传统故事的女人，命薄心高遇人不淑，不知为何，这样的女人总会给自己和身边的人招惹麻烦，正是一场难以躲避的全景式政治浩劫，使欣慰的性格麻烦变为政治麻烦，最终招来杀身之祸。欣慰的"纠缠模式"终止于极权政治的断裂性震荡，以那种被现代政治分析归纳为"受害者与施害者的巧妙配合"的命名去解释欣慰的处境与结局，并不是不能考虑的。我们惊奇欣慰在她最后日子其间言行举止的匪夷所思，她的遗物没有一个字留给女儿让我们迷惑不解，她的遗书声称自己是一个理想的革命者让我们难以想象，她似乎突然变了一个人，她好像只有幻想自己是个殉道者，这样才能接受引颈受戮的蒙难者命运，她居然像是模仿布哈林一样在临刑前呼喊领袖万岁，视死如归，所有这一切疯狂想象，所有发生在她眼前我们却无法看见的幻象，都是欣慰，不，是《很久以来》作者为我们留下的谜题——这个谜题当然首先是属于文学的，但又绝不是文学本身可以自动揭示的。我们再强调一遍：《很久以来》消极的咏叹调风格，以及将"轻与重"位置颠倒，虽然暗含了"反崇高"的潜意识，但未必出于刻意。我们不认为弗莱彻所谓"崇高风格具有摧毁奴性快感的功能"是绝对正确的，这也是我们为什么一开始就指出"崇高的弥尔顿可能会对蹩脚诗人产生坏影响"的原因——不过弗莱彻的另一句意义平常的话却十分适合《很久以来》，"灾难是一种逐渐的磨损，它慢慢地磨损人生，终于某一天猝然停顿"。

现在我们完全有理由说《很久以来》骨子里是沉重的，压在故事人物身上的不是暴行与罪恶，而是一种仿佛永远不为自己的自由意志左右、一种被难以逃脱的蛮横外力无情裹挟的灵肉苦难——欣慰曾经是轻盈的，还有轻盈的春兰，轻盈的甚至轻佻的卞家六少，轻盈的所有其他《很久以来》中的渺小人物，对于这大多数不是用特殊材料制成的渺小人物，通向乌有之乡的道路就是通向奴役的道路也是通向祭坛的道路……但是，我们突然从中发现了一个人，"小芋"，她的出生是个意外，她身体瘦弱，她几乎在没有爱的环境里长大，她成为母亲的累赘被亲戚寄养，她被忽略，她是一个多余的孩子，她沉默寡言，她的心理活动小说家似乎一无所知付之阙如——无独有偶，第六章以"小芋的寂寞"为题，作者却以大量篇幅啰啰唆唆叙述欣慰与春兰私房话以及各自的男欢女爱，不仅于此，连间迭强暴春兰都发生在已经熟睡了的幼年小芋身旁，而"小芋"究竟怎么"寂寞"统统留给了我们的想象——德·曼有一句话好像专为《很久以来》说的："作者就是那个'说得多'，却'知道得少'的人！"

不能直接观察到小芋的心事，可以看见小芋的行动，《很久以来》展示了小芋一些值得分析的"标志性细节"，她封闭内心，以沉默为自保，以谎言为抵押，她预支安全和不为人注意的私人自由，她对外界保持警惕，她的选择和行动总是那么出人意料，连我们的小说家都难以想象：多年之后再遇到小芊的时候，她已经同几个不一样肤色的数位外国男人生了四个混血儿，听说之前她为了出国不惜代价，小说家的伯母对此"不可理解"，这又是蒙田为之辩护的个人经验主义判断总是会对另一种个人经验主义选择感到奇怪的生动例子——我们缺乏反对小芊这样选择的理由，只要这个选择完全取决于她的自由意志而不是被强制。小芊的父亲母亲皆为她与生俱来的"污点"，她的父亲母亲都不明不白地死无葬身之地，当周围的人都遗忘她、忽略她、践踏她之后，我们想不出她还有什么理由继续留在这块沉重的土地，她本来就是一个渺小的人，可能骨子里也是一个轻盈的人——让我们为她想象，如果这种想象不完全是画蛇添足，她的混血儿孩子不再追问他们母亲的父辈，不再纠缠他们母亲的历史、血缘、语言与传统，那么我们将庆幸小芊的遗忘或已经深入骨髓的不能遗忘的遗忘，一切历史都将进入虚无，无论是宏大的历史还是渺小的历史，终究都要接受最后的审判，终究要来到上帝的面前。既然小说家在《很久以来》最后告诉我们小芊现在是个基督徒，那么我们就不妨想象此刻的小芊已经摆脱了不自由的大地、黑暗、苦难、屈辱、恐惧与悔恨，无数渺小的记忆与灵魂像轻盈的鸿毛那样飞向天空。唯在这个"轻与重"位置再次颠倒之时，我们才能在相反的意义上引用弥尔顿的撒旦于《失乐园》的如此呼号：

> 别了，希望；
> 别了，和希望一起的恐惧；
> 别了悔恨！

二〇一四年

阅读是一种搜寻，故事还在延续

——关于六篇评论与一篇小说

　　金宇澄不由分说，非要我给《上海文学》写篇评论的评论。那是四月里一个容易困倦的午后，阳光晕眩，当时我心情不错，答应了。宇澄说，他们杂志将同期发表周嘉宁一篇短篇小说与六篇对这篇小说的评论，黄德海、张定浩、木叶、李伟长、来颖燕和项静，你先看看，说几句，你义不容辞……

　　义不容辞！这个话听上去真耳熟啊，历历往事恍兮惚兮，自上个世纪九十年代之后，巨鹿路675号这幢房子（其实不止一幢啦）以及围绕着房子的爱神花园似乎永远以过去时态展现在我的眼前，八十年代早已落幕，据说那个不正常的时代对后来者毫无参考价值可言，新一代小说家照样像野草那样迅速成长，他们理应把我们远远地甩开，沧桑迭变兴废交替，文学在短短几十年中也是这样的吗？评论家的错觉有时候会以犀利的形式出现，他们眼睛里的文学和时代，就像小说家眼睛里看到的生活，很容易变形为一种虚构。评论家时而大谈十九世纪，因为他们想用十九世纪文学贬低今日文学，时而又大谈今日文学，因为他们的意图是打压八十年代，播下的是龙种收获的是跳蚤，庞大战胜渺小，此一时彼一时，恐龙已成化石跳蚤却活在当下且如此轻盈，他们干得真漂亮。话说回来，小说家才不管评论家在说什么，一篇小说不是为六篇评论而写。不过小说家的错觉与虚构同样是一种人类怪癖，为了满足这种怪异的癖好，小说家常对眼前发生的一切大小事件置若罔闻，人们总认为小说家应该对生活充满好奇，他们错了。试想小说家如果热衷生活本身，他们就腾不出手抛开俗务，殚精竭虑，钟情于再去虚构另一种子虚乌有的生活，无论是浪漫的还是素朴的，结果都一样——以达成幻象类多巴胺分泌的自我满足，至于这一隐秘快感究竟有多强烈，他们心里应该有数，当然啰，对我这个过时的陈腐结论你们完全可以一笑了之，我心里也有数。

三十年来，我在巨鹿路675号目睹了多多少少这样其貌不扬、魂不守舍、穷经皓首和一鸣惊人的前任小说家、被埋没的小说家和未来小说家啊，别看他们平时与普通人毫无二致，千万不要小瞧他们，风水轮流转，这些说不定要羽化为历史天幕前的显赫人物。时光荏苒，他们坚持不懈，穿过没有交叉小径的爱神花园，他们行走，如同他们的想象在行走，在那里，一支笔用文字缝制故事，去资料室档案馆吧，劫波渡尽遗迹封存，他们以虚构代替真实而生活则隐匿在他们身边，但要记住：永远不要担心故事会淡出他们的视野。

来颖燕在周嘉宁的故事中读出了"孤独""无助"与"坚强"，这是移情；又立即指出"她的短篇大多数的情节是缺损的，场景倏忽而变"，那就是敏识了。就像萨义德的描述，一个完整故事以一系列小片断的形式进入小说家头脑，再一点一点拼凑起来，预先包装好的故事无法恰当处理生活中弥漫的复杂性——萨义德这段大概意思是我挪用的，颖燕则援引了奥康纳的另一句话，"短篇小说最善于处理孤立的个人"，然后迅速过渡到嘉宁小说的诸特征：冷色调、在路上、若即若离、放弃或被放弃……做了一番细致的情节分析之后，作为文学杂志编辑，来颖燕通过一稿与二稿的比对，得出了嘉宁小说的"迷人之处"还是在于"沉默"的结论，即那种莫奈绘画中的物象溶化在大气里的"冷漠之感",明明想与人无限贴近,又忍不住惧怕亲密,真是惺惺相惜。但最后,我们的评论家很快恢复了冷静,她知道评论说穿了就是用思想为小说命名,能捕捉到一篇小说的关键词未必是庆幸的事,可是毕竟,"发现唯有小说才能发现的东西,乃是小说唯一的存在理由",颖燕还是得到了昆德拉定义的支持。

黄德海博闻强记运思缜密,绵里藏针而御风而行,不过这不能成为阅读他评论的定势预期。从表面观察,德海对他评论的具体对象时常有貌似贴身紧逼穷追猛打之状,这回没有。评论周嘉宁,他是尽量温柔地拉开距离的,唯有拉开空间距离,才能感受《你是浪子,别泊岸》这一篇故事中的"一层一层阻隔"与"越来越狭窄的空间",才会嗅出"黑夜""噩梦""微弱的光晕浮动"以及听到那种被评论家命名的"轻微声响"……但是,既然德海博杂的文学偏好之一是臧否"世道"和俯察"人心",那么当我们再次看见他的评论一上来连续使用"内心诚挚""天然的澄清"和"思无邪"这些善词就不足为奇了。德海看出了嘉宁的"天生禀赋",并且加了"似乎"两字,这表明我们的评论家还是非常谨慎,在认定小说家的才华达到了什么样的高度方面,他从来不做无意义的冒险。对那些先后进入他视野的任何小说家,德海都需要足够的时间,他有耐心等待。

木叶的评论越来越放松了,就像一次散漫的文学聊天,一边点评式地聊周嘉宁的新短篇,一边如数家珍地穿插嘉宁的旧作《我是如何一步一步毁掉我的生活的》和《密林中》,时空穿越,倏忽"整体推进纵深饱满",倏忽"叙事仿若风吹过原野",俄顷,峰回路转柳暗花明,我们的评论家从语词的密林缝隙中发现了周嘉宁这个新故事的"自足性"……故事的旅程刚刚行进了三分之一,霍桑《韦克菲尔德》一个中年男人出走多年的老故事"嵌入"了,于是

"自主性"让位给"互文性"，啊，文本外的文本，或者文本内的文本！一次令人愉悦的小说阅读或许应该包含一种意外的发生，新的阅读为什么不可以成为一种对自己以往阅读的再次搜寻？木叶追究一个虚构故事的来历之兴致，可能超过了他对身边真实故事进行挖掘之兴致，这就是评论家的职能偏好。不幸的是，当木叶事后如其所愿地得知《你是浪子，别泊岸》来自一首粤语歌的歌词，我们的评论家开始产生莫须有的忧虑，指出虽然作者是"另铸新辞"，能召唤一些人却也隐含冒险，容易"狭化主人公，狭化小说的意蕴"，理由还是拿出霍桑小说为例。

李伟长显然对周嘉宁过往的小说相当熟悉，因为有比较，有预期，有定势，伟长直言不讳，"小说不错，但不太好看"，我喜欢我们的批评家和小说家拥有如此的坦率和雅量，不过所谓小说"好看不好看"这个很难说，古人云"人言言殊"，西谚曰"趣味无是非"，都是一个意思。这里容我多嘴一句：好看的小说未必是好小说，不好看的小说未必不是伟大的小说，不需要举例，因为例子举不胜数……伟长有两个观点很重要，一个是关于故事和经验的，前者涉及"困境""节奏""结构""时空"等等，后者伟长赞同奈保尔在《论写作》中表述过的"个人经验必须经由一些易被人们所接受的方式传递出来"；另一个观点出现在他评论的结尾，即嘉宁的这篇小说表现出了"某种转变的迹象"，他希望这个转型能够以"突破"来完成。看得出，伟长的"突破"特有所指——故事的乏力让周嘉宁要表达的个人经验遭受了不小的损失，为此我们的批评家有些"沮丧"。伟长的评论非常注重嘉宁小说的细节，当然啦，故事与经验都由一些细节构成，这毫无疑问。让我惊喜的是，我们的评论家在这篇短评中又顺手援引了麦基的一句话，这句话在我看来远远比奈保尔更加熠熠生辉："故事是生活的比喻"！让我们好好琢磨琢磨这句话的多重含义，包括嘉宁。

项静近两年越来越让我刮目相看，她的评论拥有一种沉稳刚劲而又深入骨髓的力量，仿佛要那些被评论的对象服从自己，也许她根本没有意识到这一点。项静的判断经常是独断式的，几乎没有商量余地，你们听听："短篇小说的好处就是可以突兀地开始，简略地结束"！我高度评价这样的独断论，掷地有声，只有这样的句式有可能引起争议因而也扩大了它得以传播的生存空间。就短篇小说而言，项静对读者的态度与伟长截然相反，公然声称"根本无视读者期望作家去填补那些豁口"，概括力在项静那里总是表现为一种非常准确的文学语言，从来不曾枯燥乏味，"我们没有成为真正出色的人""我们并不愚蠢""纷纷接受了自己作为平庸小人物的存在"，也许这样的时代性概括会令我们唤起对十九世纪俄国别林斯基和杜勃罗留波夫的遥远回忆，的确，我们的批评家有那么一点在文学中寻找"时代类型"的渴望，不过项静并不热衷高屋建瓴。除了作为同代人感同身受，她必须从个人经验摆脱出来，因此，她会把《河的第三岸》《树上的男爵》以及《韦克菲尔德》的母题与周嘉宁的小说联接在一起，猜想后者是否一直致力于把那种精神困境问题"具象化"。麻烦的是，在我们的评论家看来，嘉宁故事中的精神困境无关经济，无关爱情，也无关血缘，那到底是什么问题，而嘉宁的小说又好像不是任何形式上的寓言。

张定浩的题目涉及了"开端"，不是在萨义德意义上的那个起源性开端，"通向更加广阔世界"的应该是"起点"，他很明白他将要说的是什么——"对话方式""两个人之间稍纵即逝的对话""私语"还有较为宽泛的"交流"。由于周嘉宁喜欢海明威的《一个干净明亮的房间》，于是定浩就顺势谈起了海明威的人物对话，先暗示了嘉宁与海明威是如何不同，意犹未尽，接着是昆德拉、帕慕克、耶茨、奥康纳、托宾，最后停留在克尔凯郭尔，必须停下来了，因为在克尔凯郭尔意义上，交流表达变成了"反讽"，绝不轻佻，且满怀对人性的悲悯，说到这里，我们的评论家就没法为嘉宁安排一个合适位置了。在这里，"更加广阔的世界"变成了"更加广阔的文学世界"，我支持定浩的"视野主义"，浩浩荡荡的过往文学洪流，无数种组合形式的"无限的清单"，我们的批评家必须想象每一个小说家皆有他的阅读世界，只要小说家在他的作品中泄露一点蛛丝马迹，我们的评论家就会闻风而至。愿你们记住，每个评论家最终都在评论他们自己看到的一切，无论是小说家还是评论家，必须坚定地相信他的个人性迟早会获得充足而持续的能力……我们的评论家都干得非常棒，当然包括嘉宁。

很抱歉，迄今我只读过嘉宁一篇小说，但是我通过他们六位间接地阅读了你。因为文学，我们的脆弱、迷惘、孤独和无助，铸成了我们的坚强。

二〇一五年

微型作家论

王　蒙

这位具有高智商和传奇般经历的作家将为后来人撰写文学史设下许许多多难题。作为一个复杂的人物，王蒙一半是由于他庞杂的作品，一半是由于众多批评家的阐释而变得更加难以辨认。他清醒异常，又不时被自己的聪明善变和说话技巧弄得神魂颠倒。没有别的文人比他更懂得和善于自我保护同时又尽量保持自己的独立思考。在他顺应潮流和时风的时候他一定清楚自己正在干些什么。当代中国政治文化中的每一种色调都涂抹在他斑驳的身上，这就是他如此喜欢杂色的原因。通过他，我们可以看到一个极其聪明的人是如何被蛊惑、被扭曲又如何作漂亮挣扎及自我拯救的。王蒙是位非常擅长模仿、变通和汲取各种艺术养分的小说家，他有几首诗也写得很真挚和惆怅，不过他的理论见解从来是不确定的，他喜欢把观点讲得面面俱到，这种辩证法的娴熟运用常常无懈可击，结果仍然让人一无所获。没有谁比他更能审时度势，与此同时又能无情地看穿人的弱点；他多种类型的作品既暴露了足够多的东西，也掩饰了足够多的东西。王蒙是一位怀旧的小说家，这肯定和他的早熟和"少共"经历有关。他一度是写实的，二十年沉默后当他复出时，度过了短暂的抒情期，便开始了他在表达上的革新，成为中国式意识流的推动者之一。八十年代后，他的小说形态是综合主义的，他随心所欲，写得潇洒、幽默、深刻、油滑、严肃和似是而非。在他身居要职时，也仍然没有忘记写作，不过他最好的创作期已经过去了。事实上，王蒙属于这样一种类型的作家：博杂、经验丰富、智慧和放达，不过由于天生的和社会的原因，妨碍了他成为深远博大的人。他领略事物的能力太强也太快了，所以他涉及的事物虽广但总是被草草掠过。

刘心武

有两种类型的作家会被载入史册：一是伟大的或杰出的作家，二是有影响的、和某些文学现象有密切关联的作家——不用说，刘心武肯定是属于第二种。在无以计数的文章中，人们都有意无意地将刘心武的《班主任》列为新时期文学的开端。从政治和意识形态的角度来观察《班主任》所处的历史位置，上述判断至今仍然部分有效。不过，就文学本身的自觉形态来看，《班主任》和其他许许多多同类型作品都属于新时期文学的"史前期"，严格地说，新时期文学是从一九七九、一九八〇年的朦胧诗开始的，因为那时文学界才开始自觉到个人、形式、语言在文学中的重要性和实践的迫切性。但是刘心武在其文学观上始终是首尾一致的，他始终牢牢注视着社会问题，注视着社会心理，这种新闻态度使他的许多小说带有机会主义色彩，并且一度产生过相当的社会影响。受了这种成功的鼓舞，刘心武的文学主张变得较为固置，这种较为实用的考察事物及社会的习惯使他对文学的理解总是具有明显的工具主义倾向的。从七十年代末到八十年代后期，刘心武对中国社会的重大问题有着自己的思考，在此背景下他进一步思考着文学的位置以及他个人在其中的位置。可行性原则和现实需要像两只无形的手总是在背后推动着他，他的许多小说都逐一印合了社会的演进踪迹。相信文学的教育启迪作用以至铸造灵魂的作用，这也许和刘心武当过教员有关。刘心武早期两部作品《醒来吧，弟弟》和《爱情的位置》的题目十分有趣地暗示了他的基本观点：希望周围的人在文学的帮助下醒来；同时，文学在现实生活中的位置，中国文学在世界文学中的位置，这两个问题看来会永远纠缠在这位务实的作家的头脑里。

刘心武最有影响的作品是《班主任》《钟鼓楼》和《五·一九长镜头》。

蒋子龙

蒋子龙的参与意识一开始更多地是通过英雄主义虚构来表达和实现的。在持续了相当一段时期对社会经济体制改革的热情和关注后，蒋子龙看到了或者说重新重视现实中负面的力量，于是为了恪守真实，他的作品慢慢地削弱了英雄主义色彩。不过，他的小说明显地看得出是男子中心主义的，蒋子龙善于陈述男人的故事，当然，他是永远无法离开社会这个舞台来表现男人的。在很长一段时间里，蒋子龙的小说一直显露出对错综复杂的社会关系网络及人事纠葛的观察力，人在此网络与纠葛中起先是进退自如充满韬略，随后就进退两难以至不得不以妥协的面目出现了。这些小说愈来愈清醒地承认既定现实的巨大惰性力量，人在其中往往束手无策；当然，蒋子龙的小说没有消极退缩的倾向，他只是看到了现实的无情一面和人的困难性。最近以来，蒋子龙似乎对人性发生了很大的兴趣，但在探讨人性内涵及其演变的几部作品（如《蛇神》）中，他仍然没忘记社会环境的重要作用。这种环境至上加行为主义的人性见解，肯定和蒋子龙的个人经验、观察和逻辑推论有关。总之，蒋子龙是当代文学中的社会环境论者和人际关系论者，他当然是支持唯物主义立场的。

冯骥才

充沛的体力和精力、兴趣广泛知道自己身上的每一种艺术潜能并能顺应文学潮流，是冯骥才拥有大量著述的几项基本条件；当然，他的著述多半是在小说领域。冯骥才大致上是个写实的作家，他也是较早在作品中研究人性的当代作家之一。这位鼓吹过现代主义对西方现代文学艺术抱有浓厚兴趣的鉴赏家，很奇怪，自己并没有写出过富有现代主义意味的作品来。确定，他是一个食域广杂口味又高的艺术鉴赏家，对绘画和古董似乎都很在行。他的小说常常会涌现出生动的画面来，《高女人和她的矮丈夫》是他最出色的作品之一，这个形象化的题目让许多人久久不忘。对古董的偏爱，与他近年来连续撰写的《神鞭》《三寸金莲》和《阴阳八卦》显然有着一种逻辑及趣味上的关系。在对待中国传统的态度上，冯骥才是暧昧不清的。在认识论和历史主义立场出发他可能对中国传统否定的多，不过当事情关系到艺术想象和个人趣味的时候，他又不掩饰自己的某种迷恋。这是中国当代文人典型的矛盾心态：在批判自己所属的那个传统文化时不会过于彻底，总是持握着自己母国的悠久历史遗产和深厚的文化背景保证一种内在的平衡，免使灵魂完全掉入孤境。冯骥才常常是别出心裁的，他有很好的想象力和文化素养，不过，他没有独特的哲学和语言方式。在当今的文化动荡与激变中，冯骥才无疑是个"适者"，因为他深谙生存法则。也许，将来的文学史家会把他列入高产、聪明和出色的作家行列。

张贤亮

未来的读者在翻阅文学史的时候，一定会为张贤亮这个人的经历感到惊奇，这经历不全在他曾蒙受冤狱服过苦役，而且在他那几部很有震撼力并因此一度畅销的小说。他写的作品既沉重严肃又能赢得不算少的读者，这当然和环境的禁忌有关；不过，无论张贤亮本人是否有了名声而冒险的计划，至少我们通过他一些作品的实际涉及面可以看出，他是当代作家中较有胆识的一个。尽管他细微描写劳改营生活的自叙性小说——《绿化树》和《男人的一半是女人》——要比索尔仁尼琴的同类型作品差不多晚了二十年，但在中国他确实是开了此类题材小说话的先河。张贤亮始终是个具有政治倾向的作家，他比他的许多同行都更为关注中国的政治改革，他的另一类小说（如《龙种》和《男人的风格》）可以看作是他无力直接参政的一种想象性代偿品。他是中国当代作家中第一个公开要为资本主义恢复名誉的人，这种坦率给他带来不少麻烦。张贤亮曾遭到来自两方面的攻击，倾向于稳健保守的人们认为他走得太远，倾向于更激进更开放的人们则指责他自我美化崇拜苦难为过去的时代和错误的理论教条作动人的辩护。《男人的一半是女人》是张贤亮迄今为止最轰动的小说，这大概和小说涉及性有关，围绕着这部作品评论界众说纷纭。女人是张贤亮崇拜和不可或缺的偶像及人生支撑，当然他同样是以男人的完成为最后目的的。不管怎样，张贤亮是一个政治本位论者，在他看来，政治可能是男人竞技场的代名词。

《早安，朋友》是张贤亮最差劲的作品之一，一度被查禁使它身价倍增。另有一篇张贤亮早些时候写的短篇小说不是太受重视，但它无疑是张贤亮最好的作品之一，它的题目是《邢老汉和他的狗》。

高晓声

在这一代写实主义的作家中，高晓声称得上是最为杰出的一个，他对他熟悉的中国城厢居民和乡村农民始终怀着亲近的和平视的立场。高晓声的小说是简朴的也是琐碎的。他一般很少对世事表态，他的早期作品之一《陈奂生上城》得之于他的某次偶然经验，意想不到的是，这篇小说由于时势及在解释上的多种可能性使它名噪一时，差不多成了高晓声的代表作。替农民说话可能是高晓声重新写作的初衷（作为五十年代"探索者"的成员，他因此下放苏南农村沉默了二十来年），不过他的方式从来不是"为民请命"的。高晓声擅长描写那些既实际精明又能自解自嘲，既斤斤计较又乐天知命的南方农民，他们不放过眼前的物质利益，但一旦遇到挫折和损害，则又能报以淡淡的一笑。高晓声把最平常最乏味的人与事以拉家常说趣闻的松松垮垮方式讲述给我们听，不过同时，缓慢、啰唆、冗长和平淡，使这些故事失去了许多无耐心的年轻读者。确实，高晓声一些篇幅较长的小说都因此而显得逊色。就知人识世的悟性而言，高晓声在他的同辈人中是首屈一指的，他把中国农民的某些弱点朝智慧和通达的方向提升了。他陷于俗务从中发现人生的悲喜剧及日常散文，然后超离出来，用客观主义的旁观口吻将它们有条不紊地娓娓道出。高晓声特别醉心于描写农事、交易、人情往来、饮食起居、人与人的利益摩擦、私人纠纷和人际周旋的高度技巧。在他笔下，农民们通常力求相安无事，有时也会出现无赖、懒汉和仗势者，这里可以看出高晓声的处世立场和对人性善恶的一种执着看法。自一九七九年至一九八四年，高晓声从容不迫地保持着写作劲头；一九八五年后他的作品就明显减少了。其间他写过一些以文革见闻为素材的"新世说新语"，用扼要精练的句子为我们复活了一段段荒诞的史实，这确乎表现出高晓声对现实的另一种态度，即无情的批判。高晓声是希望还原现实的，恢复日常性是他的一个基本倾向。不过在他的部分小说里又发展着神秘意味，只是这些幻想成分很少受到人们的注意。

谌　容

　　和当代绝大多数女作家不同，谌容除了那篇不太重要的《错、错、错》，几乎没有一篇小说是专门讨论或描写女人及两性问题的，也许这和谌容并不执意于女人—男人的冲突，或她本人在这方面没有太多的感性经验与心灵困扰有关。谌容的小说一开始就以关注社会问题著称于当代文坛，她的《人到中年》直到今天都没有过时，这多少表明社会有权对文学吁请无动于衷。当然，通过社会问题的框架描写人的心理承受力和克己精神，使《人到中年》没有成为社会问题的简单演绎。此外，小说在涉及女主人公内心情感的时候，透露出强烈的妻性与母性，这里我们可以看到传统美德和职业妇女的责任感是怎样成为一种重负的。在谌容其后的作品中，渐渐地少了那种温和，尖锐的讽刺成了她的基本风格，从多年前的《关于仔猪过冬问题》《真真假假》一直到最近的《减去十岁》，官僚主义、清谈主义和文牍主义都成了她无情抨击的对象。谌容还有一类从最无诗意的日常生活中剔剥出荒诞故事和乖谬人物肖像的小说，它们暴露了现实的笑剧性质，也暴露一些人——主要是文职人员——的灵魂溃疡。这两者在谌容的小说里是时有偏重、互为因果的——或是现实境况导致了人心的丑陋，或是人心的顽疾加剧了现实境况的恶化。将夸张式的幻想和真实的素材有机地糅合在一起，是谌容近期小说的特点之一。谌容向来是一个严肃的作家，她的每一部作品都涉及某些严肃的话题，而且通常是能够一眼识出，直截了当的。很少听到谌容对文坛的评论，她不参与理论论争，既不反对新潮也不跟随新潮；虽然谌容也融进一些新的手法，但总体上她仍然是属于写实派的。谌容是个在潮流之外的作家，由于她的口吻经常是温婉的，所以她的作品尽管骨子里十分尖锐和辛辣，也没有掀起过轩然大波。谌容应该归入靠观察而不是靠私人体验进行写作的那一类作家，她两年前发表的《散淡的人》可能泄露了若干个人经验，但是对怀有成见的评论界来说，重要的是谌容为我们提供了什么新发现，而不是提供了什么私人体验。

张　洁

张洁是一位曾经享有盛名近年来又渐渐从人们记忆中褪去的女作家。若不是五四以来的新文学中断了数十年，张洁和她的许多同行关于两性之爱和人类之爱的小说及言论不会产生如此重大的反响。这是一个真诚、偏执、敏慧、多疑、有着洁癖和傲气的女性主义者及理想主义者，她深受十八、十九世纪人文精神和俄苏文学的影响，她既是想当然的又是和现实有着抵触的。张洁的《森林中来的孩子》是她较早的也是最抒情和优美的作品，后来她就有点儿烦躁了。《爱是不能忘记的》不是靠想象性和语言魅力，而是靠它的观念及社会性呼吁激起了许多人的共鸣和另外一些好事的批评家的争议的。不幸的是张洁本人居然也坦白地将此作解释为学习恩格斯某本著作的读书札记，这显然使它的文学价值削弱了很多。不过，要是张洁并不把它看作小说，则事情又另当别论——确实，《爱是不能忘记的》根本算不上是一篇出色的文学作品，那种纯化了的精神单恋，那种无性的理式化了的情爱，无疑是对真实人性的修改。《爱是不能忘记的》几乎成了张洁的代表作，尽管实际上它并没有在男女之爱的领域提出任何一个新鲜的见解，但因为现实本身的禁锢倒退和男女自然关系的非人化，张洁和她的一些作品由此就具有了先驱的意义。看来张洁理式中的男人形象应当是成熟的、有经验有修养又不乏温存柔情的，不过生活老是使她失望，于是她笔下常常出现另一类猥琐、鄙俗、心胸狭窄的男人图像，他们令人讨厌庸人气十足；在他们对面，则是一群聪明的、坎坷的、心气很高有主见却又不幸福的女人，她们孤傲、受挫、青春渐逝对男人世界的食利主义有着强烈的反感。张洁显然是为女人们（尤其是知识妇女）说话的。有趣的是，和许多女作家不同，张洁还有着十足政治化的倾向。在她的长篇小说《沉重的翅膀》中，人们极少看到那种女性抒情主义和为女人伸张导致的判断偏执，相反，一种理智、冷静和论辩色彩笼罩在小说的客观化叙述之上。这部小说为张洁赢来了政治方面的声誉（当然其间也有过麻烦），不过它似乎是发生在张洁的个人风格之外的：《沉重的翅膀》乃是张洁现实观察力和政治意识的超个人表达。当她重新回到她"女人—男人"主题时，《七巧板》《祖母绿》等小说才再三地使她的灵魂得到曝光。只有这时，我们才部分窥见张洁的内在世界，那里既是心神不安又是渴望幸福宁静的。

张承志

张承志显然是属于青年左翼的，他是当代小说家中最后的乌托邦主义者。六十年代中期的那场红卫兵激进运动在他肯定是个极为重要的事件，半是虔诚半是反叛的精神种子当时便已播下，时至今日仍然得到了延续。他在草原的生活经历使他有可能接触到纯朴本真的人，同时也保护了他心中的那一方净土。这段经历影响了张承志后来的小说，我们很少看到里面有丑陋与残酷。张承志具有很容易受感染或被激怒的敏感个性，同时他又不乏粗犷豪放的一面。他的大多数小说集男人的意志和女人的纤柔于一体，从中可以看到一种隐秘的脆弱性以及获得心灵抚慰的强烈愿望，它通常求助于母亲、大地、宗教和艺术。

张承志的小说质感粗糙色彩鲜明带着北方的抒情，对自然风景的热爱几乎是不加节制的。他在他的小说里轻诉着也是号叫着，他在其中感受到并强化了那种智慧的苦闷和情感主义的孤独。张承志就气质而言永远是城市生活的局外人，他宁肯生活在自然中、历史中和伟大的亡灵中。他丝毫不敢玷污传说里的圣者、先知、殉道的教徒和平民，他对他们缄默无语，在缄默中他抚触到了永恒之门。艺术作为张承志的个人宗教，在他心目中有着神圣的性质，这就使他和大多数当代文学艺术格格不入了。他是由于反对现代信仰的丧失和内心的骚动不宁而成为前卫分子的，他反对文化的浅俗虚伪，并不掩饰他的某些古典趣味，甚至在价值观上都是古典感很强的——如尊崇传统、老人、历史形象、神话、母语乃至对自然风景的感知方式。

他崇拜人民，又蔑视庸众；他强调历史的整体延续，又突出个人的意义。在许多方面张承志都是自相矛盾的。不过，说张承志是个注重色彩的小说家也许不会招来太多的反对，色彩实在是他情绪的直接外化。从这点来说，他如痴如醉地推崇并迷恋凡·高绝不是单纯出于对凡·高传奇式生平的仰佩——而是，他的感觉总是被凡·高的手指所叩拨，他一定认为他对世界及生命的态度与凡·高是一脉相承的。

在物质主义浅表文化持续发展的未来时日里，人们会日益明显地意识到张承志小说中的挑战性。

韩少功

说韩少功是个怀疑论者尽管失之武断，但依然可能恰如其分——当然，这并不是说韩少功一开始就显示出这种姿态的。

他写作很早。七十年代末，他曾经参与了伤痕文学运动，他一度是写实的，用并不奇诡的明白易懂的规范化语言写小说。故事虽然很动人（如《月兰》和《风吹唢呐声》），可是除了那种真诚、粗浅的人道主义和细腻的描写，那些小说并没有太多的个人创意和深度。那时候，他的想象潜能尚未得到激发，小说在他还仅仅是一种抒发或代言。过不多久（看来韩少功是足够明智和富有远见的），在伤痕文化行将退潮之前，他便中途撤出，闭门读书辍笔达两年之久。

一九八五年始以《爸爸爸》复出的韩少功变得深不可测，这部启示录式的现代寓言作品为韩少功赢得了新的名声。此后，他的小说有了与众不同的想象及风格，一种幽灵在他的小说中游荡，它时而是历史亡魂，时而是依稀往事，时而是政治噩梦，时而是若即若离的时空。他的怀疑论倾向是随着《归去来》《女女女》《谋杀》的相继发表而愈演愈烈的。这时的韩少功不再是一个对未来充满乐观的希望的人，他对行将到来的一切都有着戒备和不信任。他是很富于理性的，懂得节制和自控。民主立场和务实精神构成他入世的一面，但是他的艺术洞察力则总是看到这一切背后的虚无性质。很奇怪，韩少功最近的小说除了某种清算和批判，还涵带着明显的恋旧情绪，不时渲染出感伤和物是人非的氛围。当然，看不出韩少功的小说有丝毫留恋文革期的迹象，相反，他对专制下的黑暗、个人的横遭扼杀充满了愤怒和悲悯。他决不去美化历史，这和他鲜明的政治态度有着十分紧密的关连。

他是过分认真的，他怀疑而不消极逃避。他的小说是耐人寻味的，因而给读者带来了阅读的难度——不过，在一个相当长的时期里，韩少功的小说将在某些特定的场合一再被少数人提及。仅此而论，对一些人来说，韩少功一九八五年后的若干篇小说是拥有收藏价值的。

梁晓声

很明显，梁晓声的英雄主义和怀旧的"知青情结"是难解难分的。他是个经常沉湎于往昔不断悼念青春的小说家，他通过他富于戏剧性的小说延宕了逝去的岁月。将被埋葬在记忆中的青春故事再度召回，插上一块石碑，梁晓声动容地向今日的读者展示了知青们社群生活的一个片断，也借此机会展示了个人的心踪。

发生在六十年代后期的那场大规模的知青乡村移民运动，是紧接着狂热的红卫兵运动的消退而出现的。那时候红卫兵已被逐出了政治舞台，成为分布农村穷乡僻壤的离散分子。这次移民是青年理想主义开始变质走向衰竭的一个悲凉尾声，也是逐渐确认社会真相和个人生存的重大历史转折点。作为整整一代人的经历和感情史，梁晓声的小说虽然不是独一无二的，可是在八十年代初兴起的知青文学的普遍回顾里，他的小说却提供了一幅浩大而悲壮的英雄主义场面，虚妄理想和青春欲望的冲突构成了他小说的内在动力之一，各种形式的毁灭让读者陷于感慨之中。

作为一个在场人和目击者，梁晓声对那段激动人心而又压抑人心的人生旅程是刻骨铭心的。虽然他本人在七十年代中期就脱离了北方农村来到大城市，可是萦绕于他脑际的依然是黑龙江农场的背景和各色各样的同代人，正是这些经验和印象成为他后来写作的基本内容。梁晓声是一个内向、敏感、纤弱和很有反省力的小说家，他在小说中营造出来的宏大场面、粗粝的北方风景以及男人气概，可能是一种想象性的代偿。梁晓声把个人未能达成的欲望与丰富的情感需求移入他的故事，在那里完成他的理想和野心，净化他的本能，祭奠他的伙伴，抒发他未能付诸的爱和嫉恨，以此来塑造一个坚强的自我形象。看得出，对当前生活的表面化激变，梁晓声是有着抵触的，这种抵触虽然带有极大的美学成分，但是也将促使梁晓声从公众生活中退出，以一种冷峻的眼光对发生在身边的一切最新事件作出自己的估价。

郑　义

郑义是个忧患型的作家，也是个忧郁型的作家。这两者的混合使他的小说总有着悲剧的意味。他的成名作《枫》是一座祭坛，多年之后的《老井》也是一座祭坛。从表面看郑义总是在考虑一些超个人的问题：政治冲突的无谓、忠诚的异化、人性的绞杀、民族的忍从和自我牺牲、绝望和世世代代挣扎的努力，等等。在本质上，郑义的态度是充满怀疑的，只是他的虔诚、平民性立场和易于感动的正直心灵不时在冲淡他的怀疑，让他坚信希望仍存。不过，就内在的情感性而言，郑义可能是优柔寡断的，传统的力量在他身上体现为一种高度自律化的道德命令，而这个命令又常常和他的感性冲动相背逆，这一矛盾在郑义的小说中是时有所见的。郑义对中国农民的双重态度——情感的依恋和理性的不满搅和在一起，产生出一种有深度的保守性，也产生出一种意识形态上的批判倾向。多年以前，《枫》中的那位狂热的少女等于是被她的恋人杀害的，相隔数年后，《老井》里的孙旺泉失去了所爱的女人，驻守家乡和挖井的事业泯灭了他个人的幸福。郑义的小说就是这样悄悄地透露出相爱者不得相共的感慨。

郑义不是个凭想象力写作的人，他凭体验和冲动写作，这注定了他题材的范围总是和他的阅历和漫游有关，也注定了他作品的写真性和沉重感。他是个思虑过多、责任过重的小说家，他写作的时候一定有一种神圣感。同时，在我们阅读他不多的几部作品时，也不难发现其中的社会含义及关系到民族或人类的某些象征内容。郑义的语言是凝重的，他善于表现具象而较少抽象的空白。他把个人的情感外移到一个地域里，外移到民族的整体之上，一般没有直截了当的个人抒发，尽管他是个很有情感深度并被压抑折磨着的男子汉。郑义无疑是个民族主义者，他一度热心参与了寻根问题的讨论，就是因为他不可能不考虑中国民族及其文化的实际价值和在当代世界的前途。仅此而言，郑义的许多想法还是矛盾不清的，当然，这种矛盾于他是个无法摆脱的宿命——一个意志力很强的个人竭力地扬厉日趋衰落的民族精神，难道不具有殉难者的献身精神吗？

周梅森

虽然很难把周梅森归入某个流派，也很难指出他的文学倾向，但是忽略了这个人肯定是个错误。几年前，他的《沉沦的土地》向人们预告了一种处理历史素材的新方向——以中国煤矿业为背景，周梅森开始了对一个已逝时代的重新解释。他试图以宿命力量和个人情欲的双重介入，来描述他想象中的中国近现代史，在某种程度上，他是很受黑格尔历史主义影响的，至少一开始是如此。周梅森笔下的暴乱、冲突和毁灭，几乎都是不可避免的历史定数，人就是在这种自我制造的废墟中为后代留下一堆发黄了的文字记载。看得出，周梅森对业已死亡的人与事怀有相当的好奇心，他曾经被史料所陶醉，可是当他企图恢复一段历史真相时，就显得想入非非了。周梅森擅长描述男人间的争战，故事一旦涉及女人，他的想象力就滞阻起来。这可能和周梅森本人长期生活在矿井下有关，他熟稔男人之间的冲突、嫉恨、叛卖和暴力倾向，所有发生在男人世界中的野心与阴暗，崇高与卑鄙，无声无息的死和徒劳的挣扎，他都能不加掩饰地予以表现。近两年里，他小说的历史背景渐渐转向了国共战争。除了上述的历史观仍然有着一贯的保持，周梅森还表达出一种"无人做证"的虚无情绪，《军歌》和《国殇》都不同程度地透露出这一点。周梅森总想填补历史文献中到处存在着的空白，对那些语焉不详的重要环节，他是耿耿于怀的。这种妄图以虚构的方式来讲清历史来龙去脉的倾向，有可能使周梅森的小说成为历史的副本或备忘录，它的确是引人入胜的。不过，由于对历史的过分倾心，也由于这些历史场面通常是庞大的，使得周梅森的小说容易暴露出粗糙感。问题在于，如果他确实陈述了一个好故事，那么人们也就不必去计较了。

莫　言

　　提到一九八五年的新潮小说，就不能不提到莫言。就小说恢复那种冲动、天真意味和纷杂的感觉而言，莫言是具有先驱性的。这个来自乡间的作家并无特别的文学修养，他的反叛通过了文字获得了淋漓尽致的表现。许多观念在他身上混合着：既有着浓烈的家乡情感，又能深入到超地域的人性内部，揭露出人的本能、欲望的存在真相。他是褒贬不分的，常常用一些彼此对立的词来并指一个对象或一种行为。在莫言那里，浪漫主义一度得到了有力的发扬，不过这里的浪漫主义不带有理想的含义，只是显示出生命的瞬间辉煌与悲壮，而这辉煌与悲壮同时又可能是微不足道和卑琐的。可以把莫言看作是来自民间的天才，他是压抑的又是迷人的，他的作品源源不断地出现，使我们难以耐着性子逐篇细读。可是，无论如何，我们都不应期望莫言的每一个作品都同样的辉煌；重要的是，莫言为我们开辟了一个拥有极大可能性的小说空间，在那里失去了优雅与节制，只有生命之流和感觉之流浩浩荡荡泥沙俱下地向我们涌来。其中，我们经常读到冗赘的段落，繁复、猥琐和丑陋与明丽、圣洁和美丽交替出现，它扰乱了画面的统一，使和谐的旋律不断插入了噪声。莫言就是这样半是恶作剧半是天真自然地顺着本能与灵感，时而故作姿态时而不加掩饰地记下了在写作过程中涌现的语词，让我们不是感动就是恶心。就此而言，莫言的浪漫主义是明显夹杂着达达意味的，它不是为有教养的人士提供的阅读美餐。我们有理由对他的相当一部分作品表示轻蔑，但是却回避不了莫言这个人对我们现有文学秩序和优雅心态的扰乱。这种搅乱是有着革命性的，它的意义可能要到几年后才能被承认。莫言的《透明的红萝卜》和《红高粱》在八十年代的中国文学中无疑是具有经典性的，但是人们容易以此为由来贬低莫言后来的小说。也许，莫言后期小说作为精致的艺术品是有些问题的，不过考虑到里面包含着的行动意味，我们的判断可能就会发生改变。

余　华

余华小说那种惊人的冷观态度为我们展示了另一种看待事物的立场。《河边的错误》和《一九八六年》都把对人的戳杀或自残放到了外科手术台上，使它们脱离了情感背景，孤立地显示了一种生命解体的纯物化过程。这样一种反文化的意向和超善恶的方法，引出的结果当然就只能是"无动于衷"的，有可能它象征了文化价值的假定性以及由此而来的无效性。在余华小说的场面描写和过程描写中，我们似乎经历了一场冷漠无情的解剖试验，我们心中不断被激起的厌恶感、惊悸和神经抽搐，都在那个几乎是抽空了人性反应的陈述者面前变得十分的脆嫩。贯穿在余华小说中的视角，仿佛不是来自某一个人，而是来自一架摄像机，因而总是有着一种超人的或者说非人的意味。不清楚这些小说是否有着政治倾向或道德倾向，不过可以推想的是，余华的小说和某些政治场面和道德场面的相似，比如程序化的绞杀和缓慢的虐毙。我们可能还会联想到个人的或历史的噩梦，以及躲藏在四周的随时可能降临的危险。余华的语言一般是不深奥的，他的叙述平平常常从容不迫，他的小说画面清晰，这就加深了刺激与恐怖。在余华的叙述中显示了锯齿的力量，它慢慢地锯着我们的文化神经，撕破我们的日常视界，使之开裂，从那个可怖的缝隙中窥见另外一个世界，那里是非人的。可是，只要想到人性中的大量非人因素，我们就会承认，余华小说是十足人性的。把真实的人性歪曲成不可思议的非人性，随后又把这种非人性遣送到一个虚构的文字世界里，也许会使我们这些心中锁藏着人性黑暗——即非人性——的人有所自觉，并不致于被乐观的文化和道德估价所蒙蔽。

孙甘露

这位不被许多人所理解的小说家无疑是沉湎于语言的，他用他的想象对日常生活进行了退出。孙甘露把他的纯净梦想展示在他出色的文体中，这文体书卷气十足，甚至表现得优雅过度。《访问梦境》几乎是看不出国籍的，它为我们奉献了一个面容不清的行吟诗人，他游荡于历史与神话之间、未来与想象之间，书本与文字之间。"进入文字"，是孙甘露写作的重要动力，现实易行而语言长存，是他琢磨文字使之成为可保存者的哲学理由。在他那里，日常生活、历史和文献是三位一体的。日常生活进入历史，历史进入文献，文献是一切的归宿和葬身之地。他的小说，总是试图从文献入手，回溯它的历史，直到它再次成为瞬间性的日常情态。不过，他意识到这一切最终是徒然的，《米酒之乡》，作为孙甘露另一篇小说《仿佛》的书中之书，就向我们和他自己发出了意味深长的告诚。孙甘露的小说纯粹是语言的乌托邦，一片文字构成的经典的废墟。在这废墟之上总有着残照的夕阳将它抹成最后的辉煌夺目，那正是后人的回忆目光的象征。已逝的日常生活、历史与文献只有经由这些仍然活着的后人才能获得保存，而所有仍然活着的人，也终将进入历史和文字，供后人再次缅怀。于是，孙甘露就开始自我缅怀了，他一定是一个害怕死亡的人，他害怕未来，因为死亡是未来的事。他逃避未来遁入历史和语言，虚构出个人的语言神话，取消行动用冥想来替代行动，这一对策不仅出于语言的蛊惑，而且出于对生存的恐惧。孙甘露试图以一堆极有先知先觉意味的符号来自我拯救，达到对有限生存的突破和绵延，这是小说在纯粹自我的形态中成为现实对立物的典型例子。在今日的先锋小说里，能像孙甘露这样将小说从现实中决然游离出来的还很罕见。

张辛欣

要和男人们平起平坐同时又要恢复女人们应有的温柔与情感依赖性，这一点是张辛欣早期小说的重要主题。说《在同一地平线上》跨出了个性解放的一个步伐，这种评价显然是太低了。张辛欣肯定对生存竞争的必要性和自私后果产生了一种疑问，她并不打算放弃女人的自主立场，可是从中她确实感到了丧失，她对男人们既失望又持有不太可靠的幻想。从《北京人》开始，张辛欣写得很多，而且显示出多种可能性尝试的意图。她作为当代中国知识妇女寻找前进方向的先驱，在《北京人》阶段表现得暧昧起来。但是过不多久，她的一些散文仍然透露出一种典型的女人心态，这确实是令人感慨的。就作品的风格而言，它们似乎并没稳定的迹象——既没有渐进性，也缺乏持续性，张辛欣是善于变化也总是不安定的。她兼有深思和过敏的气质，从她的作品可以看出，她反应迅速富于联想，对外界既热情又戒备，同时对自己的琐细情感有着铺张的渲染倾向。她的智商一定是很高的，她在节制自己的时候，我们在她的作品中读到了内在的紧张、冲突和温情；不过在她的后几年，我们曾一度失望于她叙述时的洋洋洒洒、毫无顾忌和随心所欲，它简直是零乱无序的意绪之河。若是我们不善解女人，我们会偏执地认为那是一种令人不快的啰唆与炫耀，只有喜欢唠叨的女人才会这样不加选择地记录和历数自己的仓促印象和琐碎的心事。但是，我们很快发觉这种叙述被普及了，这似乎表明了当代文化那种急不可耐的浮面性和焦虑不安，张辛欣的神经在这一点上比其他人感知得更早。我们可能会冷静地想到，当上述特征体现在一个重要的女作家身上时，是否意味着人和世界那种古典关系的解体时代已经来到？多重的压力、虚荣和无意义、投入生活和不可克服的孤独彼此交织，是否使张辛欣陷于某种难以自控的情感性自我骚扰？在寻找动荡多变的经验时又渴望一块宁静的绿洲，这欲望并不算高，可是今日的人能够兼而得之吗？《在路上》和《回老家》，这两篇作品的题目似乎象征了张辛欣的一个不可解脱的矛盾心结，她究竟适合于游荡还是适合于回归家园呢？她不能回避来自世界的各种诱惑和随之而来的对个人灵魂的粉碎性一击，此时，那表面的成功和声誉会突然间暴露出虚无的性质，这才是她愈来愈倾向于将写作看作一种心迹的过程而不再看作是完成完美作品的工作的根本原因。

刘索拉

作为这一代自由派青年的象征，刘索拉和她的《你别无选择》是当之无愧的。这部以大学校园为背景的小说预告了一种新文化的诞生，它的巨大影响也许要在十年或十五年之后才能被普遍承认。刘索拉有相当好的天资，只要想到她的作品能引起那么多学究的注意，我们就知道究竟谁能更早地提出问题了。八十年代扩展开来的自由派思想，很奇怪，它不是由思想界发动的，而是无引导地自发形成于青年人的生活形态之中。这种思想的来源十分复杂，没有说得出的精神领袖，它完全是以个体的选择和非责任化来表现的。刘索拉对这一无导向的自由派思想有着天然的认同，因而我们绝不能以深度价值理论来描述她的这部小说。在刘索拉以后的小说里，我们依稀可辨地看到了某些富有感染力的场面与情节，它们总是与音乐和音乐家有关。这固然和刘索拉本人的职业与趣味有密切的联系，但是，今日的时代如果说有什么艺术最重要最属于青年和大众的话，那就"别无选择"地要首推音乐了。《蓝天绿海》和《寻找歌王》预言了一种漂泊的自由生活，而《你别无选择》则提供了一个有待突破的文化因笼，有许许多多困兽在里面左右奔突。刘索拉表达了传统文化对这代人的压力和不适感，一切的正统在青春的活力面前只有苍苍的老态和近乎滑稽的严肃。问题是，这所有的青春都有太过的剩余和太过的无用，他们反叛和野心勃勃，他们实用和无所事事；他们垮掉或者嬉皮，他们自私或者虚无。这一代人，是行动先于目标的，也是存在先于本质的；他们看来达到了轻松自如，但是在这背后仍然有着无信仰的悲哀。我们不难了解是什么摧毁了信仰，当然，是信仰一元论导致了信仰的终结。面对这一困局，刘索拉仅仅出示了她个人的态度，这种态度就是游戏，就是纯粹的投身自由。刘索拉的小说不过是一种行为的序曲，一种过程的记录。无目标的自由生活无疑是当代人的首要目标，在无自由的条件下奢谈任何目标都是可疑的。因此，我们理应将刘索拉和她的作品看作是争取自由的历史文件，尽管这里面有着她的想象和才气，她的快乐和苦闷。事实果然证明了，刘索拉不想所以也最终没有成为一个职业作家，写作对她来说是件可为而又不必刻意为之的事。她不为写作生存，她只为自由生存。

残　雪

在所有的当代女作家中，残雪是最富幻想力的，她赋予她的幻想以卡夫卡式的寓意，在一种似乎是与世隔绝的黏潮氛围中，残雪向人们陈述了一个永不完结的噩梦，这噩梦里总有地窖般的阴暗，总处在隐形看守的监视之下。残雪的绝望来自于人类内心的丑恶，来自于对这种丑恶的无情揭发。我们多少可以从她的小说里读到传统、政治、道德和市民的庄严表演，而这庄严表演又不断露出无聊的意味。残雪是个十分罕见的小说家，她所写的作品，仿佛是另一个人所为，那另一个人在她写作之际偷偷潜入她的灵魂，然后经由她的手将它们缓缓说出。残雪的知性过于明确，但是她的真诚、恶作剧、幽默或无幽默、闪烁其词和故意以反讽姿态出现的自我解释，非但没有帮助我们弄懂她那些晦涩的小说，反而使我们的自信心遭到麻烦。对残雪的小说的体面办法是保持宽容的沉默，不过这样做并没有使我们能够在她的小说前掉头而别。残雪的小说基本属于超验的类型，这对我们来说是一次阅读的考验。她的幻想是离奇的、变形的、仿梦的、怪异的和支离破碎的，确实，她有装疯卖傻的一面。重要的还在于，残雪对自己过分地明了，这可能把自己过于绝对地朝一个方面作阐释，同时却将她作品中的另一些含意给忽略掉了。我们切不可以过于相信她那种似真又非真的宣言，我们所能做的，仅止于阅读她的小说。总之，残雪的小说应归于表现主义那一类，在那里我们看不到完整的和日常的生活形态，它将所谓日常生活形态留给别人，自己却从骨头里去感受它令人不堪容忍的内在层面。残雪能够将这不可视见之物变作可视见的文字物象，于是一个臆想的同时比真实生活更真实的真相生活彻底裸露了。残雪的短篇小说多有上乘，语言极富质感，它的画面性常常表现得十分突出。残雪简直是小说创作中的女巫，她装神弄鬼，把人们的正常秩序搞得一团糟，她那些真假难辨的言论终于将她的作品一层层地包裹起来，使人们只好在它的面前却步，因为他们进入作品的通道被某些阐释所堵塞了，不管这种情况是否构成对我们有限智慧的威胁，我们仍然不会轻易地抹煞残雪，这个人无疑会成为当代文学史的一个重要角色。残雪的小说如同一个个飘浮的梦，又如同沉入沼泽的梦，我们在其中读到了"无自由"，那无疑是一个时代趋于瓦解的征兆，当然，也可能是对所有时代的末日的预告和回顾。

王安忆

这十年里，王安忆能够持续不懈地写作是由于她对生活的精明观察力，这一点决定了她的方式总是写实的。王安忆先后和许多潮流发生过联系，虽然她常常以自己的态度介入潮流，不过这也表明了她对外部世界始终是很关注的，她显然不属于封闭的和执着于个人幻想的那些艺术异类。时至今天，王安忆的作品仍间或地引起人们注意，当然，也有大量的作品被悄悄地遗忘了。王安忆特别擅长捡拾起身边的琐事和印象，然后在一种本无戏剧性的材料中发现了生活的某些真理，这些真理是朴素的，也隐含着浅显的世故的教条。她早期的作品是抒情化的，带有明显的中学生的单纯和个人日记的那种秘密幻想，随后，她好像对曾经生活在她周围的人开始有了不衰的兴趣，她逐个地描写他们，让他们在芸芸众生当中闪现出来。这一平民立场可能来源于一种生活至上的美学态度，艺术在生活里始终不会成为重要的方面，而现实的琐碎庸常则不仅会消耗一个人，也会告诉一个人究竟什么才是生活的本质。我们常常在王安忆的作品中看到妥协，而极少看到反抗和毁灭，更极少看到冲突和疯狂。《小鲍庄》是王安忆迄今为止写得最好的一部小说，它非常出色地揭示了国人文化性格可以用一个"忍"字来给予概括，这个

"忍"构成了传统伦理精神的全部基础。王安忆的前期作品和中期作品都贯穿着一种同情心，对农民和对市民她都倾注了同情，这一点可能妨碍了她的博大，也没有让她走上反叛的精神道路，因为她是着力于为现状作解释的。《小鲍庄》之后，她继续写了一些以市民生活为题材的小说，风格趋向于琐碎平凡。一九八六年，王安忆突然以两性问题为关注的中心，连续写了《小城之恋》《荒山之恋》《锦绣谷之恋》，以及最近的《逐鹿中街》和《岗上的世纪》，开始了她对妇女、婚姻、性生活等问题的探讨。在这个饶有趣味的题材中，王安忆仿佛找到了一个必须予以深思的文化焦点。和她对其他事物的态度一样，王安忆对上述困扰着当代人的问题持一种理解的立场，她不认为性是丑恶的更不是罪恶的，但它是麻烦的根源，人往往不能善处这种麻烦。她表明，性是自然状态，可是婚姻并非完全以自然为出发点，于是人总得有所缺憾。她似乎觉得女人在性方面有更多的困扰，她们远没有男人的轻松。我们不能预知王安忆今后还会对什么问题感兴趣，不过，由于她是如此地关心生活，那么，她的灵感和素材将是源源无尽的。

一九八八年

时代与观察

要么畅销　要么沙龙

当代文学迎来了它十年以来最为暗淡的岁月。一大批曾经令人肃然起敬的作家似乎正在被毫无耐心的读者迅速遗忘。在善变不定的时风下，他们虽然还在各种文学期刊中顽强地露面并把各自或呕心沥血或满不在乎的作品充塞其间，可是仍然改变不了人们对之冷淡的事实。普遍的来自时髦的压力使他们不是疲于奔命就是束手无策，在一种烦乱的模仿和顾盼中他们本就贫乏的想象力更趋于衰退。面临政治、时尚、批评和经济诸方面的不利因素，这些当代作家处于涣散、解体和灵魂无靠的危险边缘，甚至一夜之间丧失了对这个职业的最后一点热忱和兴趣。低潮不声不响地来了，这些一度凭借历史机会，凭借生活经验、外在思想、社会问题从事写作的作家，这些为民请命、好为人师、替人诊病、铸造美好心灵的作家，这些只知普遍轻视特殊、只知群体不知个体、只知模仿权威不知创意的非风格型作家，现在不仅消失在文学读者的盲点里，而且也消失在职业批评家的盲点里。他们的作品被积压在不断印刷出来的新书的最底层，冷清清地回忆着数年之前的热闹场面、鲜花还有掌声。惯于生活在公众视野里的人一旦脱离了公众的视野，那是何等的焦虑！这些并不愿随遇而安寡欲淡泊的人们，现在纷纷抱怨政治的放任（！）自由的太多（？）风尚的衰颓（！）批评的冷落（？）

和经济方面的不公待遇（！）。他们以各自的嗓音动情地回想当年，回想那黄金一般的岁月，回想那永不再来的好时光。那种虚假的轰动直到今天还使他们信以为真，以至在把昨天的读者奉为上帝的同时，又把今日的读者视作迷途的羔羊了。他们一味批评同行的失责，却不意识到历史机会已经失去。他们不知道尺度是由历史提供的，而现在他们却要用尺度来要求历史了！他们就是不愿意想一想，何以同样是这些读者公众，兴趣和注意力会在短短几年里发生了重大的转移？当这些自由读者不再读一度走红的作家的作品时，究竟是一种进步还是一种倒退？甘愿被灌输和拒绝被灌输到底哪个更好？当一个初步具有多种选择的文化格局形成之后，那种因文化的单调而导致的虚假趋从与认同，是否还有留恋的必要？一种状态必然要被另一种状态所代替，一种声音总要被另一种声音所淹没，文化的单调，问题的一致，趣味的相似，那是多么不幸啊！依恋这段历史中的文学盛况，又是怎样的自私！当个性终于脱颖而出，当选择终于成为可能，当问题终于分裂出差异，当社会事务终于可以由该管理的部分去管理，当文学终于不再狂妄地宣称它能铸灵而愈来愈突出了它的虚构性、想象力和形式诸方面的因素时，那些若有所失的人是回天乏术了。不坏吧，至少我们十分适应！

说当代文学的暗淡，其实只是那些曾经炫耀一时的作家在暗淡罢了。残酷的事实是那些错误地走上文学之路的人所不肯面对的，他们所能做的，只是虚构一个事实对之凭吊然后再虚构一个事实对之义愤填膺而已。这种非凡的虚构能力，本来是应当运用在他们的文学创造中的。这些声称要恪守现实主义的人们现在成了最不现实的人，因为他们希望现实朝他们愿意看到的那个方向发展。他们的保守倾向终于一步一步将他们诱入一条死胡同了。

那么，这个他们所不愿正视的现实究竟是什么呢？

社会价值的整体主义消退了，价值多元主义正在涌现。普遍性在瓦解，或者说，唯一的普遍性正在于个性的被突出。作家们丧失了发现新思想的专利，在以前，他们是以这方面的敏感而自豪的。社会事务和现实问题，已经、正在或将由另一些更合法更内行更胜任也更负责的人去处理和对付。曾经强烈地影响着文学的那些历史条件——政治目的的突出、批评界的赞助、读者的容易兴奋和经济上的保障等，这些线索都悄悄地中断了：社会价值变得多元乃至混淆不清，批评界日益受到多种理论的渗透影响而彼此很少合作，读者公众的精力被多样化的文化形态和消遣方式所吸引且不再认为自己可以被鼓动被鼓舞被鼓励，经济法则开始竭力扔掉它身上的文学包袱，迫使文学也进入商品市场的运行轨道，不再奉行过去的文学保护政策……总之，这是一个不再过分需要文学的现实，而这个现实，也因此变得更是一个原来意义上的现实了。当然，这个现实并非是排斥所有文学的。文学仍然存在着，只是它开始以新的格局存在罢了。这种新格局，就是市场文学和沙龙文学的并存格局，或者说，一边是大量畅销小说，一边是少量先锋文学。

畅销小说永远以赢得公众为最高目标，先锋文学永远以吸引少数同道和未来读者为最高目标。它们分别以追求空间覆盖和时间绵延为各自理想——前者表达的是一般公众所希望了解的现实或幻想的生活状况、有趣的故事和自然及商业社会赋予他们的本能、欲望和心理，他们注意的是情节、悬念、经验、事实和可读性；后者则是通过个人的想象和生命体验来表达纯粹个人化的精神虚构乃至对一般人类状态的理解、疑问和新估价，他们还把注意力集中到语言形式、结构和新颖的想象力方面，不断地进行那种几乎无望的精神冒险和试验。真正顺乎现实的作家应该是畅销书作家，剩下的就是那些孤独的不顾一切牺牲的先锋文学的朝圣者和献身者。畅销书作家的姓名将出没在市场上，而先锋文学的创造者则在沙龙里高谈阔论并诵读他们的最新作品。那些对左边的先锋文学作家说"脱离大众"，又对右边的畅销书作家说"迎合大众"的人，现在无疑成了一种十分古怪的角色，一种既游离在公众之外又藏身在公众之中的文化庸人。

怎么样？要么畅销，要么沙龙，没有中间道路！

一九八八年五月三十日

论浮浅主义

看来在今天，我们难以指望再寻找那些深刻的意义了，现实的变化与改观不是用语言所能概括和抵挡的，一切都浮上了表面，生活在一个平面上移动，深度慢慢消逝，思想融化在物质之中。易朽的物质变幻着它的形象，它的具体形式没有一样是永驻的，只剩下物质本身的诱惑。彼此接替的物质匆匆流逝，毫不足惜地带走了所有附丽于它们之上的时髦见解，另一些时髦货又伴随着新颖的物质登台了。谁又能知道它们在人心中逗留多久？频繁地向我们显身的物质得意非凡地炫耀着它们的感性力量，搔首弄姿；我们不再有什么抵御的有效方法，只是听凭它的诱引，沉湎其中，用感官而不是用头脑去体验那些包围我们肉身的种种教条、禁令和空泛的意义之追寻，结果就掉入一个浮面浅薄的物质世界中去。所有的事物都浮浅化了，我们仅仅以收入的递增来理解进步，消费的方式成了多种价值尺度的总标准。现代观念被滥用，数量超过了质量，时间被空间所覆盖。历史已切断，传统已遭摒弃，现实只不过呈现于今日之中。昨天已消遁，偶像已倒坍，我们被裹挟在商业主义的洪流里，为浮浅的事物而生存！遗忘成了一代人的通病，更替之快使人茫然无措，不再有谁计较早已成为一纸空文的去年的许诺！不信任情绪在滋长，滋长到没有愤怒的漠然程度。理论沦落为一堆陈言和传说，信仰蜕变成市民的周末仪式与老妇的香烛。没有什么来世，人们为即将来临的明天而求签；急功近利驱赶着绝大多数人的运作，深谋远虑的未来之探讨不过是书呆子的清谈。哲学化解成一摊支离破碎的语言水渍在实利原则的阳光下悄然蒸发，知识遭奚落，精神受贬抑，艺术之神颓然垂下高傲的头颅，去俯就那些物质的包装和庸俗之徒的浅陋点缀。信誓旦旦的友情偷换为互利的交易，诺言可以不兑现，计划朝令夕改，白纸上充满了不堪入目的乱画乱抹，又有谁能负起责任？争夺不该有的权益，推卸应承担的义务，我们为自己谋求最大的利益而肆无忌惮。道德松弛了，各种解放理论被歪曲地传播，老化的秩序无力地作着挣扎，尚有余力者和不甘落伍者迅速地做了变化的同道，戴起了新潮的假面。轻佻的年轻人在街上游荡，酒吧里目迷耳聋的声色瓦解了人的自信，我们不乏美酒和咖啡，可是我们没有谈资和真正的伴侣！一切都被购买力所取代，投机抵消了工作，富与贫从来没有像现在这样撩动人心。人变得空前地无力，他们需要依赖虚幻的人工环境，需要名牌衬衣、香水、席梦思和最新型号的家用电器！爱情不再有渐进的程序，性爱被简化成技术操作，成功之道和人际策略也无不技术化操作化。实用主义的假人空心人包围着我们，心灵里失去了最后一方净土，对话除了买卖不配有别的内容，人和人的彼此利用如此的赤裸裸。现实主义的生活方式飓风般席卷而来，形而上的祥光消散得无影无踪，追逐金钱是这个浮浅时代的唯一竞技，它汇成了壮丽景观，连每个观众都在摩拳擦掌。人们已经面目全非，个性贬值，徒劳的新潮服装和金银佩饰品为苍白的少男少女增添仅剩的魅力，除了金钱的炫示还有别的炫示物吗？虚荣仰仗着商标，想象力全部用到了人的享乐方面，迎合官能的广告软化了人的创造冲动，他们除了"获悉"时尚所必需的视听能力，还有什么能力呢？精致和粗鄙同时出现了，享受的精致和精神的粗鄙，这是多么协调的互补文化，这真的就是我们久遭压抑而期冀多时的感性型文化吗？思想逐渐变质，人们先后放弃观点投合潮流，为的是持续这种顺时势的生存。新的社会形态并未形成，我们只不过站在一个初始的起点；可我们的想法却匆匆走过了几个世纪，直到今日还不知该在何处停留！浮浅的目标是再明确不过的了，人们制订的远景计划中仅包括经济的增长，却没有现代工业社会中已有的其他成就！社会的转型濒临艰难的阵痛，对结局的预测无端乐观或是悲观都是同样显得理由十足。浮浅的时代怎么可能知道它的发展趋势？浅近的利益和眼前的平衡耗尽了人们的智慧和想象，他们还会把剩余的精力用在将来吗？随意地想象将来的五十年一百年，与豪迈地扬言一万年的虚飘之论又有什么区别？没有人能绘出确凿而详尽的发展蓝图，未来既已渺茫，谁想退入历史吗？可是回忆也不美妙，除了远古的辉煌和近代的废墟，我们的回忆中还有什么值得记取的？我们真不晓得该仰赖什么而生存，也不晓得该为信奉什么而生存！通货膨胀普遍使人麻木，在一个对金钱的价值都不再相信的环境中还能希望人们相信什么？新经济文化差不多吞噬了一切历史文化的精粹，但是公平、自由和机会均等诸原则似乎并没有得到相应的提升。特权、等级和关系网为新经济文化模式增添了官僚特征和投机特征，知识与科技显得如此不重要，充其量成为货币持有者的奴仆。资本的地位在与日俱增，知识阶层再度沦于清贫，那些冒险家和剪息者却一掷千金成了这个时代酒宴中的上宾和主顾。消费繁荣的假象下是供应的虚脱，多样而混乱的商业文化乃是假文化，人们通过时髦的认同和不负责任的虚夸宣传正在进一步将千百万大众引向平庸、麻痹、食利、虚荣和空前的浮浅中。当代的文化正是这么一种浮浅的文化，一种毫无深度的表层文化，一种没有未来感的即时文化，一种非哲学非宗教非艺术当然也是非精神的伪感性文化。这是一种充满了假象的文化，一种自我满足和自我毒化的文化。

自诩为现实主义或倡导现实主义的作家们，此刻你们在哪儿？在这个浮浅主义的时代，你们干了些什么呢？你们是否也身不由己地加入了浮浅主义大合唱？你们是否正视过上述的种种现状与疑问，公然向它们作出应战和批判？你们除了重复众所周知的过时教条，又有过一些什么创见，有过一些什么新姿态？现实主义理论也空前地浮浅化了，差不多成了一张既激动人心又软弱无力的标签。你们是否是脱离现实的现实主义者呢？是否回避了尖锐的意识形态冲突，仅仅在一些枝节问题上发表宏论呢？你们反对文学艺术的形式主义，可是你们的现实主义理论早就"形式主义化"了！我们什么时候听到过你们对当代文化独具慧眼的发言？在剧变不息的时潮中，你们这些羞羞答答抽象的现实主义者怎么可能稳定人心、干预时政、革新文化，又怎么可能以一种精神力量将我们带向未来呢？你们讲的话连自己都不相信，怎么能要我们相信？你们曾经奉为经典的理论，和今天这个浮浅的时代有着多么严重的脱节，神话已经破灭，坚持必然妨碍发展。你们只有投入对现实的真正批判，你们的理论才会有复兴的可能。你们做得到吗？究竟谁更现实主义呢？迎合现实和回避现实的人当然不是现实主义者，现实主义者不正是那些充满批判精神永不妥协的人吗？当现实主义成为一种"显学"的时候，它的革命内涵就被阉割了，在这个浮浅的文化环境中，难道不正需要一种无情的批判，一种不断的批判吗？而这种批判，又怎么可能仅仅由现实主义的文学艺术（即便是真正原意上的现实主义）来独自承担呢？浮浅主义的时代正带给我们一个匮乏的时代，精神的拯救难道不是我们全体的事吗？若我们不在今日就开始面对着来自浮浅主义的挑战，我们在下一个世纪的精神生活就会成为问题。实际上，这问题在今日便已向我们提出，并无声地发出警告了。

一九八八年

拒绝的权利

　　文学界的混乱已经是不言而喻的了。不管是哪一个营垒，也不管是什么权威人士，都无力控制此种混乱的继续蔓延。创见、模仿和纯粹个人化的陈述构成一幅具有真正革命性的文学景观，不断有年轻的或更年轻的人物登场，同时种种保守之论也措辞激烈地涌现在公众面前。和过去不同的是，人们虽然彼此冲突，无法达成妥协和谅解，但是他们已经学会容忍了。年青一代的人用不以为然的神情来对待慷慨陈词的责难，至于那些年长一辈的人则以困顿和宽宥的眼光打量着这变化太快的世界，偶尔的几声抱怨也迅速地淹没在一片嘈杂之中，人们已经很少相互听取意见了，约定俗成的东西在减少，共同语言在减少，普遍认可的价值在减少，任何个人的影响力也在减少了。

　　寻根文学在它的后期因历史主义的复活和狭隘乡土理论的卷土重来而丧失它的革命性后，就作为一种短暂的运动载入史册了。寻根文学消退之后，新写实派、新闻体小说、文学中的精神分析主义和观念主义、私小说和传记，表现主义和叙述至上主义纷纷兴起；在诗界，反主义、反思想、反交流的意识在抬头，行动美学以各种方式向为数极少的读者作着费解的文字表演，将他们导向陌生的困境——诗人们注重的不再是作品而是宣言，不再是作品交流而是超作品的联络；在批评领域，学院主义和达达主义分别代表了两个极端，专业化极强的分析失去了它最后一批大众读者，成为个别人分享的精神成果；达达精神乘虚而入，夺回学院批评留下的地盘，力图在大众心目中继续推倒某些偶像，使已有的混乱局势变得更加错综复杂。我们在上述场面中，依次看到了大量的仿制品、妄语和天真武断的谬说，也看到了各种新思想新行动的萌芽和轮廓。这幅光怪陆离破碎了的图画再也无法修复或整合了，这幅图画乃是由我们自己召来的一个文化结果。

不论人们是否同意，对这种混乱，我们是期待已久了。以历史回忆或预言未来的方式来回避这一混乱的现实，已经成了许多文学界人士的基本生存对策。事实上，多年前人们所盼望的那个"多元化时代"，正是以今日的混乱为其革命开端的。一个理想化的词藻一旦化作感性十足的现实状态，确实会使人们缺乏精神准备。在我们看来，此种混乱乃是形形色色文学工具主义时代趋于结束的一个标志，同时也是文学个体主义时代已经开始的一个预演。在它的上空，我们看到了一线文学界真正民主的曙光。

使人不愉快的是，这一民主的后果，不再以普遍的认同为其现实特征，恰恰相反，它是以彼此拒绝为其现实特征的。它不再仅仅有权说"是"，而且更为经常地有权宣称"不"。因此，大一统消逝了，大主题消逝了。也许今后会有大一统的再度君临，也许今后会有大主题的再度复兴，然而在今天，它丧失在开放之中，丧失在普遍原则的解体之中，丧失在权威的倒坍之中，丧失在个性化的泛滥和当代消费主义、物质主义和纷繁的浅表文化之中。

我们除了指认这一令理想主义者沮丧和痛苦的现实，我们明智的头脑又教会了我们什么呢？我们除了对这一普遍说"不"的现实再回敬一个"不"又能做什么呢？文学就从这一片拒绝的废墟中挣扎起来，小说、诗和批评，就这样沾满了历史的尘土，在今日的阳光逼照下，在瓦砾中艰难地站起，他们彼此看不清容貌，只是大声号叫：我拒绝！

拒绝号召拒绝指导拒绝灌输拒绝诱导，只凭个人良知、想象、意志、欲望、知识、本能和创造冲动的驱使，这一广泛的个人主义运动伴随着民主的悄悄到来，许许多多真艺术家、仿艺术家和伪艺术家为之神魂颠倒。社会标准在相对主义的文化背景下起伏不定，左右摆动，已经失去了稳定有效的说服力和感召力。普遍理想被实用主义所取代，一切都随着时间的变易而变易，究竟谁能发现真理并大言不惭地要人们相信这是真理？思想界的苍白无力是不能由思想界来负责的，相比之下，文学界的思想自大更显得可笑，因为它居然试图解决连思想界都备感窘困的问题，而这问题的实质，正在于我们很不幸地处于一个不需要深刻思想的时代。

就这样，一个初具民主意味同时又被消费主义、物质主义搅得动荡不宁的浮浅的时代展现在我们面前。文学界的混乱无序实际是整个现实境况的一个局部反映，物价的上涨使精神想象处于贫瘠的边缘，国民收入的再分配使小说家和诗人的地位一落千丈；为民众和为公益操心已成为人民代表、政府官员的应有职责，有更多的小说家踏入了新闻的领域，从政和经商吸引了许多本来就不安写作的人；原来那大批被供养着的养尊处优的作家显得慌乱起来，他们突然感到被抽去了根基，他们的优越感在一夜之间变得所剩无几。

在这么一个混乱不堪的现实里，要继续成为小说家、诗人和批评家是困难的，也是容易的。在民主而又浮浅的文化背景之下，创见是困难的，它不会有太多的知音，更不会有太大的销路；可是，相互模仿则是容易的，它适合人们思想懒惰的习性也适合这个务实的时代，大多数人是不会懂得如何分辨艺术之真伪的。但是不管怎样，创见和模仿的并存正是今日个性化过程的双生儿，也是文化消费倾向之下的一个双重后果。它们从两个方面拒绝了以前那种权威至上权力至上虚假群体理论至上的文学指令，它们放弃了被强行赐予的那种工具主义态度，要么听命于市场，要么听命于自己的内在心灵，形形色色的官方腔调对他们来说显得滑稽而无力了。

另一方面的事实是，笼统的"读者""人们""人民"概念不复存在，袭用这些概念批评当前文学现象的人们不懂得读者的拒绝正是自由和个性的自然产物，而非群体表决的产物，更不表明只有认同才是衡量文学价值之有无之高低的主要尺度。读者的多寡唯有在评判畅销书时才有决定性作用；至于富有创意的文学，则是注定不会拥有大量读者的。我们常可以听到所谓文学脱离人民的责难，但是这种责难并不向我们界定人民一词的内涵与外延。我们以为，只有个人才是人民的基本构件，因此只有个人的存在和满足才是人民存在及满足的具体实现。就此而论，今日文学界的个人化趋势和不可通约的趋势，恰恰是人民受到尊重并赢得精神自由及创造权利的标志，尽管在这趋势中确实存在着粗浅、模仿、无教养和故作高深的疵谬之处。

我们有自由创造的权利，当然也有拒绝某种论调的权利，我们将通过自由论辩使自己的创造成为一种存在；我们不需宽容，宽容是不公平的；我们讨厌被爱，单方面被爱是不幸的；我们无须听教诲，教诲是傲慢的。我们只有通过拒绝才能建立自己的生活方式和思想方式，我们只有通过拒绝才能赢得空间和未来。

拒绝我们吧，这样才能确保你们自己；同时让我们和你们彼此容忍吧，这样才符合现代民主原则；最后，展开论辩吧，在挑战和应战中我们和你们努力在进化中共存；此外，若有谁被淘汰也迟早会见分晓了！

一九八八年

论达达批评

　　一九八六至一九八八年间，批评界出现了一种不和谐的声音，这声音多半来自年轻气盛的批评家。这帮自负的家伙好像什么都不满意、骄矜、武断、尖刻和哗众取宠，并以攻讦、亵渎、冒犯乃至游戏的形象呈现于公众面前。他们目空一切，试图推倒某些定论或尚未成文的定论，对那些似乎已被文坛公认的权威给予了否定性的评价，对那些与之有关的史实以及仿佛不可动摇的价值也予以了重新解释，甚至不惜将它们描绘得一无是处；他们用轻慢的口吻谈论作家、作品和最新的文学运动；他们轻率地提出不加论证的命题；他们观点善变而不确定；他们盛气凌人颐指气使，整个文坛都不在他们眼里——这些中国式的达达分子究竟想干什么呢？

　　达达批评曾经获得了不少掌声，也不断地遭人非议。可是在更多场合，人们则以沉默的态度对待之，以示自己的宽容和无所谓。在我看来，后者也许是贬低达达批评的最厉害一招，因为达达批评是那样热衷于挑起事端，泥牛入海显然会给它带来某种遭受轻视的痛苦。不过，与之认真商榷并努力将它引入学术化轨道的非议之论，又怎么会得到达达批评的响应呢？就事论事的辩论无疑会在无意中掩盖达达批评内在冲动的真实本质和革命性所在——我将在此文中为今日的达达批评作美学上的解释和辩护——对这么一种饶有趣味的文化现象若是仅抓住其学术上的疏漏和薄弱环节予以痛击，肯定会把达达批评困拘于观念领域却忽视了它作为一种感性实践的存在价值。换言之，达达批评的存在价值可能在美学方面，在行动和姿态方面，而不在学术方面，即不在它所提出的命题和结论方面。

对那些年轻激进不愿人云亦云的达达分子，没有什么比说不出更新颖的话更使人难受的了。我们在这个世界上将扮演何种角色？我们怎样超过前人或同代人？这个时代有人在倾听我们的意见吗？那些徒有其名的文坛知名人士真的智商优于我们，感觉优于我们，思想超过我们吗？批量那么大的文学生产是否在威胁我们的精神空间？其中多少是第一流的又有多少是末流的？对第一流的我们一定要崇敬一定要富有教养地赞美几句吗？我们生存在一个紊乱落后与密集的环境中，怎么才能挣扎出来呼吸到自由的空气？在两军对垒的时刻我们一定要表明自己站在哪一方面而不可以超乎两军之外漠然视之保持个人独立？或者我们同时向两军宣战认为它们只是一种文化自我分裂成的两极？我们不想潜心做学问不是自己没能耐而是学问没价值，我们为什么不能成为后来的学问家研究的对象？我们为什么一定要认真研究别的存在物却忘记了自己首先是一种存在？我们用我们的声音去徒劳地干预世界，不是为了神圣的目的而是为了表明没有什么神圣；我们否定一个既成结论不是为了拿出自己的终极结论只是为了证明一切结论都可以怀疑；我们蔑视一个权威不是为了消灭他只是为了说明权威的价值仅在于他可以被蔑视；我们有时也扮演出一副公正、严肃、认真和煞有介事做学问的样子，那是为了和你们通话而不得不采取你们的方式罢了！在骨子里我们就是否定，为了否定我们什么方式都可以拿来一用，你们若是过于挑剔那不过证明你们没有幽默感，你们不懂得我们的本意以及你们只晓得为了维护自己的精神秩序罢了！

对这么一种措辞激烈的无政府的自由主义者言论，理智健全的人肯定是不以为然的，因为任何正面冲突都会跳入达达分子事先安排好的圈套。可是，我们不妨在心里怜悯这些狂傲的年轻人，称他们轻浮、故作惊人之语、自大和缺乏教养。无疑，在这个逐渐开放的世界中，这帮年轻人产生了一种恐慌感，他们的个人主义倾向使他们背离了社会的整体趋势和当前迫切的民族任务；他们面对激变中的时代丧失了驾驭自己的能力，在一个多元的文化环境里无所附丽。这些浮躁的年轻人什么时候闯入文坛的呢？我们什么时候变得麻痹大意的呢？

可是，当我们这么想的时候，正好撞上了和达达批评共同面对的事实。这个事实就是：个人面对世界的失控感和无力感。在这个事实面前，人们的区别仅仅是态度——达达分子承认并推动着这一事实，而理智健全的人则批评并努力阻挡这一事实的发展和扩大。恐慌感是今日的普遍精神状态，是今日这个时代的文化特点之一。达达批评企图通过某些过激的言论来缓解这种恐慌，用一种话语勇气作为自己的实践，以此抵制日益蔓延的失落感及个人无力感，维护个人在主观方面的最后一点自主权。

达达批评确实是建立在这么一种心理背景上的。年轻的达达分子多半是些敏感好斗的人，他们特别担心自己被同化、被湮没和被遗忘。对待这个挤得满满而机会匮乏的世界，他们既然不能大动就只好大喊大叫。他们用富于刺激性的言论将自己提升起来，在一个符号世界里建立自己的形象，而他们的途径便是竭力改变那个符号世界里已有的形象——不是去挪动它们的各自位置，就是去摧毁它们。他们知道天堂的席位是有限的，不采取上述行动他们将永远进不了天堂。他们嫉妒早到的人，因为正是这些早到的人占据了世界，而他们却被无情地排除在世界之外。该做的都有人做了，该说的都有人说了，他们又能做什么说什么呢？重复别人做过的事，传授别人说过的话，对于这些人来说又有什么乐趣可言？

这个世界给了我们什么机会？这个符号化的世界难道不可变更不可动摇吗？我们的工作仅仅是为既定的文化秩序添砖加瓦，让它愈来愈雄伟而使人愈来愈萎缩渺小吗？

无论达达批评有过多少豪言壮语，它都是一种在文化压力下作个人反抗的产物。无比多样的文化景观乃是迷失自我的最大精神幻象，只有达达批评在无端攻击一个对象时才会发现自我的显身。达达批评的俯视与傲慢在一个学养深厚的人看来是十足可笑的，可是在一个真正了解到人性乃是反抗文化的人看来，它确又是鼓舞人心的——因为正是达达批评体现了一种将活生生的个人高悬于文化秩序之上的本能冲动；这种冲动现在日益少见，这种冲动被另一种文明化了的欲望所取代：放弃个人妄念，竭力归化到文化中去使自己成为文化的一个工具。

达达批评是一种文字化的反抗行动，它对正统、权威和名望都怀有强烈的反应，我们肯定会对达达批评在理论观点上的不明确和非体系性表示失望，可是一旦我们了解到它本质上是一种存在的姿态，我们就将在另外的范围中重新考虑它的价值所在。达达批评提示了一种个人应有的触犯权利，它取消了权威和无名者之间的界线，使权威下降到任何人可以抚摸的高度。达达批评把人们公认的事物和价值判断看作一种压制力量，一种消灭想象力和消灭超越欲望的消极存在物，它提示了个人拥有从无公认事物的前提下重建个人标准的可能。达达批评追求一次性的震惊效果，尽管人们在震惊之后一无所获，可是在震惊的瞬间震惊已完成了自己的任务。达达批评深知价值观是变动不居的，因此它不奢望它自己能成为一块里程碑。在达达批评看来，任何纪念碑的唯一价值只不过供尚且活着的人们偶尔凭吊一番，却不能指导他们每时每刻的行动。达达批评提示了永久事物和观念的丧失，唯有反叛和想象力才丰富了人性的生活以及在文化压力下的自由心态。

达达批评是对我们文化自满和文化整体主义的蓄意报复，是对过量文学印刷物的抗议。它通过增加噪声的方式减弱形形色色意识形态的噪声。达达批评瓦解了那种自以为是的神圣感，以不负责任的方式无意识地告诉我们究竟什么是我们当前的责任。达达批评时常是偶发性的，恰恰是这一点显示了偶然性对人的重要含义。达达批评总是将一些极严肃的课题随便地加以处理，可是这种随便态度是否正好暗示我们，那些貌似严肃的课题本来便是随便提出的？达达批评还把某些并不重要的问题提到一个严峻的高度，让人感到用力过大；不过，这里是否意味着达达批评存心要把事物的边界弄混正是为了不按照约定来思考事物？

　　我认为，达达批评是当代文化混乱中的活力表现，也是行动美学的表现。当人们不无理由地指责它具有一种破坏性的文化性格的时候，为什么没有看到我们的文化正在自行破坏，它的敌人主要在它自身而不在外部？而自称为具有建设性文化性格的人们，又为什么没有从达达批评中建设性地发现当代文化的某些征兆，这些达达分子身上所具有的当代文化特点呢？

一九八八年

再论达达批评

　　一种文学批评运动的成败不在于它是否有可能篡夺既定批评营垒的领导权，不在于它是否有可能成为新的权威和裁判系统，甚至也不在于它是否有可能在文学史上占一个显要的位置；衡量一种文学批评的价值，主要看它能否动摇先它之前而存在着的领导方式，能否瓦解那些令人尊敬的权威和裁判规则，能否令文学史的撰述者陷于困境。如果今天确实存在着这么一种文学批评，那么毫无疑问，它就是我所提到的"达达批评"。

　　达达批评是今日文化中生气勃勃的否定力量，一种批评活力的表现。在谨守规范的人们看来达达批评似乎构成了对正当秩序的威胁，使那些勤勤恳恳从事文学写作的人无所适从——可是你们为什么要无所适从呢？如果你们觉得它一派胡言你们就必定不为所动；只要你们感到无所适从那可以肯定你们是虚弱不堪的。达达批评并不提出终审裁决，它也无此妄念；它不过是指出某些貌似终审裁决的定论是可以怀疑，所有的正当事物都可以放在重新评价的位置上罢了。

　　我们的文学就是如此的娇嫩经不起挑剔，它总是用一种乞求宽容，乞求理解，乞求尊重的表情渴望着批评的赞誉，一旦获得了这种赞誉它便趾高气扬轻视批评起来。假如相反，它面临着一堆激烈乃至粗野的否定意见，就开始愤怒地变了脸色，要求批评拿出严密的证据——可是，它为什么不对那些过誉之词提出需要亲见证据的要求呢？过誉之词难道不也是一种伪证吗？

达达批评通常是证据不足的，特别是达达批评戴起了学术的假面向权威和裁判系统发起挑战时更显得如此。不过，这正好表明学术对批评是无助的。学术，尤其是今日那种无生命的学术往往是无激情无冲动的，它纯粹由历史构成。但是批评，这永远朝向未来冲锋陷阵把对手和自己一同逼入旷野里的厮杀，又怎么能从学术的陈旧武库里领取武器呢？赤手空拳才符合它的本性！

达达批评的首要原则是它的随意性，我公然把它称为"随意原则"。它根本无须证明，因为它直接起源于一种反感，一种冒渎的冲动。它直觉到某种被公认的文学现象或作品构成了今日生命的阻力，构成了有害于想象和创造的范式，构成了对每时每刻的精神幻想的控制。换句话说，达达批评反对的不是坏的文学，而是好的文学；正是由于好，才影响了后人及同代人的超越，致使他们无奈地生活在里程碑或纪念碑的崇高阴影下。达达批评有时也会嘲弄一些极劣极糟的文学现象及作品（它们真多！），不过它之所以故意将它和好的文学混淆起来，取消它们的差别，为的是在我们面前恢复一片旷野，让我们得以自由伸展精神的躯体。达达批评的随意原则还起源于人的意志流程，一种盲目的、随机的、即时性的精神姿态，它并不按照常规、逻辑及种种约定俗成的文化来表现自己，它完全随心所欲，按个人的方式去估价面对的事物（文学现象、作家或作品），将之置于一种新的也是陌生的关系之中。

这一"随意原则"的运用，就导致一个令人害怕的结果，即对文学成就的蓄意谋杀。

达达批评太需要生存空间了，它不能容忍空间被那些捷足先登者占满，它要竭力抹除它们；在那块写满了捷足先登者姓名的墙上，居然容不下一小块供它签名的地方！于是它就用力铲除那些姓名，或者把自己的签名重重地覆盖在它们身上。它没有因为这些姓名的神圣性或由这些姓名所建树的崇高业绩而放弃自己的生存权利。它不愿在认同这些成就的前提下过一种只会享受这些成就说些无关痛痒的赞词的无聊生活；它宁肯去侵犯它们，破坏它们，对它们的辉煌掉头不顾，然后在属于自己的这段生命历程中把那种冲动的能量展现出来，即便被温文尔雅的人们称之为文化的暴徒也在所不惜。它是不会温柔地去抚摸那些有教养的人士的，它只会去刺激他们，使他们陷于尴尬和难堪；它总是挑起争端，促成一系列大大小小的事件，使文学现象与作品处于一种攻击之下，永无宁日。确实，达达批评常常是不择手段的，它体现出自己的生命能量，包括它的嫉妒、傲慢、自卑、革命潜能和对传统的爆破力；它在充分肯定自己的同时往往也陷入一种虚无倾向里，问题是它根本不指望自己会有长久的（更不用说永恒）价值，它的意义不过是一次性发泄而已。它是很明白这一点的。

从中我们可以进一步发现达达批评的整个世界观和生存态度，它是最反对历史性的，当它不遗余力地谋杀历史遗产的时候，它的自杀过程也便开始了。这一点真有点悲剧意味，在它的全部无情和冷酷中，那些尽情地享受历史遗产的人可能会感到一阵寒意和难以抑制的恐惧——他们心目中的那个美好世界是可靠的吗？当他们在分享这个美好世界时，他们的生命是绝对被动的，绝对没有淋漓尽致地表现自己的可能！

达达批评的虚无倾向也可以从它的无定判断中看出。我将之称为"无定原则"。

所谓无定原则即是指达达批评在评述一个问题时可能有它的价值指向，不过在它评述另一个问题时该价值指向就废置不用了。达达批评不仅攻击问题的薄弱环节，而且把主要矛头对准问题的最坚固部分，予以毁灭性打击。达达批评攻击糟粕更攻击精华，它攻击一切物化了的神圣与崇高，攻击一切被无条件继承的文学史经典；在它看来，所有活着的人不应当把自己的趣味当作祭品，供奉给那些死去的偶像。达达批评试图摧毁偶像就得先摧毁所有支持着偶像的观念，于是他们就不得不虚无起来。达达批评的虚无乃是为了强调自己的存在，强调自己在无偶像的情况下的存在，这肯定是对人们的一种严峻考验。受了无定原则的支配，达达批评把否定当成肯定，它在不断的扫荡中体验类似创造的快感与喜悦。关键不在它的否定与扫荡是否有合理性（这个要求对达达批评来说显得十足幼稚），而在这种否定行为和扫荡行为自身的必然性和本能意味，它直接派生于生存。派生于面临文化压力与文明规范压力之下的个人扩张力。

作为一种运动的达达批评迄今没有过宣言和纲领，这是一点都不奇怪的。我们既已认定它所拥有的两大特性：随意原则和无定原则，就能推断它从来不是一种统一的有计划的运动，它完全是分散化的。事实上，我们已经多次看到它的自相矛盾，它对同代人或同类人一样毫不留情的精神扫荡，我把这种行为称为达达批评的"哗变"。

不断的哗变就是达达批评对今日文化和今日文学的贡献，我们不在乎它究竟说了些什么随后又推翻了些什么，至少我们应该知道，"哗变"是对僵死文化和自满的文学的捣乱性冲击，这已经构成了当代意识形态冲突的一个奇异景观，并将日益深入心怀不满的年轻人的心里。

一九八八年十一月五日

真正的先锋一如既往

　　严重地阻碍着我们时代的文学先锋的，不是前方的荒漠与空无，而是身后的那些大多数人，特别是那些以大多数人代表自居的庸人。庸人总是大批产生出来，任何时代都如此；先锋却总是罕见的，任何时代也都如此。

　　这些庸人们现在开始兴高采烈了，因为他们自以为目睹了先锋文学走入了绝境，他们闹哄哄地回到了旧有的范畴，百般讥笑先锋文学的"失败"。他们是怎么来衡量所谓的"失败"的呢？当然，他们看到了读者的锐减，没有出版商竞相出版这些作品，而批评家则一副懒懒的样子，于是他们就断定先锋文学肯定是出了毛病，他们的逻辑就是这么简单：好东西应该是受大多数人欢迎的！

　　可是，大多数人不但在过去，现在抑或将来都不会知道究竟什么是艺术的好坏，他们总是陷于盲目。这也便是永远有投他们所好的形形色色代言者的根本原因。

　　大多数人是按照习惯来生活的，他们天然地抵触新鲜陌生的事物，他们把安全视为生活的准则，他们不愿轻易地接纳前所未有、尚未得到证明的观念和事情。重经验而轻想象，重此岸而轻彼岸，重实利而轻梦幻，这些特点注定了他们不喜欢所有带有冒险性的东西。可是，先锋的文学和艺术不正是对这种安全感的破坏，不正是对人与世界常态关系的挑拨，不正是对日常语言思维的颠覆，不正是一系列闻所未闻、见所未见的形式创造吗？

想象是不能用经验来反驳，彼岸是不能用此岸来否证，梦幻是不能用实利来检验的。那些只会窥测动向、揣摩时势、打探大多数人喜恶的庸人，他们从来不知道什么是先锋文学，他们不过是被市场行情所左右罢了；他们一度为它的走红唱起赞歌，现在却一反故态，永久正确地指责它的冷寂了。他们的根据是什么呢？他们根据的理由完全不能成立，因为先锋一旦被大多数认同就不再是先锋，而今天它重归冷寂，恰恰是先锋文学的自然命运。早些时候，庸人的企图把先锋文学消解在大众文化中，他们趁机在其中捞取一勺羹；那才是先锋文学的悲哀！值得庆幸的是，先锋文学终于从虚假的普遍认同中解脱出来，成为一种独立的文化形态和力量了。

先锋文学的美学出发点是艺术的个体人本论，它不追求民族性和地域性的表达，这些中间价值既不具有人类特征也不具有个人特征。民族性和地域性对人类来说意味着封闭和狭隘，对个人来说则意味着禁锢与压抑。在先锋文学的辞典中，没有民族性和地域性这两个词条，这是没有商量余地的。

先锋文学反对权力本位论。它纯粹是个人自由的形式化，纯粹是个人想象力的原创性表达，纯粹是含有幻想潜能和革命批判潜能的语言陈述。先锋文学还反对大众本位论，因为正是大众本位构成了权力本位的基础，它始终是一切保守的审美价值的土壤。大众习俗、趣味、道德和日常规范无疑是对想象的窒息，对创造的扼杀。无论是权力本位还是大众本位，都会导致文学的工具论和服务论，而将文学的最内在本质——个人自由——掩盖起来，使它成为一种十足被动的东西，进而使所有读它和写它的人都成为一群被动的东西。

先锋文学不代人立言，在它看来代人立言是一种权力的僭越——它既然反对任何权力凌驾于自身之上，当然不会将自己凌驾于他人之上。先锋文学是人类持久不衰为争取个人自由的灵魂战的一种当代方式，是对整体主义价值观及其他各式各样强制性价值观的反抗。在争取个人自由的过程中，先锋文学通过的不是行动，而是幻想；不是现实的运作，而是想象的运作。人在行动中获得自由是必要的，这毫无疑问；但是行动的边界和极限总是自由的一个威胁，它们使个人灵魂的无限自由愿望成为永不能解除的苦恼根源。因此，诉诸幻想，在幻想中达成自由，这是人面对自己不自由处境的唯一出路。同时，人在现实界中认识、操作、把握世界，使自己的计划、欲望和利益得到实施和满足，这也是毫无疑问的；不过，尽管现实从来没有出现过完美的状态，尽管人的意志总是指向现实的改善，可是这正好表明现实的永不完美性已经构成了一种极为笨重的干预人们非功利性想象的怪物，干预人们纯粹精神的内在生活的一整套僵硬物质。所以为了捍卫人作为精神存在的权利与需要，就应当在一种特定的场合，通过特定的方式来摒弃现实这个压得人喘不过气来的怪物，抵制物质对人的引诱。消除占有欲，在艺术想象和单纯的幻觉中将精神作伟大的提升，这种提升经由形式表达出来，经由文学表达出来，体现出人的一种高贵性，一种非现实性和非物质性。真正的先锋将一如既往，从不左右顾盼，看他的邻人在忙碌些什么，听他的邻人在评价些什么；真正的先锋只看着自己想象的画面，只倾听自己灵魂的自由呼喊，只书写自己的文字。现实与他何干？物质与他何干？埋怨他脱离现实的庸人，不正好犯了同样的错误，即脱离了先锋们的灵魂现实，不自量力地说着蠢话吗？小土丘有何资格责备高山脱离大地？高山正耸入云霄！

在这种对现实的超越中自由来临了，自由此时此刻是一种内在的体验，能分享的人不会是大多数。文学先锋命定了是文学的少数派，他们无求于大多数。市场和他们无关，他们在少数人心中建起了想象的圣殿；大多数人认为这一点没用，少数人却相反地认为这是精神生活的必有内涵。宗教价值怎么能用经济尺度来衡量，文学价值又怎么能用实用尺度来衡量呢？

这些被宗教和文学逐出的弃儿，有什么理由要宗教和文学来迁就他们的世界呢？他们为什么不通过政治的、经济的、法律的和科学的方式来更好地治理他们的世界呢？

这些庸人们，别来破坏先锋文学的纯洁，走开吧！

生活在想象里的文学先锋是不会向现实妥协的，他们不屑于审时度势，他们照自己的方式感知世界组织世界，从来不需要多数人的首肯。他们和多数人的疏离是因为多数人滞留原处，而他们早已踏上陌生的土地。庸人们讥笑说他们中间有冒牌者，可他们总是指不出究竟谁是冒牌者，只是一味笼笼统统地朝他们脸上抹黑。任何一种东西都会有冒牌货，这说明什么呢？不正说明只有好东西才值得冒牌吗？

对庸人们的指责，文学先锋是不会去反驳的，因为他们根本听不到庸人们的声音——他们完全沉浸在自语中。他们完全沉浸在想象中。他们完全沉浸在自己的天国中。他们完全沉浸在创造中。

有什么比在现实之外再创一个语言现实更具有魅力的事呢？文学先锋一如既往地进入到形式的探险里，创造出一种形式，不正是人的智慧和人性的最高表现之一吗？上帝造物，艺术家造形，神和人就是这么分工的！为什么想象要变为事实？想象不是人的禀赋吗？所有的技巧、幻想、制作方法都是人超越自然性和摆脱功利性的伟大表现，它本身就是奇迹。文学先锋不会去追求他作品的可验性，超验才是他的目标。他把自己和别的一些少数知音携带往一个新的感觉空间，使它提前来到，在此刻呈现。在今日的所谓再度崇尚现实的浅薄文化中，先锋文学卓然而立，孤军作战。它不占有空间，却拥有时间，它是唯一具有绵延性质的文学。事实上先锋文学根本不可能哗众取宠，因为它没有哗众的手段。任何一种哗众的观念、信仰或作品，都必须事先加以大众化的改造。所以我们永远不要期待先锋文学可以被大众消化——除非它先放弃"先锋"的立场和方式。

于是它只能是坚守自己的。这些文学的少数派们，正在干着艰苦的工作，他们持续着毫不退缩。他们把生命投入他们的文字，由文字来绵延他们的想象，使之长存；大多数人则正好相反，他们把生命尽情投入现实，在粗糙的感性经验中绞杀了想象力，使之死亡。文学先锋正在拯救人的感觉和想象，拯救人的造形能力和拯救人性。我们不能抱怨他们的收效甚微，因为我们一开始就不应当为大多数人代言。为不要自由的人去争得自由是没意义的，和无须想象的人去高谈想象也是没意义的。少数人的事只对少数人有价值，个人的事只对个人有价值，文学幻想只对文学幻想有价值。当然，先锋只对先锋的同道有价值。

因此，上述言论肯定会招来反对便在逻辑之中了。不论怎样，先锋们是从个人深处走出又融入人类少数精英分子灵魂的独特者，他们和今日的现实肯定格格不入，他们是一些精神上的游离分子，他们不会占有显赫的地位。不过，他们占有的精神地位是大多数人不可企及的。庸人们对他们满怀妒意，于是就混在大众人群中讨伐他们了。

还是不要再提庸人们吧！让我们向那些先锋们脱帽致敬，要没有他们，我们就将沦陷在现实里，沦陷在经验里，沦陷在实利里，沦陷在日常语言里。

现在我们（至少我个人）已经明白文学少数派在今日的地位了。

一九八九年

缺乏想象力的时代

我们对"缺乏想象力"这个说法一般总会怀着沮丧的心情。确实，它不仅使我们的艺术变得毫无魅力可言，也使我们的生活陷于一种彼此模仿的重复之中。无疑地，缺乏想象力的后果，就是使我们的存在不但没有必要的更动和新鲜感，而且连最为日常的运作都显得慵懒乏味。紧张的工作和切近的目标推动着我们，可我们却由此远离了诗性。我们不再希望超越于现实的困缚，相反地还以现实原则来衡量想象力的效用。冲动的浪漫的时期已经过去，作为惩罚，实利成了这个时代的唯一原则，大众普遍地变得实惠起来，什么信念能使他们再次激动？本来，对于文学家艺术家来说，精神的委顿和非想象化显然不是他们所期待的，可是不幸的是，他们偏偏和大众一道落入这么一种灰色的状态里去了。但是我告诉你们，只要一想到"缺乏想象力"并非单纯是文学家艺术家面临的问题，甚至也不只是当代大众所存在的问题，根本上它乃是一个时代的问题，你们的心情可能就会慢慢释然了。在这种向时代妥协的历史趋势中，想象力既失了背景和土壤，那么它在一般人的心灵里日益枯竭也就必不可免了。向时代妥协是我们得以继续生存的一项聪明选择，可是这项选择对文学家和艺术家则是灾难性的。一个在经济上可能是合理的世界往往是非想象性的，若我们缺乏一种想象至上的态度，就会沦为合格却平庸的公民，而把那种与现实界相抗衡的想象冲动贬抑下去，同时将我们的所有欲望都投入到浅俗的经济世界里，进而永远丧失了心灵的绝对自由。绝对自由只有在想象中才能达成，它不必求助于经验，它纯粹是内心生活，纯粹是反经验的反现实的形式冲动。但是，一旦我们认同了这个所谓务实的时代，以为顺应潮流居然也是文学家艺术家的必然归宿，我们又怎么能指望想象力的继续保持，而那些文学家艺术家为我们出示的现实摹本又怎么可能富有想象力呢？不过，这样要求文学家艺术家是否过分挑剔了？难道他们非要成为脱离现实的人不可吗？难道他们可能生活在时代之外吗？而他们的想象，不正建立在现实经验和时代风尚之上吗？这些似是而非的诘问显然只能由缺乏想象力的人来提出，对此，我想说，唯那些富有想象力和反现实冲动的文学家艺术家才是真正现实的，而紧贴着现实经验的人则永不可能成为现实的文学家艺术家，理由十分简单——只要贴着现实，文学艺术就成了十足多余的摹本，于我们的绝对自由丝毫无益，它不过助长了我们的对现实经验的热衷，这其实根本无须由文学艺术来帮助的。

向现实认同也就是向他人认同，或者说，努力使他人认同自己的后果，恰恰是以自己向他人认同作为前提的。他人的力量是巨大的，在此力量的影响下，我们的个人想象力完全归于无用，成为一种十足的虚妄和奢侈。但是，我们何时又能摆脱虚妄和奢侈呢？我们只不过是通过物质享乐和文明生活的方式来满足虚妄和奢侈罢了。对于绝对自由、非实用、不能获致大众喝彩的想象及其形式努力，我们当然就不以为意。放逐了想象力，剩下的唯有彼此模仿而已，于是，作为这个时代的特点，一种浮于表面的精神特点，就是"类同化"。我们看到了多多少少类同的事物，它们又是如何的庞杂紊乱啊！在形形色色交织在一起的时尚与流行事物中，我们时而认同这个，时而又转而认同那个；我们在认同的频繁转换中不断地重新"发现自我"，可是我们永远不能够想象出一个自我，更不能凭这种想象创造出一个自我，哪怕是创造出一种瞬间的形式！真是太不幸了，我们的时代似乎是在制造出一批又一批没有首创性的类型化角色，把各种复杂的人融化在相似的背景里，我们根本不能断定这便是我们所期冀的新时代！这样一种精神上的合群，又如何为我们奉献出独特的天才呢？这样一种类同化的生存方式和彼此参照的思想观念，怎么不是我们时代的重大缺陷呢？盲目地追随和被操纵，我们全都用外在的尺度来衡量自己，可是我们却不能想象出新的尺度。不过，类同化的趋势实在是难以挽回，因为它极能投合大众的口胃，过于独特的人不会被他们所喜爱。在目前大众文化几乎成了时代主宰的局势中，怯弱的文学家艺术家只好向他们投降了！他们首先为起码的生存而奋斗，这样做则必先扼杀自由的想象——但他们何时会惊觉艺术家为了捍卫自由想象甚至可以放弃生存，并且，在命运的友助下，想象会改变生存？但是这个时代太多的喧嚣和噪声早就湮没了来自内心的发问，在外部世界的袭扰与诱惑下，人们的内心世界日渐萎缩了。他们伸长脖子紧张好奇地注视着外部世界，他们用更多的经历和体验来充实自己的存在，当然，留给内心想象的时间及其欲望肯定是荡然无存了！人们等待着各种经验，坐享其成。人们争先恐后地模仿别人的经验，生怕自己的落伍。"跟上时代！"这个简短有力的口号是多么难以抵抗啊！想象力的衰竭，实在和这个口号有着极密切的关系。无论是谁，只要努力跟上时代而不愿违背潮流，那没有一个是能够再度保持独立的，因为独立乃是一件与时代趋势无关的事情。但是作为一般人，他本来便无超常的意志和想象力，本来便无法生活在纯粹的内心世界中，他又怎么能自绝于时代呢？他除了跟上时代，又有什么别的出路呢？可能，一个平庸的时代来到了，我们深知天才并非是易得的，也不是每个时代都会涌现的，那么可以告慰我们的结论便是——为了生存，我们只好充当适者；如果我们原先就不具有天才的禀赋，也就无须责备这个时代了。

然而在这个缺乏想象力的时代里仍然有着不甘同化于他人的聪明人士，他们想方设法要使自己的形象在一片缤纷的杂色背景中凸现出来，尽可能引起别人的瞩目，让别人能够在一群人中将他不费力气地一眼识出。于是一种小范围中的自我中心表演就成了这个时代剧场的小品节目，这些没有雄心的表演家以标榜所谓的个性来博得一部分看热闹者的掌声，换取一种类似大众拥戴的虚幻满足。在此种依然旨在讨好他人的努力中，我们根本察觉不到有丝毫的想象力，唯有对他人心理的揣摩和投其所好而已。而那些貌似有教养的看热闹者，则事先也并非怀有确定不移的独特期待，他们的期待通常是外界观念及趣味的投影，几乎不存在纯粹个人的预期想象。他们是被时代模塑出来的文化标本，他们由接收到的时代文化和相互抄袭的艺术文本所控制，在此基础上他们才学会享受文化及艺术，这种享受，全然是精神描红和形式描红，于他们的冲动、意志和想象毫无牵涉，结果在那种斯文的艺术聚会中，我们还是沮丧地看到所有的文明人士仅仅是在按照一个早已完成的脚本在排戏罢了。这个时代真的一点也不鼓励想象，既定的现实和既定的文本形式，围墙般地圈住了生活在里面的人们，可是他们为什么不抬头仰望天空呢？他们为什么如此看重实在的和已有的事物，却不向往不可即之物和未有之物呢？不可即之物的价值正在于它的不可即，未有之物的价值正在于它的未有，我们不正是通过对它们的想象和形式化创造，在一种纯精神的幻觉中触及到无限的吗？实利原则应当是大众的原则，艺术难道也要臣服这项原则吗？要求想象的艺术服于实利世界乃是最为庸俗和不可忍受的要求，想象力只有脱离了实利才有存在和表达的机会；人们是多么粗俗地低估了想象，这完全是我们的时代过分强调感性却蔑视灵性的结果。这个时代公然标榜实用主义，为一切浅近之物进行不遗余力的辩护，根本不尊重人们珍稀难得的想象力。对想象力的这种轻视实质上暗示了对想象力的恐惧，因为正是想象力才可能对现存的秩序和大众早已习惯了的生活范式构成有力的挑战。但是怀有这类潜在恐惧的人忘记了，纯粹的想象力是不介入世界事务的，它并不怀有实践化的要求，它只是停留在想象的此岸性中，与实利原则统治下的世界相对峙，以确保我们内心的最后一块自由空间。正如以实利为唯一理想扼杀想象对人的精神将带来灾难性后果一样，以想象力的滥用来取代实践世界也会导致灾难，这两者是不能相互取代的。

现在，所谓的大众文化正受到了有力的鼓励与推动，这种文化又有什么想象性可言呢？大众文化是一种感性型文化，它只有在抵制文化意识形态的专制统治时才显示某种自然冲动和人性特点。大众文化尽管有最大的覆盖面，有最为长久的绵延性，可是它始终不会超越经验。大众文化乃是大规模的群众盛会，只消几个简单的符号便能支配大众，他们不可能领略精致的形式，更不可能领略全新的想象。大众永远是寻找认同的，却永远不会寻找震惊，这样一种懒惰的坐享其成的群体性文化品格，怎么可能孕育想象力，又怎么可能孕育出绝对的内心自由呢？大众文化在蔓延中，我们非但不以自己的精神力量予以抵制，反而听其自然，用一种为大众代言的口吻为之推波助澜，这种向大众文化取媚的姿态怎么可能是一个富有想象力的人所应具有的呢？大众文化彻头彻尾是个盲目的市场，情报、起哄和谎言都可以造成假繁荣，大众在阅读方面永远是一群没有固定口味四分五裂的人，他们注定是一盘散沙，富有创见或想象力的人怎么可能荣获他们的拥戴？而暂时的鲜花、鼓掌和口哨声，又有多少是可靠的？

浪漫主义衰落多时了，作为激进政治的殉葬品，浪漫精神受到了奚落和冷遇。我们粗暴地没有耐心地拒绝许许多多精神性的事物，牢牢地注视着权力、金钱和享受，这就是我们走出文化专制时代的狭长隧道而迎来的平坦荒原，它可能是符合最基本的生存需求的，可是这并不能成为它如此平庸的充分理由。平庸的世界不可能产生天才，因为它使想象力成为时代的弃儿，成为多余的废物。这个文化时代就是这样不加掩饰地表明它的最高价值的，它的旗帜上触目地书写着"实利"这两个字，在猎猎寒风和西斜的阳光下，我们的精神正走向了枯萎。这样的时期何时结束？什么时候我们才会恢复想象力？下一个文化时代的天才的脚步声临近了吗？

一九八八年十月十八日

今日文学之命运

八十年代后，当代文学已经历了好几个阶段。不管我们如何描述这几个阶段，我们都不能回避这样一个事实：当代文学已经部分地放弃了它对社会所作的承诺，越来越成为文学家个人的抱负和表达方式。在这种纯粹个人的抱负中我们亲睹了一个相对主义的文化景观，而他们的表达方式则告诉我们各不相同的语言立场以及背后的隐语世界。当代文学的先行者们似乎背离了社会的紧迫需求，收缩了自己的视线并关闭了通向时代的大门，不过，正由于这种背离、收缩和关闭为我们展示出许许多多非常独特的内在世界，它们在我们面前徐徐扩张成形形色色的图案。我们终于发现，这些似乎纯粹个人化的陈述其实正反映了当代文化的某些特点：抵制、怀疑、不以为然以及对个人情感和体验的重视。当背离社会成为一种倾向时，这一倾向也便有了社会性，这一社会性表现为自身的分裂和缺乏起码的凝聚力。在这些先锋者看来，社会的现有状况太缺乏魅力了，根本激不起热情和想象。确实，当前社会价值尺度的混乱和生活的空前浮浅是难以让具有精神性的人获得满意印象的，于是他们就逃入一个语言的世界里，在那里完成他们的个人乌托邦。对这么一种文化趋势，又有什么可悲叹的呢？为什么他们是有责任的呢？而他们的责任不正是自我拯救吗？那些百般务实忙忙碌碌的人又有什么诗性可言呢？大众的平庸生活和所谓物质享乐又究竟有多少人性内容呢？这些文学先锋者的一意孤行不恰恰是我们的僵死文化所缺乏的吗？不再彼此认同彼此仿效把个人提升到精神和想象的高度，为什么不是当代文学的责任呢？

但是我们的精神太脆弱，既受不了政治权力的干预也受不了金钱权力的打击，我们先是害怕成为政治的弃儿然后害怕成为金钱的弃儿，我们仿佛总要寻找一个庇护，于是就在某把保护伞下做出优雅的姿态并赢得官方或大众的喝彩。可是我们错了，精神的价值不是由权力世界或物质世界制定的，相反，它不仅自己判定自己的价值，而且判定权力和物质的价值。精神理应是傲然不逊的，若它俯就于别物，它就不再是精神。因而，所有为精神价值贬值同时为当代文学贬值忧虑重重的人不但误解了精神价值也误解了当代文学，他们早该洗手不干了。

我们的想象力也在衰退，很少有原创性可言。新闻主义文学完全是当代文化环境紊乱的产物，一种功能错位的伪文学。新闻主义文学越来越以它的煽动性使大众进入一个纯实在的世界，削弱了大众的想象、幽默感和富有超越性的智力生活，把他们逼进一个沉重的文学报告世界，使他们在悲叹和无力之中成为一群空发牢骚又毫无行动能力的控诉型庸人。新闻主义文学乃是一种参政的手淫，一种行动萎缩又要表明有行动欲的表演。毫无疑问，它完全掩盖和混淆了政治和文学之间的真实关系，使它们都显得不伦不类。从当代社会矛盾和需求着眼，我们也许应当充分估计所谓新闻主义文学的存在理由，可是这种估计无论如何都不能放在文学的范畴中来予以专门的讨论，它纯然是非文学的。如果说它踏入了文学的领地，并被指认为一种文学趋势，那么它同时必然会带进反对想象的现实化要求，它是那么迷信文学的效用，迷信材料和经验，迷信五花八门的理论和各种各样的数据及抽样调查，当然就把文学的超验、想象、形式感、语言构建诸方面的要求贬低下去。以整体和普遍庄严地压制了个人创意，压制了个人的超离愿望，使个人的写作再度和所谓国情和社会需要结盟，这一社会改造的圣战就这样以它不容辩驳的崇高性使每一个个人显得苍白与猥琐，似乎不向社会整体利益俯首称臣不是个逆徒也是个嬉皮士。但是，为什么保卫个人的自由不正是社会的一个重要任务呢？为什么个人的独行其是不正是这种自由的实施呢？为什么个人自由、责任感、权利和义务不是法的概念，而永远是一个伦理概念呢？我们的文学在宣扬些什么教条呢？文学家绝对是一群自由地决定自己写作目的和方式的个人，他们的不介入姿态恰恰是一种独特的介入姿态——反现实恰恰是非常现实的。

一些文学界的先锋人士就是这样十分现实地走上反现实道路的，把文学作为一种超越日常经验世界的语言重构，作为一种想象的外化和媒体，作为一种原创性的形式努力，作为个人存在的话语行为，作为个人乌托邦的作品，无疑是符合文学之成为文学的现代要求的。毫无疑问，这些先锋人士忍受了孤寂和敌意，他们将自己放逐到社会常轨之外，他们十分惹人注目同时又处在公众的视野之外。公众是什么呢？他们是盲目的，受官方意识形态或大众文化操纵的。随着公众激情的消退，一种右倾的保守的生活态度抬头了，他们不再为精神费心，既失了信仰也没有高远的目标，天国的骗局被揭穿后，任何新的天国都显得毫无吸引力。他们普遍地堕入到实利中去，他们目光浅短，没有冲动和愿望，他们的政治潜能被一种物质主义宣传引导到消费方面去，他们的生命被物欲所填满，精神世界完全成了真空。对这样的公众，文学怎么才能使他们满意呢？确实，凡是能让公众满意的文学总是值得怀疑的，因为这样肯定有着媚俗、迁就或讨好公众的机会主义动机，这样的文学是投其所好的，因而必是强化了既定的社会价值、文化时尚以及各种僵化的常轨。巩固公众平庸的生活趣味和生活理想，是所有博得公众喝彩的文学的唯一功能。但是，这种俯拾皆是的文学和人类杰出分子的思考与感受是相距多么遥远啊！

今日的文学，难道就是这么一种新闻主义和通俗主义之混合吗？它们就是这么一种对现实的翻拍、对现实的拷贝和对现实需求的供应吗？我们对文学的要求是多么的低，多么的实用，多么的工具论啊！今日的文学若只能是这样的文学，那我们宁可不要文学，而赤裸裸地去议政、议时事、议买卖；赤裸裸地去寻求现实刺激，寻求消赞，寻求享乐。我们干吗还要文学，这一点没用的"精神想象"？

"制止"那种对文学的现实化要求和一本正经的呼吁，这种仿佛是不证自明的真理根本是没意义的。文学全然不是属于现实领域的事，它在本质上是对现实的摆脱和对峙，它是和现实格格不入的产物，它从现实里游离出来，以想象对抗经验，以虚构对抗真实，以幻觉对抗实在，以艺术化语词对抗日常语词，在对现实的全面颠覆中，一种精神现实在文学中诞生了。

真的，今日文学恰恰缺乏这么一种纯粹意义上的文学，也是真正严肃意义上的文学。这么一种文学，才是拥有着革命本质的文学，才是对现实有着否定性和批判性的文学，才是人在政治经济的双重压力下进行精神自我拯救的文学，才是人在当代文化困局中探索乌托邦的文学。

可是让人沮丧的是，许许多多从事文学写作的人缺乏想象，不善虚构，没有幻觉，不知艺术化语词为何物，他们对现实表示出极大的抄袭兴趣，哪怕是控诉现实也一样表明他只能在现实中控诉现实，因而仍然是对现实的认同与妥协。他们是一群"找题者"，从来不是"创题者"，于是他们深入生活、采访、观察，从身边盗取材料，从公众生活里打探消息和动向，东瞧瞧西嗅嗅，他们就是这样来写作的！他们不可能从灵魂里升起一片蓝色的天空，不可能洞悉人性的真实丑恶和向往纯美的救赎之道，他们怎么都摆脱不了现实的阴影，因而总也不能在头脑里为自己洒下阳光，照亮自己的生活和精神。但是，人，这个注定被囚困在地球上，囚困在时空中，囚困在特定文化制度里的灵性动物，是理应经由艺术来达成一种高贵的超越的，要是他们仅仅在现实的既予条件中打转转，作一些看来是实际的改善努力，又怎么能从根本上改变被囚困的处境，又怎么能获得精神的解放呢？在已有的世界里原地跳舞，那是公众的事，而不是艺术家的事。艺术家不是公众的代表，而是人的代表，怎么能用公众的尺度去衡量他们，而他们什么时候开始学会用公众尺度去衡量自己的呢？对公众的追随只能导致艺术的退化，这是斩钉截铁的法则。今日那些做着艺术殉道的文学先锋者无疑首先是诉诸自己的，而后有可能诉诸人，可是他们绝不诉诸公众。什么时候公众把自己提升到人的高度，他们才可能领略艺术；也就是说，他们必须先有一种反抗现实的态度。

我们怎么能奢望这一点！但是，若希望文学做到这一点却丝毫不过分。这种态度之所以有价值，就因为它只能由少数人去实践。乌托邦之所以有价值因为存在于艺术想象里而不是存在于现实中。现实的乌托邦运动断然是可怕的，因为现实总会毒化幻想，把幻想变成一系列有组织有系统的意志、法规和强制，于是乌托邦就面目可憎了！

文学乌托邦所具有的不单是逃避，它的现实性表现在艺术的行为之中。它通过想象、虚构、幻觉以及语词的形式化建立一套行为，与我们天天接触的日常现实并置着。它和日常现实从根本上来说是不可通约的，它们只是以对抗的方式彼此做着秘密的渗透，但它们永不能做到同一。文学没有理由去反映现实，现实的存在早已足够强大，强大得居然要文学去反映它！今日文学的衰落，很大程度上就是因为它频繁地听命于现实的命令，完全丧失了自己的原创性和重构冲动。在对现实的形形色色屈从中，文学显得单一而类型化，个人戴起社会的假面，以公共面目出现在公众之前。这样一种反个人的文学当然也就是反人的，因为我们实在不知道人除了通过个人还能通过别的什么表现出来。我们假如还对今日文学之命运存有一线希望，那就必然要毫不留情地将所谓反映现实的文学主张送进博物馆，要知道，一个需要通过文学来了解现实的时代是多么可悲多么无力多么自我欺骗啊！只有所有渠道被堵塞后人们才会委以文学如此之重任；而文学只有摆脱这一重任，才有助于所有别的渠道的疏通！

事实上这种统一的论调早就瓦解了，即便是鼓吹反映现实的人，他们实际上被可怜地排拒在现实之外，他们像执迷不悟的失恋者，向那个冷酷的过去的旧情人毫无希望地献着殷勤，却不懂得人可以在心中塑造一个爱的幻影。他们如此轻视幻影，如此重视实在，却不知实在是不可靠的、易朽的、捉弄人的和变幻不定的，艺术正是对这种实在的超越！他们把艺术当作争夺实在的一个工具或武器，又怎么会达到大智大悲大彻大悟呢！今日文学之所以罕有杰出者，盖出于绝大多数的文学家目标不是艺术而是现实！

正是服膺于现实，我们看到了一幕又一幕的喜剧和闹剧，看到了舞台布景的高速转换和角色的轮替。脚本被反复修改，主题歌被反复改词，川流不息的观众每天更换新颖的服装手里拿着一份当天的新闻报纸。存在就是这样不可抗拒地决定着他们的意识，一如傀儡戏演员操纵着他的牵线木偶。我们非但没有丝毫的反省，还认为这是跟上时代，应顺潮流。我们就是这样自欺欺人地以现实为绝对主宰，为我们的无力和自我解放的丧失进行辩解，换取灵魂的安宁。我们总不能凌越于现实之上，总不能为自己脱离现实的想象、幻觉、梦和纯形式努力留下必要的地盘，我们用现实来填补我们的躯体和灵魂，却不能用自己的力量来补偏救弊。文学艺术仍然被视作仆役，那是我们已经成了现实的仆役了！

笨重的现实再也无法吸引今日的文学先锋者了，他们之所以还能坚持不懈地几乎无望地进行文学探险，就是出于对现实的排斥。他们的文学想象比现实重要得多，他们曾经受到正统意识形态的批评，但他们却不屑于批评正统意识形态，因为这完全是两个世界的语言，根本无法直接对话。后来他们又受到公众的抵制，受到自命为代表公众的理论家的责难，可是这种抵制和责难正好是他们所期待的——他们所做的事难道不恰恰是超群脱俗吗？那些自命不凡的文官和学究，那些注重现实功利的文化庸人现在又用经济的盲目力量来嘲笑今日的文学先锋者，可是这除了表明这些政治的附庸现在沦为金钱的附庸，还表明什么呢？

今日文学之命运掌握在少数人手中，只有他们才配享有艺术家的美誉。他们是些不合时宜的人，是精神浪子和文化叛逆，他们是斗士也是乞丐，他们一无所有却又无比的富足，他们和公众格格不入，他们把眼光投向了未来，他们追求至真的虚幻，他们的乌托邦永不实现，他们以想象代替生活，他们超然于现实法则之外，他们蔑视并亵渎物质利益和权力社会的虚聚，他们提升精神，在梦中高唱人之歌，他们把公众和公众基础之上的权威置诸脑后昂然向前——要没有他们，我们的时代还有什么希望呢？

一九八八年十一月四日

论学院派

　　写下这个题目，我自然而然地想起那些与世隔绝，一辈子关在书斋里饱读经典或沉思默想的苍苍老者。他们深居简出，穿着睡衣拉起厚厚的窗帘，古籍和书卷从他们脚边直堆到天花板。他们手握烟斗，用放大镜阅读故纸，他们在夜深时分和浩瀚的历史会晤，他们伸手抚摸那不可企及的终极真理。这些苍苍老者每天黄昏外出散步，对熙熙攘攘的世事却无动于衷。他们读报，偶尔和邻人攀谈几句，然后又钻进了他们的书斋中。他们神情淡泊，穿戴简朴，过着一种杜绝世俗诱惑的学术生活，他们崇尚智慧和真理，对实用和易朽的时髦毫无兴趣。他们蜷缩在自己的房内，世界的各个角落却有他们的声音。他们有时会外出授课，或在家中接待来自远方的求知者。他们是些世界之外的人物，但他们会对世界以及未来世界发生影响。在他们之前，世界上已经有了无以计数的书籍，在他们去世后，这无以计数的书籍中又悄然增加了若干本。太阳升起太阳落下，他们追随天地运行的规律，在文字里度过平静的一生……

　　不过，这些想象毕竟是太古典了。那种远离尘世却又以极高的智慧把握着宇宙内涵的学者早就是传说中的形象——如今，凡固守书斋的人似乎都成了迂腐的背时者，成了虽满腹经纶却和现实格格不入的冬烘先生，成了一味奉守教条缺乏建设性的教书匠。他们不再是因为天生热爱书斋生活、热爱沉思默想、热爱各种充满启示和悟性的书才成为这类人的；他们根本就是由于无力参与世事，无力在现实中求得证明同时又害怕变幻莫测的时局才逃回书斋的。他们是守成的、封闭的、自卑的缺乏行动能力之人，他们用躲入学术堡垒来抵御世界洪流的入侵，用学问探讨作为他们脱离现实的借口。事实上，在他们的阅读生涯中已享受不到多少真正的乐趣，世界的诱惑时常在窗外和梦里出现，令他们心不在焉；他们也思考，可是他们已思考不出什么新鲜见解和新的价值；他们还写作，但连他们自己都不相信能写出什么有意义的书。这一切的维持是如此的勉强，他们实在是力不从心，他们原创性和想象力早就萎缩了。返回书斋，逃入学院，不是出于内心的选择，不是由于智慧生活的召唤，而是出于无奈，为了一种最简单的理由，即谋生——除了继续与书本文字为伍，从中获取一勺羹，他们还能干什么呢？这个日新月异的世界已涌现了那么多的新职业和新技能，然而他们对这一切太陌生了。

书斋生活和学院生活在当代生活中越来越不重要，这种生活完全像孤岛生活，一旦和外部世界建立起频繁的交通，它就难以维持原先的宁静与固守。在外部世界的挑衅下，书斋生活和学院生活正暴露出一种脆弱的性质；这个外部世界正在把它的物质力量和现代传播力量发展到覆盖一切人类生存领域的程度，使曾经是少数人创造、传授以及享用的文化艺术变成一种人人都可以获得的东西，丧失了它原有的高尚性和神秘性。书斋生活愈来愈成为极少数读书癖的个人生活方式，而学院生活则成了社会生活的一个预备阶段，不再有以往那种作为知识和传统的中心地位。政府部门，大众宣传和公共事业、现代传播机构、商业文化、公司形象、广告和消费、对物质生活的鼓吹已经成为这个社会全部声音的策源地和组成部分，学院的重要性在降低，降低到连它自己都丧失信心的程度。

学院的危机不仅来自外在条件的惊人变化，也来自本身的衰落。学院的衰落在某种特殊情况下是由于权力机构的干预与压制，但是这种干预与压制恰巧表明学院本身的力量，正出于一种惧怕心理权力机构才采取了那种不正当的强力手段。在一般情势中，学院的衰落在于一种饱和，一种知识和传统因素的饱和导致了它的停滞与缺乏活力。学院派一度是个具有贬词的称谓，狭义地说，这个称谓代表着某种老年文化，代表着一成不变的教学制度与治学方法，还代表着对年轻人文化的反感以及压制。从广义上来说，学院派是指那些脱离生活的学者，他们根本不管世俗事务，一心一意在精神思想的领域从事他们自己的事务。就这两种解释来看，我认为狭义的学院派乃是必须予以坚决反对的，当前学院所面临的危机仍然来源于年轻思想的挑战，对这一点我们无疑是站在学院派的对面。但是，广义上的学院派却是应当竭力鼓吹和倡导的。学院的衰落是由过度的历史沉积物造成的，可是这不能成为取消学院的理由，作为知识和传统的博物馆与资料库，学院的地位是不可替代的，它是迄今为止人类一切探讨活动以及有关记录的保存者。但是，毫无疑问，保存知识和文化，把传统一代代传授下去不是学院的唯一任务，甚至不是它的主要任务。学院兼有博物馆的职能，也兼有教学的职能，可是，学院的主要作用，学院在当今文化中的作用，在于它是文化的领导者，它是一切新思想的策源地，它是知识革命和价值革命的中心。它是开放的同时又是封闭的：作为开放的学院，它不仅不拒绝世界对它的影响、渗透和冲击，而且有力地对世界发生影响、渗透和冲击；作为封闭的学院，它对世界保持着距离，它不时时刻刻卷入具体的社会事务，它有独立的声音，它对一切新潮保持着冷静的态度。

学院应当是独立于社会权力机构之外的文化中心，应当是独立于商业文化、公司和大众传媒之外的文化中心，它是人类社会的良知，是理性的化身，它是政治和商业之外的精神之邦。在理想的学院中必然会生长出新的学院派，他们一定是些独立不羁的学者，他们一定有知识分子的良心，他们一定代表着公正，他们一定推动着民主和进步。学院派应当是些有着整体意识的学者，但是他们又是不盲从的，他们彼此间也不盲从。他们对知识的尊重往往表现为对知识的怀疑，他们对传统的尊重往往表现为对传统的再估价。他们是传播者，在浅薄的政治中心主义和商业中心主义下，他们传播着也许并不新鲜但又迫切需要的学说；他们是修正者，在人类的知识错误和制度错误中，他们以自己的学术活动将它勉力修正；他们是改造者，在社会偏见和大众谬误中他们改造着人的精神素质；他们当然更是创造者，在似乎是饱和的文化里，他们中的天才人物仍然不断提出新异之说，对现有的一切达到了一种超越。毫无疑问，学院是社会文化的中坚领地，学院派是社会文化的中坚分子——那些亲睹了过去的学院和学院派的衰落，又亲睹了今日的学院和学院派处境维艰的人，是否想到过理想的学院以及理想的学院派不仅是必要的，而且也是必然会有的呢？

没有别的地方比学院更纯粹的了。学院为社会输送人才，但是它在自身云集着自己的人才。学院保持着它的批判地位，它是精神文化的最高象征。学院派不卷入社会事务不是由于它的无能，而是由于它的超越。学院和学院派的价值观是自足的，它根本不需要政治权力和大众社会的首肯。政治权力和大众社会都是共时性的存在，而学院则是穿越许多时间和空间的存在，它是绵延性和持续性的，它沟通了各个时代的文化，它还把眼光投向未来。这些特点，使学院类似教堂，而学院派则类似僧侣——当然，它们并非立要解决信仰以及其他人类的终极问题，而且要解决人类的知识问题、伦理问题以及艺术问题。学院和学院派的意义主要不是涉及技术的，而是涉及生存意义和生存方式的。要是没有这一点，要是我们没有这样的学院和学院派，我们的社会必然会趋于腐化和堕落。

一九八九年一月十五日

游戏的权利

对于拒不接受变化的人来说，他们永远无法解释某种趋势的形成和某种事物的生长的原因；维持特定的信仰对未来始终抱有希望是必要的，可是我们不能以这种特定的个人信仰和希望来要求所有的人无条件信奉并据此行事。一个生性不喜爱游戏的人是无可非议的，但他显然无权妨碍和禁止他人的游戏；同样，为人类献身是极其崇高的，但是强迫他人献身无疑是专制的和野蛮的，因为这种行为违背了自由和自主的公理。

我为游戏的权利进行辩护正是基于这种权利受到了崇高目的论的威胁。事实上，以各种方式妨碍人类游戏权利的言论或行为，由于它干预到了人类生存的基本自由，因而肯定是和崇高的目的有所抵触的。

我在强调游戏的权利所具有的重要价值及必要性时，并不意味着人可以不做任何其他的事；然而，有些人却以其他的事所拥有的重要性来否认或贬低游戏的价值；对这种只允许儿童吃饭读书却不允许儿童游戏的父母我们除了憎恶又能表示什么呢？所幸的是，持这种观点的人早就不是我们的家长了。

人类拥有游戏的天性、要求和潜能，无论是人的历史还是人的现实都向我们证明了这一点。人类在他活动的一切范围中都或隐或显地存在着一种游戏的意向，这种意向是和他们的功利目的共存的，它们时而交织在一起，时而又游离开来，甚至彼此之间发生抵触。反对游戏的见解通常是建立在这种抵触之上的，持此见解的人认定功利目的无可辩驳地要高于游戏的意向，因为游戏是一种可有可无与人类的生存并没有十分紧迫关系的活动，它不过是一些不负责任者的逃避方式，它的意义仅限于私人；它往往放弃了人类面临的主要问题和任务，在一种游戏的幻觉中自我欺骗，进而使整个社会变得涣散、松懈和缺乏工作热情。

但是任务、责任和工作并不是人的一切，特别是在任务把人异化为工具，责任把人异化为固定角色，工作把人异化为机器操作者的时候，人就不再是为自己而存在着了，他的所有目标都与他无关了。人必须是自由的和自主的，这不仅意味着他在自由状态下自主地接受任务、承担责任和投入工作，而且意味着他可以在没有外力干预和外部压力的情况下从事他的游戏。这游戏可以是集体的，也可以是少数人的乃至是他个人的。游戏并非是责任中心论者和工作至上论者认为的那样仅仅是一种调剂和休息，目的仍然是再度承担责任和投入工作；恰恰相反，只有游戏才是人类生存的最佳状态，一切的任务、责任和工作都是为了这个最佳状态才有了必要。因此，游戏不是手段而是目的，它是以自身为起点同时又以自身为终点的。只有一个游戏者才可以达到真正的自由状态，在这个意义上，人要是不想承受任务、责任和工作的异化带来的紧张和痛苦，只有把它们都予以游戏化，提升到游戏的境界才有可能。

游戏的价值一直得不到公开的承认，以至那些游戏者也不得不隐匿起自己的见解，他们成了只做不说的两面人。我们看到过不少粗俗的游戏者，可是这有什么要紧呢？游戏方法和游戏作品的低劣不能成为取消游戏的理由，因为只有在容忍低劣游戏的环境中才会出现游戏的天才，一个民主和自由的社会总是会同时孕育出这两种游戏类型的。问题是，在对游戏的严肃责难中，我们忽略了另一种低劣的存在，这种存在恰恰是由倡导任务、责任和工作的工具主义向我们提供的。我们无法看到这种任务、责任和工作能为我们赢得自由的生活方式。赢得内心解放和人类的游戏权利，相反，它往往同上述目标相抵触。

当代文化的浅薄性不是由游戏造成的，而是极权和非个人化的整体主义现实趋于瓦解的一个必然后果。游戏的粗俗化不是游戏的错误，而是不容许游戏的一个报复。强调任务者忘了我们正面临着恢复游戏权利的任务，强调责任者忘了我们正承担着保护游戏的责任，强调工作者忘了我们正需要从事提供更多游戏机会、游戏时间、游戏设施和游戏方法的崇高工作。若我们的任务、责任和工作非但不为游戏服务，反而要为了它自身的循环而压制了游戏，那不是本末倒置又是什么！

在人们根深蒂固的成见中，游戏的无价值是因为它不能给我们带来好处，他们顽执地要求游戏背后另有一个东西存在着，只有这时他们才能容许游戏的存在。但是，游戏的意义是在它本身的，因为它给我们欢愉感和解放感，它使我们看到自己的想象力并忘情地自我陶醉；它使我们从功利的重压中解脱出来，在假想的环境中成为一个自由自在的参加者和创造者；它还使我们免受日常世界的束缚，进入幻想世界，它给我们另一套程序和规则，使我们在这新的程序和规则中更换形象从而对我们的适应性进行能力上的考验；最后，游戏使我们进入到真正审美的境界，那是一个十分感性和接近生命状态的过程，它完全是自满自足不指涉到他物的，人在这种状态中体验到了纯粹和简单，它是一种崭新的人和世界的关系，它完全是人主体的产物。

我们怎么能用"有用性"来评价游戏呢？彻底地说来，游戏对我们的生存是如此重要，已足见它的有用性了。对这样的游戏我们居然还要予以轻蔑，以一种威严和庄重来攻击它，这怎么能够理解呢？

坏政治不是取消一切政治的理由，坏游戏同样也不是取消一切游戏的理由，人们应当抵制坏政治，因为它会危害民主自由甚至危及每个人的生存安全；但是人们无权取缔坏游戏，因为坏游戏在绝大多数情况下只是从事坏游戏者个人的事。可是我们的情况竟然被颠倒了：人们抓住某些坏游戏（这种判断当然是极不可靠的，常常相反的）不放，却对改头换面的坏政治不置一词——我们怎么能不对他们的责任高论表示怀疑呢？

作为文化艺术的一个重要趋势，游戏正渐渐地蔓延开来。的确，我们在注意到杰出的游戏者和游戏作品的时候，并没有忽视有大量粗俗游戏者和低劣游戏作品。对它们的成因，不应当从它们脱离现实脱离深刻或脱离崇高来作出解释，而应当从智商、天赋和游戏之道等与它们的关系方面来作出解释。游戏当然是脱离现实的，不愿脱离现实的人可以待在现实之中不必去从事什么游戏。但是游戏又是一个十分现实的行为，它的现实性不是体现在它与先于它之前而存在的现实之间的相似程度和关联程度，而是在它将游戏变为一种特殊现实的过程中。游戏无疑是对现实的逃逸和超越，它有时也挪用部分现实材料，但这并不意味着它要使自己具有现实性质，倒是使现实材料拥有了游戏性质，于是现实本身也遭到了意义的颠覆。游戏显然和想象有着不可分的关系，它不是对现实生活操作的准备和训练，它要抛弃的恰恰是现实生活操作的习惯，用一种无功利效用的认真态度去做一件想象中的事。游戏是不以深刻为目的的，因为一个沉溺于富有审美性和想象力游戏的人其本身的行为已经揭示了人的存在，这种揭示已经具有了深刻的含义，游戏者是无需从游戏中寻找深刻的。游戏不是通向深刻的道路，认识到这一点才是深刻的。最后，游戏和任何在它之外的崇高事物无关，游戏是人存在的最自由状态，人一旦达到这一状态便已经达到了人存在的至境，可是这永久地是一个未竟的理想。据此我们不妨断言，凡是有益于人们接近这一状态的行为和思想，都是具备崇高性质的。

一九八八年十二月十一日

自由的幻想

在我看来，当前艺术家面临的完全不是在所谓的自由状态下如何避免失重并承担起社会责任的问题，而是继续争取自由把自由看作艺术的同义语进而承担起自由先驱者的责任的问题。

人们总是在描述和评估现实时滥用他们的想象力，而在艺术的范围中丧失这种想象力。应当有一个根本的颠倒——真实地面对现实不对现实产生丝毫的幻觉，同时把人的幻想能力最大限度地投入到艺术活动中去。一旦我们能以这样的两种态度来分别对待现实和艺术，我们就会发现：现实中的自由至今仍然是个幻想，这种幻想是我们必须努力去除的；与此同时，作为艺术同义语的自由，我们却应当以一种狂热的幻想予以接近和达成。换言之，我们仍要不断地争取现实中的自由，因为这不仅是艺术家也是一切人最起码的生存条件，这里是不存在什么幻想的；至于在艺术中，我们的幻想仍然是太少了。

一些人之所以会对现实中的自由程度产生乐观的幻觉，那是他们长期备受压制对自由期待不高的缘故。他们不认为自由是与生俱来的，而是一种可以被赐也可以收回的外在物，因此他们对偶尔获得的所谓自由权利就感激不尽并忍不住要予以夸大了。那个曾经少数人滥用自由、多数人丧失自由的现实人们一定记忆犹新，把大多数人的思想、言论和行为都禁锢在一个毫无生命力的缓慢运转的官僚机器之中，这个无情的机器窒息了人们对自由的向往，他们的自由在现实中早已不复存在，更不用说作为艺术的自由了。自由的双重丧失对人的毁灭是决定性的，这样一种被摧残的人对自由一方面仍抱着微弱的希望，一方面任何一点小小的转机都会使他们欣喜若狂。这也就是人们之所以客易对现实产生出幻觉的历史心理根源。

正是这种对自由的幻觉才产生了一种廉价的失重，耐人寻味的是一些人把失重看作是自由的伴生物，毫无疑问，这样的人是不适应在自由状态中生活的。自由状态就是一种多样化的无序状态，就是各行其是的个人主义状态，就是人自己支配自己不受控制操纵的状态，问题是有些人一看到这样的状态他自己感到失重了。特别需要提醒的是，这样的状态尚未真正来到呢！

在走向自由状态的过程中，我们的创造力和承受力将同时面临考验。只有具有创造力的人才能承受因自由而形成的变动不居的时势，也只有创造力萎缩的人才难以承受因变化太快带来的不断冲击。站在大地上是安全的也是富有安慰性的，可是当地壳在运动，大地在升降、开裂、移位的时候，他们该怎么办呢？我不明白失重为何含有贬义，失重为什么一定比不失重更糟呢？人类生来就栖息在地球上，他们若不向往神秘深邃的宇宙他们世世代代都不会失重。可是当人类不甘永久被囚禁在地球上而要向宇宙扩展空间时，他们开始失重了。请评价这失重的价值吧！

自由状态无疑会导致极端的多样化，它根本上乃是无序的。那种企图把多样化导入有序状态的努力仍然是整体主义观念和超个人特权的横暴表现。究竟谁赋予了这种特权？是特权者赋予自己的吗？自由状态不仅是一切艺术活动的前提，也是一切艺术活动的后果。多样化不是一种被宽容的状态，而是一种自然的状态，所有的自然状态是无需被准许的。多样化不是某种统一观念的不同外观，而是多种彼此冲突又彼此容忍的存在方式，它们之间寻找沟通的同时也知道沟通的困难。沟通只有在同类中发生，多样化的艺术不可能在一切场合都受到欢迎和被广泛认同，它只在一个特定的范围中受到欢迎和被认同。无序的多样化意味着它始终充满了可能性、不可预测性和或然性，它是偶然、机遇和冲动的产物，是不同个性的艺术家以各自的方式自由想象和进行艺术反叛的产物，是人们对绝对自由所持抱的幻想的形式化。这些艺术家懂得，对现实是不该怀有什么幻想的，他们把幻想保存在艺术里；自由在一个终极的意义上也是不可获得的，他们把对自由的渴望投放在这种形式化的幻想中，在可见的现实中再创一个不现实的艺术世界，这个艺术世界慢慢扩展渗化，推开现实围墙的挤逼，在喧嚣之中划出一片精神的旷野然后在那里狂欢。

自由状态无疑还会导致各行其是的个人主义的盛行，它是游离在群体之外的。群体怎么可能有利于艺术幻想呢？群体不是被政治操纵就是被商业操纵，它的内部充满了彼此制约、彼此模仿和彼此监督，这种关系当然对艺术构成了锁链。艺术中的个人主义是对群体价值统一论的反抗，它各行其是的倾向保证了人至少可以在艺术活动中和他人区别开来。人是唯一能通过自己的想象和行动的意愿将自己与他人划分出来的生命体，运用艺术的方式来凸现这种差异，其本身即已完成了一种价值，即自由状态。我们根本不能用抽象的高出个人之上的原则来取消这种似乎是狭隘的个人满足，因为这种个人满足本身就是自由原则的实现——艺术幻想是人类的普遍潜能，而它的展开又只能是通过个人来完成的。个人主义的艺术原则和人类至上的艺术原则是一回事，个人主义的艺术方式不是单单为人类艺术增添了某一色彩，重要的是，它给它的创造者带来了自由感。当然，这种自由感乃是以幻想的形态来体现的。

于是，在走向自由状态中的艺术就显得缺乏责任感了——艺术既然是一种个人的自由幻想，一种个人的形式努力，又如何承担起责任呢？我们的责任恰恰在于保护人们的自由幻想和形式创造，正如我们有责任为儿童的游戏提供一切可能的条件，却没有理由向这种游戏索回利润。艺术完全是一件在现实之中又和现实无涉的事，一切关涉到现实的艺术都是一个现实事件而不是一个艺术事件，对这样的事件人们是有理由从现实方面去评估、去褒贬、去争辩的。这是一种性质接近劳动的艺术，这种艺术始终是一个工具，所有的想象、形式和虚构都是为了介入到现实中去，因而都是具有手段特征的。另一种艺术则不同，它的性质接近于游戏，它是沉溺于幻想的，它涉及的永远是一些不可能有也不奢望有的事，它指向某种自由状态，这种自由状态不是有待实现的乌托邦，而是一个想象中的场面，一个纯粹由语言扮演的幻象，当然它也可以由一些物体、色彩、音响或线条来组成。这种和游戏极其相似的艺术已经在它本身达到了自由，达到了精神的超越和对人幻想力的解放。这样的艺术又有什么附带的责任呢？这样的艺术是人的一种权利，当人们在行使他的权利时，关于责任的高论难道不是有意无意地侵犯人们的这种权利吗？

既然是自由的幻想，以现实为依据去衡量它的真实性就成了疑问。如果我们习惯于以现实去衡量艺术想象，就只会将艺术降低为摹本和拷贝。艺术是对现实不满足的产物，创造是不能够以过去的经验事实来比照的。对自由的幻想我们只能从人类的幻想史角度去给予评价，同样，对艺术想象的评价，我们也只能从独特性、新颖性和形式感的角度去给予评价。当前的艺术正日益明显地涌现出纯粹幻想的特点，这一特点乃是当前的生活和意识形态逐渐走向自由状态的产物；同时，由于人类总是生活在这样或那样的现实约束中，他们永远会痛感自己的不自由，他们当中对自由最敏感也最充满了热望的艺术家们，就把对自由的追求化解在他们的幻想之中。他们似乎是不负责任地只顾个人的游戏，可是这种行为恰恰是人类自我拯救的一种最崇高也最现实的方式。

一九八九年

消费社会中的先锋艺术

　　愈来愈多的艺术家和批评家，随着现实生活中商业因素的增长而表现得无能为力了。这些总是被时局和潮流所左右所支配的人，开始用种种托词和似是而非的理由为他们从艺术领域的退却来进行辩解，以掩盖他们精神的脆弱和一种对现实的无条件服从。在这些人当中，出现和形成了向大众文化靠拢的趋势；艺术被商品意识所同化，被大众媒介所传播，并在一种均分的文化消费运动中成为即生即灭的短暂图像，与此相配合的批评，也以它因有的善辩姿态，为艺术的商品化趋势作着必然性的解释，并用最新的大众美学来为它们张目，仿佛艺术若不作如此调整，就无法生存，就是悲剧，就是违背了历史潮流。

　　但是，艺术，特别是先锋艺术，和大众文化向来是两回事，它们之间永远有着命定了的冲突。艺术可以被作为商品这是它不幸的后果，一个美貌的女子沦为娼妓并不是她的价值所在。这个消费至上的社会不管有多少经济上的合理性，也不管它比政治专制、自然经济、重义轻利和思想禁锢的农业社会进步多少，对艺术而言，它仍然是一个阴险和平庸的圈套。艺术如同宗教，它不可能和世俗发生妥协。艺术是一种介乎信仰和游戏之间的行为，无论是它的目的性或无目的性，都是极富超越性和个人性的，它不可能成为政治的附庸，当然也不屑于成为经济的附庸。艺术是不考虑自己如何生存的，因为它首先考虑人的生存，现有的生存方式是否有价值；艺术也不考虑自己可不可能成为悲剧，因为它生来就注定了是一种悲剧，它早就意识到这一点了。艺术若放弃了自己的超越性和游戏态度，认同了商业社会的法则并据此行事，那么这种生存对它就意味着一种无价值的毁灭——它生存，它也就死了。艺术一意孤行，它不想被出卖，它保持操守，它蔑视世俗，于是它不为人解，它穷极潦倒——它难以生存，它也就永在了。

美学绝不是历史学的附属品。大众生活的趋势已经被商业社会所指领，但是这个商业社会的价值观念绝不可能建立新的千年独裁。这个以消费为至高目标和普遍动力的文化正以它表面的繁荣、多样、竞争性和活力吸引着人们，可是人们忽略了它的贪婪、浪费、无意义的虚荣、浅薄、非宗教化、无深度、短暂性、广泛模仿、紧张、违背自然和破坏环境等等终将导致普遍匮乏乃至自我毁灭的潜在危机。这个危机四伏的潮流和生活方式，还是需要由一种意识形态来予以努力拯救的。作为一种抗衡和矫治，艺术和宗教正起着极为重要的作用。那些浅薄的、为商业文化和消费社会大唱赞歌的艺术家和批评家，显然是一些异教徒。他们已经成为新的掮客、商人、文化赝品的批量生产者和大众的优伶，这样的人事业上已经成为历史潮流中的泡沫，他们只是浮在表面而已。真正的艺术，那些固执己见的先锋艺术家以及批评家，他们是不顺从什么历史潮流的。他们的眼光超过了时空，看到了人类生存的本质，看到了自己内心的景观，看到了种种幻想的场面和形态。他们不知道未来会如何估计他们，但他们对今天是不服从的。那些功利色彩极重的劝导于他们根本无效——因为那些劝导所依赖的价值前提对他们毫无吸引力，他们的职责，正在于推翻这些价值前提，重新构造一个自由的价值王国。

我们已经看到了先锋艺术和大众文化的非同一性。先锋艺术有如喧嚣之城中教堂的尖顶，它接近天空，它意味着人对无限的一种渴望；大众文化则是遍布这个喧嚣之城每个角落的商场，它是人们有限生活的肉体形态。它是必要的也是合乎自然需求的。可是，谁能说商场是圣地，教堂应当拆除呢？要教士脱下黑袍去俯就商场的趣味，要教堂搬下圣像挂上商标和徽记，这不是对人类精神的一种公然亵渎吗？

消费社会的法则在商场中是合理的也是通用的，不过它绝不能僭越它的权限。那些热衷于消费文化的以艺术为工具为营利手段的艺匠和被大众传媒所雇佣的批评家，绝没有理由干预教堂中的事务。先锋艺术有它的信徒和传播者，也有它的团体，这种自由是不可侵犯的。先锋艺术是一种个人化的宗教，一种形式的宗教，一种美和想象的宗教，也是一种以独特的方式阐释人类永恒悲剧的宗教。先锋艺术是一种与日常交流不同的交流，它试图沟通人和自己，人和未来，人和宇宙；它和自由对话，和形式对话；它超越于时局之上，超越于社会的普遍价值观之上。先锋艺术还是一种类似儿童游戏又不同于儿童游戏的游戏。这种不涉及实用的游戏在当前的消费社会几乎要绝迹了：游戏被娱乐所代替，这种娱乐是被动的、购买的、快乐的、赌输赢的和富有官能诱惑力的。作为游戏的先锋艺术却不同，它是独创的，买不到的，沉静的，无关输赢和富有内在精神性的。先锋艺术是人类不甘堕落的一个证明，是人类创造了消费社会同时又有着免疫力和抗拒性的证明，是人类陷入自己的文明怪圈又保持着清醒头脑的证明，是人类沉湎于感性生活但仍然维护着灵性、想象力和对永恒之物的向往的证明。总之，先锋艺术是人类在喧嚣之城中的祈祷，是沉重的钟声，是恸哭，是对天国的仰望。

在今天，先锋艺术是默默无闻了。但是，由于消费社会的喉舌——大众传媒的无孔不入，先锋艺术往往会因为机遇和偶然进入大众社会，成为一种高价商品。可是这怎么能是先锋艺术的过错呢？先锋艺术既然不是为出售而存在，它一旦被出售，成为可以被分享的事物，它的性质就起了变化了吗？我们同样可以花钱购买《圣诗》，但是《圣诗》的价值和它所标明的价格是毫不相干的。先锋艺术的价值和它的价格也是截然分裂的，消费社会那种猎奇和自我标榜的心理往往会意外地赋予先锋艺术以许多身外之物，这其中可能有极少数真正的内行和收藏家，但是更多的乃是为了突出他们自己的形象，引起公众瞩目，进而为他们在消费社会中攫取更多的利益罢了！

在消费社会中，艺术日益和实用结合起来，它装饰着日常用品、环境、仪式和人本身。这种情况的发生还是那些艺匠和大众文化的评论家的一个理论背景。这种艺术要走向实用，被普遍购买，它就必须先成为一种可以大量仿制的东西。毫无疑问，复制、仿造和批量生产，消解了艺术的唯一性质，即艺术只能有一个真身，却不可以有许多酷肖的仿身或替身的。在充斥着无以计数的赝品、临摹、模塑物、印刷品和拷贝的时候，我们可能分享了一种艺术，可是那个被分享的艺术早已在复制过程中失去，留下的只是那个被称作艺术的躯壳，只是那个实用物。我们既看不到感受不到艺术的灵魂，也无法脱离实用目的来观察那个实用物的外形。我们感到复制出来的艺术已被抽空了灵魂，而那个附在实用物之上的艺术已降为奴婢，仅仅让使用它的人感到悦目而已。

消费社会不仅削弱了儿童的天真心理，而且把儿童的心理加速成人化，使之为日后投入消费社会作好准备。儿童和自然的关系已经被阻隔，在他们面前出现的是电子化的传媒手段和大量印刷图片与实用品。儿童的天真游戏被电子游戏所取代，儿童对世界的感知已失去了主动性，它完全被一个花花绿绿的人工世界瓦解掉，成为一个被动的人。先锋艺术本来就和儿童心理有着密切的关联，它本来可以从现成的儿童心理及游戏中汲取养料。现在，先锋艺术不得不开始想象儿童，创造儿童，因为大量天真的儿童早已被商业化的物品世界俘虏过去，成了这个世界的未来主人——先锋艺术是童心未泯的少数人在从事的活动，它努力在这世界中加入儿童的方式，免使它在过分的成年化的趋势中变得毫无诗性和单纯可言。

消费社会削弱了无意识在现实生活中的作用，消费社会需要的是清醒的意识、效率、技术、规范和不断重复的操作，它把人的无意识活动挤到黑暗之中，挤到极少的时间中，使人整天在一种紧张的十分理智的应付里，根本没有个人本能宣泄的机会。这个社会通过各种娱乐方式来疏导人的被压抑的本能及无意识，可是这些方式都是没有特殊意味的，完全是一种集体性的被某些时髦理论所吹得天花乱坠的文化麻醉品。真正对人的无意识进行揭示、表现、疏导并予以升华的，在当今是非先锋艺术莫属了。宗教对人们无意识中的欲望、冲动和犯罪倾向是以祷告和忏悔的方式来给予扑灭及净化的，先锋艺术除了相类似的功能，还将无意识解放出来，成为一种艺术品，一种艺术活动，一种可以自我观照的东西。若没有它的存在，消费社会中的神经症、精神妄想、变态、犯罪将和它的繁荣成正比，经济不可能解决人的问题，技术和规范更不可能解决人的问题。特别是当经济、技术与规范在派生出新问题时，我们就更不会寄希望于它们了。

消费社会的实质，就是成人化、目的化、经验至上、享乐主义、掠夺自然。作为人类生存斗争的一个后果，消费社会已经充分体现了人在征服地球建立世俗乐园的一种伟大能力。但是，在人类的存在中，他们，或他们中的一部分人，却一直念念不忘他们何以存在的理由，他们究竟为何被抛在这孤立无援的世界上，他们的过去究竟是怎么回事，在未来等待着他们的又是什么？他们为有无上帝而冥想苦思，无神论一度使他们把自己封为神，可是这种理论很快破灭了——在宇宙中谁是中心呢？他们意外地生存在这个曾经是荒凉的地球上，他们惊讶自然的奇迹，可是他们也发觉了自己的潜能。他们会造物、造形、说话，他们会思想、会做梦、会想象，他们知道自己会死亡。在这时候，一个短暂的文化状态，一种临时的占有或享乐，又怎么能使他们的灵魂受到震撼呢？他们渴望和宇宙对话，和神对话，他们在有限的存在中企图触摸无限，这一伟大而悲壮的理想，正是先锋艺术的一个永恒向往！

在这个喧嚣之城，离上帝最近的是教堂的尖顶，离永恒的想象最近的是先锋艺术——消费社会中的一切繁华都是即生即灭的。

一九八九年三月十五日

想象的逃遁

作家一度是把他的时代当作素材的，他把这个时代的某些碎片改造成个人的杰作，以此来欺世盗名。重视素材乃是掩盖想象力贫乏的一个有力借口，也是把文学降低为时代镜子的思想来源。

时代不是素材，时代只是人的生存空间和精神空间。文学在任何时代中的意义，绝非是重现或复述该时代的某些现有碎片或抽象性质，而是对这个时代空间和精神空间的挑战和背叛。人通过文学获得精神自由，树立新的标准，使他们所生活的时代暴露出致命的缺陷。

因此有必要重提作家和时代关系的问题。作家和时代的关系并非是画家和风景的关系，而是渴望自由的囚徒和牢狱的关系。时代是一种宿命的安排，是任何个人都不能自由选择的。但是，人可以通过艺术的途径和方法来突破那种宿命，这就是艺术和宿命、作家和时代的辩证关系。

我们很清楚，用十足艺术的方法并抱着十足艺术的愿望来处理我们的现实问题会带来什么样的后果。想象和愿望只要具有艺术倾向，那么它们在森冷地运行着的时代机器面前一定是脆弱无比的。艺术的有用性绝不在它必须在现有时代中得到实施或证明，而只需在艺术的幻想中获得实施和证明；它完全是一种精神的假说和想象的乌托邦。它以没有功利性的形式出现在时代之中,形成一种对立的力量,这种力量对时代是不具备颠覆性的,更不是谄媚取宠的。艺术,纯粹是在时代牢狱中的一个神龛,一个天国,它使种种的宿命变得可以忍受,使我们的有限生存得到了超度。

由于对艺术的这种超然性质缺乏基本的认识,我们时代的文学当然就显得日益贫困了。文学的贫困,就是想象的贫困;而想象的贫困,根源就在于怀疑想象的有用性。但是想象怎么可能在实利世界中有用呢?只要作家依然坚持认为时代是一堆素材,作家面对的仅仅是现实问题的实际改进,那么他们一定会自动地削弱想象,进而使自己沦为毫无想象能力的人。也许他们在时代的其他事务中扮演了重要角色,但他们不可能在时代的艺术中扮演重要角色。

对于素材的强调,对于层出不穷的现实问题的强调,已经给这个时代的文学造成了危害。人们养成了从文学中观看材料、观看事件和观看问题的习惯,他们成了一群外在的观者。这样的文学不会使人们关心精神的自由和个人的内心生活,只是强化了他们对现实过分的热衷心理,把想象从他们的生活中彻底逐出,成为无用的垃圾。这样的文学推动了时代的非精神化过程,加剧了这个时代的人的那种过分看重实用性和短暂利益的倾向。一个空旷的精神荒原出现了,人们成了单纯的被动的消费者群体,他们对现实政治、日用品和一切交换手段的极度关注,不过使他们有可能微不足道地成为较为舒适的消费者而已。这个时代的新人概念,就这样被制造出来了。

对这样的现实情景和可以预料的未来,作家们肯定是束手无策的,他们努力召唤出来的欲望正在把作家的重要价值降到了最低点。文学的衰落期事实上已经来到,热衷于政治、经济生活和社会问题,使得文学成了代言品,同时使作家成了代言人。但是谁来为这个时代的想象力、这个时代的精神自由代言呢?所有的带有普遍性质的问题即使再重要，也会使响应者忘记了他作为个人的独特含义。作为消费者，他们开始向文学市场索取形形色色毫无价值的故事和陈腐的时髦读物，这也是以削弱他们的个人性为代价的。人们已经成为一群没有特色、彼此相似、模仿来模仿去的现成品，这种现成品正在被成批制作出来。他们又怎样成为我们时代的作家的素材的呢？有没有成为一个严峻的问题呢？

和现实的频繁接触会把我们完全置于这个既定的背景之中，我们的交流几乎全都是最现实的交流，人和人的交流也仅仅是通过现实关系来完成的。我们已经不知道什么是艺术了，因为我们在艺术中看到的同样是现实。我们更不知道什么是个人、精神和想象力，因为我们会不假思索地从个人身上看到流行物、从精神中发现时髦、从想象力背后感觉到一堆具体的素材。我们过着一种类同化的生活，一切都被普遍性消解掉。我们曾经被伦理观念和政治生活消解掉，现在又不知不觉地被大众商业文化消解掉了。

作家和时代的关系，精神和现实的关系究竟应当怎样？想象逃遁了，它不是自己逃遁，而是轻视想象的人们希望跟上时代，所以就把这个包袱扔掉了。这个时代的表面充满了活力，它易变，什么都不固定，什么都不持久。但是，它的实质在相当长的时期里将是稳定的，这就是它的实用性、表面性和类同性。

面对这样一个有可能使人们舒适并充满竞争的时代，作家是没有理由欢呼的。作为精神和想象力的保持者，他们关心的是一些远为重要的事。也许，这个时代的大多数作家成为现实及现有商业文化的附庸是理所当然的，他们扔弃的想象力可能在另一些作家身上得到发扬，这都是一种臆测和想象。不过，理论上的想象并不能代替艺术自身的想象，只有在那样一些作品出现的时候，我们才能略感欣慰地说：想象复活了。

那样一些作品今天是罕见的了，它遭到了时代的摒弃。不过，要是作家永远浅薄地希望追随时代，却不能在时代潮流中确保独立，他又有多少价值呢？在时代的天平上，作家、艺术和想象是没有分量的；可是，在精神的天国中，天平是另外一座：只要在它的一端放上一个小小的精神砝码，整个时代都会失去重量！

一九八九年三月

期待与回音

——先锋小说的一个注解

对这几年的先锋小说，我和许多人一样真正地感到无所适从，这一点我们的感觉没有什么两样。关键在于态度，我的自信恰好建立在某种极端的自我怀疑之上，由于我认清了这一阐释的困难所在，所以反而确信：先锋小说的传达以及所要传达的意义是无关紧要的。我把先锋小说看作是一种纯粹的语言虚构，一种写作行为，一种想象的外化方式。我们不能指望它可以承载某些确定无疑的思想，更不能指望这些思想是正确的或是深刻的。我得承认，许多先锋小说使我震惊不已，我不知道它们对我意味着什么，作为一个读者，我似乎是愈来愈不称职了。先锋小说各有各的幌子，那些小说家也各有一套神乎其神的主张，他们知道的学说绝对不比我少，他们一开始就掌握了我试图要打开这些作品的钥匙，于是我感到了真正的窘迫。语言的威力是无穷无尽的，同时又是虚弱不堪的。我们同被语言所蛊惑，以为它是一种超自然的符咒，一整个世界就通过它才得以涌现；可是，我们又明知它不外是一堆写下来的文字而已，它实在和现实无涉。在此种矛盾中，小说究竟处在什么位置之上？我不遗余力地宣扬先锋文学，但却无力完满地有说服力地阐释它们，这岂不显得可笑和可疑？而这些自相矛盾之处，正好是我想予以说明的。

先锋小说事实上并未成为一种文化思潮或倾向，它不过散见在彼此无关的文字空间里，人们只是由于抽象的习惯，才把它们从不同的文字空间里提取出来，然后汇合成一个想象中的运动或是整体潮向。先锋小说是一连串偶发性的彼此孤立的文学事件，一堆语言碎片而已。对于不欣赏或是根本不读这类小说的人来说，它是不存在的，也是和大千世界无关的。当然，对另一些人来说，事情就完全两样了。我之所以要说明这一点，是想强调一下被人们忽略的前提：即不存在一个绝对客观的文学现状，所谓的文学现状不过是谈论这一现状的人心中所涌现的一个图景——这可以部分地解释，为何人们对同一个世界会有如此截然不同的描绘、评估和见解的冲突。

必须把我们的出发点改变一下：谈论文学之前，我们总以为应当从历史开始，从整体开始，可是这一出发点根本是错的。文学没有历史，也没有整体；文学是偶然涌现的语言片断，它是自我关注的产物。将文学作品放入一个历史框架，完全是文学史家的职业癖好，这就像我们总习惯于把一个人放在他的家族史上来谈一样，这一点不能解释这个人的自由意志以及他的非家族的冲动和偶然选择。对文学这种根深蒂固的成见，导致了那种简单的分类学方法，同时也助长了所谓的概括偏好，而分类学和概括与任何一个文学作品都没有什么内在的关系。当然，在理论分析的角度看来，分类与概括无疑是自由地运用抽象思维的一个结果，这本来是无可厚非的。我所怀疑的只是：当这种似乎是客观的方法成为所有批评的出发点时，就显得毫无想象力了。

我这里想引入一个叫作"期待"的概念，就是说，一个文学作品，它究竟在期待什么样的回音？它是否期待人们将它纳入一个历史结构，纳入一个流派，纳入现实生活？还是相反，它仅仅是期待被阅读，尤其是被孤立地阅读？

现在有一种颇为时髦的说法，叫"阅读的颠覆"，或者叫"向读者挑战"。我认为，合适的说法应当是，小说从来不有意地为难读者，如果它不幸对读者构成了挑战，那也绝非出于故意，任何文学都在暗中期待着读者的回音，它不能以读者为敌。先锋小说通常读者较少，可这不是它故意疏远读者所致，倒是它竭力靠拢"理想读者"所致。换言之，正因为先锋文学对读者过于理想化，过于期待，才导致被误读、被冷落、被攻击的境地的。问题是，确是有不少人喜欢为读者代言，以为统计数字足以说明一切，这种身份的僭越和对统计数字的迷信，促成了先锋小说家的反感，于是他们也就将错就错，干脆和读者们过不去了。

正像小说是孤立的存在物一样，读者也是一个孤立的存在，阅读是发生在一个读者和一篇小说之间的单独行为，它完全是偶然的相逢。也许，期待和回音就在这一刻发生，当然，也许什么都没有发生。一篇由文字组成的虚构小说能够阻隔开那个读者和身边现实的关系，将他引入另一个存在状态，这的确是不可思议的现象。一篇小说就像一个等待着爱情的女人，爱她的人也许很多，不过要是一开始她就打算向许多人献媚，这就肯定有问题了。期待和回音之间的深度默契是非常罕见的，也是难以查证的，我们谁都可以自封为是某篇小说的真正知音，可是上帝知道这实在是一种真诚的单相思。

以往的文学，凡是被收藏在史籍中的，仿佛就已有了权威的历史的定评，它们据此获得了超个人的存在价值。但是，这还不过是一种文学史知识而已，它根本不能代替我们的亲自阅读。我们知道维纳斯是一个绝色美人，可是我们不一定会爱她。正如阅读，我们知道在读一篇名著，可是这名著的期待和我们所能给予的回音常常是互不相干的。当我们把一篇小说作为一种拥有普遍价值的东西时，我们已经受到了文化的暗示，好像一定要有所表示不可。在这种时候，我们不是把自己当作一个孤立的人，而是当作一个有文学修养的许多人里的一员来进行阅读的；至于那篇小说也不再是一篇孤立的小说，而是许许多多小说中的代表，一种历史经典，一种文化象征，一种思想情感的载体。这样一来，所有的期待和回音都发生在整体化了的文化之中，个人的神秘相遇是不会再有了。

我已经不小心地谈论到了历史，那实出无奈，不过明眼人可以看出，我对历史是持虚无主义态度的，特别是所谓的文学史。附带说一下，我认为文学没有历史，当我们在谈论过去的文学时，它总是在当前被谈论、被阅读、被阐释的。我们和任何时代的文学，只有一种关系，那就是相逢的关系。很清楚，我们只能在今天、在当下相逢，而不能在历史中、在过去相逢。因此，所有的文学，如果不是指那些排有文字的过去印刷或过去写的书，而是指只有通过阅读（即相逢）才能存在的文学，那么，文学就没有什么历史可言。至少，作为文学史的文学，对我们是非常不重要的。

关于世界统一性可知性的神话正趋于瓦解，这是我从对某些先锋小说的阅读中得到的指示。它正好和我的想法暗合。我不敢说自己的想法是恰当的回音，但是，我以为说出我的想法并非完全多余。

一个日益片断化的世界看来是符合我们的经验与想象的，个人的有限必然会导致这一看来是沮丧的结论。当我们从现实转向文字时，到底是想通过文字来构成一个可知世界呢？还是干脆把世界搞得更不可知？先锋小说的碎片化可能与文化过剩有关，不过这种认识仍然过于决定论。我想说的是，碎片化的小说叙述意味着一种近乎绝望的期待，它不按照逻辑地自我衍生，成为自动写作。我们可以想到不少小说例子，随意中止随意插入又随意退出，完全没有一个完整的情节程序和故事线索。想象力在别的小说中通常扮演了填补未知部分的角色，使小说的任何一个环节都有所交代；但是在部分先锋小说中，想象力似乎显得枯竭，我们不妨称之为"枯竭主义"。凡是不能想象的地方绝不想象，提供的就是这么一堆碎片。要是说，读者在此刻自作聪明地去代它想象时，这就不是它的期待了。它希望读者同它一起枯竭，读者的阅读免不了要掺杂进个人的补充，这时误读就马上产生了。某种程度上，接受美学助长了读者的盲目自信，这些善于想象的读者很少发现小说里隐藏着的期待，一味地自作多情地想入非非。对于这样的读者，任何种类或质量的小说都可能获得类似的或等值的估价，而先锋小说也常常会在一些毫不相干的人那儿得到出乎意料的评价，这实在是接受美学收获到的跳蚤。

现在我把话题放回到原先的轨道上——先锋小说在那种碎片化的叙述中，把时序和空间都打乱了，语言成了可以随意穿越时空的东西，它在表达"枯竭"的同时，还暗含了一种自由，一种人仅存的自由，即语言的自由。语言的可逆性、重复性、跨度，都是我们的经验不能做到的：我们的存在不可逆，我们的经验不可重复，我们在一个瞬间只占据一个空间，可是语言带领我们的想象，把这一切都在阅读中欺骗性地予以解决了。我们在先锋小说中经历到的不是什么有意义的故事，而是一种陈述，它是不寻常的，它足以凝固瞬间，只要我们在一行文字上逗留，它就会凝固，我们没有必要急匆匆地往下读，像急匆匆地生活一样总是急于知道结果。先锋小说把我们的日常经验打断，用另一种方式来经验文字，而这文字和日常生活有着不同。它既不顺应日常经验，也不试图改变我们对日常生活的体验方式，它本质上是一种独立的经由文字的体验，它是自足的。换句话说，先锋小说有着写作的快乐，阅读它们时则有阅读的快乐，它并不能指导生活，也不有助于认识生活。

以上所说，仅就一部分先锋小说的性质而言，它仅仅期待我们阅读，能分享写作的快乐。它并不要求我们去破译它的意义，它并不暗设着意义，或者说，它的意义只限于语言可能含有的方面，而不在于语言背后必然确指的方面。

在枯竭主义的对面，想象力的无所不能以另一种方式显示出来，我称这类先锋小说为"佯真实"。我们可以把那些煞有介事侈谈家族、个人历史、隐私、村社传说、谋杀、情爱、欲望的小说都归入"佯真实"（当然这是很冒险的归类）。一般地说，这些小说都迷恋于"性"和"死"，而且总在这两者之上笼罩一层扑朔迷离的神秘气氛，把性和死写得丑陋、忧郁、美丽、疯狂、离奇、暧昧和不知所终。"佯真实"小说只是情节上的故意仿真而已，在一些细节上，它可以混同于我们的日常体验，不过在总体上，它仍然要表示出一种"虚构"的警告。这种警告，完全是因为它的文字所致，当文字可以塑造一个现实时，这个现实就显得可疑起来。我不知道别人怎么看，有人不伦不类地将有关的小说归于"后现实主义"，至少在我看来，持这种见解的人，仍然相信语言和现实的同一性，这种相信乃是导致以后所有推论陷于谬误的哲学基础。

我之所以要强调它是一种"佯真实"，就是为了表明这类小说怀有的期待不是让我们经由它去了解现实，而是了解对现实所持的一种特殊语言态度。对任何"写"出来的小说，我们都没有理由认定它是一种"反映"。这一点恐怕是最大的理论分歧。

前面我曾在一个括弧中注明，我的上述归类是一种冒险，因为它直接和我主张的"孤立阅读"和"孤立作品"发生矛盾。现在我指出这一点，是想继续回到我的起点，就是说，我上述的"归类"是为了一种论述的方便，它丝毫不表明那些小说彼此是相同的。当我在孤立的阅读中，我总是被引入一个语言空间，很少考虑别的。只是在我阅读完毕之后，以往的阅读经验才一个一个被唤醒，于是得出了它们的类似点。我很清楚，一旦我试图表述这些类似点时，任何一篇小说事实上都消失了，它们是在我的谈论中消逝的，我只有重读其中的一篇时，它才会再度踊跃，同时也涌现了它的期待。这个困境是无法解决的，它永远会导致矛盾，这便是我极端自我怀疑的一个根本理由——我一说出真理，它就错了。

很长一段时间里，我把先锋小说都看作是一种个人化的艺术作品，事实上，这个观点主要是针对代人立言的小说来说的。在个人之上有一个更重要的存在，它不是现实也不是他人，而是语言，语言的确是具有强制性的。先锋小说在语言上所做的努力，其价值正在于对这种语言强制性的反抗。所谓的语言强制性，根源在于语言在现实中的广泛使用，使它获得了和现实同义的资格与权力。这一点，乃是一切现实主义文学的语言学基础，也是以现实来衡量文学的舆论和批评的文化背景。把语言和现实看成是不相同的世界，是先锋小说的最大贡献，建立起不同的语言态度和写作方式，则是每一个先锋小说家和每一篇先锋小说的贡献。这种分离活动，将粉碎"现实—语言"统一的权力系统，最大限度地确保个人在语言上享有的自由。归根到底，现实本身是无法谈论的，可以谈论的是现实的语言。现实是通过语言来达到对人的控制的，而先锋文学，则在语言上击碎了"现实—语言"统一的梦想，使人有可能靠近了自由。这恰恰是先锋小说让人恐慌的一个深刻的背景。

不管怎么说，先锋小说是以躲入文字的方式来介入现实的，其介入的程度以及由此而来的革命性，远远超过了仍然操持现实语言而说着激烈观点的人们——因为他们依旧接受了"现实—语言"统一的权力系统，这肯定会使他们在今后的某一天回到他们所反对的事物的立场。要摆脱"现实—语言"权力的统治，唯有将语言独立出来，在纯粹的写作中远离现实本身——确实，只要扪心自问，纯粹的阅读也必然怀着远离现实的要求，那些过分关心现实的人不会阅读小说，或者，他们是把阅读小说当作掌握工具的同义语来对待的。

真正的小说都应当是先锋的，也就是说，它应当是一种"不及物写作"。先锋的含义就是走到现实前面，或者走到现实之外，它期待的是那些拥有相似立场的读者，他们脱离现实，至少在阅读的一刻脱离现实，只有这样，先锋小说才可能获得回音，它的期待才不至于落空。对这样的小说家和读者来说，语言的真实比现实的真实更真实——如果我们坚持要用真实一词，并认定真实是一种价值的话。

一九八九年四月二十五日　凌晨

论报纸副刊

副刊在当今报纸中的从属地位其实正是人们的言论状况在历史语境里的隐喻式写照；中心空缺，被从属的、次生的和富有装饰性之物环绕；同时又是不加掩盖与赤裸裸的：言论自由从新闻版被邀请到杂闻栏，表达异议从社会评论版退缩至随笔副刊——尽管人们也许非常喜欢"杂闻"和"随笔"！在一个逃避、妥协和用沉默代替谎言的混乱时代里，事情确实有点复杂错综，问题是人们一直没有机会把它公开拿出来讨论并以不同观点正面交锋，澄清这些纷乱线索的时间表一再被拖延，而报纸在其中则扮演了一个不透明的角色，当然它绝非是唯一的不透明角色。

相对于报纸新闻、社会评论甚至广告专栏的不透明或半透明，副刊是报纸中唯一显得透明的栏目，这一特例的分析会述及本文将要提到的重要现象：在所谓后谎言时代，精神强力的丧失和感性趣味的提升构成了当前文化的不均衡，被解放的感性因为没有强力精神的支撑，它的生存空间仍然可以随时被权力意志所关闭。何谓"后谎言时代"？后谎言时代的特征是，所有的说谎者都知道自己在说谎；与此不同的是在"谎言时代"中存在着大量的真诚的说谎者，他们相信他们说的是真话，他们相信真的有一个值得他们相信的事物在：理想、制度和领袖。相反，"后谎言时代"的说谎者只是用口是心非的复述来传播谎言，他们明明知道没人相信仍然这么说，而由于人人都屈从于这种口是心非的分离式历史语境，这种语境就成了一种迄今为止最为荒诞的历史奇观。

副刊如何能在后谎言时代保持一种"例外"的透明，其秘密在于它的从属地位和低卑的叙事视野——至少，权力意志所掌控的政治空间在当今的覆盖目标不再是整体性的，它已经把"日常生活"让渡出来，甚至还有意放纵日常生活的物质主义表达，因为这和正在推行的欲望型市场经济之单边政策相吻合（欲望型市场畏惧于权力意志，不会支持理智和异见进入市场）。副刊的地盘就是权力意志已经放弃——甚至放任的日常生活，如果有关当今时代重大议题的理智和异见基本被遮蔽，那么日常生活中的感性和趣味之突显就顺理成章地成为人们关注的重点。逃回私人生活！让别人去管那些大问题！当前人们的权利仅限于做自己能做的，包括在公开场合重复自己不再相信的大小谎言。副刊因其物质主题和低卑姿态而获得透明性和自语性，它并无谋求和权力意志及"中心主张"发生冲突的野心。由此可见，副刊的透明性是相对于"中心空缺"的不透明性而言的。在那个中心，究竟有些什么话语已经出现或将要出现其实无关紧要，关键是那个中心的绝对存在，决定了它自上而下的覆盖或传播的有效性，和不容受到挑战的唯一威权地位。凡是在此"中心系统"之不同阶梯上的媒介科层组织，都必须无条件服膺于这种话语强权，而这种未经公开辩难和对立方质疑的话语注定了是独断的和不透明的。

但是，副刊则以它作为"日常生活"的"花边"身份成功躲避了强权话语，它把人们的视线引导到私人领域——至少，在后谎言时代，私人生活，只要不贸然进入公共领域发言，它仍然享有一定的自由空间。不过这一自由是极其有限的——副刊及其狡智的作者熟练地制造出有关日常生活的虚幻体，并和读者一起置身其中受它的护持，使一切丧失自主性的生活阴暗面被遮饰，让人们看起来生活显得正常而完美。当然，日常生活绝非全由皮毛小事和蝇头之利所构成，一旦人们在日常生活中遭遇到侵害，副刊就立即丧失其表达这种"申诉"和"揭示"的功能。换言之，副刊只适合描绘表面的景象，它的风格是享乐和抒情。只要事情还蒙着一层幸福的薄纱，副刊就可以是透明性的。不能认为人们仅仅需要申诉和揭发，但一个总是竭力遮饰申诉和揭发的言论状况，必然使它的"副刊"成为某种"罔顾事实"和掩盖"结构实相"的迷幻药物——这并不是由欲望型市场所操控所生产的，相反，欲望型市场和副刊的遮饰工具主义都是"中心系统"同一个时代作品的组成部分。

后谎言时代作为一个共同的背景，是人们既心照不宣又不被正式确认的。这是一个悖论：当这个话题可以被公开讨论，它对时代的定义就有了不当之处；而只要人们仍保持讳莫如深的态度，"后谎言时代"就始终是他们的现实处境。那么，在这种吊诡的处境中，人们生活将如此继续？悬置所有"中心系统"的话语，将它变成"口是心非"的套话；埋头于私人的日常生活，在"副刊"中寻找一种犬儒式的幸福生活之声，就成了人们得以妥协和逃避的选择之一。

将人们的精神生活"副刊化"，乃是后谎言时代的一种政治／集体无意识——它单方面鼓励人们的感性，并狭猛地将感性与物质主义合为一体。在一个对权力意志和现成权力架构不构成丝毫压力和"不方便"的前提下，"副刊"的繁荣便会给人们以假象：一方面是人性已获得空前解放，压抑被破除，生活不仅五彩斑斓而且在不断取得进步；另一方面则是忧虑在滋长——认为当今时代的一切道德堕落皆是由欲望、市场和低卑的物质生活追求所引发，其证据即在于"副刊式"文化泛滥及肤浅愚昧之表达：罔顾现实真相，陶醉于私生活之暂时福利和快乐，丧失最起码的伦理原则，更遑论信仰？

从表面看起来事情确乎如此，但操纵或导致这一切现象的"背后的手"并没有被真正揭发——副刊作为一种文化和历史处境的"隐喻"，它本身担当不起这个责任。副刊不是知识分子或其他认为自己有良知的人士发表声明的合适场所，也不是好事之徒或富有蛊惑力的蒙面客刊布观点的留言墙——它属于谦谦君子、安居乐业的小市民、粗通文墨的良家妇女和与世无争的赋闲散淡之人。只要不贸然进入那个不透明的公共领域，副刊一般是不设防的。副刊和它的作者都明白，它的透明性基础在于它的"无关紧要"，只有无关紧要的话题，才能在此获得较为自由充分的透明表达。副刊向感性和趣味开放，却不向独立思想开放，因为独立思想的本性天然倾向于有挑战性和危险性，这的确不是副刊所愿意染指的。至于别的版面和栏目容不容许自由的独立思想，那可不是副刊的事！后谎言时代虽然还勉力维持着"全能主义"的国家信心，但要由它来包办一切已力所不逮；它虽然还不准备向"公民"开放自主权和表达权，但已不得不向"市民"开放自主权和表达权（在本文中，"市民"和"公民"具有不同的含义，应当一目了然）。那么，在"市民表达"受到鼓励的当前，副刊中究竟有些什么事物、价值和想象，被叙述与被宣扬？

副刊虽然同样处在垄断和"中心空缺"之下各级科层的监视范围，它相对拥有较多的自由题材及多样性风格，这是由它芜杂的素材来源和私人趣味决定的。副刊满足于日常生活的纪录和怀想，有最为斑驳的文体，繁盛，光滑，令人愉悦，适合一切"浅思想"的发挥和传诵。正如人们的现实本身，如果不让人们说真话人们就说笑话，不让人们沉重人们就轻佻，不让人们接触真相人们就寻梦，不让人们参与社会人们就逃回家中——副刊的基本主题正是笑话、轻佻、寻梦和私人生活，副刊正是这种犬儒类型的日常生活之写照，一种寄生的通俗的修辞，尽量引发对眼前生活的热爱，而不是思考。与新闻报道不同，副刊上的闲文余墨，并非由权力意志垄断，也无需客观如实的承诺，它仅仅提供感性趣味并且总是恰到好处地挑逗人们临时被唤起的好奇心，读后就迅速将之遗忘。一个并置的错觉是：副刊有时也会扮演大众论坛的角色，谈论的都是一些琐碎题目，这些题目本来不乏价值，但一旦只有在这类题目中人们才得以充分享受言论自由的快感，那就不仅讽刺而且令人齿寒——当然，副刊还是给人的愉悦更多，在这样的时代，不努力寻找愉悦又能如何？尽管这愉悦显得卑微，至少还可以分享其中的一丝安抚。而那种似是而非的大众论坛，人人都能插一手，虽然不涉及大是大非，不过那种言人人殊的杂语风格，正同人们喧哗不已的庸常现实具有相似性。

言论自由向副刊化方向的转移，是后谎言时代的一个杰作，因为言论自由的地下化是隐性的，不在场的；而言论自由的副刊化则是花团锦簇之文化表象的另一奇观：不仅有说的自由，还有发表的自由。但这一切都是那么的无足轻重，只有"中心空缺"以及金字塔状的科层管制才是决定性的存在，虽然它并不出面干预副刊也不经常炫耀权力意志，可是生活在这个时代中的人们全知道：它是无所不在的。

二〇〇六年

底层手稿

"底层表述"在后谎言时代被适度地学院化了。用晦涩空洞的语法去代言底层正在成为一种学术时髦。底层声音早就不再是反抗之形式，何况底层早已经失声……底层的绝望、沉默、无力和失魂是它长期被剥夺被逐出被抹煞被遗忘的必然结果。底层中的大多数人的命运无声无息，自生自灭，那些足以让人们注意到底层存在的必须是某种极端形式的爆发：零星的反抗，毁灭性的破坏，令人震惊的悲剧……但也很快就风平浪静，像从未发生过一样。

对底层的表述虽然也属于一种特殊的行动，却绝不等同于行动本身。行动是人的天赋权利，可惜它被取缔了，被可疑地代表了……剩下的只有空洞晦涩的知识表述，而知识表述不过是影响力有限的知识者手中的专业工具。把底层问题转换成学术课题可能出于无奈，因为知识者仍然没有全部收回以行动参与社会的天赋权利。

仅仅保留知识表述的权能（哪怕是代言式的和不充分的），仅仅保留学术研究的权能（哪怕是空洞的或晦涩的），也许应该看作是人有朝一日重返他与生俱来即应拥有之舞台的必经路途，但这并不意味着知识表述和学术研究为了维持自身的权能空间就可以正当地向一切仍在生效的剥夺和遮饰做出妥协……而"适度的学院化"，除了专业习惯和文化隔离的差异所致，同时也可以看作是巩固自身权能的世袭特征以及神秘色彩的一种策略，它具有自我保护的功能；在许多领域，这一策略的运用是有效的……但是在某些特殊的领域，比如在必须使之通俗易懂的"底层"这个社会问题领域，依然使用同一策略就是一种貌似介入的不恰当表演，它的本质恰恰是逃避。

此外，在一个文学影响力日渐减弱，大众媒体影响力迅速扩张的时代，对"底层"的介入已不能再停留于文学性的呼吁。虽然，文学以它特有的戏剧化目光可以帮助人们看见社会弊端与黑暗，但它的效能不足以唤起社会行动，因为文学的虚构与想象总是将人们的同情、怜悯和愤怒局限在剧场感动之中……尽管文学的良心，文学在"黑暗中的眼睛"是任何社会里（不管是健全社会还是不良社会）必要的价值衡器，它批评人们的自负、傲慢和冷漠，它是否决人们狭隘自私的生活视野及趣味的证词，甚至，它还是打击人们优越感的真相揭发者。然而，由于文学活动在当今时代所拥有的空间不断缩小，它在时间中又只是作为片刻闪现而存在，因此那种由它唤起的惊愕、震撼、不安和内疚，不过是一场短暂的内心风暴……道德的苏醒和常识的休克很快就会过去，现实却依然如故毫无触动。

但"底层"必须是一个被实践触动的社会问题……基于底层的自我表述能力丧失，从它内部成长起来的表述者还需要等待底层状况的改善，对底层的关注必须由社会的各种成员共同去进行：调查员、记者、医生、律师、警察、社会工作者、摄影家、义工、慈善机构服务者、基层人民代表……以及——作家。

对于一个必须被实践触动的社会问题，人们的互助本性并非只有等待知识的唤醒才能开始行动，相反，某些知识还会使人们走向冷漠……人们迫切需要的不是由复杂概念构织成的学术之争，那些措辞晦涩华丽以至热衷玩弄愤怒感情的知识持有者关心的也许只是塑造自己的道义形象，他们将"底层"看作是用来表现个人立场的"文化象征客体"或"良心客体"，却并不在意"底层"的实在性，这种实在性必须由行动去介入而不是靠抒情就可以改变。"底层"的低卑地位和悲惨处境很容易再次被描述成抽象的历史主体——"人民"的重要组成部分（它时而是备受同情的"良心客体"，时而是接受动员的"革命主体"），虽然在今天，这一虚幻的抽象历史主体不仅失去了扮演重大历史角色的机会与力量，而且自身也被新的生产方式和社会变动切割成不同的阶层与分散的群落——却仍有可能变成对社会其他成员进行道德讹诈和政治恫吓的利器。

需要各种方式的介入，一切方式……需要大量来自底层的调查报告……需要真实深入的新闻……需要立法和公共政策的倾斜……需要议会辩论……需要援助计划……需要社会保障体系……需要免费教育……需要民间慈善机构……需要向贫困和无知开战……不需要廉价的抒情……不需要表演性的慰问……不需要空头支票……不需要眼泪……不需要从书本到书本的学院式争论！

"底层"并不只是被剥夺后的剩余物，"底层"还是"无机会被剥夺"的剩余物；"底层"并不只是已经被驯化的结构底层之人，"底层"还是在驯化体系之外的结构局外之人；"底层"并不只是"被淘汰"的牺牲品，"底层"还是一开始就没有进入筛选机制的多余者……"底层"存在于各种不同的社会组织中，它是在残酷自然生存法则下产生的不幸群体，也是在残酷人为游戏规则下产生的不幸群体……把"底层"的难以根除归咎于"自然"或"个人能力"，与把"底层"的产生归咎于"人为"或"制度"，这两种截然相反的解释各有各的证据，但这不影响行动的介入——人们因聚集而共同生存，任何一个人的被隔离都意味着全体的生存法则受到威胁，更不要说是某一个庞大的群体被隔离了。

有人不无阴恻地声称，现在无法在短期内根本改变"底层"的处境……谁说过"根本改变"？癌症无法根本治愈难道就应该放弃治疗，人无法长命百岁难道就应该任由他随便死去……行动收效甚微就不必行动，这和虚伪地同情癌症患者浮夸地谈论死亡没有什么两样。后谎言时代的知识持有者要么在言词上坚持一种左翼的抽象抒情主义立场要么在行为中坚持一种右翼的不作为的放任主义立场……前者攻击的仅仅是现有的经济制度和资本逻辑，后者维护的也仅仅是现有的经济制度和资本逻辑；除此之外，他们装作什么都没有看到。

剩余人口……教育匮缺……技术革命的入侵……手工业消亡……不公平竞争……资金不足……民间自助能力丧失……被放弃的行业……企业破产……生态恶化……健康水平下降……沉重的税赋……形形色色的掠夺……对权利诉求的压制……公共福利的减缩乃至名存实亡……这一切触目惊心的现象发生之原因，绝不是用抽象笼统的"现代性后果"就可以轻松带过的，一般资本逻辑绝不是造成"底层"现有状况的唯一替罪羊。当知识持有者打定主意用一套行话"表述"底层，并把重点放在他们擅长的"表述"之上而忽略"底层"在后谎言时代所具有的特殊历史性质和特殊现实性质时，他们就不幸地沦为某种"象征性良心作品"的制造者——这种"象征性良心作品"不仅是后谎言时代所需要的遮饰物，也是资本逻辑控制下由学院生产出来的特殊消费品。

二〇〇六年

崇高之幕

在一个很严肃的场合,有人告诉我:可以向个别的宗教规训挑战,甚至向某种宗教教义挑战,却决不能向"崇高"和"信仰"挑战!为什么?因为宗教是具体的,各人有各人的信仰不能强求一律。但"崇高"和"信仰"则是在一切宗教背后的那个东西,它似乎难以把握,却是一个最神秘最空无的存在,它是最后的精神之源……

是啊,你对任何一个女人或男人尽可以说不,无须踌躇,说我不再爱你……但你不能亵渎"爱情"!爱情同样是一切男女关系背后的那个东西,即那个最高尚最缥缈的存在,它是肉体之欲背后的神圣之爱。以信仰的名义!以崇高的名义!以爱情的名义!你们难道不认为,女人只有先分娩了孩子才能做母亲?你们难道不认为,先有太阳地球才会有光明?你们难道不认为,男女必须先有血肉之躯然后才能有爱情?你们难道不认为,人类先有生存竞争、野蛮掠夺和残酷杀戮才催生出崇高之论?你们难道不认为,人类先有无知和愚昧才始有信仰的皈依?这一切都是历史的生成物,那些后设的"神圣的名词"——它为什么不可以被怀疑?

如果你要想使人们知道你代表光明,你就必须经常悲愤地谈论漫长的黑夜……最后别忘记一定要这样来结尾:光明即将来临……

或者很简洁地另起一行：天就要亮了。

没有什么比指责人们冷漠更容易的了（因为你需要以牺牲他们为背景衬托你的热血沸腾）。你用最粗暴的语言去激怒他们，不论他们的反应是抗议还是无动于衷，都足以证明他们的确被你说中了。

假如你要显示你的精神很清洁，你就要用"浊物""肮脏"或"阴暗"这一类带有歧视性的贬词不指名地经常骂你的邻人甚至同胞……你不会因此受到"诽谤"的指控，你"侵犯"的是一个抽象人称代词（奇怪，当我们抽象地骂人时，"人"一点都不崇高），而不是特定的名誉权主体……人们假装对你表示赞扬，假装相信你比谁都干净。他们不是害怕你，而是害怕你使用的那些贬词。

不加定语限制的批评永远不会遭到正式反驳。痛斥"卑鄙的体制"或自诩"从不讴歌权势"听起来激动人心。没人问"哪个体制"？抑或"一切体制"？也没人问"什么权势"？抑或"一切权势"？你说得如此笼统，人们就觉得那个同样笼统的公理和正义说不定真的揣在你的兜里。

你必须对那些不可亵渎的精神领袖三缄其口，同时不妨对那些不受名誉保护的政客高声辱骂，说他们是"猴子"甚至干脆指称他们是"魔鬼"，这样人们会说你爱憎分明嫉恶如仇充满勇气。

要是你既想代表"人民"，又想代表"少数人"——前者说明你站在"弱势群体"或"历史主体"这一边，后者说明你站在"精神领袖"或"独立思想斗士"这一边——你可以永远把"人民"挂在嘴上，同时把那些你不喜欢的"部分人民"以"大众"或"堕落者"的名义驱逐出去。

你认为文学家从事的是一种特殊的世俗世界的"圣职"吗？不……事实上文学家不过是形形色色的"兼职"——他可能是心理医生、魔术师、旅行者、说书人、古董收藏家、算命先生、自恋或单恋患者、大厨、江湖骗子、流浪汉或花花公子……所谓哲人、斗士或道德楷模在文学家中只是极少数。一部文学史为后人留下多少品行各异道德理念杂存充满争议的传奇人物……有污点有怪癖有丑闻的比比皆是……文学史不删除他们姓名和作品的理由是——文学史只重记录而不重审查品行。

在某些历史情况之下，选择沉默即选择反抗的特殊形式……特别是当一种崇高之论不容辩驳，你的思考被迫停止，你和知识完全被隔离，世界沦陷在崇高的强力控制之下的时候。

你越是把你想说的问题描述成一个很大很崇高的问题，人们就越难以在这个很大很崇高的问题中找到你原来想说的问题……所以你不仅不可能被人们证明为错的，还因为你的问题总比人们的问题更大更崇高而备受尊敬。

对崇高思想的引用就是能让你在辩论中既享受到渊博的快感和表达的自信，又可以使结论的对或错不必由你负责的一种方法……

如果你对自己的崇高观点确信无疑，那是因为你没有机会或耐心阅读到你的论敌为了反驳你，而开给他自己的那份书目中所列出的同样崇高的书。

也许你以为你真的有一个使命等着你去履行……说出你的使命，然后使命就结束了。你说"我要为崇高的理想而奋斗"，好极了，你的使命就是重复这句话而已。

"崇高"在历史上在不同局域之中一向被不同的诗意所环绕，又一向被各种互不相容、尖锐冲突的意识形态所任意填充……说起"崇高"，人人都不敢亵渎；但说起"异己的崇高"或"对手的崇高"，他们就立即将"异己"和"对手"的"崇高"视为"妖孽的蛊惑"……

"崇高"是一个神圣的"空位"……它是虚无……关于它的诠释是历史性的，内容一直在替换……"崇高"的内涵是后设的……

"崇高"如一个王座，人们膜拜这个王座……人们宁可弑君，也要保留"空位"……"崇高"如同舞台上的一道强光，重要的是我们在等待看看是谁站在这强光之下……也许是英雄，也许是小丑……推动剧情的是角色而不是舞台灯光！推动历史的是英雄或小丑，而不是诗人的形容词……看啊，舞台现在空了，主角一直不露面，有人拉起了幕布……

"崇高"常常这样……它不容置疑，它令人肃然起敬，一再被那些平庸甚至卑琐之人用来当作工具。他们躲在"崇高"后面，那儿不仅安全而且可以随时出击。

说一个人"道德卑劣"对这个人是毁灭性的，根本不容辩驳。"道德卑劣"，一个让人们厌恶的词！同样，说一个人"道德高尚"对这个人则是一种"圣化"……同样是语言，情感反应截然相反，几乎不假思索，条件反射般迅速决定立场……用语言去形容一个人，形容一种行为，形容一项目标，最终使人们离开人，离开行为，离开目标，为"语言"和"形容"争得不可开交。人们宁可捍卫某个"形容词"，也不愿捍卫人，捍卫人的基本权利——他们的差异性、卑微地位和自主权。

不要成为那些超凡名词和超凡形容词的牺牲品！不要轻易相信"崇高"这个不可定义的"圣词"！"崇高"不比"人"更高！

在前线，阵地两边战壕里的年轻士兵都为自己的国家浴血奋战。为自己的国家捐躯是崇高的，为自己的国家杀敌（"敌人"同样是为另一个国家而战的崇高战士）是崇高的……他们都是英雄！崇高是敌对国共用的符号，是使千百万年轻人的死亡变得圣洁的符号……

"崇高"是人类最奇异的"圣词"之一，尽管人们对它各有各的解释。为什么处决恶贯满盈的罪犯的刽子手却得不到尊重，哪怕他是在伸张正义？为什么善良的战士在战场上杀人都一个个毫无怜悯之心？啊，你告诉我说，刽子手的职业是低卑的丑陋的，而战士的作战则是崇高的伟大的……人们可以废除死刑，却永远不废除战争的理由是：良知和信仰允许我们为某个崇高目标开战！

但是在那个遥远的王座上，我怎么都看不清国王的身影……迷信崇高的人们愿意看到一个王座……不然他们将魂不守舍——听哪，千百年来，从王座上不断发出各种各样崇高的声音，在它的庇护下人们绵绵不绝地制造文明、奇迹还有罪行。

二〇〇六年

论私人化写作

写作中私人化倾向的持续发展一方面展示了写作自由在后谎言时代所争取到的局域空间，另一方面也使社会批判性写作的缺失暴露无遗——这种在所谓写作自由中出现的"不均衡"，责任并不在私人化写作的过度繁盛。私人化写作受到鼓励的深层原因是：人们可能认为它对现有体制及意识形态不构成实质性的威胁。不过，人们也许不知道，私人化写作正是体制及意识形态的掘墓人之一——私人化写作具有一种腐蚀和瓦解体制谎言的效用，并附带着破除文学等级制的潜能。任何私人性的写作不论其才能和视野的高低宽窄，都是一种私人存在之表达，而所谓"私人存在"恰恰是被体制及精英话语所长期压迫的对象（被压迫者并非仅仅指"经济上的无产者"，也包括轻信"私人在伦理上无价值的无产者"）。甚至在当前的文学论争中，"私人"仍然原罪式地处在低卑的位置；而所谓的"公共"，这个常常被抽空的虚幻大词，至今压迫着人们的表达自信。为什么"私人""私人生活"和"私人写作"不可以是一个"公共话题"？是谁把"私人"与"公共"放在对立的位置？难道"私人""私权"和"私有"不具备"公共性"？难道对"私人""私权"和"私有"的剥夺不是"公共灾难"？造成当前继续对"私人／公共"进行等级区隔以及对私人表达示以轻蔑的政治无意识以及伦理基础究竟是什么？

对私人生活的写作狂热引起的社会关注表明它的边界已经越出了私人的领地，进而具有了无可争议的社会性。私人生活并不像人们仅从字面上去理解的那样，它总是与社会相背离——私人生活从来就是社会的基本构成。我们今天都生存在一个日益网络化的世界上，真正能与世隔绝的人已十分罕见。因此，一个人，不管是男人还是女人，如果他的生活方式与周围的人们大相径庭，他的写作总是围绕着自己私人经验，那么，应该引起我们注意的，并非是先入为主对之表示轻蔑的命名与归类，而是这一生活和写作状态所隐含的一个正在蔓延的社会趋势——社会分化、以家居为基本元、个人身份的模糊和重新确认的困难、移动性和陌生化、隐匿与公开，以资讯作为经验的替代品、个人隐私在文学等级制中的下等席位是否是一种伦理偏见……总之，这所有的问题都经由所谓的私人化写作，将我们引向广阔的社会视野。

常常有人认为，私人生活和时代生活之间存在着鸿沟，他们还进一步说，私人化写作是一种逃避时代或自我幽闭的写作。可是，逃避正是今天工商时代的次生文化心态之一，新职业的涌现、寄生状态、游牧式的生活类型、失败者和疏离者人群的出现、资讯终端的家庭化，都促成了目前遍布各个城市越来越凸显的个人本位现象，这既是严重的社会组织中的空隙，又是社会组织在变异中产生的新因子。

统计学中的百分比不能作为衡量私人化写作在广大人群中之价值高低的尺度。历来使人记住的写作和被写作创造出来的人物，大部分不是多数人群的代表——只有乏味的评论家才常常是教条或多数的化身，他们排斥私人化写作是因为他们经验的贫困，以及对人和时代变动的无知。至于他们又何以总能接受历史上的经典，则并非由于他们善于体会到其中的殊异性（经典往往是很私人的），而是经典已经变成了课堂上的教材之故。

对于今日社会分化，以家居为基本元、个人身份的模糊和以及再次确认、陌生化、隐匿与公开等等时代症候，评论界还鲜有讨论。令人难以置信的是，对私人化写作的批评多年来一再地停留在伪善的道德指责上；而那些无力的辩护，通常也只是打出了性别保护的挡箭牌或奢谈写作之权利，以及浅薄地踞新自傲，使得私人化写作中真正存在的问题并没有得到揭示。

我认为，那些一度处在争议中的私人化写作，最主要的文学缺点是缺乏才能，缺乏对变动时代之人性的新认知，而绝非在时代／社会层面上的缺失。我不认为文学应当或必须有一条所谓的道德底线，因为我们不知道这条底线将由谁来划出，更不相信可以通过大多数人的表决来确定这样的底线。文学永远是在冒险，尽管冒险者未必是有才能有发现的人。当前那些在描写上被指控为自我暴露过度、在道德上被指控为狭隘甚至无耻的私人化写作，其实已经触及到社会肌体的薄弱之处：人群的断裂和私人生活的不安全及不确定。私人化写作对我们时代的贡献，不仅源于它们的文体描述，也来自各方面的抨击——它们最终形成为一个社会议题——遗憾的是，因为囿于成见和自诩公共性优先的说辞驱之不去，人们一再错失了恰当认识它们的机会。

二〇〇六年

锐普：糟粕就是经典

　　将一部分生活从人们的生活里排除出去，将一部分语言从人们的语言里排除出去——这正是受过良好教育的文艺精英分子所从事的一项严肃工作。而锐普（Rap），恰恰在那一部分遭到排除的生活和语言中找寻回人们所拥有的真实。这个真实一向存在，一向没有中断，一向活跃在某些特殊阶层或特殊人群中；只是因为它的粗俗和低卑，极少被记录，更难以被"二度表达"。一种得不到记录也得不到"二度表达"的生活与语言，如同得不到公开发表的自由言论，它几乎等于不存在——锐普的出现，为我们展示了后谎言时代的另一幅图景：它是普通的，也是异常的；它是无聊的，也是尖锐的。这就是我为什么要把"Rap"写成"锐普"的原因。

　　重视锐普的目的并非是要将它强行纳入一个总体的文化框架，好像我们有责任把锐普接纳进统一的生活和语言大家庭，好像我们总是试图用一种自以为平等的理想去破除社会的等级，一厢情愿地希望弥合那种文化社会的内部割裂——割裂是不可弥合的，文化社会的四分五裂永远不可能因为某一种声音的被表达而获得解决。锐普也许总有一天会成为一种特殊的产品，进入到文化行业当中并被广泛承认；但只要锐普的内容永远在"反精英文化"，它的风格永远是"粗俗"和"低卑"，它就不可能被我们那个由高级文化教育铸造的等级社会所真心接受。

精英分子对锐普的欣赏是理论性的，他们必须将锐普的唱词转换成另一套知识概念才能予以接受。如果不是因为"反讽""反叛""嘲弄"甚或"解构"等等这类词语的堂皇引入，锐普就只能是低级的。精英分子必须着手对一切它意欲整合的低俗文化进行一番改造，才能将之收纳为自己的同盟——讽刺的是，锐普在自己的唱词中已经先行一步，把精英分子专有知识概念视为一种苍白的谎言，只有它们自己所属的生活及语词才是他们那个世界的唯一表达——换言之，锐普不需要高级文化的提携和追认，它今天已经在某处存在，并以某种方式（比如互联网）向四外扩散并发生影响了。

搁置理论阐释介入的企图，锐普对好奇的人们而言，获得的第一反应仅仅是"好玩"而绝非是"严肃课题"的提出。如所有低俗艺术一样，锐普是一种不会令大众产生"自卑感"的同级物，它和大众的生活同样"低卑"甚至更低卑。因而，对锐普的欣赏绝不可能是仰视式的。缺乏高级文化教育，或对高级文化有自卑感的大众早就从当前文化社会的等级中落到最粗陋最本能的底层，他们并不知道精英分子对他们的关注已经将他们的存在和表达变成一系列的学术课题和政治议题——而他们的生活处境和文化处境却毫无改变。

破除高级艺术的魅惑力不是锐普的分内之事。锐普无意和高级艺术发生对抗的原因是：它对高级艺术一无所知，正如高级艺术的享用者对锐普一无所知。当然，由于在事实上的等级存在和各自所处位置的优劣，高级艺术向下俯看要比低俗艺术向上仰视更容易一些，但文化精英分子一再错过这个机会的原因不是出于傲慢，而是他们很奇怪地坚持相信低俗艺术面临的是一个所谓"提高"的问题，却不明白艺术的等级区隔是现时代的文化社会内部分裂的必然结果。这种区隔和分裂不可能被克服，也不可能达成相互沟通，现在人们所能做的，不过是各自在自己的场域展示其存在，表达出那种区隔和分裂，而不仅是为了"高级"或"低俗"的和睦共处。

锐普的低卑性所展现的姿态和风格同样是如此的夸耀和洋洋自得，甚至超过高级艺术因修养和礼貌而展现的谦虚与低调——高级艺术的傲慢是"内在"的，它用一系列低调形式为其进行遮饰。高级艺术的标志是"个体"，锐普的标志是"群体"。锐普集中了"下层群体"众多类型符号，而它们又是反对崇高鼓吹欲望的——"下层群体"的崇高代言人已由精英分子和高级艺术所垄断所劫持，剩给锐普自己表达的只不过是一堆抽去精华的"糟粕"。

锐普对社会的讽刺可能是最容易被精英分子一眼看出的正面价值，但如果忽略了其中的粗鲁、讥诮、刻薄、流氓腔，以及那种"坏小子"式的恬不知耻，就难以识破锐普与所谓"正面价值"的尖锐对抗和不可互融性。锐普的"反价值"是对高级文化所解释的社会的一种面对面挑战，它疏于传扬某种理念，而只是为一种生活状态进行的辩护；它不需要外在的肯定，强调直接实有的经验，足以表达对世界的态度和是非评判——锐普能做到这一点，不必依赖一整套理论，它凭借身体力行、日常积累和条件反射般的直接感受，就能滔滔不绝地一一予以道破。锐普对自己所属阶层群体之卑贱或殊异生活的赞扬及肯定简直如宣言一般义正词严。

高级艺术是一种伪装的形式，这种伪装被称之为文明和教化——因此，教育是高级艺术的基础，高级艺术为大量专家和少数天才所把持，但这种格局总是被新兴力量不断打破。生活急速变迁，都市化，繁荣和混乱，边缘群体的出现，媒介革命，隐私性的失去，物质形式的遮饰，内心生活的枯竭，社会分化，资讯对价值观的撕裂，欲望大于需求，道德崩溃——我们何时看到迟钝的高级艺术在介入并解释这一切？刻板程式的教育，记忆，训练，背诵，积累，都在吞噬着精英分子的宝贵时间，谁在关注当下这一切？

已经有许多人在听锐普，他们可能已经非常熟悉锐普了。但是人们只是彼此介绍并私下传播锐普，却很少认真谈论过锐普。其中的深层理由是，谈论锐普，就不可避免地要歪曲锐普。它的不可谈论性就如同色情生活和色情文艺：有难以估计的覆盖面，无数人为之沉迷，但在一个充斥着遮饰的文化社会，"色情"不可能被公开和正式地谈论——这种不必要以及表面的不允许恰好从反面证明色情已经无所不在，而在一个言说和现实严重分离的文化社会，任何一种对色情的公开谈论都只会导致对它进行形形色色的歪曲。

锐普与低俗生活以及低卑主体之间建立起来的亲密关系正是吸引同一阶层和群体的制胜原因。它的自命不凡、轻浮、欣悦和出言不逊，同样是确立低俗生活和低卑主体自信心的集体无意识之表现。锐普的旺盛生命力与它的浅薄思想远比一些精英分子对此的严肃思考更能揭示这个所谓后谎言时代的残酷真相。锐普以它的节奏、速度和即时反应，传达出杂乱的时代讯息——街头生活、新行业、多余人、被遗忘者、反道德、内面性……一种"新生活"的出现才是锐普生正逢时的社会条件，这种新生活的特征现在还没有谁能全面描述，更不可能即刻得到解释。但是，通过锐普，我们知道那是一种充满着垃圾的新经典。糟粕即为精华，就是锐普让人既喜欢又厌恶的内在秘密，它非遮饰的日常主义和滑稽模仿使它获得了真实性及反讽风格的夸赞；而它的无耻、粗鄙、冷漠、本能与自我陶醉又根本无法从中剔除——令人惊奇的是，恰恰是后者，让我们感受到了一种面对混乱时代的"新主体"力量。

二〇〇六年

论对压迫的反抗

　　将文学视为对社会压迫和不正义的道德指控，将文学家视为拯救人类堕落的道德巫医，这样的文学全能主义时代式微了……面对当今世界发生在不同区域、由不同的权力系统制造的屠戮、剥夺、谎言与不公，文学的无所作为已经由来已久……面对当今世界饱受匮乏之苦而突然释放出来的欲望洪流以及各种传统价值观念的雪崩式解体，文学的回天乏术也已经由来已久……作为想象力、白日梦和抒情乌托邦的混合产物，虚构文学的文本影响力基本上不再发生在现代公众的生活领域和日常视野之中（它越来越分众化、学院化和私人化）。取而代之继续运用"言词"发挥公共影响力、希望能够介入世界事务或区域事务的，是大众媒介所发展出来的另一些更为广义的"写作"：新闻报道、政论、时评、观察和专家言论——专家？难道文学家不是"关心人类命运代表人类良知"的专家吗？当然，文学家继续在用他们的"言词"介入，但多半不再通过他们的"虚构作品"，而是——利用他们的文学专业名望，对那些引起他们关切的世界事务和区域事务发言……那常常是一种必要的表态，有没有发挥实际效用要视情况而定……文学家的观点仅仅是许多新闻中的一条，这要看他的名望有多大……真正影响事情进程的还有更复杂的多重力量、无形的手以及难以预判的变数……掌握权力和不掌握权力的人，握有选票或不握有选票的人，他们也许并不十分在意文学家说些什么。这就是实际发生的，而且可能每天在发生——文学的实际地位和作用，文学家的实际地位和作用，还指望什么？并不是只有文学家看到了仍然到处存在着压迫，并不是说我们对压迫已经视若无睹，并不是说如果没有文学家为我们代言、替我们指控压迫我们就浑然不觉世界上居然还有压迫！看看周围那些和我们热切讨论政治与经济、战争与和平、自由与平等的人，谁不是通过新闻报道、政论和时评来获取资讯和观点，又有谁在转述文学家的意见？我们周围仍然有一些自以为无所不知的人，他们总是说自己确切地知道这个，确切地知道那个，不失时机地以"权威"的姿态出现，并且要让所有的人承认：他们就是这方面的专家。在当今时代，即便那些本应该对人的无知有着最为清醒的认识的人们，其自身的行为也常常陷入自我矛盾之中。多数时候，他们都不承认自己真的无知，或不承认自己的认识有局限性。他们这样做也许仅仅是因为他们害怕：一旦承认自己的无知，便失去了自己已有的威信和权力。夏夫兹勃里在三百年前写的《论狂热性》一文中指出，世界上有一种自以为具备某种特殊洞见力的人，他们存在着致命的"布道癖"。夏夫兹勃里写道：往往是那些患了狂热病的人，才会想到什么东西可以导致人类走向幸福的未来。那些热衷于拯救人类于未来的人总是过分低估"现在"的价值，因而不知不觉中已把最可怕的灾难带给了人类。汉娜·阿伦特这样描绘上世纪极权运动崛起之前欧洲知识精英的"精神背景"："他们置身于充满虚假文明，虚骄之教育言辞的环境里，无法逃脱日常生活中经历到的挫折、悲痛、愤恨情绪，以及目睹的鄙陋现实；也没有奇异仙境得以使他们逃避日益滋长的呕吐感觉。他们无法逃向广阔而多姿多彩的领域，一再感觉到自己被社会的囹圄所陷；外加上持续不断的精神压迫，渴望暴力，渴求埋名隐姓与泯灭自我，这都迫使他们更陷于绝望的情境。"他们"唯有自动地认同社会命定给予的角色功能，或摧毁这项功能，才能获得救赎之道。"于是，被"行动纲领"所吸引，被"必然性"的恐怖力量所蛊惑，正是那种迷茫情绪下的混杂结果。所谓"压迫"，就是使用合法或非法的权力，在人与人的自然关系中制造某种违反正义的状态并予以固定化的持续行为……而"反抗"，则是受压迫者使用他天赋的自然权利，旨在恢复尊严和夺回应得利益，以达到自我保全的行为……有压迫就有反抗，这是人类的本能，并不依赖智慧的传授，仅需本能和生存意志……恰恰是因为智慧的介入，让受压迫者由于预期到反抗的无效，甚至会面临更严重的压迫和惩罚，而被迫放弃反抗……但是反抗总有一天要爆发，压迫者和被压迫者将为此付出惨重代价……人类的压迫史和反抗史的肇因在于人与生俱来的自利和自保的倾向……文学对压迫的"言词反抗"乃是一声长长的叹息，只有在极罕见的条件下，稍纵即逝的特殊时刻，反抗的文学才会成为反抗运动的一声号角，成为革命的导火索……真正的改变现状的反抗是一种政治行为，压迫的解决也只有通过政治去解决，哪怕旧形式的压迫之解除以迎来另一种新形式的压迫为代价……以什么来衡量文学写作的价值？什么叫"有利于被压迫者的解放"？什么叫"有利于正义的伸张"？写作为什么不可以是针对"另一种压迫"的自我解放？所谓"另一种压迫"，指的不是身体和尊严的被侵犯，不是正当利益被剥夺；而是一种无形的等级压迫、差异被抹杀的一体化压迫，私人性处于低卑位置的崇高他者压迫……所有被边缘化，被排挤被压制，不让言说的一切，都应视为"另一种压迫"的表现……当然，原始的、经济的、肉体的、政治权力的被压迫仍然随处可见，但这并不是现代压迫的唯一形式，也不是今日文学旨在用言词去诉求的主要反抗压迫的议题……对于直接危及到人们生存和导致社会严重分裂的压迫，应当寻求政治解决之途……恰恰是"另一种压迫"，留给文学以新的表达空间……而只要表达，就已经置身于对压迫的反抗之中，哪怕只是微型的反抗……分众化、学院化和私人化的文学，不可能再掀起大规模的社会反抗……再说，某个没有负债感更没有负罪感的社会，是不能幻想用虚构文学去触动的，更不要说改变了。需要言词，需要反抗压迫和不正义，但不能寄希望于文学。言论自由的核心是什么？是说出真相的权利，还是仅仅说出想象的权利？当压迫和不正义涉及某个社会的所有成员或部分成员，他们想要看到的是什么？那些被压迫的人，那些受侮辱与受损害的……他们有权利自己说，如果他们不便说或不会说，他们有权利请人代言。为他们代言的应当首先是律师、记者和新闻媒介……文学家，擅长把对"不正义"的愤慨转换成崇高之论，由文学精英来垄断对社会诸种谬误、不义、剥夺和压制进行"言词反抗"的批判权，只能使他们成为自封的，自外于社会的道德仲裁者；这种仲裁，如果对该社会的基本权力结构不构成损害时，很可能会被当作虚伪的偶像加以利用，进而使所谓的"言词反抗"成为权力者和压迫者的同谋。巴枯宁在一八七〇年二月致朋友的信函中这样表白：我不愿意成为"我"，我只希望能成为"我们"。这是真诚还是浮夸？巴枯宁的门徒涅柴耶夫进一步发挥了把无数"失魂落魄的人"（即"我"）变成"群体"（即"我们"）的福音理论，因为他们的处境如此悲惨："没有个人的利害关注，没有个人的事业，没有任何感情执着，没有财产，甚至，无名无姓……"从班达的《知识分子的叛逆性格》到诺齐克的《知识分子为什么反对资本主义》，通过不同的侧面揭示了一种很令人产生好奇心的"知识分子心理"——他们宁肯看到曾经受到尊敬的上层阶级受到底层阶级的威胁，并欣然接纳这底层阶级，视它为与自己并列的同路人。他们又以看笑话的心情，满怀兴致地观赏以往不被社会接受的分子成为社会的重要人物，直到随着自己的再次边缘化而付出昂贵的代价。但是即便如此，知识分子也不愿意喜欢资本主义，其根本原因，是他们总觉得自己的价值被抹煞。不论这抹煞来自群体暴政还是资本奴役。诺齐克写道："只有当人们认为自己有优越性而未被承认，或认为自己有权利而蒙遭否定时，才会产生那种敌意。"他还对知识分子的"敌意"怀有一种不信任（似乎也有点"敌意"），他说：知识分子对个人价值及优越性没有获得回报而产生的"敌意"虽说为各种表面上的理由所包装，但是当这些理由被证明是不适当的时候，他们依然坚持这种敌意。为什么呢？是他们总是不肯承认"我"，一定要说"我们"，就像巴枯宁所说的那样，使自己永远不愿代表"我"说话吗？要改变的是行政、司法和新闻的现状，而不是文学的现状……要指控的是行政不作为、司法不作为和新闻不作为，而不是文学的不作为……文学对我们的社会并不负债，它无须反省……批判的武器源于马克思，而不是源于巴尔扎克……像马克思那样思考，并不意味着要让巴尔扎克像马克思那样去写作。

二〇〇六年

伟大小说与文学懦夫

"伟大"不过是一项用来赞美他者的桂冠，当然也可以用来为任何种类的小说加冕。不要试图为"伟大"统一尺度，那是眼光狭窄的裁缝才会产生的妄念——只因他为某几个大人物做过帽子，就以为他掌握的尺寸和见过的样式足可以衡量所有的脑袋。

别轻易为"伟大小说"立法……那是个多么含混的大词，你没法让它清晰，因为一旦你定义了"伟大"，反对之声将接踵而至……正如历史上的伟大君王，他们驰骋在不同的时段和地域，他们通常是些完全不一样的异禀之人，他们各执一端，他们自己立法而不是由后来的历史学家为他们归类，甚至，伟大人物之间还会发生战争……对，正是那种由"不同的伟大"之间的敌意构成的针锋相对才使他们光彩夺目。

"伟大"是一个叹词，它指向那些极端罕见的人物和事物，而那些人物和事物总是处在对抗状态，即便是在和平共处的短暂平静中，他们也互不相容……一个统治者和一个反抗者都可能是伟大的，但理由却截然相反……一个不能被化约成另一个，也找不到第三个概念去统摄。征服者和自卫者各有自己的伟大生存原则，但"伟大"在这里已经混淆了不同生存原则的根本差别。"伟大"不涉及是非善恶，它只是一种让人惊骇和敬拜的能量。

"伟大的小说"指的是什么？它仅仅是一本幻想的书。一本幻想的书和另一本幻想的书会发生战争吗？哪怕它们彼此充满敌意？一本质朴的小说和一本狡智的小说谁更伟大？请想象一下在质朴的农夫和狡智的魔术师当中搭置擂台会有什么结果……多么愚蠢的主意……狄更斯与克里斯蒂，托尔斯泰与纳博科夫，巴尔扎克与普鲁斯特，这些在不同小说国度里的伟大君王如果听到后世的文学侏儒为他们谁更伟大争执不休……请想象一下吧！

那躲藏在所谓伟大小说梦想背后的，也许只是一个卑微之人，一个勤奋的写作工具……正是后者引起我深切的关注和怜悯，但这不可能是我读此类小说家作品的理由。

在一个仍旧需要用谎言和自欺去掩饰的社会结构中，"伟大"继续担当着不可缺少的优伶角色……用"伟大小说"替代渺小生活，用"小说中的道德"替代生活中的无道德，用"小说中的政治正确"替代现实中的政治不正确。

将某一类伟大的小说夸大成一切小说的敬拜物，将它推上祭坛，不过是文学懦夫的障眼法……文学懦夫的特征是：害怕并排斥他们所陌生的，所缺失的，所无力达成的；然后用他们所敬拜的某一类伟大小说去贬低那些令他们陌生、令他们面临缺失恐惧、令他们产生无能感的其他种类的伟大小说。

伟大君王和伟大小说家的区别之一在于：前者为唯一的疆土和权力而战，因为生存空间有限；后者则在一个幻想世界为各自的幻想而战——在这个虚构空间里，小说家的君王位置可以无限并列与重叠……

文学懦夫常常装模作样地一面颂扬伟大小说，一面挟伟大小说之余威鄙视二流小说……他们恰恰忘记了，伟大作家的胸襟不仅包含了渺小之物（岂止是二流！），甚至也不认为谁可以有资格去鄙视渺小之物，这正是伟大作家之所以让人们敬仰的秘密。鄙视渺小颂扬伟大乃是渺小者的自我遮饰，虽然人们同样应该包容装模作样的文学懦夫。

伟大小说历来是意外的产物，它从来不会产生于紧迫召唤之下，哪怕局势再紧迫，召唤再煽情……伟大的小说可以出现在盛世年间，也可以出现在黑暗时代，甚至出现在平庸岁月。伟大小说是一种回撤而不是展望，对伟大小说的适当谈论应当是一种追述而不是预期。伟大小说也许源自对卑微生存的体验，却永远不会产生于对伟大桂冠的渴望。

当文学懦夫在奢谈伟大小说的"朴素"或"真实"时，朴素和真实的世界并不因为伟大小说的出现而有任何改变。差不多所有的世俗社会和政治体制都乐于把形形色色的桂冠授予各自的"伟大小说家"，它们的理由虽然各不相同，但有一条理由是共同的也是心照不宣的：小说家和他们的"真实"作品不会动摇更真实的现实秩序之根本。被改变的只是那个"伟大小说"给小说家带来的荣誉和名望，这才是"朴素和真实"……

有人要我们放弃"二流作家"，说他们是一个笑话；还一本正经地告诉我们谁是"一流作家"……让我们先看看你是几流作家……为文学划分等级的做法是反文学的，除非你在一流文学中看到了自己的卑低和猥琐。

但卑低和猥琐恰恰是伟大小说的描写对象……为什么描写低贱之人和丑陋之人同样可以成就伟大小说，其秘密何在？你们会正确地指出，那是作品中的博爱、仁慈、悲悯……等一下，我知道后面还有很多赞词，但还是且慢，我请问：在你们为文学划分等级时，你们颂扬的博爱、仁慈和悲悯跑到哪里去了？

对不起，我是同意你们为文学划分等级的，我是个"天才等级论"者，我不用道德赞词为文学划分等级，这是我和你们的根本区别……按我的标准，如果你们执意要用道德赞词肯定一部分伟大小说，贬低另一部分"天才"的伟大小说，我只能说，你们不仅不懂得什么是天才，而且还嫉妒天才。因为天才是不可模仿不可企及的，而"道德"是可以模仿可以企及的……天才不可重复，道德可以重复，而且可以无限次重复……在道德重复已替换成某种无须原创的言词重复时，它在文学中的价值只剩一个零……

小说和道德虽有部分重合，但小说仍然不能接受道德作为自己的最高目标。小说并非要凭借它的道德介入才成为伟大之作。道德优先权在判断一部小说时所具有的杀伤力何以毋庸置疑？那多半是文学懦夫的陈词滥调所造成的。懦夫最热爱所谓的道德，小说则总是异端的自由世界，懦夫害怕异端给他们的心灵造成伤害……在小说中引入道德，将道德视为统摄者和仲裁者，以道德偏见衡量小说是否伟大，这就是文学懦夫一再重复的"小说公理"……即便道德真是小说的灵魂，道德也绝非只有一种道德。小说中的道德差异和道德纷争的长期共存正好表明：小说其实不过是一个"幻想的躯体"，至于道德灵魂却可以有无数个。换句话说，决定一部小说是否伟大或足够伟大的，是小说所展示的"幻想力量"，而不是"道德力量"。伟大的小说家肯定不是伟大的僧侣，试图在小说中寻找伟大道德，甚至仅仅在小说中强调伟大道德，那是懦夫的伪善之论。

如果宽容是人类的一项伟大美德，那么宽容某种异端，或者宽容某种平庸算不算是一个伟大的文学观点？要是情况相反，文学懦夫坚信在他们看来异端与平庸不可容忍，那么我们就要先把"宽容"从他们的道德词典中删除出去，然后我们还会惊奇地发现，"仁慈""爱""怜悯"这些道德范畴也要相继删除……这将是一个多么令文学懦夫恐慌的局面！

以往的文学作品谁"伟大"？历史已经提供了一部分名单（你可以不同意，这是你天赋的伟大权利）。今天的文学作品谁"伟大"？由各种等级的文学评委会决定（你更可以不同意）。评委会在忙碌，他们慎重地在做决定……但生活并不做类似的决定，生活是文学的主要来源，所以它不做谁更伟大的决定，就像河流不对判断哪条鱼更大做决定……生活仅仅让文学幻想以一切方式存在，就像它本身那样以无限的深邃和无限的丰富性存在。生活不对生活进行等级划分，只有蜉蝣般的文学评委会，才对文学进行级别评定，进而对生活进行等级划分……谁更伟大！无所不在的大全生活和万能的主啊……

还是不要再奢谈什么是"伟大"吧！人们对"伟大"一词怀有敬畏的心理，而敬畏起源于无知和恐惧……反对伟大就意味着渺小，正像反对崇高就意味着低卑……但"伟大"一词的定义究竟是什么？它不可能有定义，它只是一团迷雾，以及迷雾后面似有似无的某个庞然大物。"伟大"并非是某一物质存在或精神现象的内在属性之显示，甚至不是它的表面形式或风格。"伟大"无非是面对某一特定迷雾或庞然大物时的某种晕眩和敬拜冲动，以及随后产生的转义联想和被唤醒被激发的主体膨胀感与渺小感之奇妙混合：它属于感觉的范畴，一种受到某个时期某个局域某种潮流某种群体影响的心理活动……更重要的是"伟大"至少是一群人共同拥戴的产物，而这一群人注定了是……渺小的人！

如果无情的逻辑就是这样，如果"伟大"一开始就和"渺小者崇拜群"相依为命，就没有理由以"伟大"为旗，鄙视你的渺小同类。"伟大"是一个错误的信念，没有什么"伟大小说"，只有"自由的小说"和"自主的小说"……为文学设置等级有违于文学的自然公理……我再说一遍：躲在"伟大小说"幌子后面的，不外是些文学懦夫而已。

二〇〇六年

论今天的浪漫主义和精神导师

政治浪漫主义的幽灵又回来了，这一次它显然缺乏动力学意义和实践基础，只停留于静态的清谈，虽然披着历史的外套，虽然它的广泛号召性已经不复存在，那个历史机遇不可能再出现……难道历史不是已经被证明它恰恰就是政治浪漫主义最致命的修正主义者了吗，但为什么政治浪漫主义还是不肯退出历史舞台？倒不是精于此道的人们善于将陈旧的幻想不断粉刷一新，而是历史本身便是各种政治浪漫主义相继问世、登台、角力、发迹、破产、复兴和再崛起的过程。政治浪漫主义如同历史的激素，没有政治浪漫主义的世界将和"没有海怪的海洋"一样缺乏魅力。

后谎言时代的索然无味和缺乏想象力可以从它目前拥有的"浪漫主义赝品"一眼看出——大都市浪漫主义，一种小市民的物质性短视加上肤浅乐观……还有一种小农式的乡土浪漫主义，它由草莽传说、地域经验和陈腐教条构成，悲天悯人的情怀并不能掩盖它对当今时代的无知……以拒绝的姿态欣然接纳并登上了后谎言时代为他们提供的舞台，与自我陶醉的小市民都市浪漫主义唱起了同一首曲子的不同声部。

政治浪漫主义在字面上曾经很吸引人，今天仍然吸引人——和过去的不同之处在于，过去吸引的是大多数人，今天吸引的只是较少数人。奇怪的是为什么一种观点被少数人拥有没有人会说不公平，物质被少数人占有却会引起不满、仇恨、抗议甚至动乱和革命？物质比观点更重要——至少绝大多数人这么认为，而为绝大多数人打抱不平和有良知的少数知识分子也这么认为。在后谎言时代，一个司空见惯的场面是这样的：批判现实的浪漫主义者刚刚不遗余力地攻击物质至上并颂扬纯洁的精神，随即因物质分配的"不平等"导致的"愤怒指控"不知不觉地回到了物质至上的立场……

他们中有人很正确地说，人民创造了物质文明所以非常伟大与光荣；可是他们翻过脸就不屑地指出，物质是一种十分低俗的事物，物质至上，物质主义……身陷于物质生活中的人民，这时候就要抬起头仰望那些在精神上高于人民的人了……不错，"他们"就是一贯正确的精神导师……面包是朴素的，但只知道面包就庸俗了，这便是精神导师的辩证法。

只有当物质涉及归属和分配时，公正与公平等概念才会从中浮现并成为严重的问题。人们仇视物质的秘密在于对物质归属和分配的不公、不均和匮乏所产生的不满，一种对制度下的物质异化的不满，而非仇视物质本身。而不公、不均和匮乏的背后恰恰是"夺我所欲"……据说精神导师的任务之一，是帮助迷失在物质里的"人们"认清隐藏在日常事务和世俗生活背后的意识形态，希望成为没有财力或权力的那些群体识破商业谎言的武器。但此"迷失之群体"通常远离精神导师，因此，他们就不可救药地堕落成为"大众"了。至于精神导师，则体面地沦为另一个专业小群体，他们的言论和写作不幸地成为一种同行之间传阅的内部文件，一种类似在某个和选民无关的议会上的慷慨陈词，这恰好是后谎言时代得以逃避武器批判的幸运之处。

现在浪漫主义进入了被重新注释的新时期……没见到连"人民"这个词，也不再指称国家生活中的最高主权者，而下降为需要期盼那些护民官和政策"亲近"与"照顾"的被动群体了吗？回想在政治浪漫主义鼻祖卢梭那儿，"人民"曾经成为他强烈情绪化的对象，它被说成是一个"感情共同体"。卢梭的天赋表现为，他可以随意受热情驱遣用写作恣意摆布"人民""主权""自由"和"解放"一类大词，它们背后是超大容量的历史机遇。但是轰轰烈烈的过往场面已经结束，在今天，"大词"早已降格为用来抒情和拉票的词，一个只被书写在文学和社论中的词，而不是生根在法律和制度中的词。

精神导师可不是那么容易当的，光说大话远远不够！我们得瞧瞧世界和我们的精神是否已经败坏，这种败坏到底是由政客造成还是由富翁造成……有人说，"精神导师只会带来灾难！"这个我们不能肯定，但政客和富翁的危害性还算有限，这倒是事实。人们都喜欢骂政客和富翁，至少还能骂（虽然不管用）……精神导师却不容冒犯，因为他是一个虚无的神。一切神圣之物都同时是虚无之物，为了神圣和虚无，人们甘愿为之浴血和牺牲——时代变了……政客和富翁填补了神圣和虚无的空位，灾难和诗意一起消逝……人们怀念有精神导师的日子，他们中的有些人开始跃跃欲试……

精神导师在哪儿？我们得瞧瞧你的模样，我们能识别，以前我们见过不少，我们知道精神导师的魅惑力何在。气度非凡修辞锋利远远不够！没有谁能掐住今天时代的咽喉，没有谁能提供新的世界愿景，没有谁能因为他的伟大幻想而让我们的理智丧失判断力，甚至没有谁能告诉我们明天将发生什么……重复历史上有过的大话已不足以做今天的精神导师，谁还被迷惑，还甘做这种大话者的信众，谁就十足愚蠢——除非为了纠集起一群人，以大话者做旗帜为他们的特殊利益而战斗。

那些声称站得比我们高的，多半是些飘飘然的人。"但他并不比我们知道得更详细，他只说大话！"有人抱怨。是啊，因为站得高，看不详细就是理所当然的了。站得高的人不愿意和我们一起观看身边的事物，这显不出他的与众不同。站得高的人总是向我们报告他看到了远方，我们仰望他的身影，那个瞭望者……没法验证他究竟看到了什么，大家只好相信他。我们没有反对他的证据。他已经占据了那个位置，信使站立的位置……那个飘飘然的人，在无关紧要的时候，不过是一种无害的偶像欺骗；一旦危险来临，他多半会躲藏起来……

"远方的消息"，可能是一种哲学或一种宗教，也可能是一个理想社会。"精神鸦片！"马克思这么说的时候，他不知道将来的人们将把他看成了另一个先知：在那个空缺的神圣位置上，总要有点什么才行。只要给人们慰藉，尽管它不能证明它们的最终实现和绝对真理性——这不但出于逃避之需，也是幸福之源。幸福不必证明其合理性，它只承诺并提供一种幻觉：比酒精持久，比疯狂短暂。

尼采鼓吹"超人"，这可不是随便什么人可以担当的，别以为那是摇奖人人有份，"只要轮到机会，我也成！"对某些醉醺醺的"自以为超人"的凡夫俗子，尼采尖刻地指出，"若有人试图将他同别人比较甚至估价更低，揭露其作品的缺点，便狂怒不已。由于他停止了自我批评，他羽毛上的健羽终于纷纷脱落：迷信掘断了他的力量的根，在他失去力量之后，甚至可能使他变成伪君子。"

韦伯在一九一九年的著名演讲中嘲讽了那些自命为先知的"世界观导师"："如果没有先知和救世主存在，或者如果他们传布的福音不再有人相信，那么纵使有万千导师，以领国家薪水并享有特殊地位的小先知身份，在课堂努力扮演先知或救世主的角色，也绝对无法在世上硬逼出一个先知或救世主来。这类导师的刻意表演，结果只是使我们的年轻一辈，对于一件最重要的事态——他们之中许多人所渴求的先知，并不存在——的认识，永远无法以其意义的全面力量，发挥其作用。"同一次演讲里，韦伯还讽刺了那些想当

"领袖"的学院教师，"更堪忧的情况，是每个学院教师，都让自己在教室里扮演领袖的角色，那些自以为最有领袖才能的人，往往最没有资格担任领袖，更重要的是，讲台上的情境，绝对不是证明一个人是不是领袖的适当场所……假如他感受到召唤，觉得应该介入世界观或党派意见之间的斗争，让他出去到生活的市场上去活动：报纸、公开集会、社团，任何想去的地方。毕竟，在一个听众——甚至连持相反意见的人——被迫保持缄默的场合，表达自己坚持信念的勇气，是太方便了些。"

迷信自己拥有良知、直觉和真实判断力的精神导师相信，精神领域的所有事项对他们而言原本就了然于心，它不必通过对所能观察到的现象才做出评判，而只须通过有限的个例传递出来的意义和所获得的直觉——就能理解的。他们还进一步以为，一个时代的精神、艺术和道德的主要性质，只须通过对普遍贯穿于其中的意义有一种富于想象力的体会就可以达成。做到这一点需要非凡的天才，他应该天马行空，甚至有权使用自相矛盾的概念和证据，他强大的内在经验足以和被他歪曲的外部世界相对抗——但何谓为"强大的内在经验"？"精神导师"开始为人们现身说法了……

不要尝试做力所不能及的事！人们只有从自己实际拥有的能力出发才可以去论述那些比较抽象比较高级的精神命题，除非你真的相信别人都比你愚蠢。如果你居然以为思辨的掌握如同写连载小说一样轻而易举，只是件可以模仿可以信马由缰的便宜事，那就大错特错了。人们对你的妄言保持沉默的原因是：那些比你笨的人没有看出你错在哪里，而另一些比你聪明的人要么没有在意你，要么看过你一眼，脸上闪过一丝不易被人发现的微笑。观棋者勿语，不过是一种礼貌罢了。

仅仅陶醉于言词还不够，神圣修辞不足以掐住后谎言时代的咽喉。我们得瞧瞧你的气质、体魄和胸怀……不仅仅是言词！尤为重要的是，谁需要精神导师？整个世界？某块土地？一片村落？一所学校？甚至只是一群失魂落魄的人？让我们瞧瞧你背后是些什么人在追随，也许就真相大白——还是算了吧，不必惊吵别人的美梦。有谣传说"大难将要临头，需要救主"，众人最终信了它，这样的谎言不可能被揭破。你若问：灾难为何一直没有降临？他们会告诉你，"因为救主出现了"；你再问：你们为何信他是救主？他们必幸福地回答："因为灾难被他阻止了。"

对精神导师的渴望，一直存在于时代的裂缝之中，存在于那些需要精神慰藉的人们无法在现实中得到满足的匮乏之中——那是一种激情的转移——当政客和富翁，或干脆直截了当地说吧，当权力和金钱在忙于它们自己的角逐时，那些被遗弃的人就会去寻找超世俗的精神导师——但在当今，谁能在权力和金钱之外建立精神之邦？仅仅是言词，仅仅是几本书，仅仅是某些可疑的名字？谁仅仅靠有限的智慧和眼光，靠不可测知的想象、预断以及对事物进程的瞬间把握，就抓住了人们的灵魂？如果精神导师不具备一种颠覆的潜能，不能够从根本上颠倒现有价值的蛊惑力和描绘足以令人晕眩的远景蓝图，做不到野蛮人才能做到的现实权力分配之翻转，精神导师就会成为一个空谈家——他提供迷幻药物的真正作用是：让世界分裂的状态继续保持，一半由权力和金钱支配，一半由精神幻相支配，而精神导师则以这种分工得到由权力和金钱所支配的世界给予的回报——地位、酬金以及虚假的声誉。

为了免使精神导师影响力的增长将对权力和金钱构成威胁，必须约束精神导师的活动，和他们做交易，防范他们利用他们……在后谎言时代，最好的办法是，精神导师应该是个亡灵，或者，至少应该是个垂死的偶像，换句话说，应该由那些已经死去或将要死去的人做精神导师，省得让一些人为一种异己力量而不安，让另一些人争夺精神导师的空位而争吵……必须控制精神导师，让他成为摆设。

至于不再信任任何精神导师的那部分大众，那部分"迷失了的群体"，也许有福了——他们相信政客，是因为政客的具体承诺，它判然可见；他们相信富翁，是因为富翁的目标就是利润，它赫赫在目——精神导师送给他们的只是空无！精神导师摆出先知或人类之友的架势，要人们无视权力和财富的价值，放弃现实斗争从而将权力和财富统统拱手相让……所谓大众，就是那些跨越了地域文化差异和精神差异，在争取免于匮乏的自由和免于恐惧的自由上达成共识的人……他们不追究世间万物背后的原因，他们对身体经验的看重远远超过对传统锁链和精神幻觉的看重……精神导师正在相继死去，他们的言说越来越局域化，他们各持己见的立场早已成为一种形式主义的表演……一种精神幻觉没法解释另一种精神幻觉，砸碎一种锁链的结果无非是建立起另一种锁链；供奉某种特殊信仰的精神导师在"有效局域"之外获得的不过是"尊重"而绝非内心"认同"……

舍斯托夫在《钥匙的统治》里提到一个古老的俄罗斯笑话，说在欧洲造反的是一个想当老爷的农夫，而在俄罗斯，造反的却是一个想当农夫的老爷……许多年过去了，仍然有一些人一边讴歌农夫的躯体，一边就当上了为农夫代言的精神老爷——这是在后谎言时代。

最让人沮丧的是：今天的浪漫主义，不论是政治的、大都市的还是乡土的浪漫主义都显得如此的苍白无力，而所有新旧精神导师也都无一幸免地处在被"脱魅"的途中……

二〇〇六年

速朽一代

"速朽一代"指的是谁？不，我不能立即回答这个问题，那是一个无所不包的适用于许多情况的标签。"速朽一代"也不属于指代某个固定的特殊群体的专用名词，相反，它分布在不同的群体之中，由那些最不固定最善变的文化游牧分子所构成——"速朽一代"没有组织，它各自为政，它是浮在时代表面的原子化的个人，正是这样一些无所不在的原子化的个人促成了当前文化标识的流行：它的善变性，与时代的无方向性保持着高度的同步，它的速朽性质则从反面体现它的易被时间吞噬的短暂新鲜感令人不可思议地抓住了时代精神的虚无特征，而这恰好是它的活力以及它之所以吸引人们的诡秘之处，同时也是它有可能以"速朽"为标签为我们的时代做出文化注解并使自身成为历史经典的意外依据。

"但是，"有人会问，"你所谓的速朽一代，难道不正是指那些脱离现时代最基本真实和最尖锐问题的矫饰文化和流行写作吗？"是的，你的问题提得好极了，亲爱的先生。在一个充满了残酷真实和尖锐问题的时代，竟然产生出如此不残酷不尖锐的文化和写作，这本身就是一个尖锐的问题。然而这个问题的答案，却不能从文化和写作内部去寻找。

那个笼统的文化消失了，写作同样如此。从一种眼光看出去认为是非常重要的作品，在另一种眼光看来则不然。决定眼光不同的因素很多，拒绝承认另一种文化和写作之价值的情况仍然存在，但这种拒绝恰恰是该文化和写作的外部生存条件之一。"速朽一代"被一些人鄙夷的事实，并不能推翻它被另一些人欣然接纳的事实。"他们的写作微不足道！""他们所描写的生活和情感微不足道！"是啊，我一度也这么认为。微不足道的何止是生活和写作，还有微不足道的"批评"！在这个小小的关于争辩"谁更有价值"的真理事件中，真理并没有出场……因为隔膜和轻视，那种相互的轻视，即使还不至于发生对抗，但差异的鸿沟已使交流发生了障碍……不必再呼吁彼此的理解，这已经没有必要，在"谁更有价值"的选择题辩论中，"分殊化"是一个双方可以共同接受的解决方案。确实，"速朽一代"赢得了它应该赢得的赞成票……

被批评家经常挂在嘴边的"全景式社会"与"时代总体性"都不过是用言词勾勒的结果，所谓"总体性的生活"对任何个人而言都是不存在的，它只存在于抽象的大脑之中。生活视野和个人经验的局域性必然导致表达的"分殊化"——"速朽一代"无意回避现实的残酷面和尖锐性，因为它谈不上回避并不了解之事也谈不上回避未有深切体验之物——个人命运和生活环境的有限性，不可能通过高屋建瓴的概念认识而获得解放，哪怕这是一种更具覆盖力的真理概念。而写作，特别是"速朽一代"的写作，它的贡献仅在于，它恰当地出没于现实的另一些层面，这"另一些层面"绝不是用一句"虚假生活"或"半张脸"就可以打发的。

文化和写作中的"责任理论"至今具有自封的优越性和优先衡量权，人们仍然习惯性地继续将"文学责任"奉为放之四海而皆准的公理，但这不过是空洞的泛泛之论——"要做个好人！"那有什么可争辩的？可是，"何谓好人？"人们在这个问题前开始分裂了……"文学责任"同样是一个经不住追问的命题，"何谓责任？""谁"对"谁"负责？对"责任"之内涵的不同解释何以会针锋相对，哪怕对立的双方都赞同"责任"一词，最后仍然要发展成势不两立？"文学责任"并不能统一不同的人，随着争论的深入，这个命题进一步分裂了不同的人……现在的问题转化为："速朽一代"的"责任"表现在什么方面？

"速朽一代"的责任是——为自己写作，它的核心是自我。难道不是吗？有什么问题吗？文学的责任是为了别人，因为文学在为"别人"，"别人"就会为之感激涕零——且慢，如果一个律师替别人辩护，别人将感谢他；如果一个律师替自己辩护，就有问题了吗？为"别人"伸张正义和争取权利不仅高尚而且可以载入史册，为自己伸张正义和争取权利则势必渺小而速朽，为什么会这样呢？如果一个人对"表达自我"没有兴趣，他怎么会对别人"讲出自己心里话"感兴趣？如果一个人从来不为自我着想，他又有什么必要感谢别人"为我代言"呢？

结果居然是这样：自私的，自我中心的写作在现时代赢得了许多人！是他们都很自私吗？还是他们不过为了了解"某个"与他们无关的"自私的人"？共鸣居然在许多同样自私的琴弦上发出，或者，并没有共鸣，那些人仅仅是好奇，一种公开的窥视……这么简单？那些人粗鄙而无教养，这样说可要小心！那些人在充斥着假面和肤浅表演的文化中精神正在堕落，这样说更要小心！反思不是凌驾他人之上的宣判，反思应当态度超然。以道德责任的代言者自居，不过是另一种自私和自我中心的升华错觉，一种对自我的无边放大。当写作已不再是一门少数人掌握的特殊技能时，它就必然成为更多人参与的即兴表达，"速朽一代"更是如此：它成了溢出责任理论的一次性个人表演，何况责任理论在现时代的诸多远为重要的领域都已经失效。

"速朽一代"在另一种我们可能完全不知情的语境中长大——

我们自以为已经烂熟于心的现时代，一直被我们同样自以为烂熟于心的字词和概念反复描述与总结，这一切在我们看来似乎不证自明，但我们所谓烂熟于心的那一套在"速朽一代"眼中却可能全然陌生。在同时代中生活并不意味着只会产生出一种类型的人和一种类型的头脑！我们耿耿于怀的诸项重大问题，对他们也许并不存在！我们急于想知道他们一些什么呢？或者，我们对他们想告诉人们的感受和经验统统不感兴趣，只是一味要求他们能够知道我们在想什么，因为我们坚信只有我们才抓住了时代的根本！可惜呀，也许正是他们才抓住了时代的根本，这可说不定！

不要指责"速朽一代"只知道"现实的一半"，更不必要求他们去认识"现实的另一半"，应先设法知道"他们知道的一半"是什么——除了自我、摩登、表面化、流行时尚、陶醉于假象（这一指责本身也在提供一种新的假象迷信），还包括：新技术与媒介之利用、图像主导、即用即弃、通信革命带来的新书写风格，多样性之混杂、朝秦暮楚、无方向性……他们才是现时代所造就的真正体现其特征的一帮！

所谓自我、时髦、表面化、流行、假象，不就通过"恋物"来达成的吗？是的，先生们，的确如此。支撑"速朽一代"生活的，乃坚定的个人主义和物质主义，那种喋喋不休的对物质细节的关注和个人感官印象的描述时常招人诟病，殊不知这最容易见异思迁与始乱终弃的"恋物癖"正是现时代文化发生重要变迁的后果——从"观念拜物教"转回到"商品拜物教"，既是向上走的过程也是向下滑的过程——虽然已经返回生活的物质基点，同时又因为物质自身越来越短的淘汰周期，"速朽一代"在物质主义的现实／虚幻之矛盾体中看到自己的双重面影。

"速朽一代"从不渴望最高目标，那全是些"不可能之物"。"速朽一代"坚信此岸性在于它的"可期盼""可触摸"和"可占有"——限制在物质领域里的生活图景才可能被有效地想象，它具体地呈现在那里。和"速朽一代"所写作品的命运相比，生活现场中大量被使用的"物质成品"，特别是孤零零的"单件物品"，往往老得更快——物品越时髦，就越比文字更易朽。"速朽一代"把写作全面依托在物质生活之上，这可靠吗？他们的前辈说，当年人们拥向灯塔顶的楼梯时，半途脚下的楼板被抽掉了。后来有人传说，灯塔顶楼里面一片漆黑……"谁说我们不要光明不要精神？"他们当中有人忿忿不平。当然，其实我们都应当了解，追求个人目标同物质的关系紧紧相联，而着重谈论物欲和官能不过是精神观念的指向发生转移的表征，区别在于：以前精神观念是一块牌位，物质祭品远比牌位低卑。现时代的精神观念则是对一切物质的重新命名，精神和物质终于合为一体了。

千百年来，生活从来都是速朽的。生活在时间中逝去，它很少被记载。人们并不因为生活的速朽就毅然放弃生活，生活也不是因为它将被记载才值得一过。人们生活，既在于宿命，也在于生活的此刻性和一次性：偶然、意外、短暂、期望及不可预知。生活的强大魔力即在于此，它牢牢地吸引了人们。那么多生活不被记载又何足惜！

"速朽"不过是"化为乌有"的另一种表达。人们自从能够用文字和图像保留自己的一部分生活残痕以来，便开始迷信有些东西可以世代相传，进而免遭"速朽"的厄运。让一种东西长期保存，其实变成了"记载这种东西的文字"得以长期保存……这可能是历史经典得以产生的最初梦想，而经典一旦真正产生，人们便转过身对那些注定要与"不重要"的生活一同归于湮灭的"速朽"文字嗤之以鼻。但是，一个迄今为止对"速朽"最为有利的历史时刻终于来临了——写作行为被教育普及与书写传播工具的廉价化扩散到极为广大的人群之中，记载每天"速朽的生活"，汇成现时代最壮观的景象：即时写作，即时阅读，历史只是课本，经典只是化石，新闻才是一切……这个伟大的转变，颠倒了被历史与经典盘踞在金字塔尖的图形，沉睡在金字塔底被压抑数千年之久的大众开始发挥他巨大的能量。

"速朽一代"就在此背景中诞生，它和写作的普及和廉价化密切相关。因为普及和廉价，写作的神圣与不朽（经典和永恒是它的两道魔咒）开始"脱魅"，写作所具有的一切潜能都充分展现出来。"速朽一代"的写作只在乎空间的扩张，而不在乎时间的绵延。唯有这样，写作才能更接近速朽的生活本身，从而也更接近生活的一个宿命真理：它是瞬间的，而不是不朽的。对经典和永恒的渴望，其实就是"花朵对化石的渴望"，就是"无对于持续的某物的渴望"……"速朽一代"为了今天的存在已经等待了数千年，它拥有的就是"此刻"，就是即将速朽的"当下"。它知道，到了明天，它将归于虚无……幸运的是：此刻，它仍在！

既然生正逢时，那还犹豫什么？"速朽一代"用一种放松的口吻谈论并书写他们熟悉的那部分生活，甚至还越界妄议陌生事物。这有什么不可以？难道这世界上妄议还少吗？"别在意他们！"我们彼此提醒。可是，他们也并不在意你在背后说他们什么！是啊，他们随便开开玩笑，有时很过分，非常不严肃！天哪，严肃的人我们见得太多，不严肃才好玩。真的别太在乎，"速朽一代"多半还算是温和的，他们不怎么谈论重大问题，但小问题的自由谈论为什么不正是一个"重大问题"？想想过去，因迷恋于重大问题而把我们的生活整个拉进歧途甚至拖入黑暗中的事情难道还不够多？

"速朽一代"的写作遍布诸多领域：商业广告、通俗小说、物质随笔、电视综艺、网络博客、自传、电影剧本、流行歌曲、音像评论……没有哪一代的写作如他们的写作涉及如此广阔的符号世界，也没有哪一代的生活如他们所面对的生活那么丰繁、芜杂、表层、真假莫辨和光怪陆离！"速朽一代"仍然面临禁限，但在禁限之外留给他们的题材已经足够。批评他们没写出这个，没写出那个，为什么你们自己不去写"这个"或"那个"？"速朽一代"所遗留的题材应该让"经典一代"去做。"速朽一代"和现时代同步，它的速朽暗示了现时代的不可预卜之前景，所谓同生共死，这难道不是历史的辩证法吗？

上述所有这些"速朽一代"的写作还在源源不断地问世，"速朽一代"前赴后继，即死即生，在"速朽一代"的原子化个人背后，是无方向性的现时代潮流。现时代潮流由三股力量共同推动：物质、强权和谎言……现在，这三股力量博弈的结局尚未可知……"速朽一代"能在其中得以生存就是一大奇观，它躲避强权，追随物质，与谎言共舞。"速朽一代"对现时代不具有颠覆性的作用，却具有重组文化秩序的潜能。"速朽一代"富有渗透性和腐蚀性，它的方式是娱乐的，通俗的，搁置的；它的风格是喜剧的，轻佻的，戏仿的；它的内容是物质的，享乐的，自恋的；它的中心是自我的……也许，恰恰是最后一条，有可能会演变成一种积极力量，虽然现在预言还为时过早。

二〇〇六年

民意的娱乐化滥用

　　民意在当前的表达被一种新的形式所占据。因言论管道的梗阻和娱乐大门的洞开，表达的阵地发生了大规模的偏离与转移。无论是迫于时势还是巧妙地利用时势，娱乐在后谎言时代疏于全面管制的文化竞争中已明显地获得了优势，它已不满足于一般轻松愉悦的提供，正扩张性地向其他领域进发。娱乐中非娱乐因素的迅速增长，或反过来说，把非娱乐的现实议题以及几乎一切庄重之物通通纳入娱乐的范畴，使之游戏化，乃是越来越多的人开始相信娱乐已经取代民意表达的传统模式，以至民意只有通过娱乐才能得以真实表达的基本背景。将一切娱乐化游戏化，一个文化上的无政府状态开始出现了吗？可以限制言论表达，却难以限制娱乐表达，言论表达借娱乐之名充分享受着表达的快意……我们娱乐并表达着，我们是娱乐主体！我们并不谋求染指你们垄断的神圣事物，但我们可以先把你们垄断的事物翻转为游戏，然后再作讽刺性表达；我们不想直截了当地谈论现实，但我们可以先在现实之前树立一面哈哈镜，然后再对着镜中形象放声大笑。因为是娱乐，我们无须专业知识只需要一知半解；因为是游戏，我们可以讽喻性地模仿公民投票的形式程序；我们随意入场、随意搅局、随意鼓掌或喝倒彩……我们不再只配拥有被迫的沉默权，在这里，没有任何东西能够强加给我们！对现实真实状况的发言热忱无奈地转移到了对娱乐及其虚拟物的七嘴八舌，这真是一种糟糕的参与……但是，难道这不是唯一的选择吗？娱乐的开放性为什么不可以培养和训练我们的表达能力，说不定它是一种先兆，而且，我们热衷于参与娱乐，在娱乐中畅所欲言，虽然它不过是虚拟物，然而这恰恰就是我们当前面临的现实真实状况，很耐人寻味，不是吗？

但是别太乐观了先生们！哈哈镜中的滑稽形象并不就是现实里的真实形象，笑和讽刺所戳破的应该是现实之荒谬而非只欣喜于在一面镜子上打叉叉……娱乐只不过是娱乐，娱乐无法构成批判的武器，它伤及不了现实的皮毛。娱乐赠予你们的仅仅是虚幻的精神胜利，而娱乐带来的快意也不过为了让你们更心安理得地接受荒谬的现实，这样可能会好过些，哪怕它是一种让你们产生幻觉的鸦片……

娱乐并不能真正解构现实真实状况中的权力符号系统，更不要说解构现实程序和结构了。娱乐因为它天生的非严肃性，甚至无法清晰地表达自己的现实不满及愿望……娱乐表达的只是一种"含混的民意"，它的不满总是漫画式的，它良好愿望也总是虚幻无力的。娱乐只在娱乐中得到满足，娱乐是一把保护伞，它之所以享有相当的自由空间，那完全因为娱乐是对现实的逃避而不是介入。你们只要宣布"我是娱乐"，你们就能免遭责罚；你们只要用"我是娱乐"为自己开脱，你们就自甘停留于"仅仅娱乐而已"的低卑身份，这当然无伤大雅，也无关大局……只是你们满足于这种精神胜利式的娱乐，你们就不可能获得民意表达的正当途径及有效方式。

那你想让我们做什么？在当今时代的间隙里留给我们的正当空间就是娱乐啊，你不觉得只有娱乐才具有最广泛的民意基础吗？你要尊重这一基本事实……我们不能辩论，于是只好挑逗；我们无法鞠躬，于是只好盼望他们出丑；我们得不到真实消息，于是只好传播流言；我们就是要剥掉高贵的伪装，就是要用恶俗替代优雅！你不觉得我们只能绕开真相采取戏拟的方式去捏造历史吗，你如果认为我们是借古喻今我们就三缄其口；你不觉得我们是在以笑声揭穿谎言吗，你如果认为我们别有用心那是你的事情……重要的是我们必须笑，必须说，必须佯装狂欢，必须改头换面！因为我们在娱乐，娱乐并非是世界之外的桃花源，它是残酷现实的投影、替身和指代……是啊，我们赞成"寓教于乐"的说法，但我们还知道另外一个说法，"愚教于乐"！这个玩笑开得很严肃，愚弄民众和教育民众没有本质的区别。现在一切都变了，至少在娱乐领域是如此——民众开始"教育"教育者，当然也意味着民众开始在"愚弄"愚弄者……事情的翻转好像很突然，某一天晚上……其实不！娱乐偶像单方面受到拥戴的时代一去不复返了，今天的娱乐偶像也面临大规模的攻击，这种游戏很像政客和选民的戏剧性关系……不能不把这场变革归功于互联网，它导致了民众普遍的参与、发言、投票、反对、嘲笑、评论……对啊，虽然我们还不是享有全部权利的公民，我们却已经是评论家了！哪怕只是骂了几句粗话！这同样是娱乐的一部分……娱乐边界不断拓展，娱乐内涵不断扩容，推动它的是互联网，但掌握互联网并经由它发言的，难道不正是民意，一种现时代的特殊民意所选择的特殊形式吗？

说得好亲爱的先生！可惜呀，娱乐化的民意无非是被限制在"特区"中的虚幻民意，它有可能变成一种"新的现实"：和不可触动的真实世界相安无事，也无意将娱乐化的民意向公民民意进行现代转变。在娱乐化的民意中，由于分散的个体多半以匿名身份登场，缺乏党派立场和团队认同感，虽然声势浩大，却仍如一盘散沙，传达不出共同的愿望、诉求与不满。先生们，你们要知道所谓群体的判断往往是任性的、盲目的和随大流的啊！他们的好恶不稳定，由于看不到真相，就更容易因备受蒙蔽而轻信，或同样因备受愚弄而简单地不相信！现在，他们身陷在娱乐之中，娱乐本身的虚幻性怂恿着他们的任性、盲目与轻率……反正是娱乐，娱乐无关生死，无关利害得失；反正不过是投票选择一个娱乐偶像，娱乐偶像无关我们的前途与权益，投谁都成！如果群体习惯于并陶醉于在娱乐中表达各自的是非好恶，你们怎么能指望这样的民意有所作为？这样的民意不仅"含混"，也极不负责任；它或此或彼、善变、情绪化、无须理性……理性？用在娱乐中可是找错了地方！现实、真实、真相，这些概念根本不可能被娱乐所触及；而理性，离开这些概念也根本无用武之地。戏说就是戏说，流言就是流言，听惯了戏说和流言的群体永远不会对真实的历史和现实感兴趣，而真实的历史和现实也永远会任由少数人去篡改并遮饰！娱乐怎么可能暗藏严肃主题？现在盛行的娱乐性做法常常是，以一种杂糅搅和的方式去任意处理某些严肃主题，使之脱魅，变得滑稽……哪怕这主题对娱乐行家而言非常陌生和模糊，但一件娱乐作品由此诞生了，它在"特区"中演出，被谈论，褒扬或批评，民众的正义感、良心或有限知识开始在互联网上发表……可是那个"主题"的"原型"却不在场！就因为在场的只是"戏说"！此时此刻，"原型"，以及"原型的遗产"仍在现实中生效，它没有被触动……先生们，你们真的不知道，能够触动它的应当是另外的手段和方式？在小说和戏剧都不能触动现实的今天，怎能设想娱乐有触动现实的功能？娱乐围着"一件虚拟作品"跳舞取乐，说三道四，"作品的原型"却缺席了，它根本不理会这里的"特区民意"！先生们，娱乐不能代替我们理性地去理解现实和真实，它把"原型"的本质轻轻放过，抓住"原型"的表面荒谬与滑稽，用民众可以感知的浅显方式，制造出一种仅供"浅思想"评断的"影射作品"——分裂于是就这样产生了：将现实和娱乐"同质化"的结果，就是放任现实，使现实进一步"异质化"。

没错，娱乐的特征被你说中了，我们需要的正是"浅思想"！你说的那个现实有多少重量，说不定，将现实和"浅思想"放在天平的两端，它们的分量不相上下……让深刻思想见鬼去，深刻而伟大的思想曾让我们饱受其苦；因为深刻，我们不得其门而入，思想界混进了许多骗子和伪君子……现在我们对它不再敬重与惮畏！它伤害过我们，你去和它辩论吧！我们毫无兴趣！不错，一点点"浅思想"对娱乐而言已经足够，它的秘诀就是笑声……这是一种多么意味深长的笑啊：鄙视、贬损、不屑、挖苦，把那些深刻而沉重的事物与概念涂上花脸，甚至不惜弄脏！世界就是被深刻而肃穆的思想弄坏的，它们剑拔弩张，你死我活，用鲜血和尸体作为它们建功立业的奠基石……而我们只需要娱乐和欢笑！娱乐取代思想是一个多么了不起的变化，民众不善于思想，根本不应该用思想去蛊惑他们，思想会把他们吓着……深刻思想如同数学，那理应属于少数天才；民众只需要简单的算术就足以对付生活。娱乐化的民意才是真实的民意，所谓公民民意却是被政党和政客操纵的产物！娱乐的意义绝不在于民众通过娱乐表达对现实和真实生活的看法，娱乐本身就是民众的现实之需和生活之需。你没看到民众在战场硝烟中唱歌，在废墟瓦砾上跳舞，在被强权愚弄时仍不忘记开玩笑？这就是民意，娱乐不单单是曲折传达民意的工具！现实和娱乐的分裂不是由民众造成的，民众的胜利体现在他们的日常生活中，那种执着的娱乐精神足以使悲天悯人的思想者汗颜！思想者有思想者的标新立异，民众有民众的标新立异；思想的代价是撕裂社会鼓励宗派，残酷斗争无情打击；娱乐的境界则是社会大同清除分歧，超越是非不分敌友……娱乐不杀人，娱乐的攻击性是温和的，诙谐的，形象的和戏仿的……民意有许多种，表达的方式有许多种，因为人性之需有许多种。你所谓的公民民意，请在另外的表达空间中去表达去争取，我们这里不过是娱乐化的民意，或作为民意的娱乐……当然，在娱乐内部同样有真伪有纷争有丑闻有黑幕，它同样会产生畸变、恶意、辱骂、诉讼……那又如何？这都是人性的一部分也是生活的一部分。不管怎样，娱乐内部的相互对立和敌意绝非是致命的，它绝非源于政见不同！娱乐无政见……我再重复一遍：娱乐只是娱乐！

算了吧天真的先生们！民意已经被娱乐化滥用，强劲有力的民意在哪儿？娱乐煽起的热情和狂欢已经使民意发生了扭曲，民众被层出不穷的娱乐新事物所玩弄。让我们来看看所谓的娱乐界到底出现了些什么"新事物"：浅薄的游戏家、拼凑术、低劣的模仿、乱来、朝秦暮楚，那种种次品与赝品喂饱的是些什么人的肠胃啊！你们因视野狭窄和才能有限而把自己刚盗用的"新经验"当作前所未有，因民众的无知和盲目而玩弄他们……是啊，民众拒绝深刻思想，他们只需要"浅思想"，这正是你们求之不得的，天赐良机！但民众并不像你们所认定的全都那么弱智与低能！你们现在不是遭到"思想家"的攻击，而是遭到一部分民众的攻击，而你们还自以为代表了民众的娱乐精神！这才是一个笑话，你们的娱乐产品真令人发笑……对娱乐我们并不抱乐观的幻想，也许视角不同，无论如何，问题不在于娱乐的定义，而是在现阶段，你们拿出了些什么"娱乐节目"？你们的目的何在？至少，我们对你们的娱乐节目早已腻烦和厌倦，如果还没有达到憎恶的程度……那是让人昏昏欲睡的娱乐，如果还没有达到让人麻木愚昧的程度，但也快了！我们根本不想用所谓的思想贬低娱乐，我们要贬低的只是现阶段你们提供的娱乐，而我们的标准来自娱乐本身……娱乐同样需要天才，喜剧天才，笑的智慧，真正的欢娱和感性大解放！可是没有，我们见到的只是搁浅在沙滩上的废弃物、可怜的浮渣和泡沫！别再沾沾自喜地说什么"对，我们就是浮渣风格，我们就是泡沫娱乐！"你们这样说还不如一头撞死在这个毫无创新生机的文化浅滩上！有人不无悲观地声称，如今是"劣者生存"……难道也包括娱乐？思想失势了，它隐没在暗角中，大声喧哗的是泡沫与浮渣，无所谓……思想被挫败正表明思想的价值，思想并不是被思想挫败的，而娱乐是强权的帮手……弹冠相庆的不正是娱乐吗？那些在一旁看热闹的庸众啊，你们真的认为这是你们自己的盛大节日吗？数量庞大的旁观者在笑，在鼓掌，这就是所谓的民意？我们眼看它走在歧途之上，它的参与方式不过就是"围观"，还剩什么？先生们请告诉我——假偶像、反英雄、拾牙慧者、戏子和妄人！一个轻薄过客粉墨登场的时代，一个谁都能够借娱乐之名火红大紫的时代！这个时代开始多久了？它将止步于何时？看来，"娱乐至上"已经不可挽回地成为当前主要的价值观念，它真的上升为一种主要的民意，我们不禁感到脊背发凉……先生们，我们知道你们会如何暗笑！娱乐至上的时代必定是某个自满于低俗的庸众共同体不想掌握自己命运的时代，而这个共同体迟早将作为一个巨大的历史笑话写入史册。

二〇〇六年

论资产阶级趣味及对它的不满

现今资产阶级趣味的特征仍然是……庸俗。很遗憾，难道不是吗？原谅我没有说出新东西！新生的资产阶级不过是有钱的群氓而已，可惜，历史仍需要他们来推动。一个伟大的梦想中途夭折了，资产阶级曾经被剥夺被驱逐……现在，时代需要资产阶级为实现其另一个梦想而勤勉工作，如果没有资产阶级，就必须先制造出资产阶级，然后，满足资产阶级的需要……资产阶级需要的不仅仅是利润，还有他们的身份符号、象征权力和虚荣快感，但是不行！资产阶级在现今并未恢复其全部自然权利，他们是被迅速制造出来的，地位的跃升应当适可而止，不能伸手太长！资产阶级在现今尚不可能提出自己的社会主张，更不要说提出什么精神了。除了经济理性，留给资产阶级自由发挥的只有生活方式以及协同产生的所谓趣味，这也不错！说不定，趣味有朝一日可以成为一种意识形态的符号和象征权力！现今的资产阶级是新教伦理照耀不到的一帮，在与权势的周旋阴影之中资产阶级的求生术充满了赤裸裸的交易谋略和谎言……只有趣味看上去是干净的、文化的和优雅的，谈谈趣味吧！在现今，趣味既不那么尖锐，也不那么乏味，资产阶级的趣味状况如何？如果主张受到管制，精神尚在孕育，趣味就窃据了主张和精神留遗的空位，镜框代替了圣像，帽子代替了思想！

不要向我证明资产阶级就是统治阶级，这不符合现今的状况；财富并不在所有地方都能转化为权力……用财富向权力行贿从而分享有限权力，不能改变一个重要的现实：某个钢铁般坚硬的至高权力凌驾于财富所有者之上。换句话说，资产阶级现今仍处在中间阶层，虽然已经羽翼丰满，但远没有形成组织力量。资产阶级的自私本性决定了他们分散而离心，忙于内部斗争，资产阶级只有合作伙伴没有精神同盟，只有竞争对手没有观念敌人……这似乎很矛盾，事实不就这样吗？只要有利可图，和敌人都可以做生意，至于观念，资产阶级有什么观念可言？我从没听说过！新生的资产阶级啊，你们的观念就是唯利是图，你们的对手也持同样的观念，因此你们没有"观念敌人"，你们的同志就是你们的敌人！

　　好吧，让我们言归正题，谈谈什么是资产阶级趣味……据说他们的趣味已经在主导现时代的风尚，不会吧！现实中的资产阶级生活在自己的圈子里，他们的趣味又如何传扬开来？难道他们喜欢炫耀……资产阶级是不愿意当隐士的。一个人有了钱就偷偷摸摸地躲在别人找不到的隐匿地点是何其卑琐渺小，彰显财富才称得上现今的美德。资产阶级不仅要炫耀，还做出一种弃绝财富的样子，好像他们并不在乎似的……他们用金钱去交换他们本来并不尊重和并不欣赏的东西，这是为什么？金钱可以买回自尊，他们曾经在知识和艺术方面受到伤害，现在他们则可以通过抛掷金钱的方式去贬抑那些曾令他们伤痛之物……等等，资产阶级不是受到过良好教育的那个群体吗？他们怎么会被知识和艺术所伤害？啊，你说得对，理应如此，可事实正相反，新资产阶级在现今恰恰是最无教养的群体之一——干脆这么说吧，现在，仍有天才和少数优异人物，他们存在于一切群体之中；而"无教养"，几乎是所有群体的特征，别以为我只和资产阶级过不去——突然翻身的人不可能突然拥有教养，人们之所以不以教养之有无去衡度他人，盖因教养已经被超级权势所消灭，只有极少数人还保有它……

资产阶级趣味完全由金钱支撑，对他们而言，金钱支撑一切，金钱数量和趣味等级成正比，趣味的进化史就是金钱的耗费史。但趣味的另一个重要支撑：心智和感知，却是资产阶级根本不具备的，所以我一再说资产阶级既愚钝又庸俗……他们和世界的关系可以简化为买卖关系，他们的心智和感知无暇运用于趣味领域，而买下一件好东西比了解一件好东西要快得多！这就是资产阶级崇尚的经济理性——效率，投入和获得之间的换算！趣味的本源属于肉身和心智，它一旦蜕变成某种可以迅速成交的物品，就不再是趣味，而变成了一种可转让的"徽志"。

人们习惯了，并不对此提出异议……对资产阶级的羡慕不过是对资产阶级财富的羡慕，人们不再关心资产阶级财富的来源，只关心资产阶级财富之展示，以及在生活中如何被享用与抛掷。资产阶级的生活不断显形在聚光灯下，私人空间虽然隐秘而安全，"形象展示"则已经公开化舞台化，为什么不呢？资产阶级趣味也随之一览无余地展示在各种传播介质之中，这就是所谓由"传播介质"蓄意制造的一种比私人空间更真实地触及生活本质的"超具体幻象"，资产阶级趣味即浮动在现今社会风尚最表面最让人不得安宁的"超具体幻象"中，人们想拥有它，以改变匮乏低卑的人生处境，啊，资产阶级趣味就是那种能够使乏味之辈变得有趣的魔法，就是那种能够使人否认自己的外行史并赢得内行之赞誉的秘诀，就是那种能够不必通过心智劳动就可以直接触摸高级事物的捷径。

但是千万别以为现今的传播介质制造的全然是绝对之幻象与谎言——当然，幻象与谎言来自于真实的社会关系和权势操纵……权势操纵风尚采取的狡诈方式是它对风尚领域的出让，出让给资产阶级，以换得资产阶级在其他界域的沉默。在物的生产范围，在关系到物的生活、物的趣味甚至物的意识形态方面，资产阶级现在已获得了大部分的阐释权和影响力，因此，在以物为中心的"超具体幻象"制造过程中，资产阶级的确掌控了风尚世界——风尚！它差不多成为人们生活的灵魂，并成为一块遮饰现实丑陋的巨大幕布，不是所有人都相信它，哪怕那些同样梦想成为资产阶级却仍旧在低卑阶层中挣扎的人，他们很清楚生活绝非一幅在传播介质中闪烁的图画，而世界的光怪陆离和个人处境之困顿产生的只是一种嫉妒和怨恨……他们让人同情的社会地位和受苦受穷并不表明在他们身上存在着某种好的趣味，也许更糟糕！这个使我倍感困惑的问题留待以后去讨论，证明了资产阶级的庸俗不意味着同时证明了无产者天然高尚……

说资产阶级是势利的，这可不是对他们作的道德评估，而属于生物学意义上识别——势利乃资产阶级的本性，它已超越善恶……或者毋宁说，它还够不到善恶的高度。资产阶级在心智和感知方面虽比较愚钝，可是他们很清楚自己的薄弱之处：过于功利，量入为出，这种算计的惯习使他们在财富方面可能获得进益，但在其他社会交往和关系到个人形象评价的诸事项中，这一惯习必须搁置——趣味、嗜好、迷恋等等只是单纯耗费却不能带来进益的个人禀性，就充当了一种体面、去功利和非资产阶级化的"反角色"。所谓的"雅趣"和"奢靡"，不正是资产阶级刻意模仿文人和贵族在两个方向的表现吗？糟糕的是，资产阶级的矫揉造作决定了他们在这方面的模仿都是失败的——这不仅因为"雅趣"和"奢靡"均为"物我两忘"的虚无境界所笼罩，而资产阶级永远难以摆脱的"因物而喜因物而悲"的狭隘心性不可能领悟超世俗的乐趣；还因为资产阶级的历史根基之阙如，是不能指望以"金钱资本"来取代"文化资本"的。你们不认为文人趣味和贵族趣味乃是最难仿效的吗？当资产阶级无法从个人经验或家族记忆中寻找趣味之传承和依托时，他们对文人与贵族的公然模仿，不过是以一种低级的动机——不恰当地炫耀自己并不拥有的禀赋，只是炫耀自己拥有的财富的借口——来谋求以一种高级事物提升自己的低卑出身的耗费行为罢了。

有人不无讥讽地说资产阶级很粗鄙……我同意，不过事情正在变化之中：资产阶级趣味虽然没有得自家传世袭，也没有受益于早年的熏陶培养——我就不必提先天禀赋了吧——但十几年的财富积累和逐渐养成的所谓挑剔眼光的确使资产阶级趣味有了提升，它不那么粗鄙了！傲慢和低俗有了收敛，资产阶级学会了礼仪，他们可不想做有钱的野蛮人！资产阶级趣味随着他们经济地位的巩固开始趋于稳定和保守，是吗，先生们？鼓吹传统价值，复兴本土文化，资产阶级极力迎合地方主义和国族认同的潮流，不过是他们假装相信自己政治地位已然上升的一种将本阶级置于放大镜下的虚妄感，这种虚妄感影响到他们趣味的选择和固定化——迷信，陈腐的形式，空洞的国族符号，正成为资产阶级与超级权势以及普通民众的"虚假共识"，资产阶级趣味也只有在这一"想象共同体"中获得了超个人的意义。

剩下的呢？剩下的更多……美轮美奂的一切跨国事物！当然，资产阶级趣味所钟情的对象是无辜的，不带偏见地说，它们真的非常有价值！我并不鄙夷资产阶级所热爱的事物，这和我说他们庸俗是两码事……资产阶级为了保值增值的庸俗目的从事艺术收藏，带来的积极后果居然是使艺术得到了妥善的保存。资产阶级对金钱的尊敬被转移到了它的等价物——艺术的身上，守财奴变成了收藏家，这是多么喜剧性的身份翻转啊！据说资产阶级很有远见，指关于金钱增值的远见吗？这还用说……对未来的预期是资产阶级进行经济活动的基本立足点：对趋势的敏感、担忧、不确知、观望、推动或阻挠，这些资产阶级的典型反应或多或少体现在他们的趣味中……他们的决断、冒险、冷酷、患得患失、一毛不拔、浪费、轻信和刚愎自用！

资产阶级的生活很精致很考究啊，对，说得对极了，有吝啬鬼，就有一掷千金的人；有严以律己的禁欲主义者，就有放荡不羁的公子哥；有顽固保持早年粗鄙习气的乡巴佬，就有洗心革面终成精致考究的雅皮士……资产阶级只是一种抽象，具体品种则无奇不有，那是小说家感兴趣的肖像走廊！至于我，我仅对抽象描述感兴趣。资产阶级对我而言不过是一组概念，至多是一群影子，他们由词意构成……任何具体和抽象描述之间都会有不小的偏差，可我不想待在具体之中……说不定资产阶级中有不少优异人物，甚至还是我的朋友……但我对资产阶级素无好感，过去就如此，如今更甚！尤其你们，让我无法对阁下表示一点同情，那是因为你们被一种更强大专横的权势所压制，随意征敛，而你们的特殊生存环境迫使你们只好甘做胸无大志的经济动物。

我们的私有产权得不到长期的法律确认，那一纸空文可靠吗……资产阶级的惶恐和担心不无道理。相比之下，趣味又算得了什么？何必纠缠于资产阶级趣味之庸俗，他们更期盼的是私人财富属性在法理上的安全保证——我们谈的是美学问题，和法理无关！也许，对私有产权的模糊承认是资产阶级在趣味上显得浮躁的深层原因，那个超强权势可以随时收回成命，另立章程……资产阶级仍然如此软弱，我们不能指望他们有强悍的性格和开阔的视野，再不要空谈什么趣味，这个话题真是太渺小！资产阶级的依附性不仅表现在生存条件的不确定之中，也表现在基于短期性前景的判断与困难抉择之中……他们哪里有时间去形成所谓的"心智""教养"和"趣味"？

这有什么关系？趣味在资产阶级眼里不是一种"唯心的知识"，它必须落实于对"有趣味之物"的占有，占有是唯一可靠的趣味体现和保全，趣味如果只是某种"内心知识"又有何用？唯物的资产阶级不相信"想象性满足"，在这点上他们决不让步……生活实践的全部意义在资产阶级看来就是不停顿的对物的占有之扩张，他们可不愿迷失在虚幻的知识当中，除非知识有助于他们占有更多的物，有助于赞美他们已占有之物或将要占有之物……别用"心智"和"教养"来吓唬我们！它不过是神秘的幌子，你们的不满背后是一种怨恨和妒意……真是这样，被资产阶级说中了！资产阶级的"心智"全用在"如何更多地占有"，我们的"心智"则全用在批判这种"占有"……这种断裂是怎么发生的呢？要是物没有主人，"它"又会在何处？人们制造物就是为了出售它，如果没有人买，物就会停止制造——资产阶级组织生产，率先购买占有，完全天经地义。所谓"物的异化"，生产者和占有者的分离，难道不正是自然秩序安排的结果？我们利用"趣味"来攻击资产阶级，说他们是"庸俗"的"群氓"，那谁是趣味的真正拥有者，谁不庸俗，谁不属于群氓民呢？

我把你们惹恼了，我不准备再道歉，甚至，我都快失去了耐心……还没看出我究竟想说什么？你们趣味高雅，举止得体，这些我看到了，也就仅此而已，你们是最自负最志得意满也是最惶恐最仰人鼻息的一帮，我说你们胸无大志缺乏权利理念你们肯定不为所动，可我嘲笑你们趣味庸俗出身低卑你们就大动肝火，因为我看穿了你们只配为这些琐屑之表象受到侵犯而疼痛！我对你们的不满由来已久，我并不仅仅对资产阶级不满！是什么夺走了你们的心智，打断了你们的脊梁，让你们仅仅在自私自保的经济活动中苟且偷生？当资产阶级再次登上历史舞台，可以向世人炫耀的不过是一些风尚、趣味和格调时，他只是一具华而不实的摆设，一架被用来肢解社会的工具，一群以瓜分者形象出现在历史中的体面侏儒……

二〇〇六年

论低级趣味

低级趣味正在迅速成为一股浪潮，它对今天文化所产生的影响力异常广泛凶猛，甚至不妨说它已经是今天文化的重要组成部分。这一天终于来了。像低等生物拥有的惊人适应性、扩散力和大面积繁衍的机能那样，低级趣味摇身变成了今日文化的凯旋者。无穷无尽的末端品种，它们旺盛、野蛮、低俗、庞杂，在肮脏险恶的环境中茁壮成长。它们不是沙漠。它们如野草般低卑。低级趣味没有为自己设置伟大的文化目标。低级趣味是无意识支配下的生物／历史的自发力量。弘扬低级趣味不需要纲领，也不需要精神领袖。低级趣味不是一种特殊的精神，没有人，没有任何观念形态，可以为低级趣味作道德上或美学上的辩护；因为低级趣味源自生物能量，而不是来自规训与教化。低级趣味对今天文化中的其他崇高目标构成了威胁，低级趣味所惯有的不屑和轻慢，常将崇高目标与谎言大话混为一谈。低级趣味吸引人的秘密就在于它的低级，它不属于高级文化管辖的领地。唯其如此，低级趣味不可能变为一面旗帜，直接形成影响历史进程的意识力量。

任何一种不可思议的意外，至少在历史上出现一次。这次轮到低级趣味的公然登场了，为什么？低级趣味到底遇到了一个什么样的历史机会，这个历史机会又如何让低级趣味居然成为狂欢者、主导者和胜利者的典范，成为今天的文化英雄，成为后谎言时代对历史作出的拙劣贡献，哪怕并非它之所愿？或者反过来说，低级趣味的全面凯旋毋宁是后谎言时代的传奇，即使它是一种非常糟糕的传奇？

从表面粗粗看来，这仿佛宣判了所谓高级文化的失败，高级文化没有成功地帮助大多数人变得有良好的教养……还是让别人去悲愤地埋怨和设想种种假如吧！归根到底，低级趣味是不可能被提升为高级趣味的，低级趣味也许可以被克服，也许可以被伪装，但它的本性就是它的低级。它如原欲一般永远不可能从人的身体内部去除，它是不可救赎的文化原罪。做一个脱离了低级趣味的人，说这话的，恰恰是高级文化的颠覆者，一场卑贱者对高贵者的文化夺权战争！谁在内心深处真正痛恨低级趣味？谁把低级趣味翻转成崇高意识形态，然后以必然性的名义去贬低、压制、丑化和清洗高级文化？

在崇高意识形态的庇护下，低级趣味一度改变了它在原有文化阶梯中的下等身份，释放出巨大的历史能量。生物学合理性被历史合理性掩盖，修饰并崇高化了。生物学权利没有得到文化上的尊重，它就利用政治天平的倾斜，通过权力再分配和暴力支持下的价值重估获得了文化统治者的象征身份。这一非此即彼的位置互换，为以后崇高意识形态的解体，低级趣味重新受到文化贬黜，进而在今天新的文化之战中再次爆发留下了深刻伏笔……

今天的崇高意识形态已经去魅，留下的不过是个空壳。它无意再与高级文化为敌。高级文化和崇高意识形态残余戏剧性地携手结盟，而低级趣味则在一个广阔贫瘠的地带自发地成长起来。高级文化又一次被少数人劫持和垄断了：那些接受过规训的人、体面者、半瓶子醋、好好先生与谦谦君子，今天的文化由他们来代表，但他们中又有几个够格？谎言仍然盛行，没有表达自由也不敢争取自由的文化再高级也改变不了它的虚伪。怎么，它还藐视低级趣味？所谓高级文化就是这么个欺软怕硬的东西……被忽视被边缘化的低级趣味反而得以摆脱了谎言，成为后谎言时代的少数几种自由表达类型之一，哪怕这只是粗鄙、肤浅、庸俗化和娱乐化的自由。低级趣味很难以理论的方式予以正面的阐释及辩护，因为理论也已经属于高级文化之一种，而高级文化则差不多僵化成一套用来维护新等级制度的堂皇说辞。低级趣味始终停留在粗鄙的原始状态，喜欢它接纳它与它产生共鸣的人们从来不会想到有必要去分析它归类它。他们深知它的低级与低卑，而低卑被提升到崇高历史地位的巅峰一刻早已过去……他们与低级趣味又一次给抛弃了。

但是野草的存在如此广阔无边，不了解低级趣味就不可能了解今天的整体文化，就意味着拒绝面对今天的民众和此时此刻的历史间隙展示给我们的笑剧式奇观。谎言还在竭力维持，假面还心照不宣地戴在脸上，只有低级趣味的民众看到了你们彼此臀部上的滑稽纹章……崇高的假面和低级趣味的臀部啊！简直无聊之极，糟糕透了……民众关心的不是正面，因为正面从来不是你们的真相。民众围着低级之物跳舞，他们吵吵嚷嚷爆笑不止，生活的另一面被他们的趣味照亮了。让高级文化的持有者如此尴尬的趣味啊，它的真实性使他们难以承受！奇怪的是，他们满足于为民众的所谓粗鄙无教养频频痛心疾首，对伪善者的文化高调与自由禁令却保持矜持的沉默。当以崇高之名而施行的滔天大罪被暴露在阳光底下，低级趣味的小无耻小不敬实在算不了什么……传播不洁之物，对正经正典的亵渎、玷污的快感，就这样面无愧疚地在人群中畅通无阻。低级趣味伤害了高级文化，从蒙面偷袭到公然挑衅！低级趣味没有伦理恐惧，它不信天谴报应。奇怪啊，在信奉无神论这一立场上，低级趣味和崇高意识形态居然并无二致。彻底的唯物主义者是无所畏惧的，这曾经响彻云霄的豪语壮言现在成了低级趣味的哲学辩词。罪错感的淡化和消失使低级趣味的表演几乎不再需要勇气！何谓有害性的定义及标准？谁来制定或修订它们？民众的意见莫衷一是，民众已经被撕裂了。高级文化将大多数民众排除在高雅殿堂的门外，他们怎么可能来赞美一小撮正人君子的雅癖？低级趣味对高级文化的敌意不过出于自我保护的本能，你们谁都看见高级文化是如何藐视低级趣味的。双方全是陈词滥调，而高级文化的傲慢因它声称的教养云云更突显它骨子里的势利！

如果理论也隶属于高级文化，那么高级文化就能以理论之名去俯瞰低级趣味，低级趣味却做不到这一点！因此之故，在低级趣味满不在乎的表情底下多半埋藏着怨恨，而低级趣味的代表人物也无不梦想踏进高级文化的门槛。正如奴隶梦想成为主人，成为主人，这是唯一正当的道德——不论以崇高意识形态来命名，还是以直接的欲望来命名！

总有人习惯于把文化分成两半：一半是精华，一半是糟粕，但他们从来不解释为什么糟粕和精华一样源远流长……耐人寻味的是，只要生物欲望一息尚存，糟粕就形影相随；糟粕乃普天下共通之糟粕，至于何谓精华，信仰与信仰，国与国，族与族，永远各持己见……精华非普天下共通之精华，这又出于何种诡谲之原因？莫非糟粕离人类本性近，精华离人类本性远！上帝啊，这不会是一种魔鬼的思想吧！

我们听到一个貌似公允的声音：让它们各归其位，洁净的归洁净，污秽的归污秽……说得不错，但这绝不意味着低级趣味及其拥护者一定不洁净，也不意味着高级文化及其持有者一定不污秽。当一些人通过某种他习惯的特定道德去感受另一种特定趣味，得到的常常是厌恶，异己感，仇视以及敌意；他不知道这种尖锐的排斥感来自内心深处的生物性反应，其实是被洁净的高级文化教唆出来的。污秽之所以显得污秽，同样是被人为隔离出来的一部分生活，惯习，还有趣味。

我们又听到一个貌似预言家的声音：这是一场由高智商支持的反智运动……与过去不同，它把阵地从政治领域转移到了文化领域。它的目标不是翻身做主人，而是告诉世界——没有什么主人，我们都是奴隶！我们统统为欲望所困，为名利所累，为虚伪所骗；只有低级趣味一无所有，只有低级趣味可以从心所欲自由无拘……不要做主人，当然只配做奴隶！犬儒道德和奴隶道德的鼓吹家啊，也许你比我们看得更深远，你的解放方式不是承诺一个天国，而是承诺一个舞台。你对人类命运的理解不是悲剧，而是笑剧。你带领民众向下走，而不是向上走。你的现世目标就是趣味并且不吝低级！在你看来，只有伪君子和假崇高比低级趣味更低级！

低级趣味之兴起，预示了不负责任的文化之兴起。不负责任的文化就是群龙无首的文化，就是轻嘴薄舌的文化，就是不知天高地厚的文化……晦暗的卡利年代降临了——所谓的卡利年代，就是既无拯救者也无逍遥者的年代，就是物欲横流的年代，就是假宗教流行的年代，也就是不相信一切信仰而恣意妄为的年代！

不要悲天悯人，我们有的是时间。不要害怕低级趣味，低级趣味从未给我们带来过毁灭性的灾难。现在也许是让灵魂喘口气的时候，说不定这口气要喘几十年甚至上百年……低级趣味陶醉在前所未有的狂喜中，不仅仅是那些乌合之众……人皆如此，何以我不能如此？屈服于世界进程，使命早已终结，让民众如其所是地生活，而不是照计划所示地变成历史的工具——这一系列说法，不也是一套为低级趣味张目的堂皇说辞？难道只有返回到低级趣味才算如其所是，难道我们必须赞美一切统治生活的力量，哪怕这种力量来自我们身体内部的低级趣味，尽管它也是一种人性？

高级文化同低级趣味之间的鸿沟是注定不可弥合的吗？如果寄生在高级文化中的反省者，那些理论头脑试图去解释低级趣味并为之热情辩护，是否就意味着理论在此谋求扮演高级文化叛逆者形象，或至少充当一个中立的角色？虽然理论不可能真正亲近低级趣味，但理论若不这样显示其真诚就难以服人。高级文化并非铁板一块，令人迷惑的是，在高级文化内部相互倾轧与斗争的激烈程度，远远要超过它和低级趣味之间的冲突。富有活力的高级文化少数派很容易在某些历史关头或间隙转过身去和低级趣味结盟，为的是打倒另一个也许已经僵化的高级文化。理论可以帮助一部分高级文化中的游离者、叛逆者或改良者与低级趣味形成象征性身份认同，它的姿态多种多样：安慰式的，引导式的，团结式的，怜悯式的，甚至是煽动式的……富有活力的高级文化所必然具备的内在自信常常表现在它的自我否定，以至常常屈尊在低级趣味中寻找动力、养分与道义上的支持。

低级趣味会拒绝来自高级文化的这种屈尊、迎合与善意吗？不，很少听到类似的传说，莫非是我们孤陋寡闻？只要拒绝来自高级文化之善意的事一旦发生，即表明低级趣味已经拥有了它的代言人；而只要有了代言人，低级趣味就不再甘心屈居文化金字塔的底层，野心勃勃地要同高级文化分享甚至争夺生存空间。然而低级趣味罕有这样的野心，除非它被政治所利用……谁让它是低级趣味的呢，谁让低级趣味鼠目寸光没有远大抱负的呢？

没有凝聚力的低级趣味！形同一盘散沙的低级趣味！尽管在它四周围观者甚众……低级趣味只有短命的噱头，但噱头聚集不起乌合之众。是啊，有人说，低级趣味四处招摇靠的无非是油彩与脂粉，一点不错！可是高级文化难道不使用油彩脂粉吗？就化妆术而言，低级趣味的草草了事我们应该归咎于它的低贱和贫穷。高级文化的游离者、叛逆者以及改良者难以全身心地融入低级趣味，同低级趣味打成一片比忍饥挨饿还要困难重重。旁观低级趣味则比融入低级趣味容易一千倍。旁观低级趣味意味着保持距离，那个距离是不可跨越的。那些被高级文化娇惯坏了的人，从皮肤到骨头，低级趣味的异味早已洗净……理论倾向和意识形态并不能帮助他们感受到低级趣味的趣味！低级趣味的被宽容被欣赏就这么处在荒诞剧一般的情境中，它的价值与意义似乎总是有待高级文化持有者的鉴定：低级趣味一遍，低级趣味两遍，低级趣味三遍，槌子落下，成交！

现在，对低级趣味的寻访与收集正在成为一种文化时髦，这应该看作是高级文化自我反省精神以及仍然不放弃内在傲慢之态度的双重面孔……作为回应，低级趣味也不失时机地向高级文化频送秋波，只有局外人才会厌恶这种文化恩惠与文化偷情。吸纳低级趣味真的能改善高级文化的僵化结构，给它重新注入活力吗？如果当今的高级文化在本质上不过是一种经过精心伪装的低级趣味，那么所谓在野的低级趣味之用途无非是顺手拿来掩饰自己的真实面目，意欲使高级文化的地位更加巩固……还是让低级趣味保持在低级状态之中，对它完全自由放任。能够向高级文化流动的仅仅是低级趣味里的极小一部分，无论高级文化的持有者怎样用诸如野性、粗鄙、直接、活力、露骨、滑稽、自嘲、狂放等等词语来形容低级趣味，时而不屑，时而赞美；低级趣味依然不是有待他人评断的文化半成品，低级趣味虽然粗鄙但它却是成熟的，它始终活跃在自己的空间中。低级趣味的强韧生命力在于它可以一千次自生自灭，一千次死而复生。低级趣味既不需要高级文化的提升，更不需要高级文化的拯救。低级趣味的自发性生产和自我修复能力之惊人，让高级文化只能望其项背甚至顿生妒意。高级文化的精致与脆弱如同漂亮的玻璃器皿，低级趣味却直接来自粗糙的泥土，它是泥土上的苔藓，低贱之物无须呵护照料。当娇嫩的玫瑰凋零时，苔藓仍在幽暗之处繁衍。但诗人只知道吟诵玫瑰，诗人！这高级文化的代表！

苔藓般的低级趣味生生不息地源于群体性的生物学快意，它和高级文化的文明规训水火不容。低级趣味的特征是：恶心、作弄、冒犯、荒唐、反常、出洋相、玷污、鄙俗、贬辱、不洁、幸灾乐祸……它们足以引起群体性的哄堂大笑……低级趣味从来不去教育人！教育，在低级趣味看来是个多么可笑的词！想剔除这些人性恶吗，算了吧！人类痼疾与顽症的不可克服难道不正是为了证明高级文化永远是令我们仰慕的规训者吗？

仇视低级趣味吧，赞美低级趣味吧，这唯一让低卑民众得到身心快意的低级趣味！这偶尔被高级文化持有者当作调剂品的低级趣味！高级文化属于统治者，低级趣味属于低卑的民众——他们站在长满苔藓的大地上，对遥远而耀眼的高级文化心怀隔膜，正是低级趣味的存在让他们无比地热爱如其所是的生活！只有低卑民众真正以他们的身心热爱低级趣味！来自高级文化阵营的掌声只不过表明了一种礼貌，骨子里的优越感让人腻味……低级趣味不在乎礼貌背后的嘴脸，低卑民众对低级趣味的由衷热爱并非基于低级趣味的廉价，而是基于只有低级趣味对他们没有歧视，人人皆宜，毫无拘束，可以亲近与触摸的开放性。对低级事物的趣味性感受，或对趣味性事物的低级感受，这样的卑微身心事件时时刻刻在不被纪录地发生……至于高级文化，却总是展示其真善美的面孔，娴熟地涂抹油彩同脂粉；与此同时，低级趣味也粉墨登场了，它打扮得花枝招展俗气难耐……一边是仪式，一边是狂欢……在低卑民众那儿，低级趣味是他们的全部现实；而高级文化总是无意识地遮饰所有的卑微身心事件，因为高级文化始终愿意让它们自己坚持相信：只有它们才能代表历史、现在和未来！

低级趣味可能是一个无所不包的本能及恶习的体系，对此视而不见的那些正人君子一定生活在另外的洁净空气中。现在低级趣味突然大面积发作，猝不及防地席卷而来，人们奔走相告悲喜交集……难道它是一个警告？或仅仅是一个隐喻？要出什么大事？庸众时代的来临？让我们一起来观望，观望几十年甚至上百年——低级趣味不会摧毁我们当然也不会拯救我们，就像高级文化一样——面对如其所是的生活，价值、危害、恐惧、趣味、无所作为是我们身居其中的这个时代之宿命；而过度的担忧和过度的辩论，则可能是低级趣味时代最缺乏趣味性的高级文化持有者的一次不合时宜的表演……

二〇〇六年

文化的敌意

我要为不同文化之间的残酷争斗和同一种文化的内部不团结进行辩护，即那种由偏见、自负、嫉妒、厌恶、曲解与仇视所支持的"敌意"，为何根深蒂固地存在于人们的内心。这种敌意历来被看作是消极的甚至是破坏性的，人们满足于指责它是一种世界人类事务中的"内耗"，却忽略了文化恰恰喜欢"在内耗中成长"。文化不仅表现于温和谦让、创造积累、兼收包容和世代传承，文化还表现于凶猛暴烈、相互否定、彼此破坏以及自我毁灭。一部文化史就是一部内耗史，这是极为重要的内部动力——敌意产生互动，文化异常活跃的时代，一定是纷争四起的时代。至于那种鼓吹谦让、调和、互容和相互尊重的君子说辞，只有那些失去了创造力和重建力的人才会点头称是。

被冠以文化之名的诸般礼仪、规矩、准则、趣味和风尚，总有一些令人不快之物，它并非掺杂其中，而经常是在整体上令人不快。它道貌岸然，以文化的名义先声夺人……一听到那种斯文无力的娓娓说教，我就如芒刺在背。但这还不是最严重的，最严重的时代事件之一，是用无所不包的万能文化去僭越信仰！须知信仰之危机并非无信仰之人的恰当议题，信仰乃深渊中的呼告——它属于灵魂之人，而不属于文化之人。克尔凯郭尔曾有云，他在年轻时便被赐予肉中刺，若非如此，他早已平庸一生。

肉中刺！你们有吗？

难道你们的胃适合于消化一切食物，你们真的认为有必要摄入所有的营养吗？如果你还是一个独特的生物体，你就不应该觊觎摆在其他种类生物体面前的餐盘，哪怕它装的食物再有营养也与你无关！吸纳全部文化用于充实自己纯属胡言乱语，那些相互抵牾相互冲突的文化不是使你变得博学和包容的装饰品！不同的文化乃是不同生物圈维持其独特价值共同体得以长存的历史约定，只要你不从属于该共同体，只要你还没遗忘或者背叛你自己的生物圈法则，你就不可能真正以你的心身脾胃去欣然接受别的文化。在不同的文化中寻找共同点是徒劳的，文化差异和文化冲突不可弥合的根本原因是：维护自己的身份的纯洁性必然导致它对异己文化的敌意，而那个所谓纯洁性往往表现为对异己方某个细微言词表达的强烈反应。这类事件的一再发生足够说明，文化敌意的根源在于感情；这种感情的背后深藏着一种根深蒂固的生物性的自卫本能，理性规劝对它是无效的。

除去那些根本性的文化敌人，那些虽毫无个人恩怨却誓不两立的观念敌人（过会儿我再着重讨论这个问题），在我们周围，更多的是一些鸡毛蒜皮的文化小对手——他们并不隶属于什么明确的文化体系，文化小对手具有双重的文化嘴脸：对大师他们是卑低的，对庸众他们是傲慢的。只要一看到他们的身影在前面出没，我就掉头而走。他们说不定有可能会不幸地成为我偶然遭遇上的文化敌人——如果他们弄脏了我的视野！如果他们误入我的生存空间！如果他们对我深思熟虑的问题大言不惭！如果他们冒充先知！如果他们以大多数人的代言者自居！

不要去招惹无足轻重的小对手……但大对手在哪？大对手是那些从来不用同样语言与我们平等说话的人！他们存在于空气之中，

他们可以使我们窒息。而小对手则趁虚而入占领了大对手无暇顾及的地盘……占山为王！分食一杯羹！媚权者荣！讨好庸众！这是他们的生存法则，谁妨碍他们谁就是他们不共戴天的敌人！

当然，应该这样，这才是我们与之作战的正当理由。现在，我把文化小对手列为我的头号敌人，尽管他们因此会对我有所怨恨。大对手的兴趣怎么会在文化上滞留，除非文化是权力的一部分。小对手对文化一半是热忱一半是利用，小小的才能加上小小的心胸，这样的文化人士多得不计其数！我对他们的蔑视已经毫不掩饰地写在脸上，尽管庸众喜欢他们。小对手源于庸众又归于庸众，这就是劣质文化生生不息的全部秘密。小对手即由无名氏组成的庸众群体中的少数文化署名者，他们在那个群体内部没有敌人，这其实害了他们，他们根本不适应跑到一个广阔的世界中去战斗！

小对手和小对手之间虽然没有观念上的敌意，为了私利却无时无刻地发生龃龉，这是一场为了争夺同一事物而进行的细小战斗。先知早已留给我们关于某一种人永远陷于"同而不和"之泥沼的千年预言，他们所纠缠于其中的一切纷争应当由法官去裁断。那些蝇头小利绝不是我感兴趣的"文化敌意"，他们争辩的焦点与观念无关；即便这也算是一种司空见惯的"不团结"，也算得上是一种"生存之战"。事情只要关乎生存，就不必区分他们到底是"同而不和"还是"和而不同"。

我真正感兴趣的文化敌意并不表现为它是上述那种日常摩擦中经常出现的"生存之战"，确切地说，文化敌意的起源与终极目标均属于神秘的"观念世界"，人们之所以为之奋斗和不惜牺牲，仅仅为了争夺"观念的生存空间"！文化敌意彻头彻尾属于"观念人"之间的精神肉搏，虽然他们很可能只是为了一个神圣的"观念空位"而浴血奋战。基于我们与生俱来的排异本能：对陌生事物的防范、惊恐、不信任以及为后天形成的族群偏见和地方性知识所囿。

我们对某一类事物及观念的拒绝常常不假思索，也无须附加理由。不顺眼，就足够了！

"观念之人"同样受直觉支配，如果理性辩论能弥合文化差异，统一认识，历史早就终结。而文化说穿了无非是一堆偏见，所谓异域文化交流无非是为了维持各自生存空间的礼貌性误解罢了。那是一种暂时的政治平衡术，文化敌意的幽灵终有一天要再次显身。

我们通常见到的所谓"理性辩论"，绝不能天真地相信它就是寻找真理的途径。在实践中，寻找真理的神圣说辞几乎都隐含了一个为对手设置的陷阱。谁只要宣布真理是唯一的，即等于宣布对手便是谬误的化身，我们何时见到辩论主体事先申明自己为谬误？

但真理从来不是辩论的自然成果，辩论的只能展示差异性以及对真理表决结果的保留。真理永远是被权力宣布的，只要权力没有被统一，只要权力分散在世界各地，真理的生效范围就是有限的。

如此看来，真理不过是将某一私见、特殊经验、局域观察加以放大和系统化，甚至不惜引进个人迷信、单方面推导和感情煽动的虚构作品，这是唯一不可改变的。我们均为血肉之躯：愤怒、嫉妒、虚荣、好胜、排异、自尊、偏狭、顽固，一再使我们远离理性的论辩之道；这恰恰构成了足以让我们眼花缭乱的思想史景观与文化史景观。它的莫衷一是、丰富性、内耗、兴盛与衰亡，无一不是非理性力量推动的结果。

没有敌意就没有自我确证，正如没有厌恶就没有热爱！只有学会否定，在生活中行使了否决权，你才能强烈体会到什么叫自我肯定。那个东西让你讨厌吗？毫不犹豫地扑上去，绝不留情！老虎若不吃羊，羊怎么会大量繁殖并形成"羊的文化"？当老虎被关进笼子，当羊被放养在牧场，理性重新安排世界，被分割的老虎和羊共同失去了自己的"文化"。多没意思啊，笼子和牧场！

没有敌意就没有进攻与防御，就没有迫切的生存欲望；文化的和平交流只会使文化不思进取。去展览馆吧！去动物园吧！

文化的标本收藏家们，还有文化的恋尸癖们，你们的博识在我看来毫无价值。文化的复兴首先是战斗力的复兴，战斗力的复兴则取决于生命力的复兴。在当今世界，温和文化之命运将同"羊的文化"殊途同归，不是被老虎吃掉就是被圈进牧场。为避免这不堪的结局，你们必须学会以"敌意"为本立足于"世界丛林"！

在争夺生存空间的残酷战斗中，文化敌意不仅是舆论基础或狂热檄文背后的指针，它更是政治强力的基础和社会动员的发起者。文化敌意可以虚构出一份社会蓝图并将之变为现实。没有敌人吗？不用担心，我们可以找到敌人！哪里有文化的敌人哪里就会催生新的文化幻想，即便只是一个影子武士，唤来一个鬼魂之阵！

没有政治敌人的权力世界是不可想象的，正像没有对手相搏的竞技场将变成荒芜，而政治敌人说到底就是文化敌人！不同的文化之间的友好相处只是均势之下的缓兵之计，对它们作世界大同式的平等描述看上去公允大度，但这样的描述者也必须站住某一特定文化的立场说话。不可能有纯粹的中立性与客观性，其实对不同文化一视同仁的观点根本不能被信任，持这种观点的客观之人难道不隶属于任何一种具体的文化吗？或者他竟然能够超然于所有文化之外，我们又如何相信他的这种超文化自我标榜呢？

文化的自我迷恋和自我夸耀必然意味着它需要对自身保持一种"特殊狂热"，这一特征是所谓的"客观性"绝对排斥的，然而文化恰恰不是一门关于"客观性"的知识。文化与有限兴趣和有限热情以及有限知识相连，尽管它总喜欢自诩它即无限。而"有限"，就是它让人激起无限狂想的原因，也是它对文化异己者怀有敌意的原因。

历史上有些特别时刻会冒出个别罕见之人，他们虽是局域文化的持灯者，却因了天才头脑的大胆想象和在危险道路上的一意孤行，最终逃脱不了理性之诱惑转而对自己所属群体的局域知识发出追问。尽管他们对自己文化的信仰依旧，但他们还是成了自己文化的叛逆者。这种"因忠诚而怀疑，因信仰而叛逆"的故事在漫长的历史中不断重演，难道任何类型的文化只让平庸之辈俯首帖耳，就为了成就敢于冒险的少数叛逆？究竟是那些智慧超群的罕见之人，还是那些刻板单纯的大多数，骨子里透出一股寒冷的文化敌意？究竟是天才叛逆者伤害了他赖以思考的某一文化，还是生活在同一文化保护伞下的庸人们对叛逆者的围剿，才是发生在此一文化族群之内的又一次不可饶恕的伤害事件？

事关情感，抑或事关理性？大多数平庸者均为情感之人，情感最容易受冒犯，难道天才不是情感之人吗，天才的情感烈度比常人更甚！敌意就这样产生于同一文化体系内部，这一次，不是为了争夺领导权，也不是为了扩张其空间，它纯属偶然事件：一个天才越过了他的群体，于是他们将他视为眼中钉。

叛逆、围剿、伤害、误解、蒙冤直至背上十字架殉难，最终仍然成为某一文化的某一章节，甚或成为最激动人心的核心部分。一代又一代后世的庸众，将历史中黑暗血腥的记载看作圣迹：叛逆者被偶像化了，他们的名字被唱诵，他们的形象被搬入神龛，几乎是一切文化叛逆者的身后命运。唯一那驱使叛逆者与他所属的文化进行殊死战斗的幽灵，即那个教唆他引诱他呼唤他，令他自外于此一文化的"神秘敌意"，依然是延续至今的文化体系最感麻烦甚至恐惧的破坏力量。

遗憾啊，这样的叛逆者今天几乎找不到了。原因错综的文化敌意在加深并控制了绝大部分民众，这种敌意不断被各自的权力利益集团所利用。此刻的所谓文化，只不过是权力利益集体手里的一张牌，一张摊在桌面上的牌。只有将自己的文化神圣化，才能招募到为自己牺牲的捐躯者！

在如此尖锐棘手的"大局域"文化对决中，关起门来，进行单纯的文化争辩，进行自我反省都显得不合时宜！时局要求我们把自己的文化化石拿出去兜售，要求我们把异域文化改造成浪漫之旅，今天的文化学者们干得多么出色啊！

世界的另一些地方，那些古老文化的偶像不再被虔诚膜拜的世俗之地，那些躺在博物馆里的出土文物日夜守望着它们的守望者。博物馆墙外一片市声喧哗，民众对舶来品爱不释手趋之若鹜，文化圣战于他们根本不存在！他们知道他们自己的古老文化只是历史课上的短暂骄傲，生活却完全与祖宗无关。对异域文化他们非但不需要什么免疫力，而且相信所谓的"外在敌人"只是一种别有用心的宣传。他们的内心对自己所属的文化不以为意，除非这一文化正在被他们所仰慕的异域人士当作时髦！

各种各样的"本土文化"作为形式化了的世界公园标签，差不多已经饱和了。它们存在于一些被精心区隔开的特殊地点，在那儿展示、陈列、出售或表演；它们被节日化、讨论化、注册化和"空位化"；这种"空位化"如同一具沉睡的僵尸，已经产生不出任何争夺生存新空间的欲望，它当然也不再有任何"敌意"可言。

但是请小心，这样的文化僵尸有可能令我们产生敌意！文化的属性变得模糊起来：出生于何地？祖上何人？现居何处？有何信仰？入何党派？持何立场？这些极为关键的填表式提问，早已打破关于"人与文化"的简单描述。一种描述经由血缘和记忆得以确认的"文化身世"，它只剩下空洞的"能指"；还有一种描述可以通过生活方式和价值观念确认的"现实文化惯习"，它有明确的"所指"。两种情况因地因时因人而异，但有一个现象是相似的：用某种固定的文化类型来指认一个人越来越困难，文化的"能指"与"所指"正在严重脱节。

说说"根本性"的文化敌人，我们的"大对手"吧！大对手就是那些仍然在鼓吹神圣之战的精神领袖，那些假先知，假使徒，假宗教；大对手就是庞大的崇高意识形态，那些城堡，老大哥，权势，谎言，机器，美丽新世界。大对手要将我们带入黑暗，小对手只是带给我们庸俗。当大对手掌控我们生活的时候，我们将血流成河；当小对手出没在我们四周的时候，我们不过就是恶心而已。大对手是虎豹，小对手是蚊蝇，它们就是如此不同！

再没有谁能为我们描绘出文化的未来彼岸之远景，文化只存在于幽暗的历史彼岸。在两个时间维度的遥远端点上我们看不见任何清晰之物，要警惕星相学家，预言家，煽动家，革命家，他们本来是文化内部的敌人，他们对身处的文化充满敌意。但是最终他们的如簧巧舌与不负责任的虚构，使我们沦为没有反抗能力的工具，他们为我们指示的是一条通往奴役的道路！

文化其实就是一种生存之道，文化敌意不过是从文化内部滋生出来的另一种生存之道。文化敌意是文化之躯得以保持活力，自我维持和自我修复功能的细菌与毒素。需要文化细菌和文化毒素！但要警惕细菌变成文化，毒素变成文化，所谓"文化敌意"，还包括"抗菌素"与"解毒剂"，用以抗庸俗之菌，解谎言之毒。在我们生活于其中的特殊局域，虎豹蚊蝇并存，美丽新世界正在演变为垃圾新世界。伟人与预言俱逝，戏子与侏儒共舞；恐惧不再，厌恶顿生。真是不幸啊，同时生活在两个时代的缝隙之中！

"大对手"就是经常任意宣布谁是共同敌人的那个存在体，对外部世界的过度敌意，就是对内部反对者的敌意，结果，内部反对者与外部力量的联合就成为一种自然逻辑。我们若能拉开距离去观察，这种一再被贬斥的"内外勾结"，难道不同样是一种内部事务，不同样是一种"内耗"吗？

生不逢时的文化叛逆，那潜在的敌意持有者，他们也许在打瞌睡，无聊的时代令人提不起精神。至于发生在远方的殊死战斗，他们冷眼看透了其中的阴谋、交易、出卖和对虔信者生命之躯的利用。此时此地，大面积的平庸包围了他们，那是一种没有疼痛感的平庸。不愿再流血牺牲，又不甘没有疼痛的平庸，两种截然对立的态度其实同出一源：拒绝依附于体制，拒绝像奴隶般地去服从，不论体制宣扬的是崇高或是低俗！

潜在的敌意持有者刀枪入库了吗？他们充满疑虑地在一种文化和另一种文化的边界徘徊。大背景大神话消逝了，渺小的抵抗无足轻重。他们不再渴望"联合起来"，他们深知集体解放的伟大诉求将换来新的牢笼新的主人。他们的狡智告诉他们必须把恨意化为嘲讽。他们不依赖强力，也不愿与平庸结盟。孤独者的生存空间！这是他们的最后边界，他们唯一的战壕。

在拼死相争或假意媾和的大权力空间的背面、阴影处与缝隙里，"小对手们"也展开了毫厘必争的近距离肉搏，我要赞美所有的敌意和围绕着生存而进行的战斗！不论以崇高之名还是以低俗之名，文化敌意撕破了文化对残酷生存之战的蓄意打扮，文化敌意就是谎言的敌人。一切都不可缺少，包括强力、体制、伪装、谎言、平庸，还有孤独。

一切大对手和一切小对手，一切介入者和一切旁观者，一切善意和一切敌意，一切文化和一切反文化，它们都是上帝作品中的片断与角色。我们纵然充满欲望、意志和大大小小的计划和野心，最终也不过是这件庞大而没有尽头的作品中一个转瞬即逝的傀儡罢了。

二〇〇六年

489

批评备忘录

　　生活，不止是文学，正在被形形色色的批评所主宰，这怎么可能？人人都可以用言词介入生活的盛况开始出现，这怎么可能？丧失已久的异议表达权已经得到全面回收，这怎么可能？那些机器零件般的驯服工具，众口一词的胆小喉舌，还有向来习惯于盲从的群体，仍然是今天的大多数，但这一事实被七嘴八舌的表面文章遮饰在大幕背后。有人装作很天真很善意地相信，一个批评的自由时代来临了。

　　思想仍然在审慎地自我审查，令人头疼的思想，它总是忍不住要说出真相。聪明人知道，管制思想的规则虽然没有明文颁布，不等于某些禁限与边界已经撤除。如果言论自由就是尽情表达吃喝玩乐的自由，而批评的责任，则是正确地指出那些吃喝玩乐之论不能承受现实之重，我还有什么话好说？你们希望大厨师、酒吧老板和游戏开发商和你们一样去空谈经国大事，或至少表表态，这个要求并不为过；正如你们一再提倡对穷人发发善心，要有同情与正义，但穷人也不能因此萌生偷盗之心，起码要热爱生命自强不息，没错！没错！这就是你们目前所享受的言论自由！批评自觉地逃离那些禁限，为了自身的安全也是为了保有说话的权利……三缄其口，绕道而行，迂回包抄，避免正面交锋……拓展言论的新边疆，避开不可触碰的"关键词"!必要时沉默!这样做没错,但你们不能因此就坦然地把"不得已"解释为"批评的自由"!批评并没有收回它天赋的表达权——多数声音,少数声音;正确意见,错误意见;异端思想,陈腐思想:专家观点,外行观点;虽都有部分表达,但远远不够。关于造成这一状况的原因已无须赘言,批评对此局面在近期内的改观无能为力。它必须转移阵地,也许今日批评的活动范围不该在这里寻找。

外部生活,广义的外部生活疆域有多大有多远?不必在此流连,不要再迷恋拉锯战,让我们一起逃亡,我们陪不起!我们无处可逃,我们只能在此跳舞,这里就是陀罗斯……不充分的、带附加条件的、局部的自由对我们的批评是一种技术考验……主题半透明、隐喻化、象征、代数式修辞、迷宫图、春秋笔法、考古作风与掉书袋,请闭上眼睛想一想,这是一幅何等美妙斑斓的文化图景啊!

批评实际所拥有的自由程度由历史条件来决定,而历史条件又由掌握现实主导权的人们去影响。批评的充分自由不是一件可以孤立发生的政策事件,它是整个社会形态的发展状况、转向、进步、停滞或者倒退的组成部分。至于社会形态发展的不同状况,则取决于该社会各种力量之博弈结果。啊,这类"存在即是合理"的历史决定论我们并不陌生!强调权力意志吗?我们的意志为何不同样是一种权力?从现在起就让我们一块儿参加"博弈",我们不想消极等待。批评是一种改变现实的渐进力量,它时而激进时而潜移默化地影响人们对世界的看法,现实是那些对世界有看法的人们共同予以改变的。

所谓批评表述风格的复杂化和过度修辞化,对一般公众来说完全丧失了意义。批评应该是民意的一部分,哪怕只是"有限民意"!批评不应该只为了自己的生存空间寻找退路,如果它满足于这么做，终有一天会失去自己最后的那一点点小空间。民意常常不幸地被误导，误导者也许出于善意，他们痛感世风日下道德沦丧。自以为有良知的批评家当仁不让地充当了善意的误导者，散布惩恶扬善的言论没有错，空谈除暴安良也没有错；但是批评家不是布道者，如果面对残酷现实只能重复"唯一的一句真理"，那么谁又不是从小被父母教导"要成为好人"呢？

千百年来，贤哲与普通人的共同理想一直没有发生冲突，可是最终决定世界历史进程的为何总是"其他力量"？批评家不是社会公德教育家，更不是个人良好习惯培养师，批评不应该口口声声说"你们要这样，你们不能那样"，诸如"你们要守法，你们不能贪婪"，"你们要俭朴，你们不能糜烂"，或者"你们要忍耐，你们不能急躁"……不，你们无权在我们面前唱高调！你们有义务为我们指出并回答下列问题："他们何以变恶的社会根源与人性根源"；"现实何以可能不这样糟糕的理由"；"有没有好的，甚至更好的生活与游戏规则"；"我们所具有的一切是否天经地义"；"一种存在是不是应该被另一种较合理的存在所取代"？现实社会每天都在裸露自己，它以街谈巷议的形式传播于人们的口耳之间：荒谬的、滑稽的、离奇的、喜剧的、惊骇的大小杂闻。极少数事件因重大而成为新闻，它们引起了轰动或震惊，各种批评一拥而上，每天的报纸！公开性和透明性还远远不够，泛泛而谈依然居多；谁触及事物的根本，谁报道了全部内幕？谁将有何作为，或谁向公众承诺将如何作为？批评还仅仅是一种停留在字面上的同情、愤怒或声援，它是"弱的舆论"，它缺乏社会实体的支撑，它不过表明了"公开批评"的许可度；它是有限度的"局部裸露"，它是一种可以随时关闭的"阀门"。这一切并不掌握在批评和批评背后的民意手中。

但毕竟，铁板一块和舆论一律的现实已经四分五裂，混乱的生活正是我们希望看到的，这倒不是为了让批评有用武之地……回到"野蛮状态"和"自然秩序"是恢复"契约社会"的先决条件，我们为此付出的高昂代价，怎么也没有为另一个"崇高理念"所付出的重大牺牲更惨烈。良好的社会批评应当是一种面向大众的公益启蒙教育，从最基本的常识开始，它的第一条法则就是"人权至上"：反对"克己利他"，提倡"为己抗争"；反对"逆来顺受"，提倡"伸张正义"；人人为己，方有法律保护每个个人；若人人为公，则每个个人都可能被剥夺殆尽。遗憾啊，在"丛林法则"的地平线上，越过弱肉强食的遍地尸骸，当今的批评没有看到"契约世界"的曙光，它们阴恒的耳朵只听到肤浅的道德悲鸣，难道它们还在怀念集体营？孱弱的人啊，你们宁可随虚幻的集体而安全苟活，哪怕一无所有你们也依然深信这才是理想中的"公平与正义"？

构筑社会契约不只是"法律界"的事，批评不能仅仅热衷于美学！为什么批评一旦完成了"美学化"洗脑，就必然转身攻击人的"自私"和"欲望"？所谓"批判"的神圣任务被狭隘化了——物欲，商业利益，资本利润仿佛是批判的唯一目标——让人难以理解的是，这种振振有辞的"批判"始终没有向我们说明，为什么上述"批判对象"恰恰构成了历史实践的主要推动力，仅仅因为它们在道德上的"不义"或美学上的"丑陋"？

然而，"不义"和"丑陋"不在于"物欲、商业利益与资本利润"的一般运作状况，"不义"和"丑陋"在于"对物欲的越界，掠夺和无偿占有，破坏商业规则，对资本扩张缺乏制约"，还在于"对物欲的压抑与抹煞，削弱并取缔商业，剥夺私有资本"，以及为达成此一目标的"超级强权"……不知何故，当今批评似乎还陶醉在那种既陈旧又时髦的"大同幻觉"之中！

批评家有权利讲说个人珍爱的特殊价值、趣味甚至癖好，但不要轻易为你的个人选项戴上公共的桂冠！我看见许多人，争先恐后地要为公众代言，好像到了最后的紧急关头，他们说社会快要崩溃了，快去拯救！是吗？拿出拯救方案让我们瞧瞧……说了好多年了，你们老是忧心忡忡！我们大家一起回顾一下吧，在那个差不多人人自危的时期，你们可曾有过"崩溃的预感"甚至对崩溃的"企盼"？你们所谓的崩溃，指的是权力系统的崩溃，还是所有个人生活的崩溃？其实人们的"个人生活"已经崩溃过无数次了。今天，面对所谓崩溃的防范，是痛陈人们的堕落与卑污就能奏效的吗？还是在残酷的无规则的生存肉搏中，通过彼此的遍体鳞伤而建立起"共存"的契约社会？因为契约社会从未真正建立过，因为道德与暴力始终是我们理想社会的两面。

开辟新疆界吧，批评的狂喜和沮丧应该活跃在美学头脑中，仅仅是美学上的浪漫主义，积极的或消极的。不要企图用美学去教训契约社会，契约社会很缺乏诗意！小心，以诗意代替契约非常危险……我们试验过了，别再玩火，诗意为我们开辟的疆界在心灵之内，而不在现实之中。商人与诗人的敌意根源即在于此，其实他们各有各的地盘不应该相互妨害。批评家是"另一种诗人"，还是打算介入商人世界去主持公道的"律师"？如果你想成为后者，你就不能用诗的煽情来为你的当事人辩护。

那些缺乏才华的批评者，批评对他们而言无非是一种遮掩。说一些大话吧，论题的重大将人们的视线吸引了过去，众目睽睽之下的抒情，多么快意的时刻……宣布站在抽象的"民众"这一边，就暗示了可以从任何一个具体的"个人"身边逃逸；宣布自己总是忧国忧民地思考大问题，就暗示了可以无视一切"细枝末节"，包括"美学感受"……

让我们重新回到开头部分——文学以及针对文学的批评——狭义的文学，据说现在已少有人问津，可我还是听到那边在吵吵嚷嚷。发生了些什么？批评在继续慷慨陈词，批评在作越界旅行，批评在发布抵抗宣言，文学讲堂成了假想中的议会大厅！众多论辩之声重叠交织此起彼伏:"辩证法!""阐释学!""主体!""新帝国!""解放!""合法性!"只有一个声音稍显微弱,但也非常肯定:"作家的世界观"!这看来是最小的话题了,世界观!发生在某位作家头脑里的"有关世界的变形镜"——它要在此获得批评家的审查与核准,却没有人置疑批评家何以高于作家的"合法性"——"阐释学"吗?让我们先来阐释"阐释学"!"解放"吗?让我们先把自己从"解放理论"的桎梏下解放出来!在正确地指出"作家缺乏一个世界观"之前,毫无疑问,批评家已经认定自己不仅拥有了一个世界观,而且还肯定拥有的是一个正确的世界观!这一逆向推论是否合乎逻辑?让我们试试:一个没有世界观的人不可能批评别人"缺乏世界观",一个"世界观批评家"不可能认为自己的世界观是错误的,难道不是吗?最麻烦的就是此类自负的、热衷于在"感知世界"的虚构领域卖弄概念的"世界观批评家",在他们自以为是的、统一的、明确的世界观面前,没有什么问题是没有现成答案的。

文学叙事,它借用的寓言、语体描述、情感和隐喻偏偏最反对"明确而现成的答案"!为什么作家"必须"要有个世界观?他们并不习惯你们这一套……你们的世界观都从理论书本上模仿而来,既不特殊,也无趣味,更别说你们又没有理论天赋。作家习惯说,"我觉得","我感到",你们有没有能力从中发现他们"不自觉的世界观"?尽管我对这一话题毫无兴趣……如果经由文学叙事所呈现的生活只是为了让人们去感觉去体会,又有什么必要对人们因阅读而唤起的感觉及体会再进行判断?没有判断,我们照样在感觉生活。批评家的判断啊,你真是多此一举!也许有些情况下,判断比感觉更重要,可你的判断是否是众多判断中比较蹩脚的一种还说不定,凭什么对作家们一会儿说"缺少这个",一会儿又说"该有那个"……作家无论其个人才华如何,他们都是造物和历史的混血儿，他们绝不需要你开出的廉价配方。一个人有什么缺什么全是宿命，如同你们，你们的弱智与你们的自负一样无可救药！

无论是天才作家或是平庸作家，皆有摆脱"确定性"和摆脱"世界观"的自由（当然，他们在自主的前提下有权利"寻找确定性"和"建立世界观"），没有这一自由自主，作家就不可能以自己的独特方式"洞察世界"——事情并不关乎他们作品的高低优劣，只关乎"人生而平等"的原则！"世界观"并没有真理的优先权……世界上有多少世界观啊，伟大的世界观早已在世界上出现，可是世界仍然一片混乱。世界常常被世界观引向歧途，想想为什么吧！世界观的"误导"和"滥用"，也许在文学叙事中不会带来灾难，倘若真是这样，拒绝世界观吧，至少可以使一个人的脑袋免受其害。不要自以为世界观正确而向那些"无世界观"作家问责。努力倾听"个人世界观"之外的声音——它们来自别的世界，文学写作与文学阅读难道不就是为了展示"差异"才存在的吗？请容许我模仿"世界观批评家"的权威口吻向"世界观批评家"告诫一句：你们继续坚持相信只要持有世界观就能写出"站得住"的作品吧，但是这个结论是虚假的——作品永远"躺在"书本里，并有可能"活跃"在你我的记忆中……它根本不需要"站起来"！至于作品里有没有"世界观"之类的神秘观念，那取决于读者不同的眼睛与灵魂。

在一个平庸而混乱的世代，不要指望有非凡的写作，更不要指望有非凡的心灵……批评家们！你们读了各个世代的伟大作品，那些稀少之物散见于漫长的岁月，你们的书架上塞满了它们又有何用？短短的十年，顶多二十年，你们就想看到奇迹，而且是在这么一个迷失方向的历史间隙……将筛选出来的伟大经典作为标杆，这并不恰当！重要的是重建生活，而不是诞生惊世骇俗之作。让人们去争阅平庸读物吧，可能更适合他们目前的脾胃。他们受不了震荡，他们宁肯逃避到虚拟世界，那些影像与游戏的活动幻影之中……批评家们！说不定某些饱受你们践踏的"失败之书"恰恰是留给未来的重要备忘录，你们嘲讽它，你们用手头的既有尺度去衡量它。你们是"宁信度"的博识家，但是你们缺乏将已知之物融入到从未见过之物中去的能力。只是备忘录！不是史诗！杂闻写作！毁誉参半的通俗大全！随时代速朽而被迅速遗忘的草率之作！因普遍误解带来的荣誉！时髦的拙劣风格！隐藏在庸众里的天才！事先张扬的皇帝新衣！你们要发现身边的"经典"，就必须降低自己因博识而抬高的衡量标准！一个时代有可能由于它的"废墟化"和"垃圾化"被后世不断提及，谁能肯定这一幕绝对不会出现呢……

二〇〇七年

论色情读物

色情读物的被全面禁绝，是言论自由被禁绝的一个方面。当然这并不是说只要解禁色情读物就意味着社会的自由与开放。如果色情表达获得有法律保护的允准，分级制就将应运而生。但是后谎言时代的事情常常不依照惯例与逻辑，它可以一边坚持反色情，一边让色情泛化。如同社会异见的曲折表达，色情表达同样是需要经过伪饰的：它只有先被说成是"另一个"东西，才得以公然登场。

色情读物已经无所不在，或者说可以"被色情地阅读"的读物已经无所不在。后谎言时代对文化的杰出贡献之一，是它成功地发展出一整套言行不一的生活方式，以及一整套词物不一的符号系统。性和政治的"词物分离"也许仅仅是一种巧合：在公开的出版物上将色情混杂在冠冕堂皇的言词之中，而在人们的日常闲聊里他们又把一切严肃刻板之物色情化。这种主角不在场的脱位表达，融合了玩笑、隐喻、反讽与比附的修辞策略，已经娴熟地被后谎言时代的人们普遍掌握，并广为流布。

色情读物和色情表达所隐含的道德威胁与肉体不安，这一担心对一切形态的社会类型都可能适用，只是在某个刚刚有所松懈的特殊局域，即词物分离文化价值异常含混的社会，人们习惯了彼此说谎话并对谎话心知肚明的悠久历史传统，以及加上人们同样早已心知肚明的权力禁限。色情必须以一切可能的面貌出现，却单单不能以色情的面貌出现。他们明白：重要的不是色情之物是否已经被表达，而是在表达之中不能以"色情之名"，并且必须回避被检查者"定义为色情"之可能。一个双方都熟悉的游戏规则是：充分利用所有的模糊边界、灰色地带与含混词义，把色情表达从繁琐、官僚和僵化的检查制度下解放出来。

在吊诡的后谎言时代色情表达所借助的传播媒介一开始是科普读物或法律读物，性的卑贱地位之翻转只有在医学领域得到暧昧肯定，在司法案例中性也总是以丑陋的面目露面。性愉悦的生物学价值被医学确认的同时，社会学则永远站在生物学的对立面对性本能进行讨伐。甚至作为"人学"的文学，色情也只有披上爱情的外衣之后才能闪亮登场。

有一个现象人们已经视若无睹：性服务和性消费必须通过所谓的娱乐业这一模糊称谓，才能获得半公开半合法的产业化身份，正像在公众场合谈论色情和性欲，只有作为"性文化"课题之一才能做到面无愧色。道德宣教的陈词滥调和虚晃一枪的法律包装，总是按照社会惯习将色情与肉欲定义为耻与罪的根源予以排斥。在厌恶与恐惧的反面，在惩罚与训诫的反面，色情恰恰构成了人们身体生活的正面。欲望因压制而强化，快感因犯禁而达致癫狂，理性排斥之物正是人们本能最为需要之物。色情被严肃刻板的修辞改写为一种粗鄙的隐喻文本，它的宣教的结果居然正好相反：色情诱惑不可抵挡，禁果的存在价值就在于等待人们去偷尝。如果没有好奇、风险和恐惧，又何来瞬间狂喜、极乐罪感、奉献毁灭的生命赌博？

裸体出现在日常公共空间多半是被鄙视的伤风败俗，出现在美术馆就可能成为一种高级艺术。以艺术的名义！一定要把裸体说成另外的某种东西！色情即裸体艺术的反面价值，色情才是人们喜欢裸体艺术的原因，一个公开的秘密。人们在裸体艺术中看到的不是艺术而是裸体，这么说很庸俗吗？必须保持双重态度！如果低俗的色情等同于高级艺术，那么肉体就不再卑贱，但是卑贱恰恰是激发性欲的催情素，高级精神活动则是性欲的敌人。

只有色情读物在坚持卑贱肉体的快乐至上，色情读物从来不奢谈爱情。魔鬼关照肉体上帝拯救灵魂。色情读物即魔鬼读物，人们需要魔鬼读物因为他们的本性即神魔一体。在一个色情读物遭到普遍查禁的特殊局域，人们的魔性又如何得以释放？以变形、伪饰、反喻或敌对的方式，将色情引诱变形为商业广告，用艺术教学伪饰色情窥视，甚至让人们在形形色色的性丑闻里看到越轨性生活"耻中之乐"，那种前赴后继的反道德性冒险正是人们内心的"不熄之火"。

魔性难以从人的躯体内部割除，于是人们就开始考虑把魔性形象在符号世界中打入地狱。不可能禁止不洁的性生活（只有婚姻之内的性生活才是合法洁净的），却可以把性生活图像从一切读物中彻底清除，而夫妻性生活的实践只能靠口耳相传或暗中摸索。那些被"删除部分"，就成为人们既畏惧又渴望的邪恶之物。尽管他们自欺欺人地以为色情不过是存在于他们身体之外的"外部诱惑"，只要保持符号世界的洁净与不受污染，人们的行为就会像一个谦谦君子。但是非常遗憾，事实上他们的身体仍然难以扼制地一直朝相反的方向在悄悄运动。

厌恶不过是对欲望之思的反面表述，排斥的那个对象常常是人们潜意识中渴慕的对象。压抑的背后即放纵，色情生活的不衰能量就在于它集欲望与排斥、厌恶与渴慕、放纵与压抑于一体。色情读物绝不提供高级的审美愉悦，它必须是放荡的、猥琐的、夸饰的、艳俗的，一句话，它必须是低级趣味的。

既然公然的专业的色情读物已遭封杀，人们对色情读物的需求就必须求助于其他方式。色情读物很容易被区分出来是分级制度和市场化的自然结果，可是在一个没有分级制的保护与限制的社会环境，加上不充分的市场条件，色情表述必须借助别的形态依附在别的读物身上，以避开模糊不清的检查制度和检查标准。后谎言时代事实上对潜在的色情业已经半推半就地大开绿灯，色情读物面临的市场极其广大。在没有法律保护的现实中，"色情读物"只能采取化整为零的策略以"复数"和"杂种"的面貌出现。任何"单数"的或"纯种"的色情读物，都不可能在后谎言时代的词物分离的文化语境中合法出版。但鉴于这一时代已经明了全面禁欲之不可行，而且它不愿意放弃巨大的市场与利润，这种很有地域特色的色情读物将与文化检查官和道德警察进行一场旷日持久的阵地战。

色情表达充斥于一切可能渗透的领域：商业广告图片；服装表演；美容与整形业；娱乐记者快照；自传体小说；私人博客；艺术人体；性学报告；成人电话节目；玩具；电子游戏；古籍遗产；粗制滥造的性交读物；删节本；盗版或原创的非法出版物以及迅速增长越来越难以控制的网络照片。色情表达在空间上的无孔不入以及在形态上的丰富多样，暗示了后谎言时代的性生活状况已经发生重大变化。私生活领域的局部解放所带来的混乱不堪，不仅对公共生活领域的呆板乏味是一种尖锐讽刺，也是对它的必要补偿与瓦解性回击。让权力一起受色情力量的腐蚀，让权力卸下假面，让权力和卑贱的欲望群体共同参加狂欢节和性派对，让所有的人从谎言最后把持的意识形态牢笼中解放出来！

变化来得太快，人们对肆无忌惮的裸裎和放荡已经不再闪避。展示身体不再惊世骇俗而不过是一种时尚。把长期以来一向会引起色情联想的身体裸裎读解为时尚，这是多么巨大的符号学转变！民众生活中的道德阐释惯习被搁置一旁，国情、传统和风俗根本不堪一击！千百年来的习惯势力是最不顽固最不可靠的势力。假正经的面具拉下之后，一种粗鄙的、草率的、充满活力和想象力的新色情文化诞生了。印刷色情图像和电子色情图像，那些十足廉价、无限复制、推陈出新的色情产品，以光速永不停顿地进行输送与传播。它们朝一切方向流动、漂移、扩散、渗透，停留在一切未知空间，被一切人收藏、截获、保存或抛弃。重要的不是色情图像本身的遭遇和命运，重要的是色情图像对一切人的生活范式与性想象力所带去的革命性影响。

图像（包括色情图像）绝不只是虚拟现实，它早就深入人们的现实、反作用于现实进而构成现实的庞大力量，很快它就要变为现实的主导，只有公共谎言还在原地踏步不思改变。公共谎言缺乏说服力的原因之一，是它找不到自己的新形象。色情读物和色情表达在后谎言时代的奇特处境，那种既被查禁又无所不在的双重命运，为这一文化的将来可能会带来什么还未可乐观，因为色情的合法存在必须基于边界、专业、限制和一套自己的符号体系。色情的魅力只有在有限的开放和适度的压抑机制之下才能保存必要的骚动不宁，现在人们发现色情文化没有边界，缺乏专业知识和经验。没有对色情进行定义，色情符号就混杂在其他行业和表达词语中。由于对色情的态度一直讳莫如深，人们的自作聪明、愚蠢鬼祟和业余妄想就大行其道。他们的新发明弄乱了甚至破坏了色情语系和其他行业语系的固有差异、不同氛围和相应的感受力，当然也破坏了人们对色情表达的感受力。长期这样做的结果，人们的色情妄想将稀释在毫不相关的时空之中，最终毒化由多样性组成的日常生活并使性生活状况再一次发生畸变与退化。

由于色情图像的廉价和易得，性的神秘感和惊奇在一夜之间迅速消失。一种关于"性的波普文化"正在崛起。通俗与恶趣、性别反串与易装癖、搞笑与戏仿、陈腐与新奇，组成了它的大杂烩风格。性的"神魔两重性"被一起解构（神圣感和神秘感没有了，罪感和耻感也没有了），人们在充满快感和游戏感的新色情文化包围中，肆无忌惮地把自己和他的同类统统照亮。色情在今天不再是让人站在局外沉思的"概念"，而是把人卷入其中使之沉浸的"表象"。身体率先自由化了，在它的另一半，是饕餮民众的盛宴，它们共同构成了后谎言时代的景象奇观。

如果说色情读物是在一个特殊压抑制度下的群体社会中，控驭并释放人们危险之性能力的虚拟产品，那么色情读物的"查禁／泛化"现象又与何种特殊的压抑制度相连？从字面上看，查禁完成的是控驭功能，泛化的用途则在于释放。色情表达的寄生状态是后谎言时代在文化上的一次巨大让步，不过由于对言论与名词的特殊敏感，后谎言时代不可能对色情读物实行解禁。名正必然言顺，而不让名正言顺之物岂止一个色情表达？务必使色情表达处在暧昧状态，务必使色情读物不敢公开亮相。让它们以别的名义出现，只有这样色情表达在权力话语面前才会自惭形秽，指鹿为马。可是，色情文化及其表达的暧昧状态早就被打破，并且因为技术普及和成本低廉而越来越公开化大众化。性解放会是其他领域解放的开路先锋吗？或者正好相反：人们纵情于食色，以躯体享乐为唯一生活理想，如果这就是近期目标，那么这一歌舞升平的壮丽景象好像已经降临了。

二〇〇七年

超文学手记

　　宣布文学已经衰落，终结，死亡，其实表达的意义正好相反：衰落、终结、死亡以及对它的宣布，都不过是文学的一部分；一切来自外部或内部的攻击将无例外地被文学所吸收。

　　如果悲观主义恰恰是文学的重要源泉，正如绝望是生命的强大激素，那么悲观与绝望就构成了文学的正面力量。永远存在着这样一种文学：它是时代的敌人，它不追随潮流，它朝另外的方向前进，它往后看，它不合作，它拒绝现实，它不屑于与时俱进。

　　那是一小撮人的文学，它以火种的方式暗中传递——只有在一些罕见的特殊历史时刻，它才千载难逢地与其他力量汇成一片惊天的燎原之势。除了一小撮人，现在谁还在捍卫自己的文学理想？你们捍卫的是自己的劳动成果——知识产权神圣不可侵犯，除此之外，还有什么可捍卫的——仅仅是对产品所有权的捍卫，而不是对产品意义的捍卫，这一经济理性社会的共识，使得今天的权利主张者已经变成了律师而不再是作家。

　　但是文学的重大变异还不在它的内部意义如何被社会和作家个人所忽视，而是文学的形态与外部空间一起发生了巨大的扩张。文学非但没有消亡，反以它的跨界写作将文学修辞延伸到一切生活领域和传播领域，它们运用文学手段进行为我所用的自我传播并产生了广泛影响；相比之下，文学无论在其内部发展或是在外部影响力方面都不再引人瞩目。

在意义已经不足以吸引你们"注意力"的今天，经由文学去发现意义表达意义就成为一件缺乏动力的事情。注意力！一个多么意味深长的词——意义如果不能吸引他人的注意力就没有意义，如此本末倒置，你们早就习以为常——但是且慢，"注意力"难道不是"意义"一词在接受者一方的表述吗？那么今天是谁，哪儿，什么，吸引了你们的"注意力"；文学又是为什么，何因，何故，在今天不再吸引你们，打动你们，震撼你们了呢？

不要为文学开诊断书，文学就是一个人或一个时代的病历，文学史就是精神病理史。你们抱怨说今天的文学不再书写精神只沉迷于书写身体，是啊，这正是精神现象而不是身体现象。关于今天的所谓文学你们已经看到了太多无足轻重的争辩，争辩对象的无足轻重，以及争辩本身的无足轻重——争辩的目的与乐趣是为了扩张自己的观念空间，真理不外是将某一私见、党派主张、特殊利益、局域经验甚至虚构性的推论自我神圣化的结果。你们均为血肉之躯：自尊、嫉妒、虚荣、愤怒、好胜、排异，一再使你们偏离理性的争辩之道，而这恰恰又构成了让你们眼花缭乱的文学精神疾病史景观——它的任意浮浅，它的虚张声势，它的自我践踏，它的庸俗卑贱——没看到吗，它背后是怎样一个时代？去，去与时俱进吧！

到处是文学，准确地说，到处是"超文学"——文学的延伸体和衍生物：纪录、描述、表演、评论、注解、宣传、夸饰、增删、重组、阐释、标签、记号、条目、字词、引用、转义、曲解，统统退入生活走向前台，不再有谁模仿谁或者谁源于谁的问题。两面相互映照的镜子，镜子就是生活本身。文学边缘化的另一面就是"超文学"对生活的全面覆盖：以往的文学虚构和文学想象从来没有像今天的"超文学"所具有的虚构与想象那样广泛而深刻地影响并控制你们的现实生活，当然，你们不再需要仅限于文学的虚构和想象，那样对你们太不够了。

"像文学那样去生活"正在成为你们的新口号，把文学嵌入你们的生活，不再向它索取精神安慰。只消把文学打碎，挑几块悦目的碎片装点一下生活便足够，正如你们在行旅中买几件纪念品回家。超文学装点了一切事物，它全面走向了世俗生活的表层。超文学和灵魂早已脱钩，今天的灵魂远比躯体次要，"躯体先于灵魂"，这又是你们的另一句新口号！

"超文学"不是一种新文体甚至不是一种新风格。超文学虽生机勃勃却洋溢着喧闹的陈腐之气。超文学是陈腐的文学，它的杂乱文体和庸俗风格最大限度地迎合了群体需要。超文学没有任何创新的必要。超文学廉价而易于一夜成名。超文学寄生在一切媒介之上，既时髦又腐朽——超文学就是与时俱进的产物，超文学败坏了文学语言，超文学已经全面凯旋。

对超文学的阅读发生在每时每刻，它随时随地可以进行。超文学是便携式的、标签式的和景观式的，它环绕在你们四周。每天早晨醒来，你们第一眼看到的就是超文学：距离你们最近的物品、打开的电视、报纸、枕边杂志、食品包装甚至你们的剃须水和袜子——所有闯入你们眼帘的信息都充满了"文学性"，甚至你们一向认为应该客观中立的新闻也是如此！

当超文学把"物的世界"统统收入囊中以后，你们对"人的世界"态度又如何？你们对他人的生活类型、内情及细节依然充满浓厚兴趣，但是这兴趣早已不能由文学小说所给予的有限满足来担当。你们的阅读心智已经率先粗鄙化了，你们只想知道有关他人生活内情的"展示"与"泄密"，这一切都无关心灵。超文学的过量阅读严重损坏了你们的感知力，在此之前，或在此之后，你们的心智只要求"浏览"他人的故事，却不再是"思索"。超文学通过

"展示私密"吸引你们注意力，而非通过"揭示命运"迫使你们思索。在超文学不断地混淆价值和轻重的今天，思索只会令你们厌倦与躲避。

传统文学的边界不断回缩，它不是被图像和娱乐打败的。掠夺传统文学疆土的是超文学影子军队，它如水银泻地，又像蝗虫掠食；它漫山遍野，又稍纵即逝——超文学面对的是所有的读者，而不是一小撮读者；超文学不需要稳定读者，超文学只需要模糊读者；超文学不要求深入阅读，超文学只要求匆匆一瞥。超文学对读者无所期待，超文学感兴趣的仅仅止于消费者；超文学不关心人的灵魂，超文学满足于了解人的欲望和弱点并加以利用。

超文学有它特殊的技巧、形式与催眠手段吗？从紧贴生活紧跟时代，经过虚构生活粉饰时代，到最终制造生活领导时代，超文学的秘密在于它与现实生活之间那种同一性、异质性及同谋性的多重辩证魔法。至于表演魔法的舞台，则是在你们面前突然降临的"后媒介时代"。

"媒介时代"和"后媒介时代"的重要区别是：前者的"媒介"仅仅是出现在人与现实世界之间的"传播介质"，后者的"媒介"则不但已经是现实生活本身，甚至在很大程度上，"媒介"篡夺了现实生活唯一真实及唯一本质的王座。

今天的超文学读者没有固定的党派立场也没有一贯的思想倾向，他们被偶然的好恶和不稳定的随机选择所控制——超文学很容易拉拢公众，也很容易失去公众。超文学从不害怕反对者，因为即便那些激烈的反对者，常常一分钟后就会改变立场。公众的摇摆、冲动、善变、健忘、轻信等等不确定品质，使他们沦为一堆庞大的散沙而被媒介任意玩弄于股掌之中。那些媒介喉舌、媒介工具、媒介明星傀儡、媒介齿轮和螺丝钉，甚至媒介大鳄，只要脱离媒介即化为公众群体里的渺小一员，无声无息迅速被公众遗忘。媒介是一架庞大的世界机器，它有自己的血肉、自己的欲望、自己的逻辑和自己的律法，它站在所有人的对立面成为自权力和金钱之后的第三种异化力量。

超文学的上瘾者，那些朝秦暮楚的热心读者，那些冷漠的旁观者，那些自以为在参与的局外人，那些热泪盈眶的投票人，那些偶尔驻足的过路人——你们享有看或不看的自由，你们享有赞成或反对的自由，你们就是超文学，你们就是你们自己的对立面！

一小撮人的文学又当如何？灵魂的打动与震撼、人性的洞悉、思想新大陆的发现，在这个超文学时代难以再有作为。绝大多数人，他们的心智感受力在高频度刺激下变迟钝了。除了简单的是非利害好恶得失，他们辨别不出世界万物的精微差别，甚至，由于超文学的长期洗脑，他们连是非利害好恶得失的判断权都一股脑儿交出去了。

公众的普遍迷失，就是超文学兴起的背景和带来的后果。没有任何人站出来声称他能够力挽狂澜。没有新的革命处方。能试的全曾经试过。可以想得到的书中都有。该说的也统统说了——最致命最讽刺的是：面对一个新暴君，侠士手里的剑却已锈迹斑斑。

有可能把一小撮人的文学包装成超文学吗，有可能把一小撮人的文学归入超文学的一个分支吗，有可能把一小撮人的文学打扮成一种新时髦推销给公众吗，有可能把一小撮人的文学当作另类读物壮大超文学的阵营吗，有可能把一小撮人的文学以及它的作者树为英雄然后令其与其他时代明星同流合污吗，有可能把一小撮人的文学奉为信仰吗，有可能把一小撮人的文学理解为抵抗吗，有可能把一小撮人的文学转化成象牙塔游戏吗，有可能把一小撮人的文学像遗老遗少那样供养起来吗，有可能把一小撮人的文学当作精神鸦片的替代品吗？

说穿了，"超文学"不过是后谎言时代的意识形态奇观。信仰自由和表达自由在超文学体制中并不受到欢迎与保护。一种群体性的历史记忆与内在恐惧被你们故意遗忘了：回避残酷现实不能归咎于你们的怯懦，不敢面对真实世界绝非仅仅因勇气的匮乏，你们沉湎于物质不过表明现时只有物质允许你们去关怀，争取更好的生活被歪曲成争取比别人享有更好的物质生活条件——在这一大规模的集体遗忘集体怯懦和集体利己主义思潮中，"超文学"为你们构造出了文化盛世的幻象。在超文学对一切轻薄表达采取自由放任政策的另一面，是对自由本身的压制，这才是问题的实质。

后谎言时代民众的特征之一，是面对揭露与呼告无动于衷。甘于平庸、关注眼前得失、与时势合流、囿于常识、趋利避害、从众盲目——这一切皆为超文学及超文学体制所充分利用。超文学侏罗纪公园正如日中天。凡在历史中形成的必在历史中终结。超文学的终结者不会来自它的外部。超文学的掘墓人肯定是超文学自己。这一天的到来还有待时日。无论如何，超文学的终结将同时意味着后谎言时代的解体，而它们的共同致命要害在于：它们的"意义空缺"和"技术统治"是建立在寡头权力及资源垄断之上的。强大的基础即为脆弱的基础，只有当这一切突然崩塌时，超文学才会痛苦地发现自己的分文不值。

也许，它早知道自己分文不值。

二○○七年

批评的活力

什么是批评的活力？

对文学批评进行专业定义一直是一件令人迷惑的事情，因为那些被挖空心思杜撰出来的定义迟早会让我们可怜的头脑产生怀疑。

人们常常轻易对他一知半解的世界万物与生活事件提出自己的看法，并不依不饶地参与讨论，却从来没有人会质疑那些稀奇古怪的看法是否建立在何种合法定义之上——讨论文学批评的定义为何，即是一个类似的矫揉造作的语言游戏，讨论者以为这是一种只有他们才能享有的特权，这种想法当然是错误的，但是我们无法禁止他们正襟危坐地继续开他们的学术会议。

生活中的顺序原本是这样的：虚构叙事作品先期与我们遭遇，我们偶然阅读它们，碰巧之间或无聊之余，我们随后可能听到了某些反应，这些反应以文字形式呈现，久而久之，我们很顺耳地把那些评论文字称之为"批评"。随后我们再约定俗成地把它和被称为"文学"的虚构叙事作品搁在一起，最终又将这一专门谈论文学的各种各样批评命名为"文学批评"。

如今，文学批评已不止是文学的一部分，似乎还掌握了所有文学事务领域的发言权，听说它的影响力日益蒸蒸向上，它夺城拔寨一路高歌猛进，其隐形版图早已覆盖了文学批评专业机构中的权力分配、荣誉颁发、新的命名、进入文学历史博物馆以及层出不穷的新旧概念阐释诸领域。

很难相信这是全部真相，但愿这只不过是批评性的文学描述——世界当然不可能被瓜分完毕，文学也不可能被瓜分完毕。总会有人看到别人之不可见，发现别人之不可遇，说出别人之不曾说，而每一次偶发性的批评也总是在这样无人知晓时分轻轻诞生。

批评的永恒起源就是初次相遇，和作品相遇，相信自己第一眼的感觉，并且不断怀疑它，恍恍惚惚中想办法唤起你的回忆，久远的、遗忘的、陌生的，让它们熔为一炉。

批评另一个起源是永恒的回归，"太阳底下无新事"，反过身去，传统降临，经典浮现，打开古籍，你权衡将两者进行比较的内外联系与跨代利弊，考验你把握当下作品的能力。

作为批评者你持有你最仰慕最推崇的伟大尺度，但是你并非这一尺度的创立者，你同样应该心怀谦卑，大师肩膀侏儒不能轻易爬上去，你也未必可以站在那个位置。

留心你的偏见，克制它，有时却要放纵它，常听人说"偏见比无知离真理更远"，不要受制于它！请反其道而思之而行之，正因人们普遍无知，他们才轻信这句陈腐的格言，真相是，某些文学真理恰恰由偏见构成，反对某一真理的强劲敌人未必是谬误的盟友。

批评不要满足于指出谬误更不要奚落谬误，因为谬误正是人性的部分也是文学必须呈现的部分，还常常是被伪装过的倒置了的真理。

批评不要企图说服你根本说服不了的读者，你只能说服本来就相信你的或已经倾向于你的读者，"上帝面前人人平等"，应该加一句："文学面前人人不同"，古人云"性相近习相远"，无论近远，都是不可跨越之距离。

批评不要妄图凌越诗人小说家之上指点江山，也不要幻想钻进诗人小说家肚子强作解人，批评不要替作者解释作品，你要做的是阐释作品，批评要记住一条铁律："批评最终是与自己的一次遭遇！"

福楼拜说"包法利夫人就是我"，既然如此，派生的另一条铁律则是："你的批评就是你！"批评似乎不应该歪曲正在被谈论的作品，但是"误读"不是歪曲，误读可能会难以置信地带来丰富的个人联想和创造性，更多时候，误读仅仅产生私人快感，请不要阉割这种不被原作者知晓的秘密乐趣！

批评是不是总是夹杂了个人成见，这是一个无须讨论的问题，成见就是拒绝对同一问题的对立意见，如此就形成了个人观念世界的清晰边界，请保卫你的成见！

文学作品是否总会不幸地沦为批评家个人梦想与心理意象投射的屏幕，这可丝毫没有办法，既然有人比喻文学就像一面镜子，那么为什么批评家不可以把任何文学作品当作他自己的镜子？

有人问，批评家可以同时是一个职业文学编辑吗，当然！为什么不？一部文学作品的第一读者，除了作者本人就是职业文学编辑，假如这种职业消耗没有磨钝你的感觉，你没有被长期的职业阅读疲劳拖垮，还能对某些文学作品（无论发表过或尚未发表）产生了相遇的美妙感觉，假如这位编辑不但具有做一个批评家的天赋，还满怀丰沛的写作热情，为什么不？

又有人问，批评家能不能承担起普及文学教育的责任，答案可以有好几种：一，批评家的工作或许客观上在一定范围里普及了文学，但是他并没有责任；二，批评家的工作只为了他的同行，也许他的同行在传播他的观点时顺便普及了文学；三，批评家不迁就大众，不在乎大多数人，反过来一样，大众和大多数人也不了解他，那么文学普及只不过不增不减，并没有遭受损失；四，某一位批评家不仅不迁就大众不愿意为大多数人服务，还经常发表鼓吹类似观点的文章，大众和大多数人中的一小部分人知道了他与他的观点，那么他就以一个反面教员的形象和言论，推动了文学的普及，哪怕只是推动了一小步。

最后的建议——批评应该有助于催生价值观与趣味的分化，为制定并部署建立这样的文学生态环境之计划，充满活力的批评必须富有攻击性，具备维护个人观点的强劲自卫能力，适度的流派之争乃至党派之争都应当被恢复起来，让它们在文学的领土上争得各自的地盘。

批评的活力即如是——做到其中一小半，批评就会重获生机；做到其中一大半，批评就不再同此凉热。

二〇一四年

图书在版编目（CIP）数据

或此或彼 / 吴亮著. -- 北京：作家出版社，2019.8
ISBN 978 - 7 - 5212 - 0436 - 0

Ⅰ.①或… Ⅱ.①吴… Ⅲ.①中国文学 – 当代文
学 – 文学评论 – 文集 Ⅳ.①I206.7–53

中国版本图书馆 CIP 数据核字（2019）第 049766 号

或此或彼

作 者：吴 亮
责任编辑：李宏伟
装帧设计：合和工作室
出版发行：作家出版社有限公司
社 址：北京农展馆南里 10 号 邮 编：100125
电话传真：86 – 10 – 65067186（发行中心及邮购部）
86 – 10 – 65004079（总编室）
E – mail: zuojia@zuojia.net.cn
http: // www.zuojiachubanshe.com
印 刷：三河市紫恒印装有限公司
成品尺寸：145 × 210
字 数：404 千
印 张：16.25
版 次：2019 年 8 月第 1 版
印 次：2019 年 8 月第 1 次印刷
ISBN 978 - 7 - 5212 - 0436 - 0
定 价：60.00 元